春风榴火
CHUN FENG LIU HUO
著

上

江苏凤凰文艺出版社
JIANGSU PHOENIX LITERATURE AND
ART PUBLISHING

♫ 目录

Chapter 01

初见·传闻·探案馆

"那个'女鬼'小姐姐，其实不吓人，挺温柔。"

班主任老何沉着脸，在讲台上至少站了两分钟，才有人陆陆续续发现他。率先发现班主任的同学，抬腿一脚踹向了前排正唾沫横飞吹牛的同桌。

顷刻间，教室安静了下来。

后排还有个转书的男生，满脸骄傲，仿佛这项技术让他厉害坏了，直到他指尖飞速旋转的书被飞来的黑板擦打了出去。他正要破口大骂，回头对上班主任老何阴森森的眼神，吓得魂飞魄散。

眼镜后，老何那双低沉压抑的黑眸就这样来来回回地环扫着同学们。同学们不明其意，只觉得心理压力有点大，宛如暴风雨来临的前夜。

"夏桑。"

老何骤然开口，前排夏桑的心脏跟兔子似的蹦跶了一下，惊叫道："啊？"

"啊什么啊？"他没好气地指了指地上的黑板擦，"去给我捡回来。"

"哦……"夏桑顿时松了口气，乖乖走到教室后排，捡回了黑板擦。

老何这才缓缓开口："反正，我现在是管不了你们了。"

熟悉的开场白。

夏桑捡回了黑板擦，小心翼翼地搁在了讲台边。

老何继续说："我是不是说过，放学径直回家，不要在路上磨磨蹭蹭、搞东搞西，更不要去接触隔壁十三中的学生！把我的话当耳旁风是吧！"

这些话，立刻让同学们联想到最近发生的一些事，他们窃窃私语起来。

"看来实锤了！"

"肯定啊，宋清语都多少天没来学校了。"

"警察都来学校走访调查了。"

周围同学好像知道内情，夏桑却一头雾水，询问同桌："怎么回事啊？"

"高三（2）班的宋清语。"贾蓁蓁附在她耳边，低声道，"听说她崇拜隔壁十三中那位，关注了三个多月，人家没搭理她。结果后来不知道怎么回事，被十三中那帮人骗了，后来……"

夏桑捂住了嘴："后来怎样？"

"幸好警方及时赶到，才没有出大事。"

"幸好。"

贾蓁蓁说："这件事牵连了很多老师，虽然不是咱班的同学，但老何也被领导批得够呛。"

老何用黑板擦重重地敲了敲讲台，怒声道："隔壁体校能跟你们一样吗？你们都是要考大学、将来读研读博的！你们现在放松，和他们混在一起嘻嘻哈哈不务正业，这辈子就完了！"

同学们默默忍受着老何的责骂和发泄，没敢吭声。

下课后，看着老何走出教室，同学们这才叽叽喳喳议论了起来。

"老何这误伤范围太大了吧！宋清语又不是咱们班的，关咱们什么事啊？"

前排的段时音转过身，意味深长地说："忍忍吧，老何估摸着让夏桑她妈妈批得够呛。"

夏桑的妈妈是学校的教务处主任，跟所有学校的教务处主任一样，戴着金丝框架眼镜，平时穿着打扮就像板正的防盗门似的，一丝不苟。同学们经常在教务处门外听到她批评老师，毫不留情，有次把一个新来的女老师都给批评哭了。

宋清语这档子事出来，听说都惊动教育局了，南溪一中的老师们自然也都不好过。天天开大会，天天挨骂。

老何直接把隔壁十三中的人形容成了洪水猛兽，坚决杜绝自己班级的学生跟那帮人有任何接触。

"宋清语真的那么关注隔壁学校的男生吗？"

"那可不是！十三中是体校嘛，帅哥当然多啊！宋清语一时被迷惑了心智，可以理解。"

贾蓁蓁激动地说："她关注的是周擒啊！十三中的帅哥天花板，比咱们的祁大校草还帅。"

听她提及祁逍，正在做题的夏桑抬起了头："有这么帅吗？"

贾蓁蓁见她有兴趣，立马露出八卦的表情，用胳膊肘戳戳她："桑桑，听说祁逍最近经常来找你啊？"

夏桑从笔袋里取出橡皮擦，擦掉了草稿纸上的抛物线。

"好像是吧。"

贾蓁蓁立刻来劲了，压低声音道："哇，他胆子也太大了吧，你妈妈可是教务处主任，他还敢这么明目张胆。"

夏桑放下笔："谁都怕我妈，但他好像不怕。"

祁逍长得有点像不久前新出道便爆红全网的流量明星，家境在南溪市也是数一数二。他成绩虽然不错，但骨子里带着叛逆和蔫儿坏。

这样的人，在升学率百分百的南溪一中的好学生堆里，简直就是"纵火犯"。

上个学期的某天，夏桑只记得那天有点热，路过篮球场时，祁逍扔了篮球跑过来，顺手脱下自己的校服外套扔给了她。当时夏桑叼着根冰棍，愣了一下。他抬着下颌，眼睛微微上挑："帮我拿着。"

夏桑酷酷地说了一句："腾不开手。"说完，她叼着冰棍，在一众女生羡慕嫉妒恨的目光下，溜达着离开了操场。

也不知道是不是被周围的人宠惯了，夏桑不冷不热的拒绝反而让祁逍来劲儿了，祁逍此后对她有了额外的关注。

祁逍平时坐的位子，是讲台两边最受老师特殊"关照"的左右"护法"的宝座。他总会在上课时不经意回头，朝夏桑投来意味深长的一瞥，夏桑都假装没看到。

祁逍是篮球队队长，又是公认的校草，一身阳光朝气。他很会玩，有时候组织的活动还蛮有意思的，夏桑偶尔也会出来玩一下，只当学习空闲时的放松。

放学后，夏桑和贾蓁蓁走进了奶茶店。一帮篮球队和啦啦队的俊男靓女也在里面，气氛热辣欢快，学生们相互地开玩笑、讲段子。

祁逍也在。他是人群中最高的一个，穿着一件黑白相间连帽衫，气质张扬，五官也帅得具有攻击性。

他这样的男孩，周围似乎永远不缺热闹。

夏桑刻意和啦啦队及篮球队的俊男靓女们保持了距离，在角落摸出手机扫码点餐。就在她拿起手机对准墙上二维码的时候，发现有人朝这边走了过来。她放下手机，便看到祁逍英俊的脸庞。他单手插兜，另一只手不动声色地将奶茶塞到她手里。

做完这一切，他又自然地转身回到自己的朋友圈子里去，仿佛什么都没发生，一句话也没说。

温热的奶茶烫着夏桑的掌心。

"哎呦喂。"贾蓁蓁调侃道。

夏桑将奶茶递给了贾蓁蓁："你喜欢？拿去啊。"

"那我就不客气了！"

这时，奶茶店外停了一辆黑色轿车，司机按了两声喇叭。同学们都认出来了，那是教务处主任"女魔头"的车，本来站在一起开玩笑打闹的男女同学们，纷纷保持距离。

夏桑对贾蓁蓁道："我妈来接我了，先走了，拜拜。"

"拜拜。"

夏桑加快速度走出奶茶店，坐上了覃女士的车。车里弥漫着淡淡的果香味，夏桑将书包放在边上，然后摸出手机。

覃女士提醒道："安全带。"

她这才拉过后排安全带，"咔嗒"一声，给自己扣上。

"我说过多少次了，不要喝这种东西。"覃女士透过后视镜，不满地瞥了眼奶茶店，"奶茶里都是奶精和防腐剂，喝多了危害健康。"

覃女士眉眼狭长，看人的时候，有种凌厉的压迫感。

夏桑低头看着手机，闷闷回了声："我也没喝。"

"没喝你怎么从奶茶店走出来？"

夏桑不想和她辩解，只说道："知道了。"

覃女士显然肚子里揣了火，启动了引擎，没好气地问："你认不认识宋清语？"

"不认识，不是我们班的。"

"我知道不是你们班的。"覃女士显然也是出于关心，"她的事情，你应该听说了吧。"

"老……何老师说了。"

覃女士猜测着班主任应该给他们打了预防针，便没再多提，只说道："现在这个阶段，大家都在埋头往前冲，稍有不慎，就会落后于人。你看看我们学校竞争压力有多大，每次月考，数数有多少黑马冲上来。这是你人生中最好的年纪，我希望你能把心思用在努力提升自己上，不要本末倒置，做出让自己后悔一生的事。"

夏桑漫不经心地应道："知道了。"

覃女士透过后视镜，望了望她，似乎想提点一下她，但犹豫良久，终于还是改口道："夏桑，你要以身作则，不要让我丢脸，更不要做我不允许的事。"

"知道了，妈妈。"

就在这时，夏桑手机振了一下，她赶紧将手机调成静音。

祁逍发来一条信息："有没有被女魔头批评？"

夏桑不动声色地望了眼后视镜里的母亲，覃女士视线平视前方，正专心开车。她松了口气，细长白皙的手指迅速编辑文字："你的奶茶，我给闺密了哦。"

祁逍："我看到了。"

夏桑没再回他，过了会儿，祁逍又发来一条消息："明天周末，有没有安排？"

夏桑："上午练琴，下午应该没事。"

祁逍："明天约了队里的朋友去玩恐怖密室，不过还缺几个人，你来吗？我找到一家厉害的，听说他们的 NPC 身手很好，还能扮鬼在墙上爬。"

夏桑犹豫着，祁逍的确能拿捏她的软肋，知道她人菜瘾大，喜欢玩恐怖密室。

她想了想，说道："我不走单线。"

祁逍："安排！"

晚上九点，夏桑写完作业，走出房门。

客厅里，覃女士还在打电话，似乎在解决宋清语的事："是，出了这样的事，学校有推脱不了的责任，我们肯定会配合警方处理这件事。但十三中的责任也免不了，尤其是和这件事有直接关系的那个男生……"

"妈，我出去买点东西。"夏桑径直朝玄关走去。

覃女士按住话筒，说道："这么晚了，叫个外卖跑腿给你买。"

"我自己去吧。"夏桑道，"顺便出去醒醒脑子，等下还要做一套卷子。"

"早点回来，别去人少的地方。"

"嗯。"

夏桑走出高档小区，穿过马路，径直来到了对面的便利店，在货柜上挑拣了两包常用的纸巾。转过货架，却看到一帮穿十三中校服的男生走了过来。

十三中的校服是非常典型的体校风格，整体都是绿色，手臂和腿侧有两条黄杠。

"明天又要去扮鬼啊？"

"哈哈哈，你这飞檐走壁的身手，还不把那帮客人吓疯了。"

这帮少年看着也不像善茬，聚在一起就跟要打劫便利店似的，嗓门也是少年人特有的浑厚低沉，几人相互开着玩笑。

因为宋清语事件，老师们把十三中的学生形容得跟洪水猛兽似的，骤然看到几个，夏桑不免心头一凛。

这些男生自然也注意到夏桑明显加快步伐的身影，她的脸上流露着他们经常在南溪一中的学生脸上看到的表情——畏惧、惊恐，就跟见了鬼似的。

而在这惊恐背后，是源自好学生对"问题学生"的蔑视。他们感觉到了冒犯，有几个男生语气不善，故意吓唬夏桑："你跑什么？"

夏桑低头不语，不想和他们纠缠，加快步伐朝收银台走去，却在转过货架的刹那，因速度太快没收住，跟一个男生撞了个满怀。

男生底盘很稳，纹丝不动，夏桑反而被撞得退了两步，后背撞在了货架上，手里的两包纸巾也飞了出去。

夏桑揉了揉生疼的腰，抬起头，望向他。

首先入眼的是左边额头那道明显的疤痕，那疤直接切断到左眉的三分之二处。男生的五官轮廓线条锋利，眼皮褶子很浅，内双，弧线流畅，配合着那条突兀的断眉，显出几分不近人情的冷感。

反正夏桑是没有见过这种——顶着一张破相的脸，还能帅得这般理所当然的男生。

他也穿着隔壁十三中的校服，挺阔的肩膀将宽松的校服撑了起来，是典型的衣架子身材，修长的颈项上挂着一条银制的羽叶链子。

夏桑不敢看他的脸，视线只落在他胸前的十三中褪色的校标上，哆哆嗦嗦地转身想走。

"欸。"

周擒的嗓音柔而沉，带着淡淡磁性，宛如一截掉落的烟灰。

夏桑顿住身形，不敢再动。这时，她看到那男生弯腰捡起了地上的纸巾，递了过来："东西都不要了？"

夏桑眸光下移，看到他拿纸巾的手。指节颀长，皮肤并不似她身边男生那样白皙，色泽偏麦黄，指尖似乎还有厚茧。

他俯身，掌控力十足："慌什么？"

"没……"

他嗓音上扬，带了几分戏谑的调子："就算十三中名声不好，我们也不至于当街行凶吧。"

便利店内冷气十足，但因为他的靠近，夏桑感觉周围的温度都升腾了起来。

热、闷、燥……

她被迫抬起了头，视线再度和他相撞。

少年漆黑的眸，不带任何情绪，却极具压迫感。

夏桑窘迫得红了脸，用细微的嗓音向他道歉："对不起。"说完，她拿着纸巾，逃一般地冲出了便利店。

收银员也是过了好一会儿才反应过来："欸！这还没结账呢！"

然而，小姑娘已经消失在了夜色中。

收银员无可奈何地望向十三中的这帮男孩。男孩们面面相觑，然后一齐望向货架边的高个子少年："这必须是擒哥的锅吧！"

周擒神色倦懒，走过来摸出手机帮夏桑扫了码："多少钱？"

后半夜突如其来的一场暴雨冲走了夏日里的燥热，带来几分凉爽的秋意。南方的叶子常年盈绿，被雨水冲刷得油油发亮。

夏桑背着小提琴走出了琴房，踩着雨后湿润的街道，步履匆匆地赶到便利店。

"丁零"一声响，自动门打开。

营业的小姐姐正在熟练地倾倒关东煮的卤水，夏桑认出来，她仍旧是昨晚的那位营业员。她赶紧上前说明情况，道歉补款。

"啊，不用了。"营业员放下卤水袋，"昨天那个帅哥已经帮你付款了。"

夏桑愣了一下，问道："是哪位？"

"就额上有疤的那个，他不是你的朋友吗？"

"呃，不是。"

营业员耸了耸肩，继续倒卤水："反正已经帮你付过了。"

"那他有没有留下什么话或者联系方式？我好把钱还给他。"

"没有呢。"

夏桑走出便利店，心里带着几分愧疚，暗骂自己昨晚犯蠢。

正如他所说，十三中即便名声不好，也不至于当街行凶吧，她怕什么呢？还让人家给她的东西付款。这要传出去，夏桑觉得自己没脸见人了。

正在这时，祁逍给她发了玩恐怖密室的时间和地址：下午一点半，时代广场，七夜探案馆。

夏桑看了看时间，然后给覃女士发了消息，说下午和贾蓁蓁、段时音她们约好了逛街，中午就在外面吃饭了。

覃女士因为宋清语的事情忙得焦头烂额，所以也没有多问，只让夏桑不要在外面吃垃圾食品。

夏桑松了口气。

有时候她反而希望母亲忙一点，这样压在她心头的负重便会减轻很多。

夏桑打车来到时代广场。商城外是一条回形的商业天街，一楼是各种美食小吃店，二三楼开着美甲店、剧本杀、恐怖密室和各种桌游店，很多年轻人在这一带逗留闲逛。

夏桑溜达在天街一楼的美食区，准备随便找一家小食店坐下来吃点东西，等着祁逍他们过来。

周围的美食店有很多，有煎饼店、冒菜店，还有韩式、日式烤肉。夏桑进了一家煎饺店，点了盘玉米馅儿煎饺，应付一下午餐。

这时候，"南溪一中美少女"的闺密群热闹了起来。

段时音："最新消息，听说宋清语准备休学一年。"

贾蓁蓁："这么严重？不是说警察及时赶到，没发生什么事吗？"

段时音："可能觉得丢脸吧，想错开我们这一届，不然以后大家看到她，都会想到她的黑历史。"

煎饺端了上来，热气腾腾。夏桑用筷子戳了煎饺，一边吃一边回消息："她是受害者，这不算黑历史吧？"

段时音："那可不一定，谁让她死乞白赖要去找十三中的那个男生，其实吧……这就是自作自受。"

夏桑："流氓都被抓进去了吗？"

段时音："除了周擒，其他的都被抓了。"

夏桑想起来了，这个周擒，似乎就是宋清语格外关注的男生。

夏桑："为什么不抓他？"

段时音："他那晚没在啊，是他哥们儿骗了宋清语，所以她才会那么晚还巴巴地跑出去。"

夏桑："那他是无辜的啊。"

段时音："谁知道呢？十三中的，一丘之貉。"

贾蓁蓁："夏桑，你妈妈那里有什么消息不？"

夏桑："她没有跟我聊这个，但估计这段时间都忙得够呛。"

贾蓁蓁："那你轻松了，下午怎么玩啊？"

夏桑："祁逍约了玩恐怖密室。"

贾蓁蓁："不是吧，你居然跟他们去玩这个！胆子够大的啊。"

段时音："她不是一向人菜瘾大吗？以前拉着咱们看恐怖片，叫得最大声的就是她。"

贾蓁蓁："慢慢玩，哈哈哈哈，周一汇报情况！"

夏桑两三口吃掉了煎饺，然后朝着之前约定的七夜探案馆走了过去。

穿过一条散发着油污的狭窄的天街，夏桑收到了祁逍的信息，问她到没到，夏桑低头编辑信息。正在这时，她听到阶梯口传来一道陌生而又有些熟悉的嗓音——

"我怎么知道？那晚我又不在。

"那几个男的，我也不认识。

"关我什么事？她爸妈再怎么也找不到我头上。"

夏桑循声望了过去，狭窄昏暗的阶梯口站着一个男生。

他穿着白色 T 恤和黑色裤子，逆天的大长腿随意地踏在阶梯上，整个人都隐在暗处，但身上那件白 T 恤干净而显眼。他脖子上的银制羽叶项链泛着光，是暗处唯一的亮色。

夏桑一眼便认出了他是昨晚便利店给她捡纸巾的那个少年，他英俊的五官和强大的气场，很难让人忽视。

他正在讲电话，眉眼间透出几分荒唐的冷意——

"我算是明白了，敢情作案那几人家里有钱有势惹不起，要找人出来背锅，准备把脏水往我身上泼，是吧？等会儿还有活儿，挂了。"

夏桑见他平静地挂断电话，正准备过去把昨晚的钱还给他。

"你好，那个——"

话音未落，周擒猛地将手机砸在了墙上。

突如其来的变故吓得夏桑心头一个哆嗦，脚步蓦地顿住。

他的手机是比较老的国产机，还挺扛摔，除了边缘磨损，看起来好像没什么事，屏幕都还亮着，正好落在她脚边。夏桑捡起手机，周擒这才注意到她。

她皮肤很白，仿佛冬日里瑟瑟寒风吹出来的那种冷白，而眸子却很黑，浓得化不开。这样的黑白相称，乖巧的五官便透出了一股子水墨画的味道。她便如山水画中走出来的人，给人的第一印象不是多美多漂亮，而是……脱俗。

周擒冰冷的眸光在她脸上扫过，缓缓移开，几秒后，又被她的眉眼给吸了回来。

他接过手机，眼底的冷意淡了些："有事？"

"昨晚谢谢你。"她也不知道他认出自己没有，解释道，"我忘了付钱，听说你帮我给了，我还给你吧……"

话音未落，周擒便轻飘飘地与她擦肩而过了。

夏桑回身，却见他背对她，扬了扬手："算了，没几个钱。"

店门的背景招牌是黑白色，中间有特别惊悚凌厉的几个滴血大字——七夜探案馆。

店门口站着一个高个子的男孩，穿着鲜亮的潮牌卫衣，鼻梁上架着无框眼镜，带着一股子嘻哈风。

看到夏桑，祁逍英俊的脸上绽出阳光的笑容，对她扬了扬手。

"你说就在一楼，我还以为你马上就到了。"

"刚刚遇到一个……熟人。"夏桑迟疑了一下，没有解释，问道，"人都到了吗？"

"他们都到了，进去吧。"

祁逍带着夏桑走进了七夜探案馆。

探案馆大厅光线明亮，以黑白色调为主，工业风装修，墙上有鬼怪涂鸦。大厅里站着几个俊男靓女，打扮都很新潮时尚，跟祁逍的潮流风格非常搭，一看便是很好的朋友。

"这几个都是篮球队的成员。"祁逍对夏桑介绍道，"女生你也都认识，许茜她们，是啦啦队的。"

夏桑知道，啦啦队和篮球队的关系一直很好，经常看到他们在篮球馆打打闹闹，相互玩笑。

啦啦队的女生都很漂亮，尤其是许茜，身高一米七三，高挑纤瘦的身材，穿着淡青色的连衣裙，五官是典型的小家碧玉型，清纯又妩媚。她在学校里负责文娱一块，身边永远不缺拥簇和热闹。

许茜笑着说："我早就认识夏桑了，我们在同一个老师那里学琴。"

"嗯，你好。"

身边一个戴眼镜的高高壮壮的男生插嘴道："哇，你还会弹钢琴啊！看不出来，深藏不露啊。"

"小提琴啦，不是钢琴。"

"我最喜欢小提琴，下次一定要洗耳恭听！"

许茜抱着手臂，扬着调子玩笑道："谁要拉给你听，你会欣赏吗？"

说完，她眼神飘向了祁逍。

祁逍的注意力全在夏桑身上，夏桑好奇地阅读着墙边恐怖海报上的文字，他便打量着她。她的皮肤白如初雪，黑眸粉唇，五官明艳得有点过于好看了。

绝大多数情况下，有许茜在的地方，其他女孩便不会有任何存在感。不过今天的气场稍稍变化了，虽然其余男生的注意力仍在她身上，但作为主角的祁逍，却一直站在夏桑身边。

许茜言笑晏晏地打断了他们："夏桑、祁逍，你们别在那儿看海报了，既然人来齐了，我们就开始游戏吧。"

于是大家签了《安全协议书》，寄存了手机等物品之后，便跟随主持人走进了一个封闭的房间。

房间里有一张方桌，主持人站在方桌正位，对大家说："进入密室之前，我们要抽角色卡，提前问一下，你们中有谁必须要组队的吗？"

夏桑问："会影响剧情吗？"

"那倒不会。"主持人嚼着口香糖，说道，"不过角色中有组队，组队可以避开单线任务，两人一起行动。如果有必须组队的玩家，我就尽可能把组队角色分给他们，以避免在密室黑漆漆的环境里发生不必要的尴尬和猜忌。"

众人都笑了。

夏桑胆子小得很，听到可以不用做单线，松了口气，正要开口争取组队，这时许茜赶在她前面，抢先开口："啊！那真是太好了！我胆子特别特别小，绝对不做单线任务的！"

戴眼镜的男生道："你和谁一组啊？"

"我当然要和最厉害的人一组咯！反正我胆子小。"许茜噘着嘴，带着撒娇的语气道，"让我做单线，我就不玩了。"

"我们这儿胆子最大的只有祁逍，你想和祁逍一组啊？"

"也不是不可以呀。"许茜朝夏桑眨了眨眼睛，"夏桑，可以让祁逍跟我一组吗？"

夏桑还没开口，许茜便双手合十，撒着娇恳求她："别那么小气啦，拜托拜托，我真的特别害怕！真的，我胆子最小了！"

其实祁逍和谁一组，都和她关系不大。大家一起玩，开心就好。但是许茜在这儿装可怜，她有点受不了。

"你问我做什么？"夏桑淡笑道，"祁逍说他想自己做单线呢，你求他呗。"

许茜索性直接走到了祁逍身边，娇声恳求道："队长，拜托拜托，一定要带带我，你知道我超弱的！"

于是众人的视线全落在了祁逍身上。

祁逍望了望面前可怜巴巴状的许茜，又看看漫不经心无所谓的夏桑。

明潇嚼着口香糖回到了后台操控室。

操控室周围架子上挂着 NPC 装鬼的各种服装和道具，两三个男生懒洋洋地趴在监控台电脑前，低头玩着手机游戏。

"干活了！"明潇走过去，踹了近旁的李诀一脚，"还玩呢！看看人家的业务精神！"

李诀转头，看到一个"长毛贞子"单手挂在狭窄的门框上，正在做引体向上。

"你能不能别大白天吓唬工作人员！"

"长毛贞子"缓缓落下来，摘下头套，露出了那张帅得惊心动魄的脸。

明潇说："你们有时间在这里插科打诨玩游戏，不如好好跟周擒练练臂力。都是体校出来的，人家扮的鬼就能在天花板上爬，活该挣得多，你们还有脸抱怨工资少。"

"这可比不了。"李诀笑着说，"我们教练都说了，周擒是国家宝藏运动员，他这臂力，大灌篮直接扣翻篮板。"

周擒拧开矿泉水喝了一口，戏谑道："和臂力没什么关系，干好头牌的活儿，主要靠腰力。"

"哈哈哈，我倒是很想见识一下。"

明潇翻了个白眼："你俩一天天没个正形，客人已经进去了，都给我打起精神来。"

"行行行，听老板的！"李诀立刻坐直了身子，认真地看着监控屏幕，半响，说道，"那女生……是不是昨天在便利店遇到的那个啊？"

周擒轻扫了眼屏幕，认出了夜视镜头中的女孩。

她走在黑暗中，宛如小鹿般警惕地观察着周围，似乎被吓得不轻，好在一个高个子男孩一直陪在她身边。

莫名的，周擒嗓子有点燥痒，不动声色地又仰头喝了半瓶水："是她。"

见周擒望了她许久才回应，李诀意味深长地笑了起来："难得啊，还能记得昨天见过的一个小姑娘。之前那宋什么的小美女，你都没能把人家样子记住吧？"

周擒也不知道怎么就记着了，昨天吓唬了人家，刚刚在楼下没忍住脾气，又把她吓了一跳。

等会儿，他还要吓她。

这什么缘分？

明潇好奇地问："怎么，你们认识这一队客人？"

"昨天在一家便利店，那女孩看我们是十三中的，就跟看到鬼似的。"

明潇翻了个白眼："让你们平时多行不义，名声这么臭。"

"十三中全让吴杰那帮人把名声搞臭了，我们可是好青年。"李诀笑着说，"不过作为惊吓的补偿，周擒还花钱给人家买了两大包纸巾呢。"

明潇听到这话，口香糖都差点吞下去："周擒你有毛病啊！"

周擒拎着长毛头套，懒悠悠地靠墙站着，嘴角嗤了笑："我乐意。"

明潇用口香糖吹了个泡泡，说道："那高个子帅哥人品是真不错。"

男人面对诱惑，通常经不起考验，随便想一个冠冕堂皇的理由就两边揩油了，尤其是在这种黑漆漆的环境下。

"那你对我们男同胞是真的有偏见。"李诀指了指周擒，"你啥时候见他犯过错误？"

"他啊。"明潇睨他一眼，笑道，"他眼里只认钱，什么都不如实实在在的票子来得诱人，他眼里装得下什么？"

说话间，明潇望向了周擒。他的目光似乎粘在了监控屏幕上，看得出神。

她走过去，伸手在他眼前晃了晃："都看过几百遍的局了，有这么好看吗？"

周擒终于移开视线，戴上了头套，懒声道："我去做准备了。"

暗沉沉的密室里，许茜明显收敛了很多，看起来心情不佳。她虽然不再胡乱撒娇了，但是尖叫声仍旧没停，一惊一乍的总是让队友吓一跳。

篮球队那几个男生也都是惊悚氛围组的担当，所以解谜环节全靠夏桑了。

她在废弃教室里睃巡了一圈，认真对比着黑板上空缺的名字，又拿着小烛灯照了照桌子上各个作业本名字，分析道："这一阶段的任务，应该是要我们把班委职务和每位同学的名字对应起来，写在黑板上。"

戴眼镜的胖子笑着说："夏桑不愧是优等生啊，团队智商担当，解谜全靠你了。"

祁逍欣赏地望着身边的女孩，骄傲地说："夏桑在逻辑思维这方面很厉害。"

"是啊，夏桑真的太厉害了，进这种恐怖密室一点都不害怕，还能分出心思来解谜。"许茜娇滴滴地说，"不像我，真的要吓死了，脑子里一团糨糊。"

"哈哈哈。"戴眼镜的胖子徐铭无伤大雅地开起了玩笑，"所以说，理科班的女生无所畏惧嘛。"

夏桑没有理会许茜的暗讽，她拿起了粉笔，指挥着祁逍，说："你帮我看看学习委员和副班长分别是谁。"

祁逍听话地翻看着课桌上的工作任务表，说道："副班长是林一天，学习委员是邹小红……"

夏桑在黑板上写下了林一天和邹小红这几个字。

很快，剧情点便被触发了，室内广播传来了场外主持深沉的嗓音："恭喜玩家们完成人物关系图，体育器具室的门现在已经打开了。接下来，请每个人分别走出房门，穿过走廊，去刚刚的体育器具室拿线索卡。"

众人心里"咯噔"一下，知道单线任务要开启了。

"注意，一个人拿到线索卡回来之后，另一个人才能去。只有角色是一组的才允许两人一起去。"

按照大家平时玩恐怖密室的经验，这一段单线任务绝对会有 NPC 出来吓人。

许茜没有拿到和祁逍的组合角色，这会儿便开始耍赖了："反正我不去！说什么我都不去！"

祁逍看了看身边未发一言的夏桑，用对讲机询问主持人："能不能两个女生都不做单线啊？"

对讲机嘈杂的电流声里传来主持人的声音："不可以。"

众人看了看夏桑，又看了看许茜。

祁逍对许茜道："来之前就说了这个游戏会有单线，你也答应了，如果不去，我们只能提前结束游戏，大家的钱就算白给了。"

许茜望了眼伸手不见五指的走廊，嘟哝道："我怎么知道这么恐怖，反正我绝对不会一个人走出去的，我要夏桑跟我换角色。"

于是大家的目光便又落在了夏桑身上。

夏桑也不是轻易妥协的性格，说道："组合都定好了，角色确定之后，各自的隐藏任务也不一样，如果现在换角色，隐藏任务就暴露给对方了，最后还怎么缉凶？"

许茜说："哇，优等生跟我们的脑回路还真不一样！这种游戏，大家玩得开心就行了，谁还真当家庭作业似的，一板一眼去完成啊。"

"如果大家都随便玩玩，那通不了关。"夏桑没有别的目的，今天是为了玩密室才来的，她当然要认真。

"说得这么冠冕堂皇，还不是因为你也不敢去做单线。"许茜撇着嘴，将自己的角色卡递到了夏桑面前，威胁道："换不换？一句话。"

祁逍看她这么骄纵，火气也冒了上来，说道："既然玩不下去，那不玩了。"

夏桑却从祁逍包里摸出了角色卡，递给了胖子徐铭："徐铭，你和许茜一组去拿线索吧。"

徐铭闻言，如临大赦，他刚刚一直在担心一个人做任务绷不住，现在拿到组队卡，重重地松了口气："好好好！太好了，许茜，我们组队吧，我会保护你的！"

许茜翻了个白眼，其实她更想和祁逍去做任务，不过夏桑如此不好对付，她也只能作罢了。

徐铭带着许茜走出了房间，没一会儿，漆黑的楼道里便传来了两个人的连环尖叫声——

"啊！我的天哪！"

"这什么东西！"

"啊啊啊！走开！走开！啊啊啊啊！"

众人听得心惊胆战。

这时，祁逍凑近夏桑，低声问："怕吗？"

夏桑离他远一些，说："有点。"

她真的怕死了，只是不想像许茜那样表现得太夸张。

"如果害怕的话，可以马上叫停，不玩了。"

夏桑立刻道："那不行。"

大家都是给了钱来玩密室的，因为她导致剧情不能推进，大家败兴而归，夏桑无论如何都做不到。

她对祁逍说："反正只要想着 NPC 都是工作人员，就不害怕了。"

"嗯。"

约莫五分钟之后，徐铭和许茜才狼狈地跑回来。徐铭吓得面无人色，许茜直接要被吓哭了。

祁逍问："这么久？路很远吗？"

"楼道太黑了，啥都看不见，只能摸索着往前走。"徐铭胖乎乎的身体倚靠着墙壁，捂着胸口喘粗气，"他们家的 NPC 太绝了！我就没见过这种……跟自带特效似的！我的天，吓得人肝胆俱裂！"

"鬼什么样子的？"

祁逍还要多问，许茜扫了眼夏桑，故意说："你们自己出去看呗，剧透了还有什么意思！"

接下来，便轮到夏桑出门了。

她看着门外黑漆漆的一片，身体的本能反应就是僵住，疯狂抗拒出门。

外面也太黑了吧！

身后，祁逍鼓励道："小桑，别怕，NPC 都是工作人员，不会伤害你的。"

夏桑点点头，走了出去。

门被许茜关上，最后一点房间里传出的微光也消失了，她顷刻间便被走廊里无边无际的黑暗吞噬了。

夏桑心脏"怦怦"地狂跳着，又往前走了四五步，周围静得只剩她的呼吸声。她想到了小时候因为不会写作文被妈妈关在地下室的小黑屋的场景。小黑屋真的好黑好黑，黑暗中，不知有什么怪兽正伺机蛰伏。年幼的夏桑被吓得哇哇大哭。

鬼不是最恐怖的，最恐怖的是无边无际的黑暗与孤独。

因为妈妈说，成功的人永远是孤独的，而她希望夏桑出人头地，成为社会上最冒尖的精英阶层。夏桑必须穿上盔甲，披荆斩棘，像个孤独的勇士。

夏桑抱住了膝盖，蹲了下来，不敢再往黑暗的更深处走了，小黑屋的噩梦顷刻间笼罩了她。她不想……不想成为这样的勇士。

就在这时，走廊的灯光开始明明暗暗地闪烁起来。

夏桑抬眸，只见一个穿白袍子、头发凌乱地遮住脸的"女鬼"，伴随着灯光的骤亮骤暗，一会儿吊在天花板上，一会儿趴在左墙边，一会儿又蹿到了右墙上。

随着忽明忽暗的灯光闪烁，对方离她越来越近。夏桑目瞪口呆地望着对方，感觉呼吸都要停止了。

然而，她转念一想，这只是个工作人员而已。

是的，工作人员！没什么好怕的！

她不断给自己做着心理暗示，相比于无边无际的漫长黑暗，她更情愿和 NPC 工作人员待在一起。

于是，就在下一秒灯光亮起，"女鬼"要和她来一个"贴脸杀"的时候，夏桑忽然牵起了对方的手。

手掌宽大而温暖，绝对是人类的手！

她顿时松了口气，恳求道："小姐姐，你能不能陪我去隔壁拿一下线索卡？里面太黑了，我什么都看不见。"

对方尝试着挣脱了一下，不料小姑娘的十指和他的紧紧扣在了一起。

"……"

监控室里，李诀目不转睛地盯着屏幕。

这一段渐进式场景，是他们七夜探案馆最有口碑、最为人称道的名场面。全南溪市没有一家恐怖密室能请到身手如此之好，可以在墙上飞檐走壁的 NPC 来扮鬼了。周擒绝对是他们的王牌。

然而现在，他们的王牌 NPC，却被一个小姑娘牵着手，生拉硬拽地拖着往黑暗的房间里走。

"我的天！这什么情况？"李诀坐直了身子，诧异地看着监控画面上发生的一切，有些反应不过来。

他拿起对讲机，调到了周擒的耳麦频道："你是要吓唬她，怎么就……跟着她走啦？"

周擒感觉到女孩紧紧攥着的手，五根手指头宛如吸盘一般扒着他，扯都扯不开……

他也从没遇到过这种情况，但是作为专业 NPC，他又不能开口说话，影响玩家的沉浸体验，只能任由女孩攥着他，来到体育器具室，拿了摆在桌上的线索卡。

回去的路上，夏桑用商量的语气对周擒道："小姐姐，我现在还不能放你哦，不然你肯定要从后面吓我，说不定还要追我。"

"……"

"你陪我走到了门口，我再放你，好不好？"说着，她又用力握紧了他的手。

"……"

周擒感觉自己应该是被她"挟持"成了人质。他只能陪着她，穿过黑暗狭长的走廊，来到了房间门边。

祁逍立刻打开了房门，下一秒，夏桑感觉掌心一松，回头，对方重新隐没在了黑暗中，什么都看不见了。

祁逍担忧地询问："怎么样？吓人吗？没有听到你尖叫，还以为你出什么事了呢！"

夏桑摇了摇头，感觉着掌心残留的余温，说："那个'女鬼'小姐姐，其实不吓人，超温柔。"

"那个'女鬼'小姐姐，其实不吓人，超温柔。"

这句话中的每一个字，伤害性不大，侮辱性极强。他沉着脸从暗门走出来，摘下了头套，李诀和监控室一帮人乐得都快升天了。

"从未见过如此不按常理出牌的客人，哈哈哈。"

"还被当成小姐姐了！"

"也是第一次有女生用'温柔'来形容他。"

"超温柔！超温柔！超温柔！哈哈哈，承包了我一年的笑点。"

周擒一声不吭进了更衣间，快速脱下了"染血"的白袍道具服，穿上了宽松的黑裤，拿起挂钩上的衣服。

他似乎想到了什么，赤着上身站在镜子前，看着自己的右手。

因为刚刚在墙上爬过了，手掌沾了灰，还有点脏。他犹豫了片刻，接了洗手液搓了手。

周擒看了眼镜子里的自己。

因为常年的锻炼和工作，他的体态更偏向于成熟男性，麦色皮肤，寸寸肌肉都牵扯着力量。

这是周擒第一次正儿八经地仔细观察自己的身体。

下一秒，他随手拎起衣服，走出了更衣间。

周擒一直在七夜探案馆待到晚上十点，接了四五场活儿，饶是他体力耐力俱佳，最后一场结束，身体肌肉也开始酸疼了。他走到凌乱的柜台边，伸了个懒腰。

收工之后，明潇便开始给员工们发工资。

李诀半躺在沙发上，拿手机看着明潇给他的转账："忙一天才八十块啊，潇姐，生意这么好，不该加工资吗？"

"生意好跟你有什么关系，人气不都周擒带来的吗？"柜台边的明潇一边记账一边转账，"你就坐在监控室拿着对讲机说话而已，又不是什么体力活，给你八十都算多了。"

李诀哼哼唧唧表示抗议。

说着，周擒手机上也收到了一笔转账，两百。

他默不作声地确认了转账，放下手机的同时，视线落在了桌台上的几张《安全责任书》上，其中一张便是下午一点半那场的《校夜惊魂》。

周擒的视线轻而淡地扫了眼张牙舞爪的几个签名，骤然落在其中的一个名字上，感觉眼球仿佛被火星子给烫了一下。

那是带了点行楷的张扬风格，写着两个字——祁逍。

耳畔，又响起了父亲那宛如枯叶被碾碎的嗓音："人有时候，就得认命。"

周擒的手紧紧攥成了拳头，回想起了那几个少年的模样。

现在的祁逍比几年前又要自信张扬许多。

而这些年，周擒也一直在说服自己，听从父亲的话，接受命运的摆布，选择当个识相的聪明人，不要以卵击石。

因此，他没能认出他来。

蹉跎的岁月把心都磨得平滑了吗？

周擒的视线侧移，又看到他旁边的另一个名字——夏桑。

字体文静而秀气，和祁逍的名字写在一起。

明潇注意到周擒宛如雕塑一般，死死盯着《安全责任书》看，她放下手机，问："周擒，看什么呢？"

周擒收敛了眸子里的锋芒，平静地说："遇到个熟人。"

"哟，今天的熟人还挺多的嘛。"

明潇坐在柜台的高脚椅上，关切地问："对了，今天太忙一直没来得及问，一直缠着你结果出意外的那个女生，最后怎么解决的？"

周围几个男孩都围拢了过来，关切地看着周擒。

周擒的指尖随意地点了几下桌子，说道："他们想让我把这件事担下来，然后诚挚地跟受害者道歉，到时候看看是否能以我的年龄为由免除刑事责任，只担民事责任。"

"放屁！"明潇有些激动，"那些流氓干的好事，凭什么赖在你身上！"

李诀说："那帮人之前来找擒哥，让周擒把这一切担下来，等受害者家人的怒气冲过去，再想办法保他。如果他拒绝的话，这件事他也脱不了干系。最大的麻烦是那个被害的女生一口咬死了电话是周擒打的。"

"太欺负人了！"明潇愤愤道，"这帮人就这么不把法律放在眼里吗？"

周擒的视线又落在了"祁逍"的名字上，眸底划过一丝冷意："有些人生来什么都有，就算做错了事，也有人给他们兜底，不需要付出任何代价。"

而没有做错事的人，却要接受惩罚。

明潇担忧地望向周擒："那你……打算怎么办？"

"他们有本事就尽管冲我来，我再也不会给人背黑锅了。"

周擒将那份签名的《安全责任书》对半撕开，顺手扔进垃圾桶里，转身离开了七夜探案馆。

垃圾桶里的那份《安全责任书》，祁逍和夏桑的名字，正好被对半分开。

麓景台是南溪市数一数二的高档小区，拥有几栋各方面看来都十分完美的现代大平层住宅。

高层的住户几乎可以将整个南溪市尽收眼底，而另一面则是生态湖区，环境幽雅。

几年前，为了夏桑的学业和覃女士上班方便，夏家全家从市北郊区的别墅搬入这栋大平层。夏桑很喜欢这个家，因为厨房和客厅一体化，显得家里的空间通透明亮，装修也是现代简约风。

但是夏桑慢慢地发现，自从搬入了这栋现代的大平层住宅之后，家里越来越空荡荡了。爸爸越来越少回家，妈妈独自在窗边唉声叹气的时间也越来越多了。

如同此时此刻，当她悄悄输入密码打开房门，房间里没开灯，黑漆漆的。

她以为覃女士不在家，松了口气，蹑手蹑脚走进屋，换好了鞋，准备不动声色地回房间。

"现在几点了？"

突如其来的质问撕裂了房间的空寂宁静。

夏桑蓦地顿住脚，僵硬转头，看到覃女士竟然独自坐在落地窗边的单人沙发上，手边的茶几上放着小半杯红酒，倒映着窗外的霓虹。

"妈，你怎么不开灯啊！"夏桑心虚地打开了壁灯，房间才重新敞亮了起来。

"我问你，现在几点了？"覃女士面露倦色，嗓音沙哑，语调平淡。

夏桑看了看手机："九点。"

"和朋友玩什么，玩这么久？"她半倚在单人沙发上，仍旧保持着平静的语调，但作为教务处主任的压迫感却扑面而来。

夏桑深呼吸，说道："下午玩了密室逃脱，然后又去吃了甜品，然后去抓了会儿娃娃，许茜她们太笨了，一只都没抓到。晚上在商城吃了个饭，吃完又逛了会儿街。"

"呵，安排得这么丰富又充实。"覃槿又问，"谁组织的？"

"是……"

祁道的名字在她嘴边打了个圈，又吞咽下去了，"没人安排啊，出来玩不就是这些活动吗？"

"具体有哪些人？"

"就是许茜她们啦啦队的。"

覃槿冷笑了一下："我倒不知道，你和啦啦队那些青春张扬的女孩子玩得这么好。"

"难道我就应该每天泡在书堆里，安安静静当一个只会学习的工具吗？"这话到嘴边了，但夏桑始终没敢说出来。

"除了啦啦队，还有篮球队的男生吧。"覃槿平静地说，"他们队长，那个叫祁道的，不就喜欢组织这些活动？"

听到祁道的名字，夏桑惊了惊，按捺着紧张的情绪，尽可能让自己看起来平静："好像有他，不是很熟。"

"你和他不熟吗？我听说他经常邀请你去看篮球赛。原来除了小提琴，你对篮球也感兴趣。"

"但我没有去啊。"夏桑咬了咬牙，带着几分意气，说道，"而且我对小提琴也并不感兴趣，是你让我去学的，说培养优雅气质。"

"少给我东拉西扯。"覃槿的语气一下子严肃了起来，"有些事我不说破，是给你情面！你以为那个祁道是什么好东西？呵，校草，你知道他家里给他兜了多少底——"

"妈！"夏桑终于控制不住情绪，放下了书包，重重地摔在了地上，"我说了什么都没有！你能不能调查清楚了再质问我！"

此言一出，空气凝滞了几秒。

这是覃槿第一次看到乖顺的女儿发脾气。

夏桑发泄之后，又默默地捡起了书包，走回房间："难怪爸爸不想……"

这话说了一半，终于还是被她强行吞了回去，改口道，"如果你们要离婚，其实不用拖到高考之后，这件事……不会影响我高考。"

说完，她重重关上了房间的门，将一切情绪的猛兽阻挡在外。她的心里仿佛被人塞满了枯草，窒息而压抑，无处可逃。

夏桑躺在床上，平复了心情，找到了祁逍的微信头像，他的头像是乔丹签名款篮球。

听说是两年前家人为了奖励他考入南溪一中，用足以在南溪市中心买一套豪华别墅的价格，从国外给他拍回来的。这篮球是他最喜欢的宝贝，从此以后，他的微信头像就变成了这款签名篮球。

他最新的一条朋友圈，是今天下午去玩的那个娃娃机，花了接近两百块，结果一个娃娃都没抓起来——

"苦练技术，下次再战。"

底下评论有几个班上的共同好友——

"逍哥竟然也沉迷抓娃娃。"

"为了谁下次再战啊？"

"楼上，小心发言啊。"

夏桑心情烦躁，也没给他点赞。不过很快，祁逍便给她发了消息："平安到家？"

夏桑："嗯。"

祁逍："我也到了，洗完了澡，开启疯狂赶作业模式。"

夏桑指尖在屏幕上犹豫了好几秒，回复："祁逍，我妈妈知道了。"

祁逍："你妈妈知道什么？"

夏桑："今天出去玩的事。"

祁逍发来一个表情："那我完了。"

夏桑："我看你一点也不害怕。"

祁逍："我当然怕。"

夏桑心情烦躁，祁逍却发来了一句："我只怕你挨骂，以后不和我说话了。"

夏桑看着那行短短的文字，每一个字都像一缕温柔的风，吹拂着她寂静的世界。

覃女士越是这样，夏桑越是不想听她的话。

凭什么她的青春就必须是书本、作业和小提琴，凭什么她不能像许茜一样，打扮得漂漂亮亮，拥有很多朋友，人缘超好？凭什么……

夏桑不知道说什么，回了句："睡了，晚安。"

祁逍："对了，年末的圣诞音乐会，我费了好大的劲儿，终于搞到一张门票了。"

祁逍发来一张图片。

夏桑："！"

祁逍："开心吗？"

夏桑："我妈妈也会去，你千万不要出现！"

祁逍："放心，我不会让她看到。"

夏桑："我说真的，真的别来！"

祁逍："我会想办法。"

夏桑："……"

南溪的夜晚飘着几颗雨星子，带来了入秋的寒凉。

体校的少年们带着一股燥腾腾的热气，走进便利店，买了汽水饮料和方便面。

周擒拿了几袋高钙纯牛奶，从柜台边的小盒子里拎了一枚橙味口香糖，然后摸出手机扫码结账。

明潇提议道："明天你们又要回学校了，晚上去'老船长'坐一会儿啊。"

少年们连声答应："潇老板请客，我们就去。"

"瞧你们这出息。"

"不去了。"周擒结账之后告辞道，"作业还没写完。"

"等等，我们有作业吗？"

"咦？我们上过有作业的课吗？"

对于体校的男生们来说，文化课好像不那么重要，操场才是他们的"教室"。

然而周擒却是例外，文化课他每节都会去，认真做笔记，认真回答老师的提问，认真完成作业。在十三中，不需要特别努力，他都能轻松地成为年级第一，但周擒还是比其他人努力太多了。

即便命就是这么烂，他还是不甘心。

明潇能看出周擒心里的挣扎，如果不是不甘心，他也不会玩命一样地赚钱。

他想摆脱这种生活。

"你们都学学吧。"明潇戳了戳李诀脑袋上那一顶蓬松的带点自来卷的头发，"努点力，争取早点把飞檐走壁的技能练出来。我给你们提时薪！"

"算了，我们还是不和老大抢饭碗了。"

周擒撕开牛奶袋，喝了口，说道："抢我饭碗，前提是你们有这个本事。"

"这太嚣张了！"

话虽是这样说，不过他们知道，周擒有嚣张的资本。无论是智力还是体能，周擒都碾压他们太多太多了。

他是省队连续两年选上的预备役苗子，却连续两年拒绝了省队，把一帮运动员眼红得快滴血了。

前不久有个外国学者来十三中访问，连英语教研室的主任都不太能应付得来，最后还是班主任把周擒推荐出来。他懒洋洋地揣兜出场，所有人都以为他会翻车，没想到这小子开口就是纯正的英式英语，不仅担任翻译，还全程和外国学者谈笑风生，分分钟把一众愣头青体校生给看呆了。

就像游龙困于浅滩，谁都不知道像他这样的苗子，怎么会沦落到十三中来。

男孩们嘻嘻哈哈地走出了便利店。

忽然，便利店的营业员像是认出了周擒，叫住他："你好，请问你之前是帮一个小姑娘付了纸巾的钱吗？"

周擒叼着牛奶袋回头，淡淡"嗯"了声。

营业员赶紧从柜子里拿出一页留言纸："那姑娘早上过来留了联系方式，说如果你再来的话，让你加她，她好把钱还你。"

Chapter 02

还钱·少年·篮球赛

他想着，这近乎被摧毁始尽的人生，至少还要赢一把，不败败臭刚刚那场篮球赛……

南溪市作为南方最有发展潜力的新一线城市，近些年南城现代化高楼拔地而起。而最早发展起来的曾经作为市中心的北城，现在却成了"老破小"群聚地，道路狭窄拥堵，房屋建筑破旧，底层人口众多。

周擒的家，便在北城的火车站附近，一个曲曲折折的巷子里。

从他家的窗户便能望见火车轨道，每天轰轰隆隆的火车驶过，房间就跟地震似的，抖个不停。

周擒的父亲被放出来之后，工作丢了，在里面身体也拖垮了，做不了重活儿，现在利用自家一楼的小屋子，开了个副食店。因为居民又杂又多，巷子又很深，副食店的生意也还不错。

周擒走进胡同巷里，鼻息间能嗅到泥土混合着油烟的味道，给人的感觉就是永远的停滞。这里仿佛被遗忘在时间之外，永无起色。

院门口拴着一条黑狗，对他不住地摇尾巴。他俯身摸了摸黑狗的头，然后进了屋，将装了牛奶的口袋放在柜台上。

老爸周顺平正在看电视，很老式的大头电视，约莫小柜子一般的尺寸，是他从二手市场上淘来的，电视里正在播放相声。

"回来了。"他的嗓音里带着一丝苍老和喑哑。

周擒将牛奶袋递到老爸面前，同时把三百块钱也递了过去。

周顺平自然地接了钱，叮嘱他："平时多把心思放在训练上，家里也不差这点钱，教练说你的篮球可以冲一下国家队。"

周擒却没应这句话，叮嘱道："把牛奶喝了。"

周顺平看到牛奶袋，却说："家里就是开店的，买这个做什么？"

"你架子上那些常温保存好几个月的牛奶，不新鲜了。"周擒语气平淡，"这是冷藏的鲜牛奶，喝了对身体好。"

"放着，放着明天喝。"

"这玩意儿不经放。"

周擒看着老爸咬开了牛奶袋，喝了牛奶，这才罢休，回屋道："晚上吃的什么？"

"随便炒了几个小菜。"

周顺平在他进里屋几秒之后，像是反应过来什么，跟跄地冲了进来。

但还是晚了一步，周擒已经拿起了床头柜上的一个方形相框。

相框里的女人气质婉约柔美，虽然年纪看着并不算年轻了，但五官极为协调，隐约能找到年轻时的惊艳感，身上这件淡蓝的连衣裙，勾勒着她优美的身体曲线。

周擒回头望了父亲一眼，眼底带了点恨铁不成钢的意思。

"只是留个念想……"

周顺平上前来夺相框，却还是晚了一步，周擒利落地砸了相框，另一只手扣响打火机，毫不犹豫地烧掉了照片。

照片里，母亲明媚的笑颜在他手里一点点化为灰烬，哪怕火焰烧到了手指，他也毫无反应。

周顺平的心顿时滞住了，呼吸生疼。

"留什么念想？"周擒压抑着嗓音道，"当初我抱着她的腿，求她别走，说我长大了也一定会让她过好日子。她说等不了，也不相信。住在这种不见天日的破地方，她永远过不了想要的生活……"

周顺平蹲了下来，痛苦地抱着头："别说了，你别说了。"

周擒袖下的手颤抖着，用脚碾碎了地上的灰烬，用力抑制着内心翻涌的情绪："我都不想她了，你能不能像个男人一样放下。"

终于，周顺平站了起来，瘦小的肩膀微微有些佝偻低垂。他哑声说："看你这一身汗，你进去洗个澡，我去帮你把衣服洗了。"

"不用，我自己会洗。"

周擒进了狭窄逼仄的洗手间，打开冷水，转身发泄一般朝着瓷砖墙壁猛击了一拳。

痛苦的回忆宛如过境的蝗虫，涌入他的脑海中，密不透风，将他的胸腔一点点填满。

父亲刚进去半年，母亲便忍受不了这糟糕透顶的生活，选择离开。

那时候周擒已经十五岁了，平时挺开朗爱笑的大男孩，第一次抱着母亲的腿，在大雨中声嘶力竭地苦苦求她。

求她不要走，他不能没有妈妈。

那是他长大后第一次哭，也是最后一次。

一个人没有了爸爸，又没有了妈妈，该怎么生活呢？他甚至都感受不到绝望了，心慢慢变得木然。

从那以后，他宛如变了一个人，像条泥鳅一样玩命地往前冲，想要冲出这泥沼一般的生活。

他只能靠自己了。

周擒洗了澡，穿了一件旧白 T 恤当睡衣，擦着湿漉漉的头发走出来。

他的外套已经被周顺平拿去洗了，黑色钱夹搁在桌上。周擒打开钱夹，一张写着联系方式的白色字条飞了出来，掉在桌上。

字条上，一行娟秀的字迹写着——

为我昨天的不礼貌向你道歉，我的手机是：187×××2343（微信同号），敬请添加，我把钱还给你，诚挚道谢并再次道歉。

——一个冒昧又唐突的女生

看得出来，她家教良好，也很在意别人的感受，哪怕只是一个可能永远不会再遇见的陌生人。

想到她明艳乖顺的脸，又想到了她身边的祁逍，周擒心里那股早已被按捺的不甘和屈辱，再次冒了出来。

然而，转瞬即逝。

不甘又怎样，屈辱又怎样？

现实粗糙的生活就摆在眼前，他有什么资格想入非非？

周擒将字条揉成团，随手扔进了垃圾桶。

周一早上的升旗和晨练早会上，大家惊愕地看到，已经休假三周的宋清语竟然回来了。她穿着宽松的校服，戴着墨镜和口罩，打扮得跟明星出街似的。

后排贾蓁蓁和段时音低声议论道——

"不是说休学了吗？"

"又回来了，是会继续上课吗？"

"以后莫不是都这副打扮吧？"

夏桑知道宋清语为什么之前说休学，现在又会回来，全靠这两天覃女士在电话里给她家长做的思想工作——

"孩子没受到什么实质性的伤害，没必要办理休学。

"现在南溪一中的孩子们都在争分夺秒地往前冲，休学一年，课程耽误下来，到时候衔接不上，对孩子学业影响太大了。

"如果是心理问题，我们学校有最好的心理老师，可以对她进行辅导。

"高考是最重要的。"

……

在覃女士看来，前途和未来，能否出人头地，能否成为社会精英，比小孩快乐与否更重要。

宋清语的家长本来准备让孩子出国旅游一年，现在听覃槿这样说，顿时感觉到了孩子抓住美好前途的迫在眉睫，于是毫不犹豫地把宋清语推回了南溪一中。

宋清语经过夏桑身边时，摘下墨镜，眼神如刀子般狠狠地刮了她一下。多半也是包含着对覃槿的恨意，因为她周游世界的旅行计划泡汤了。

回教室开班会，班主任老何再度严肃重申了十三中的事情——

"如果让我看到或听到本班同学和十三中的人接触，没有二话，直接收拾东西给我滚出火箭班！

"以后也不准议论宋清语的事！

"高三了，你们都给我仔细着！"

虽然班主任不让班上同学议论宋清语，但女孩们的八卦之心哪里忍得住。下课后，贾蓁蓁便和段时音兴致勃勃地讨论了起来。

"那几个流氓抓没抓啊？"

"听说有一个还是本市地产大鳄的儿子，路子广着呢，我估计够呛，顶多教育一下得了，又没出事。"

"不能吧，宋清语的家世也很厉害啊！怎么能吃下这个哑巴亏？"

贾蓁蓁意味深长地说："肯定要有人出来顶锅，估摸着，宋清语关注的那位……怕是要被推出来挡子弹了。"

"你说周擒啊？"

听到"周擒"这个名字，本来无心加入话题的夏桑抬起了头："不是说他什么都没做吗，凭什么出来背黑锅？"

段时音道："也不能说什么都没做，宋清语是被他的电话引去的嘛。"

"可电话是别人冒名的呀。"

贾蓁蓁义正词严道："这就叫'我不杀伯仁，伯仁却因我而死'，怎么都要负责吧。"

"那太不公平了。"夏桑摇头，"没这种道理，法律也不会这么判的。"

段时音"啮"了一声，说道："其实这里面到底什么情况，只有当事人知道。周擒否认打了电话，但宋清语一口咬死电话就是他打的啊，还说声音也是他，这……谁说得清楚嘛！"

"别瞎猜了。"夏桑说道，"相信警方调查后会给出公正的判断。"

就在这时，夏桑收到了祁逍的信息。

夏桑打开手机，看到祁逍问她："和你的闺密们在聊什么？聊得这么入神。"

夏桑回道："这么近，需要发短信吗？"

"说实话，我怀疑你身边有你妈妈安插的'眼线'，所以最好小心些。"

"什么？"

"就你这么单纯，一点防人之心都没有。"

夏桑看了眼贾萋萋和段时音，俩姑娘还在津津有味地聊着宋清语的事情。其实那天祁逍约她去密室的事情，她也有过疑惑，为什么妈妈对她的行踪和祁逍的事情了如指掌？

依照篮球队和啦啦队的男孩女孩们的性格，他们应该不会去当覃女士的眼线。那么恐怖密室的事，便只有贾萋萋和段时音知道了。

不会是她们中的一个告的密吧！

夏桑无法接受，她们高中以来就是"铁三角"闺密，会有一个人去当覃女士的眼线？她不太相信祁逍的推测。

手机又振了振，祁逍道："这周六，我们有一场和十三中的篮球比赛。"

"老何不是才说了不让和十三中……"

祁逍毫不在意地说："要是什么都听他的，生活多无聊。"

"可……"

"只是打比赛，又不做什么，放心，没事的。"

"好吧。"

"你不来给我加油吗？"

夏桑："加油。"随后发了一个微笑的表情。

祁逍又补了条消息："相信我，十三中没老师们说的那么可怕。"

看到这话，夏桑想起了那天在便利店遇到的疤痕少年。其实事后她也很懊悔，检讨自己不该戴有色眼镜看人。也许，真的没那么可怕。

夏桑想到覃槿对她的"专制统治"，越发不想顺着她的意思来，于是应道："好吧，我会来。"

祁逍："耶！"

祁逍："对了，篮球赛这事风险挺大，你就不要告诉身边任何人了。"

夏桑看了看面前的段时音和贾蓁蓁，顿了顿，回道："好。"

虽然南溪一中的老师们将十三中形容得如此不堪，但事实上，作为全省最大的体育苗子培养基地，十三中倒也出了不少拔尖的体育人才，在各大国际国内体育赛事上拿过奖。

不久前的奥运会，十三中培养了六枚金牌运动员，现在横幅都还挂在校园入门的林荫大道上还没撤呢。

十三中特别两极分化，优秀拔尖的学生便特别优秀；而成绩太差走投无路，只能通过体考升学的学生也多如牛毛。

所以十三中的总体风评便很糟糕。

夏桑走在十三中的校园里，一开始还有些小心翼翼，后来她发现，十三中的校园和南溪一中的校园没什么差别，学生们三五成群地聚在一起，笑笑闹闹，氛围都很正常。并没有一中同学想象的那种随处可见的校园暴力。

当然唯一的差别，可能就是十三中男多女少，随处可以听见男生们爽朗的笑声。

夏桑在左绕右拐的林荫路上走了将近二十分钟，找错了两个体育馆，一路边走边打听，终于找到了祁逍跟她说的圆顶篮球馆。

篮球赛已经开始了，夏桑一入场便能感觉到场子里欢腾热闹的气氛。十三中的学生们对体育比赛有无比的热情，所以这样的球赛，场馆里座无虚席。

难怪祁逍他们宁可冒风险来十三中打比赛，这要是搁一中，估摸着场馆里就只有寥寥无几的学生。一中的学生对体育比赛兴趣不大，就连春秋运动会他们都不爱参与，宁可窝在教室里上自习。

夏桑挤进喧嚣沸腾的人群中，摸索了好久，终于找到一个可以安身的空位。

祁逍穿着火红的篮球服，奔跑在球场上，一边运球，一边指挥着队友们的走位和攻防。

在篮球场上奔跑，永远是少年们的高光时刻。

夏桑其实很羡慕他们，不管是挥汗如雨的男生们，还是青春洋溢的啦啦队，他们每天毫无顾忌、张扬恣肆的生活，都是她想要而不可得的。

夏桑望向篮球架下的比分牌。出乎她意料的是，两边比分胶着，十三中是专业的体校，但祁逍的球队竟和他们打得不相上下、比分接近！

有点厉害啊。

夏桑的心情沸腾了起来，不住地对赛场大喊："加油呀！一中加油！"周围都是十三中的应援，只有夏桑一个人喊"一中加油"。

赛场上的祁逍似乎听到了她的声音，朝她所在的方向望了过来，绽开了笑意。周围不少人都顺着他的目光方向望了过来，看到了夏桑。

夏桑看着中场时间快到了，于是走出了体育馆，朝对面生活区的校园超市走了过去，想给队员们买几瓶气泡水。

李诀找了大半个校园，终于在教学楼下的一棵银杏树旁望见了周擒。

他正躺在生锈的铁制花园椅上，几缕斑驳的阳光照着他的脸，不知道在那儿躺了多久，身上还铺了几片银杏叶。李诀走到他面前，弯腰俯身望他，笑眯眯道："您老人家休息够了吗？"

卫衣帽子盖着周擒的额头，他薄薄的眼皮耷着，手里拎着一片秋黄的银杏叶，对着阳光，眯着眼睛观察树叶的脉络："跪安。"

李诀用书包打了打他那无处安放的大长腿，说道："您老人家可行行好！咱们和一中那帮小子的篮球赛，裤衩都快输没了！"

周擒懒懒散散道："篮球队刚被省队拣走一批好苗子，留下来的都是些杂毛，被吊打很正常。"

"人家省队教练亲自过来，不就为了劝你入省队吗！连着拒了人家两年，你没看到咱秦教那脸色……啧，恨不得把你生吞活剥了。"

"不去。"周擒懒懒道，"我要上文化课。"

"……"

李诀有时候是真不懂周擒，他坐到他身边，拍拍他硬邦邦的手臂："哥们儿，你不会是想通过文化课考上大学吧？"

周擒："显然，我的实力已经超出了这个水平。"

"对啊，秦教都说，你这体能和天赋……将来绝对是国家队预备役啊，你还考什么大学呢！"

周擒抬起眸子，懒懒扫他一眼，正色道："当个有文化的运动员。"

"哈哈哈。"

李诀还没笑完，就被周擒一脚踹了出去："有事说事，没事别打扰我午休。"

"强哥他们让我来的，请你去体育馆救救场，不然下半场再被一中那帮人吊打，这脸可丢大发了。"

"不去。"周擒毫不犹豫地拒绝，"跟一帮小孩有什么玩的？"

他还要为今天晚上密室的 NPC 兼职保存体力。

周擒起身朝超市走了过去。

"给我带瓶红牛！"身后，李诀冲他喊了声。

周擒扬了扬手，没答应也没拒绝，走进超市，径直来到了饮品货架边。

体院的超市饮品架一般都是各种功能型饮料，不过周擒偏不喜欢这类能让人兴奋的能量饮料。他讨厌心跳加速的失衡感。

周擒随手抽走了一瓶柠檬气泡水，然后透过货架的间隙，他看到了熟悉的面庞。

女孩的皮肤白皙如缎，眸子如水墨点染，嘴唇是自然的胭脂色，宛如桃夭。她眸子垂下，正认认真真地挑选着饮料。

周擒的视线也情不自禁地随着货架对面女孩的移动而流连着。一眼还不够，两眼也不够……周擒随着她的移动而移动，一直走到了货架的尽头。

夏桑似乎也对满货架的功能型饮料有所不满，秀气的淡眉微蹙着，寻找着正常的果汁饮料。

在她转过这面货架的时候，忽然，一瓶柠檬味的气泡水递了过来，正好就是她想要找的口味。

夏桑惊喜地抬头，然后看到了周擒。

他随意地戴着连衣的帽子，帽檐遮住了灯光，将他英俊的眉眼以及那道显眼的疤痕都埋入阴影中，显出下颌曲线的流畅锋利，缀着淡青的胡楂。

他再度扬了扬手里的气泡水，提示那是给她的。

夏桑连忙接了过来，寒暄道："是你呀！"

"嗯。"周擒淡淡应了声，又从货架上拿下一瓶相同口味的气泡水，说，"十三中不都是洪水猛兽，你也敢来？"

夏桑有点不好意思，歉疚地笑着："之前是我不好，不该那样没礼貌。"

周擒倒也没理会她的道歉，拿了饮料转身去柜台边结账。

夏桑匆匆拿了好几瓶水，追了上来，对他说："我请你吧，就当谢谢那天你帮我买……那个。"

"行啊。"周擒转身又从货架边取了一包白兔奶糖。

夏桑大方地说："你还要买什么？尽管拿哦。"

周擒的嘴角露出淡笑，指着货架对营业员说："来包那个。"

夏桑见他买烟，连忙道："这不行，我不能给你买烟。"

"嫌贵啊？"

"不是钱的问题，是抽烟不好。"

夏桑虽然觉得自己没必要管这么多，但她从小所受的都是规规矩矩、板板正正的教育，像抽烟这种事，她本能就很抗拒。

周擒玩味的眸子宛如蛛网般纠缠着她，看得她面颊发烫，猜测他肯定也觉得自己管得太宽。

夏桑摆摆手，低声说："算了算了，你买吧。"

说完，她便摸出手机，点出了付款二维码。

周擒却对售货员摆摆手表示烟不要了。其实他从来不抽烟，刚刚只不过顺手指了一下。

没想到二维码跳转了半晌，最后显示"没有网络信号，请稍后再试"。夏桑不断点击重试，急得脸都红了。

周擒忽然俯身过来，看着她的手机，道："这超市信号差，你这手机基本别想用网。"

夏桑感觉到耳边他温热的气息，往前走了一步："那这里有 Wi-Fi 吗？"

说话间，周擒的老款手机已经伸了过来，"叮"的一声，他扫了码，不仅自己付了款，还把她的气泡水钱也付了。

这样一而再再而三地让他帮忙付款，夏桑看着少年离开的洒脱背影，实在是过意不去："加个微信吧。"她加快步伐追了上去，"我把钱转给你！"

"算了，没几个钱。"周擒还是之前那句话。

"虽然钱不多，但还是加一个吧。"夏桑追着他，不依不饶道，"这钱我肯定是要还你的！"

周擒忽然顿住脚步，小姑娘没能及时刹住车，直接跟他撞了个满怀。

"唔！"

在她踉跄着后仰的时候，周擒拎住了她的衣领，将她拉到了自己的身边。

虽然拎衣领绝对是一个很不客气的冒犯行为，但偏偏他做来，反而有种强势的侵占感。

他的气场，太强大了。

"想加我微信的人有很多，又让我花钱，又要追着加微信的，你倒是第一个。"

夏桑看着他近在咫尺的英俊脸庞，屏住了呼吸。近距离才看清那道疤痕，浅浅淡淡，几乎快要和麦色的皮肤融为一体了，但因为断了眉，所以显出几分狠戾。

夏桑听见自己用很细很微小的嗓音道："你……误会了。"

周擒松开了她，顺手很自然地给她理了理衣领，岔开话题道："不是乖乖女吗？怎么不听老师的话，跑到十三中来？"

"谁说我是……"

夏桑本能地想反驳，但又觉得没这个必要，她是不是乖乖女或者好学生，其实对面前这个男生都无关紧要。

"我来看球赛啊。"小姑娘指了指对面的体育馆，"今天我们学校和你们学校有一场，我特意来看的。"

周擒的眼底似乎有点喜色，问道："你喜欢篮球吗？"

"喜欢啊。"

"我打得还不错。"

"少吹牛啦。"夏桑并不相信，反驳道，"十三中篮球打得最好的队员，现在都在体育馆比赛呢，你连参赛资格都没有，还说自己打得好。"

周擒听到她都已经开始损他了，心情更是愉悦起来："我是候补成员，想参赛，随时可以过去。"

"那你肯定打不过我们学校的篮球队，我刚刚出来的时候，你们的主力都落后我们校队十多分了。"

"这么惨？"

夏桑用力点头："是啊，所以别叫我们小学生啦！"

周擒嘴角的笑意更加明显，被面前这小姑娘逗得心情前所未有的愉快。

他发现自己真的喜欢和她聊天，甚至是享受这个过程，大概也是从来没有和她这样的乖乖女接触过。

他不记得自己已经多久没这么开心过了。

"你们学校的人本来就是小学生。"

"才不是，还说我，你才戴有色眼镜看人呢。"

"那看来我们两个学校，的确需要再相互多了解一下。"

周擒已经摸出了手机，却听到女孩惊呼一声："糟了！中场不知道过了没有，聊天都聊忘了时间！"说着，她慌里慌张地对周擒挥手道别，"拜拜，我先回去了！"

周擒看着女孩宛如小麻雀般蹦跶着朝体育馆跑去的背影，只好关掉了添加好友的二维码。

他盯着女孩的背影看了许久，一回身，便撞上了李诀质疑的目光，对方的眼神里写满了"你不对劲"。

周擒一巴掌将他脑袋推开："走路不出声，下次跟潇姐说，扮女鬼的活儿给你来干。"

李诀双手落到周擒嘴角，拉开了一道笑脸的弧形："你知不知道肌肉是有记忆的，你现在嘴角的肌肉都还没归位呢！老实交代，谁让你笑得这么开心？"

周擒推开他的手，懒得解释。

李诀跟在他身后，说道："而且根本不是我走路没声，我老远都在叫你了，是你自己搁这儿灵魂出窍。"

两人一路拌着嘴，走进了体育馆。

现在是中场时间，比分已经被一中拉远了，十三中惨败，主场的观众们也是无精打采、意兴阑珊。

幸好这只是学生们私下组织的比赛，要是让学校里那几个脾气暴躁的篮球教练知道，他们体育名校的篮球赛竟然输给了隔壁南溪一中，恐怕接下来半年都别想有好日子过了。

夏桑来到球场边的休息区，将气泡水分发给篮球队的队员们。

因为今天是十三中的主场，十三中这边当然早早准备好了水和补充体力的巧克力，一中这边"物资短缺"，可怜兮兮的。

夏桑的及时应援让男生们感动得"泪流满面"，"夏姐""夏爷""祖宗奶奶"都喊出来了。

祁逍起身迎上来，有些骄傲地对她说："比分现在很悬殊，他们追不上来了。"

"很厉害啊。"夏桑也递了一瓶气泡水给他。

祁逍扬起下颌，咕噜咕噜地喝了一通。

"你就别去观众区了。"祁逍带她来到休息区长椅边，"观众区鱼龙混杂，你就坐在这里，安全一点，等会儿打完也别瞎跑，跟我们一起去吃饭，庆祝一下。"

夏桑看看周围，随口问道："许茜她们的啦啦队没来吗？"

"她们不乐意来。"祁逍坐在她身边，笑着说，"我发现你最近对许茜特别关注啊，怎么了？"

"呵。"

"呵什么呵，不能跟我好好说话？"

祁逍注意到她卫衣连帽里装了什么东西，摸着还有窸窸窣窣的声音。他把东西从她帽子里取出来，发现是一包白兔奶糖。

夏桑想起来，这白兔奶糖不是刚刚那个男生买的吗？怎么跑到她的帽兜里去了？

"我帽子里还有什么？"

祁逍又仔细检查了一遍，然后摸出一片银杏叶。夏桑接过叶子，脸上露出了不解的神情。

这时，中场结束的口哨吹响了，祁逍起身，笑问道："上场了，有什么要叮嘱的吗？"

"赛出风格，赛出水平。"

"……够了。"

球场对面观众席的周擒，脸上残留的那点肌肉记忆已经烟消云散了。他面无表情地看着夏桑和祁逍，感觉他们的关系似乎还不错。

嫉妒，宛如丝丝缕缕的细线，一点点将他的心缠绕。

被困住了。

李诀也注意到了周擒的目光，说道："这不是上周来密室玩的那个女孩吗？有缘啊，这都能遇见。"

周擒没有应他，李诀诧异地望向他，他眉下的那道疤显出了几分戾气。

"刚刚不还阳光灿烂的吗？川剧变脸都没你这速度。"

说话间，周擒已经站起身，朝着场下走去。

"去哪儿啊？"

"上场。"说完，他扔掉了手里的空饮料瓶，瓶子落入垃圾桶，把垃圾桶震得叮咚响。

李诀愣了一下，连忙追了上去："刚刚不是不上吗？怎么这会儿又要上了？"

周擒这一上场，体育馆原本已经死气沉沉的气氛，顷刻间沸腾了起来。

夏桑身后好几个女生直接站起来，扯着嗓子开始尖叫——

"啊啊啊！周擒来了！"

"稳了！这把绝对赢了！"

"男神一来，十三中绝对逆风翻盘了啊！"

夏桑发现，身后好几个呐喊尖叫的女生，喊的都是同一个名字——周擒。

夏桑好奇地从一群黑色球服的男生中寻找她们口中的周擒，结果看到了那张熟悉的面孔以及他眉下浅淡的伤疤。

是他！

夏桑攥着白兔奶糖的手紧了紧。她和贾蓁蓁她们聊了这么多天的八卦"男主角"，竟然已经和她见过好几面了！

夏桑一时间心情有点复杂。她不知道宋清语事件的真相到底如何，但"周擒"这个名字，在一中女生眼里，已经成了危险的代名词。

很快，球场上的局势便容不得夏桑再想入非非了。因为周擒上场不到五分钟，就进了三颗球，而且都是三分线外的投篮！他好像一共也只投了三颗球，每一颗都稳稳地命中了篮圈。

比分差距一下子缩短了不少。

场馆里观众欢呼着"周擒"这两个字，几乎快要掀翻天花板了。

周擒在十三中的人气很高，女生们的尖叫声快把夏桑的耳朵都震聋了。从他这般高涨的人气就能看出来，他刚刚没有吹牛，他的篮球打得非常好！

祁逍有些沉不住气了，跑过去阻截周擒。

他皮肤很白，火红色的篮球服穿在他身上，显得炽热明艳。而周擒的皮肤跟他比起来，是更深的小麦黄，黑色的球服让他的气质沉稳了不少。

两人同框，便是明显的男孩与男人的差别。

在周擒面前，祁逍原本引以为豪的球技顿时就没眼看了。他不止一次被周擒的假动作骗过去，而且体力和耐力都跟不上他，跳起来也盖不住，几次在他手里丢了球。

比分追平，然后又拉开了新一轮的逆差。

祁逍被打得有点丧气了，眼底自信的光芒也顿时消散无形。

夏桑看得心口有点紧，在一中的男孩们小跑着经过休息区的时候，她站起来给他们加油："一中加油！祁逍也加油！"

祁逍望了夏桑一眼，然后对她做出了加油的手势。

周擒看着他们，失神的瞬间便被周围的人给夺了球，然后三步上篮，一中得分！

"好样的！徐铭好样的！"祁逍激动地喊了声，"大家稳住，不要自乱阵脚！"

一中的士气仿佛也被这颗球给鼓舞了，开始对周擒严防死守。

周擒撑着膝盖，轻微地喘息着，又望向了休息区的夏桑。不知道为什么，喉咙里的那种微痒又漫了上来。她就像一抹影子落在他心里，淡淡的，却也抹不掉。

其实他们根本不熟。

但因为祁逍，周擒在心里藏了很多年，逼得自己都快忘记了的不甘和屈辱，瞬间又涌了上来。

周擒默了几秒，然后低吼了一声，开始发狠地运球了。

他的冲击力和爆发力相当强，在规则允许的范围内，几乎没有任何人能够拦住他。

进球！进球！进球！场馆里，观众们的嗓子都快要喊哑了！

和现在的他比起来，刚刚上场那十多分钟，简直就跟玩儿似的。现在他才真正开始发挥水平了！他打球非常狠，力道也很大，又一个起跳的大灌篮，把篮板扣得哐哐作响。

鲜活恣肆的青春，伴随着少年不加掩饰的怒意，将整个场子都燃了起来。

场下的李诀感觉到不对劲，他很少看到周擒有这样的爆发时刻，一场连教练都没有的野生篮球赛，至于吗？

后半场的比分差距被周擒用一己之力拉到了四十分，简直可以说是把一中按在地上摩擦吊打。

祁逍筋疲力尽，大口地喘息着，感觉到了深深的无力。

不仅仅是输掉一场篮球赛，后面这一轮势不可挡的碾压，几乎直接摧毁了他的自信心。他甚至都开始怀疑自己到底会不会打篮球了。

结束的哨声响起，两边比分差距是六十三分。

或许是雄性生物之间某种微妙的荷尔蒙感应，在周擒抬着下颌，轻蔑地扫向祁逍的那一刻，祁逍明显感觉到他根本不是冲着篮球赛。

周擒就是冲他来的！

祁逍骤然暴怒了起来，冲动之下，手里的篮球猛地砸向了周擒。

周擒反应迅速，推开了身边一个凑上来给他送水的啦啦队女生，一把将篮球扣翻在地。

啦啦队女生惊恐地捂住嘴，要不是刚刚周擒那一推，飞来的篮球直接能把她撞出脑震荡吧！

这颗明显挑衅的篮球瞬间把两队刚刚在赛场上积压的怒气引了出来，十三中的男生们上前推搡起了祁逍——

"小学生输了球就打人是吧！"

"你叫谁小学生？"

"叫你们怎么了，输球又输人，真给你们一中长脸啊。"

两边没吵两句嘴，便撸起了袖子。

夏桑没料到会是这样一个走向，看着眼前这一幕，她顾不得想那么多，跟着冲进了混乱的人群中，拉扯着劝架——

"住手！你们不要打了！教练来了！主任来啦！"

"谁让你过来的！"祁逍见到夏桑冲过来，惊得失了魂，忙不迭地护着她，想把她推出去，"快走开，快退出去啊！"

周擒冷冷地看着他们，只觉荒唐地笑了下："够了，都给我住手。"

他这一喝，十三中的男生们纷纷停了手，但剑拔弩张的气氛还在。

祁逍紧张地护着夏桑，此刻心里也生出了几分懊悔，不该带夏桑过来，还这么冲动地首先挑起战火。

"出了篮球馆，这事就算完。"周擒不客气地将脚下的篮球踢出去，篮球滚到了祁逍脚边，"嘴巴给我管严实了。"

李诀有些悻悻的，不太服气："明明就是这帮小学生先动的手！"

"叫谁小学生呢？"

"说的就是你，以后别来十三中了！"

周擒推开李诀，抬起头，略带嘲讽地望向祁逍："你还是一如既往地输不起。"

听到这句话，祁逍猛地望向了周擒，恍惚间，像是想起了什么，嘴角颤了颤，露出几分讶异与惊愕。

周擒懒得再看他的视线，最后望了夏桑一眼，转身离开了篮球场。

他的背影逆着光，走进了大片火烧云缭绕的夕阳暮色中。

从十三中校门走出来，暮色也渐渐沉了下去，华灯初上的大街，车流如织。

夏桑的脸色很难看。

祁逍很愧疚，一个劲儿地道歉："对不起，真的对不起，明知道你也在，我还没控制住脾气。"

"万一闹大就完了，老何当初怎么说的？你有可能会被开除！"

知晓了她原来只是在担心这个，祁逍松了口气，说道："放心，桑桑，没人敢开除我，老何也不行。"

"你别太嚣张了。"夏桑道，"我妈才不会管你家里怎样，她就很严厉，谁的面子都不会给的。"

"好好好。"祁逍妥协道，"你也别生气了。"

夏桑其实有点懊悔和覃槿赌气跑到十三中来，她望向了等在校门口的篮球队员们，说道："你跟他们去吃饭吧。"

"我先送你回去。"

"不了不了不了。"她连忙拒绝，说道，"你哥们儿都等着呢，而且你送我回去，太容易被我妈撞见了。"

"那行，我走了！"

"嗯。"

夏桑目送他打车离开了，这才转身朝麓景台小区走去。她不准备打车，步行回去约莫需要半个小时。她宁可晚点回去。

走过一个街口的转角，夏桑看到了倚在电线杆边的周擒。他还穿着黑色的篮球衫，胳膊上流畅结实的肌肉线条很有力量感。

经过刚刚下半场的爆发式比赛，此时他的气质不再那么具有攻击性，所以即便他就是"周擒",夏桑也没有觉得多害怕。

他好像是故意在等她,夏桑脚步顿了顿,还是决定不理他了。

就在她经过他身边的时候,周擒忽然将那款老式的智能手机提到她面前——

是添加好友的二维码。

夏桑防备地问:"做什么?"

周擒带着瘀青的嘴角往上提了一下:"还钱。"

身旁的霓虹灯闪了两下,亮了,灯光将他侧脸的轮廓镀上了一层淡紫的边。

夏桑的视线在他脸上停驻了两秒,然后不自然地移开,摸出手机,扫了他的二维码,问:"我要还你多少钱?"

"两包纸巾,三十;水,二十。"周擒面无表情地报价。

夏桑顿了一下,似乎在等他继续说下去,他却不说了,于是她提醒:"还有一包大白兔奶糖。"

"那个算我的。"

"不用。"

夏桑一共给他转了六十块,但他并没有马上接收,而是反问:"怎么,惹了你朋友,记仇了?"

"不是。"

周擒看着小姑娘冷淡的表情,忽然明白了什么,拉长了调子:"哦,因为周擒……是流氓。"

说出这句话之后,两个人都沉默了好一阵。

暮色一点点暗了下去。

"我不知道周擒是什么人,也无意评判什么。"夏桑垂着眼睑,说道,"这跟我没有关系。"说完,她将手机揣回兜里,转身离开了。

周擒随意踢开了脚下的一颗碎石子。他想着,这近乎被摧毁殆尽的人生,至少还要赢一把,不仅仅是刚刚那场篮球赛……

他抬眸,目光黏在了她纤瘦的背影上。

他还要……赢更多。

夏桑过了一个红绿灯,回头望向了一直跟在她身后的周擒:"不要跟着我了,干吗跟着呀!"

"送你回去，天都黑了。"周擒的嗓音宛若一截被风吹散的烟灰。

"才不要你送呢。"夏桑指了指他瘀青的嘴角，"你都流血了，自己去买个创可贴吧，别跟着我了！"

周擒说："陪我去买创可贴。"

"我不去。"

周擒走到她面前，眼睛没什么情绪地扫过她，半开玩笑道："你不去，我就到你们学校告状。"

"告什么状？"

"我被你们篮球队的人打了。"他指了指唇角的瘀青，"证据都还在，一时半会儿好不了。"

"……"

他似笑非笑地看着她，带着一股子坏劲儿。

夏桑还是陪周擒进了一家药店，嘴里细声嘟囔着："小学生吗？还告状，小学生现在都不告状了。"

周擒也没回嘴，单手揣兜里，来到了创可贴药架前，望着琳琅满目的创可贴，说："桑桑，帮我选一个。"

"你乱叫什么！"

周擒笑了，舌尖加重了语气："桑桑。"

夏桑的心就像被一片鹅毛轻轻拂过，禁不住地战栗了一下。之前也听祁逍叫过这两个字，但从未有过这种脊梁骨蹿激灵的感觉。

周擒也是点到即止，手指扫过一排创可贴："帮我选一盒。"

夏桑也不想跟他争辩什么了，随手拿了一盒创可贴递给了他。

周擒拿着创可贴去收银台结账，夏桑忽然打开二维码抢先付了款，说道："今天是祁逍先动的手，算我代他道歉了，他在我们学校比赛常赢，没受过这种挫败，有点冲动了。"

她的眼神很诚恳，也是真心诚意地道歉。

但周擒知道，这样的道歉，只是不想让他把这件事捅出去，让球队受处分。

他撕开创可贴，冷笑了一下："挺心疼你朋友的。"

她退后了两步，避开了他。

心脏宛若风箱，鼓噪着，呼呼作响。

周擒眼角噙了笑，说道："把手伸出来。"

"干吗？"

"让你伸出来就伸出来，哪有这么多问题。"

夏桑撇撇嘴，伸出了左手。

他不客气地拍开她的左手："另一只。"

她把右手伸出来。

周擒给她的擦伤处贴了创可贴，还用手摁了一下，确保妥当。

"走了。"

他果真说到做到，买了创可贴，就不再跟着她，转身离开，很快便消失在了霓虹闪烁的街尽头。

她手腕的伤，刚刚就连祁逍都没注意到，她不知道周擒是怎样看到的，更不知道他为什么会看到。

祁逍还是天真了，以为只要队友不说，他们在十三中打篮球的事情就不会被老师知道。而事实上，老师们总有自己的渠道。

教务处办公室，覃女士拉开了厚重的鹅黄窗帘，让阳光透过树梢照射进来。回身倚在桌边，她拿出手机刷了起来，泡好了枸杞红枣茶，只喝了一口，水杯便被她重重磕在桌上。

办公室里另一个帮着整理资料的女同学头皮一紧，不动声色地挪着步子，准备离开。

"你去帮我把夏桑叫过来。"覃女士的嗓音就像蒙了一层冰碴子。

"好。"女生战战兢兢地出了门，礼貌地将门带上。

"等一下。"覃女士又叫住了她，似乎平复了一下心绪，说道，"不用了，你帮我把高三（1）班的班主任何老师叫过来吧。"

下课后，作为学习委员的夏桑挨桌收取了随堂考试卷，收到祁逍桌边的时候，祁逍扬了扬卷子，笑着说："把你的卷子给我。"

"不能抄。"夏桑义正词严道，"不会做的，我可以给你讲。"

"不抄。"祁逍大喇喇地坐着，"把你的卷子给我吧。"

夏桑不知道他葫芦里卖的什么药，于是将自己的试卷递给了他。

祁逍将她的试卷展开，然后将自己的试卷和她的放在了一起，折叠好之后交给她。

夏桑说："你是小朋友吗？"

"我倒希望快点长大……"

话音未落，有男生将半个脑袋伸进窗户，冲祁逍喊了句："逍哥，老何让你去办公室！"

"快上课了，课间我再去。"

"老何说，立刻！马上！"男生露出恬不知耻的坏笑，"至少八级愤怒，你要有心理准备。"

祁逍懒洋洋地走出了教室，下节课是英语，整整一节课，他都没有回来。夏桑不禁有些忐忑。

终于，在课间时分，祁逍沉着脸走进了教室，非常郁闷。都不用夏桑去问他，身边就有一帮篮球队的哥们儿拥了上来。

"逍哥，怎么了？"

"老何找你说了这么久，什么事啊？"

"不严重吧？"

祁逍沉声道："篮球队被禁了，接下来大半年，别想打球了。"

"怎么会这样！"

"他怎么说禁就禁啊！"

"总得有个理由吧！"

这时，许茜她们的啦啦队也闻风来到了高三（1）班教室门口："怎么回事啊？听说逍哥被班主任叫到办公室训了一节课。"

祁逍出门接水，回来后倚在走廊边，冷声道："去十三中打球的事被知道了。"

"难怪呢。"许茜高声道，"我听说，今天'女魔头'在办公室大发雷霆，把老何叫去训了好一顿，多半就是为这事。"说着，她的目光有意无意地扫了眼坐在窗边的夏桑。

"'女魔头'这消息未免太灵通了吧，这肯定是有人通风报信啊。"胖子徐铭摸摸后脑勺，"这次比赛瞒得很紧啊！除了队里的几个人，就只有……"说着，他也看了夏桑一眼，不过马上就移开了，对祁逍说，"逍哥，何老师有没有说他是怎么知道的？"

"鬼晓得。"祁逍翻了个白眼，显然是动了肝火。

许茜趁此机会，索性径直走到窗边，很不客气地敲了敲。夏桑打开了教室窗户，隔着防盗栏，坦坦荡荡地与她对视。

"夏桑，我们和十三中打篮球赛的事，除了队里的人，现场就只有你去了，这才过一两天呢，老师就知道了，你有什么要解释的吗？"

夏桑眸光清澈："我不清楚何老师为什么会知道。"

"这很难让人信服啊。"许茜抱着手臂，阴阳怪气地说道，"自从你和篮球队走近之后，队里什么事，你妈妈都了如指掌。"

"够了！"祁逍走过来，很不客气地拉开了许茜，"你乱猜什么？这件事跟夏桑没关系。"

"你怎么知道就没关系！她妈妈就是教务处主任，肯定是她告的密！像她这种人畜无害的小绵羊，最有可能反咬一口的！"

许茜话音未落，祁逍手里的保温杯已经砸在了她脚边，溅出来的热水让许茜踉跄着后退，险些摔跤。她难以置信地望向祁逍。

祁逍从来云淡风轻，对什么都不放在心上，这让周围的朋友差点忘记了，祁逍的脾气其实并不好。

"我最后说一句，这事跟夏桑没关系。"祁逍冷着脸，每一个字都像是被利斧凿出来的，"你再敢对她这样不客气，就滚出南溪一中。"

这句话说出来，周围人都被震惊到了，包括夏桑。她看到祁逍的表情，眼神里是非常笃定的威慑，没有绝对的自信是说不出这句话的。

他让许茜滚出南溪一中，他有这么大的能耐吗？

夏桑不知道。

但许茜显然是被他的表情吓到了，她从来没有被男生凶过，更没在同学面前这般丢过人，她的眼睛红了一圈，转身跑下了楼梯。

夏桑看着祁逍冷戾的眼神，只觉得陌生，像太阳收敛了照在他身上的光，渐渐露出了晦暗的底色。

夏桑和祁逍顺着放学的人流，走在出校门的林荫道上。

祁逍推着蓝色山地车，夏桑则步行在他身边。

其实他们可以像平时一样随意地聊天说话，但今天，夏桑忽然有些不知道该说什么。仿佛一切都无从说起。

祁逍打破了沉默，说道："你要是讨厌许茜的话，以后我们少和啦啦队接触，反正篮球队也禁赛了，以后没太多机会一起玩。"

"不喜欢她，也谈不上讨厌。"夏桑拎着书包肩带，低头看着他自行车的铝合金泛着很有质感的光，"没必要影响你的圈子，徐铭他们挺喜欢和许茜玩。"

"那你别生我的气。"

"没有啊，你想多了。"

祁逍也不知道是不是自己想多了，从刚刚到现在，不过短短几个小时，他感觉自己和夏桑之间好像笼上了一层说不清道不明的阴影。

"你觉得会是谁说的呢？"夏桑继续道，"我真的谁也没告诉，段时音和蓁蓁她们，我都没讲。"

祁逍脸色沉了沉，几乎是不经考虑地说出两个字："周擒。"

夏桑微微一惊。这个名字是她绝对没想到的，更没想到的是，祁逍会如此笃定这件事是周擒做的。

"为什么你觉得是他？"

祁逍推着车，视线下移，落在自行车把手上，久久不语，似乎想到了一些不堪回首的往事。

"除了他，还能有谁？他恨不得我……"话音未落，仿佛是觉察到不合适，他及时收住了话头，含糊地说道，"那天情况那么混乱，他出于报复心理，让人把这件事告诉了老师，也有可能。"

夏桑其实不太认同他的话，闷闷地说："其实哪有不透风的墙，即便篮球队的人不说，当时现场还有那么多观众呢，所以这件事就当一个教训吧，以后别再违纪了。"

"嗯，听你的。"祁逍又变回了温顺的模样，对夏桑道，"禁半年篮球赛还算宽大处理了，就怕老何让我离开高三（1）班，转去别的班。"

夏桑惊呼："这么严重吗？"

"他之前说过，要是我们和十三中的人接触，就离开他的班级。"

夏桑面露忧色："应该只是吓唬大家的吧。"

"谁知道，不过也没什么。"祁逍轻松地耸耸肩，"只要我不想走，就算是老何，也没有办法。"

夏桑知道祁逍家世很好，大概这也是他有恃无恐的原因吧。

走出校门，人群渐渐散了，夏桑跟祁逍道了别，两人走相反的方向回家。

夏桑思绪有些纷乱，经过热闹的小吃街，径直走进了街口那家生意很好的奶茶店，找到墙角的位子坐下来。

她打开手机微信，下滑了几列之后找到了周擒的微信，想问问他，是否知道这件事。

信息编辑了很久，都找不到合适的语句。

其实一切都只是祁道的猜测，没有真凭实据，不能一口咬定就是他告的密。退一万步讲，即便是他，又能怎样呢？夏桑去问了也没用，告都告了，不管他承不承认，都没有实际的意义了。

夏桑叼着吸管，喝了一口冰奶茶，然后删掉了刚刚准备询问的文字。

就在这时，她的耳边出现一道低沉有磁性的嗓音："删了又打，打了又删，你到底想给我发什么？"

夏桑差点被奶茶呛到，惊悚地回头，迎上了周擒冷峻而锐利的侧脸。

他薄薄的眼皮垂着，目光还覆在她的手机屏幕上，透着一股子坏劲儿。

她的手机屏幕上还留着刚刚没删干净的几个字——

"周擒，我有话要问你……"

夏桑尴尬得一下子盖住了手机，回头看到那天便利店遇到的几个男生，包括李诀。他们吊儿郎当地坐在她背后的位子上，不怀好意却又并不冒犯地对她嬉笑着。

因为十三中和南溪一中只有一街之隔，两个学校共享一条美食街，所以奶茶店里也会有十三中的学生光顾。

周擒肌肉流畅的胳膊随意地搁在椅背上："有什么话，可以当面说。"

"我就是想问你……是不是你把那天……"

夏桑的目光小心翼翼地又扫了眼她身后的那些人，意识到不能这样去问，如果误会了周擒，这几个男生肯定会大发雷霆。

"我想问你……"她指了指他还有些瘀青的嘴角，"你的伤好了吗？"

周擒一眼就看出小姑娘转了话锋，但他没有戳穿，不管是真心还是假意，这样的关心都让他受用。

他舔了舔唇角，目光不依不饶地勾着她，问东答西道："我没有告密，答应你了，就不会食言。"

"……"

周擒一把将她的手机拎过来，打开首页的微博，随手点开了"附近的人"这一栏，说道："你们竟然以为，你不说我不说，别人就不知道你们来十三中打过球了？"

夏桑愣愣地看着"附近的人"，最热门的一条消息就是十三中和一中的那场篮球赛，图文并茂，甚至连双方剑拔弩张的场面都被拍下来了。

她的身影……也出现在了照片里。

夏桑的脑子嗡嗡作响，这才反应过来，感觉自己像个傻子一样。她妈妈平时吃饭的时候都在刷微博啊！她还以为妈妈在看社会新闻呢。

难怪，随便学校什么事，老师们全都掌握着。

同学们总是猜测覃女士在他们身边安插了各种眼线，殊不知，就是因为他们什么事都要发微博，还特别喜欢带上"南溪一中"的定位，这又何须大费周章地安插"眼线"呢。

夏桑看了周擒一眼，周擒坦然地将手机归还给她。

想到刚刚祁逍斩钉截铁说是周擒告的密，她忽然觉得，整个学校的智商都被面前这个男人给碾压了。

她抓起手机，红着脸，逃也似的匆匆跑开了："回家了，拜拜！"

周擒那几个哥们儿终于前仰后合地笑了起来——

"我就说你怎么好端端走在路上，忽然要喝奶茶这种东西，原来看到熟人了啊。"

"这女孩是有点乖嘞。"

"什么有点乖，太乖了！"

"看这冒冒失失、不太聪明的样子。"

前面的周擒都没说什么，任他们插科打诨，只听到最后一句的时候，才淡淡应了声："等你们文化课过两百分了再来说这话。"

李诀揉了揉有点炸毛的头发，眯着眼睛说："怎么还护上了？"

周擒懒怠地偏过头，目光扫向了落地窗外渐行渐远的那抹倩影："不行吗？"

夏桑回到家，看到门外的鞋柜里多了一双男士的黑皮鞋。她匆匆进屋，便看到穿了白色衬衣的父亲坐在餐桌旁，领带松松散散的，正拿着手机看股票方面的资讯。

夏且安今年四十五岁，身材却保持得很好，挺正笔直，丝毫没有中年男人的油腻感，样貌也清隽英俊。

他经营着一家势头还不错的证券公司，所以夏桑家虽然比不上祁逍那种豪门世家，但也算富裕优渥，比下有余。

"爸，你回来了。"夏桑放下书包，也坐在了餐桌旁，心情还算愉悦。

"小桑，最近怎么样？"夏且安在女儿面前展露了少有的笑颜，摸了摸她的脸蛋，"看着瘦了，学习压力很大吗？"

"还好。"夏桑说道，"不是很累。"

覃槿将蒸鱼和白灼虾端上桌，冷嘲道："都多久没回来了，难怪连女儿瘦了都看得出来。"

夏且安脸上的笑意淡了几分，拿起餐巾擦了擦手："公司要求的出差，没有办法。"

"你都是公司的一把手了，谁还能要求你出差？"覃槿也是毫不留情地拆穿了他的话。

夏且安便不再言语，也不想和她争辩。夏桑低头默默扒饭，也不讲话了。

沉默着吃了会儿饭，覃槿又问道："是一个人出差吗？"

"当然不是。"夏且安道，"是一整个团队，去美国那边谈上市的事情。"

"你那个刚毕业的年轻小助理，也去了？"

"砰"的一声，夏且安将筷子重重搁在了桌上。

夏桑心脏一颤，用恳求的眼神望向了夏且安。夏且安收到女儿的眼神，强忍着脾气，平复了一会儿，决定岔开话题，问夏桑道："乖乖，最近成绩怎么样？"

"上次月考在年级第八名。"

"下滑了，我记得上个学期你不是考了第五名吗？"

"唔……竞争对手太凶残了。"

夏且安慈爱地给她剥了一只白灼虾，递到碗里："没事，争取下次冲上去。"

"南溪一中的头部学生，谁不是争分夺秒、你追我赶？"覃槿冷声道，"就她，成天想入非非，谁知道在搞什么。"

夏桑用筷子戳着碗里的米饭，没有回应她的话。

夏且安道："你不要给孩子这么大的压力，努力了就行了。你这样会压抑她的天性，现在有那么多孩子得抑郁症，我不希望小桑不开心。"

"哟，我管孩子的时候，你在外面风流潇洒。现在你回来，好人全让你演了，我倒成了压抑小孩的'女魔头'。"

"你讲不讲道理，我难得回来一次，是不是连话都不能说了！"

"你难得回来一次，孩子也不管，回来一句话就把我之前的努力全部推翻，你管过她吗？你真的关心她吗？"

"不可理喻！"

"爸爸妈妈，我吃好了。"夏桑放下了筷子，回身去沙发边拎了书包，"回去写作业了。"

说完，她大步流星走回房间，将一切的埋怨、嫌弃、怨念全部关在门外。

她走到桌边，从木质纸巾盒里抽出纸巾，开始一条条地撕扯，这是她现在唯一排解压力的方式。

很快，桌上堆了一大团被撕成了碎条的纸巾，夏桑将这些纸团扔进垃圾桶，然后坐到了飘窗上，看着窗外皎洁明净的月光。

过了会儿，她听到爸爸妈妈回房间关门的声音，似乎是不想打扰她学习，回卧室吵去了。但吵骂的声音还是很清晰——

"她有现在的成绩都是我在督促！我每天管完学校里那帮不省心的小孩，回家还要操心她！你这爸爸当得可真轻松啊！"

"难道我没管孩子吗？每次我要管她的时候，都会被你打断。覃槿，你就像个固执的暴君，管又管不好，又要把一切权力都握在手里！"

"我哪里做错了？我培养她，让她接触更优秀的人，希望她将来出人头地，过更优渥的生活，这有错吗？"

"你考虑过她真的快乐吗？"

"想轻松快乐，就准备一辈子平庸！"

所有争吵的话题都在围绕着她展开，这让夏桑感觉到一阵阵窒息的压力，仿佛父母婚姻的不幸，全是她造成的。

她成了罪魁祸首。

夏桑给自己戴上了降噪耳机，开始播放躁动的摇滚乐，一边听歌，一边打开了数学练习册。

没写几个字，眼泪"吧嗒吧嗒"地掉在了草稿纸上，一颗、两颗……

她用袖子擦掉眼泪，然后摸出了手机，拼命想转移注意力，刷刷微博、朋友圈。

这时候，她注意到周擒好像换头像了。之前他的头像是一团黑色，就像黑夜里化不开的浓雾。而现在，他的头像好像变成了一只阳光灿烂的狗。

夏桑被这只狗吸引，于是点开了他头像放大了看。的确是一只狗，不过不是网上的狗狗图片，而是一只坐在墙角、脏兮兮，却咧嘴"微笑"的田园犬。

这田园犬的体态还挺英俊，是看家护院的狗。

夏桑的头像是小区的流浪狸花猫。

她顺手点进他的朋友圈，朋友圈里什么都没有，当然也没有设置三天可见，应该就是不发朋友圈的那种人。

她听到隔壁吵骂声似乎消停了些，于是退出了周擒的朋友圈，却没想到，手机忽然振了一下。

屏幕上跳出一句话——

我拍了拍"周擒"。

夏桑抱着手机跳到床上，"嗷"地叫出了声。

不过好在周擒并没有回复她任何消息，应该是没有注意到她莫名其妙的"拍一拍"。

夏桑松了口气，觉得微信的这项功能真的是蠢爆了。如果研发者想不出新功能来开发，其实可以什么都不做，省得搞出一些奇奇怪怪的功能，让人尴尬。

隔壁的吵架声已经消弭了，夏桑不知道爸爸妈妈此时此刻是如何地相对沉默，她也不愿意去多想。

写完了家庭作业已经快十二点了，她匆匆洗了个澡，没有洗头，想着明天早上再起来洗吧，现在只想钻进被窝好好地睡一觉。

在即将入梦时，手机忽然振动了一下，她看到微信跳出来一条消息，来自周擒："你在看我朋友圈？"

夏桑一下子被激醒了，赶紧坐起身，说道："没有，不小心碰到了！"

"哦。"周擒似乎也没有想再多说什么。

夏桑看了看右上角的时间，现在已经十二点半了，她出于社交礼貌，问道："你还在熬夜学习吗？"

"你以为谁都像你啊，乖乖女？"周擒走进更衣室，脱了上衣，指尖快速地编辑道，"刚刚从密室出来。"

"咦，你也喜欢玩密室吗？这么晚还在玩？"夏桑看了看窗外浓郁的夜色，"这都快一点了。"

周擒擦掉了脸上惨白如鬼的妆容，活动了一下疲倦的手臂，骨骼咔咔作响，他回道："晚上玩，比较有感觉。"

夏桑给他发了一个竖起大拇指的表情包。

更衣室外，明潇的声音传来："周擒，今天的钱我给你结算了，查收一下。"

他应了一声："嗯。"

手机里，接到了明潇转过来的两百块酬劳。

周擒确认了转账，再次点进和夏桑的聊天对话框，说道："明天请你喝奶茶。"

"不要了。"夏桑下意识地拒绝，"我们放学晚。"

周擒走出七夜探案馆，站在萧瑟如刀的秋风中，拇指顿了顿，然后回了一个字："嗯。"

夏桑："睡觉啦！"

"嗯。"

他犹豫了很久，删掉了"晚安"两个字。

两天后，周擒被请到不知去过多少次的教务处。

教务处窗台上的那盆绿萝保持着常年青绿。教务处有两个人，一个是周擒很熟悉的教务处主任赵晖，另一个男人模样很陌生，穿着能够象征他身份的高级定制西装，四十多岁的样子，坐在会客的黑皮沙发上，手里端着一杯袅袅的清茶。

赵晖见周擒进来，连忙拉着他走到了西装男人的面前，说道："介绍一下，这是吴杰的小叔叔，你叫他吴叔叔就好了。"

吴杰便是冒充他把宋清语大晚上骗出来的主犯之一，平日里像螃蟹一样横着走。他是周擒班上的同学，不过平时没什么接触，话都没说过几句。只是有几次，在宋清语来十三中篮球馆找周擒时，吴杰帮着宋清语说了几句话，让周擒对女孩温柔点。

周擒懒得理他。谁知道后来他会纠集一帮人干出这样的事情来。

周擒大概也能猜到吴杰叔叔的来意，没什么表情，也没有主动开口说话，默然地站着。

赵晖搓着手，说道："周擒啊，吴叔叔百忙之中抽身过来，也是有事要和你谈的，我把办公室让给你们，你们慢慢聊，我等会儿再过来。"说完，教务处主任赵晖匆匆离开了办公室。

西装男人和周擒对视了一眼，缓缓打开了黑色皮包，从里面取出一张支票，然后从桌上笔筒里取出一支笔，说道："开个价吧，要多少钱你才愿意把这件事顶下来？"

周擒侧过来，发出一声轻笑，眼底满是不屑。

"我知道你家里的情况。"男人懒懒道，"你们家开了个小副食店，挣不到什么钱，听说你爸还进过局子。"

这句话，让周擒漆黑的眸子里掠过一丝冷意。

"你呢，平时在搞兼职，也赚得不多，学习挺努力，成绩在十三中名列前茅。"

"把我家底调查得挺清楚。"

西装男人随意地倚着沙发靠背，指尖折叠着那张支票，好似随意地把玩摆布别人的命运一般："周擒，你看，你这么努力，将来兴许能考个不错的体育大学，即便运气好进了国家队，年薪也不会拿很多。"

说话间，他指尖弹飞了笔盖，随手在那张支票上落下了一排"零"，然后将支票递到周擒面前："我现在就可以给你一个数字，是你这样的人奋斗一辈子都不可能赚到的数字。"

周擒目光下敛，看到支票上的一串零，也没有细数，随手捡了起来："的确是让人不能拒绝的数字。"

男人早已料到，像他这种底层出身的小子，这辈子都没见过这么多的钱，只怕心里早已经乐翻了吧。

"算你小子运气不错。"西装男人站起身，走到他面前，拍了拍他的肩膀，"把这件事顶下来，就说电话是你用我侄子的手机打的，事也是你谋划指使的，我会给你请最好的律师。"

周擒侧了侧身子，避开了他的手，然后将支票举到他眼前，"刺啦"一声，撕成了两半。

"当我傻啊？"他不客气地将支票扔在了西装男人脸上，嘴角浮起了一丝凛冽的冷笑，"我收了这笔钱，承认是主谋，法庭上你转身就可以说这件事从始至终都是我的阴谋，目的就是敲诈吴杰。这样一来，吴杰便成了受害者。"

西装男人蓦然间变了脸色。他没想到这么一个高中生，竟然会有这样的心智，把他和律师商量了半个月才商量出来的结果给全盘拆穿了。

男人看着周擒，脸色已经彻底冷了下来："像你这样的人——"

"像我这样的人，生来就是给你们当垫脚石的，是吧？"周擒踩着那被撕碎的支票，冷笑道，"既然调查了我的家庭，怎么不把功课做完整，好好查查我爸当年是怎么进去的。换个更新颖的路数，也许我真的会动心。"说完，他踢开了脚下的半张支票，走出了办公室。

办公室外，搓着手焦急等待的教务处主任赵晖看见周擒出来，连忙迎了上去，正要说话，周擒径直与他错身而过，一个眼神都没有给他。

体育课上，段时音和贾蓁蓁两人热火朝天地打网球，阳光照在她们的脸上，脸蛋红扑扑的，额上蒸起了热雾。

"夏桑，下一个换你上。"贾蓁蓁微胖的脸蛋滚落了豆大的汗珠，气喘吁吁地摆手道，"我真不行了！"

"我去器材室给你们再拿些网球过来。"

夏桑找了个借口，逃之夭夭。

她身体不好不坏，不是那种特能运动的女孩，但也不算柔弱，没病没灾，除了每个月生理期会疼得死去活来。

覃槿总是在她耳边叨叨，让她每天都要保持锻炼，有了好身体，才能更好地投入学习。

夏桑知道后面这句话才是重点，锻炼身体是为了学习，每天保持良好的营养也是为了学习，就好像妈妈生下她就是为了让她学习一样。

呼吸、心跳、血液的流动都是为了学习。

夏桑心里隐隐升起了自己都没能察觉的叛逆心，她开始厌恶锻炼，甚至厌恶好好吃饭，厌恶一切覃女士让她做的事情。

即便是祁逍有几次想要教她打球，她也兴致缺缺。

她一边看着手机，一边信步地朝着体育器材室走去，微信消息里，周擒还在最近联系人的第一栏。

大概以后也不会再有任何交集，夏桑顺手点进右上角的省略号，准备删掉他的微信。就在这时，体育器材室里传来几个女孩说笑谈天的声音——

"清语，那晚给你打电话的人，真的是周擒啊？"

"当然是他。"宋清语特别笃定地说，"如果不是听到他的声音，我才不会去呢，我又不傻。"

"警方都说了他人没在现场，也没和吴杰那帮人勾结，是清白的。"

"清白个屁！"宋清语的嗓音略微尖锐，啐了一声，"他骨子里就是坏，故意把我骗过去，最后他自己倒择得干净，哼。"

夏桑走进体育器材室，从网球篓里选了几个黄色的网球。

宋清语并没有注意到她，还在高谈阔论："虽然他没有实际参与，但是他比吴杰那帮人更坏！你们最好离他远点。"

有女孩问："可他为什么要这样做？把你骗过去，他有什么好处啊？"

"吴杰有钱啊，他那种一穷二白的家世，想抱人家大腿呗！"宋清语继续说道，"我听说他爸就蹲过监狱，他能是什么好货色？那种人为了钱，什么都能干。"

夏桑实在有些听不下去，回头说了一句："他这么不堪，你为什么还对他那么关注？"

宋清语望向夏桑。因为覃女士的事情，她对夏桑也有了成见，又听夏桑这般拆台，于是很不客气地回道："我承认我当初是瞎了眼，只觉得他长得好看，没想到他金玉其外败絮其中啊！"她意味深长地冷嘲道，"听说某些人也是外貌协会，跟我们学校什么逍走得挺近嘛，当心可别落得比我还惨的下场。"

夏桑也听出宋清语对她的敌意，懒得和她争辩什么，拿了网球径直走出了体育器材室。

身后，宋清语捏着嗓子，继续说道："反正这件事，我爸妈是不会善罢甘休的，他们都会付出代价，周擒也别想逃。"

夏桑摸出手机，看着她消息栏里的那个黑狗头像。她不知道事情的真相究竟是什么，也没有能力调查真相，但也不想贸然相信哪一方的说辞。

只是出于女孩对女孩的了解，她感觉宋清语刚刚的那股情绪，与其说是受害者愤怒的控诉，更像是……自尊受挫之后的不甘心。

夏桑看着手机里那个对着她微笑的狗狗，指尖犹豫了片刻，终究还是没有按下删除键。

莫拉艺术中心位于高新区的东湖畔，建筑极具设计感，顶部呈白色的波纹状，宛如静静躺在湖畔的一枚贝壳。

艺术中心的每一层都有课外兴趣班，钢琴、大提琴、小提琴、绘画、游泳、儿童编程……小到幼儿园的小朋友，大到大学生，都来这里进行兴趣的培养与提升。

艺术中心顶层便要冷清很多，这里是单独的私教教室，少有学生涉足。

私教的费用比兴趣班的要高昂许多，这里的学生普遍水平已经朝着专业化发展了，甚至有不少学生已经拿过了国际国内的大奖。

小提琴教室三面落地窗，一面墙壁上摆放着世界名画，偌大空旷的房间里摆放着几株半人高的绿植，环境幽雅。

夏桑闭着眼睛，优雅地演奏着迪尼库的《云雀》，上下指的颤音极为娴熟，曲调欢快而明净。

有几个穿着打扮高调张扬的少年路过教室，被琴声吸引，也忍不住驻足窗边，观望了许久。

耀眼的灯光下，女孩清美的五官宛如墨色山水，伴随着小提琴乐曲进入高潮部分，带出了她气质里的那一股惊心动魄的美。

忽然，落地窗帘被人拉上了，阻隔了少年们痴愣愣的视线。

许茜一只手拎着小提琴，随手拉上了落地窗帘，转身的时候，不免翻了个白眼。

整间教室，只有她和夏桑两名学生。正中间穿着小香风外套、烫鬈发的女人，就是国内知名的小提琴教师——韩熙。

她闭着眼睛，倾听着夏桑演奏的乐曲。

不愧是极有经验的名师，她听出了夏桑技巧娴熟的曲调中隐藏的心绪不宁，于是扬了扬手，打断了她的演奏："夏桑，你在想什么？"

夏桑放下了枫木小提琴，漆黑的眸子平静如水，丝毫没有被老师抓包的惶恐。她敷衍道："圣诞节的莫拉音乐会，可能有点紧张。"

"放松心态，就当平日的练习就好了。"

虽然韩熙这样安慰她，但她知道，那种高规格的演出，怎么可能当成平日里的练习。能在莫拉音乐会上与著名乐团合奏交响曲，哪怕仅有短短十分钟的演出，便已经是艺术生涯中浓墨重彩的一笔了。

韩熙手底下天赋出众的学生不在少数，她是经过了层层的挑选和考核，才选定了夏桑。

无论是韩熙，还是覃槿，都对夏桑寄予厚望，希望她能在音乐会上绽放光彩。尤其是覃槿，格外看重这场演出，每天都会盯着夏桑练习。

但越是这样，夏桑便越觉得透不过气，她真的快要窒息了。

那种感觉，就像落入了大海中，被一股又一股浪潮席卷，她只能拼命地游，拼命地游，一旦停下来，就会立刻被吞没……

夏桑垂着眼睑，看着手上的枫木小提琴，说："韩老师，圣诞节的音乐会，有替补吗？"

听到这话，韩熙惊了惊："怎么了，你身体不舒服吗？"

"也不是，就随便问问。"

夏桑不是身体不舒服，她只是心里发慌，梗得慌。她当然不想参加音乐会，她根本找不到喜欢小提琴的理由。

因为覃槿，她甚至有些厌恶手上那把价值不菲、陪伴了她十多年的小提琴。

"夏桑，你有什么心事可以告诉老师，我们一起来解决。"

夏桑摇了摇头，她知道，自己的困境，没有任何人能够解决。

终于，熬过了私教的时间，夏桑背着琴缓步走出了教室，她知道，韩熙老师正担忧地看着她的背影。

她和许茜乘坐同一部电梯下楼。

电梯是半开放式的观光电梯，可以看到楼下园区的露天篮球场上有不少家长带着自家的小孩来参加篮球训练。

夏桑甚至出现了幻觉，感觉这些小孩变成了一个个提线木偶，在家长的操纵下，僵硬地奔跑在篮球场上。一个小孩摔倒了，家长立刻操纵提线，让小孩从地上爬起来，继续奔跑。

电梯停在了一楼，她身后的许茜加快步伐走出电梯，故意撞了她一下，带着她往前一个趔趄，险些摔倒。

"没见过这么作的。"经过她时，对方很轻地说了这一句。

夏桑稳住身形，望向许茜。

或许是压抑和隐忍得太久了，夏桑咬咬牙，加快步伐追上去，一把揪住了她的衣袖，用力抵撞在艺术大厅的廊柱上。

"你干吗？"许茜吃了一惊，没想到一贯温敦的夏桑会忽然暴起，她用力挣了一下，竟没有挣开。

廊柱的表面是光滑的镜子，夏桑看到镜子里自己的表情，已经有些扭曲了。

"你要是想参加音乐会，大可以去韩老师那里争取，倒也不必搁我这儿搞小动作。"她看着许茜，一字一顿，"只怕，你没有这个实力。"

许茜咬牙道："终于露出真面目了！在别人面前，你不是挺乖觉温顺的吗？敢不敢让他们看看你这泼妇的样子？"

夏桑道："在人前，你不也表现得温柔端庄的吗？敢不敢让他们看看你现在这嫉妒的嘴脸？"

许茜简直要被夏桑气疯了！

正在这时，电梯门再一次打开，韩熙老师从里面走了出来。

"老师再见。"夏桑和许茜同时整理好了仪容，对韩熙礼貌地道别。

"快些回家呀，不要在路上耽误，注意安全。"

"嗯。"

韩熙走了之后，许茜讪讪地望了夏桑一眼，理理衣领，转身离开了。

教训了许茜一顿，夏桑心里仍旧是堵着，不想回家，她慢悠悠地走出了艺术中心大楼。

莫拉艺术中心园区非常大，周围有好些运动场，网球场、小型足球场、街舞区、篮球场……这些场馆都不向公众开放，全是培训班。家长们也很乐于把孩子送到这些培训班来，一方面让孩子培养兴趣，另一方面也可以锻炼身体。

篮球场上奔跑的孩子，从身板体型就能看出来，全是小学生，穿着花花绿绿宛如贴纸的球服。

不过，在这帮小孩中，夏桑却看到一抹熟悉的身影。

周擒仍旧穿着那日篮球赛上的那件黑色球服，在高照灯的强光之下，他的五官显得格外深邃而立体，脖颈修长，脉络分明，隐约可见冷淡的锁骨线。

他鹤立鸡群地站在一群小孩中，手上举着篮球，教着他们投篮的姿势，神色倦懒，一副没睡醒的样子。

虽然他看起来没什么耐心，懒洋洋的，但是每次示范投篮竟然都能命中。小孩子也发出阵阵惊呼，崇拜地追着他，奶声奶气地叫他"周老师"。

夏桑注意到，周围不少带小孩的年轻妈妈的视线好像也没有放在自家小孩身上，而是直勾勾地看着这位英俊出色的篮球教练。

他吹了几声口哨，给小孩们分了组，让他们两两展开攻防。擦汗的片刻，他看到了人群中的夏桑。

女孩穿着非常学院派的休闲小西装上衣，下面是深灰裙，黑靴配长筒袜，勾勒着她优雅的气质。头发深黑如绸，与她冷白的皮肤相得益彰，越发显得五官明艳动人。

周擒的视线浮光掠影般扫了她一眼，便立刻移开了。

身后有小男孩向他求教如何拍球，他便微微弯下腰，做出拍球的示范动作。

夏桑看着他面无表情教小孩的样子，竟也看得出了神。他没有看她，但他每一次动作，似乎都会对着她。每一个神情，嘴角绽开冷淡的笑，仿佛都在勾着她。

夏桑不禁想到宋清语的那番话——

"那种人为了钱，什么都能干。"

他的模样……的确长得……

夏桑在脑海里勾勒着、想象着，如果没有额上这道疤，不知道他会惊艳多少女孩的青春。

不知过了多久，下课铃声响起来，夏桑身边的家长纷纷走向篮球场，接了自己的小孩离开。

周擒走到篮球架下，拎起自己的黑书包，单肩背着，朝着夏桑的方向走了过来。

夏桑心头一惊，赶紧混入人群，转身离开。点头之交都算不上的关系，似乎没有再继续接触的必要。

走了几步之后，她忍不住回头望了他一眼，他还望着她的方向，却不再朝她走来了。站在篮框下，路灯照着他拉长的影子，越发显得孤零。

夏桑犹豫几秒，终于下定决心转身走向他，主动打了招呼："周擒，你在这里当老师啊。"

周擒没有立刻回答，斜睨她一眼。

她刚刚纠结的心事在他漆黑的眸子里，似乎无所遁藏。

周擒抱着篮球，宛如一阵轻风似的绕过了她身侧，懒声道："算不上老师，兼职而已。"

风里带来一阵薄荷草的味道。

"看到了，你在教小朋友。"

他没回应，篮球在他指尖随意地转了个花式。这个花式的旋转，祁逍之前练了很久，总不成功，但是他做起来，像拿筷子夹菜一样轻松。

夏桑看了会儿，便收回了视线，说道："我在这里上课，刚刚路过，就看到你了。"

"知道。"他嘴角翘了起来，"你看了我四十多分钟。"

夏桑惊骇，看了看手表的时间，距离她小提琴下课的时间，的确过了四十分钟了。

她都不知道时间过得这么快。

"学习压力有点大。"夏桑耳根微烫，窘迫地找补道，"刚刚出神，不知不觉就……"

"看我就看我，扯什么学习压力。"周擒说话间，随手将篮球扔进了身边的篮圈里，"我又不收费。"

"不是的……"

夏桑话还没说完，却见他轻轻将篮球扔给了她："压力这么大，稍微运动一下？"

"不了，我不会打球，也不想……"

少年没给她拒绝的机会，跑远了对她扬扬手："桑桑，球传给我。"

"……"

少年站在三分线外，对她扬了扬手。

夏桑犹豫了一下，还是放下了小提琴盒，抱着球走到篮球场上，生硬地将球扔给了周擒。她手臂没力气，篮球只扔了不到一半的距离，便滚落在了地上。

周擒歪着头看着她："你这也太弱了！"

"我本来就不会。"

夏桑兴致缺缺，沮丧地说："我从来没有摸过篮球。"

"你朋友篮球队的，竟然不带你玩？"说话间，他捡起球，起跳一个三分，进框。

周擒带球小跑到她身边，将篮球温柔地扔了过去："我教你。"

"我本来就不想学。"夏桑捧着球，闷声道，"我对这个没兴趣。"

"那你的兴趣是什么？"周擒望了眼立在篮球架边的小提琴，"拉琴？"

"也不。"夏桑下意识地否决掉。

他抱着手臂睨着她，看出了小姑娘藏在骨子里的叛逆，眼底多出了几分玩味："来玩一下。"

夏桑又要拒绝，周擒却夺过了她手里的球，顺便从她身边掠了过去，带着挑衅的味道。

夏桑生气地喊了声："干吗？"

"笨蛋，来抢我的球啊。"

"我才不玩。"

她拍拍手上的灰，转身就要走，周擒又带球跑了过来，故意在她面前拍球。

夏桑假装不看他，自顾自地往前面走，余光却观察着他，趁他不备之际，一把夺过了他手上的篮球，抱在怀里转身就跑，边跑边回头看他，笑道："抢到了，我赢了！"

周擒站直身体，眼底带着几分无奈，本来想说"你犯规了"，但是看她迎着夕阳，笑得跟个傻子一样，周擒忽然感觉，规则算个屁。

他跑了过去，做出要努力拦截她的姿势："你把篮球投进去才算赢。"

夏桑压根儿就不会拍球，于是抱着球来到篮框下，努力跳起来投篮，不过她力气太小了，连篮板都没碰到，球便掉了下来。

"啧。"周擒发出了鄙夷的嘲笑声。

夏桑仰着脖子，看着篮板，似乎又被打击了兴致："不玩了。"

"别用手臂的力气去砸。"周擒将篮球放进她手里，"这样，手腕用力，轻轻一投。"

在他辅助的用力之下，夏桑果真"轻轻一投"，篮球在框边打了一个圈，竟然滚进篮圈中。

"啊！"她惊喜地叫了声，"不会吧！"

就这？这么容易？

篮球落地之后，弹跳了两下。

而夏桑也迅速察觉到身后属于少年的气息。

周擒立马小跑着捡起了篮球，将一切都藏于自然而然之中，不给她发作的机会。

周擒又来了个三步上篮，动作流畅且潇洒。

看到这个三步上篮的动作，夏桑觉得一中篮球队的无论是谁都比不上周擒风姿飒逸。

"好玩吗？"他笑着回头问。

"不好玩。"

"我发现你这小孩有点口是心非。"

夏桑固执地嘴硬："本来就不想玩。"

"行，不勉强你了。"周擒也看出了她今天心情不好，捡起了地上的黑色外套，顺手又拎起了她的小提琴盒背上，"一起出去。"

莫拉艺术园区内部道路很长，平日里都有小型观光车，不过这会儿天晚了，观光车也都停了，他们只能步行出园。

夏桑很少运动，刚刚被迫动了一会儿，脸颊红扑扑的，小巧的鼻子上还带了微汗。

"把琴给我。"

"急什么？又不要你的。"

周擒走在她身边，一米八八的大高个子，倒很是给人安全感，她便没再勉强。

他漫不经心地问："你每天都来这里上课？"

"怎么可能，只有周四和周六。"

"哦，知道了。"

"……"

夏桑立马后悔，干吗要把自己的时间表告诉他啊！

她防备地望他一眼："你问这个干吗？"

"随便找话题聊天。"周擒看起来毫不在意，睨她一眼，"你这情商，是怎么交朋友的？"

夏桑闷闷地应了句："没话题，其实可以不说话。"

周擒算是摸透她了，她真不像外表看起来的那么乖，这小姑娘身上每根骨头都是反着长的。

天知道，到底是什么样的成长环境，能让看似温顺的她叛逆成这个样子。

走出园区，门口的公交站稀稀拉拉站着两三个路人。

周擒站在夏桑身边，和她一起等着公交车。

两人站在一起，相当的年纪，又是相当惹眼的美貌，三三两两走出艺术中心的人的视线都难免在他们身上停留很久。

很快，公交车驶了过来，两人一前一后地上了车。

大概因为这是南线的末班车，车上乘客有点多，夏桑顺着拥挤的人流走到公交车中间靠窗的位置，将自己安放在了角落里。

周擒自然而然也走了过来，站在另一端的窗边，修长的手拉住了车顶的横栏。个子高真是了不起，就算夏桑踮起脚都够不到的顶上的横栏，他却轻而易举握住了。

不管这车怎么颠簸，他的身子都宛如泰山般屹立不动。

夏桑不喜欢公交车的味道，于是从小包里摸出了口罩给自己戴上。

周擒抬眸，看着女孩口罩之上那双睫毛细密修长的黑眸子。兴许因为皮肤冷白的色泽，那双黑眸显得格外浓墨重彩。

他按捺着翻涌的情绪，不动声色地移开了视线。

公交车进城之后，便迎来了一拨客流，有个矮个子的夹克衫男人被挤到了夏桑身边。

夹克衫男人和夏桑的视线接触了几秒，不知道是有意还是无意，又往她身边挤了挤。夏桑嗅到了一股味儿，有点像腌了很久的酸菜开坛时漫出来的味道。她有点反胃，转过身去，视线对着车窗玻璃，让窗外飞速流过的风景分散她的注意力。男人又往她背后挤了挤。夏桑真的快要受不了了，奈何她也动弹不得，只能回头用皱眉表达不满。夹克衫男人翻着白眼望天花板，假装看不见。

就在这时，一双有力的手拎住了夹克衫男人的衣领，很不客气地将他推搡到一边。

男人被推得摔进人群，引来一阵不满。他稳住身形，正要发作，抬头看到周擒那张冷感凶戾的脸，立刻讪讪地闭嘴了。

他生了一张让妖魔鬼怪都得让道的脸。

夏桑不用回身，也能从车窗的倒影上看到周擒挺拔的身影以保护状的姿势站在她的身后。

他一只手抓着车顶的吊栏，另一只手则放在她身侧，若有若无地护着她，明显是在替她阻挡拥挤的人流。

她的视线忽然不知道该往哪里搁，低头看到周擒脚上毛糙却干净的球鞋，很旧了。她不免又想到了祁逍，祁逍大概这辈子都不会坐公交车。

每天放学，都是司机开着昂贵不菲的轿车来接他，坐在轿车里的他，宛如古时不染凡尘的清贵公子，与面前这粗糙的少年……天壤之别。

就在夏桑思绪万千的时候，公交车报站，已经过了中心广场。

公交车沿着南府大道继续向南驶去，她忽然想到一个问题，抬头道："周擒，你家也住城南吗？"

"我住城北，火车站附近。"

城南是富人聚居的地方，房价贵得逆天，打造的是科技生态住宅区。而城北街道环境脏乱差，到处拆迁再建，烟尘弥漫，尤其是火车站那一带，鱼龙混杂。

夏桑迟疑了一下，提醒道："你住在城北的话……这辆车它是往南开的哦。"

"是吗？"

"是啊！"

周擒抬头看了看公交线路站点标识，良久，骂了一句。

不知道为什么，上错车这种事情，配合着他面无表情的一声，竟然产生出一股莫名其妙的喜感，戳中了夏桑的笑点。她低头笑了起来，而且越发有些忍不住，"咯咯"地笑出了声来。

周擒看着她面泛喜色的脸，嘴角也忍不住提了提："我坐错车，你这么高兴？"

"不是的。"夏桑也觉得自己太傻了。她强忍着，红着脸看了他一眼，提醒道，"下一站你快下车吧！"

公交车往南驶去，车上的人流渐渐少了，机械的女声广播提醒到站。

"行，走了。"

他走到车门边，又回头望了她一眼，夏桑正好也在偏头看他。

两人视线相撞，他不怀好意地笑了下。

夏桑心慌意乱地抽回视线。她看到了脚边放着的一颗篮球，俨然就是刚刚周擒抱在手里的那颗。然而，公交车已经重新启动了。

她抱起篮球，随意看了看，篮球有些旧，上面用马克笔写着几个遒劲的小楷字——

　　　　周擒的球，捡到请归还。

电梯门打开，夏桑抱着篮球走了出来，站在宽敞明亮的入户回廊边，不知该如何是好。这篮球是绝对不可以带回家的，一开门就会被覃槿发现。

她刚刚在楼下小区花园里徘徊了好一阵，想找地方将篮球藏起来。但是寻了半晌，都没找到合适的地方。

花丛草垛倒是有很多，但是麓景台小区的保洁阿姨们训练有素，清洁卫生方面没的说，路边的瓷砖夹缝里的灰都会清洁得干干净净，草丛里连一坨狗的便便都看不见。

无论夏桑把篮球藏在哪儿，都一定会被找到。

伤脑筋啊。

她思忖了片刻，预备把篮球放在门外的鞋柜旁，准备晚上趁覃槿睡着以后，再偷偷将篮球抱回房间。

进门的时候，覃槿正在阳台上打电话，听着好像又提到了宋清语的名字，竟然还在处理这件事情。

"妈，我回来了。"

覃槿用眼神示意夏桑把桌上的热牛奶喝了。

夏桑其实非常讨厌牛奶的味道，尤其是热牛奶，会让她反胃。但为了避免争执，她还是端起牛奶，强忍着恶心一口喝了下去。喝完之后，她回了房间，一边复习功课，一边注意着隔壁房间的动静。

约十点，覃槿终于回房间休息了。

夏桑又耐心地等了半个小时，蹑手蹑脚走出房门，宛如做贼一般，轻轻打开了家里的防盗门。

篮球还安安静静地躺在鞋柜旁，脏兮兮的，落着灰，和周围一片纯白的北欧风装饰壁柜格外不搭。

夏桑抱着篮球，用百米冲刺的速度，箭一般地跑回房间。反锁上门，心里一颗石头这才落地了。

篮球被她放在松软的奶白色地毯上，她拍拍胶皮粗糙的表面，感叹道："为了把你带回家，我真是付出太多了。"

不过，即便她花了这么多心思做这些事情，心里却觉得很痛快。

因为在覃槿眼皮底下做这些不被她允许的事情，仿佛偿还了刚刚被迫喝牛奶的不快。

夏桑抱着篮球来到洗手间，她不知道篮球能不能用洗衣液清洗，保险起见，便拿了消毒湿纸巾仔细地擦拭了表面。

　　篮球表面蒙着一层灰，但不是特别脏，至少比班上那些男孩的篮球要干净很多，看得出来，它的主人肯定很爱惜它，每天擦拭。

　　夏桑很认真地将篮球表面擦得一尘不染，露出了它本来的深橘红的颜色。

　　这时，水台边的手机"叮"了一声，周擒的信息跳了出来："你看到我的球了？"

　　夏桑穿着的小白兔棉拖鞋就踩在篮球上，笑着回了消息："没有啊。"

　　周擒："球丢了，可能落在公交车上了。"

　　夏桑："可怜的篮球，就这样被你遗忘了。"

　　周擒躺在窄小的木制小床上，辗转反侧，门外传来父亲轻微的咳嗽声。

　　这也的确是他第一次丢三落四忘东西。

　　"我们坐的是几路公交车？"

　　夏桑："213 路。怎么，你还想去找公交公司要篮球啊？"

　　周擒："试试看，也许还在车上。"

　　夏桑："也许已经被路人捡走了。"

　　周擒："……"

　　夏桑忽然觉得，骗骗他还挺好玩的，故意道："不就一个篮球而已，又没有球星的签名，丢了就丢了呗。"

　　周擒："谁说上面没有球星的签名？"

　　夏桑："有吗？"

　　周擒："你好好找找。"

　　夏桑抱着篮球找了半晌，也只看到那几个让人拾金不昧、归还篮球的字样。

　　夏桑："挺自信，拿自己的签名碰瓷球星。"

　　周擒："果然被你捡了。"

　　夏桑："……"

　　周擒："你想收藏，可以送给你。"

　　夏桑："我收藏它干吗呀？又不是真的球星签名。"

　　周擒："不出十年，那颗球也会价值连城。"

　　夏桑："你的意思是，不出十年，你也会变成乔丹那样的顶级球星吗？"

周擒："倒也不是，但我会成为全世界最有文化的顶级球星。"

夏桑："……行啦行啦，明天就还你！"

第二天，夏桑提着一个白色的袋子来到学校，篮球就装在袋里，低调地被她放在脚边。同桌贾蓁蓁好奇地问她拿的是什么。

"篮球，帮别人保管的。"

然而就在课间三十分钟的广播体操结束之后，她回到教室却发现篮球不见了！她蹲下来找了半晌，位子下面空空如也，什么都没有！被人拿走了？教室里竟然发生了偷窃事件！

夏桑转身问走进教室的贾蓁蓁："蓁蓁，你看到我球了吗？"

"啊，就是你帮别人保管的那个啊，不见了？"

"刚刚还在，做完操回来就不见了。"

刚刚贾蓁蓁和夏桑一起下楼做广播体操，所以对她丢失的篮球也是不明就里，说道："不就是一个篮球，谁会偷那玩意儿啊！我的平板还在抽屉里呢。"

说完，她反应过来，赶紧翻开没有上锁的抽屉，在乱糟糟的一堆书里找到了她的新款平板，捂着胸口道："吓死了吓死了，还以为被偷了。"

夏桑又蹲下来把桌子脚周围都找了个遍，篮球是真的无影无踪，蒸发了似的。

正如贾蓁蓁所说，谁会偷篮球啊。

她四下问了周围的几个同学有没有看到她的篮球，同学们都纷纷表示他们当时都在做广播体操，没有留在教室，更没看到是谁偷了篮球。

夏桑问不出结果，又不可能去大肆寻找，一个人闷闷地坐在座位上，心情有些低落。

少年都有强烈的自尊心，周擒从没有在她面前表露出任何经济方面的困难。但夏桑看得出来，他紧张这篮球，才不是因为什么"将来会价值连城"之类的玩笑话。可能……他只有这一个篮球。

她昨天那般费尽心机在覃槿眼皮底下把篮球偷偷藏回家，最艰难的一关都过了，怎么会在教室里失窃呢？

"要不报告老师吧。"贾蓁蓁提议道，"让老师调取走廊的监控来看看，就知道是谁在课间溜进教室拿走了篮球。"

夏桑摇了摇头："算了，一个篮球而已，调监控还得写材料，说明原委。"

　　她当然不可能去跟老何汇报这件事，那不是普通的篮球，那颗篮球上明晃晃写着周擒的名字，要真查出来，她反而不好交代了。

　　夏桑只能自己咽下去，再私底下跟同学打听打听。

　　无论如何，篮球是必须要赔他一个了。

　　傍晚，周擒和几个大汗淋漓的男生刚从篮球场退下来，转角处几位教练便迎面走了过来，几个男孩中气十足地喊了声："教练好！"

　　教练欣赏地看了周擒一眼，说道："下个月省队来选人，直接关系到你们的前途命运，好好练，别偷懒。"

　　教练走后，李诀捂着胸口，一副惊魂甫定的样子。

　　"还有一年就毕业了，教练面前表现好一点。"周擒漫不经心道，"人生没有第二次再来的机会。"

　　李诀点点头，听进了周擒的话。他知道，周擒每一步都走得稳，因为他的未来……只有这一条路。

　　这也是李诀愿意跟着他的原因。他浑浑噩噩地混到了十六七岁，认识了周擒才渐渐看清楚，给一帮有钱的纨绔公子哥儿当小弟，不可能混出头。

　　人只能自个儿成全自个儿。

　　"下个月省队来选人，还是不冲啊？"

　　周擒摇了摇头。

　　"之前省队就来了几次，你每次都避开了，进了省队就有进国家队的希望，你怎么想的呢？"

　　周擒平淡地说道："我要考大学。"

　　"不是，进国家队多好的前途啊！你还真打算靠文化成绩考大学啊？这太不现实了吧！"

　　周擒睨他一眼："还有更不现实的，你想听吗？"

　　"你……你不会还痴心妄想考重点大学吧！"

　　"至少排名前三的名牌大学。"

　　"……"

　　李诀觉得周擒的话就是在白日做梦，他们十三中这些年高考成绩最好的同学还是靠着运动会奖项加成，才被末流重点大学录取。就算周擒能把自己的成绩冲到年级第一，李诀也觉得他想考名牌大学完全是痴人说梦。

十三中的考试题目，都是针对体校学生的平均智商水平"因材施教"出的题，所以即便他文化课排第一，也不能飘成这样，以为自己能上国内名校吧。

但哥们儿有这个梦想，李诀也不能打击人家自信心不是，他拍着周擒的肩膀，说道："别说名牌大学了，说不定明年的省状元还能从咱们学校出呢，你就是十三中之光、全村人的希望，加油。"

"既然你这样说了，平平无奇的你请本状元喝点东西。"周擒嘴角懒懒地扬着，"本状元衣锦还乡，考虑让你也跟着升天。"

李诀的体育生脑子反应了半晌，才听出来周擒骂他是"鸡犬"。这绝对不能忍，他追着周擒打了起来，不过伸手不敌人家，很快就被治服了。

"休战！不来了不来了！

"呀！又不是小学生了，住手！"

两个大男孩在走廊里追逐了一阵，来到了篮球馆的更衣间。

这个时间，大家都训练结束了，本来应该喧嚷吵闹的更衣间，却宛如死一般寂静。

周擒走进去，发现众人围在正中间的椅子上，都没说话，像是看到什么可怕的东西了。

最先挤进人群的李诀忽然惊呼了起来："喂！这不是你的篮球吗！"

周擒本来已经坐在椅子上准备换鞋，没打算去凑热闹，听到这话，抬眸望了过来。李诀激动地拿着篮球跳过来，只见他手里的篮球已经完全干瘪了。

干瘪的原因，是篮球上插着一把尖锐的匕首。而匕首正对着"周擒的球，捡到请归还"这行字的前两个字——周擒。

周擒抽出了那柄插在篮球上的匕首，锋锐的刀尖已经将他的名字割裂了。

顶灯下，刀刃泛着冷然的寒光。

李诀破口大骂道："谁这么缺德？背后玩阴的呢！有胆子到跟前来，当面冲啊！"

更衣室无人回应。

他们来的时候，这个插着刀的篮球就摆在更衣间正中的椅子上。

明晃晃的威胁。

周擒倒是不惧怕这把匕首，只是有点心疼跟了自己两年的篮球。篮球表面很干净，应该是被人悉心擦拭过了。

周擒大概猜出了匕首的主人。看来也只有他了，还是跟当年一样沉不住气。拿刀子吓他，也就这点本事。

匕首在他手指尖灵活地伸缩着，他扬起手，笑道："这刀子，谁想要，五百块出了。"

懂行的都看出来了，这把军刀的质感，价格绝对两千块往上了。

立马有人开始出价了——

"我要我要！"

"出给我吧。"

"六百给我。"

"想什么呢，八百，八百给我吧！"

……

周擒虽然折了个篮球，但是净赚了一千块，倒也满意。

他拎着干瘪的废球走出体育馆，李诀对他竖起了大拇指："你真行，我服了，威胁里都能抓到商机。"

周擒睨他一眼："这算什么威胁？"顶多算是脑子不太灵光的人的行为艺术。

法治社会，甭管什么背景，他谅祁逍那小子也没胆在他面前亮刀子。

祁逍活在象牙塔里，被家庭的厚茧层层叠叠地保护着，没有见识过这个社会真正的阴暗面。但周擒见过，所以他没在怕的。

"你这球烂成这样了，扔了呗，不是刚赚了一千，咱们再去挑个好的。"

李诀说着便要夺他手里的废球，却没想到周擒扬了扬手，没让他碰到。

"不是，你还留着啊？"

周擒拎着手上这个被擦拭得焕然一新的篮球，有点舍不得，随口道："念旧，不想扔。"

"嚯，打了两年，还打出感情了。"

就在他们走出校园的时候，有两个穿制服的警察走了过来，其中一人对周擒说："周擒同学，请你跟我们回局里接受调查。"

"怎……怎么回事啊？"李诀急了，连忙上前申辩道，"那个，周擒没问题的，他那晚没去！你们不要乱抓人啊！"

秦教练走出来，呵斥李诀："别胡说，什么抓人，只是配合调查。"说完，他对周擒道，"周擒，别怕，公民都有义务配合警方调查，别担心，清者自清。"

周擒将干瘪的篮球递给了李诀："别给我扔了。"

放学后，夏桑来到了校门外的体育用品大卖场，准备挑选一颗崭新的篮球归还给周擒，希望他不要太失望，毕竟看他还挺在意那颗球的。

只能赔新的了，这也没办法，夏桑尽可能选个品质上乘的归还他。

球架上摆放着不同品牌不同颜色的篮球。颜色方面，夏桑挑选了和之前那颗一样的深橘红。关于品牌和质量，她咨询了店家，最终花了五百块，挑了个看起来性价比还行的篮球。

夜幕已沉，夏桑抱着篮球走到十三中门口。

她不可能再把这颗崭新的篮球带回家，然后重演一遍昨晚惊心动魄的"做贼"戏码，所以今天必须把这篮球送出去，了却一桩心事。

十三中门口停着几辆警车，灯光一闪一闪，照得校门口鲜红色的过时喜报横幅忽明忽暗。

夏桑给周擒发了条短信，说给他送篮球过来了，让他到校门口来取一下。

短信发了五分钟，周擒没有回复。不能按时回复短信息，对于周擒来讲，似乎是家常便饭。他总是很忙，不管是训练还是兼职，好像都不能使用手机。

夏桑给他打了个电话，电话响了很久都没人接听。

"完了。"她喃喃念叨着，要是今天这球送不出去，又要带回家，风险太大了吧。本来覃槿就怀疑她和篮球队有什么……

就在夏桑不知如何是好时，听到校门口那边传来了一阵骚动。她抬眼望去，只见两个穿制服的警察一左一右地带着一个高个子的少年走了出来。他身上还穿着球服，随便套了件校服外套，脸上带了微汗，似乎刚下训练场。

周擒的眼神是一如既往地漫不经心，轻飘飘地平视前方。

他们并没有挟着他，也没有上手铐，只是走在他的两边。但他们身上的警服，足以说明全部问题了。

身边有同学拿手机疯狂拍照，两个警察维持着秩序，不住地说："不能拍！让开！"

但他们也禁不住越来越多好事的同学围观，只能推着周擒先上车。

周擒并不介意让他们拍照。应该说，他压根儿就没把这些宛若鬼影的围观者放在心上，表情冷淡轻慢，甚至带着几分嘲意。

只是在他上车的那一瞬间，忽然心有所感地转过头，冷淡的视线扫向了人行道对面呆立的夏桑。

夏桑一只手还握着手机，正给他打电话，另一只手提着装了崭新篮球的纱网。

目光接触的那一刻，周擒脸上那桀骜不驯的味道，终于消失了。他忽然有些慌乱，移开了视线，侧过了头，似乎不想被她看到。但他随即发现，这只是自欺欺人，她早已看到他了。周擒又回头，深深地望了她一眼，接着便被警察按进了车里。

警车呼啸着驶离了十三中，留下一众不明所以的同学们兴奋地讨论猜测着。

夏桑回到家里，用和昨天同样的方式瞒过了覃槿，将崭新的篮球藏在衣柜里。

她写完作业已经十一点了，刷了会儿微博，将话题定位到了十三中。

十三中的话题里，热门内容全在讨论周擒被警方带走的事情，图文并茂——

"听说只是传讯，别瞎猜了，散了散了。"

"传讯需要两个警察来带他吗？这么大阵仗，肯定有问题。"

"警方肯定是找到确凿证据了，周擒这把是玩完了。"

"其实，疑点就在那通电话上。我听说，女方那边一口咬定打电话的就是他。"

"吴杰和他几个哥们儿也众口一词说电话是他打的，他就算是清白的，有了这几个人的证词，他也有洗不清的嫌疑。"

"我和周擒同一个班，说实话，他真的挺努力的，很晚还在训练，文化课也从没缺课过，听说还在兼职打工，就这样的生活态度，我觉得真的不至于去违法乱纪。"

"楼上这话没逻辑，努力还混到十三中来了？说不定他就要报复社会呢。"

"你看他脸上那道疤，明显就不是善茬，普通的学生能留那种疤痕吗？"

……

夏桑的指尖快速翻动着这些话题评论，想从这里面得出一些确凿的答案。但是很快她就意识到，这些人知道的其实还没她多。

至少，她和周擒接触过几次。

这些人，有些连话都没有和他说过，仅凭外貌便对此事下了"斩钉截铁"的论断。

夏桑心情很复杂。

当然她也不能仅凭短短几面之缘，便判断这个少年是无辜的还是罪有应得，一切都要看警方最终的调查结果。

夏桑的生活逐渐恢复了正常，一切似乎都慢慢步入正轨，在兼顾学习的同时，她要为年末的莫拉圣诞音乐会努力练琴，达到覃槿女士对她的要求。

她的微信里，周擒的对话框再也没有消息出来，所以很快就被其他消息压到了很后面。

新篮球，也一直被她藏在衣柜里。

覃槿女士的状态轻松了下来，因为宋清语的事情总算是要翻篇了。

有几次，夏桑偷听了她在书房里的聊天谈话，听得不真切，但意思好像是……如果没有新的证据，罪魁祸首终于要伏法了。

这个结果，各方面都是满意的。

这天，夏桑做完值日，已经是晚上六点了。

深秋的夜来得格外迅速，她走出校门，天空全然暗了下来，街上早早地亮起了灯光。

夏桑去奶茶店买了杯热可可，坐在高脚凳边等叫号的时候，看到几个略微熟悉的身影走进了奶茶店。

其中那个男生，夏桑记得很清楚，他是周擒的哥们儿，好像叫……李诀。另外还有个高挑纤瘦的女生，也很面熟。

夏桑下意识地想避开他们，于是侧过身坐，低头玩手机。

不承想，这几人好像就是冲着她来的。其中两个人高马大的男孩，跟两堵墙似的，堵在了她面前。

夏桑捏紧了手机，防备地问："你们做什么？"

"吓到人家小姑娘了！走开走开！"

纤瘦高挑的女生走了过来，推开了几个傻大个男生，对夏桑伸出了白皙修长的手："你好，我叫明潇，我们之前在七夜探案馆见过。"

夏桑眼神防备，打量着明潇。她穿着贴身的鹅黄羊绒高领毛衣，扎着一个丸子头，眉宇间很有古典美人的韵味。

她恍然想起来，的确见过，她不就是七夜探案馆的主持人小姐姐吗？

这群人组合在一起，让夏桑感觉有点奇怪。

明潇也不再寒暄，开门见山地说："夏桑，周擒是我的朋友，也是我们探案馆的兼职员工。"

李诀立马插嘴道："上次你来玩，吓唬你的那个女鬼就是他，他可是我们的王牌 NPC。"

"啊！"夏桑想起来，那个被她牵着手拖拽了一路的贞子 NPC，"那不是个小姐姐吗？"

"长头发就是小姐姐啊？你见哪个小姐姐身高快顶到密室天花板了。"

"当时黑漆漆的，我……我没有观察这么仔细。"她有点不好意思。

以为"女鬼"是小姐姐，她才扒拉着人家的手，死死攥着不松开。

夏桑直接僵住了。

明潇见气氛稍稍缓和了些，于是推开李诀，对夏桑道："夏桑，直说了，来找你是希望你能帮个忙，把宋清语叫出来，我们有事情要和她说。"

夏桑知道，现在宋清语被保护得很好，家里每天专车接送，学校出入也是要用校园卡，所以她的安全是得到了全方位的保障。

这些人想见宋清语，无非是为了周擒的事。

"对不起，我不能这样做。"夏桑知道轻重，她不了解面前这群人，不可能给他们做内应，把还是"受害者"的宋清语骗出来。

几个男孩明显露出了失望的表情，有人控制不住脾气，粗声粗气道："说了一中这些自私的家伙不可能会帮忙，找了也是白找。"

"算了吧，另外想办法。"

几人正要失望离开，夏桑顿了顿，还是把连日来积压在心里的疑惑问了出来："那个……周擒怎么样了？"

李诀回头，冷声道："你现在知道问他了，亏他还——"

话音未落，明潇直接推开他，回身道："现在各方证词都对周擒很不利，他是百口莫辩。"

夏桑的心沉了沉，说道："这件事会有一个公正的结果，没做就是没做，清者自清。"

明潇挑眸望了她一眼，仿佛看着一个天真的幼童。

"小桑同学，这个世界上，有那么多长夜难明的真相，隐藏在不见天日的泥沟里。如果好人不会被冤枉，坏人一定会接受惩罚，那这个世界，该多美好啊。"

她的话，宛如一记重锤，狠狠地砸在夏桑的心上。

李诀烦躁地说："现在受害者和加害者都联合起来了，所有矛头一起指向周擒，逼着他背了这口黑锅，你说说，怎样才能让真相大白？"

夏桑沉默了。

明潇望着夏桑，说道："周擒是我最好的员工，从没嫌工资少，只知道埋头苦干。他家里条件不好，只想努力挣出泥坑，给自己挣个光明的未来，他不会干那些丧心病狂的事。"

"我对他并不是很了解。"夏桑犹疑地说，"也不能听你一面之词，就……"

"潇姐，你还跟这女的废什么话啊！"有男生不耐烦了，"摆明了她不会帮忙，一中的乖乖女把我们当流氓当垃圾，怎么可能帮忙？"

"闭嘴！"明潇斥责了那个男生，望向夏桑，"别怕，小桑，觉得为难就算了，只是希望你明白，偏见都是来自不了解。"说完，她推着男孩们离开了奶茶店，"走了，别堵在这儿打扰人家做生意。"

男孩们还咕哝着说："亏擒哥还对她那样……"

"帮人是情分，不帮是本分。"明潇的声音也渐渐远了，"别搞道德绑架了，另外想办法。"

夏桑怔怔地站着，所有的声音都渐渐远了，耳边只充斥着她的"扑通""扑通"的心跳声，就像篮球拍击地面的回响。

少年们的背影逐渐与夜色相融，消失在了霓虹阑珊的街头。

前台的服务员叫了几次号，她都没回过神来。

有那么多长夜难明的真相，隐藏在不见天日的泥沟里……

他也将被深埋于泥泞中，永无明天。

夏桑捏住了拳头，指甲深深陷入了柔软的掌心里。

她要不要追出去？

晚饭后，覃女士照例摸出手机刷微博。

她刷微博非常有针对性，一般的娱乐新闻和社会新闻是不看的，专门戳进定位在南溪一中和十三中的话题页面。

这个习惯是几年前养成的，也是无意间，她碰巧戳进了一中的微博话题区，在里面看到了很多不为老师所知的事情。就像是打开了新世界的大门，从此以后，一中任何风吹草动，就再瞒不过她的耳目了。

十三中和一中仅一街之隔，所以两个学校的动态，她都会关注。尤其是最近出了"宋清语事件"，她微博刷得更频繁了。

任何风险都必须掐灭在萌芽期。

夏桑无意间晃到了覃女士身后，瞟到她手机屏幕上的照片，正好是十三中同学拍下来的周擒被带上警车的画面。于是她坐到了覃女士身边，漫不经心地也摸出了手机。

覃槿见状，立刻说道："趁着现在时间还早，去琴房练练琴。"

夏桑做出随意聊天的样子："妈，我刚刚放学出来，看到十三中校外有警车，是跟宋清语的事情有关吗？"

"和这件事相关的人，都逃不了法律的制裁。"覃槿用警告的语气对夏桑道，"十三中那些人，沾上他们一辈子就完了。宋清语运气好，警方及时赶到，不然后果不堪设想。再有下一个，就不知道有没有这种好运气了。"

"十三中也不全是坏人吧。"夏桑小心翼翼地说，"就像宋清语关注的那个男生，就很无辜啊，他明明没在现场。"

"你知道什么？"覃槿见女儿为十三中的人开脱，加重语气道，"十三中没一个好的，宋清语是被这帮人联合起来骗了。"

"明明就是她主动去认识人家，结果出了事，那男生被迫牵连进来，很无辜的吧。"

覃槿的表情严肃了起来："你就知道他无辜了？在十三中念书的都是在其他学校读不下去的，或者记过、处分、被迫转学的，都不是什么好学生。"

"……"

夏桑其实只想旁敲侧击地从母亲嘴里了解更多案件的细节，但是现在看来，覃槿对十三中的偏见，已经根植在她的思想深处了。

"不管怎样，事情都是宋清语挑起来的。"夏桑闷声说，"她自己也要负责任。"

"宋清语的确是被人蒙骗了，现在她也得到教训了，学校方面自然全力保护她。"覃槿警告道，"你要以她为诫，不要和隔壁学校那些人接触。"

夏桑故作乖顺地点点头，又试探性地问："妈，你有没有想过，也许宋清语在说谎呢？也许给她打电话的另有其人，但她……"

对于这样的猜测，覃槿似乎并不感觉到惊讶，只是摆摆手："这是警方和法院的事，我的职责就是保护好学生。"

"学校应该让心理医生多和宋清语聊聊，疏导她呀，如果她真的在说谎……"

覃槿睨了夏桑一眼，严厉地说："宋清语现在的状态很好，上周的月考，她成绩都快赶上你了。你现在要考虑的事情，恐怕不应该是她的心理健康问题吧。"

夏桑顿时无言以对。她知道，现在的结果是各方都满意的——

这件事的牵连者包括周擒，全部都要受到惩罚，一个都跑不了；宋清语也走出了阴霾，取得好的成绩让父母放心；学校方面处理得当，也不会再面临任何风波和社会舆论压力。

如果真的有委屈，这委屈……

恐怕难见天日。

七夜探案馆周末的下午场，场场爆满。但是因为少了个重要的王牌NPC，《校夜惊魂》那一场的经典剧情，只能被迫转换模式。

很多客人出来之后都说有些失望，他们是听了别人的安利才来的，但效果不尽如人意，没有之前的恐怖氛围。

明潇无奈地向客人们解释，说NPC家里有些状况，等他回来，就会重新上线原剧情，如果他们下次再来体验，可以全员五折。

李诀趴在圆茶几上吃着外卖，也是愁眉苦脸："姐，我看是真没辙了，只能请个好点的律师，看能不能有转机。"

"两边人都死死咬着他，唉，难了。"明潇叹了口气，"咱们已经尽力了，各人有各人的命，别想了，打起精神来，开工干活。"

　　李诀麻溜地扒完了碗里的饭，起身出去扔外卖盒，回头看到门边站着一个女孩。

　　女孩穿着米白色的外套毛衣，戴着和衣服颜色很搭的贝雷帽，拎着卡通样式的斜挎包，模样乖巧。她透过玻璃门，探头探脑朝馆里观望。

　　女孩生了一张天然的初恋脸，皮肤冷白，唇色嫣红，在秋夜的寒风中，美得让人心痒难耐。

　　李诀看到她，表情却冷了下来："是你啊。"

　　"你好。"

　　李诀冷淡的态度里还带了几分不屑，说道："怎么，一个人来玩密室啊？你的朋友呢？"

　　夏桑没有回答，又往房间里面看了看："周擒出来了吗？"

　　"托您的福。"李诀冷声道，"出门右拐派出所。"

　　"不是传讯吗？怎么还没有……"

　　夏桑话音未落，明潇快速走了出来，说道："请进，快进来，外面风大，割骨头，冷着呢。"

　　说完，她拉着夏桑进了屋，让她坐在大厅松软的黑皮沙发上，然后抓了一堆葱香饼、小小酥、糖果等零食，堆在她面前，又给她倒了一杯热水。

　　李诀抱着手臂，倚在摆满了手办模型的铁架边，不满地说："潇姐，干吗对她这么好？"

　　明潇懒得理他，坐到了夏桑身边，说道："你看看，刚刚才送走了一拨客人，说《校夜惊魂》的恐怖氛围不够，没有周擒的拿手绝活，客人们都不买账了。"

　　夏桑握着温热的玻璃杯："他在你这儿干了很久吗？都有这么好的口碑了。"

　　"差不多小两年了吧。以前也没这么好的身手，全靠他自己的努力，我们这儿很多惊吓场景都是他设计出来的。"

　　李诀把明潇拉到一边，说道："你干吗跟她说这么多？浪费时间。"

　　明潇瞪了他一眼："想不想救你哥们儿？"

　　"当然想啊！"

　　"想就闭嘴！"

　　夏桑目光环扫着墙壁上的惊悚海报，说："我不了解他，仅凭你们的一面之词，也无从判断真相。"

"理解的。"明潇脸上堆着笑，"没关系，我们不会勉强你。"

"但正如你说的，这个世界，不可能非黑即白，也不可能全是美好与光明，我之前太天真了。"

"你出身好，天真是福气，如果有这个条件，谁不愿意永远天真下去呢？"

夏桑放下水杯，说道："我想请你带我去周擒家里看看。"

"你想去他家里？"

"嗯，我想到帮他的办法了，但是我需要去他家里看看。"

明潇带夏桑穿过了建在火车铁轨上的高架桥，脚底有动车轰隆隆地驶过，脚下的水泥桥板都在震动着。

"喏，前面就是周擒的家。"明潇指了指立在铁轨边不远处的一个三层低矮筒楼建筑。

外墙上的大片墙皮已经剥落，露出了里面泥灰色的墙体，窗户上装着防盗栏，宛如监狱一般。远处是大片阴沉沉的黑云笼罩着，给人一种压抑的窒息感。

夏桑跟着明潇下了高架桥，穿过曲折幽深的巷子道，便来到了周擒的家。

他们家住在一楼，大门敞开着，门口立着常年风吹日晒的破旧招牌——小周副食店。

明潇带夏桑走进去，站在门边喊了声，说道："周叔叔，您在吗？"

很快，副食店幽黑的内屋里走出来一个男人，男人个子不矮，但是身形佝偻，脸上有沟壑般的皱纹，眼底也没有神采。他五官周正，年轻时应该相当英俊，只是饱经沧桑的眼神让他看起来很不精神。

"明潇来了。"男人招呼着明潇进屋，"想吃什么？喝包牛奶吧，还是吃薯片？"

"不了叔叔，周擒还是没有消息吗？"

提到儿子，周顺平脸上浮现了愁容："警察来做过两次笔录，说让等消息，也不知道这消息是好是坏。他不是坏孩子，怎么会惹上这事了你说说。那地方不是人待的，我不能让他也进去了啊！"

"叔叔，您别担心，周擒不会有事的。"

显然，这样苍白无力的安慰并不能让周顺平心里好过一些，他叹了口气，又问道："打官司是不是要请个好律师啊？明潇，你社会关系多，你知不知道哪里能请到好律师，多少钱……多少钱我们都要请！只要能把他放出来！"

"叔叔，请律师的事，我会帮您问问。"明潇说道，"今天我带朋友过来看看您，她也是周擒的朋友，周擒有东西吩咐给她，让她过来取，我们能去周擒的房间看看吗？"

周顺平看了夏桑一眼，夏桑乖巧地道："叔叔好。"

"这么干干净净的女孩子。"周顺平苦涩的脸上终于有了几分笑意，"那小子上哪儿去认识的哟。"

"嗐，叔叔您还不知道呢。这次出事，也是他那张脸闯的祸。"明潇见周顺平的心情稍稍好些了，于是玩笑道，"谁让他长得那么好看？"

"那臭小子，长得好看能当饭吃吗？"

"叔叔，您别说，还真能当饭吃，我们店里不少女客人都冲他来的呢。"

"都不顶用，还是要他自己有本事才行。"寒暄着，周顺平带夏桑和明潇来到了周擒的房间，"他平时不让我动他的东西，吩咐你们拿什么，就自己找找吧。"

"谢谢叔叔。"

周顺平退出了房间，并且给她们带上了房门。

旧房子多多少少都有些霉味儿，但是周擒的房间没有丝毫味道。

屋子很窄，五六平方米，一张大约一米二宽的单人小床，方格床单打理得平整无褶皱。

周擒这样一个大高个子，睡在这样的小床上，不知道有多憋屈呢。

房间靠窗的位置是书桌，窗户镶着防盗栏，正对面就是火车轨道，夏桑进屋的十几分钟，已经有两趟动车呼啸而过了。

靠墙是一面陈旧的木制书架，书架上摆放着整整齐齐的几列书籍，有一半是高考参考书目，还有一些科技和机器人相关的课外读物，都是男孩子会喜欢的领域。

明潇禁不住感叹道："哇，这么大一面书架，这小子是真的准备考大学啊！我还以为他随便说说呢！"

夏桑回头询问明潇："你以前没来过他的房间吗？"

"我怎么可能来。"明潇挑眉笑道,"别看这小子平时挺好相处,但骨子里冷着呢。我们的事情他知道得一清二楚,但他心里想什么,经历过什么,从来不让别人知道,也不会让人随便进他房间这种私人领地。"

夏桑点点头:"那我们这样进来,会不会不太好啊?"

"管不了这么多了。"明潇抱着手臂,倚着门,"你要找什么?我帮你一起找吧。"

"我想看看他有没有什么笔记之类的,手写的字,越多越好。"夏桑说道,"再找一些私人用品,最好是日常佩戴的东西。"

"这容易,书架上找找。"

两个女孩开始翻找起了书架,在这时,夏桑忽然惊呼了起来,倒抽一口凉气。

明潇望过去,看到她从书架上拿出厚厚一沓奖状。

"怎么了?"

"这是新菁杯奥数比赛!"夏桑露出了不可置信的表情,"我从小学四年级开始,每年都参加,每年都是第二名。"

明潇顺着她的视线望过去,却见她手里那一页,正是新菁杯奥数比赛的奖状。

毫无疑问,第一名!

夏桑翻了好几张,起码有五届的新菁杯奥数比赛,周擒包揽了全部的第一名。

那几年,不管怎么努力备赛,她都永远屈居第二。第一名的得主就跟噩梦一样支配着她,在她幼小的心灵上留下了深深的阴霾。

那些年,覃槿也没少为这件事难为她。可她就是不管怎样努力,都无法超越压在前面的那个人。

夏桑又低下头,摩挲着那几张竞赛的奖状。

第一名,周擒。

新菁杯奥数比赛是全国性的赛事,题目难度几乎秒杀了国内任何奥数竞赛,能进入决赛圈的孩子已经是凤毛麟角,是各大名校竞相争夺的优秀苗子。

夏桑便是凭借了新菁杯第二名的成绩,免试进入南溪一中的附中。

能夺下这种比赛项目金奖的学生,省内的重点中学,可以任君挑选了。

拿下第一名的周擒，为什么去了十三中体校呢？

夏桑又翻了几页奖状，发现不仅仅有数学竞赛，还有物理和科学方面，全是领域内比较重量级的竞赛。

这样的周擒，绝对是年幼的夏桑最怕遇到的竞争对手。无论怎样努力，都无法超越的天赋流。而这些所有的竞赛奖状，日期都终止在五年前，推算起来差不多初一、初二的时间。

"小桑，你看这个行吗？"明潇打断了她的思绪，从书桌一摞翻开的作业里抽出一本写满公式的物理笔记。

夏桑看了眼，说道："最好是汉字多一点的。"说完，她规整地放回了奖状，然后看到了书桌上的语文作文本。

随手翻了翻，这些是他高考作文的试笔写作，密密麻麻都是遒劲有力的小楷字。

"这个可以。"

"太好了。"明潇松了口气，问道，"这一本够了吗？还要不要其他的？"

夏桑翻了翻，这厚厚的一本作文几乎都写满了。

"够了。"

临走的时候，夏桑注意到门边的衣架上挂着一片银制的羽叶，和她第一天见他时挂在颈项上的一模一样。

她索性也取走了。

回去的公交车上，夏桑一直在摩挲那条羽叶项链，羽叶约莫食指一般长，叶片宛如鸽翅上的羽毛，表面光泽温润，应该是时常被他拿在手里把玩。

很别致的项链。

明潇见夏桑一直盯着那根项链看，好奇地问："你喜欢这个？"

"不是，见他常戴。"

"他啊，两年前在我这儿拿到第一笔工资，就去买了这链子。"明潇笑着说，"好几百呢，这是他第一次花这么多钱给自己买东西。"

夏桑听着也情不自禁地笑了："用自己挣的钱，买自己喜欢的东西，肯定特有成就感。"

"你不知道，他这人，特节省！有一回，我印象特深刻，他去超市买鱼，愣是盯着那鱼翻了白肚皮，半死不活了才下手，逼得超市直接打了个对折。"明潇说道，"他能花钱买这些没用的小物件，也是很难得。"

夏桑顿了顿，犹疑道："明潇姐，假如我拿这东西送人，他会生气吗？"

明潇讶异道："这是戴过的链子，也很旧了，你要拿它送谁啊？"

"宋清语。"

明潇看着夏桑认真的神情，反应了好久，似乎明白了她的意图。她拉住夏桑的手，惊诧地问道："不是吧！你想用这个骗她改口翻供啊？"

"只有这个还不行。"夏桑抱着书包，说道，"我还需要一份周擒的亲笔信。"

至此，明潇完全明白夏桑的意思了。

她之前不愿意帮他们把宋清语叫出来，是因为一旦几个男孩忍不住脾气，威胁了宋清语，事情恐怕会闹得更加无法收场。如果周擒是清白的，宋清语这样死死咬着他，无非是觉得没面子，外加恼羞成怒，抱着"得不到就毁掉"的病态心理。那么不管旁人如何劝宋清语，甚至进行心理辅导，都很难改变她的态度了。

夏桑想到的这馊主意中的馊主意，恐怕真是唯一的办法了。

明潇想了想，说道："我还是之前那句话，只要能把他救出来，别说这一条破链子，就算你想让他下半辈子当牛做马，姐也给你做主。"

夏桑笑了下，说道："我不要他当牛做马，他也不会乐意。"

"小姑娘，以前是不是没人跟你开过玩笑啊？"明潇看着女孩嘴角两个动人的梨涡，也觉得她很可爱，戳了戳她的脑袋，"说什么你都当真。"

"我以前的生活，是挺无趣的。"

"认识了姐，以后来七夜探案馆，免费带你玩！"

"嗯。"

这时，公交车报站，夏桑起身跟明潇道别，明潇送她到车门口，用力握了握她的手。

夏桑知道她的意思。

这是唯一的机会，一定要把他救出来。

当晚回去之后，明潇把夏桑拉进了探案馆的工作群里。

这个群其实就是周擒他们几个哥们儿日常冒泡的水群，明潇把夏桑拉进来之后，群名都改成了"援周小分队"。

明潇大概说了一下计划，让李诀他们全力配合夏桑的行动，随叫随到，有求必应。

李诀对夏桑其实没什么好感，带着对一中乖乖女的偏见，觉得她又假又作，还有一群自大、狂妄、讨人厌的朋友。

但是她愿意帮助周擒，李诀便好声好气地答应了下来："以后有什么事，吩咐一声就行，我的电话是 134×××× 9087。"

夏桑："好。"

夜间，夏桑翻开了周擒的作文本，一个字一个字地模仿他的字体。

周擒的字体很独特，说是小楷字，但笔锋间带了行书风，看着劲儿劲儿的。

夏桑其实挺会仿人字体的，她以前模仿覃槿签名的字，几乎可以以假乱真。所以她想着仿一下周擒的字，给宋清语写一封"道歉信"也好，应该不是难事。

没想到这家伙的字体，这么难写。

试了好几次，甚至拿薄纸蒙着，一个字一个字去仿，都写不出周擒的感觉。

夏桑泄气地将一堆废纸揉成团扔进了垃圾桶，拿着周擒的作文本看了又看，一个字一个字地去琢磨。

他字里那股劲儿劲儿的感觉，仿佛困在荆棘遍布的囚牢里，又在奋力挣脱。看着他的字，夏桑莫名看得入神了。很奇怪，她竟然会从这样的字体里得到共鸣。

背靠悬壁，无路可退。

夏桑拿起本子，凑近了细致观察的时候，本子的夹缝中滑出了一张照片，飘在了地上。

夏桑捡起那张照片，发现是一个抱着孩子的女人。

女人穿着现在看来较为老式的呢子大衣，烫着鬈发，有种说不出来的韵味和气质，只是因为年代久远，五官看起来有点模糊，但隐约能感觉她的长相是漂亮的。

她站在市中心的音乐喷泉广场，怀里抱着一个皮肤白皙长相俊美的小男孩。

这个小男孩应该就是周擒。

那时候，他的脸上还没有疤痕。

夏桑去周擒家里，没有见到他的妈妈，只有他的爸爸一个人孤独地坐在副食店看电视。她猜测，大概也是离异的家庭。

从照片的磨损程度来看，他应该是经常将它拿出来细细地看，却又藏得这么小心翼翼，大概是不想轻易被别人发现。

夏桑不需要去同情他，因为她的家庭很快也会遭遇分崩离析。这是每个小孩共同的噩梦。

她对他产生了某种同病相怜的共鸣，小心翼翼地将照片放回作文本里，然后认真地开始模仿他的字迹。

无论花多少工夫，她都要做好这件事。

夏桑偷偷买了一对小哑铃，每天在房间里一边听英语一边练右手臂力。她以前不怎么运动，手没什么力气，用哑铃练了好几天，总算稍稍仿出了周擒的字体。

她随手在纸上写下了四个字：

我是周擒。

她拍了照，发在了"援周小分队"的群里。

李诀："擒哥写的？"

夏桑："这是我写的。"

李诀："天哪！这完全以假乱真啊！这就是擒哥的字！"

李诀："用周擒这字迹，给宋清语写一封感天动地的道歉信，我不信那女的会无动于衷！"

夏桑："没这么简单，宋清语又不傻，不会轻易相信这种东西。"

明潇："小桑，你打算怎么做？"

夏桑想了想，说道："宋清语崇拜周擒的事，你们都知道吗？"

李诀："当然啊，那时候我们成天在一起，宋清语每场比赛都来看，甚至追到探案馆来了，一个人包场。"

明潇："她真的挺锲而不舍的，我们还开玩笑，说有这份毅力，放在学习上，名牌大学都随便考了。偏遇上了周擒，没感觉就算了，还脸盲，连人家样子都记不住。那小姑娘也是百折不挠，毅力满分，还在我们探案馆的顾客留言板上写便利贴。"

　　夏桑："那张便利贴，现在还有吗？"

　　明潇："有啊，我们可保存着呢，没事就拿出来笑话他。"

　　夏桑："等着，我放学过来！"

　　明潇："不用特意过来，你想看，我拍了发给你啊。"

　　夏桑也知道，这事干得挺缺德。但是如果周擒是清白的，那么宋清语为了一己私怨陷害、毁掉别人一生的前途，那就不是缺德，而是坏了。

　　退一万步讲，假如周擒不清白，那么宋清语看到信，也不会有一分一毫的动容。她不会损失任何事。

　　下课后，夏桑背着书包匆匆跑出教室，路过祁逍桌边，祁逍一把揪住了她的书包，将她拉了回来。

　　这一股子惯性，差点让她跌倒。

　　夏桑不满地推开了他，扶着桌角站稳了，皱眉说："你有……"

　　"病啊"这两个字差点说出来。不过考虑到等会儿还有事，夏桑不想吵架，于是理了理衣服，问道："干什么？"

　　祁逍笑着说："晚上请你吃饭。"

　　"不了，我得回家吃饭。"

　　"那一起喝杯水，总可以吧？"

　　夏桑拒绝："不了，等会儿有点事，得先走了。"

　　"你确定今天有事？"

　　"嗯，圣诞音乐会，要练琴。"

　　祁逍盯着她的眸子看了许久，嘴角泛起冷冷的笑："行，走吧，不打扰你了。"

　　"拜拜。"夏桑转身跑出了教室门。

　　祁逍脸上眼底的温柔荡然无存，取而代之的是凛冽的森寒。

　　身边，胖子徐铭凑了过来，乐呵呵地说："逍哥，怎么，又被夏桑拒绝了？"

　　话音未落，只听"砰"的一声，祁逍重重地摔了教室门，扬长离开。

　　之前分明已经快成功了，但现在……

　　祁逍当然知道问题出在哪儿，那家伙，最好永远别被放出来。

　　夏桑连公交车都不等了，出校门直接招了一辆出租车，来到时代广场。下车后她一路小跑着，穿过曲曲折折的天街，火急火燎地跑到了七夜探案馆。

明潇早就等着她了，见她进门，从柜子里取出一罐饮料递过去："这大冷天弄得额头都有汗了，跑什么啊，谁在后面撵你了？"

夏桑顾不上喝饮料，拉着明潇问道："宋清语的便利贴，你还留着，快给我看看！"

明潇见她也是真的把这件事放心上了，有点感动，说道："跟我来吧。"

她领着夏桑来到大厅东侧甜品冷饮区，指着墙上的留言板："喏，还贴在上面呢。"

留言板上贴满了花花绿绿的便利贴——

《校夜惊魂》真的很棒！
表白 NPC 小哥哥，太帅了！
被吓得半死，话说什么时候上线新主题啊？
年底上线的新主题，周擒小哥哥会参与吗？
想要周擒的微信，有生之年能要到吗？知道的请在后面留言。

便利贴里几乎三分之二的留言话题都是关于周擒。夏桑从一堆便利贴里找出了宋清语的便利贴：

ZQ，我真的很崇拜你，是你无法想象的那种崇拜。

——SQY

宋清语的字迹很秀气，字迹后面还画了一颗小心心。

李诀跟个幽灵似的飘了过来，说道："哪个女生要是这么崇拜我，我得感动死。"

明潇翻了个白眼："要是这种偏执型女生，有你哭的时候。"

李诀走过来，见夏桑盯着那张便利贴发呆，于是伸手在她眼前晃了晃："眼睛都瞪直了，没见过人家写信啊？"

明潇猜到了夏桑的意图，问道："你想模仿周擒的字迹，在这张便利贴上回复吗？"

"嗯。"

李诀也反应了过来:"另外写一封信未免太刻意了,回复在这张便利贴上,就很完美!乖乖女,你太聪明了吧!"

"这就是差距。"明潇嫌弃地对他说,"你还总看不起人家一中的学生。"

"那一中的还总看不起我们呢。"

夏桑回头,对明潇道:"有笔吗?"

"有。"明潇从笔盒里取来一支荧光笔。

夏桑想了想,说道:"要黑的。"

"有、有。"明潇又找出一支黑色的中性笔递给她。

她撕了一张新的便利贴,在上面随手写了几个练笔的字之后,准备在那张便利贴上留言了。

李诀见夏桑拿着笔的手一个劲儿地抖动着,笔尖也在战栗。他的心不免跟着紧张了起来,说道:"你……你可小心,就这一张,写坏就前功尽弃了!"

"要你说。"明潇拍了拍他脑袋,"闭嘴吧,别制造紧张气氛了,让夏桑慢慢写。"

夏桑落笔的手颤抖了一会儿,然后放下笔,深呼吸道:"周擒他……真的是清白的吗?"

李诀不满地说:"都这会儿了,你还不相信他呢!"

她敛着眸子,看着那张便利贴:"我不知道,我和他不熟,所有事都是听你们说的……"

"其实你心里已经有答案了。"明潇望着夏桑明净的脸蛋,说道,"你一开始,就信他的。"

夏桑想到了他在篮球场上干净纯粹的笑容,想到他在公交车上挡在她身后的情形,咬咬牙,终于在便利贴上落了笔。

李诀和明潇目不转睛地盯着夏桑写字,心都提到嗓子眼了,这辈子都没这么紧张过。

几秒之后,她放下笔,重重地松了口气。

明潇小心翼翼地拿起了便利贴,宛如捧着刚出生的婴儿,望向了字条上的留言。

我知道，但我不配。

——ZQ

李诀脑袋凑了过来，看着最后那几个字，瞪大了眼睛，良久，说了句："绝了！"

这句话，杀伤力太强了！

明潇赶紧从柜子里取出了周擒过去写的一些工作心得，翻开对比了一下。那几个字，几乎和周擒道劲的笔锋如出一辙，完全可以以假乱真！

明潇摇着头，望向了夏桑，酝酿了很久，只挤出几个字："你……真是绝了。"

"别说字迹，连语气都得了周擒的真传啊！就这几个字，我分分钟脑补出一部大戏！"李诀兴奋地说道，"我要是那女生，直接哭死！"

夏桑拿着便利贴，小心翼翼地将它贴回了原来的位置。

别说宋清语，就是她这个局外人，看到后面这句话，心里都会升起几分难过。

"我不配"三个字，包含太多太多的遗憾和无奈了。

夏桑摸出手机，"咔嚓"一声，拍下了整张便利贴留言板。她的手机具备高清像素，拍下来放大了，还能清清楚楚地看清便利贴上的那两行字。

"乖乖女，你加她微信没有？"李诀迫不及待道，"赶紧把这张照片发给她！"

夏桑无语地望他一眼："你这是生怕人家不知道我们'团伙作案'呢。"

明潇思忖片刻，说道："不能就这样发给她，要想个办法，让她自己无意间发现，这样可信度会更高。"

"这简单啊，把她带到探案馆来不就看到了吗？"李诀提议道。

"周擒以前在这儿工作，她又不是不知道，能到这伤心地来溜达？"

"如果是跟朋友逛街，无意间经过，会想进来看看吗？"

明潇和李诀同时望向了夏桑，夏桑无奈地摊手："别看我，我和她不熟。"

不仅不熟，因为覃槿的缘故，宋清语连带着讨厌起夏桑来了，平时学校里见了她都没好脸色。

第二天早读课，夏桑用笔尖敲了敲前排的段时音："音音，你加了宋清语微信吗？"

"没有啊。"段时音用语文课本遮住脸，回头悄悄说，"怎么了？"

"没怎么。"

"你想加宋清语吗？"

"不是。"夏桑顿了顿，低声问，"你知道咱们认识的人里面，有谁和她是好友吗？"

段时音想了想，说道："许茜应该认识她，她们都是啦啦队的，肯定有相互添加微信。"

"呃。"

对于夏桑来说，许茜绝对不是理想的人选啊。

段时音见夏桑露出为难的表情，又说道："宋清语班级里肯定有蛮多女孩加了她微信的，男生也有。"

"但这些人，我都不认识。"

"那就只有许茜了。"段时音好奇地问，"不过你打听这个做什么啊？你想添加她微信吗？"

"就想认识一下。"

"这还不容易？她的微信应该蛮好问的，我下课就能帮你打听到。"

"谢谢宝宝。"夏桑感激地说，"不过还是算了。"

夏桑不可能把这件事交给完全陌生的人。事情都已经做到这个程度了，如果在最后一环出了差错，那就是前功尽弃。

夏桑思来想去，还是只有许茜。这件事，交给许茜去做才是自然的，也是最容易让宋清语相信的。因为许茜是完全无关的局外人。

下课后，夏桑主动溜达到了祁逍的座位边，随意地说道："周末出去玩吗？"

祁逍放下了古诗词小本，趴在桌上，闷声道："不去。"

"你不想玩密室逃脱了吗？"

祁逍望她一眼，有些怨怼地说："你的事忙完了吗？"

"呃，就快结束了。"

"那等你忙完了，我再看看有没有心情咯。"祁逍很傲娇地伸了个懒腰，拉长调子道，"本少爷……也不是谁想约就能随便约到的。"

"那算了。"夏桑转身回到自己的位子上。

祁逍低头不爽地暗骂了一句，然后回头道："周末还约密室吗？"

"嗯，七夜探案馆。"

"行啊。"祁逍淡淡笑了，"你还玩上瘾了。"

"谢谢，祁逍。"

"这有什么好谢的。"

"对了。"夏桑犹豫了一下，然后小心翼翼地说，"能不能把许茜她们也叫上啊？"

"叫她？"祁逍有些不解，拧眉道，"上次玩得够扫兴了吧，你还想和她去密室？"

"叫上吧，反正玩密室要的人数也不少啊。"

"你可以叫你的闺密。"祁逍说道，"你同桌那两个。"

"她们没这个胆子，你就把许茜叫上吧。"夏桑加重了语气，"行吗？"

祁逍盯着夏桑看了片刻，懒洋洋地笑了："行，你说什么就是什么。"

在祁逍转过身去之后，夏桑低下了头，暗暗发誓这是最后一次了。

孤注一掷，不得已而为之。

周六上午，在莫拉艺术中心练完琴，夏桑叫住了走出电梯的许茜，说道："下午要一起玩密室哦。"

许茜对她没什么好脸色，故意炫耀道："是啊，祁逍亲自来找我，说上次玩得很开心，想和我再约一次啊。"

夏桑没有和她废话，直说道："我有一个请求，希望你把宋清语也叫上。"

许茜皱眉，不解地问："为什么要叫她？"

"我想认识她。"

"你为什么想认识她？"

夏桑不想过多解释，只说道："你把宋清语叫上，年末的圣诞莫拉音乐会那晚，我就会突然患上急性胃肠炎，而你……早已经准备在后场，将我的那首《云雀》，练得烂熟。"

许茜双目圆瞪，惊得说不出话来。

半晌，她才明白夏桑的意思："你是说，你……你愿意把圣诞音乐会的机会，用这种方式让……让给我？"

夏桑面无表情地说："前提是，今天下午，你能把宋清语带出来。"

"可是为什么啊？"许茜是真的不能理解，"你想和她认识，也不至于用圣诞音乐会来交换吧，你要知道这机会……"

"我之前就说过，圣诞音乐会我不在乎。你要是在乎，我让给你也无所谓。"

夏桑知道许茜有多想参加圣诞音乐会，这几乎成了她的执念，嫉妒得眼睛都红了。

"所以你更在乎宋清语？"许茜也是笑了。

"随你怎么想。"夏桑拎着小提琴的琴盒肩带，无所谓地说，"愿不愿意，交不交换，随你。"

"行啊，我肯定能把她带出来。"许茜嘲讽地说，"但是你妈妈那边……我都能想到她会怎样发飙了。"

"这是我的事，不用你操心了。"

许茜笑了："下午，等着瞧吧。"

许茜大步流星地离开了莫拉艺术中心，筹谋着下午用什么理由把关系并不是特别好的宋清语叫出来。

夏桑却慢悠悠地来到了艺术中心的露天篮球场，球场上还有几个篮球小班正在上课。年轻的篮球老师颇有耐心地教授着小朋友们如何拍球、运球。小朋友们追着老师，生疏稚嫩地拍着球。

夏桑站在网栏外，仿佛又看到了少年清瘦的身影。

他穿着灰色的连帽卫衣，表情冷淡、毫无耐心地教着小朋友。他回过头望了她一眼，漆黑的眸子带着洞察一切的光芒，望进了她的心里。

过去十七年，夏桑从来没有违逆过妈妈的任何要求。她按照她的期许，变成了现在的夏桑。

品学兼优，温文尔雅，宛如提线的木偶。

但只这一件事，夏桑想要听从自己心底的声音。

不惜一切代价。

下午一点，夏桑坐上前往时代广场方向的公交车。

许茜给她发来一条消息，结果不太好："宋清语我约不出来啊，她说不爱玩密室。"

夏桑点开了她发来的聊天记录截图——

许茜:"亲爱的,下午两点的密室,篮球队和啦啦队几个,祁遒他们也在,来吗?"

宋清语:"不是很感兴趣,下午我和朋友约了看电影。"

许茜:"来吧,我们缺人。"

宋清语:"真的不想来。"

夏桑放下手机,呼吸有些紧。她看着窗外飞速流动的景色,沉默片刻,回复许茜:"告诉她,不来,下学期啦啦队就没她的份了。"

许茜:"……"

许茜:"这也太过分了吧!敢情得罪人的不是你呢!"

夏桑没有说话,只发过来一个微笑的表情。

又过了一刻钟,许茜重新给夏桑发来一条截图——

许茜:"宋清语,我们今天缺人,你必须得来。"

宋清语:"什么?"

许茜:"下午两点,别迟到了。"

宋清语:"你让我来我就来,凭什么啊?"

许茜:"下学期你要是还想留在啦啦队的话,你今天就来。"

宋清语:"不是……你威胁我啊?就为个破密室,你要把我赶出啦啦队?"

许茜:"就当我是在威胁你吧,不是破密室,是我最喜欢玩的密室,你要是害我今天玩不成,我也会让你今后都跳不成啦啦操。"

宋清语:"我也是无语了,你有病啊?"

许茜:"对。"

宋清语:"地址发来吧。"

夏桑看着这两人的对话,觉得有点好笑。看来许茜为了参加年底的圣诞音乐会,也是豁出去了。

每个人心底都有自己的执念,宋清语有,许茜也有。

当然,夏桑也有。她完全可以不管这件事,周擒是不是被冤枉关她什么事?她和他又没多熟,何须这般机关算尽地为他奔忙。

但是这件事不仅仅是为了周擒,也为了夏桑自己。这是她宛如提线木偶般的人生中……第一次越轨,也许是最后一次。

这就是她的执念。

　　夏桑给明潇发了一条信息，告诉她等会儿宋清语就会过来，让他们准备好，千万不要一群人拥在大厅，倒像是故意等着鱼儿上钩似的，太刻意了。

　　明潇："放心啦，没那么傻，我让李诀他们都去监控室了，大厅只留一个新招的前台小妹。"

　　夏桑："好。"

　　下午两点，夏桑在时代广场的喷泉旁见到了祁逍。

　　祁逍穿着一件白色的潮牌外套，暗红镶边，窄腿裤下是干净得一尘不染的名牌球鞋。这一身打扮自然价格不菲，风格时尚又潮流，加上英俊的长相，让他无论走在哪里，都会成为瞩目的焦点。

　　祁逍见到夏桑走过来，放下了手机，笑着说："你还真是人菜瘾大，上次怕得要死，居然还想玩。"

　　"因为特解压。"夏桑平淡地回应。

　　祁逍挑挑眉："可能是我没什么压力，所以没感觉。"

　　"你没有升学的压力吗？"

　　"没有啊。"他理所当然地说，"我又不需要参加考试。"

　　"也是。"夏桑语调里带了点羡慕，"你已经不需要和我们竞争了。"

　　"我爸让我出国留学，体验一下国外不同的生活，增长眼界。"祁逍说道，"不过我还是想留在国内读大学。"

　　"出去见识见识挺好的，为什么不去？"

　　祁逍嘴角扬了起来："你猜啊。"

　　"猜不到。"

　　"你都没猜。"

　　"因为我猜不到。"

　　"你有时候还真是一板一眼。"祁逍笑了起来，"没劲。"

　　"因为我本来就是没劲的人。"

　　她从小就是在一板一眼的教育中长大的，不像许茜她们啦啦队的女生那样，能和其他人你一言我一语、嘻嘻哈哈地开玩笑抬杠。

　　不过，人跟人之间的气场真的很微妙。

　　像她这样安静无趣的人，和周擒在一起的时候，倒是每次都能吵起来，一句话都要杠很久。

在她思绪乱飘的时候，又有一群年轻的男孩女孩走了过来。

祁逍扬手和徐铭打了招呼，夏桑看到许茜，又望见了她身边一身藕色百褶裙的宋清语，稍稍松了口气。

宋清语一早就知道夏桑会来，因为覃槿的缘故，她对夏桑没什么好脸色，冷冷淡淡地打了个招呼："嗨。"

夏桑对她点点头："我们上去吧。"

"走走走。"许茜故作兴奋地说，"上次那场密室还挺好玩的，我早就期待咱们再约第二场了。"

祁逍兴致勃勃地说："今天我带你们去玩一家更有意思的，叫异度空间密室逃脱，他们家的《荒村》主题，也特别有名气。"

许茜："好啊好啊！一切听祁大队长安排咯！"

宋清语："有单线吗？我可不敢玩单线。"

"单线很少，可以分配给男生。"

几人走了十几米，祁逍回头，看到夏桑站在原地没有动，他喊道："小桑，走啊，愣在那儿干吗？"

夏桑加快步伐追上了他们，面上没什么表情，一颗心却不住地下坠，就像只身跳入了深不见底的悬崖。

她费了很大的劲，勉强稳住情绪，不至于让嗓音颤抖："我们不去……之前那家吗？"

"那家啊……"祁逍道，"那家最有名的主题，我们上次已经玩过了，我想着别的主题都一般，所以就另外找了家更有名气的，让你体验体验。"

"……"

他的话，过于有理有据，夏桑完全找不到拒绝的理由。

宋清语挽着许茜的手，也是又紧张又害怕，又有些期待。

几人走进了电梯，夏桑沉默片刻，又说道："宋清语第一次玩，太恐怖的……是不是不太合适啊？要不今天先试试温和型的主题？"

宋清语连连点头："没错！我不能玩太恐怖的，真的！要让我做单线，我就不玩了，你们看着办！"

"不然换个密室吧。"

徐铭不想换主题，鄙夷地说："你们这些女孩，胆子这么小还来玩！"

宋清语撇撇嘴："又不是我想来的，还不是许茜硬要我来，反正我不管，要是太恐怖，我就要中途退场。"

夏桑努力控制着心跳，故作随意地摸出了手机，说道："那我重新订一家吧，选个温和的主题。"

祁逍说道："不过，我已经付款了。"

"……"

"已经预约好了，他们大概率不会退款了。"

夏桑的心都提到嗓子眼了，抬眸，小心翼翼地看了祁逍一眼，判断他是不是故意的。

祁逍的神情很自然，立刻道："没关系，要是你们都不爱玩恐怖向的，换一家也无所谓，以女生为主。"

大家面面相觑，似乎也觉得有些过意不去。

每个人一百多，算起来在场得有七八个人了，如果不玩这场，估摸着祁逍就直接损失了一笔钱。

宋清语知道祁逍家里有的是钱，根本不在乎这一千两千的，于是坦然道："祁逍，只能让你破费了！我是真的不能玩太恐怖的，到时候扫你们的兴啊。"

"其实不会很恐怖，虽然名字叫《荒村》，但是和我们之前玩的主题比起来，恐怖程度不是一个量级，这场的解谜推理环节更多。"

祁逍把手揣兜里，无所谓地说："不过，夏桑要是不喜欢这场，换一家也行，开心比较重要。"

所有人的目光，都落到了夏桑身上。

宋清语阴阳怪气地嘲讽道："小公主，你选呗，选一家没那么恐怖的。"

夏桑握着手机的手紧了紧，她知道，这是唯一的机会，也是最后的机会。

她可以任性地要求换密室，带他们去七夜探案馆，那里会有他们精心准备好的便利贴留言；她可以为了这个目标，日夜苦练周撬的字迹，把手练得酸痛不已；也准备好了接受将来覃樟的暴怒，放弃圣诞音乐会……

但是，此刻面对祁逍真诚的目光，夏桑感觉身体一阵阵发冷。

脑子里有个声音不断在说——

"他有钱，平时买游戏装备眼睛都不会眨一下。

"对于他那样的家庭而言，一两千不算什么。

"一两千真的……不算什么，你可以像许茜一样，作一点，没有人会怪你，因为你是女孩子，可以骄纵，可以任性。"

"嗡"的一声，紧绷的弦，断了。

"算……算了。"夏桑用力咬了咬舌尖，让嗡鸣的脑子更加清醒些，"就去《荒村》吧，钱都给了，祁逍都说不恐怖了，应该也还好。"

祁逍的眼角微微扬了扬，笑说："相信我，绝对不会很吓人的。"

宋清语："行吧行吧，反正我不做单线，跟着大部队就还好。"

众人乘坐电梯来到了天街三楼的异度空间密室逃脱。夏桑已经听不到他们一路嘻嘻哈哈的声音了，她不断下坠的一颗心，彻底沉入了冰冷的潭底。

玩密室的过程，许茜和宋清语两人全程是气氛担当，一惊一乍，好几次把队友吓到。正如祁逍所说，《荒村》密室其实恐怖成分不多，更多的是解谜和推理环节。

夏桑承担了绝大部分的推理解谜任务。她脑子木木的，逼迫自己完全融入故事情节，不要去想那张便利贴，不要去想他们所有的努力，不要去想那个少年教她打球的时候笑得有多开心……

全程她都强忍着眼泪，即便是光线暗下来的时候，她也只是用袖子擦了擦眼角的酸涩，没有哭。

游戏结束，这一次竟然能够全员通关。大家都有些兴奋，走出了密室之后还意犹未尽地讨论着情节。

"其实还好，没那么恐怖！"

"是啊，没有单线就很好了！"

"没想到最后竟然全员恶人，哈哈哈，虽然没有鬼，但也很让人后怕啊！"

他们坐在沙发上，津津有味地听工作人员讲解剧情，夏桑独自去柜子边，取出了自己的手机。

手机里有一条明潇的短信："别太内疚，你对得起他了，跟朋友好好玩。"

她差点流出眼泪来。

夏桑走出异度空间密室逃脱的店门，风一吹，眼底又涌来一阵酸意。

已经尽力了。

她和周擒并没有太熟，连朋友都算不上，为他做到这种程度，正如明潇所说，已经很对得起他了。她望着远处黑沉沉的天空，感觉那黑沉沉的云也压在她的心头，密不透风，无力挣脱。

她偏头，望向了身边的宋清语。

宋清语裹着白色的兔绒围脖，脸上妆容精致，每一根睫毛都仿佛经过了精心的梳理，漂亮得像个洋娃娃。

她对着天街的霓虹灯，伸个长长的懒腰："我好久没这么开心过了。哈哈哈，许茜，之前你非要叫我来，不惜威逼利诱。我还想说你好奇怪，这破密室有什么好玩的啊，没想到真这么好玩。"

许茜冷哼一声："单线都让我做了，你当然好玩。"

宋清语似乎察觉到了夏桑略带绝望的目光，回头和她对视了一眼："你这样看着我干吗？"

夏桑的嘴角勾起一抹苍凉的笑："宋清语，你今天真的玩得这么开心吗？"

"是啊。"

"那你用谎言毁掉一个努力挣扎的男孩那原本就没有多少光明的未来，是不是也同样觉得很痛快？"

夏桑虽然在笑着，但她漆黑的眸子里仿佛藏着一只凶猛的兽。她想要放出心里的猛兽，让它剥开她伪善的外衣，撕咬她的灵魂。

脑海里残存的理智还是制止了她，没有说出刚刚那句话。

还不够，只是尽力了，她还没有全力以赴。她从来未曾像他一样全力以赴，所以她永远只能屈居第二。哪怕只有一次，夏桑也想绝地反弹，拼尽全力去做好这件事！

她平复了心绪，说："我请你们喝奶茶吧。"

"现在吗？"宋清语看了看手表，"但是我得回去了，爸妈让我天黑前必须到家。"

"一杯奶茶，不会耽误太久，我们就在这附近买。"

夏桑说着，用眼风扫了扫许茜。许茜虽然不知道夏桑葫芦里卖的什么药，但是为了年末的圣诞音乐会，她也得舍命陪君子啊。

"我早就渴死了，正好啊，夏桑难得主动提出请客，走走走，喝奶茶去！"许茜挽着宋清语的手，拉着她朝电梯走去。

宋清语不情不愿地说："那得快点啊，司机都在停车场等我了，不能耽误太久。"

夏桑进了电梯，颤抖的指尖按下了二楼的按钮。

电梯在天街二楼打开了门。

夏桑已经看到不远处七夜探案馆的黑红色招牌，在阴沉的天空下，越发显得压抑而诡谲。

"去哪家啊？"宋清语问道。

"就近吧。"夏桑道，"二楼应该也有奶茶店。"

徐铭提议道："我看到一楼商城入口就有家奶茶店啊，要不我们去那里吧。"

现在任何的风吹草动都能让夏桑杯弓蛇影、草木皆兵，她用力瞪了徐铭一眼："那种网红店，现在下单，再去看场电影出来应该能取到。"

徐铭挠挠头："好吧。"

"人太多了，我可等不了这么久。"宋清语拿着手机，不耐烦地说，"就随便找一家吧，别耽误时间了，司机都在催我了。"

"前面好像有。"夏桑领着他们，大步流星地朝着七夜探案馆的方向走了过去。

脚步越来越快，心跳也越来越快。

祁逍迈着大长腿，慢悠悠地跟在夏桑身后，望着她的背影，眼底露出几分复杂难解的神色。这是他第一次从沉默温暾的夏桑脸上看到"迫切"两个字。

她在着急什么？

夏桑经过七夜探案馆，但她没有停下脚步，甚至没有看那招牌一眼，而是径直路过了这家店。她不知道接下来会发生什么，但她回头的一瞬间，非常确定地看到，宋清语的脸色变得很难看。

不安，焦灼，还带有一丝闪躲。

她故意移开目光，仿佛"七夜探案馆"那几个字像烧红的烙铁，会烫眼睛似的。

"前面到底有没有奶茶店啊？没有的话，我要回去了！"宋清语终于受不了，抗议道，"我不喝了！回去了！"

夏桑回过头："真的不喝了吗？"

"不喝了不喝了！"宋清语转身便走，也不等他们了，"你们慢慢喝，我必须得回家了。"

许茜看了看面前的店面，鬼使神差地来了句："哎，夏桑，这不是我们之前来玩过的那家吗？"

"是啊。"

"哇，这家比我们今天玩的恐怖得多啊，他们那个校园主题太吓人了。"

夏桑看到宋清语的脚步放慢了，她努力控制着心跳，故作淡定地回应："是啊，那个在墙上爬的'贞子姐姐'，真的太吓人了，我后来问了工作人员，说那个姐姐是男孩子，全是自己练出来的身手。"

许茜道："这一看就是男孩啦，那么高，你傻不傻啊？看着人家戴长头发的头套，就'小姐姐、小姐姐'地乱叫人家。"

"他人很好，陪我走完了全程。"

宋清语终于控制不住胸腔里喷涌而出的情绪，她转过身，大步流星地走进了七夜探案馆。

"哎！"许茜见她进了探案馆，喊道，"宋清语，你进去干吗？还玩啊？"

宋清语头也没有回，径直朝着大厅的茶座留言板走了过去。

夏桑全身的血液奔涌着冲向头顶，全身一阵阵地哆嗦着，怔怔地看着她的背影。全然没有察觉到，此时此刻，祁迢那双漆黑的眸子，也正凝望着她。

几分钟后，探案馆里传出宋清语的哭声，几个男孩连忙冲进去，以为她受欺负了。

"你怎么了？"

"哎呀！你哭什么？"

"谁欺负你了？"

宋清语抱着膝盖，蹲在角落里，号啕大哭着，仿佛有止不住的悲伤将要发泄。

这一场变故，连许茜都惊呆了，她蹲下来关切地问："宋清语，你没事吧？你怎么哭了？"

宋清语一言不发，只是颤抖地哭泣着。所有人都不知所措地看着她。

只有夏桑，视线移到了留言板上花花绿绿的便利贴，中间靠左的那一张。

留言板旁边的衣钩上，挂着周擒的羽叶项链。柔和的灯影下，银制的叶片宛如羽毛般，脉络泛着润泽的光。宋清语站起身，摘下了羽叶项链，又看了看便利贴，越发哭得上气不接下气。

柜台边，明潇抱着手臂，倚着墙，眼底化着烟熏妆，嘴里叼着一根未燃的烟，面无表情。

夏桑经此一役，已经快要站不稳了，全身虚软。她转过头，和明潇的视线相接。两人眼中都有劫后余生的惊魂未定，也都在极力地压制着、掩饰着，谨防被人察觉……

"啪"的一声，明潇扣响了手里的打火机盖，低头点了烟，用懒懒的烟嗓道："哭丧啊。"

两天后的傍晚，残阳如血，冬日里鲜少看到这般热烈的日落。

夏桑站在生活阳台的水池边，面前摆着橘黄色的小盆，夕阳的暖光照着她的侧脸。她磨磨蹭蹭地搓着衣服，耳朵已经飞到了隔壁覃槿卧室的阳台上——

"宋清语自己去派出所改口供的？

"是不是被威胁了？如果是被威胁了，那一定要彻查当事人……

"没有被威胁？不是……之前还斩钉截铁地说打电话的人就是周擒本人吗？怎么一下子又改口了？

"什么叫记不清楚了！之前还说得板上钉钉。

"这孩子……不知道这是多么严重的指控！她怎么跟闹着玩儿似的？

"这一来一回地翻供，对她自己、对学校的声誉都会有影响。

"警方已经查清楚了吗？人已经放了？

"行吧，我会让学校心理咨询部的老师再好好和她聊聊。"

覃槿挂了电话，看到对面生活阳台上懒洋洋的夏桑，没好气地说："你都搓了二十分钟了吧！"

夏桑赶紧倒掉了小盆里的水，说道："多清洗几次。"

覃槿催促道："赶紧洗完去琴房练琴了，练完还得写作业，你现在时间很充裕吗？还在这儿发呆。"

"这就去了。"夏桑打开水龙头放水，漫不经心地问覃槿，"你刚刚在说宋清语的事情吗？我听同学说，她是不是改口了？"

覃槿提起这个就来气："你们这些孩子，一天到晚真是不让人省心。"

夏桑赶紧问："所以，那个男生是清白的吗？"

覃槿道："即便跟他没关系，也不能说明他就是什么好学生。"

夏桑松了口气，倒了盆里的水，匆匆回了房间。

五分钟前，明潇给夏桑发了一条信息："刚刚接到周擒了，真是人都瘦了一圈。"

"没事了就好。"夏桑快速编辑着短信，"对了，那个群，群里的消息一定要清空啊！别让他知道了。"

"放心。"明潇又说道，"不过周擒又不是傻子，宋清语哭得稀里哗啦的，一个劲儿给他说好话，他多少也能猜出来。"

夏桑："便利贴的事肯定瞒不住，随便你们怎么说啦，反正别提我就好。"

明潇："不是吧，你可是大功臣，我们还想着攒个局，让他请你吃个饭，好好感谢一下呢！你这是要做好事不留名啊？"

夏桑："潇姐，你得答应我，这事千万别让他知道。"

明潇知道夏桑有自己的顾虑，所以应道："行，我答应你不会说。"

"谢谢潇姐。"

夏桑放下了手机。

这件事之后，桥归桥，路归路。

她会步入自己生活学习的正轨，好好练琴，高考争取考上一流大学。

大概……也不会再和十三中这些男孩们产生任何交集了。

十三中校门外的美食街，夜间有不少训练结束的体育生过来吃消夜。

一整条街热热闹闹，灯火通明。

周擒回家洗了澡，换了身干净衣服，溜达到朋友们常去的那家王妈小炒大排档。

大排档位丁美食街尽头的正中间位置，几块斑驳的塑料布搭起来的露天棚，生意倒还不错，几张小木桌都坐满了体院的学生。少年们一边大快朵颐，一边聊着天，唾沫横飞。

明潇和李诀他们拼了四张方形小桌，勉勉强强围成了一个大桌。

人高马大的男孩们屈着腿，憋屈地坐在小椅子上，但这丝毫不会影响他们愉快的心情,点了满满一大桌消夜:回锅肉、炒螺蛳、藿香烤鱼、干锅兔头……

周擒带着一身寒夜的冷气,挤进了明潇和李诀中间,在小椅子上坐了下来。

"还没吃晚饭吧。"对面的篮球队队长莫子强给他递来了碗筷,"看把孩子给饿的,都饿瘦了一圈了,他们没给你饭吃啊?"

"给了,没给够。"

"难怪呢,你这基础代谢,那不是一般人的饭量。"

周擒的确是瘦了,侧脸的线条分明,头发也剪成了板寸,越发显得硬气,透着一股子狠劲儿。

李诀拿着北冰洋饮料,站起身,感慨地说:"这次你能出来,真的多亏了潇姐和那个乖——"

明潇瞪了他一眼。

"呸!多亏了潇姐,帮着到处跑啊,还仿你的字……"

"饮料都能让你狗嘴里吐出醉话,别把这功劳往我一个人身上揽。"明潇生怕他嘴上漏风,说出不该说的话,于是道,"都是大家的齐心协力!"

"不敢不敢!还是潇姐厉害,这功劳您就领了吧,哈哈哈,没人跟您抢。"

明潇翻了个白眼,道:"咱们这叫什么,用魔法打败魔法!"

"没错!"男生们站起身,相互碰了杯。

"来,干了!"

"干干干!"

因为训练的缘故,饮料不能多喝,所以都是嘴上热闹,喝一口便算应了景。

周擒又倒了满满一杯,对明潇道:"姐,这次谢了。"

明潇知道周擒是真的感激她,他是重情重义的人,滴水之恩,大概也会记一辈子。她拿起了北冰洋饮料瓶,开玩笑道:"行啊,你真要谢谢我,以后就免费给我干活呗。"

"这话说得……"周擒嘴角扬了起来,露出一个很浅的酒窝,冷峻中显出几分乖觉,"以后我给你卖命。"

"得了吧。"明潇用玻璃瓶碰了碰他的杯,"你的命,要卖也不是卖给我啊。"

这条命真要算，得算在夏桑身上吧。她为了仿他的字，挂了好几天的黑眼圈呢！而且也是她费尽心机，完成了最后那一波绝地逆转。

明潇真是迫不及待想把实情说出来，让周擒知道，但几次话都到嘴边了，想到自己答应过夏桑不说，只得咽了回去。

"你刚刚回家，叔叔还好吧？他也是担心坏了，白天跑律师事务所，晚上找亲朋好友打听你的消息，可怜天下父母心……"

周擒没什么表情，只是漆黑的眸子里划过一丝不忍，转瞬即逝。他又给自己倒了杯，说道："他在里面吃过苦，有阴影了，不想我也步他的后尘。不过，这事算我倒霉。"

"那可不。"明潇捏了捏他紧绷的脸颊，"谁让你长了这么一张脸。"

"那也该我是'祸水'。"

"你倒是给人家这个机会啊。"明潇笑着说。

周擒没说话，摸出了一直关机的手机，这会儿还有百分之四十的电量。

他登录微信，有不少消息冒出来，多是球队的朋友发来的问候消息，还有教练表示关切和鼓励的信息。

周擒回了教练的信息，然后下拉消息框一直到最后，找到了那个灰白的小猫头像。对话栏空荡荡，她一条消息都没有发给他。

那晚他被带上车的时候，远远地和夏桑有过一眼对视。女孩抱着篮球站在人群中，张着嘴，怔怔地望着他。

后来在里面，周擒什么都不怕，一身坦然，但……

她的眼神一直沉甸甸地压在他心头。

她会怎么想？大概率会把他当成彻头彻尾的流氓吧。

周擒点进了对话框，快速编辑了一条消息："我没有做那些事，清白的。"

编辑完，他又觉得自己像个傻子，立刻删除了这些信息。

他将杯子倒扣在了桌上，对众人道："有点累，回去休息了。"

"拜拜！"

"好好休息吧！"

周擒退出了和夏桑聊天的对话框，熄灭了手机屏幕，然后头也不回地走进了潮湿的街巷中。

火车站附近老旧的胡同，空气中永远带着无法风干的潮湿和木头发霉的气息。

周擒踩着凹凸不平的石子路面，回到了家。

大黑狗等在门口，老远便冲他摇起了尾巴，虽然被拴着，却也迫不及待地迎向他。

周顺平在客厅里看电视，见儿子进门，问道："和朋友出去吃饭，怎么不多玩一会儿？这些日子，他们可帮你不少，你得多谢谢他们。"

周擒顺手摸了摸门口的黑狗，说道："他们不需要我口头上的感谢。"

周顺平便不再多说什么，让他洗了澡好好休息。

周擒回了房间，顺手拉开了外套拉链，将衣服随意挂在了门口钩子上。

路过老旧的木制衣柜，他扫了眼木制衣柜自带的镜子。镜子里的他，背心紧贴着麦色的皮肤，露出了紧实的手臂肌肉，线条流畅。

不知道为什么，夏桑纤瘦的身影又浮现在了他的脑海里。

周擒立刻将视线抽离了镜子，回身拿起搪瓷杯，喝了口水。

这时，他看到书桌上摊开的书本，微微皱了皱眉，将练习本翻回之前的页码。

显然，被人动过了。

他转头，视线扫到了书柜上，乍一看，排排整齐的书籍似乎没什么变化，但周擒还是一眼望见第三格的那一沓奖状。

这玩意儿没什么用，又懒得扔，他之前堆放得相当随意，而现在，倒是四角对齐地摆放着。他视线再一转，墙体挂钩上的羽叶项链，消失无踪了。

周擒出门，冲副食店外间的周顺平喊了声："爸，谁进我房间了？"

周顺平一边招呼顾客，一边说道："没人进啊。"

"我东西丢了。"

"丢啥了？"

"一条链子，还丢了一个本子。"

周顺平恍然想起："啊是，上次小明带了一个姑娘来，拿了些东西走，都给我看过，是一个本子，还有你那条难看的链子，也让她拿走了。"

周擒皱眉："姑娘？"

"是啊，说是你朋友。"

"长什么样？"

周顺平筹措了很久的语言，贫乏的词汇也只挤出三个字来："乖得很。"

周擒走到院子里，看着街巷阑珊的灯光，沉思片刻，嘴角忽然提了起来，轻笑出声。他一直没想明白，宋清语为什么一把鼻涕一把眼泪地跑警局来帮他解释。

明潇……勇猛有余，智谋不足，哪有这天大的本事？他宁可相信她小胳膊小腿练就了一身武艺，都不相信她能把他的字仿得跟他亲手所写毫无差异。那张便利贴，周擒瞧了半晌，都没辨认出是仿的。

现在一切都明了了。

这背后敢情还有位做了好事不留名，或者不敢留名的"活雷锋"呢。

身边的大黑狗不住地冲周擒摇尾巴。借着暗淡的灯光，周擒摸出了手机，给大黑狗拍了张照。大黑狗因为太黑了，手机像素也很低，在照片里几乎和夜色融为一体。

他想了想，自己也入了镜，揽着大黑狗拍了生平的第一张自拍。镜头画面黑漆漆的，什么都看不见。

他和大黑狗都隐在幽暗深邃的夜色里，他比了个"剪刀手"："来，黑子，笑一个。"

"嗷呜"。

拍完之后，他用这张照片，发了条朋友圈，配了文字——

没事了，谢谢。

这张照片发出去的时候，选择了"只对某人可见"的选项，然后从好友栏里选择了那个灰色小猫头像。

五分钟，十分钟，二十分钟……

他的朋友圈安安静静。

周擒去卫生间洗澡，洗澡的时候清醒过来，感觉自己好像又在干蠢事。他关掉花洒，扯了浴巾擦拭着头发，匆忙出来准备删掉那条朋友圈，只见朋友圈那一栏出现了一个殷红的圆圈"1"。

他点了进去，灰色小猫头像出现在了消息提示栏中。

夏桑给他点了个赞。

Chapter 03

清白·雨夜·万圣节

"我要一个光明坦荡的未来，谁都给不了。" 除了他自己。

　　宋清语的改口，再度成了南溪一中同学们的谈资。

　　不管是升旗早会仪式，还是广播体操的课间，夏桑身边那两只"小麻雀"叽叽喳喳的话就从没间断过——

　　"绝啊！这么绝的事，宋清语都干得出来！"段时音竖起了大拇指，"真是好手段。"

　　贾蓁蓁："我太好奇了，周擒有这么帅吗？"

　　夏桑望了贾蓁蓁一眼："你没见过他吗？"

　　"之前远远见过，戴着个鸭舌帽也没怎么看清楚。"贾蓁蓁叹气道，"我不敢凑上去盯着人家的脸看，听说他凶得很。"

　　夏桑漫不经心地拿出英语单词本："长得还可以，让人疯狂倒也不至于。"

　　"哇！"贾蓁蓁更是来劲儿了，"能让夏桑都夸好看的人，那我就更好奇了。"她挤眉弄眼地说，"你连祁道都不觉得好看，眼光也可以说是高得离谱了。"

　　夏桑漫不经心道："颜值有这么重要吗？"

　　"当然有！太有了！"贾蓁蓁托着腮帮子，望着窗外的白雾，"像你们这种好看的人啊，是不会理解我们这种平凡女孩的愿望的。"

　　"我听说，宋清语是被套路了。"贾蓁蓁爬起来，脸上还带着笑意。

　　作为总导演的夏桑，不再加入两人的聊天了。

　　夏桑注意到，这段时间遇到许茜，许茜总是抱着手臂，用一种不怀好意的目光盯着她。

　　在她去茶水间接水的时候，许茜寻了个机会，将她拉到没有人的楼道边，说道："夏桑，这都是你一手策划的吧？"

　　夏桑皮笑肉不笑地提了提嘴角："不是。"

　　"还不承认！"许茜像是逮到她小辫子似的，压低声音道，"你用装病的法子把圣诞音乐会让给我，就为了约宋清语玩一场密室？我现在算看明白了，你是故意把她引到七夜探案馆的！"

　　夏桑没有承认，也没有否认。

那天的事，如果按照原计划，由祁逍领着大家去七夜探案馆，自然而然，她一丝嫌疑都不会有。但偏偏发生了意外，最后是她生拉硬拽地把计划掰回正轨。

别说许茜会怀疑了，即便是宋清语，回过神来，也会怀疑。怀疑就怀疑，又没证据，不认就是了。

许茜虽然猜出了原委，却想不明白为什么夏桑要这样费尽心机地去帮十三中的周擒。

她神秘兮兮地看着她："好家伙，难怪不搭理祁逍呢，原来是为了这个啊。"

夏桑摇了摇头："没有的事。"

"那你跟周擒很熟吗？干吗要这样帮他？"

夏桑自己都没想明白，为什么要帮他。也许不是帮他，只是在帮自己。从她平静如死水一般的青春里，涤荡些波澜出来，留给以后做回想。

夏桑靠着墙，慵懒而敷衍地说："好玩。"

许茜眯着眼睛，打量着面前这个女孩。

她表面乖觉，像小羊羔一样温驯，但眸子里透着不好招惹的意味。上次在莫拉艺术中心，她被夏桑一顿教训之后，便不敢在她面前闹了。

"我是无所谓，只要你按照约定，把圣诞音乐会让给我，我才不管你是帮周擒还是李擒呢。"许茜抱着手臂，警告道，"不过那天的事，我能看出来，宋清语未必就看不出来。她这两天连带我都不搭理了，多半也是回过神来了，以为我们串通一气，你小心些吧。"

许茜这话还没说完，便看到宋清语气势汹汹地走了过来。

"说曹操，曹操到。自求多福！"许茜拍了拍她的肩，赶紧让开。

夏桑预感不妙，只见宋清语扬起手，夏桑来不及躲闪，只好伸手挡了一下。

很清脆的一声响，回荡在楼道间，夏桑的手背一阵阵火辣。

周围三两个路过的女生，被这一场突如其来的变故惊得倒吸一口凉气，低声窃语。

"都是你！都是你害的！你和他们串通一气来害我！都是你！"

宋清语的脸因为激动显得近乎狰狞，还不解气，扬起手还要再来。不过这一巴掌没落下来，就被夏桑捏住了手腕。

这些日子，夏桑为了练字，也在疯狂练哑铃，所以手臂有了点力气。

宋清语挣扎了几下，竟然没有挣开。

"你装什么啊！"

话音未落，只见夏桑握着宋清语的手用力一甩。

"啊"的一声，宋清语的手臂被甩开，身体也跟跄着退后两步，她难以置信地看着夏桑，眼底渗出闪烁的泪光。

周围的人都看蒙了，尤其是许茜，跟个傻子似的立在边上，张大了嘴。平时温顺如绵羊一般的乖乖女，竟然还有如此刚硬的一面！

夏桑看着宋清语，说道："你是受害者，遭受了很可怕的事情，但这不是你陷害别人的理由。"

宋清语近乎癫狂地说："你经历过我的痛苦吗？没经历过，又有什么资格说这样的话！"

"我当然不会经历你的痛苦。"夏桑平静地回答，"因为我不会仗着自己家里的条件，随便一句话，就毁掉别人的未来与前途。"

担心夏桑受欺负闻讯赶来的祁道，听到这句话，在转角处蓦然停下了脚步。这些话，像钩子一样，钩住了他的心脏动脉。

"反正有人兜底，这些事做起来，一点负担都没有，事后还能开开心心出去玩。"夏桑看着宋清语，冷声道，"你知道他以前是什么样子吗？"

连续五届蝉联新菁杯全国奥数大赛的第一名，是夏桑无论怎样努力都追赶不上的存在。他就像炽热的骄阳，发出耀眼夺目的光芒。但有些人就是可以在谈笑间，便让另外一些人毕生的努力化为灰烬。

这个世界从来没有绝对的公平。

教务处，覃槿站在窗边，看着楼道窗框上翠绿的藤蔓，手一而再地揉着额头。

宋清语哭得跟个泪人似的，尤其是在她那个穿着华丽、烫着鬈发的妈妈赶到的时候，她简直像电视剧里受了委屈的小寡妇似的，抱着妈妈号啕大哭。

夏桑靠墙站着，一言不发，细嫩的手背上有清晰可见的巴掌印。

就算有几个现场见证的同学说明了情况，宋清语的妈妈还是不依不饶地要夏桑道歉。

夏桑固执地说："先动手的人是她。"

"是你先骗我！"宋清语又凶又哭地指着夏桑，"你设计把我骗出来，还伙同许茜一起——"

"跟我没关系啊！"门边围观的许茜连连摆手，"我啥也不知道！别冤枉好人。"

"就是你们！你们把我骗出来，全都是你们的阴谋。"

夏桑看着她，冷冷道："是我按着你的头，把你拉到派出所去的？还是我逼你说谎陷害别人了？要说骗，你才是骗子！"

覃槿看着夏桑，也没想到一贯乖巧的女儿会有这般伶牙俐齿的时候。她皱了皱眉，说道："这件事，两个人都有错。夏桑，先给宋清语道歉，宋清语也要给夏桑道歉。"

"为什么是我先？"

"你之前做的那些事，以为我不知道是吧！"覃槿的表情严肃了起来。

"难道我做错了吗？"

"你没有错，但你不该。"覃槿加重了语调，不容抗辩，"回去我再和你算账。"

宋清语的眼底挑起了一丝得意。

这件事说到底两个人都有错，谁也别想赖，但谁先道歉，谁就输了。

傍晚，天空飘起了雨星子，落在脸上，带着初冬浸骨的凉意。

周擒的手揣兜，和李诀几人走出了十三中的校门。他压了压鸭舌帽檐，挡住了随风乱飘的雨星子，也挡住了那张英俊恣肆的脸庞。

他喜欢戴帽子，倒不是因为破相的脸，只是遮光的帽檐能带给他置身暗处的安全感。

李诀看到周擒脖子上挂着的羽叶项链，惊讶地说："你这链子……又要回来了啊？"

这项链，之前让夏桑当作"作案道具"送给了宋清语。没想到现在又出现在了他的颈上。

周擒嚼着口香糖，淡淡应了声："嗯。"

李诀不怀好意地笑着："那女孩不得哭死啊？"

"关我什么事？"

宋清语的确是在他面前又哭又闹，然而，周擒仍旧是之前那副冷淡的表情，让她所做的一切，都像个笑话。

像周擒这样的人，眼底越是透出冷淡，便越发让人欲罢不能。宋清语只差抓着他苦苦哀求，求他能给她一点怜悯，哪怕是骗骗她也好。只骗这一次，她就永远不再打扰他了。

但周擒一句谎言都懒得说，一个眼神都懒得给她，漠然地转身离开了。

宋清语会有多崩溃，可想而知。

周擒不知道当时夏桑骗宋清语的细节经过，如果知道他冷漠的态度会给夏桑带来麻烦，大概他也会有所动容，说谎骗骗她。

周擒抬眸，便看到远处一中的校门口，面无表情的中年女人将夏桑带出来，塞进车里。女孩虽然没有明显的抗拒，神情却绷得很紧，眼神里明明白白透着不甘和压抑。她的皮肤白如冷月，因此左边脸有明显的红痕，格外触目惊心。

周擒的呼吸停滞了几秒，直到黑色轿车呼啸而去。

"跟潇姐说，晚上请假。"说完，他朝着黑色轿车的方向走去，走了几步就开始跑。

身后的李诀不解地看着他的背影。在挣钱这件人生大事上，这还是周擒第一次放鸽子吧！

家里空空荡荡，冷色调的装饰和家具越发让房间显得压抑冷清。

在回家的路上，夏桑就已经做好了心理准备，预备着回家后母亲的大发雷霆。她换了鞋，站在玄关处，没敢进去。

覃槿坐在沙发上，面无表情地看着她，也未发一言。

这种压抑的气氛，让夏桑感觉自己仿佛陷入了深海。难以承受的压强从四面八方挤着她，让她感觉到窒息，却又难以挣脱。

她快要无法呼吸了。

"你是在和我作对吗？"覃槿平静地问她。

"不是，我只是做了我认为对的……"

"你知道什么是对什么是错？你才多大，你才吃过几粒米？"覃槿连珠炮似的说道，"十三中都是些什么人？"

夏桑咬牙道："你这是偏见。"

覃槿冷笑了一下，摇头说："环境对人的影响有多大不用我说了，从小到大，我对你的诸多要求，都是希望你能走在同龄人的最前列，生活在最优渥的环境中，接触高质量的人群。"

"宋清语是高质量人群吗？为了一己私欲，不惜说谎毁掉别人的前途，这就是你说的高质量人群？"

"这才哪儿到哪儿啊！我要你拼命冲到最前面，接触高雅艺术，跨入更好的阶层。"覃槿的眼底透出一丝嘲讽，"像宋清语这样的女孩，你要是像她一样，那才是真的没救了。"

夏桑被堵得说不出话来，她不能说覃槿是错的，因为这就是覃槿对她一如既往的教育，从小到大都是如此。

她们家虽然不似祁道那样的豪门，但也不算普通。

覃槿要夏桑进入的那个阶层，绝对不仅仅指的是金钱方面，而是所谓的精英知识分子阶层，是社会各领域最顶尖的那群人。

夏桑有这个实力。她知道，除了这条路，她别无选择。

但想到周擒，想到他的优秀和努力，夏桑的心里一阵绞痛。

这时，覃槿接到了一个电话，脸色变了变，甚至还来不及叮嘱她几句，便拿了包匆匆离开了家。

不知道学校又有什么突发事件。

母亲一走，夏桑紧绷的心松懈了下来。覃槿就像是压在她心头沉甸甸的一块石头。对于她而言，覃槿就是不可言状、难以承受的负重。

夏桑回到房间，拿出了高考辅导题集，刚翻开，闺密群便炸了锅——

段时音："劲爆消息！宋清语刚刚爬到天台上！"

贾蓁蓁："什么？"

段时音发来一张照片，放大了看，能看到天台上那个穿卡其色呢子外套的女孩，就是宋清语。

"放学她就没回家，直接上了天台，一个人坐在天台上也不知道在干吗，把同学们都吓坏了。"

夏桑的心猛地一沉，问道："她有事吗？"

段时音："没事，在上面待了半个小时就下来了。学校老师也是吓坏了，连消防队都叫来了，在楼下铺了气垫。"

贾蓁蓁："现在是已经下来了？"

段时音："对啊，消防队一来，她估摸着也是觉得事情闹大了，自己害怕，就下来了。"

段时音："我觉得她脑子真的有点不正常了，下来的时候还哭哭啼啼，骂着夏桑呢。"

夏桑点进微博，学校的话题下面也有不少人在讨论这件事——

"宋清语的瓜都熟透了吧，这一天天的，怎么还没个消停？"

"你们说这种风凉话有意思吗？宋清语是受害者，你们还成天叽叽歪歪。"

"她是受害者没错，但她要是不作的话，别人也不会成天说她啊。"

"雪崩的时候，没有一片雪花是无辜的。宋清语要是真的出了什么事，都是你们的错。"

"这锅我可不背。"

"夏桑才是罪魁祸首吧，如果清语真的出了事，夏桑绝对要负全责。"

"可是宋清语本来就不对啊，谁让她诬陷别人。"

"但是夏桑胳膊肘往外拐，帮十三中的人，这行为本来就很……"

"这么尽心尽力地帮外校，以前她可没这么助人为乐。"

再往下看，话题就越来越离谱了。

夏桑放下了手机。她管不住别人的嘴，更不可能去和这帮人计较什么，只是觉得好笑。覃樘要求她努力学习，远离底层泥沼，然而即便是全国知名的南溪一中，环境也没见得有多高质量。

夏桑放下手机，静心做了会儿题，手背火辣辣的感觉丝毫没有好转，她去洗手间用湿毛巾冰敷了一会儿。

手背的手指红痕依旧清晰，她可不想明天带着巴掌印去学校，于是穿了外套，背着小包走出门去。

麓景台小区正对面有一个专门为小区业主修建的商业社区，社区里有超市、饭馆和药店，还有一些清吧和书咖，社区文化气息很浓厚，也吸引了不少周边的年轻人过来溜达闲逛。

夏桑穿过人行道，径直走向步行街角口的药店。

这个时间，步行街行人不多，花园里却坐了不少年轻人，有歌手弹奏着爵士小调，气氛颓靡。

夏桑隐约间看到倚在花园篱笆墙上的少年，身影有点熟悉，但又不太确定。

他穿着灰色毛衣，黑裤勾勒着修长的双腿，鸭舌帽檐压着，看不清眼睛。酒吧花园暗淡的光影勾勒着他锋利的侧脸轮廓，他下颌微抬，线条流畅。

帅得当不了路人甲的男人，除了周擒还能是谁？

夏桑和他锐利的视线撞上了，停住脚步，寒暄道："周擒，好巧，你也住附近吗？"

周擒摘下了鸭舌帽："不巧，我住火车站。"

"是哦。"夏桑没有再追问，指了指转角处的药店，"那我先走了。"

周擒没有回应，深挚的目光一直追着她的背影。

夏桑在货架边挑选了一盒清凉药膏，正要结账的时候，身后有双修长漂亮的手，递来了二维码。收银员看了眼周擒，又望了望面模样乖巧明艳的女孩，下意识地用收银机刷了周擒递来的二维码。

走出药店，夏桑走在前面，周擒便慢悠悠地跟在她身后，手揣兜里。

寂静的街头飘起了微雨。

在一家名叫"秋崎"的日料店门口，周擒忽然叫住了她："桑桑，饿吗？"

夏桑回头，看到日料店颇有意境的樱花装饰的外墙，摇了摇头："不饿。"

"我有点饿。"周擒说完，慢悠悠地踱着步子走了进去。

夏桑知道这家日料店是出了名的精致奢侈，每样菜品的价格都贵得离谱。

周擒推门而入的时候，衣角忽然被人扯住了，他回头，见小姑娘诚挚地看着他："我知道这附近有家快餐店，忽然很想吃全家桶，一起吗？"

周擒扬声道："行啊。"

夏桑走在前面，周擒跟在她身后，保持着不远不近的距离，目光追随着她，一刻也没有离开。

小姑娘穿着学院风的百褶短裙，双腿笔直，没入黑靴中，外套同样也是规整的英伦学院风，宛如贵族小淑女。

夏桑回头，和他滚烫的视线相交。

她指着前面的店铺招牌说："就是那里哦。"

"看到了。"

这一带是高档住宅区，街道周围全是花园式建筑，柏油路也是一尘不染，仿佛比周擒的鞋底还干净些。

快餐店人也很少，丝毫不像火车站附近的门店那样，全是小孩和提着行李不吃东西只休憩的旅客。

夏桑选择了靠窗边的位子坐下来，周擒坐在了她的对面，笑道："同样是快餐店，地方不同，完全不一样。"

"有什么不一样啊？"夏桑将斜挎小包放在了身边位子上。

"很不一样。"周擒拿手机扫码点了餐，"你来火车站体验一下，就知道了。"

"有机会咯。"

周擒点了一份全家桶，因为餐厅没什么人，所以不过五分钟，便叫号了。

周擒取了餐，将满满一桶推到了两人中间，然后又将点好的橙汁插上吸管，推到她面前："快吃。"

夏桑看着面前的食物不知如何下手。

周擒看了她一眼，缓慢地取出了塑料手套递过去："你第一次吃这个？"

夏桑闷闷道："我妈不让我吃。"

"但我看你也不像听话的小孩。"

"……"

"所有人都觉得我是乖乖女。"夏桑给自己戴上了手套，然后拿起了酥脆的鸡腿，"只有你这样说。"

周擒笑了，招人的桃花眼轻佻地睨着她："意思是知己？"

"才不是咧，你什么都不懂，我不是你想的那种女生……"夏桑小口嚼着鸡腿，囫囵说道，"这件事到此为止，以后我不会再跟我妈作对了。"

"别把话说太早。"周擒拆开了药袋，"小屁孩。"

"谁小屁孩啊！"夏桑伸脚轻轻踢了他一下，"你才是！"

"再踢一下试试。"周擒不动声色的嗓音里，带了几分威胁的味道，"我脾气不好，别以为你帮了我，我就……"

话音未落，夏桑又踢了他一脚，嚣张地说："你还威胁起救命恩人了！"

下一秒，周擒踢了一下她的脚，眸底透着戏谑的笑意："成了救命恩人，就不怕我了？"

夏桑迅速回踢了他一脚，然后站起身退到过道边，不给他任何反击的机会。

"傻了吧！"女孩脸上露出了耀武扬威的笑意，仿佛夺取山头的土匪。

看着她傻了吧唧的样子，周擒嘴角也忍不住扬了扬："谁傻啊，你看你那样儿！快坐下来。"

夏桑手里还抓着半根没啃完的鸡腿，站在过道边，不愿意过去了："那你别偷袭我。"

周擒冷嗤道："谁偷袭你，小学生吗？"

"快吃。"周擒神情坦荡，"不早了。"

夏桑闷闷地不吭声，又吃了一个蜜汁鸡翅，空空的肚子稍稍有了饱腹感，她才又道："你对谁都这样？"

"你觉得呢？"

夏桑略有不满地看着他："不知道。"

周擒又笑了，挑眉道："你知道我第一次被牵手，是什么情形？"

夏桑摇了摇头。

"在《校夜惊魂》的密室里，有位客人扒着我的手，跟八爪鱼吸盘似的，扯都扯不开，一口一个'小姐姐我怕黑、小姐姐陪我去、求求小姐姐'……"

夏桑看着他玩味的眼神，急红了脸："我……我当时真的以为你是小姐姐！"

"行，小姐姐。"他说着这几个字，懒洋洋地倚着靠背，不再和她拌嘴。

"吃好了，我要回家了。"

周擒扫了眼全家桶里剩下的炸鸡块："你这什么胃？"

因为是他请客，夏桑也不想浪费，说道："我打包回去吧，等会儿还要做题，正好当消夜。"

"算了。"周擒用指尖圈走了全家桶的盒子，"又不是什么好玩意儿，垫个肚子就行了。"

"那我走了，你也早点回去哦。"

"嗯。"

在她经过他身边的时候，周擒将自己头上的黑色鸭舌帽摘了下来，顺手盖在了她的头上。

夏桑正要取下来，周擒说："外面下雨了。"

"我不需——"

"下次洗干净还我。"他推了她一下，让她快走。

夏桑出门，发现天空的确飘了小雨，鸭舌帽正好能遮挡一下雨星子。她穿过了湿漉漉的马路之后，忍不住回头望了眼，却见窗边那抹熟悉的身影还在。

他戴起塑料手套，吃着她剩下的炸鸡块。

一滴雨丝飘进了她的衣领里，仿佛也落在了她的心上，轻轻的，痒痒的。

最近宋清语的状态一直不太好，又休学回家了。

关于她的事情，同学们众说纷纭，不过随着她渐渐淡去人们的视野，学校很快便有了其他新鲜事，大家便也不再把关注的重点放在她身上了。

那段时间，祁道的状况反而比较多。课堂上顶撞老师，球场上和同学发生冲突……他说出口的每句话都带刺儿。

那天课间时分，戴眼镜的体委让祁道提交运动会的报名申请表。祁道正在走廊边和朋友们谈笑聊球赛，没有理会他。

体委是个有点憨有点壮的男生，用带着浓厚鼻音的调子催促道："祁道，老师说这节课课间必须收齐，你要是写了，就快点交给我。"

祁道显然是听到了，但仍旧没理他。

同学们都知道祁道的脾气，一般有点眼色的都不会再追问下去，偏这位体委是个轴脾气："不交的话，就当你自动弃权了。"

祁道终于懒懒地抬起了眸子，不屑地扫了他一眼，拉长调子："没写，明天交。"

"你要是还没写，现在就快去写吧。"

"你有什么毛病！"祁道身边的徐铭推了体委一下，动作很不客气，"没看到我们在说事情吗？"

体委身材很壮，倒也没有被他推搡得多狼狈，只说道："老师说了，这节课就要交，不能推到明天。"

终于，祁逍从包里抽出了那张空白的报名表，递到他面前。

他伸手去拿，"嗖"的一下，祁逍收回了报名表，快速折成了条状，用字条挑衅地拍了拍体委黝黑的脸颊："我说了，明天交，你听不懂人话？"

体委受了侮辱，脸色涨得通红，憋了很久，憋出一句："你……你嚣张什么呀？了不起啊！"

祁逍冷笑："大概比你稍微了不起些。"

体委是彻底被激怒了，可祁逍身后还有好几个哥们儿，都气势汹汹地盯着他呢。

好汉不吃眼前亏，体委讪讪地走到一边，小声地咕哝了一句："这么了不起，对人那么殷勤，人家理你吗？还不是跟十三中的人关系更好。"

这句话偏让祁逍听到了，他脸上的笑意渐渐散去，用冰冷的调子道："给我回来。"

体委回头看他一眼："干吗？想在走廊欺负人是吗？这里到处都是监控，你敢乱来！"

祁逍森寒的眸子扫了他一眼，又环扫了周围人一眼。他从他们的眼里，看到了嘲笑和轻蔑。

过去十多年，要什么有什么，祁逍从没受过这样的屈辱。他回头，对徐铭道："叫夏桑出来。"

徐铭有些犹豫："这个……"

他虽有犹豫，但还是照做了，走到教室去找了夏桑。

夏桑正在默写英语单词，为期中考试做准备。

徐铭走进来："夏桑啊，等会儿祁逍让你做什么你就做什么，听话啊，别和他杠。"说完，他不等夏桑反应，把她拉出了教室。

"欸？"

夏桑脑子都还没清醒，就被拉到了走廊上，看到脸色冰冷的祁逍，又看见了脸色不好的体委，有些莫名其妙。

接着，一群围观群众的视线落在她的身上。

"夏桑，这小子说你不理我，你今天给个准话。"

夏桑翻了个白眼。她心里有些窝火，望向体委，沉声道："开玩笑，能别带我吗？"

膝盖中枪都没这么精准。

"又不是我主动点火！"体委也很委屈，"明明是祁逍太嚣张了，当自己是太上皇呢，谁都要伺候他！"

祁逍望向了夏桑："今天摆明了就问一句，在你眼里，我是不是你的朋友？"

夏桑望了眼周围一脸看好戏的同学，知道这出大戏很快就会传到教务处主任办公室。夏桑不想让自己麻烦缠身，咬了咬牙，没说话。

周围人发出一阵幸灾乐祸的笑声。

祁逍活动了一下脖子，望着夏桑，嘴角浮起冷冽的笑意。

放学的时候，"八卦女王"段时音从目击群众口中打听到了具体情况——

"这是纯躺枪了，本来没你的事。这体委也是，瞎说八道什么呢，还把桑桑带上。"

贾蓁蓁道："其实体委也没惹他吧，他张口就骂人家。"

"以前祁逍也不这样啊。"段时音道，"估摸着就是心情不好吧，桑桑和宋清语那件事，可能让他的心情不好……"

"我倒觉得，祁逍有点变了。"贾蓁蓁观察着夏桑的脸色，小心翼翼地说，"有点不太像他了。"

夏桑摇了摇头："他没有变。"

祁逍没有变，一贯如此。

自从他无意间说出了威胁许茜的那句话，夏桑便慢慢发现，他在人前表现出来的阳光和自信，都是来自骨子里天然的优越感。而建立这优越感的基石，是他的家庭。

祁逍从来没变，只是同学们以前没有发现这一点罢了。

正在这时，贾蓁蓁用力拉了拉夏桑的衣领，示意她往前看。

夏桑顺着她的视线望去，只见祁逍和徐铭他们几个站在篮球场边，啦啦队那些漂亮的女孩们也在，一群人谈笑风生。

祁逍站在花台上，脚尖点在台阶边，许茜在他身边。

徐铭说："万圣节，咱们再去玩一次密室？"

许茜抬眸看到夏桑，故意扬声道："不去了，反正又没人和我一组。不仅没人保护，还被嫌弃呢。"

徐铭玩笑道："我和你一组呗！"

"走开，谁稀罕你了。"

"你不稀罕我，你稀罕谁啊？"

许茜望了祁逍一眼："逍哥跟我一组，我就去。"

祁逍懒洋洋地跳下了花台，嘴角扬了扬："行啊。"

没有了祁逍的打扰，期中考试的成绩下来，夏桑再度考入了年级前五。

在南溪一中，名列前茅的那几位基本上都是坐稳了宝座，名次间的浮动相当困难，相互间的差距也很小很小。在这种激烈竞争的情况下，夏桑能够冲进前五，相当不容易。

覃槿倒是对学校里最近发生的事了如指掌，因为夏桑的成绩有所提高，她也没有过多询问，只评价了一句："现在这个年纪，心性都还没定下来。这样的事我见多了，有脑子傻的、拎不清的，耽误了最好的学习时光，最后怎么着？长大了才知道后悔，晚了。"

夏桑也只是听着，不再和覃槿发生矛盾和争执，日子似乎又回到了她过去的正常轨道上来。

覃槿因为夏桑成绩的提升，对她万圣节要和朋友出去玩的事情也没有干涉和反对，只叮嘱她要早些回家。

贾蓁蓁和段时音每天都在群里分享游乐场和商城的万圣节主题活动，夏桑简单扫了眼，这些活动其实都是以销售商品为主，看着都不太好玩。

就在这时，很久没有联系的明潇给她发了一条消息："小朋友，探案馆万圣节有内部主题聚会，周末带你的朋友来玩啊。"

夏桑下意识地问了句："周擒来吗？"

"一般这种耽误他正事的娱乐活动，他都懒得参与。不过……你管他做什么？"

"随便问问。"

明潇："难不成他来你才来啊？"

夏桑："当然不是！"

明潇："那就是他不来，你才来咯？"

夏桑："……"

其实也不是。

夏桑也不知道自己手指头怎么就不受控制地打出了这个莫名其妙的问题。她转头把她的邀请截图发给了贾蓁蓁和段时音："万圣节，去玩吗？"

贾蓁蓁："去去去！"

段时音："去啊，正好没找到好玩的项目。"

夏桑便回了明潇，会带两个朋友过来。

明潇："OK！"

明潇将夏桑拉进了一个名叫"万圣节惊魂夜"的群里，群里约有十来个人，有几个熟悉的头像，是店里的工作人员，还有些是常来光顾的客人。夏桑将贾蓁蓁和段时音拉进群。

明潇见人齐了，说："咱们的万圣节活动，我先提前说一下剧情内容。为了气氛，到探案馆的每位朋友都要化装哦，服装道具什么的，可以自备，也可以来探案馆挑选。

"我们第一项活动就是烫火锅，先饱餐一顿；吃完饭之后，我们开了一个专门的万圣节主题密室给大家玩。

"群里现在有 NPC 工作人员，有玩家，我们这场密室的玩法是，工作人员和玩家互换身份，由玩家扮鬼吓唬 NPC。"

夏桑感觉明潇不愧是探案馆的负责人，组织活动的能力一流。这场万圣节活动一下子就把群里潜水的小伙伴们炸了出来。

"不错啊潇姐！这太有意思了。"

"哈哈哈，让你们 NPC 平时吓唬人，苍天饶过谁！"

"你们要是能吓着我们，那我们还要不要混了？"

"话别说太满，走着瞧吧。"

明潇："万圣节确定、一定、肯定能来的，在下面接龙，我统计人数订餐。对了，费用每个人暂定 50 块啊，私发我，多退少补。"

夏桑给明潇转了三个人的费用，然后在群里接了龙。

"9。"

"10。"跟着她回复的人，是周擒。

李诀："咦？"

下一秒，李诀撤回了一条消息。

探案馆里，李诀抬脚踹了一下周擒所坐的高脚凳："你之前不是说万圣节要回家，不来吗？"

周擒放下手里厚重的书，说："给潇姐一个面子。"

明潇正在查看这一季度的账目单，闻言，她抬头冷笑："我谢谢你啊！"

这时，周擒手机里跳出一条消息——贾蓁蓁请求加你为好友。

贾蓁蓁："Hello，我是夏桑的朋友。"

周擒漫不经心地移开了视线，继续看书。

五分钟后，贾蓁蓁在闺密群里发了消息："Killer没有加我！哭。"

她们给周擒取的代号就是Killer，"少女杀手"的意思。

因为他的名字有些时候不太方便在教室里或者学校其他地方提起来，怕被有心人听了去，徒惹事端。

段时音："这可太正常了，我打赌，他手机里每天接到的好友添加消息不少于十个。"

贾蓁蓁："可我说我是小桑的朋友啊。"

夏桑："我并没有这个面子，谢谢。"

贾蓁蓁："不愧是他，真是高岭之花啊。"

段时音："你加他做什么啊？"

贾蓁蓁："偷窥看看朋友圈咯，看能不能发现美图。"

段时音问夏桑："你有看到帅哥的美图吗？分享来看看。"

夏桑："没有，他三个月内唯一的一条朋友圈，是这种……"说着，她发来了一张黑漆漆的照片，乍看就是一片黑。

贾蓁蓁："这什么啊？什么都看不到。"

夏桑："不知道，可能是某种高级的艺术表达。"

很快，段时音甩上来了一张调整了色调亮度的图，图片上出现了两张大脸，左边是黑狗，右边就是周擒。

即便是从下往上的死亡角度，那张脸也是浑然天成的英俊，眉毛不加修饰，自然入梢，薄薄的眼皮耷着。

照片背景是黑雾一般的氛围，在这样的黑暗笼罩中，他望着镜头的眼神却意外地温柔。就像旋涡，让人再难全身而退。

夏桑甚至点开图片，情不自禁地放大看了几秒。脑子里蹦出来四个字：无可挑剔。

群里沉寂了许久，段时音发了几个字："该死，这种360度无死角的帅哥，为什么要让我看到！"

万圣节正好也在周末假期，夏桑特意向覃槿递交了"晚归申请"。

因为这段时间她很听话，覃槿倒也爽快，但是要求她每隔一个小时发一个定位，并且报平安，还要发自拍照给她。

夏桑也都满口应了下来。下午，她从衣柜里取出了一件买了一直没机会穿的 JK 制服，鞋子配的是黑色马丁靴。

覃槿看着她光秃秃的两条腿，不满地说："就穿这么点，感冒了怎么办？高三冲刺的关键时期，身体才是本钱。"

"穿着厚袜子，不会冷。"

"那也不行。"

在覃槿的坚持下，夏桑被迫又穿上了一件厚重的羽绒服外套，才被放出了门。

七夜探案馆很热闹，有很多小伙伴都提前过来给自己换装化妆。

明潇看到一身 JK 装的夏桑，眼底透出几分惊艳，将她拉进了换装间，扯开了她的马尾辫："穿上这身衣服，得再配个妆容啊。"

夏桑无奈地说："我不太会化妆，所以提前过来。"

"得了，交给姐吧！"说着，明潇取来了化妆盒，从里面拿出各式各样的眼影盘和脸刷，"小桑，有什么想化的妆容吗？"

"不知道欸。"夏桑以前没有参加过这类的万圣节活动，于是问，"一般是什么样的妆容啊？"

"你没有玩过万圣节吗？"

"没有。"

明潇笑了起来："这可多了，比如吸血鬼啊、丧尸啊、小丑啊、骷髅啊、洋娃娃啊……"

夏桑想了想，说："那潇姐给我化一个丧尸妆吧。"

"哈？你确定？"明潇指了指不远处的李诀，"那家伙就是丧尸妆，其实挺毁颜值的。"

夏桑看到沙发上瘫着的李诀，脸上化着逼真的丧尸妆，张着狰狞的血盆大口，看着还真挺瘆人。

"我给你化一个小丑女的妆容吧。"明潇见夏桑没有什么想法，于是提议道，"小丑女其实挺受女孩欢迎的，不仅好看，而且深情，往年的万圣节都有很多女孩把自己打扮成小丑女。"

"好呀。"夏桑没有意见，任由明潇在她脸上鼓捣着。

明潇给夏桑上了小丑女的妆容，头发的颜色虽然没办法染成小丑女的红蓝发色，不过她给夏桑右边眼睛化了红眼影，左边化了蓝眼影，头发则扎在了两侧，唇色殷红如血，看起来竟也有几分小丑女张扬的意思。

夏桑怔怔地看着镜子里的自己，明潇也怔怔地看着她："小桑，你真的好漂亮。"

这种漂亮不是模样五官的漂亮，而是由内而外的气质，从温顺的乖乖女到恣意的小丑女，她都游刃有余。

就连一直不喜欢夏桑的李诀，都抬起头，盯着她看了许久："不错啊！这妆容挺适合你。"

夏桑才不理他呢。

又有几个女孩看到夏桑的妆容，赞叹不已，让明潇也帮她们化妆。

明潇答应了下来："一个一个来啊。"

"潇姐，今天周擒会来吗？"

"谁晓得他呢，有空可能会来。"

"他几点过来啊？"

"晚饭的时候吧，他忙得很。"

"那他扮什么啊？"

"这我哪儿知道啊，去年好像扮了个吸血鬼，他不太喜欢上太厚的妆。"

"那你也给我弄一个女吸血鬼的造型呗。"

……

夏桑走到内屋没有人的房间，看到墙上有一扇化妆镜，于是摸出了自己随身携带的枫叶色口红，准备按照视频里小丑女的妆容，再完善一下脸上的妆。

她鲜少有涂抹口红的机会，虽然也在电商打折的时候买过几支，不过使用的频率是低之又低。

夏桑拧开口红盖，对着镜子里的自己，仔仔细细地涂着口红。

小丑女的妆容需要浓妆，而且是夸张到极致的那种浓妆。她对比着视频里哈莉·奎茵的妆，做了一个微笑的表情。邪佞乖张的样子，让她都认不出自己了。

也许，这才是真正的她。

忽然，夏桑看到镜子里自己的身后，有几缕头发丝垂了下来。紧接着，她便看到身后黑发白衫的"女鬼"倒挂在镜子里。

夏桑睁大了眼睛，呼吸猛地滞住，发出一声悚然的尖叫："啊！"

她吓得连忙要往外逃，而"女鬼"敏捷地落了地，凑身上前："嘘，别出声。"

他有薄荷的香味，嗓音低沉有磁性。

夏桑终于反应了过来。

整个探案馆，大概也只有一个人能扮成"女鬼"从天花板上掉下来了。

周擒摘掉了头套，随手扔在边上，露出了他英俊的脸庞："别叫了，让潇姐知道，一准儿把我轰出去。"

夏桑愤然地看着他："你无不无聊！"

"万圣节啊。"周擒脱下了身上的白袍服，露出了浅灰色毛衣，"又不是没见过这装扮，害怕什么？"

夏桑看着他将 NPC 服装挂在衣架上，发饰也小心翼翼地整理好，挂在了墙上。整个人很无所谓的样子。

她心里一股子莫名的情绪忽然涌了上来："你这样很吓人啊！"

周擒一开始没怎么在意，转身望了她一眼，看到小姑娘眼角竟然红了。他微微怔了怔，走到小姑娘面前，端详了片刻。

"不会被我吓哭了吧？"

夏桑心头一阵酸涩上涌，很用力地瞪着周擒，咬牙切齿道："就是吓到我了！"

她的睫毛缀着些微闪光的泪珠，粘连在一起，脸颊也是白里透红，楚楚可怜。

周擒这才意识到自己的玩笑许是开得过分了，拉着小姑娘走到狭窄的服装间长椅上，按着她坐下来，回身慌乱地找着纸巾。

纸巾没有找到，他又折返回来，脱下了外套，用稍稍柔软的袖口，给她擦了脸上的泪痕："……别这样。"

夏桑哪会这么胆小，上次在密室里，她看到他这样的妆容，还能揪着他的手一口一个"小姐姐"。

"是不是不开心？"

夏桑愤愤地瞪了他一眼，用袖子擦掉了眼泪。

不知道为什么，这些日子以来的压抑和委屈，随着这突如其来的情绪，一下子涌了上来。她转过身，轻轻吸了吸气，努力抑制着奔涌而来的情绪。

真的压抑太久太久了。

周擒皱着眉，看着女孩轻微颤抖的背影，几秒之后，他关上了道具衣帽间的门，将喧嚣挡在门外。

"你可以在这里发泄一下。"

滚烫的眼泪止不住地夺眶而出，又被她用力地擦掉了，脸上红蓝的眼影妆容也被她擦得一团乱。

正如覃槿所说，人生的路多么漫长啊，这才哪儿到哪儿。

努力拉小提琴，努力考到名列前茅的成绩，努力成为别人眼中希望她成为的那种人。

她的青春大抵应该就是这样。

"我还手了又怎么样！"她带着哭腔说，"我就要还手，偏不道歉！谁欺负我，我就打回去！"

周擒的心揪了起来，疼意宛如穿丝的针线，无孔不入地扎入他的世界。

"打得赢吗？"他偏头问她。

夏桑顿了顿，没回答。

"打不赢，来找我。"

"这是我的战役。"夏桑努力抑制住了情绪，不再抽泣了，只是一个劲儿地擦着眼角的泪痕。

周擒倚着墙，漫不经心地看着她："那就勇敢点。"

"嗯。"

夏桑摸出手机，打开前置摄像头，照着自己脸上的妆容。

周擒歪头看着她："以前也有人在我面前'战术哭泣'。"

"什么是'战术哭泣'？"

周擒眼底带着几分笑意："以为哭一下，我就心软了。"

夏桑用带着泪光的眸看了他一眼，有点想笑，却还忍着："那你心软过吗？"

"周擒铁石心肠，哪这么容易？"

除了现在。

气氛明显轻松了些。

"你这妆，哭过之后糊妆了效果反而更好。"周擒打量着小姑娘泪光闪闪的脸蛋，诚恳地说，"你很适合小丑女。"

夏桑撇撇嘴，没搭理他，兀自摸出了口红。

"我帮你弄一下。"

周擒走了过来，在她面前蹲了下来，夺走了她手里的口红，拧开盖子，在她嘴角涂抹了一笔。

"你给我乱涂什么呀！"

夏桑正要挡开他，周擒却将她嘴角的口红往脸颊处拖出了一抹嫣色。

她现在肯定是血盆大口了。

女孩不满地说道："潇姐给我化了好久的妆呢，你给我弄坏了！"

"自己看。"周擒从柜子里抽出一个圆形化妆镜，递到她面前，"我的技术，不会有问题。"

夏桑怀疑地接过镜子，看到镜子里的自己。

狼狈是真的狼狈，左右两边的红蓝色眼影都被眼泪给润湿了，弄得花里胡哨，嘴角的口红也是勾出了一张小丑微笑的脸。

眼泪配合着微笑的妆容，虽然出格又越轨，竟也相得益彰。

今天是万圣节，大家都打扮成"妖魔鬼怪"，就是为了和平时正儿八经的样子有所不同。

夏桑接受了这张花里胡哨的脸。

"勉强……合格了。"

"你当然可以相信我的眼光。"周擒走到衣架边，挑选着衣服。

"你今晚扮什么？"夏桑问道。

"没想好。"他随手拎起一件监狱装，放在身上试了试，"丧尸你觉得怎样？"

夏桑诚挚地摇头："别了吧，李诀扮的就是丧尸，他张嘴那一口血牙快把我看吐了，怕等会儿吃不下饭。"

周擒的嘴角再度绽开了笑意，放回了条纹格子的监狱装："行，听你的。"

夏桑抬眸望向他，忽然觉得，他这挺阔宽大的衣架子身材，配合着英俊的五官，即便扮成丧尸，应该……也是全城最帅的丧尸了。

"你想扮什么就扮什么咯。"

周擒察觉到夏桑一直盯着他看，两只手交叉捱着衣服，往上一拉。

夏桑呼吸一顿："你干什么！"

"换衣服啊。"他云淡风轻地说着，"怎么了？"

夏桑扫了他一眼，脸颊涨红。他的胸口还明晃晃地挂着那枚羽叶的项链。

"你慢慢换，我先走了。"

她心惊肉跳地起身开了门，身后，男人低沉的嗓音传来："带上门，谢谢。"

夏桑出门的时候，回头望了一眼。

周擒对她笑了笑。

夏桑心惊肉跳地走出来，看到周围多出了不少"妖魔鬼怪"，跟他们夸张的妆容比起来，她脸上的糊妆还算正常了。

丧尸李诀正趴在地上蠕动着，龇牙咧嘴地发出"咝咝"的声音。夏桑惊悚地从他身上跳了过去。

"嗷！"李诀爬起来，又张着手，歪歪斜斜地朝夏桑扑了过来，"嗷嗷嗷！"

然而他还没靠近，便被明潇拎住了后衣领："别吓唬她。"

"欸欸欸，松开，我是丧尸！你让我尊严何在！"

夏桑的心情也彻底放松了下来，笑着走到了大厅。

段时音和贾蓁蓁正站在探案馆门口东张西望，夏桑赶紧迎了出去。

段时音穿了一身黑袍，扮的是暗黑系女巫；贾蓁蓁则穿着公主裙，化着可爱的洋娃娃的仿妆。

"小桑！"

"快进来，外面好冷哦。"夏桑打开推拉门，将闺密们迎了进来。

"哇，你扎两条辫子好乖啊。"段时音打量着她脸上的妆容，松了一口气，"哈哈哈，我还想说我的女巫妆会不会太夸张了，看到你，我就放心了。"

夏桑笑着说："难得玩一下，当然要尽兴呀。"

"好期待！"贾蓁蓁有点激动，"我以前从来没有参与过这种活动。"

夏桑也从没这么玩过，因为学习和练琴占据了她生活的绝大部分时间。如果不是这次期中考试成绩理想，覃槿多半也不会允许她出来玩。所以这样难得的机会，她也想要玩得尽兴些，甭管妆容有多夸张，来了就要应景。

段时音和贾蓁蓁东张西望，看着房间里高声笑闹的男男女女，他们多数都是十三中的学生。俩姑娘多少还是有些放不开，一直跟在夏桑的身边。

明潇见状，走过来热情地招呼道："随便玩，不用怕，要是有男生不规矩吓唬你们，尽管告诉我！"

"嗯！谢谢。"

夏桑看了眼屋子里到处吓唬人的丧尸男生们，低声对她们道："他们和欺负宋清语的那帮人不一样，人还挺好的。"

周擒身边的男孩们，虽然也都是吊儿郎当没个正形，但品行不坏，也义气耿直。

贾蓁蓁和段时音听到她这样说，总算稍稍放心了些。

很快，明潇点的外卖火锅套餐送到了，她让男生们收拾了一个方形长条的大桌出来，铺上了白色的薄膜桌布："大家随便找位子，咱们要开饭了！"

年轻的男孩女孩们围着桌子坐了下来："哇！好香啊！"

"饿了饿了，快开饭吧！"

有个洛丽塔打扮的女生环望四周，问明潇道："潇姐啊，怎么没见周擒啊，你不是说他会来吗？"

"他还在换装呢。"明潇将一次性筷子发给了大家，望了眼紧闭的道具室大门，说道，"不知道那家伙在搞什么，今天弄这么久。"

李诀用丧尸的嘶哑嗓音问女孩们："你们都是冲周擒来的啊？"

女孩们面面相觑，只是笑着，并不回答他。

李诀又拉长了调子，说道："这样吧，我统计一下，哪些是冲我们周擒来的，等会儿密室环节，嘿嘿，我想办法让他交给你们。"

洛丽塔女孩立刻举了手："我、我、我！"

又有几个女孩忙不迭地举起了手，甚至包括夏桑身边的贾蓁蓁。

夏桑笑着推了贾蓁蓁一下："不是吧，你也对他感兴趣？"

贾蓁蓁理所当然地说："帅哥嘛。"

洛丽塔女孩问明潇："潇姐，周擒今天化什么妆啊？要这么久。"

明潇抱着手臂倚在门边："谁知道他？"

"他以前万圣节都化什么妆呢？"

"去年扮的是吸血鬼。"李诀插嘴道，"一身德古拉吸血鬼的复古风扮相，简直帅呆了。"

女孩们没有看到，但是仅凭想象都已经躁动起来："潇姐，有没有照片啊？好想看！"

明潇笑了起来："何止有照片啊，我这儿还有客人醉酒之后找他聊天的视频，绝版！"

"啊啊啊！想看！"

"潇姐，放出来看看吧！"

"求求了！"

明潇用力拍了拍道具间的门："周擒，再不出来，我要放你那个绝版视频了啊！"

房间里传来含糊的一声回应，也听不清说的是什么。

"潇姐，好想看！"

"快放吧！"

明潇索性打开了墙上的高清大屏电视机，蓝牙连接了手机。

段时音迫不及待地催促道："明潇姐快放！"

夏桑好奇地望向了电视屏幕。屏幕镜头看起来抖得很厉害，很显然这是一段偷拍视频。

视频背景便是探案馆外面的天街。

夜色弥漫，远处灯影阑珊，男人倚在玻璃栏杆上。他穿着吸血鬼伯爵的复古装，脸色带着几分病态的苍白，眸子如夜色般漆黑，带着几分漫不经心的倦懒。

身边有个穿着比较另类的小姐姐站在他的面前，面含醉意："交个朋友，交个朋友好不好？"

夏桑面颊燥热，下意识地别开视线，停顿了几秒，又忍不住望了过去。

女生踮起了脚："你要什么我都给你。"

周擒眸光下移，落到了女人的脸上，嘴角浅淡地扬了起来："你能给我什么？"

他的嗓音带着几分诱人的低沉磁性。

"你要什么，我就给你什么啊。"

"抱歉。"他仍旧笑。薄凉，不带一丝情绪。

女人抱着手臂，心有不甘地看着他。

他仍倚着玻璃栏杆，背后的紫色霓虹给他的脸镀上一层暗淡的光，黑眸带着漫不经心的冷淡，笑得却是霁月清风。一阵寒凉的夜风吹过，他便踱着步子离开了。

"你到底要什么？"身后女人冲他喊道，"你跟我说，你要什么？"

他头也没回。

紧接着，视频画面一阵摇晃，便听到他冷淡的嗓音说了声："拍什么啊！"

画面晃了晃，然后便是一片漆黑，结束了。

女孩们捂住了嘴，脑子里还回闪着刚刚那段画面。即便周擒什么都没做，仅仅只是站在那里，都足以让整个画面变得像电影海报一样。

明潇关了电视，对众人说道："这可是我们店里的珍藏视频，哈哈哈，都给你们看了，以后多光顾生意啊。"

"那当然！"

正在这时，道具室的门打开了，周擒在一群人的笑闹声中走了出来。

只见他穿了一身合体的复古黑西装，衬衣排扣，小下摆，身形线条挺拔优美，漂亮得犹如从电影海报里走出来的优雅绅士。

众人屏住了呼吸，目瞪口呆地望着他脸上的妆容。惨白的皮肤，暗色的唇，眼角处点着蚂蚁般大小的黑色哥特风字母 J。

他的扮相是——小丑。

谁都没想到，今年万圣节周擒的装扮是超级反派——小丑。

好些女孩的目光都羡慕地投向了夏桑，觉得她今天的哈莉·奎茵扮相，简直撞上了！

"欸欸欸！你俩坐一起吧！"段时音站起身，给周擒让了位子，"周擒，来这儿坐啊！"

夏桑连忙拉扯段时音的衣袖，段时音冲她笑："难得你俩心有灵犀，当然要坐在一起啊！"

"是啊！我超爱小丑和小丑女！"

"快坐一起！"

周擒倒是摆出一副不负众望的表情，手揣兜，慢悠悠地踱步走到了夏桑身边，坐了下来。他一靠近，夏桑便感觉到强大气场的压迫感，心跳不自觉地加快了几分。

周擒坐下后，拿了调料碗，自顾自地开始拌蘸料。他顾长的指尖，手背皮肤下凸出的血管脉络，指甲上半弯的月牙，昭示着他健康的身体状态。

他加了几乎快小半碗醋了，看起来口味偏酸。见夏桑的眼睛直勾勾盯着他的手，周擒将醋瓶递了过来："要吗？"

她摇头："我不爱吃醋。"

这句话说出来，带了点双关的含义，周擒淡笑了下："我和你相反，喜欢吃醋。"

夏桑望了他一眼，他神情自若，不知道是不是故意这样说。

他又加了蒜蓉和葱花，看了眼她碗里只有蒜蓉，询问道："葱花要吗？"

"要。"

夏桑伸手来接，周擒却直接熟稔地将葱花倒在了她的碗中："够了？"

"够了，谢谢。"

对面的女孩们看着两人的互动。

夏桑抬头望了眼周擒，他皮肤泛着病态的苍白，唇色偏暗。长得好看的人，扮什么像什么。

贾蓁蓁吃了一块毛肚，便被辣得红了嘴，手不住地扇着风，问明潇："潇姐，好辣呀，有冰水吗？"

明潇这才反应过来："看我这记性，怎么忘了买饮料了？"

此言一出，大家伙儿这才感觉到少了点什么。

"李诀，去买点饮料回来，各样都买一些。"

李诀不想动了，托词道："我可不能下去，我这一身丧尸装扮，别人看到指定以为是世界末日了！"

"懒得你……"明潇翻了个白眼，说道，"谁去？跑腿费三十。"

说完这话，周擒懒洋洋地举了手。

"欸欸欸！不早说有跑腿费！"李诀也连忙举起手，"我也去！"

"得了吧！"明潇递了一张一百的票子给周擒，回头揉了揉李诀的头发。

周擒领了钱，起身低头看着夏桑："一起？"

夏桑皱眉道："你自己去啊。"

"一个人提不了这么多。"

夏桑犹豫片刻，还是起身跟他一起走了出去。

这两人走后，明潇才抱着手臂摇头笑了笑："找的什么破借口。"

夏桑慢吞吞地跟在周擒身后。刚刚在房间里有空调还不觉得冷，这会儿出门，寒夜的凉风一吹，她禁不住哆嗦了一下。

这时，身边的人将一件衣服搭在了她身上。她低头，看到身上这件黑色工装风夹克衫，有些旧了，但是很干净。肩膀处宽大，将她的身子一整个裹住了。

夏桑本来要拒绝，但是这件衣服实在过于防风保暖，让她一时间竟说不出拒绝的字眼。

"去哪里买？"她问他。

"楼下有一家便利店。"周擒沿着阶梯，步履缓慢轻快地溜达着，"不坐电梯了，万圣节，到处都是妖魔鬼怪。"

"好哦。"夏桑也跟着他挺拔的背影，走下了楼梯。

一楼天街的广场，的确有不少打扮夸张怪异的年轻人在玩玩闹闹。尖叫声、笑闹声响成一片。

夏桑跟着周擒去便利店的路上，至少看到三拨丧尸群从她身边经过了，夏桑本能地加快步伐，走在周擒身边。

有人扮着"电锯杀人狂"和她擦身而过，夏桑被那人带得一个趔趄，便在这时，周擒伸手扶稳了她。

撞到夏桑的"电锯杀人狂"对夏桑扬了扬手，表示抱歉。

周擒不客气地说："你会不会看路？"

他本身气质便戾气十足，不客气的粗口，越发带了不好招惹的意味。

夏桑见那人有点害怕，连忙拉住了周擒的衣角，说道："人家都道歉了。"

周擒没再计较，和她走得近了些。

这时，有一群年轻的小姐姐迎面走来，看到周擒和夏桑的样子，忽然兴奋地叫了起来："啊！小丑和小丑女！天哪，快看他们！"

"啊啊啊！"

"能给你们拍照吗？求了！"

夏桑当然知道她们说的是角色，她尴尬地望了周擒一眼。周擒仍旧一副云淡风轻的样子，单手揣兜，耸了耸肩，表示无所谓。

夏桑看着小姐姐们脸上兴奋的表情，也不想扫她们的兴，于是跟周擒站在一起，让她们拍照。

小姐姐们放下手机，带了些小为难的表情，比手势道："不好意思呢，就是……可不可以请你们再靠近些呢？"

于是夏桑又朝他靠了靠，不过小姐姐们似乎还是不满意。周擒淡淡笑了下，又走近了些。

"啊！就是这个感觉！"

"这就是我心目中的小丑女和小丑！"

"我死了！"

"天啊！这个妆造也太绝了！"

"这是我看过最还原、最有感觉的了！"

终于，两人结束了摆拍，女孩们却还意犹未尽地看着他们离开的背影。

夏桑脸颊红扑扑的，跟着周擒来到了便利店门口，便利店里还有不少年轻人，她对他道："你进去买吧，我在门口等你。"

"喝什么？"周擒语调自然，似乎忘了刚刚发生的一切。

"气泡水。"

"好。"

夏桑看着他挺拔的背影，对着冰冷的空气长长地呼吸着，脸颊滚烫。

便利店的隔壁是一个抓娃娃的电玩房，房间两面都摆放着数十个娃娃机。

夏桑听得房间里一群人笑闹的嗓音很熟悉，不由得偏头朝那电玩房望去。只见落地玻璃窗里站着几对男女，恰是啦啦队和篮球队的熟悉面孔。

"今天这把不错啊，终于抓起来一个。"

"哈哈哈，技术果然有提高。"

祁逍没有扮相，仍旧穿着那件黑白相间连帽外套，倚着一个娃娃机，许茜微笑着走了过去。

祁逍抬头看到了小丑女扮相的夏桑，漆黑的眸子划过一丝惊艳，不过随即想起她之前的话，移开了视线。

许茜和祁逍并肩站在一起，拉着他手里的一个洋娃娃："送给我吗？"

祁逍嘴角勾起冷笑，眼神挑衅地望向了夏桑："喜欢？拿去啊。"

"谢谢，你太好了！"许茜接过了他手里的娃娃，故意拿眼神去瞟夏桑，满脸写着两个字：胜利。

夏桑觉得蛮没劲的，转身便走，许茜的声音又传来了："那个小丑女长得好像夏桑哦，不知道是不是她，背影可怜兮兮的。"

徐铭道："不是吧，夏桑怎么会一个人？"

许茜不无嘲讽地说："她当然是一个人咯，那种人，又没什么朋友。"

夏桑顿住了脚步，深吸了一口气，寒风宛如刀子般在胸腔里刮着。她可以选择像过去无数次一样，落荒而逃，就当什么都没有发生，她的青春本来就宛如死水一般平静。

但她还是不甘心。凭什么她就必须忍，必须让。

夏桑回头望了他们一眼。

"真是夏桑啊！"

"扮成小丑女的样子，有点……有点乖欸。"

许茜瞪了身边的徐铭一眼："有这么乖吗？"

徐铭连忙闭了嘴。

这一次，夏桑不想再逃避了。

她推门走进了电玩店，和他们打了招呼："巧啊。"

许茜扬了扬手里的娃娃，对她说："夏桑，你看，祁逍送给我的娃娃，好可爱哦。"

夏桑看着那个穿着粉色衣服的洋娃娃，淡笑了下："是挺可爱，花了几百块，就抓了这一个吧。"

许茜听出了夏桑的暗讽，觉得她完全是出于嫉妒，更加得意了："那又怎样，至少我有啊。"

"又不是什么稀罕的东西。"夏桑摸出手机，扫了码，拿着硬币走到机器边。

她看准了许茜手里一模一样的那个粉衣服的洋娃娃，投了一枚硬币，然后操纵着遥杆，朝着目标落了下去。第一次，没有命中，抓钩抓了个空。

许茜冷笑道："你以为这玩意儿好抓啊？"

夏桑不是轻言放弃的人，她又投了一枚硬币，仍旧是对准了那个一模一样的粉衣服洋娃娃。毫无疑问，仍旧扑空。

祁逍看着她固执坚持的背影，开口道："要不要帮忙啊？"

"不需要。"

夏桑又投了第三枚币，仍旧对准了粉衣服的洋娃娃。

在机器启动的一瞬间，有一双温热而粗粝的手，在她之前握住了娃娃机的操控杆。

她回头，迎上了周擒那平静淡漠的黑眸。

"想要哪个？"

夏桑感觉到少年温热的气息。

"要哪个？"他又问了一声。

夏桑指了指柜子边缘那个粉色衣服的洋娃娃。

"想要那个粉的，是不是不太好抓？"

她刚刚连抓了两次，都失败了。

"试试。"

周擒操控着遥杆，左右调整着位置，对准了粉衣服洋娃娃。微调一直进行到时间用尽的最后一秒，他目光如炬，果断按下了抓取的圆形按钮。

夏桑看着抓钩竟然钩起了洋娃娃身上的蕾丝布料，一直升到顶，洋娃娃也没有掉落！她捂着嘴，屏住呼吸，目不转睛地看着抓钩原路返回，最后松开。

洋娃娃掉落在了取物箱里！

"呀！"她兴奋地跳了起来，赶紧从箱子里取出了娃娃。

这娃娃倒也不是多稀罕的物件，她也不是多喜欢，只是因为多次失败，所以这一次胜利，格外弥足珍贵，振奋人心。

周擒看着小姑娘喜形于色的样子，原本漆黑凉薄的眸子，也勾了些许浅淡的笑意。

"还有币吗？"

"有的！"

夏桑摊开手，将五枚硬币塞进他手里："全都给你！"

周擒转身走到娃娃机前，对她道："过来选。"

夏桑怀疑地问："我选的，都能抓到吗？"

"你喜欢的，都可以。"

夏桑试着挑了一个看起来好抓的小熊猫布偶："这个吧。"

周擒果断投币，重复了之前的操作，只是在钩子对准娃娃的操作上，他进行了比较细致精确的校准。确定没问题之后，按下按钮，一击制胜。

熊猫娃娃也掉进了取物箱。

"周擒！你是神仙吗！"

"只是技术比别人好一点。"他冷冷地扫了祁逍一眼。

"那也很厉害了！"夏桑毫不吝惜夸赞溢美之词，"我从来没抓到过。"

"你想玩，以后可以叫我。"

"一言为定！"

夏桑买的那五枚硬币，箭无虚发，全中了。好几个玩偶，她怀里都抱不下了，让周擒帮她拿了两个。

两人回头，迎上了一众人惊异的目光。

一则这家伙抓娃娃的技术，堪称娃娃机老板的噩梦。再则夏桑竟然真的和十三中的周擒认识，而且两人这装扮，摆明了是商量好的……

祁逍看着周擒，脸色冰冷如铁。

当年被周擒全方面碾压的噩梦般的场景，再度浮现在了他眼前。

不过，有一样东西，周擒是无论如何都无法和他竞争的，那便是出身。

祁逍在这一项优势上，带着报复的快感直接摁死了他。他以为，把那家伙踩进泥坑便永远翻不了身，周擒这一辈子都注定了不会成功。却没想到，多年以后，周擒会出现在自己身边……

就像无处可逃的梦魇。

祁逍袖下的手紧紧攥成了拳头，骨节都泛了白。

徐铭看到祁逍的脸色，知道情况不对劲了，连忙给夏桑使了个眼色，让她赶紧带着周擒离开，不然今晚万圣节怕是真的有人要见鬼了。

夏桑似乎也察觉到祁逍情绪不对劲，对周擒道："我们回去吧，再耽搁，他们火锅都要吃完了。"

周擒倒是听话，冷冷淡淡扫了祁逍一眼，转身和她走出电玩店的玻璃门。

"夏桑。"

在出门的刹那间，夏桑听到身后少年叫她的名字。她回头，见祁逍极力控制着面部肌肉，扯出了一抹勉强的微笑："我们等会儿去吃烤肉，一起吧。"

许茜翻了个白眼，冷哼了一声，看在祁逍的面子上，也只能说道："夏桑，你过来，别跟那种人在一起。"

夏桑看着这群人，没有动。

许茜又半劝半威胁地说："让你妈妈知道你和十三中的男生待在一起，一准儿饶不了你。"

夏桑垂眸看着自己手里的几个玩偶娃娃，又看了眼面容不善的祁逍。

十多年了，她就是这样乖顺又听话，服从着别人给她安排的人生，就像手里的玩偶娃娃一样。但今天晚上，她不是玩偶，她是哈莉·奎茵。

"你们要告诉我妈妈，就尽管去说，我不怕她。"说完，她大步流星地离开了。

夏桑害怕祁逍他们追上来找碴，几乎一路小跑着，跑上了天街的楼梯。

狭窄昏暗的楼梯口，夏桑停下了脚步，背靠着冷冰冰的墙壁，惊魂甫定地喘息着，手都忍不住颤抖。

那是她生平第一次做出这种"不像她"的选择。她背弃了一中朝夕可见的同学们，选择了"洪水猛兽"的十三中的男孩。

而那个大家眼中完美无缺的祁逍，那个笑起来就像阳光下有白鸽飞过的少年，却已经面目全非。

所以，谁才是洪水猛兽，夏桑真的不确定了。

她对周擒说："你先上去吧，我一个人静一会儿。"

黑暗中，少年的脸只能看到一个并不明晰的轮廓，他的嗓音漫不经心："不急。"

他看着她，漆黑的眸子宛如深渊。

即便是扮小丑，她的模样也很乖。

这样想着，他溜达着转身上了楼。

"周擒。"夏桑忽然叫住了他，好奇地问："我刚刚看了去年万圣节那个视频，你说那个人给不了你想要的。我能问问，你想要什么吗？"

周擒笑了："怎么，你也有兴趣？"

"不是，单纯只是好奇。"

即使在黑暗中，夏桑仍旧能看清周擒轮廓锋利的侧脸。

"我要一个光明坦荡的未来，谁都给不了。"

除了他自己。

两人提着一大袋饮料回了七夜探案馆，大家伙儿都抱怨道："好慢啊你们……"

"你俩这去了有半个小时了吧。"

"抱歉抱歉。"夏桑赶紧给大家分发了饮料。

明潇看到夏桑手里居然有几个娃娃，笑着说："难怪这么慢呢，抓娃娃去了啊。你俩是觉得我这儿场地不够大，不够你们发挥是不是？"

周擒道："你给了三十块跑腿费，我要跟她对半分，人家小姑娘面子薄不收，我抓几个娃娃借花献佛。"

明潇嗤道："就你理由多。"

夏桑不好意思地坐回了自己的位子上，身边的贾蓁蓁不住地用手肘戳她："什么情况啊你们？"

她附耳低声道："刚刚在下面，遇到祁逍和许茜他们了，就耽误了一下。"

贾蓁蓁惊讶地望着她："这简直修罗场啊！"

吃过了晚饭，大家重新补了妆，在明潇的安排下玩了反转密室，由玩家扮鬼吓唬工作人员。不过因为 NPC 早已经适应了密室的黑暗环境，玩家不仅没有吓到他们，反而他们想了招，联合起来把扮鬼的玩家给吓得够呛。

兴奋也是真的兴奋，从来没这么开心过，有几个女孩包括夏桑，嗓子都有些哑了。

游戏结束的时候已经是晚上九点半了，大家相互道了别。夏桑和段时音她们不顺路，于是独自来到时代广场的公交站，准备乘公交回家。

这个时间的公交车空荡荡的，有不少位子。她径直走到最后一排坐了下来。

在车门即将关闭的时候，一个高大的黑色身影迅速从门口挤了进来，刷卡之后，也朝着后排走来。

夏桑看到周擒，有些讶异。

他倒是不客气，坐在了她身边。因为体态健壮，他一个人大概占了一人半的位子。夏桑坐在他身边，多少有点小鸟依人的味道。

"我这次记得了。"夏桑用微哑无力的嗓音说，"你住在城北的火车站附近，这辆公交车是往南线开的。"

周擒摸出手机看着，随口道："你家附近那家快餐店味道不错，买个全家桶回去当消夜。"

"哪里没有快餐店，火车站不就有一家吗，干吗绕这么远的路？"

"不一样。"

"有什么不一样的？"

"体验感不一样。"周擒也没有正面回答，只说道，"你以后就明白了。"

夏桑便不再多言，摸出了英语小本记单词。

没过一会儿，便感觉他的手伸了过来，做出剪刀状，假装切开了她侧脸的头发。

"做什么？"

周擒将手机递了过来，对她说："我发现这个发型，挺适合你的脸型和气质的。"

夏桑好奇地按过他的手机，看到他正在浏览一些图片，里面是很多女孩分享的公主切的发型。

公主切是一种前短后长的发型，脸侧的发尾像是用刀切出来一样，很整齐，有点像古代的公主发型，最近倒也是很流行，夏桑身边就有女孩剪这种发型。

夏桑看了几张照片，说道："你居然推荐这种发型，是要把我乖乖女的人设钉死了吗？"

周擒又往下拉，点开了一个女孩的笔记："其实我觉得这个发型恰恰不是乖乖女能掌控的，你看，也可以很叛逆。"

夏桑看到那女孩画着烟熏眼影，丝绒红唇，穿着黑色吊带，配合着公主切的发型，果然是冷眼御姐范儿十足。

她忍不住笑了下："你居然会用这种软件，这软件不都是女孩用吗？"

"你这是性别刻板印象了。"

"那你说说，平时都看什么？"

"自己看。"

夏桑好奇地刷新了他的首页，发现首页的推送基本上都是科技达人的测评和科普，有智能机器人、无人机、新款手机等等，都是男孩子喜欢的项目。

夏桑将手机还给了他："原来你还是个科技发烧友。"

"偶尔也会看一些美剧推荐。"他说道，"我兴趣挺广泛。"

"看出来了，你兼职涉猎也很广泛，从篮球幼儿班教练到恐怖密室NPC。"

周擒轻笑了一声，抽回了手机。他很享受和她随意轻松聊天的状态。

夏桑忽然想到了他书房里那厚厚一沓奖状，好奇地问："那你所有的兴趣中，一定最喜欢篮球咯？"

周擒偏头："为什么这样说？"

"因为你现在不就走在体校生这条路上吗？"

他能连续五年蝉联新菁杯奥数比赛的第一名，全市所有名校都可以任选了，却选择了文化课一塌糊涂，以体育著称的十三中。除了兴趣，夏桑实在想不到其他的理由。

周擒看着女孩坦荡的黑眸，一尘不染，纯净清澈。他猜测，她的父母一定把她保护得很好。

"桑桑，兴趣是奢侈品。"他敛着眸子，温柔地看着她，"不是所有人，都有资格选择脚下所走的路。"

对于他的这句话，夏桑其实深有体会。不过她现在都还没找到自己的兴趣是什么。小提琴吗？那是妈妈强加给她的"兴趣"，在没有找到特别喜欢想要的东西之前，她会按部就班地走下去。

公交车机械的女声报站："下一站是麓景台小区，要下车的乘客请提前到车门口准备。"

话题显然进行不下去了，夏桑起身走到后门处，回头叮嘱他："周擒，你早点回去，路上小心哦。"

"我走路，一定比你更小心。"

"拜拜。"她对他挥了挥手，"对了，你推荐的发型，我会考虑。"

"你废话怎么这么多？如果舍不得下车，可以陪我再坐回去。"

"走了！"

周擒挑起下颌，望着她，直到她的背影消失在朦胧的夜色中。

祁逍本来和朋友们说好万圣节通宵，结果到十一二点的时候，他实在心情烦躁，连招呼都没有打，走到街边拦了辆出租车便回家了。

半小时后，出租车停在了南溪环湖生态区。

这里是南溪市的富人别墅群，别墅间距稀疏，绿化面积大，推门便是湖区，每一家都配有游艇，常有中年人坐在家门口垂钓。

祁逍走进了中央湖区的一栋豪华别墅里，迎接他的并不是父母，而是家里的两位阿姨。

他的父母在他很小的时候便离婚了，父亲很快又和另一个女人结婚了，甚至还带来了一个跟他年龄相当的继子，也住在家里。

虽然在这个家里，他作为唯一的正牌大少爷，连继母对他都要低声下气。但是祁逍也绝不像别人以为的那样是父母疼爱着长大的掌上明珠。

恰恰相反，爹不疼娘不爱。

家里那个处处看不顺眼的继子，至少他还有母亲在身边，他妈妈还处处帮他筹谋着，关心和爱护都是真心的。

但祁逍呢，除了"祁家大少爷"这个镶嵌着金边的称呼，他什么都没有。父亲对他最大的要求，就是叫他安分地考上大学，不要给他丢脸。

祁逍懒散地进了屋，鞋子随便地脱在地上，反正有保姆阿姨帮他收拾。

灯火通明的客厅里，那个宛如眼中钉的继兄还化着万圣节的丧尸妆，正要朝洗手间走去。

"我爸呢？"他冷淡地问了声。

"书房。"

祁逍径直走进了书房，祁慕庭穿着一身居家却又不失商务感的简约线条毛衣，正俯身侍弄桌上的青松盆栽。

"爸。"

他刚叫了个称呼，祁慕庭便生硬地质问道："昨天你信用卡里被支取了不少钱，买什么了？"

"哦，买了几双球鞋。"

"你的鞋还不够多？"

祁逍笑了下："男生哪会嫌鞋多？"

"一天到晚吊儿郎当，心思没放在正事上，我让你好好考个大学，就这么难？国内的考不上，国外的我让你去读，你又不乐意。你说说，你到底在想什么？"

"谁说我考不上？"祁逍倚在门边，指尖玩弄着墙边的一盆常青树叶子，挑眉道，"等着，我高考给你拿个状元回来。"

"你能给我考个本科就不错了。"祁慕庭冷哼了一声，"找我什么事？"

"爸，我又遇到那个人了。"祁逍开门见山地说道，"你帮我把他弄走。"

"又要把谁弄走？"

"就以前初中处处压我那个，叫周擒的。"

"他不是没上南溪一中吗？"祁慕庭点了烟斗，漫不经心道，"我都跟他们打了招呼，路子都让你堵死了，你还要怎么样？"

祁逍不爽地说："他在十三中，就在我学校旁边。"

"瞧你那点出息，十三中是体校，你也要去比？"

"他有什么资格跟我比！我就是不想看到他，烦！"

祁慕庭磕了磕烟斗，脸上露出了不满的神情："现在的你要是有初中的时候一半的冲劲儿，我就阿弥陀佛了！看看你现在什么样子！"

"自己养出来的儿子，得认。"祁逍嘴角绽开一抹冷笑，走到了祁慕庭身后，拍着他的肩膀，"反正我从小到大这么多年，路面上的障碍您可都给我扫得干干净净。"

"你还习惯了是吧！我能帮你一辈子？"祁慕庭失望地摇了摇头，"给我滚出去，老子不想看到你，闹心。"

"最后再帮我这一次，帮我把他弄走，最好是把他赶出南溪市，我保证给你考个理想的大学。"

"得了吧，你这保证下了两百回了！"祁慕庭教训道，"我听说你最近在学校也不安分，快高考了，少给我节外生枝！"

"就这一件事，你帮我把他弄走，我后面都听你的。"

祁慕庭似乎被他搞得有点烦躁了，烟斗重重磕在了桌上："就一个十三中的体校生，能让你怕成这样！老子从小对你有求必应，把你养废了是吧！就这点出息！我怎么敢把公司放心交给你这个败家子，滚滚滚！"

"老爷子别生气啊。"丰腴又温柔的继母端着茶水走了进来，柔声宽慰着他，回头给祁逍使眼色，让他别和父亲硬碰硬。

祁逍在父亲那里吃了瘪，退出房间，下楼的时候，一脚踹在了楼梯护栏上，发泄着心里的怨愤和不满。

继兄已经卸完了脸上的丧尸妆，洗了澡，擦着头发走出了浴室，拉长调子道："你拿楼梯撒什么火儿，它招你了？"

祁逍冷冷地看着继兄："我看你跟周擒的关系，还不错嘛。"

李诀悠闲地躺在沙发上，拿牙签叉了个苹果块，扔进嘴里："他是我哥们儿，不过事先声明啊，我一个寄人篱下还没什么出息的继子，不会插手你们的恩怨，您老人家爱怎样怎样，不关我事。"

祁逍轻蔑地说了句："贱货。"

"我是贱货。"李诀也不生气，仍旧挂着痞笑，懒声道，"谁让你是祁大少爷呢，谁敢招惹你啊？上一个招了你的，把人家老爹都……"

"你到底想说什么？"

"我想说，别把事情做太绝了，你把我兄弟逼到绝路上，当心给你杀个回马枪。不是有句老话吗，叫'光脚的不怕穿鞋的'。"

"呵，原来是当说客来了，真是好兄弟啊。"

"我当不当说客，结果不都一样吗？老爷子帮你摆平过一回，怕是不会再帮你摆平第二回了。"李诀坐直了身体，看着他，"光靠你自己，恕我直言，你可弄不过他。"

祁逍在祁慕庭那里吃了瘪，知道这件事老爹是帮不上忙了，他嘴角勾起一抹冷笑，说道："行啊，看在以前的事情上，我可以给他一个机会，该怎么做，他心里应该有数。你就好好去给我当这个说客吧。"

李诀等他离开之后，方才无奈地摇了摇头，摸出了手机，给周擒发了条短信："兄弟，就剩大半年了，快熬出头了，以前这么努力都是为了什么。你最不缺的就是朋友，别意气用事，因小失大啊。"

周擒赤着膀子，挥汗如雨地在房间里练着拳击沙包，看到手机屏幕亮了，他指尖简短地敲了几个字："找我谈心呢？"

李诀："那姑娘是祁逍的同学，走得挺近的，这人什么德行，你也不是没见识过，疯起来就跟得了狂犬病一样。你是聪明人，都忍了这么久了，何必呢？"

周擒在房间里打拳，练了很久，呼吸粗重，心也变得越发麻木了。

短信一条一条地跳出屏幕，周擒不用看也知道，李诀的话绝不仅仅是劝诫，更是事实。晚上祁逍那脸色铁青的样子，简直恨不得把他生吞活剥了。

报复的快感是很爽，但是周擒也明白，像他这样的人，努力挣扎着、拼尽全力才能收获一点点的希望。

他的未来，容不得半步行差踏错。

夏桑是换衣服的时候才看到那个被她藏在衣柜里的崭新篮球。之前她弄丢了周擒的球，买了这个作为赔偿，结果后来一连串的事情，她就把这茬抛在脑后了。

她随手给周擒发了条消息："什么时候有空？我把篮球送给你哦。"

周擒没有回复，夏桑以为他在忙着，所以也没有打扰他，复习到深夜，疲倦地上了床，很快便睡着了。

第二天醒来第一件事就是看手机。屏幕上一片空白，周擒仍旧没有回她。不知道为什么，看着那空空如也的消息栏，夏桑的心也有点空空的。

下午放学，她去了趟十三中。

篮球馆有好些奔跑的少年，正在教练的口哨声下，练习着运球传球，独独没有看到周擒。

夏桑叫住了其中一个脸熟的男孩，问道："周擒不在吗？"

"啊，他被教练弄操场上去特训了，你到操场去找他吧，他肯定在那里。"

夏桑想着他肯定很忙，索性将篮球递给了面前这男孩，嘱托道："麻烦你把这个给周擒，我之前把他的球弄丢了，这个赔给他。"

男孩满口答应了下来："没问题。"

夏桑走出了篮球馆，经过秋黄的银杏叶大道，绕路来到了操场。因为地形的缘故，十三中的操场属于下沉式，外围有铁丝网，还围着一圈观众席。

夏桑站的位置，远远地能看到操场的情形。但是从操场那边望过来，却很难发现她。她安心地站在铁丝网外，看着操场上挥汗如雨的少年们。

初冬的季节，绝大多数学生都穿上了防寒的厚衣。而体校的男生们却仍旧穿着单薄的篮球衫，在教练的口哨节奏声中，进行着拉练来回跑。

周擒的速度最快，也最为敏捷，赶超了身边其他队员好几个来回。阳光下，他的皮肤呈健康的小麦色，很有男人味。

夏桑身边也有不少女生看到了周擒，驻足观望。十三中的颜值身材天花板，他实至名归。

很快，教练吹响了休息哨，周擒掀开衣服擦了擦头上的汗，露出了匀称的八块腹肌，引起了操场边女们的一阵惊叹。

夏桑看到有好些女孩买了饮料送给他，他一概摆手回拒了，跑到朋友身边，趁其不备夺了他手里的矿泉水，仰头一口喝光，水滴顺着他优美的下颌线流淌下来。

李诀的水被抢了，上前和他打闹了起来，分分钟又被他压制在了塑胶操场上，气得嗷嗷大叫。

这扑面而来的热气腾腾的青春让夏桑忍不住笑出了声。

周擒回篮球馆换衣服，队里一个低年级的男生戚枫朝他扔来一个崭新的篮球。

他顺手接了过来，熟练地在手上玩了个花式，说道："手感不错，哪儿来的？"

"一个长得很乖的女孩送给你的。"戚枫耸耸肩，"我让她去操场找你，亲手给你，她大概是怕被拒绝，非要让我转交。"

以前也有不少女孩给周擒送这送那，周擒一概不收，结果女孩们怕被拒绝了丢脸，就让别人转送，可便宜了篮球队这帮小子们。

"不错啊！今儿还能得一个新篮球。"李诀说着，从周擒手里拿球，却没想到，周擒一个敏捷的闪身，避开了他，"走开。"

"新球坑坑啊！"

"没什么好玩的。"

周擒抱着篮球进了更衣室。

戚枫望着他的背影，笑了起来，说道："难得啊，第一次见他这么宝贝一个礼物。"

李诀叹了口气，捡球回身投了个篮，拉长调子悠悠道："他——完——咯——"

更衣间里，周擒坐在中间的横椅上，低头摩挲着手里枫叶红的崭新篮球。

夕阳透过更衣间斜窗照进来，正好洒下一抹斑驳，落在了篮球上。

篮球上有一排用中性笔写下的细细的小字，乍一看，字迹完全是他的笔锋——

周擒，愿你前路光明、盛大、灿烂。

课间时分，夏桑懒洋洋地趴在桌上，蒙着练字本的薄纸，练着正楷小字。自从学了周擒的笔迹之后，夏桑完全找不回自己过去的字迹了，随手一写都是周擒的风格。

有好几次交作文上去，语文老师都怀疑夏桑的作文不是她自己写的，把她叫到办公室询问情况，夏桑只能当着老师的面亲手写了几个字，打消语文老师的疑虑。

"不错啊，夏桑，字越写越好看了。"语文老师夸赞道。

夏桑只能尴尬地笑笑，开始重新练字，改变她已经写习惯的周擒的字体。

贾蓁蓁叼着真知棒走进教室，凑到夏桑桌边道："听说祁逍去老何那儿磨了好一阵，篮球队终于解禁了，可以在体育馆开比赛了。"

段时音转身道："怎么说也是祁家大少爷，多少也要给他点面子吧。"

"昨天下午解禁之后的第一场比赛，和高三（10）班打，很多人去围观了，场面很热闹啊。"贾蓁蓁看着夏桑，故意问道，"夏桑你去看了没啊？"

"没有。"夏桑给钢笔抽了墨水，漫不经心道，"昨天一放学就回家了。"

"所以……"她顿了顿，问道，"你和祁逍是真的闹掰了啊？"

"没有啊。"贾蓁蓁正要松口气，又听她道，"本来就不熟，也谈不上闹掰。"

"这也太可惜了吧。"

"有什么可惜的？"段时音愤愤道，"前两天他和许茜走得那么近，都不理夏桑，我觉得这个祁逍就是不靠谱。"

贾蓁蓁说道："祁逍这是在发泄被她冷落的不满呢。"

"真的很无聊。"夏桑趴在桌上，继续练字，"我开始理解我妈的话了，她看人挺准的。"

这时，许茜气呼呼地走到教室门口，冲夏桑嚷嚷道："夏桑，你给我出来！"

夏桑被打扰了练字，不满地抬头，望向许茜："有事吗？"

许茜眼睛微红，咬牙道："圣诞音乐会的事，你出来说！"

她跟着许茜来到了无人的楼道间，许茜回头，恶狠狠地瞪着她："言而无信！没想到你是这样的人！"

"我怎么言而无信了？"

"你后悔了，不想把音乐会的名额让给我，你直说啊，跟你妈妈告密，有意思吗？害我被叫到教务处挨了一顿批。"

夏桑皱眉："我没有跟任何人说过这件事，包括我妈妈。"

"搞笑！你没说，难不成是我说的啊？"

"我知道轻重，这种事怎么可能说给第三个人知道？我对任何人都没说。"夏桑看着她的眼睛，"你呢，你告诉过谁吗？"

"我……"许茜迟疑了几秒，"我只把这件事告诉了——"

"我说的。"一道嗓音从女孩们身后响起。

祁逍走了过来。

许茜不可置信地看着面前的祁逍，眼角肌肉颤抖着："你、你为什么要这样做？我相信你才告诉你这件事的！"

祁逍很不客气地说："是你的就是你的，不是你的，就算上去了也只有丢人的份。"

许茜气得浑身发抖，仿佛不认识面前的人似的。分明前两天还与她走得很近，现在又判若两人。

她出于信任才把这件事告诉了祁逍，本来以为他是站在她这边的，没想到他竟然会把这件事捅到教务处主任那里。

"夏桑对你什么态度，你难道心里没数吗？"许茜崩溃地冲他喊道，"这样做你很开心吗？"

话音刚落，只见祁逍扬手作势要推开她，以此作为对他出言不逊的惩罚。夏桑见此情形，立刻挡在了许茜前面，护着她往后退了几步，避开了祁逍伸过来的手。

不少同学都探头探脑地站在楼梯口围观她的窘迫，这让许茜感觉丢脸至极，开始发起疯来："祁逍，你敢推我！"说完，暴脾气的许茜上前就要和祁逍动手，被夏桑阻止住了。

祁逍抬起下颌，望向夏桑："怎么，你还帮她？她在找你麻烦啊！"

"之前演出的事，是我答应了许茜，因为她帮了我很大的忙。"

祁逍对夏桑总是站错阵营的事有点上火："夏桑，莫拉的圣诞音乐会，多少人梦寐以求的舞台，让给她那种半吊子，不觉得可惜吗？再说，你以为她真心帮你啊，她在我面前说了你多少坏话，什么难听的都能说出来，你还帮她？"

许茜的面子彻底绷不住了，又羞又愧，恶狠狠地瞪着祁逍："你真是个垃圾！夏桑比我脑子清楚，我真是被狗血蒙了眼睛、猪油蒙了心，才会觉得你这人不错。你就是金玉其外败絮其中，十三中的周擒比你不知道好哪儿去了！"

这一番臭骂，彻底激怒了祁逍，他扯了扯衣领，上前就要对许茜动手，夏桑见他神情不对，也顾不得什么，转身拉着许茜就往楼下跑去，一边跑一边冲身边男生大喊："麻烦帮忙拦住他！"

有几个男生见状，也赶紧上前挡住祁逍。

"大家都是同学，别生气啊。"

"冷静，怎么也不能对女生动手嘛。"

他们的声音渐渐远了，夏桑抓着许茜的手，一直带她跑到教学楼下的小花园，见祁逍没追上来，这才放下心，大口喘息着，平复心绪。

许茜崩溃大哭，觉得自己简直丢脸丢到家了，她从来没在同学们面前这么掉面儿过。

夏桑刚刚也是有点被吓到，因为第一次在学校看到男生想要动手打女生的情况，而且明显祁逍是要来真的，不会留情，如果没人拦着，后果不堪设想。

许茜也是吓坏了，一个劲儿抽泣。她从包里摸出纸巾，递给了许茜："别哭了，你平静一下，圣诞音乐会你想去还是可以去，我到时候跟韩熙老师说一下。"

许茜攥着纸巾，一边哭，一边摇头："大家都知道了，太丢脸，我不去了。"

"这有什么丢脸的？"

"就是很丢脸！"

夏桑不再和她争执，见她哭得快喘不过气来，于是拍了拍她的背："这段时间，你躲着点祁道，注意安全。"

许茜用力点头："嗯。"

"我会把这件事跟我妈妈说的，你也要告诉父母一下。"

许茜说道："没用的，就算是你妈妈，拿他也没办法，你不要去说了。"

"可……"

"听我的就是，不要去说，这是为了你好。"许茜表情严肃了起来，"你不知道他以前的劣迹，我可不想把事情闹大。"

夏桑见她不愿意，自然也不再勉强："莫拉音乐会你真的不上啊？"

"不去了，你自己去吧。"许茜闷闷地说，"还有，看在你今天帮我的分上，我以后不会说你坏话了。以前说的，我跟你道歉，你别跟我计较。"

"行啊，我接受你的道歉。"

"还有……"她看了她一眼，擦掉眼泪，不情不愿地说道，"你跟周擒那晚扮的小丑和小丑女……哼，还挺好看的。"说完，她擦掉眼泪，收拾了狼狈，骄傲地离开了。

夏桑嘴角抽了抽，看着她的背影，有点忍俊不禁。

夏桑本来以为自己卸下了圣诞音乐会的重担，没想到许茜主动退出，她又要捡起生疏了很长一段时间的小提琴。

晚上回去，还不知道要怎么面对覃槿呢，想想都很烦躁。

教练韩熙也听出了夏桑曲子里的心不在焉，好几次用严厉的眼神提醒她，让她集中注意力。

夏桑深呼吸，努力将自己沉浸在音乐的世界里，认真地演奏着《云雀》的曲子。

即便状态不好，兴趣也不高，但她在这方面的天赋，让她不需要费太大的劲儿，就能抵达一般人勤加练习的最佳状态。这也是为什么覃槿固执地一定要她把小提琴学好，即便她对这方面并不感兴趣，但不是谁都有这个运气让老天爷赏饭吃的。

许茜的状态则更加糟糕，演奏的时候，多半还在想白天丢脸的事，几次拉错旋律，连一贯温和不骂人的韩熙都严厉地批评了她。

晚上八点，外面噼里啪啦下起了强阵雨。

好在夏桑出门的时候看到天色阴沉，便带了一把伞。然而等到她练完琴出来，却发现伞桶空空如也，一抬头，看到许茜拿了两把伞走进电梯。

"许茜！"

许茜回头望她一眼，扬了扬伞："想了很久，还是觉得莫拉音乐会还给你真是太便宜你了，所以这把伞就当补偿吧！"

"啊？"

许茜迅速按下电梯门，等夏桑跑过去的时候，电梯门已经徐徐关上了，许茜冲她吐了吐舌头。

夏桑郁闷地等来了下一趟电梯，但是许茜早已经不见踪影。她到一楼的自助借伞栏转了一圈，借伞区也是空空如也，一把伞都没剩下了。

夏桑无奈地走到前门大厅，看着外面飘泼的大雨，将夜色氤氲得朦胧不真实。

莫拉艺术中心园区很大，外来私家车会直接停在地下停车场，入园只有绿茵道可供人骑车或者步行，车辆是开不进来的。

所以夏桑只有两个选择：要么在这里等雨停；要么就冲进大雨中，一口气跑出园区，到外面去打车。

夏桑靠着柱子站着，听着细密的雨点拍着地面发出沙沙声，宛如蚕食桑叶。不知道为什么，她心里涌起一阵怅然。

那股空荡荡的感觉又来了。

周擒还没回她信息。

室内篮球馆灯火通明，周擒换上干净的白色外套，戴上了衣衫连帽，走出篮球场馆大门。

身后有几个小朋友追着他，奶声奶气地喊着："周教练。"

"周教练，我姐姐想加你微信。"

"周教练，我小姨也想加你，如果我要不到你的微信，今晚就吃不成烤肉了。"

周擒回头，望了望篮球场对面的家长团。每次他来做兼职教练的时候，家长团里年轻的姐姐、小姨就会来得特别多。

他从双肩包里摸出几张七夜探案馆的名片二维码，递给这帮小屁孩，让他们回去交差，然后转身走出场馆。

瑟瑟的寒风袭来，他拉上了黑色冲锋衣的拉链，一直拉到顶，将嘴巴整个遮住，然后从书包里取出了一把折叠黑伞，撑开了走进雨中。

大雨噼里啪啦地打着伞布，听起来很有节奏感。

他走到自行车停放点，取了那辆略旧的绿色山地车，单手撑伞骑车，朝着园区大门驶去。就在这时，朦胧的雨雾里，绿茵路边出现了一抹纤瘦的身影。

小姑娘穿着焦糖色的长棉裙，上面是浅色系的毛衣外套，看着很厚实，但显然挡不住这瓢泼的冷夜雨。

她的头发都被打湿了，可怜巴巴地耷在脸畔，皮肤越发显得白皙清透，嘴角嫣红，却瑟瑟地颤抖着。小皮鞋踩着水，她小跑一会儿，便停下来走一段，看着体力也不行。

周擒绕到另一条绿茵路出口，准备避开她。

正如李诀所说的那样，以前的所有努力和辛苦，不是让他用来任性和挥霍的。他只要一个光明、盛大、灿烂的前途，路上的风景不值得他驻足停留，哪怕一瞬间。

周擒咬牙，用力蹬踩了踏板，骑车冲进了瓢泼的雨夜中。

夏桑加快步伐，在雨中一路走一路小跑着。周围的一切都离她远去了，全世界仿佛只剩下雨滴拍打地面的声音。

正如妈妈所希望的那样，她想要成为最优秀的那一拨人，就必须穿上盔甲，披荆斩棘，像个孤独的勇士，独自奔跑在空寂寂的世界里。

夏桑擦掉了脸上的雨水，裹紧了早已冰凉的衣服。在她放慢脚步，俯身喘息的时候，忽然感觉雨好像停了下来。

她伸出手，雨水果然没有再落到掌心。

"咦？"

夏桑抬头，却看到雨滴仍旧拍打着湿漉漉的地面，只是她的头顶，出现了一把黑色的大伞，将她整个罩在了黑伞的保护下。

夏桑惊讶地回头，看到周擒一只手骑着自行车，另一只手伸直了给她撑着伞。雨水顺着他英俊的眉宇淌下来，他神情坚定，眸光漆黑，仿佛一眼便能将她吞入浓夜中。

车头左摇右摆，他骑得很慢，全身都湿透了，仍旧保持着给她撑伞的动作。

"周擒。"夏桑不觉放大了音量,"你在干吗啊?"

"别管我!"大雨中,周擒也不自觉放大了嗓门,"我疯了!"

出租车行驶在宽阔的马路上,时不时有远光灯照进车厢里,明晃晃。

夏桑侧着脸,看着窗外阑珊的霓虹,怔怔地发呆出神,将脑子彻底放空。

雨滴落在车窗玻璃上,被风吹着,雨线沿着车窗斜斜地攀爬着,宛如一条条蜿蜒的蚯蚓。

夏桑伸手摸了摸自己潮湿的衣服,的确是湿了,却又没那么湿,至少没淋成落汤鸡。

因为大雨的混乱,她甚至都没很清楚地看到周擒的样子,只看到他脖子上那条明晃晃的羽叶链子,成了晦暗的雨夜中最明亮的一抹亮色。

周擒一边骑着车,一只手举着黑色的雨伞,愣是跟了她一路。

夏桑急着回头对他说:"你别给我撑伞了!你自己衣服都湿了!好好骑车吧!"

周擒不理会她,只是嘴角噙着笑,盯着她,眸子很亮,像看着光。

夏桑跑出了莫拉艺术中心的园区大门。他将自行车停在路旁,举着伞,陪她招到了一辆雨中疾驰的出租车。

夏桑上车后,对周擒喊道:"上来啊,一起走。"

周擒摇了摇头:"到家来个消息。"

说完,他便蹬踩着山地车,转身驶向马路人行道。夏桑看着他湿透的那一抹黑色背影逐渐消失在了滂沱的雨夜中。

直到出租车启动,驶上了马路,她仍旧保持着回头的姿势,一直看着周擒消失的方向。

心久久地震颤着,那是一股说不清道不明的情绪,如磅礴的大雨一样,潮涌般地席卷了她静寂空旷的世界。

一直到出租车停在麓景台小区的门前,夏桑还沉湎在绵长的思绪里,没有回过神来。

"你好,现金还是扫码?"

"哦,扫码吧。"夏桑摸出手机,扫码付款之后,推开车门走了出去。

麓景台小区的物业有很好的服务意识,门边安排了保安,见夏桑下了车没有带伞,于是撑伞走过来,将她接回了小区的单元楼栋里。

"请问是几楼呢？"保安按了电梯上行的按钮，似乎是准备帮她开电梯门。

夏桑连忙道："没关系，我自己按就好，谢谢你。"

保安点了点头，然后撑伞去门口接另一拨客人。

电梯门打开了，夏桑没有立刻走进去，她犹豫了几秒，然后转身朝楼梯口走了过去。楼道间的灯是自动感光的，她背靠着冰凉的墙壁，摸出了手机。

她指尖哆哆嗦嗦，大概是被冻的，她对着手哈了一口气，却丝毫没有缓解指尖的颤抖。心脏仿佛被一阵强烈的情绪支配着，但夏桑又说不上来那是什么。

她将消息对话栏往下翻，翻了很长一段，终于找到了很久没有联系的周擒。他的头像仍旧是他院子里养的那条大黑狗，而她的头像，仍旧是一只灰色的小狸花猫。以前，夏桑没有发现他们的头像有什么特别，现在忽然感觉，其实蛮像那么一回事的。

她沉吟片刻，去搜了小丑女的图片，给自己换了头像。头像换好之后，准备给周擒发一条到家的信息。想了又想，编辑了又编辑，然后用最自然平静的文字回道——

"周擒，我到了，你到了吗？"

"谢谢你给我遮雨。"这句打出来，又让她删掉了。

一股脑地把要说的话都说完，等会儿他回她了便会无话可讲。夏桑准备等他回了，她再发后面的话。

她等啊等，楼道间自动感光灯灭了又亮，亮了又灭，夏桑足足等了十分钟也没有等到周擒的回复。就像上一条信息一样，发出去之后也是石沉大海，没有等到回音。

她心里那种空荡荡的感觉又来了。

这一次，不仅仅是空，甚至多少还带了点失落和怅然。

夏桑不再等了，回到电梯间，按下了上行的按钮。就在电梯门打开的一瞬间，手机忽然振动了一下。

夏桑看到屏幕上"周擒"两个字跳了出来。她赶紧退出电梯，划开了手机屏幕，他说："刚刚在骑车，到了。"

手机暗光照着夏桑的脸，在这万籁俱寂只有雨声的黑暗中，她仿佛能听见自己的心跳声。

她回道:"谢谢你给我遮雨。"

周擒:"不客气。"

夏桑想了想,又回道:"那你洗个热水澡哦,千万不要感冒。"

她一直盯着对话框,看到对话框上方一直提示:对方正在输入。

对方输入了足足一分多钟,夏桑也一直等着,楼道间灯光明明灭灭。

最后,周擒发来一个:"嗯。"

夏桑看着那个"嗯",不知道该说什么,过了会儿,她猛然发现,周擒的头像也变了,变成了——小丑。

那晚突如其来的一场雨,浇湿了夏桑的心。

周擒身体好,即便雨伞全倾斜给了她,也跟没事人似的。不过夏桑就惨了,淋了雨,感冒了,鼻尖一整天都是红通通的,变成了小鼻涕虫,整天纸不离身,别提多难受了。即便如此,覃槿也没允许她请病假。

南溪一中的学生除非是真的病到起不来要去医院输液那种,一般的小病小伤,学生都不会请假。之前还有一个女老师,痛经痛得脸色惨白了,还能坚持站在课堂上给同学们讲课。老师们"以身作则",同学们自然一个比一个拼,生病都不会轻易请假,自己撑一撑就能熬过去。

不过好在因为生病,和许茜偷换名额的事情妈妈也没有过多责备她了。夏桑吃了药,坐在通风不好的教室里,昏昏欲睡,状态很糟糕。

课间时分,她去走廊上吹了吹冷风,让自己的脑子清醒过来,回来之后,却发现桌上的保温杯里接了满满一杯热水。

她带着浓重的鼻音,对同桌贾蓁蓁道:"谢谢宝宝。"

"那你谢错人了。"贾蓁蓁笑着说,"这是刚刚祁逍拿你的杯子接的。"

夏桑看了眼前排祁逍的位子,他倚靠在桌边,似乎在漫不经心地和朋友说话,视线却有意无意地瞥向她。

段时音回头,低声道:"桑桑,我看祁逍这次是很真诚地跟你认错了。"

夏桑却摇了摇头,没再说话。

"差不多行了啊。"贾蓁蓁带着严肃的语气,劝道,"本来你俩这矛盾就闹得挺莫名其妙的,你也没做错什么,他也没见有什么原则性的大错,朋友之间怎么就不能和好了?"

夏桑没有回答,默默地拿着水杯去了水房,倒掉里面的热水,然后重新接了一杯。她其实没生祁逍的气,一点也没有。

只有在乎才会生气，她不在乎。

因为休息不够，夏桑的感冒持续加重，发展成了重感冒，开始发烧了。

晚上，覃槿开车带她去市人民医院打针输液，一路上都在叨叨着责备她："看看，这就是平时不锻炼的结果。让你别总窝在教室里，待在教室也要把门窗都打开，吹点风又怎么了？没见过这么怕冷的。

"平时体育课也不爱上，连课间的广播体操都不做了，不生病才怪！高三了，身体才是革命的本钱。别到时候成绩上去了，因为身体掉链子，那可得不偿失了。"

夏桑带着厚重的鼻音，闷声道："知道了，知道了，知道了。"

"每天早上，别坐公交了，晨跑去学校，晚上也给我跑回来，反正也没多远。"

"哦。"

夏桑的脑子混混沌沌，对覃槿的话也没怎么听进去。

"我每天要检查你的微信步数啊。"覃槿透过后视镜，看到小姑娘漫不经心的颓丧模样，加重了语气，"别糊弄我，要是微信步数不够，晚上我会赶你去小区，跑够一万步再回来。"

"……"

夜间值班的医生护士不多，按照覃槿的意思，最好是给她打一针，这样好得比较快，也不会耽误学习。

医生领着夏桑来了注射室，注射室有好几张床位，都分别拉着磨砂的白帘子。

夏桑听到隔壁床位有护士小姐姐温柔的嗓音传来："这伤口，怎么撞成这样啊？

"上药有点疼，你忍一下。"

"嗯。"

医生去盘子里取了药剂和针管，对夏桑道："趴下来吧。"

夏桑看着那针管，有点害怕，平时她最怕的就是打针了，看着尖锐的针头她就犯晕。

"能不能不打啊？"她说，"吃药不行吗？"

"打针好得快一点。"

"可是吃药也能好啊！"夏桑的嗓音都战栗了起来，"就……我感觉已经好多了！指不定明天睡一觉，就彻底好了！"

医生摸了摸夏桑的额头："你这不还烧着吗？"

覃槿也说："多大的姑娘了，还怕打针，又不是小孩了。"

夏桑死死咬着牙，就是不肯脱裤子趴到病床边，不断找借口："房间里还有别人呢！"

"拉着帘子，而且只是露一点就好。"医生将液体注入了针管里，柔声安抚道，"别怕，几秒钟的事。"

覃槿拉着夏桑，将她强行按在了病床边趴下来。

夏桑的心头拔凉拔凉的，吓得直哆嗦，眼泪也滚了出来，死死抓着妈妈的手："能不能……能不能不打啊？"

"打了好得快一点。"

"我肯定不会影响学习，不打好不好！肯定不影响！明天我就能好起来，不会请假的！"

"多大的人了，你好意思吗？打个针还哭！这病是你嘴上说好就能马上好起来的？"

医生无奈地笑了笑，熟练地用棉签消了毒，然后用针头刺破了她细嫩的皮肤。

夏桑的手紧紧攥成拳头，全身颤抖着。其实打针的时候的确不疼，但她就是对尖锐的针头有种莫名的恐惧，现在打完了，裤子拉上去，倒也没觉得怎么样。

医生收了盘子，摇了摇头，说道："看把这小姑娘紧张的，你在这儿休息会儿吧。"

夏桑乖乖地点了点头，坐在了病床边，还有些惊魂未定，泪珠子都还挂在眼梢。

覃槿说："那你在这儿坐会儿，我去给你拿药。"

她闷声不语，点了点头。

医生和母亲都走出了病房，夏桑揉着自己的屁股，喃喃说："讨厌……"

正在这时，她听到帘子后面发出一声很低的嗤笑。

声音很熟悉。

她小心翼翼地拉开帘子，看到周擒倚坐在病床边，眼底含着几分不怀好意，笑吟吟望着她："小孩，疼死你啊，哭成这样。"

Chapter 04

求婚·期末·小提琴

♪ "周揽，我好像有点喜欢小提琴了。"

帘子拉开的那一瞬间，恍然间，夏桑还以为自己在做梦。因为只有梦里，才会在最不可能的地方，遇到最不可能，但又想见的人……

周擒跳下了病床，抬着腿，一歪一斜地走到她身边，抽了纸巾递给她。

少年的气场很强，一坐到她身边，她便感觉到空气中飘浮着燥热的因子，脸颊不觉有些烫。

他身上除了薄荷味，还有很浓的碘酒的味道。

夏桑偏头望向他，他脸颊的位置，贴了一块创可贴，看起来有点傻气，也有点狼狈。伤得最严重的地方是膝盖，磨破了一块皮，涂了碘酒消毒，还没来得及上纱布，看着血淋淋的，有点触目惊心。

"你这是怎么了？"夏桑盯着他的膝盖，皱眉道，"怎么伤成这样了？"

"从天花板上摔下来。"周擒很不走心地解释，"密室里，没抓牢。"

"这太严重了！"她急切地伸手过去，却是轻轻碰了碰他膝盖周围的皮肤，"磨了好大一块，好疼啊！"

周擒的喉结滚了滚，缓解了嗓子的干痒，仍旧玩笑道："没你打针疼。"

夏桑抽回了手，撇撇嘴，郑重其事地叮嘱他："你千万别说出去啊。"

"说你是小哭包，连打针都会哭？"

夏桑理直气壮道："本来就很疼啊。"

"那要不要我帮你揉一下？"说完，他伸出了手，作势要落到她的身后。

夏桑连忙跳到了对面的病床上，离他远了些，骂道："流氓！"

周擒笑吟吟地望着她，白炽灯光下，小姑娘的皮肤白如初雪，脸颊带了一点粉，黑眸如警惕的小兽，却又不是害怕，反而像是在害羞。

两人沉默着，时不时望向对方，心头噼里啪啦激起一阵火花之后，又心照不宣地移开。

静谧的夜，空气中似有某种不知名的情绪涌动着。

过了会儿，周擒低笑了一下，嘴角绽开很浅的酒窝。

夏桑闷声问："你笑什么？"

"笑你啊。"

"我有那么好笑吗？"

"不知道，看见你，就想笑。"

周擒问："那晚还是感冒了？"

"嗯，一点点。"夏桑小声说，"你淋得更多呢。"

"我跟你的身体素质，不在一个等级。"

她望望他脸上的创可贴，不屑地说："那你还不是受伤了？"

"这不一样。"周擒站起身，拿了柜台上装药的白色塑料袋，回头说道，"淋个雨就感冒的身体素质，冲高考，风险有点大。"

"我会好好锻炼的。"

"走了。"他拎着塑料袋，离开了房间。

"周擒。"夏桑赶紧叫住了他，却欲言又止，"呃……"

他侧过脸，懒散地问："还有事？"

小姑娘揉着皱皱巴巴的裙子，忐忑地说道："我也想多锻炼锻炼，你有时间吗？请教一下……"

周擒看着她快把裙摆都揉起褶子了，他垂敛着眸子，低头看着脚上那双有点毛糙的球鞋。

他知道正确而理智的回答应该是什么，也知道栽进去就是悬崖和深渊。

任何人都可以，偏偏是她。

拒绝的话都已经到舌尖了，他说出来却是："再说吧，看我有没有时间。"

小姑娘松了口气，脸上绽开了笑意："那就说好啦。"

"没说好，看情况。"说完，他扬了扬手，淡定地走出了伤口处理室。

寂静的医院走廊里，他听到自己胸腔里躁动的心跳声，宛如刚刚下了五千米的跑道。

任何人都可以，为什么偏偏是她？

因为任何人都不可以，只能是她。

回去的路上，夏桑昏沉沉地靠着柔软的车厢内壁，将脸贴在车窗上，哈出一口气，然后用指尖在车窗的白雾上勾勒出一只小狗的形状。

妈妈放着《云雀》的乐曲，她甚至跟着悠扬的曲调，轻轻地哼了起来。

覃槿透过后视镜望了她一眼，说道："打了针，看着精神好多了，明天应该不用请假了。"

夏桑无所谓地应了声。

覃槿调小了音乐的声量，犹豫了一会儿，说道："你和祁逍的事，我听说了。"

以前覃槿提到"祁逍"这个名字，夏桑还会有点紧张。倒也奇怪，今天她一点都不紧张了，相反，她非常坦然。

"我和祁逍什么事都没有。"

"你们这个年纪啊……"

覃槿摇着头，说道："你要知道，十七八岁的年纪，认知有限，你所能看到的，只是冰山一角。当你完全了解一个人的过去、现在、未来以后，才会明白自己有多天真。"

夏桑想了想，忽然问道："你和爸爸结婚的时候，便已经完全了解了他的过去、现在和未来了吗？"覃槿语滞，正要开口，夏桑却自顾自地说道，"看来你嫁给爸爸的时候，也不是完全理智的状态。"

"所以我才后悔了。"覃槿的眼神忽然严厉了起来，扫了夏桑一眼，"我把你培养成更优秀的人，让你进入到这个社会最精英的阶层，在那里，你遇到的人，质量会更高一些。"

"我觉得爸爸就很好。"夏桑闷声说，"他不想回家，大概也不是因为他质量不够高。"

覃槿张了张嘴，生平第一次，面对女儿，竟无言以对。

明潇给夏桑打了个电话，说周末探案馆有客人包场策划的求婚仪式，听说她会小提琴，想请她过来帮忙客串一下现场配乐，营造更浪漫的气氛。

"不白来，我会给你支付薪酬的！"明潇语气听着很兴奋，"这客人大方得很，说只要气氛浪漫、形式新颖，能给女孩一个终生难忘的求婚，价钱都好商量。"

"可以啊。"夏桑痛快地答应了。

她学小提琴这么久，还从来没想过靠小提琴能赚到自己人生的第一桶金呢。

"当然，以不耽误你学习为前提。"明潇又补充道，"我知道你要学习，时间紧张。"

"没事的，我本来平时也要安排时间练琴，不算耽误时间。"

"那就太好啦！"

明潇正要挂断电话，夏桑忽然问道："那个……潇姐，听说周擒在密室出了意外，当时摔得厉害吗？"

"什么？"

"周擒说他从天花板上摔下来了。"

"哈？"明潇不明所以，"他这身手，从来没出过意外啊。"

"可是我那天在医院遇到他……"

这时，电话那边传来一些嘈杂的背景音，似乎有人在说话，过了几秒之后，明潇改口道："哦哦哦！是啊，摔下来了，好家伙！腿都折了！"

"……"

"呃……"明潇也意识到自己演技有点夸张了。

"潇姐，上课了，我先挂了。"

"好的。"

明潇有些忐忑地挂了电话，便看到坐在操控台的赵旭阳翻了个白眼，说道："女人和男人之间果然是没有默契。"

明潇用手机敲了敲他的脑袋："周擒是你哥们儿又不是我哥们儿，我怎么知道你们之间的事？他都好几天没来密室了，又没人提前跟我说。"

"这不是受伤了吗，这几天训练都搁置了。"赵旭阳伸了个大大的懒腰，说道，"眼看着年底便有一场重要的省赛，这会儿受伤，教练把他骂了好一顿。"

明潇关切地问："会耽误吗？"

"不知道，看他恢复情况呗。"

"他平时挺小心啊，怎么会摔了，打球摔的？"

"不是。"赵旭阳摇头，"听说是在一个小巷子，让一辆无牌摩托车给撞了。"

明潇捂嘴惊呼："车祸啊！"

"是啊，幸好他反应敏捷，闪得快，不然肯定撞成残废。"赵旭阳说道，"现在只是膝盖擦破点皮，没什么大问题。"

"人抓到没啊！"

"跑了。"他说道,"黑漆漆的,车牌也没有。"

"他没事就好。"明潇后怕地说,"怎么不小心一点呢?真是的,他可是要靠这副身架子吃饭的人……"

夏桑不知道周擒为什么要骗她,但他既然不愿意说明真相,她便没有多问。

打针之后,感冒很快好转了。

这次生病之后,覃槿果然每天盯着夏桑的微信步数,每天至少得够一万步。夏桑只好每天步行上学和放学,以此来凑够妈妈规定的步数。

周四下午,她背着琴走出小提琴室,准备去楼下的园区活动一下身体。韩熙追了上来,叫住她,鼓励道:"夏桑,这两天状态不错,继续保持啊。"

"好的韩老师。"

韩熙望着她,笑着说:"夏桑,其实你一点也不喜欢小提琴吧。"

夏桑没想到韩老师会这样单刀直入地问这个问题,愣了一下,说道:"我可能……还没有找到喜欢它的理由。"

"没关系。"韩熙拍了拍她的肩膀,"成长的过程,就是不断发现和找到自我的过程。也许有一天,某个时刻,你会忽然发现喜欢它的理由呢。"

夏桑用力点了点头:"韩老师再见。"

"拜。"

她走出了莫拉艺术中心,一直在想着韩熙老师刚刚说的话。有一天忽然喜欢上小提琴,那个理由会是什么呢?

园区西侧的体育区,露天篮球场似乎很热闹。

夏桑背着琴,迈着闲散的步子走了过去,隔着网格围栏,望见了少儿篮球班正在培训上课。穿着花花绿绿篮球衫的小朋友,正在认真地练习着运球和拍球。

周擒穿着雨夜那件黑色连帽的冲锋衣外套,衣袖卷到了手肘处,露出一截麦色的皮肤。他头上戴着鸭舌帽,深邃的眸子掩在帽檐阴影之下,侧脸的轮廓分外坚毅。

他坐在球场边的教练椅上,时不时吹着口哨,扬手指导现场小朋友的动作。

有小朋友抱着球跑到他面前,说道:"周教练,你教我投篮吧,我也想百发百中。"

　　周擒拎了拎裤腿，站了起来。夏桑注意到他步履明显有些不自然，但还强撑着，没让人看出异常。

　　他接过了小朋友递来的篮球，微微屈身，起跳，投篮，动作流畅，一气呵成。

　　篮球在篮圈边滚了几圈，居然掉出去了。

　　小朋友们都惊异地喊了起来："哇！没投进呢！"

　　"这还是周教练第一次投球没进啊！"

　　小孩们奔走相告："周教练没有投进！哇哇哇！"

　　周擒懒懒道："没进就没进，有什么大惊小怪的？"

　　他活动了一下脖颈的肌肉，偏头却看到了站在栏网外那抹纤瘦清丽的身影，背着小提琴盒，对他小幅度地挥了挥手。

　　周擒莫名有点不爽，回头对戴眼镜的男孩说："敖仔，球给我。"

　　那个叫敖仔的男孩连忙将篮球扔给了他。

　　这次，周擒活动了一下身体，动作幅度更大了些，目光如鹰钩一般，死死盯住了篮圈，用力一掷。

　　毫无疑问，篮球自三分线外稳稳地落入了篮圈之中。

　　"好耶！"

　　"周教练水平一直在线的嘛！"

　　"好棒好棒！"

　　不管是小孩还是围观的家长团，都纷纷鼓起掌来，场面一度热闹得堪比赛场。

　　周擒似乎有点不好意思："这有什么好鼓掌的啊？"

　　他回头望向夏桑所在的方向，夏桑也微笑着鼓掌。周擒对她做了个手势，让她不要瞎鼓掌，这属于正常发挥。

　　夏桑鼓掌鼓得更厉害了，白皙的小手都拍红了，跟着小朋友一起喊："周教练好厉害呀。"

　　远处的日落晕染出大片绯红的火烧云，浓墨重彩的背景之下，少年侧过脸，以背影相对于她。几秒之后，没忍住，低头笑了下。

　　为了拼今天的步数，夏桑围着篮球场散步，时而低头看看微信运动，时而又望着周擒。他仍旧挂着懒散的表情，叼着口哨，指挥着小孩们的动作。虽然态度不怎么端正，但是水平在线，所以他带队的小孩们技术普遍高于其他教练组。

终于，清脆的下课铃声响了起来，小朋友们意犹未尽地放下了球，跟着家长们走出了篮球场。

夏桑来到网栏边，周擒也抱着篮球，朝她小跑了过来。

"你别跑！"夏桑连忙挥手，"慢点！"

周擒和她隔着网栏，面面相觑。

他身上还带着运动之后的燥热气息，额间有汗珠滚下来。在夕阳的映衬下，皮肤越发显得麦黄。和这个年纪的少年那种精细养护的白皮肤截然不同，他的身体更像是饱满的麦粒，带着成熟且充满力量的气息。

"腿已经好了。"周擒说道，"没什么问题。"

"我看不像。"夏桑刚刚一直观察着他，他的动作身形明显不像平时那样矫健迅猛，"你肯定带伤上阵了。"

"这么肯定？"周擒抬起下颌，似笑非笑地看着她，"我的身体，你比我更熟悉吗？"

夏桑急道："你胡说什么！"

周擒眼角的笑意弥漫开，很喜欢逗这单纯的小姑娘，喜欢看她面红耳赤着急的样子。

在他们随意聊天的时候，叫敖仔的小子哼哧哼哧地跑了过来，用糯糯的嗓音对周擒道："周教练，你能不能给我一个微信号呢？姐姐说我今天一定要问到。"

夏桑抬头，看到对面操场有个身材高挑的大波浪鬈发女孩，正期待地望着这边。

周擒顺手从单肩包里摸出七夜探案馆的名片，递了过去："这上面有二维码。"

"不要这个！"敖仔双手叉腰，说道，"之前你给过我一个了，姐姐说这不是你的微信。周教练，你今天一定要把微信给我，不然的话，姐姐不会善罢甘休的。"

夏桑见这小朋友摆出了"要不到微信誓不罢休"的架势，于是俯身问道："小朋友，你姐姐为什么不自己来要微信呢？"

"她说如果自己来，周教练肯定不会给的。"

"那如果是你的话，周教练就会给吗？"

"因为我是小朋友。"敖仔指着自己的小胖脸，笑嘻嘻道，"我姐姐说我脸皮厚，丢脸也没什么啦。"

夏桑摇了摇头，严肃地说："小朋友，你告诉姐姐哦，如果想要微信的话，那就要自己来。"

"我姐才不敢嘞。"敖仔摆摆手，小声道，"她就对我凶，其实胆子小得要命呢。"

"那你跟姐姐说，如果连努力争取都不敢，丢脸也不敢，又凭什么得偿所愿，凭什么拥有最好的呢？"

"唔……"敖仔又看了眼周擒，意识到大概今天是要不到微信了，于是噔噔噔地跑了回去，把刚刚的话给他姐姐说了。

夏桑不用看都知道他姐姐会用什么眼神打量她，其实她心里还蛮忐忑的，担心这女孩真的过来，到时候多尴尬啊。

不过那女孩没有过来，而是牵着弟弟，铁青着脸离开了。

夏桑松了一口气，抬眸，却看到周擒目不转睛地盯着她，意味深长。她莫名心虚，说道："看什么？"

他嘴角漾起了好看的笑意："我发现你和我想的，又有些不一样。"

"你想的我是什么样的？"

"我想的你，大概也是不会冒着丢脸的风险，去主动跟人要微信。"周擒随意地玩着篮球，说道，"毕竟你胆子这么小，打针都会哭。"

夏桑撇嘴："我胆子不小的，只是有点怕疼罢了。"

"我和你相反，我最不怕的就是疼。"周擒看着手上的篮球，顿了几秒，说道，"但我胆怯。"

在最阴暗的泥沼中挣扎太久了，他无法承担失败的风险。他要做，就要一击制胜，绝不会剑走偏锋。

"你胆怯吗？我不觉得，我觉得你比我想的还勇敢。"

夏桑那双宛如小兽一般的眸子，看得他嗓口发痒。他不确定她是不是听出了他话里的意思，也不确定她是不是在回答他话里的话，于是岔开话题："你在这儿兜了十多圈了。"

"我在走路呀。"夏桑摇了摇手机，"我妈妈让我锻炼身体，每天必须走够一万步。"

她忽然想到了好主意，扒着网栏道："哎！周擒，刚刚我真该让你揣着我的手机，你的运动量肯定很快就能帮我凑够步数了！"

"你脑子倒灵光。"周擒啼笑皆非，说道，"锻炼这方面，我不可能帮你作弊。"

"你这么有原则呢?"夏桑重新提了提小提琴的肩带,看着落山的斜阳,说道,"我还差五千多步,不跟你瞎聊了。"

"友情提示,走路对锻炼的意义不大,建议跑起来。"

"跑步太累了,一会儿我就没力气了。"夏桑摆摆手,"拜拜。"

周擒手撑在网栏上,迎着夕阳的最后一抹余晖,看着女孩渐远的纤瘦身影。这些年被按捺压抑的那股子不服输的冲劲儿,蓦地又蹿了出来。

明知道不该,明知道不能……但是他就是想!

"桑桑!"他扬起嗓子,远远地喊了她一声。

夏桑回头望向网栏里的男孩,他漆黑的眸底也有大片暮沉的火烧云,那样透亮。

他将篮球从左手扔到右手,嘴角浅浅扬了起来,用懒洋洋却有磁性的嗓音说:"桑桑,想不想打篮球?"

夏桑兜了个圈,从侧面的铁网大门处走进了篮球场。球场内小孩子基本上已经散去了,只有三三两两的几个,还在场外打闹着。

夏桑将小提琴放在篮框下,和他的黑色双肩包放在一起。

"你的腿,真的已经好了吗?"她望了望他遮掩的膝盖,"这才一周不到呀。"

"底子好。"周擒随口道,"以为谁都跟你似的,淋个雨都能感冒。"

夏桑不服气地说:"我也会锻炼好身体的。"

周擒拍着球从她身边跑过,非常挑衅的一个转身,起跳投篮,篮球稳稳命中了篮圈。夏桑赶紧上前捡球,不承想,手都还没碰到篮球,又被周擒敏捷地夺了过去。

夏桑被他挑起了胜负欲,上前阻拦,不过好几次都没能成功。

周擒拍着球,近在咫尺,但她总是没办法碰到他,更别想夺走他手里的篮球了。

几番之后,小姑娘脸颊泛起了燥热的红,胸脯起伏着,气息不平。

周擒时不时带球经过她身边,似故意引诱她来追逐,但又不会让她碰到。

夏桑有些泄气,指着他:"欺负人呀。"

周擒停下来,手里掂着篮球,淡笑道:"技不如人,还怪我欺负你?"

体育竞技这东西，轻易就能把人弄得暴躁又生气。

因为实力悬殊的碾压，让人又不甘心又无能为力。难怪那次一中与十三中的比赛，祁逍会被他的实力碾压到最后动手打人。

就真的很容易无能狂怒。

夏桑小跑了过去，拼尽全力阻拦着周擒，在他带球经过她身边的时候，小姑娘看准了机会，硬是从他手里生生地抠走了篮球。

周擒明显感觉到小姑娘碰到了他的手臂。夏桑浑然不觉，抱着球跑走了，一边跑一边回头，冲他示威："抢到啦！"

周擒抿了一下干燥的薄唇，想说犯规了，但看到她绯红的脸颊洋溢的笑容，他也忍不住笑了下："算你厉害了。"

夏桑跑到篮框下，跳起来投篮。

这一次，力量倒是足够的，篮球碰到了篮圈，只可惜立马弹了回来，险些砸到她。小姑娘"啊"地叫了声，转身便跑，一回头撞到了周擒。

他身上带着运动后的热气，却没有一般男孩子身上那种强烈的味道，很干净。他伸手稳妥地接了球，说道："你这技术，把我整不会了。"

夏桑退开几步，不好意思地说："我是不是犯规了啊？"

"才知道。"

"你又没教我该怎么打。"

周擒将篮球扔给了她："行，那我教教你。"

他走到了她的身后，帮她调整了抱球的姿势。

"投球的时候，膝盖要弯曲。"他用磁性的嗓音轻声道，"起跳，手腕发力。预备，投。"

自然而然，这篮球带着他辅助的力量，竟然稳稳入圈，投进了！

然而此刻，夏桑的心思早已经不在篮球上了。

"不愧是……周教练。"她讪讪地点评，"很有水平。"

周擒走过去捡起了篮球，用玩笑的腔调道："连续两年蝉联幼儿篮球队金牌教练，水平多少有一些。"

"那你平时也是这样教小朋友的吗？"

"那倒不会。"周擒投了个三分球，说道，"小朋友的水平比你稍微高一点，不需要手把手地教。"

"……"

夏桑用手扇了扇风，驱散脸颊躁腾腾的热意，摸出手机看了眼微信步数，九千多步了，这会儿回家差不多就能凑够一万步，顺利完成任务。

她放下手机，对周擒道："我要回家咯。"

"拜。"周擒仍旧起跳投篮，都没有回身望她一眼。

夏桑走到铁丝网栏前，犹豫了几秒，鼓起勇气，回身对周擒道："要不要一起出去啊？"

"不了。"他果断拒绝。

她舔了舔嘴唇，想着他兴许还要再练一会儿，便兀自离开了。

走在园区的绿茵道上，夏桑心里隐隐有点空。她看到身边有几个背着吉他的女孩说说笑笑地走过，才恍然想起来，她的小提琴还忘在了篮球场！

难怪总觉得肩上空荡荡的呢。

夏桑赶紧跑回篮球场，夜幕之下，球场的高照灯已经打开了，她看到篮球场已经没了人。不过篮框下，小提琴还安安静静地靠着他的黑色双肩包，没有丢失。

周擒孤零零地坐在旁边的观众席椅子上，卷起了黑色的裤管，膝盖处包裹的纱布已经完全被鲜血浸透了。他小心翼翼地摘下纱布，用纸巾擦拭着鲜血淋漓的伤口。

地上搁着几个带血的纸团。

周擒俯下身，小心翼翼地擦干净了膝盖周围的鲜血，然后从书包里摸出一包还未开封的纱布、一圈白色的绷带和一支药膏。

他正要拆开纱布袋，袋子一整个被人夺走了。

周擒抬头，却见夏桑面无表情地，很粗暴地撕开了纱布包装袋，从里面取出了一片来。

他脸上浮现稍许错愕："怎么回来了？"

"拿琴。"

小姑娘故意不带任何情绪地回答，很明显是闹脾气了。原因是什么，周擒心里也很清楚，但没有多说。

夏桑拿起药管，将透明状的膏体挤在了纱布上，然后带着很故意的责备，瞥了他一眼。

周擒没敢接她的视线，薄薄的眼皮耷着，望着塑胶地面，不知道在想什么。

两人都不说话，气氛陷入了一阵异样的沉默和尴尬中。

夏桑很轻地哼了一声，将纱布贴在他膝盖血淋淋的伤口处。

药膏带着几分刺激性，周擒的身体明显瑟缩了一下。

"你在密室摔这么惨，明潇姐有给你工伤费吗？"夏桑故意这么问。

"有啊。"

"给了多少啊？"

"挺多的。"

"为了赚钱，伤成这样，值得吗？"

"有工伤费就值得。"

夏桑不满地说："那你陪我打篮球，算工伤还是私伤？"

周擒听到她自创的词汇，不禁笑了下："没见过这么自作多情的。"

夏桑瞪了他一眼。

"即便你不来，我也会练球。"周擒轻描淡写地说，"因为年底有比较重要的比赛。"

"那你还不好好养伤！"

"这个，半月就能结痂，又不是伤筋动骨。"

"……"

夏桑不知道为什么生气，大概是愧疚的心情只能用愤怒来表达。

不然呢，难道用眼泪吗？

不过，周擒的话的确让她心里好过很多了，说道："我扶你出去打车吧。"

"不至于。"周擒将裤管放下来，"又没残废。"

"你能不能别胡说八道！"

他看到小姑娘眸底是真的酝了怒意，默了片刻，妥协道："不乱说了。"

夏桑背起小提琴，走了过来："我扶你出去。"

"真不用，我能走。"

她表情严肃，很固执地坚持。

周擒想了想，然后道："那我去洗个手。"

说完，他撑着腿，很努力地稳住身形，艰难地走到操场对面的洗手间，用凉水冲洗了小臂和手掌心。出来的时候，夏桑已经站在洗手间门口，背靠着一棵枯树，等着他。

寒风吹得她几缕刘海乱飞，露出了光洁的额，皮肤冷白，好似今夜清明的月色。

她郑重地走到他面前，揪住他的袖子，另一只手扶住他。

夏桑扶着他慢慢走出了园区大门，顺手招揽了一辆出租车，将周擒塞了进去。

"师傅，麻烦去火车北站的惠民路。"说完，她不等他回应，关上了车门。

隔着灰色的车窗，夏桑望着周擒，右手小幅度地挥了挥。周擒没什么表情，只是一直看着她，直到出租车缓缓驶了出去，他回头，透过后车窗看着路灯下女孩渐渐模糊的身影。

出租车走了一公里左右，驶下了二环高架，周擒沉声道："师傅，在前面的公交站停吧。"

"不是去火车北站吗？"

"不去了。"

出租车停在了前面的一个破旧的公交站边，周擒下车之后，等了五分钟，等到一辆回程的公交车。

夏桑走到家门口，特意看了看微信步数：9983。

她赶紧原地做了十几个高抬腿，终于凑够了一万的步数，红着小脸推门走了进去。

换鞋的时候，看到鞋柜里堆了一双黑色男士皮鞋，夏桑眼底透出惊喜的光芒，拖鞋都来不及穿上，光着一只脚丫子，朝着半掩的卧室门跑去。

夏且安回来了，他换上了一件高领的毛衣，身形笔挺地站在镜子前。

"爸爸！你回来了！"夏桑像鸟儿似的愉快地飞进房间，开心地蹿到他身边，"国外上市公司那边的事情忙完了吗？"

"差不多了。"夏且安回身抱住了女儿，笑着说道，"让爸爸看看，长胖了没有。"

"长胖了才不好呢。"夏桑坐在他身边，忙不迭地向他报喜，"不过上次月考，我又进步了一名，现在是年级第四了。"

"第四这个数字不太吉利啊。"夏且安刮了刮她的鼻子，开玩笑道，"要么再努把力冲第三，要么就退到第五呗。"

夏桑摆摆手，笑了起来："你都不鼓励我！妈妈最近都一直说我进步很大。"

"成绩嘛，不是最重要的。"夏且安说道，"不要被分数绑架了，爸爸还是希望你能过得快乐些，每天开开心心的。"

"嗯！"

"对了，要劳逸结合，别总是窝在房间里看书，身体也要锻炼起来啊。"

"每天都有坚持运动。"

"对了，爸爸给你带了礼物。"夏且安从桌上取来了一个芭比娃娃的盒子，对她说道，"正版，看看，喜欢吗？"

夏桑看着盒子里的芭比娃娃，有些啼笑皆非，对夏且安道："爸爸，为什么要给我买这个呀？"

"这娃娃不是你最喜欢的吗？"

"小时候是喜欢，可我已经长大了呀。"夏桑说道，"已经不玩娃娃了。"

"没什么嘛！把它拿去放在你的房间里做装饰，你的房间里不是有那么多卡通娃娃，多一个爸爸送的，也不多嘛。"

"好吧。"夏桑收下了礼物。

她房间里的娃娃，其实也不是她自己买的，是周擒抓娃娃技术太好，那次和祁逍斗气，抓了一大堆回来，没地方放，只能全部堆在床头。

夏桑抱着娃娃和他坐了会儿，正要问他这段时间是不是会一直在家里，回头却看到夏且安半开的行李箱，箱子半面整整齐齐叠着衣服。

她迟疑地问："爸爸你是……又要出差了吗？"

覃槿抱着手倚在门边，面色冷淡，鼻息间发出一声轻哼。

夏且安犹豫了片刻，看着女儿期待的表情，终究还是没能说出口。

"是啊，爸爸是要出差。"他嗓音听起来很虚弱，但也只能这样说。

夏桑低头，摸了摸芭比娃娃可爱的大眼睛和长睫毛，良久，说道："其实，你要和妈妈离婚也不用瞒着我，直说就可以了，又不会怎样。"

夏且安咽了口唾沫，艰难地说道："小桑，别胡思乱想，没有的事。"

"那我回去写作业了哦。"夏桑脸上的喜色已然一扫而空了，她很乖巧地拎着娃娃起身走出了房间。

夏且安看了覃槿一眼，带着埋怨。覃槿冷言冷语地说："当爸爸的抛弃亲生女儿，成天不回家，现在还要搬出去和狐狸精住，你也知道说不出口啊。"

夏且安压低了嗓门道："我们两年前就已经离婚了，你不要用那个词来侮辱我的未婚妻。"

"你要走，就走得彻底一些，别隔三岔五地出现，还买什么破娃娃。"

"她是我的女儿，你不能剥夺我看望女儿的权利。"

"你真以为她什么都看不出来吗？"覃槿冷嘲道，"只是不想戳破你这当爹的脸面而已。"

"我的脸面？"夏且安有些上火，"请问我是做了什么伤天害理的事情了？在婚姻存续期间，我没外遇没出轨。覃槿，我们离婚的绝大部分原因都是你，不仅我受不了你，桑桑也受不了你！谁愿意每天回家对着你这张扑克脸！"

两人眼看着又要吵起来了，夏桑用力拍了拍房门："我要写作业了！能不能安静一点！"

两人赶紧闭了嘴，一阵长时间的沉默之后，夏且安拖着行李离开了家。

夏桑听到房门关上的声音，她用枕头将自己的耳朵捂住，闷了十多分钟，然后猛然起身，走到书桌边翻开作业本，努力将自己沉浸在数学的题海中。

很快，房门被叩响了。

夏桑捂住了绯红的眼睛，说道："我在写作业了！不要进来。"

覃槿并没有理会她的拒绝，还是拉开了房门。

夏桑生气地喊道："都说不让进还进来，能不能尊重一下我的隐私，我都不是小孩子了！"

覃槿等她发泄完了，才缓缓说道："夏桑，人生永远是孤独的，没有人能一直陪你，妈妈不行，爸爸也不行，除了你自己。

"所以，让自己变得更强。"

覃槿拉上门离开，夏桑趴在数学练习册上，很不争气地用纸巾擦了擦绯红的眼角。视线所及之处，她看到了周擒的作文本。

上次用这本子来模仿他的笔记，她一直没想起来还给他。她随手翻开了作文本，周擒妈妈的照片从里面落了出来，她看着还是小朋友的周擒被妈妈抱着，脸上绽开幸福的笑容。

"你也是这样吗？一个人长大，一个人努力变优秀。"她用指尖轻轻摩挲着他阳光灿烂的笑颜，嘴角也不由自主地上扬，"要向你学习哦。"

夏桑其实很善于自我调节情绪，在接受了爸爸是真的不会再回家之后，她也慢慢说服自己，把心思全部放在学习上，不要再去想这些了。

大人有大人自己的生活，她做不了主，也管不了，只做好自己该做的事。

周六练了琴，夏桑背着小提琴径直去了七夜探案馆。

之前和明潇约好了，今天下午探案馆承包了一场浪漫而又别出心裁的求婚仪式，她担任了氛围组，要去现场拉小提琴伴奏。

探案馆里一如往常，李诀和赵旭阳他们几个 NPC 趴在茶几上吃外卖，见夏桑过来，几个四仰八叉的男孩连忙正襟危坐，纷纷扬手和她打招呼。

"今天周擒来吗？"

"呵，一来就问他啊。"李诀半开玩笑半嘲讽地说，"这么关心？"

夏桑随手将罐装可乐袋搁在了茶几上，然后坐在沙发边，挑眉看着他们。他们吃麻辣烫正吃得满头大汗，一个个饿狼似的盯着桌上的冰镇可乐。

赵旭阳连忙说道："擒哥养伤呢，多半不来了。"

夏桑拿出一瓶可乐，递到了赵旭阳手里，赵旭阳狗腿地接过了："谢谢人美心善的夏姑娘。"

李诀鄙夷地看了他一眼。

她又问道："他膝盖上那一块擦伤，到底是怎么回事？"

"我知道！"又有一个男孩举起手来，正要回答，李诀踹了他一脚，冷冷道："为什么，还不是因为——"

"你"这个字的发音还没念出来，一身黑衣的周擒带着初冬的寒意，走进了探案馆。他的眸光如刀片般，扫了李诀一眼。

李诀立刻住了嘴，望着天花板，随口道："让我给踹下楼，摔的。"

"你为什么要把他踹下楼？"

周擒坐到了夏桑身边，轻车熟路地拿起一罐可乐，抠开了拉环，喝了一口，淡淡道："闹着玩。"

旁敲侧击打听他，还被他撞个正着，夏桑呼吸都有些不畅了，讪讪地望了他一眼。

易拉罐的拉环扣在他颀长的食指上，指骨微凸起，淡青的血管也很明显。他指尖有一搭没一搭地把玩着拉环，偏头对她道："用这些东西投喂他们，没什么用，不如直接来问我。"

夏桑脸颊微烫，压低声音道："我问你，你就会跟我讲实话吗？"

"是不是实话，有那么重要？"

"不是实话，又何必讲呢？"

周擒仰头喝了一口可乐，擦了嘴角，用淡漠的语气道："社交不都是这样？说一些日常无用的话，真的假的，又有什么好计较的。"

这句话让夏桑心里隐隐不舒服，她说道："如果一句真话都没有，那还当什么朋友？"

周擒笑了，眼神玩味地盯着她："你觉得我们是朋友？"

夏桑攥紧了拳头，在他又要抬手喝可乐的瞬间，揪住了可乐瓶："不是朋友，就不要喝我的东西！"

周擒试图挣开，奈何小姑娘手劲儿还挺大，他也没敢太用力，说道："生气了？"

夏桑板着脸，表情严肃。

"行了，你这大中午，拿小姑娘逗什么趣？"赵旭阳喝了夏桑的可乐，嘴短地说，"夏姑娘，他平时说话就这德行，甭理他。"

"我才不理他呢。"夏桑将他的可乐圈到一边，闷声说，"反正又不熟。"

"夏姑娘……"周擒挑眉对赵旭阳道，"你肉麻不？"

周擒又去拿夏桑手里的可乐，结果被她不客气地拍开。周擒手疾眼快，敏捷地夺过了她手里的可乐，仰头喝了一口。

夏桑气得掀了瓶底一下，结果直接把周擒呛咳了起来，水喷了她一脸。

"……"

"哈哈哈！"

周围一众男生笑得前仰后合，连一向看不惯夏桑的李诀都忍不住笑了起来。

周擒连忙扯了茶几上的纸巾递给她："你练七伤拳啊，伤人一千，自损八百。"

夏桑气鼓鼓地瞪他："我怎么不知道你这人这么烦！"

"你才发现？"李诀挑起眼角，笑说道，"他就这德行，熟了你就知道了，光环是不可能有的。"

周擒也有点歉疚："去洗把脸。"

夏桑带着怒气去了洗手间，用水好好地把自己打理拾掇了一番。

水流哗啦啦地冲着，她感觉身边有人走近了，将洗面奶递到她手边，用低沉的嗓音道："潇姐的。"

夏桑伸手去抓，他便拧开了盖子，在她掌心挤了一截洗面奶。

她用洗面奶搓了脸，眯着眼睛，闷声道："谁稀罕跟你当朋友。"

"是，我这种人……有什么稀罕的？"

周擒的调子懒懒的，很随意。

夏桑冲了脸，再回头，他已经离开了。

她看了看镜子里自己的清丽的面庞，用很低很低、只有自己听得到的声音闷哼了一句："你是什么样的人，又有什么关系。"

下午五点，明潇从门外走了进来，身边两个男人手里提着大包小包的道具。看到他们全员到齐，都在沙发上整整齐齐坐着，她笑道："都来了，挺准时啊。"

"潇姐，人家今天是要求婚，咱们探案馆好歹也要布置一下啊。"赵旭阳环顾四周，说道，"这儿还是保持原状，一点氛围感都没有！"

明潇招呼着大家将道具放入道具室中，说道："你懂什么？客人要的就是出其不意，要是都布置成婚礼现场，都是俗气的粉红气球和玫瑰，人家女孩一进来，肯定就猜到会有事情发生，那还有什么惊喜？"

夏桑连连点头："潇姐说得对，来密室求婚，肯定就是希望有大惊喜啦！"

明潇宠溺地说："还是我们桑桑脑子机灵。"

周擒望了望身边的夏桑："讨好她，能给你多一倍薪酬？"

夏桑不想理他。

李诀又问道："潇姐，等会儿求婚仪式是怎么一个流程啊？"

"等会儿大家还是该干吗干吗，不要表现出任何异常。女主角将由她的几个好闺密引过来，只说要玩密室逃脱，不会让她知道求婚的事情。"

"哇,刺激啊!"李诀兴奋地说道,"所以等会儿会在密室里求婚?"

"嗯,届时求婚的男主角会和咱们的 NPC 一起扮成鬼,把女主角引到我们已经准备好的求婚专用房间里。桑桑你们几个就在这间房间里准备好,当然,也要各自化妆成鬼哦,等女孩吓得惊声尖叫的时候,我这边会在后台操控灯光,男主角脱下扮鬼的道具服,手里拿着玫瑰和钻戒,跪下求婚。"

明潇望向夏桑:"等他现身的时候,你的小提琴音乐伴奏也要响起来哦!"

夏桑连连点头:"没问题!"

周擒笑了下,淡淡道:"点子是不错,但你确定不会翻车?"

"应该……不会吧。"明潇说道,"这个点子是男主角提的啊,他说女朋友特别喜欢玩这类恐怖密室,咱们这一出,肯定能给到很大的惊喜。"

夏桑又问道:"那潇姐,到时候的 BGM,我拉什么曲子呢?"

"《月亮代表我的心》。"

"对于年轻人来说,这首歌会不会太老了呀?"

明潇伸出手指摇了摇:"你们以为今天的男女主角是年轻人吗?才不是!男主角是非常英俊帅气的霸道总裁,年纪大概有四十多了,女主角也三十多岁,我看过照片,是非常性感美丽的姐姐哦。"

"不是吧!"李诀有些愣,"四十多的霸道总裁和三十多的漂亮姐姐,会来咱们探案馆玩,还用这种方式求婚?"

"少见多怪,谁规定密室逃脱就是年轻人的专属?难不成他们这个年龄,就不能拥有青春了吗?这位小姐姐可是我们探案馆的常客,经常和小姐妹过来玩呢。"

"这才是好的生活态度。"夏桑点点头,"不管多少岁,都要保持青春活力!"

"对嘛。"明潇笑着说,"好了,女主角约的是四点场的《校夜惊魂》,这会儿你们跟我去布置求婚的房间。"

夏桑跟着明潇走进了《校夜惊魂》的密室房间里,周擒也溜达着跟了上来。

明潇回头道:"你是《校夜惊魂》的主力 NPC,去换衣服,到其他房间等着。"

周擒嘴角挑起了一抹笑:"腿伤还没好,潇姐不会让我带伤上阵吧。"

明潇打量了他一眼："我看你走路挺正常的啊，你看看你请假多少天了。"

"伤筋动骨一百天。"

"你这是伤筋动骨吗？不就一点擦破皮的外伤。"

"潇姐，他膝盖伤得挺严重的。"夏桑赶紧道，"不好再飞檐走壁到处乱爬了。"

"好吧好吧。"明潇笑着说，"倒是有人心疼你。"

"我不是——"

明潇打断了她的辩解，说道："赵旭阳，你顶周擒的份，其他人跟我进来，求婚现场可有的布置呢。"

夏桑跟着明潇走进了密室里，转过七拐八绕的走廊，来到了一个装扮成教室的房间里。

黑漆漆的环境下，看这一间间教室有点恐怖，但是开了灯之后，便都是正常的房间，一点也不吓人了。

明潇指挥着几个年轻的男孩，拆卸掉了墙上的一些恐怖道具，安装投影设备，在女主角最受惊吓的时候，画面一闪，播放男主角深情表白的录播视频，营造惊喜。

夏桑也去拿道具袋里的装饰小花，准备帮忙张贴，明潇连忙拉住了她，让她去椅子那边坐下来："这些杂事交给他们去做，你就在这儿练练琴，熟悉一下乐谱就好啦。"

夏桑摸出手机，找到《月亮代表我的心》的谱子，拆开琴盒，取出了典雅质感的小提琴，试了试音。

周擒溜达到她身边，拿起了手机，充当她的人形谱架："看得清楚吗？"

"你这样拿着，高度正好。"

夏桑认真记了一下谱子，将小提琴的腮托抵住了下颌，试着演奏出了《月亮代表我的心》的旋律。这首情歌的调子深情而优美，小提琴儒雅的音弦，则将这种深情发挥到了极致。

周擒目不转睛地望着她。

她拉琴的样子很是投入，闭着眼，睫毛轻微地战栗着，五官疏淡而辽远，仿佛山水画中最清淡的那一抹。

试拉的片段结束之后，夏桑睁开眼，又望了望手机里下一段的简谱。

这时，她感觉到男人灼烫的视线落在她身上，抬眸，迎上了他漆黑的眸子，问道："你看着我做什么？"

周擒漫不经心地移开了视线，低头笑了下，嘴角那颗很浅的酒窝又浮了出来。

夏桑感觉到不妙，质问道："这很好笑吗？"

"不是。"周擒勾着笑意，歪头看着她，有点认真地说，"桑桑，你知道你演奏的样子，像什么吗？"

夏桑看着他不怀好意的笑容，以为他又要损她："不想知道！"

"那算了。"周擒继续给她当人形乐谱架。

夏桑拉了几个调子，终于还是停了下来，用脚尖戳了他一下："像什么啊？"

"不是不想知道吗？"

"现在想知道了。"

"但我现在不想说了。"周擒站了起来，转身走出了房间。

夏桑立刻追了上来："周擒，你说呀，你是不是在损我？"

走廊里一片漆黑，她顿了顿，正要退回房间。

黑暗中，少年忽然用低沉而磁性的嗓音，说了一句："像遗落人间的公主。"

夏桑以前也拥有很多洋娃娃，爸爸也总是叫她"我们家的小公主"，不过那都是小时候的事情了。没想到会在周擒口中听到这个。

两人在暗淡的光线下对视了片刻，直到走廊的探照灯全部被打开，光线一下子明亮了好几度。

明潇抱着手臂，无奈地看着这两人："干吗呢！周擒，你小子别趁黑欺负我们桑桑啊！"

"谁欺负谁啊？"周擒说，"这小屁孩脾气还挺冲。"

夏桑宛如鱼儿似的，赶紧从他身侧滑开了。

"潇姐，还需要我做什么吗？"

"客人差不多快过来了，来选一件喜欢的道具服穿上吧。"

"好哦。"

夏桑从侧门走进服装间，挑选着架子上各种扮鬼的服装。

周擒也走了过来，随手拎了一件黑色的幽灵服装，在她身前比了比："这个不错，不用换衣服，披上就行。"

夏桑看着他手里的衣服，黑色披风，白色的鬼脸面具，有点像《千与千寻》里面一直陪伴着小女孩的那个幽灵。她试穿了一下，穿着倒也轻松，面具上有小孔，呼吸非常顺畅。

"拉琴方便吗？"

"不知道，试试。"

周擒将小提琴给她递了过来，夏桑试着拉了一下，她已经记下了谱子，所以拉起来倒也很流畅。

明潇拍拍手，激动地说："客人来了！大家各就各位，准备好，夏桑周擒，你们先到操控室去，随时听我命令！"

"好！"

按照计划，女主角被朋友带过来玩密室，对他们安排的一切都毫不知情，所以前半段还是要正常地走密室流程。求婚的男主角这会儿已经换好了扮鬼的服装，等候在密室中。

距离求婚场景还有半小时的剧情要走，夏桑和明潇他们去了操控室，看着监控视频里几位小姐姐蒙着眼睛，排队进入了密室的第一个房间。

"女主角是哪一个啊？"

明潇指着里面一个身材高挑纤瘦的女人，说道："是她啦。"

女人穿着开衫棒球服，紧身的长裤勾勒着修长的腿，时尚又潮酷。这一看就是很爱玩的姐姐，如果明潇之前不说她三十多岁的话，夏桑是看不出她真实年龄的。

剧情推进到二十分钟后，李诀扮演的丧尸"嗷呜嗷呜"地出现了。他和另外一个NPC前后夹击，将小姐姐们逼到了他们提前布置的走廊里。

明潇看着画面，不满地拿起对讲机，冲李诀喊道："你这演技太浮夸了！叫什么叫啊！你见哪个NPC在密室叫的，太出戏了，一看就是假的！"

画面里，李诀对监控摄像头做了个摊手的动作。

明潇放下对讲机，嫌弃地说："要说专业，还是周擒专业，扮什么像什么。"

夏桑回头望了眼坐在椅子上的周擒，发现他漆黑的眸子，似乎也落在她的身上。

只是在她回头的瞬间，周擒很不自然地移开了视线，若无其事地说："本人靠演技吃饭。"

夏桑意有所指地说："你的确是专业演员。"

三十分钟后，男主角扮演的鬼终于出场了。他穿的是之前周擒的贞子服装，从密室里走出来，吓唬着女孩们。显然他也很不专业，但是密室漆黑恐怖的环境，还是把女孩们吓得惊声尖叫。

"差不多了，桑桑，去密室准备着。"

"好的潇姐！"

夏桑赶紧套上了幽灵头套，拿着小提琴，从狭窄的暗门进入了精心准备的求婚密室里。

密室里还有其他几个"鬼"，各就各位，准备等会儿给小姐姐一个巨大的惊喜。

当然，也有可能是惊吓。因为之前没有承接过这方面的活动，所以效果到底怎么样，他们心里也没底。

密室环境漆黑，夏桑的眼睛还没能适应这样的暗色，护着小提琴摸索着朝前走去。"砰"的一声响，她撞到了身边的一个小桌子。

黑暗中，有一只温热的手掌扶了她一把，带她坐到了角落安排好的椅子上。

很快，房门打开了，女主角被扮鬼的李诀拉了进来，黑暗的房间立刻传来了群魔乱舞的怪叫声。

饶是经常玩密室的小姐姐也被吓得尖叫了起来："啊啊啊！"

"你们这个密室，怎么不按常理出牌！"

"NPC数量超标了吧！"

"别过来，放我出去啊！"

赵旭阳看时机成熟了，打开了投影设备。

正对面的白墙上，一张张男主角和女主角的亲密合影照片开始回闪。夏桑面前站了好几只"鬼"，挡住了她望向屏幕的视线。

见小姑娘探头张望，周擒便扯了身边一只"丧尸"，给夏桑留出一块看热闹的空间。

然而，当她完整地看到照片里男人的模样，顿时感觉喉咙仿佛被铅块堵住了。她死死盯着那个和父亲夏且安拥有一模一样长相的男人。

画面里，有他们在蓝天大海映衬下的海边合影，也有他们在浪漫的摩天轮上拥吻，还有居家时女人穿着围裙的幸福微笑……屏幕播放着他们日常相处的点点滴滴。

她脑子里回想起前两天父母争执时的只言片语，好像有一句，说爸爸妈妈两年前就离婚了。

其实这两年，夏且安回家的次数屈指可数，夏桑以为他们只是在闹矛盾，只是计划着要离婚而已。却没想到，爸爸已经有了组建新家庭的计划，也有了未来想要相伴终身的人。

今天就是他的求婚仪式！

即便在已经离婚的前提下，他有追求幸福生活的权利，但此时此刻，当夏桑看着自己的父亲和一个陌生女人如此美好的点点滴滴，看着他们近在咫尺的甜蜜未来，她只觉得心脏被窒住，快要无法喘息了。就像陷入蛛网里的小飞蛾，无论怎样挣扎，都逃不出去。

李诀见夏桑盯着屏幕发愣，赶紧用手肘戳了她一下，示意音乐应该在此时响起了。

夏桑眼底的泪珠被他这一戳，也跟着滚落了下来。她伸手要擦，却意识到自己现在戴着面具，不会有人发觉。

李诀以为她紧张，急切地冲她比画着，让她赶紧来音乐，千万别掉链子。夏桑木然地拿起身边的小提琴，演奏着那首准备好的《月亮代表我的心》。

伴随着小提琴悠扬而深情的旋律，房间灯光大亮，入眼是满屋的红玫瑰，鲜花将女主角簇拥在房间正中，场景如梦似幻。

女主角似乎也意识到了会有什么事情发生，用手捂住了嘴，不可置信地看着面前穿白色幽灵服的"NPC"。

"你……"

男人单膝跪了下去，将早已准备好的钻戒拿了出来："然然，你是我一生的挚爱，嫁给我吧。"

他开口的嗓音彻底打破了夏桑的幻想。她多么希望摘下头套的是另一个男人，不是她的爸爸。

但是很遗憾，那温柔有磁性的嗓音，曾经不止一次地说过"桑桑是我们家的小公主，桑桑永远是爸爸的宝贝"。

他一生的挚爱不再是妈妈和夏桑，而是另外一个女人了。

夏桑再也控制不住，眼泪决堤而出。

一首曲子结束之后，她又重复地演奏了起来，让如泣如诉的琴声盖住她泪水决堤的声音。她轻微抽泣的身影，也因为小提琴的演奏而变得自然，没有人看出什么来。

幸运的是，对于女主角来说，这次求婚并没有演变成"惊吓"。她同样泪流满面，不过是出于惊喜和激动，幸福地答应了夏且安别出心裁的求婚。

在她开口说出"我愿意"的那一刹，夏桑知道，自己已经失去爸爸了。

众人纷纷摘下了头套，鼓掌欢呼，簇拥着这幸福的一对璧人走出了密室。

夏桑没有动，她还在演奏着。周擒也没有动，微微蹙眉，看着身边的女孩，耐心地等待她演奏完这首《月亮代表我的心》。

他不懂音乐，尤其是小提琴这种高雅的乐器，跟他世俗的生活毫不沾边。但此时此刻，他仿佛能从女孩如泣如诉的调子里听出她强烈的情绪，听出心碎，听出破裂。曲毕，夏桑放下小提琴。

房间顿时陷入无边的寂静中，仿佛刚刚的那一场美好的喧闹没有发生过，只是一场幻觉。

周擒看着面前这个"小幽灵"，眸子里透出几分不解。

明潇走进了房间，笑呵呵地说："客人订了一个双层蛋糕，请我们吃呢！再不出去，那几个饿鬼小子就快把蛋糕瓜分一空了！"说完，她伸手替夏桑摘头套。这时，她的手臂让人挡了一下。

周擒挡开了明潇的手，痞笑着说："潇姐，夏桑肚子不舒服，我带她去上厕所。"

说完，他拉着"小幽灵"夏桑，径直走出了密室，也没有在热闹的大厅停留，朝外走了出去。

身后的明潇不解地喊了声："什么毛病啊，人家上厕所也不用你带啊！"

大厅里人头攒动，女主角正在用刀子切蛋糕，热情地分给在场的每一个人："谢谢你们啊！今天辛苦了！"

"不辛苦，都是应该的。"

周擒带着"小幽灵"，头也不回地朝外走去。"小幽灵"却忍不住抬头，望了夏且安一眼。

　　夏且安满眼幸福地笑着，英俊的容貌散发着前所未有的年轻活力与蓬勃朝气。也许，这才是他想要的生活，而不是那个连夏桑都觉得窒息的家。

　　夏桑心里又开始泛酸了。

　　在她经过夏且安身边的时候，男人忽然叫住了她："你不吃蛋糕吗？"

　　夏桑脚步一顿，没有出声。

　　男人温和地笑了起来："你的小提琴拉得真不错，我女儿也会……"话音未落，他恍然意识到自己不该在这种时候提及自己的女儿，于是止住了话头，诚挚地向她道谢，"今天多亏你了，来吃块蛋糕吧。"

　　夏桑的手紧紧攥成了拳头，周擒已经感觉到了小姑娘身形轻微的颤抖。

　　他回头，对夏且安冷淡一笑，帮夏桑回应道："心领了。"

　　说完，他带着她，大步流星地走出了七夜探案馆。

　　夏桑也不知道自己的目的地在哪里，她就这样一直走一直走，把刚刚的喧嚣和"美好"，全部都甩在脑后。她也没有摘下面具，因为她已经哭得梨花带雨了，不想摘掉面具丢脸。

　　这一路上，不断有人回头，好奇观望。

　　一只扮鬼的"小幽灵"身后，跟着一个背着小提琴的英俊少年，走在热闹的时代广场步行街，这实在很难不引人注目。

　　终于，"小幽灵"在广场的音乐喷泉阶梯边，坐了下来。

　　干涸的喷泉雕塑边有乐队在唱歌，不少人围坐在阶梯边观看表演。音乐旋律悠扬动人，夏桑抱着膝盖，一边听着音乐，默默地流了一会儿眼泪，周擒一言未发地坐在她身边。

　　"小幽灵"抬起头，诡异地看了他一眼。他和这张"幽灵面具"对视几秒，双方都没有说话。

　　小姑娘继续抱着膝盖听音乐，不再掉眼泪了，只觉得心里寂寂的。

　　今晚月光很好，天上隐约能看到几颗星子。

　　"你爸……看着挺年轻。"周擒双手撑着地面，抬头看着夜空，随口道，"比我爸看着年轻多了。"

　　夏桑心头一惊，问道："你怎么知道？"

"我又不瞎。"周擒想了想,说道,"他眼睛跟你很像,而且我听到明潇叫他夏先生。"

夏桑双手环着膝盖,将下巴搁在手臂上:"我爸妈离婚两年多了,好笑的是,我今天才知道这个消息。"

周擒没有回应,大长腿伸直了,斜仰着望天,默不作声地听着她的倾诉。

"那个女人虽然没有我妈妈漂亮,但是她身上的青春活力是我妈妈没有的。"夏桑嗓音里带了浓重鼻音。

"男人,谁不喜欢年轻的?"周擒漫不经心道。

"我不是指年龄,可能我爸也是受不了我妈的控制欲,觉得窒息,才会选择离婚。"

周擒轻哼了一声:"丢弃孩子的父母,不需要任何借口来为他们的不负责任做辩护。"

夏桑的心又隐隐开始泛酸,说道:"我看过你妈妈的照片,夹在作文本里。"

"在你那儿?"周擒微微一惊,望向身边的女孩,"我以为丢了。"

"小幽灵"用细柔的嗓音问:"你也经常想她吗?"

周擒从来不和别人谈论这件事,但今晚,他有了开口说话的欲望。大概是因为她戴着面具,像个夜雾中的幽灵,可以让他无所顾忌地敞开心扉一次。

"前几年想过,现在不想了,因为习惯了。"他的嗓音宛如乐谱上的低音符,很有磁性,"想也没用,不如多挣点钱,把自己的生活过好。"

夏桑见他愿意开口,便又问道:"那你脸上的疤,是怎么回事呢?"

周擒冷冷一笑:"这是有点屈辱和血腥的故事,你要听吗?"

"你说,我就听。"

"算了,不想说。"他呼出一口冷空气,摇了摇头,不想用沉重的过去压着她。

夏桑很乖地没有追问。

两人沉默地听着音乐,看着广场上人来人往。

这时,有个穿着羽绒服宛如小棕熊一样的小孩跑了过来,举起手里的玩具枪,对着幽灵装的夏桑,不住地"嗒嗒嗒",嘴里叫嚣着:"打怪兽了!打怪兽了!"

夏桑虽不和这小孩计较，但周擒一把夺过了小男孩的玩具枪，很不客气地让他走。

他嗓音低沉，带着几分威胁的调子，再加上他凶神恶煞的眉下疤痕，很吓人。

小孩哭着跑开了。

周擒向来脾气不太好，虽然时常笑着，但笑容都带着冰碴子，冷冷的。

夏桑怕小孩去跟父母告状，父母找他麻烦，于是道："周擒，你去给我买根雪糕吧。"

"这大冷天，吃雪糕？"

"忽然想吃。"

"但我不想动。"

"求你了。"

"等着。"周擒朝着灯火通明的商城走了过去。

夏桑摘下了幽灵面具，装进了书包里。

果然没一会儿，小孩便带着父亲走了过来："凶我的坏人就在这里，他身边还有一个坏鬼！"

男人半信半疑地跟着他："哪里有鬼啊？"

小男孩狐疑地望了夏桑一眼，似乎也很难把这个漂亮姐姐和凶神恶煞的"坏鬼"联系在一起。

"姐姐姐姐，你刚刚看到一个坏人和一个坏鬼吗？"

夏桑微笑道："我一直坐在这里，哪有鬼啊，小朋友？"

"不对！刚刚明明有坏人！"

小男孩的父亲皱起了眉头："你怎么还撒谎呢？"

"我没有撒谎，没有撒谎！"小男孩哭着追上了爸爸，"真的有鬼和坏人。"

夏桑嘴角的笑意渐渐淡了下去。

她厌烦了温柔地对待这个世界。

有时候像他一样，让心变得像石头一般粗糙坚硬，未尝不是对自己的善良。

周擒并非不懂温柔，他只是不会随便对人温柔。譬如此时，他站在路口，街道一边是便利店，另一边是商城的冰激凌门店。

他驻足片刻之后，朝着门店走了过去。

店里人不多，糖果色的装潢，灯光打得非常梦幻，音响里放着欢快的圣诞乐曲，给人一种甜蜜幸福的氛围感。

冰激凌都不便宜，周擒抬头看了眼壁挂的招牌套餐价格。

这价位……

他忽然觉得自己走进这家店有点傻，抽回黯淡的视线，转身走出了店门。走到门边，看着门口张贴的新款甜品海报，周擒又顿住了脚步。

一刻钟后，他提着包装精美的冰激凌回到广场的音乐喷泉，女孩之前坐的位子却空空如也。她已经离开了。

周擒踮着脚，懒散地坐下来，拆开了那盒并不便宜的冰激凌。粉红色的草莓球和淡黄的香草球，下面是水果垫底，奥利奥粉末撒在周围。

周擒看着它，自嘲地笑了下。

周擒用塑料勺舀了一勺冰激凌，扔进嘴里。从来没有尝过这么甜的味道，不仅是甜，还有种说不出的满足感。

贵，是有贵的道理。

"周擒，你给我买的雪糕呢？"

听到这个声音，周擒愕然抬头。

夏桑背着小提琴站在他面前，皮肤被寒冷的夜风吹得越发白如飘雪，眼角还带着微红的泪痕，却也越发显得楚楚动人。

周擒叼着勺子，愣了一下，默默地把手里的冰激凌递过去——

"试了下，没毒。"

"……"

夏桑走过来，看了眼冰激凌盒，说道："你这是为了不让我给你钱，所以自己先吃了吗？"

"必然不是。"周擒摸出了手机，"扫码还是现金？"

"你都吃了！还想让我给你钱？"

"我只吃了一勺。"周擒叼着勺子，将冰激凌盒递给了她，"第二勺还没开始挖，干净的。"

夏桑看到粉红色的草莓球上的确只有一个勺印，于是接了过来。他又递来了另一只包装好的黑色勺子。

夏桑边走边吃着，玩笑归玩笑，她还是问："多少钱啊？"

"五百。"

她无语地看了周擒一眼："帮我跑一趟，你就要净赚好几百的跑腿费？兔子还不吃窝边草呢！"

周擒双手插兜："当然，也不只是跑腿费，还有我陪你吹了这么久冷风的安慰费，以及赶走熊孩子的保镖费。"

"你休想，一分钱都没有！"

夏桑气呼呼地说完，径直上了一辆公交车，回头冲他吐了吐舌头。

周擒站在路边，望着车窗玻璃里渐渐模糊的女孩的脸庞，一直到公交车开出很远，他低头笑了起来。

两周后的平安夜，莫拉艺术中心西侧的音乐厅举办了一场圣诞音乐会。

现场观众都是南溪市上层名流和音乐圈的知名艺术家，这场音乐会演奏了柴可夫斯基的《悲怆交响曲》、迪尼库的《云雀》等世界名曲。

夏桑知道能和这样一支在国内外享有盛誉的乐团合作演出，机会难得，所以也有用心准备和练习。

她有一段小提琴的独奏，精湛的技法和深情动人的情绪，赢得了满堂的喝彩。观众席的韩熙望着她，激动得眼底渗出泪珠，她已经多少年没见过这么有天赋的学生了！

唯一可惜的是，她对小提琴的热情不大。否则，她会在艺术的世界里，闪闪发亮。

覃槿因为年底的教务工作繁忙，尤其圣诞夜要特别盯住学生别闹过火，所以没办法观看夏桑的音乐会，不过她有特意叮嘱韩熙老师，让她录一段视频发给她。

虽然覃槿没时间过来，但夏且安来了。在表演结束之后，他来到后台，找到了刚刚卸完妆的夏桑。

"桑桑，表现得太好了！老爸太为你骄傲了！"

夏桑表情淡淡的，没有再像往常那般对父亲撒娇，只说："反正尽力了，妈妈应该也会满意。"

"你啊，就是被你妈妈逼得太厉害了，孩子的天性都没了。"

"我不算孩子了吧。"夏桑看了他一眼，"已经懂事了。"

夏且安没再继续这个话题，走过来揽着她，说道："今晚平安夜，等会儿老爸带你去吃西餐，庆祝演出的成功。"

"不了。"夏桑摇了摇头，"我不想吃西餐。"

夏且安看着女儿反常的表现，微微皱眉，说道："桑桑，是不是你妈妈对你说了什么？"

"没有啊。"夏桑将小提琴收回琴盒，"我先回去了，拜拜。"

夏且安明显察觉到女儿对自己的态度不对劲，说道："桑桑，爸爸今天特意放下工作来看你，如果是妈妈对你说了什么，你也要辩证地来看，你知道你妈那个人她就是很——"

话音未落，夏桑忽然取出了小提琴，拿起拉杆，望着他的眼睛，拉奏了一段旋律。夏且安胸口宛如被重锤击打了一下，脑子"嗡"的一声，险些站立不稳。

她演奏的正是那首《月亮代表我的心》。

走廊的灯光通明，明晃晃地照出了父亲脸上的愧疚与不安，他的眼神闪躲着，也不敢和夏桑的视线接触，只侧着头叹了口气："桑桑，我和你妈妈已经离婚了，和孙阿姨也是离婚一年之后才认识的。"

夏桑背着小提琴，手揣在宽松的裤兜里，漫不经心地"嗯"了声。她其实对这些并不感兴趣。

他们认识得早认识得晚，又有什么所谓，他已经做好了奔赴新生活的准备。从此以后，她的父亲便属于另一个女人了，也即将拥有自己的家庭，还会有小孩……

她也将再没有爸爸了。

夏桑感觉心脏在胸口沉重地跳动着，耳膜宛如风箱一样鼓噪着，什么都听不进去了。

夏且安看着女儿苍白的脸色，知道她在责怪自己，着急地说："桑桑，我是真的受不了那个家了，你也不是不知道你妈妈是什么个性，谁能受得了啊！"

夏桑咬牙，抬起微红的视线看着他，像个被抛弃的孩子："我比你更知道那有多窒息，但每次我都想着也许爸爸回来，一切就会好起来。因为以前每次爸爸回来，妈妈都会变得温柔一些。可是不知道从什么时候开始，我的家渐渐变得不再像以前的那个家了。"

"桑桑……"

"后来每次你回来，你们永远都在相互责备、吵架，你说她是控制狂，她说你没有责任心。好像你们婚姻最大的不幸，就是因为有了我，是我让你们陷入这痛苦的深渊，是我让你们不能奔赴更好的生活。"

"桑桑，不是这样……"

夏且安话还没出口，夏桑已经背着小提琴，大步流星地走出了音乐演奏厅大楼，沿着曲折的回廊，朝门外走去。

周围不断有人朝她道贺，熟悉的面孔，陌生的面孔，在夏桑眼中都变成了模糊的一片，她用衣袖擦掉眼角氤氲的水雾，一口气跑到了艺术中心外面的僻静花园，取下了肩上沉重的小提琴，用力扔在了花圃里。

"我讨厌你们！"在无人的地方，她尽情发泄着汹涌而来的情绪，"我讨厌你们所有人，讨厌小提琴！"

身后传来很轻很轻的一声嗤笑。

她狼狈回头，却看到周擒坐在欧式建筑的回廊栏杆上，一双大长腿凌空悬着，仍旧是那副漫不经心的神情，勾着点懒散的笑意，歪头看着她，不知道看了多久。

夏桑气闷地问："你坐在那里干什么？"

"篮球课结束，看到外面音乐会的海报，过来听听。"

"你听得到吗？"

"听到了。"周擒跳下一米多高的廊台，长腿稳稳落在松软的花园泥土上，"听到钢琴、大提琴、架子鼓……"

夏桑忍不住笑了一下："没有架子鼓！怎么可能有架子鼓，你怎么听的！"

周擒踱着步子，走到她身边，故意问道："为什么没有架子鼓？"

"这是交响乐，又不是摇滚乐。"

"哦。"他弯腰，捡起了地上的小提琴盒，脱下自己的衣服，掸了掸上面的泥土灰尘，说道，"表演失误了，拿东西撒气？"

"才不是。"夏桑闷哼，"你没有听到小提琴的演奏吗？有一段独奏很成功。"

"我听到了。"周擒深深地望着她，"我知道那是你。"

夏桑才不相信他的话，一个能从交响乐里面听出架子鼓的家伙，怎么可能听出她的独奏。

"吹牛。"

周擒也没打算和她争执，走到她面前，柔声问："到底怎么回事？"

"遇到我爸了，本来没打算拆穿那天求婚的事，但是不知道为什么就……"她看着周擒手里的小提琴盒，置气地说，"我真的讨厌小提琴，讨厌《月亮代表我的心》，讨厌回家，讨厌学习……"

周擒听着这孩子气一般的话，倒是低头笑了："这么多讨厌的，有喜欢的吗？"

夏桑下意识便要否决，周擒却没有给她这个机会，若有所思地说："我知道你喜欢什么。"

她好奇地望向他，反问道："我喜欢什么？"

周擒漆黑的眸子望着她，没有说话。

正在这时，一片白如鹅毛般的雪花飘到他的睫毛上。夏桑惊讶地抬头，看到了今年的第一场初雪。

在他眼中，纷纷扬扬，美得不似人间。

他笑了起来："下雪了。"

"是啊，下雪了。"

夏桑理了理自己的衣领，却又被他拉着，快速地朝着园区外走去。

"去哪儿啊？"

"带你去一个地方。"

周擒带着夏桑来到了南溪市有名的石扬桥。

夏桑看到"石扬桥"三个字，本能地顿住了脚步。她在南溪市生活了十几年，自然也知道石扬桥。

周擒走上了石拱桥，回头望向桥畔驻足的女孩，溜达着步子，又踱了回来，走到她身边："别怕，有我在。"

夏桑跟在他身边，安心了很多，穿过了石拱桥，来到了青石板铺就的步行街。

头顶便是遮天蔽日的黄葛树，石板路上漫着青苔，街道两边有各种清吧酒吧，门边有绿植和栅栏环成的小院子，不少人坐在院子里喝酒听歌，空气中弥漫着慵懒颓靡的调子。

这里并不是夏桑想象中的那么混乱。

周擒带夏桑来到了一家名叫"老船长"的店门口，明潇和李诀他们就坐在院子玫瑰花栅栏边的雕花椅上，见周擒过来，明潇扬手招呼："快来，就等你们了！"

周擒带着夏桑坐过去，踹了踹李诀的椅子，李诀骂骂咧咧地让了座，给他们留出了两个空位。

看到明潇，夏桑安心了很多，笑着问道："明潇姐，你们都在这里玩啊？"

"是啊，今天圣诞节，店里休假一天，请他们过来放松。"说着，明潇将点好的鸡尾果酒递到了夏桑面前，"尝尝，这是他们的新品，很好喝哦。"

这酒刚递过去，便被周擒颀长的双指推到边上："她不喝这个。"说完，他打了个清脆的响指，对服务生道，"来杯可可，热的。"

"稍等。"

天色渐沉，雪花纷纷扬扬地落下来，在热闹的气氛中倒也不觉得冷了。

大家相互玩笑着，聊着天。夏桑安安静静地倾听着，听他们说着密室遇到的客人的各种奇葩行径，听他们说篮球队训练的时候发生的趣事，吐槽某某教练的作风专横等，倒也津津有味。

周擒倚着花园椅，一只手搁在桌上，另一只手把玩着小巧玲珑的玻璃杯。

周擒话也不多，时不时插几句话，和李诀他们开玩笑。

"老船长"的院子一角，有驻唱乐队在表演。周擒拆开了夏桑的琴盒，取出那柄枫叶红的小提琴，拨弹着琴弦，仔细检查了一遍："刚刚没摔坏吧？"

夏桑扫了小提琴一眼，知道琴盒都有缓冲区，不会那么容易摔坏，她闷闷道："无所谓，坏就坏呗。"

周擒似乎挺在意这把琴，拿出了拉杆，学着她拉小提琴的样子，将托腮对着下颌，胡乱拉了几个调子。

他压根儿不会玩，乱弹乱拉。

夏桑捂住了耳朵："好难听呀！"

周擒似乎认了真，端起架势，闭上眼，专注地拉着琴。他手指颀长漂亮，按着琴弦，侧脸对着琴弓，线条凌厉而分明。抛开他胡乱拉出来的调子，单就他拉琴的样子来看，透着一股无与伦比的优雅气质。

夏桑嘴上嫌弃着，目光却无法从他身上抽离。

李诀和赵旭阳几人捂住了耳朵，笑着说："太难听了吧！"

"我耳朵要爆炸了。"

周擒似乎被挑起了兴致，将小提琴塞到夏桑手里，拉着她来到驻唱乐队所在的台边，给了他们二十块钱："我要唱歌。"

驻唱歌手非常愉快地把自己的位子让给了周擒。周擒坐到了高脚凳上，调高了话筒。

夏桑拿着小提琴，局促地站在他身边，低声问："你这是干什么啊？"

"唱歌。"

"你好丢脸哦！"

"给我伴奏，陪我一起丢脸。"

"才不！"

周擒却自顾自地唱了起来。

"……"

别说，他虽然拉琴拉得一塌糊涂，但是唱歌是真的不赖，音色干净，调子很稳。他挑着下颌，她只能拿起小提琴，应和着他的歌声，拉出了悠扬的调子。

周围的客人都被他们这一段特别的表演吸引了目光。

俊男靓女的组合过于抢眼，再加上两人一个唱腔在线，另一个小提琴技艺也是精湛而高超，配合起来竟天衣无缝。

周擒坐在高脚椅上，一条腿随意垂着，另一条腿屈在椅子横杠内，灼灼的目光却只望着身边安静演奏的女孩。

夏桑渐渐地开始全情投入为他伴奏。

明潇赶紧摸出手机给两人拍照录像，周围客人鼓掌叫好，甚至内屋的客人也纷纷出来观望。

终于，一曲完，夏桑睁开眼，迎上了周擒似笑非笑的目光。她的心脏隐隐地躁动着。从来没有想到，自己会在这种场合演奏，更想不到会给面前这个人伴奏。

台下还有人在吆喝着，让他们再来一首。

周擒问她："再来一首？"

"好啊。"夏桑爽快地同意了，"你要唱什么？"

"我会唱的多了，但你会弹的就不一定了。"

夏桑心想也是，她学的都是古典乐，很少用小提琴拉流行歌曲，偶尔学了几首，被妈妈听到了还会挨骂。于是她又架起琴，拉了《起风了》的前奏，问他："会吗？"

周擒笑道："太会了。"

夏桑闭上了眼："来吧。"

周擒的嗓音纯粹干净，唱着这首歌，情绪和刚刚不太一样，漆黑的眸子里似乎多了很多东西。他背靠深渊，满身阴霾，却仍旧赴汤蹈火地奔向光明。

夏桑抬眼望向他，仿佛找到了过去丢失的东西。

如此张扬，又如此热烈。

夏桑低头浅浅地笑了起来，嘴角绽开了一个清甜的小梨涡。

"周擒，我好像有点喜欢小提琴了。"

年初的期末考试在即，南溪一中的同学们开启了疯狂的拼搏模式，有早上五点就到学校的，结果崩溃地发现四点来的同学已经吃完了早饭，英语作文都背完了一篇。而学校的自习室也把开放时间推延到晚上一点。

夏桑虽然没有拼成这样，但也绝对不轻松。每个人都在冲破头地往前挤，她混在其中，很难不被潮流所裹挟。

小提琴私教班暂时停课了，她把全部的时间和精力用在了应对期末考试上面。

放学的时候，班长走到夏桑靠窗的位子边，示意她打开窗户，有话要讲。

班长姜琦明个子很高，快接近一米八了，长得也是英俊秀气，戴着方框眼镜，气质儒雅。

夏桑打开窗，他对她说道："夏桑，你晚上要去自习室占位子吗？"

"当然啊，不过位子太抢手了，要早点去。"

姜琦明扶了扶镜框，掩饰住了眼神中的忐忑，对她说："我知道校外有一家自习室，付费的，不贵，一次十五块，环境比咱们学校的自习室好得多，还有咖啡和茶叶免费喝，要不要一起去啊？"

夏桑每天很早去自习室占位子，还经常占不到。她听到姜琦明说收费自习室环境清幽安静，是独立桌，而且还有单人隔间，不免有些意动，于是问身边的贾蓁蓁和段时音："班长约去外面的收费自习室，去吗？"

"去啊！"段时音转头，喜悦地说道，"班长上次考了年级第二，有他和桑桑两位护法在，咱们期末考试就有指望了！"

贾蓁蓁也笑着说："行，去！"

姜琦明看出来了，要是不带夏桑的两位闺密，恐怕也约不到她。

"那行，我现在打电话去预约位子。"

"麻烦你了。"

"别客气。"

姜琦明面带喜色地离开后，贾蓁蓁凑到夏桑耳边，说："我看班长好像很照顾你哦。"

"是是是，在你眼中，谁都对我很好。"

"本来就是嘛，你看他刚刚积极的样子。"

段时音回头道："我倒觉得，班长很有可能是忌惮我们桑桑，害怕期末考试被她赶超，所以约她出来上自习，观察她究竟是怎么学习的。"

"你们都年级前五了，要不要这么拼啊！"

夏桑说道："咱们学校这些人，真的太恐怖了，年级前五也很危险，随时有黑马冲上来取代我们。"

贾蓁蓁摇着头："高手的世界，我等凡夫俗子诚然无法理解。"

因为晚上不用去自习室占位子，夏桑和贾蓁蓁她们终于可以不用紧赶慢赶、狼吞虎咽地吃晚饭了。

自习室和学校隔了一条马路，在马路对面的公寓楼里，四面落地窗，宽敞明亮，每个位子的座位上都有绿植和台灯。

夏桑开了一个四十块的包间，四个人正好每人十块钱，还比单人收费更划算。

一直学习到晚上十一点，班长姜琦明都不见踪影。

第二天，段时音把姜琦明叫了过来，不满地说："班长，怎么回事啊！不是说好一起上自习吗？你昨天放我们鸽子啊，我们还特意给你留了座呢！太不讲信用了吧，你这样以后谁还跟你约自习啊！"

姜琦明显然没有了昨天的精神头，战战兢兢地朝祁道的位子望了眼，说道："以后你们不要找我了，就当我昨天脑子抽风！我不会再约你们上自习了！你们也不要和我说话！"

　　段时音不满道："我们招你了？明明之前是你来约我们的，怎么像我们胁迫你了？"

　　祁逍这时候也转过身，指尖转着笔，笑吟吟地看着姜琦明。他被吓得魂不附体，赶紧说道："没有谁胁迫谁！反正我惹不起你们，放过我行不行，我只想好好高考！我惹不起你们！"

　　这话直接戳了段时音的肺管子："你今天还非得把话说清楚了不可！我们姐仨怎么惹你了！"

　　夏桑看到姜琦明脸色煞白双肩颤抖的样子，知道他这会儿内心肯定恐惧到极点了，她拉了拉段时音，说道："姜琦明，我们以后不会和你说话了，你没必要这么害怕。"

　　姜琦明深深地看了夏桑一眼，眼底透着几分委屈和不甘，终究还是叹了口气，转身回了自己的位子。

　　"这可真是奇了怪了。"段时音皱着眉头，狐疑地说，"班长平时好端端一人，没见这么神经质啊！哼，下学期竞选，我不会投他票了。"

　　夏桑也是一头雾水，不过期末考试在即，她也没有心情去深究，两节紧张的复习课之后，便把这件事抛之脑后了。

　　下午自习课，贾蓁蓁却在闺密群里发了一条消息："亲们，我打听到事情原委了。"

　　段时音回头望了她一眼，回道："什么原委不能当面说，非得神秘兮兮地发群里啊？"

　　贾蓁蓁："主要是你看姜琦明这么害怕，我也有点怕啊。"

　　夏桑："所以到底是怎么回事？"

　　贾蓁蓁："我听班长的同桌说，昨天放学后他进了男厕所，出来就跟丢了魂儿似的，脸色惨白，看起来被吓得不轻啊。"

　　段时音："这么玄乎？听着跟闹鬼似的。"

　　贾蓁蓁："有人看到祁逍也从男厕走了出来。"

　　段时音："他不会把班长揍了一顿吧！"

　　贾蓁蓁："姜琦明不像挨揍的样子，我估计就是威胁了一顿，把他给吓着了吧。"

　　段时音："桑桑，你看这……"

　　夏桑："别说了，班主任在外面。"

　　两个女孩望了眼窗户，看到班主任何老师就站在窗外，阴森森地看着她们。两人赶紧放回了手机，不再谈论这件事。

因为知道事情很严重，也拿不准夏桑的主意，所以她们也没有外传，只当不知道。

放学后，夏桑坐在公交车上，给姜琦明打了个电话。

姜琦明战战兢兢地接了电话："我……我说了，你不要再找我了……"

"姜琦明，现在我一个人，没人知道我给你打了电话。"夏桑平静地说，"你老实告诉我，祁逍对你做什么了？"

电话那边沉默了几秒，然后忙音传了过来。

夏桑不依不饶地又给他打了好几个电话过去，最后姜琦明终于接了电话，嗓音近乎崩溃了："夏桑，求你了，你放过我行不行，我真的不想退学！我只想好好参加高考！你别找我了行不！"

夏桑立刻说道："你放心，我不会找祁逍让你为难，但我需要知道真相。"

姜琦明顿了一下，说道："你必须保证，不去找他！只当自己不知道这件事！"

"我保证。"

姜琦明松了口，说道："祁逍的确找我了……"

"他打你了吗？"

"这倒没有。"姜琦明颤声道，"但是他……他说如果我再接近你，就把我赶出南溪一中。"

"他凭什么赶你走！"夏桑气笑了，荒唐地摇了摇头，"他有什么权力！"

"他说以前……以前也有人不识好歹，跟他作对，结果现在很惨，没有一所重点高中敢收他，如果我不信邪，可……可以试试。"姜琦明颤声说道，"我知道他家条件好，我不想惹这种人，夏桑，你千万不要把我们今天的谈话说出去，如果他知道我跟你告了密，我会完蛋的！"

夏桑气得快握不住手机了，但她答应了姜琦明，便不会食言："你放心。"

姜琦明知道夏桑是很靠谱的人，所以很相信她，也发自内心地叮嘱道："祁逍他不是好东西，你别被他表现出来的样子蒙蔽了，以后读大学，一定离他远一些。"

"谢谢,我会的。"

夏桑答应姜琦明守口如瓶,果然祁逍也没有再找姜琦明麻烦了。

日子仍旧一天天地这样过去,他偶尔过来找夏桑说几句话,但不会有太过分的举动,在她面前仍旧保持之前积极阳光的人设。

夏桑演技还算不错,没有让他看出什么端倪来。她一开始是愤怒,但是后来发现,愤怒并没有用,她连给姜琦明讨回一个公道都做不到。

她很想把这件事告诉覃槿,让她想想办法。但是转念一想,即便告诉了覃槿,她又能做什么呢?

覃槿有几次都想把祁逍调出火箭班,一则每次考试他的成绩都够不到火箭班门槛,按照南溪一中的规则,早该离开火箭班了;二则覃槿也不想让他影响夏桑。

但她似乎无能为力,正如祁逍所说,只要他不想走,任何人都不能勉强他。

渐渐地,夏桑开始有点害怕了。

她唯一能做的,就是不动声色地,先把期末考试这一关顺利渡过,寒假便可以暂时远离他了。

清早六点,晨昏线分割天际,东方蒙蒙显出几分微亮,街道边的路灯没有熄灭。

夏桑一边竞走锻炼,一边叼着包子,手里还拿着单词本记忆着。一心多用,已经是南溪一中的学生拥有的日常技能了。

有人吹着口哨骑着自行车从她身边掠过,带起一阵清晨的薄荷风。

夏桑抬头,看到少年一个漂亮的回车漂移,单脚撑地,停在了她面前。即便现在已经入冬了,他仍旧只穿了一件看起来比较单薄的高领毛衣。挺拔健壮的身材,任何衣服都能穿出少年气。

"你们学校竞争成这样了?"周擒挑眉望着她,"一边吃东西一边锻炼,也不怕噎着。"

夏桑没想到会遇见他,腮帮子还鼓着,努力吞咽了嘴里的包子,正要说话,低头看了眼手里的韭菜馅儿酱肉包,味儿还挺重。

她顿了顿,还是决定不说话了,仍自顾自往前走。

周擒骑着车追上了她，像温柔的晨风一般，陪在她身边。

"怎么，学傻了你？哑巴了？"

夏桑用衣领捂着嘴，囫囵不清地对他说："没有，现在不方便讲话，你快走吧。"

周擒看着小姑娘傻乎乎的样子，似乎明白了她是怕吃了包子有味道。他低头笑了下，从书包侧面的兜里拿出一盒柠檬薄荷糖："伸手。"

夏桑乖乖伸出白皙的手掌。

周擒倒了两颗薄荷糖给她，夏桑摇摇头："还要。"

他又添了两颗，一共四颗，夏桑一口吞进嘴里，这才稍稍好些。

周擒说："现在能讲话了？"

"嗯，你要讲什么？"

"你偶像包袱还挺重的。"

"不应该吗？"夏桑觉得这是出于礼貌。

他推着车，走在她身旁，懒散地说道："应该，当然应该。"

夏桑看到天际渐渐有了微光，路边不少早餐店这时候才刚刚开门："你也这么早去学校吗？"

周擒淡淡"嗯"了声，说道："我也要加紧训练，寒假代表学校去东海市参加一个比赛。"

"什么比赛啊，篮球赛吗？"

周擒点头："全国性质的，对运动员生涯还蛮重要，将来大学招收体育生，这个比赛也会是考虑条件。"

"哇！那你一定要赢！"

周擒微微侧头，自信地笑了下："我从来没输过。"

这句话一下子击中了夏桑，她又想到了新菁杯那一沓厚厚的奖状。

是的，他从来没输过。他曾是她无论怎样努力都无法赶超的存在。

"真好啊，为自己喜欢的事努力着。"

周擒却毫不犹豫地说道："不是。"

夏桑愣了愣，却听他答道："我和十三中很多学生一样，走投无路，才走上这条路。"

她的心猛地颤了颤，但她知道，他和他们不一样。什么样的走投无路，才会让他走上这条别无选择的路呢？她想继续追问，但是她知道周擒肯定不会继续说了，而且现在也不是谈心的好时机。

夏桑低头看着地上青石板的路，说道："既然选择了，就一条路走到底。不管哪条路，你都不会输。"

朝阳从既白的东方渐渐冒出头，霞光四射，周擒漆黑的眸底也隐隐有了光："当然。"

他决不会输。

夏桑又问："是什么时间啊？"

"怎么，你要来看我比赛？"

"我才不去呢，东海市那么远，坐飞机都要好几个小时，我要忙复习，哪有时间。"

"是很远。"

"不过，如果有电视转播的话，我可以打开电视机看一下。"

"应该不会有电视转播。"周擒想了想，还是说道，"在一月二十三、二十四号这两天。"

夏桑点了点头，不再言语，手里拎着的包子袋也渐渐凉了。

"对了，你腿好了吗？"她忽然想到一个很重要的事情，问道，"会不会影响比赛？"

"已经结痂了，不会影响，到那个时候，痂都会掉了。"

"我能看一下吗？"

他笑了，停了下来。他将自己的裤腿卷上来，露出已经结痂的膝盖。

"这样就好了。"夏桑终于放下心来，"你以后小心些，运动员就是要注意身体啊！"

"好啊，答应你。"

"不需要答应我，答应你自己就行。"

快到学校门口，两人都不自觉地放慢了步伐。因为不常遇到，如果没有特别的事，更不会约见面。所以能在路上遇见的机会，就显得尤为珍贵。

这时，夏桑忽然看到一辆黑色的轿车从他们身边驶过，速度不快，停在了红灯前。她认出了那是祁逍家的车，因为那辆车的外形一看就给人一种价值不菲的感觉，所以即便只看过一次也能记得。

夏桑看着那黑漆漆的车窗，想到了班长姜琦明。她以前觉得和祁逍是可以像普通同学一样相处的，但现在，她已经有些怕他了。

是那种没有人可以帮她的害怕，是漫无边际、不知所措的害怕。因为她很有可能因为自己，害得身边其他人陷入难堪的局面。

姜琦明就是活生生的例子。

夏桑紧张了起来，不知道祁逍有没有看到路边的他们，但无论如何，她不能让姜琦明的事情在周擒身上重演。

对姜琦明，她可以大大方方、问心无愧，只要不联系就好了。但是对身边的少年，她无法不心虚，也做不到问心无愧。

夏桑加快了步伐，一路小跑着，往校门口跑去。

周擒骑上自行车追上她："跑什么？"

"你别跟着我了！"

周擒不明所以："你这丫头，怎么变脸比变天还快？"

夏桑不住地用余光去扫马路上的那辆黑色轿车，对方似乎也刻意放慢了速度。

被看到了！

她心里"咯噔"一下，立刻站远了些，急得口不择言对他道："这里是校门口，我不想惹麻烦，我们老师不让我们和你们接触，你快走吧。"

周擒按下了刹车，抬头看着她，荒诞地笑了下。

"这样啊，明白了，走了。"

说完，他毫不犹豫掉转了车头，一点也没耽误，也没有任何情绪的表露，骑着车逆向驶上了车道。

冉冉的朝阳下，他逆光离开的背影，看得夏桑的情绪一阵阵翻涌着。她的手紧紧攥了拳头，指甲深深陷入了掌心肉里。

第一节课下课之后，夏桑给周擒发了一条短信："对不起啊，我刚刚说话有点难听。"

周擒一直没回她，她心里也一直惴惴不安的，落不到实处，猜测他应该是在训练，没看到信息。可是直到晚上，周擒都没回她。故意不回就只有一个原因——生气了。

夏桑郁闷死了，虽然知道明天就是期末考，不应该再多想这些事情，但她就是忍不住。

一直到晚上十一点回家，夏桑还是没有收到周擒的回信。她泄气地翻身趴在床上，觉得自己简直是头猪。以前从来不会这么多愁善感，怎么回事吗！

不回短信有什么了不起！

她翻了个圈，想到明天的期末考，备战了这么久，绝对不能因为这个事情被影响。夏桑稳了稳心绪，闭眼睡觉了。

第二天早上五点，生物钟让她醒了过来，起身洗漱之后，背着书包匆匆出了门。

六点的时候，她猜测按照昨天遇到周擒的时间来看，他应该已经到学校开始训练了。夏桑心一横，径直走进了十三中，熟门熟路地找到了篮球运动场馆。

场馆里灯火通明，场外寒冷的空气丝毫不会影响到场馆里热火朝天的训练，在深冬的天气里，少年们也只穿了单薄的长袖运动衫，奔跑着，进行着各种热身运动。

夏桑望见了周擒。

他穿着黑色运动衫，正和几个男生围成圈，进行着高抬腿的运动，呼吸急促，汗珠顺着他挺拔英俊的眉骨流淌了下来。

有个穿着绿色教练装的中年男人看到夏桑，问了声："你找谁啊？"

"我找周擒。"

教练中气十足地冲着场馆喊了声："周擒，有人找！"

周擒抬起头，看到夏桑，眼底忽然恢复了神采，背过身去捞起衣服擦了脸上的汗，这才跑过来。

夏桑听到身边那个教练低声咕哝："一天到晚都有人找，难怪舍不得离开学校去省队，哼。"

她有些哭笑不得。

周擒看了眼身边一脸不满的教练，带着夏桑走出了体育馆，来到外面的一棵干枯的银杏树下。

此刻的晨光与昨日一般无二，路灯都还亮着，晦暗的光线遮掩了夏桑表情的不自然。

"你怎么来了？"周擒离她比较远，大概是考虑到自己刚刚运动过，身上有热腾腾的气味。

夏桑有点郁闷，心说他还有脸问她怎么来了。

"别不说话啊。"

"你还紧张。"她在心里默默吐槽了下，开口道："你怎么不回我信息？"

"你给我发信息了？"

"是啊！"

"人不爽的时候，干什么都倒霉。"周擒挠了挠后脑勺，闷声道，"昨天一到学校，手机就掉厕所里了，费了很大的劲捞上来，刚从修理店拿回来。"

夏桑无语了。

想到昨天一整天的思绪翻飞，她低头踢开了脚下一颗碎石子，觉得自己好蠢。

蠢爆了！

"你给我发什么了？"周擒茫然地问她。

夏桑有点恼羞成怒："你好笨啊！上厕所都能把手机掉坑里，我幼儿园之后就没见过这么笨的人！"

周擒莫名被骂了，他皱着眉毛说："我手机掉了，又没让你赔，你发什么火？我笨……我还能笨过你啊？"

"你还跟我凶！"

"我没有凶。"周擒缓和了一下语气，"我嗓门就这样，不是凶。"

夏桑用力瞪他："别要了！赶快把手机扔了！掉厕所里的你还用！"

"不就没回你短信吗？好了，现在你知道我没回你信息，是因为手机掉了，可以安心了。你们学校今天不是期末考吗？别被影响了。"

"我走啦！"夏桑拿到了想要的答案，心也终于放了下来，"手机修好了也不准开机！"

"不可能。"

"不准！"她回头，像个生气的小鹌鹑一样瞪着他。

"快走吧傻子。"

"走了！"

周擒目送她离开的背影，渐行渐远地消失在昏暗的林荫路上。

夏桑踩着黎明时分的最后一抹夜色，宛如做贼般，偷偷摸摸钻出了十三中的校门。心里那种惴惴的感觉，总算是消失了。

即便昨晚没怎么睡好，她也感觉脑子清澈澄明，丝毫没有疲惫感。还有种谜之自信，觉得考试肯定能超常发挥。

　　距离考试还有两三个小时，夏桑溜达到美食街，准备好好吃一顿早饭。美食街为了适应同学们的作息时间，老板们每天也是累得够呛，晚上十二点摆消夜，早上五六点便又开门贩卖早点了。

　　这会儿天色蒙蒙亮，美食街氤氲了烟火气，早餐店门口雾蒙蒙的全是蒸笼散发的肉包香味。三三两两的同学排队买了包子豆浆，准备带回教室边看书边吃。

　　这两天夏桑都快把自己吃成个包子了，必须得换换口味。她来到一家鸭血粉丝店，找了个小桌坐下来，准备喝一碗热腾腾的粉丝汤。

　　这家鸭血粉丝店是最近新开的，桌椅板凳都比较新，墙角摆放着新鲜绿植，环境弄得很小清新。

　　她刚点完餐没多久，便看到训练结束的周擒也走了进来，对窗口道："一碗鸭血粉丝，不要香菜，一屉灌汤包。"

　　清晨的几缕被树叶分割的碎光照在他的脸上，照得他的瞳仁显出浅淡的褐色，皮肤也被阳光照出了健康的麦色。

　　他进店之后，径直坐到了夏桑后面的座位上。

　　因为鸭血粉丝店的椅子都是没有遮拦的条凳，桌椅间的间隙又很窄，所以周擒几乎和夏桑背靠背坐在一起了。她回头低声道："巧啊，你也吃这家。"

　　"不巧。"周擒侧过脸，"我一直走在你后面。"

　　"所以干吗不坐同一桌啊？一起吃早饭啊。"

　　周擒道："等会儿人会多起来。"

　　夏桑想到昨天早上情急之下说出来的那些话，她猜测，周擒大概是不想给她惹麻烦。心里多少有点不是滋味。

　　正在这时，服务员将夏桑的鸭血粉丝端了上来，她低头吃了一口，然后惊喜地说："周擒，好好吃哦！"

　　他轻轻应了声："周擒有多好吃？"

　　"……"夏桑解释，"我是说这个粉丝，好好吃。"

　　"嗯。"

　　"汤也好喝。"

　　很快，周擒的鸭血粉丝也端上来了，夏桑将脑袋探过去，专门看着他吃了一口："是不是好吃？"

　　周擒应了声："是好吃。"

"那你快多吃点。"夏桑转过身去，低头喝汤。

周擒也低头认真地吃早饭。

在以前，他对食物的美味没有太大追求，好吃不好吃，其实都无所谓。但这一刻，听着女孩在耳边不住地说"好好吃哦"，那种滋味才是最无与伦比的。

吃饭原来是这么重要的一件事啊，周擒也开始有点喜欢吃饭了。

这时，服务员将一屉灌汤包端上了桌，周擒拿着冒着热雾的屉栏，回头让夏桑挑选。夏桑挑了三个灌汤包，放进碗中，尝了尝："哇，这个也好好吃！"

"你怎么吃什么都好吃？"

"不知道，可能是太久没有坐下来吃过一顿正常的饭菜了吧。"

夏桑虽然这样说，但她知道为什么今天吃什么都好吃。

知道，但不能说。

"你别吃太快啊，很烫。"她说。

"好。"

周擒低笑了下，也放慢了速度，慢慢吃。

店里统共也没几个学生，其实大可不必背靠背坐着假装不认识。他俩回头聊天的频率，连服务员看着都累。

"周擒，我走了哦。"

"拜拜。"

夏桑拎着书包，起身走到门口的收银台边，准备将周擒的早餐钱付了，没想到老板说他已经给了，还帮她的也一并给了。

夏桑回头，周擒对她挥了挥手："好好考试。"

"好。"她用力点头。

回学校的路上，天光已然大亮，太阳也升了起来，照得人暖意融融。夏桑觉得好开心，她甚至觉得期末考能冲到第一名去！

她忽然想，如果周擒和她在同一所学校，不知道能不能考得过他。毕竟当年的新菁杯奥数比赛，第一名的他成了笼罩她多年的噩梦。不管考不考得过，她一定都会尽最大的努力去超越他。

夏桑感觉到，自己不仅仅喜欢上了小提琴，忽然也有点喜欢学习了。

她迈着轻快的步子，甚至开始哼了歌，进校门的时候，手机里周擒的消息跳了出来："打开书包。"

夏桑好奇地摘下书包打开，发现书包里躺着一个木头削成的竹蜻蜓。

她取出竹蜻蜓，原木的纹理还清晰可见，一看便是手工削成的。翅膀很薄，泛着弧形，不知磨了多少遍，才能将粗糙的木块磨成这种光滑的质感。

夏桑惊喜地问："你什么时候放进去的？"

"刚刚，你吃得太认真了。"

夏桑的嘴角绽开了笑意："为什么送我竹蜻蜓啊？"

"它能飞起来，我想让它带你飞。"

微亮的晨风吹着她的脸，看着这几个字，夏桑的心口忽然涌来一股暖意，鼻梁却有些酸了。

他能看懂她。

夏桑颤抖的指尖不知道回什么才好，"谢谢"两个字好像太简单了，不能够表达她此刻翻涌的情绪。

周擒又发来一句："你把它放在头上试试，它真的能带你飞。"

"真的假的？"

"真的。"

夏桑将竹蜻蜓放在头上，等了十几秒钟。

周围路过的同学都跟看傻子一样看着她，顿时夏桑便意识到，她在犯蠢！

夏桑："……"

周擒："你不会真的放头上了吧？"

夏桑："……"

周擒："竹蜻蜓要手动旋转才能飞啊，你会不会玩？"

夏桑："我当然会。"

她走到空旷的操场，举起竹蜻蜓，双手用力一搓，竹蜻蜓借着气流，竟然真的飞了起来。

"欸！"她兴奋地叫了起来，"这真的能飞啊！"

不过这会儿操场上只有她一个人，她所有的开心都只属于自己，她捡起竹蜻蜓，又玩了好一会儿，嘴角笑意越发灿烂。好像所有的不开心，所有的压力，统统都被带走了，她的心也跟着竹蜻蜓飞上了天空。

身边有几个路过的高一、高二的学生，低声窃窃私语——

"高三压力这么大吗？"

"又疯了一个。"

"害怕。"

夏桑才不管他们怎么想呢，她玩得很开心。

但在这时，竹蜻蜓忽然落到了一个男生脚边，他俯身将它捡了起来。

夏桑看到祁逍，笑容顷刻间僵在了脸上。

祁逍穿着白色的外套，黑裤长腿，单肩背着书包，背对着阳光，对她微笑道："小桑，哪来的竹蜻蜓啊？哆啦 A 梦给你的？"

夏桑很想夺过竹蜻蜓，想转身就走，但她不敢……其实她真的有点怕面前这个人。

"我……买的。"她解释道，"就压力有点大，玩这个放松下。"

"哪买的，网上吗？"祁逍温和地笑着，"我也去买一个。"

"不是。"夏桑脑子快速旋转着，说道，"在北面的荷花集市，有手艺人挑着卖，我昨天去那边淘手账本，看到就买了一个，挺好玩的。"

她的谎言细节编得过于合理，祁逍便没有怀疑了，耸耸肩："你都多大的人了，还玩这个。"

夏桑稳住心绪，朝他走了过去，很自然地问他："考试你在哪个教室？"

"十一教三楼，你呢？"

"五教一楼。"

"那隔得有点远。"

夏桑又不动声色地说："嗯，考试加油。"

"你也是，等寒假了，我再约几个密室玩，把徐铭他们都叫上，他们老早就盼着了，说叫上你再约一场。"

夏桑哪里还敢跟他去玩密室，恨不得赶紧放寒假，离他远远的。但是她也不能立马拒绝，于是道："到时候看作业多不多吧，对了，我要去考场了，那个还我吧。"

她说完便去夺，然而祁逍先她一步，移开了手，说道："先借我玩一下呗，我沾沾学神的好运，等晚上一起上自习，我到时候给你咯。"说完，他拿着竹蜻蜓，笑着对夏桑扬了扬竹蜻蜓，"拜拜。"

"……"

夏桑看着他远去的背影，脸色渐渐沉了下去。

Chapter 05

寒假·过去·保护你

 "你就不想知道，他脸上那道疤的前世今生吗？"

安静的自习室里，夏桑趴在桌上演算着数学题，尽可能让自己无视对面位子上的祁逍。祁逍将英语教材立在面前，似乎是在看书，但目光却望着她。

夏桑心底寒凉，头皮发麻。终于，她放下了笔，对祁逍道："既然是来上自习的，就算是装，也装出上自习的样子，行吗？"

"行啊。"祁逍翻开了英语练习册，"我这道题不会，你给我讲讲。"

"但这里是自习室。"

周围都很安静，也没有同学讨论问题，大家都在为明天的考试专心准备。

"无所谓啊，他们又不敢说什么。"

祁逍这句话刻意放大了音量，周围默默自习的同学都能听到，但他们也是敢怒不敢言。谁敢去惹祁逍？

他摊手，示意夏桑：看吧。

夏桑看着那枚被他随意丢弃在椅子上的竹蜻蜓，手藏到背后，狠狠捏了捏拳头，压着嗓音道："哪道题不会？"

约莫十点半，夏桑收拾了书本，准备回家了。若是往常和贾蓁蓁她们上自习，她大概会复习到十一点多，但今天晚上，实在是不想待了。

祁逍看了手腕上的表，懒懒道："不是吧，才十点半。"

"明天是最后两门考试，我想早点回去休息。"

"行，那咱们走吧。"祁逍站起身，伸了个懒腰。

夏桑看准时机，走到他身边，不动声色地捡走了椅子上被随意搁置的竹蜻蜓。

松了一口气。

竹蜻蜓的木签被她很用力地攥在掌心，不会再给他任何夺走的机会了。而当她回过身，却发现自己的书包被祁逍挂在了肩上，他理所当然地对她侧了侧下颌："走啊。"

夏桑只能跟在他身后，走出了学校的图书馆大厅。

今夜月光澄明，周围有三三两两下晚自习的同学，远处还有人在操场上乱吼乱叫着："还有最后两门，坚持就是胜利！"

"早着呢！还有半年呢！"远处另一个声音应和着他。

或许认识，又或许不认识，无论如何，高考的重压已经快压得他们喘不过气来了，因此校园里总会发生一些奇奇怪怪的高三生行为艺术大赏。

祁逍是完全懒得加入竞争大军了，他手揣兜里，懒懒散散地走在月光下。

夏桑说道："你把书包还我。"

祁逍回头望了她一眼："怕我？是不是班长搁你这儿告状了？"

夏桑心头一惊，却还努力掩饰着："你说姜琦明啊，他告什么状？"

祁逍望着她，似在判断她是否在演戏。夏桑也不惧怕他的眼神。他不是周擒，夏桑拿不准自己的演技骗不骗得过周擒，但祁逍比周擒就蠢多了，她完全不紧张。

"你跟姜琦明有什么事吗？"她反客为主地质问，"他这段时间怪怪的。"

祁逍移开了视线，掩饰道："没事啊，能有什么事？我跟他又不熟。"

夏桑心头对他的畏惧减少了些，因为她发现，祁逍是真的不聪明。

走到校门口，夏桑道："你现在可以把书包还我了吧？"

"夏桑，我知道你怕我。"祁逍看着地上那条长长的被月光拖出来的影子，淡声道，"我又不是恶魔，你怕什么？"

"我没怕你。"她稳着语气，做出平淡随意的样子，"我只是不想被我妈找麻烦，高考现在是我唯一的目标，谁都不能影响我。"

"我知道你要高考，可是我哪里打扰你了？"他说这话带了几分真诚，也不再像过去那般张扬跋扈了。

"如果不打扰，那就永远别打扰。"夏桑想这样说，但她不敢。

"我妈从小不在身边，我爸又娶了个狐狸精，还带了个儿子，把我们家搞得乌烟瘴气的。"他望着夏桑，真诚地说，"我的生活也没你想的那么幸福，无忧无虑。"

"哦。"

她看着地面冷清清的月光，丝毫无法同情他，甚至觉得他这样的卖惨有点可笑。他所谓的"不幸"，也不过就是光滑圆润的玉石上有一丁点的瑕疵罢了。他没有经历过像石头一样粗砺的生活，所以他的自怨自艾，只让人觉得无聊。

但夏桑不能表现出不屑和轻慢，只用平常的语调，说："幸福的家庭千篇一律，不幸的家庭，各有各的不幸。你听过这句话吗？"

"没有，你说的？"

"不是，托尔斯泰说的。"夏桑说道，"所以，加油。"

祁逍笑了起来，似乎情绪也平和了很多，说道："一起出校门呗。"

夏桑只好忍耐着，和他一起走出了校门。

路口停了不少出租车，都是过来招揽学生的生意的，出租车里还混着一辆高档的轿车。

祁逍提议道："一起吧，我让司机送你回去。"

"不了。"夏桑道，"我妈妈叫了出租车司机来接我。"

祁逍没有勉强，将书包归还了她，说道："路上小心。"

她点了点头，目送了祁逍坐上车，黑色轿车驶出去很远之后，才算彻底松了一口气。

覃槿没有给她叫车，以前晚上都是她和贾蓁蓁、段时音她们拼车回家的，回去之后还会相互发短信报平安。

夏桑站在路口，摸出手机准备叫车。一阵寒风吹过，她将手伸到嘴边，呵暖了一口气。对面响起了清脆的口哨声，夏桑抬头，看到街对面的路灯下，站着一抹熟悉的身影——周擒。

他仍旧骑着他那辆老式的山地自行车，单脚点地，路灯的黄光从头顶射下，将他的眸子埋入了眉骨的阴影中，看不真切。

侧脸的轮廓，干净硬朗。

夏桑小跑着来到人行横道边，准备过马路。偏偏这会儿绿灯变了红灯，而且是七十多秒的超长红灯。

夏桑又望了周擒一眼，急切地对他扬了扬手，似乎是怕他走了，让他多等一下。

周擒踩下自行车的支撑脚，倚在路灯边，耐心地等待着。

终于，等到了红灯变绿。夏桑加快步伐，匆匆走了过去。

"你训练完了？"

"早放了。"周擒平静地说，"吃了消夜，就到现在了。"

"我也刚下晚自习。"

周擒将一盒黑森林的蛋糕递到了她手里："给你买的，消夜。"

夏桑也没跟他客气，接过了包装精美的蛋糕小盒子，笑着说："这恐怖的卡路里，晚上我可不敢吃这个。"

"那还我。"

周擒伸手去夺，女孩敏捷地闪过身："你这人，送东西怎么这么没诚意！"

"那你要不要？"

"当然要，我留着当早饭。"夏桑将蛋糕盒子揣进书包里。

"你的手机修好了，开机了吗？"

"没有，不是不让我开吗？"周擒摸出了手机，在她面前晃了晃，"我来找你拿批准条。"

夏桑摆了摆手："我只是道歉而已，为我昨天的不礼貌。"

"那我开机了。"

"你给我看看呗。"夏桑对他伸出了手，"我看看你这手机摔成什么样了。"

周擒摸出手机，正要递到她手里，不过转念一想，算了。虽然他清洗外加消毒了无数遍，但还是算了。

"怎么了，怕我抢了你的手机删短信啊？"

"你还挺多心。"周擒重新将手机放回书包侧兜里，说道，"很晚了，你打车还是怎样回去？"

"我家离这儿很近！"她赶紧道，"我走路回去就好，顺便刷步数。"

周擒显然不相信她打算走路回家，方才明明准备叫车了。他抬起下颌，笑道："我载你？"

小姑娘想要急切地反驳。

"我今天训练了，有点累。"

"哦。"

虽然她没这么想，但是听到这么明显的拒绝说辞，心里隐隐有点不是滋味。

"那拜拜哦。"

"今天有点累，你载我吧。"

夏桑回头，见他拍了拍自行车把手，似笑非笑地看着她。

一开始，她以为他只是说说罢了，没想到这家伙竟然真的死皮赖脸地让她载他，并且坐得四平八稳、心安理得！唯一的良心，就是他把自己的黑色毛线手套给她戴上了，很暖和。

夏桑几乎用了全部的力气，站起身蹬踩着自行车，驶出了几百米，累得直喘气。

"你这就是缺乏运动。"周擒在后面点评，"仅是走路，起不了锻炼的作用，除非每天载我一程。"

"你做什么白日梦！"夏桑回头，不甘心地瞪了他一眼，"哪有让女生载的！你是不是男人啊？"

身后，周擒又道："你冷不冷？"

"我热死啦！"夏桑热得鼻梁都冒汗了。

"我冷，你骑慢点，风大。"

"……"

夏桑只好放缓了蹬踩脚踏板的速度，坐在了车座上。

"周擒，以前也没看出来，你内心还有小公主属性。"

"此话怎讲？"

夏桑回头道："你在撒娇。"

空气忽然变得有点安静。

夏桑忐忑地问他："你怎么不讲话？"

"我有点冷。"

她都说他是"小公主"了，周擒决定一作到底，对她说道："手都冻没了。"

"那我有什么办法呀，我是不会把手套还你的！我还在前面给你挡着风呢。"

他说："手麻了。"

她回头："那你揣兜里呗。"

见夏桑无动于衷，周擒也不再贫嘴，将手揣进自己的衣服兜里。小姑娘骑车骑得摇摇晃晃，好几次都是靠他的腿支撑着才不至于摔倒。

看着夏桑气喘吁吁的样子，周擒终究是不忍心："算了。"

夏桑也没逞能，乖乖地和他换了位子。后半程由他载她回了家。

到了麓景台小区门口，周擒放下夏桑，说道："走了。"

夏桑摘下手套准备还给他，周擒已经骑上了自行车，掉转车头离开了。

"哎，手套！"

"送你了。"

小姑娘着急地喊道:"我不要,谁要你戴过的手套呀!"

他也只是扬了扬手,头也没回,消失在了寒夜的街头。

夏桑看着那双黑色的毛线手套,样式有点老气,还有点傻气。但是看得出来,是用过很久的手套了,有些地方都脱线了。

其实夏桑洁癖蛮重的,不会随便使用别人用过的东西,不过这双手套似乎并没有引发她的洁癖。她一点没觉得不适,反而又将它戴到了手上,仔细地感受着毛茸茸的粗糙质感。

夏桑哼着调子,迈着轻快的步子回了小区。

期末考试,夏桑出乎意料地冲到了年级第一名。

班群里老师公布成绩的那一刻,她还有些不敢相信。以前最好的成绩是第二名,但南溪一中的竞争压力太大了,她只考过一次便偃旗息鼓了,名次总在十名之内浮动着。

她从来没有考过第一名,这是首次中标!

她盘腿坐在松软的沙发上,看着群里上传的成绩单,心脏怦怦直跳。

这一次,她发自内心地因为努力有了收获而感觉到喜悦,也是第一次有了想要分享快乐的欲望。

夏桑拍下了成绩单,点开了微信,正准备把照片发给周擒,书房的门忽然被打开,覃槿从房间里走了出来。显然,她刚刚也收到了班主任何老师发来的成绩单,看到了女儿的成绩。

"不能骄傲,也不能放松。"覃槿依然是过去那副严厉的腔调,"你的总分跟第二名只差了三分,和第五名也只差了八分,能考到第一也不无运气的可能,所以绝对不能掉以轻心,也不要骄傲,下个学期还是要再接再厉。"

夏桑本来喜悦躁动的心情,顷刻便被覃槿泼了一盆冷水,什么话都不想说了。

"为了期末考试,好久没练琴了,寒假去莫拉艺术中心练练琴。"覃槿继续说道,"小提琴这东西,一天不碰就手生,现在高三是没有办法,等大学之后,你必须给我好好练,该考的等级和证书,都要考,我会督促你的。"

夏桑闷声说:"词典上对于'假期'的定义,是休假、放假的日子。"

覃槿给阳台上的绿植浇了水，听出了女儿调子里的不满，回头道："你看看你周围的同学们，谁放松了？别人寒假都在默默努力，你追我赶，你要是真以为放假就是给你们放松休闲的，松懈了下来，年后开学，不知道被同学们甩到哪里去了。"

"那我也不能一直学习吧。"

"没让你一直学习啊，我让你多去练练小提琴，就当是学习之余的放松和休闲了。"

夏桑简直无语了。

见女儿明显露出了不悦的神情，覃槿冷冷道："别以为我不知道你在琢磨什么，你的小心思，都在我眼睛里呢。"

夏桑心头一惊，故意问："我能有什么小心思？"

"那祁逍会巴巴地找你上自习？每天有事没事地就找你？"

原来她说的是祁逍。

"你要出手吗？"夏桑轻飘飘地说，"那你出呗。"

她这副死猪不怕开水烫的模样，越发让覃槿怒意上来了："夏桑，你怎么会变成这个样子！"

"你要是有这个能力，早就把祁逍从我们班调走了，他的成绩本来就不够格留在火箭班。"夏桑咬着牙，看着她，赌气一般地说道，"你没有办法对他怎样，就只能反过来要求我，对吗？"

"你是我的女儿，我难道不该要求你吗？"

"但你什么都不知道！"

夏桑带了几分委屈、几分怨气，用了很大的力气才控制着自己，没有把那句"你根本保护不了我"的话说出来。是的，覃槿根本保护不了她，如果强行和祁逍对抗，甚至可能会自身难保。

某种程度上来讲，祁逍还留在火箭班，也是覃槿的一种无奈的妥协。她控制不了祁逍，就只能反过来要求夏桑。

夏桑不想再和她吵架，转身回了房间。

下午，夏桑趁覃槿去开会了，她也背着小包溜出了家门，来到了高新区的金融中心。

金融中心是整个南溪市地价最高、最繁华的一块区域，沿江而建，江两岸是耸立入云霄的现代化写字楼。这里是南溪市的商业命脉中心，矗立着各种银行、证券公司、保险公司、跨国企业的大楼。

夏桑乘坐地铁来到了金融中心，从地铁 C 口走出去，正对面的一栋高楼便是夏且安的公司——中安证券大楼。

自从中安证券上市之后，公司一路欣欣向荣，估值已经超过了国内绝大多数证券公司。年末的时候，夏且安还被评选为国内最有影响力的企业家之一。

中安证券大楼是全落地窗的玻璃面设计，看上去也非常现代，很是气派。

夏桑走进了中安证券大楼，说明了自己的身份之后，一楼的前台小姐便带着她进了电梯，来到了四十三楼的会议厅休息室。

"夏总正在会见重要的客户，请您在这里稍等片刻。"前台小姐很细心地给她端来了热果汁和小零食，"您先休息一会儿，夏总见完客人我就带他过来。"

"谢谢姐姐。"

夏桑坐在松软的沙发上，摸出了手机打开备忘录，把等会儿预备跟爸爸说的话全部打出来。

虽然之前和爸爸置气，已经很久没有主动联系过他了。但不管怎样，夏且安都是她的父亲。

她预备把祁逍的事情告诉夏且安，包括他对班长姜琦明的"威胁"，对她的无形的胁迫。覃槿对祁逍无能为力，而且也不理解她，她觉得，也许爸爸可以帮上忙。

夏桑在休息室等了四十多分钟，夏且安还没出现。

夏桑等得有些着急了，走出门，来到助理办公桌前，小声地询问："请问一下，我爸爸还没有结束吗？"

"还没有。"助理为难地说，"因为今天下午要会见的是重要客户，夏总必须亲自接见，所以只能请你再等一会儿了，抱歉啊。"

"那我再等等吧。"

这时，电梯门打开了，夏桑看到几个身着笔挺西服的男人走了过来。助理赶紧迎了上去，带他们朝着会议室走去。

另一位助理去茶水间泡了咖啡，回头不满地对同事嘀咕道："面子真大啊，还让夏总等着。"

"逍阳集团不都这样吗，谁让他们是咱们的大客户，就算是夏总也不能怠慢。"

夏桑走到柜台前，抓起了一把糖果，助理小姐姐便笑着将糖全都推到她面前。

她故作随意地问道："你们说的逍阳集团，是哪个逍阳集团啊？"

"还有哪个？"助理说道，"整个南溪市谁不知道祁家的逍阳集团，他们的董事长祁慕庭是南溪市的地产首富。"

听到这话的夏桑，只感觉耳膜嗡嗡作响，有点不知所措了。

她不太了解自己父亲在生意场上的事情，只是猜测着，也许爸爸还算有本事，也许她不需要太害怕祁道。但事实证明，她想错了，夏且安的证券公司恐怕也根本无法和祁家相抗衡。

整个南溪市的商业经济网络纵横交错，夏且安的公司都还要仰仗祁家的逍阳集团，他又如何帮得了夏桑呢？

夏桑回到休息室的沙发边坐了几分钟，鼻头酸酸的，很绝望。如果爸爸妈妈还没有离婚，她一定会毫不犹豫地把这件事说出来。一家人同舟共济，任何困难都不在话下。

但是现在……这个分崩离析的家，再也无法为夏桑提供安全感了。她只能靠自己了。夏桑背起了书包，准备离开。

这时候，休息室的门被推开了，一个身材高挑的鬈发女人走了进来。她穿着深咖色的呢子外套，下面是半身格纹裙，很有气质，复古小皮鞋的鞋跟敲得地面咚咚作响。

夏桑一眼就认出她来了，她就是夏且安在密室求婚的女主角。对于这位即将和父亲组成新家庭的女人，夏桑对她有过一段比较粗浅的了解。

她是个网络红人，旅游博主，天南海北参加各种徒步驴友团，化着美美的妆，穿着漂亮的裙子，在蓝天雪山的背景之下，为都市人直播着那些不可触及的诗和远方。

夏桑点进她的视频直播号，看到她的那些旅游视频，有穿越罗布泊无人区、南疆之行、攀登珠峰、林芝那曲之旅……

作为一个普通的高中生，夏桑看着她视频里的那些青山绿水、高原蓝天的画面，也是心向往之，羡慕极了。

这个女人和覃槿截然不同，镜头里的她快乐地与网友们分享着各地的美食，分享在路上的诗意感悟，笑得那样阳光灿烂。

夏桑忽然有些明白，为什么父亲会和她在一起，甚至用年轻人新潮的方式来向她求婚。谁不想要自由啊。

她翻看着她的一个个视频，只觉得有淡淡的悲哀充塞在心涧。

孙沁然进入休息厅，倒也不是为了休息等待，而是径直来到落地窗边。这面全景落地窗是整个大楼视野景色最好的地方，将整个金融城尽收眼底。

女人坐在高脚凳上，端着咖啡，对着阳光自拍。注意到夏桑一直盯着她看，孙沁然放下手机，瞥了她一眼。

小姑娘的皮肤宛如冬日白雪一般苍白，眸子却格外澄澈清明，清隽的面庞仿佛是被江南的山水氤氲过的水墨画。

孙沁然的视线在她身上停留的时间超出了正常礼貌的范围。过了会儿，她才意识到失态，抽回目光，随意地问："你今年多大？"

"快十八了。"

"这么年轻，来应聘助理吗？"

夏桑没有回应。

这时，助理小姐姐送了点心进来，毕恭毕敬推到孙沁然面前："孙小姐，请慢用。"

孙沁然拿起勺子，漫不经心地问助理："你觉得她年轻还是我年轻？"

这话问出来，助理小姐姐显然有点蒙。不过她也知道，这孙小姐从来都是不按常理出牌的人，活泼跳脱得很，夏总喜欢她大概也是因为她的性格。

助理望了夏桑一眼，觉得她应该不会介意，于是道："孙小姐您看着就像十八岁呢。"

"可我毕竟不是啊。"孙沁然叹息了一声，"而且经常出去旅游，风吹日晒的，也不太好保养。"

"孙小姐您还说自己没保养，您的皮肤比小姑娘还好呢。"小助理也是很有技巧地夸着她，"更重要的是心态年轻，走出去，谁敢说您像三十多岁的人哪！"

"人嘛，活出自己的精彩是最重要的。"孙沁然对助理的话似乎非常受用，用勺子舀了一勺布丁，说道，"有些女人，一心扑在孩子身上，多可悲啊！到头来，失去了自我，甚至还可能失去丈夫的欢心，我才不要当那种愚蠢的女人，我要为自己而活。"

夏桑不知道孙沁然的话是不是意有所指地在影射自己的母亲，但即便覃槿再不好，也轮不到她在这里优越感十足地含沙射影。

夏桑忍不住说道："是啊，年轻的心态、充沛的青春活力，再加上保养得当的容颜，的确可以让某些中年男人委顿的生命再次焕发生机。"

这话突兀地说出来，整个休息室陷入了一阵诡异的安静。

"可是人生也不仅仅只是开心啊快乐啊，还有责任感呢。"夏桑看着她的眼睛，一字一顿地说，"你可以选择更自由的生活方式，但你有什么资格去嘲笑那些为了孩子付出心血的母亲。"

助理立刻察觉到气氛不对，眉毛尴尬地挑了挑，默默收了点心盘，退出休息室。

休息室外聚了不少八卦的"吃瓜"群众，有意无意地朝她们投来目光，倒要看看"小公主"和"准王后"之间会发生什么。

整个公司对于这位未来的准老板娘，绝对是毕恭毕敬，从来没有人敢说这般冒犯的话。真是有热闹看了。

孙沁然性格刚硬，也不是受欺负的主儿，打量着夏桑，冷声道："你知道你刚刚嘲讽的'委顿的中年男人'是谁吗？"

夏桑面无表情道："我没有特意嘲讽谁，倒也不必对号入座。"

"好嚣张的丫头。"孙沁然对着门口一帮看热闹的女员工道，"你们公司招的00后小姑娘都这么厉害吗，连老板都敢随意评价？"

女员工赶紧转身各做各的事，不太敢参与到这场没有硝烟的"战役"中。

孙沁然以为她抬出老板来，这个小丫头便应该清楚她的身份。却没想到，对方毫无惧意，云淡风轻道："我们00后嚣张起来何止敢评价老板，亲爹也敢评价。"说完，她也不想和孙沁然多说，转身离开。

"站住！"

孙沁然从来没在这么多人面前如此丢人过，气得浑身发抖。她一直以为自己的心态和这些十七八岁的小姑娘一样，就连容貌也没有太大的差别，并且以此为傲。但现在和夏桑一吵嘴，她便立刻感觉到了气弱，终究凌厉不过她。

夏桑走了几步，还觉得不够，回头看了气得花枝乱颤的孙沁然一眼，淡淡笑了下："对了，听说阿姨喜欢玩恐怖密室啊。"

"你……你叫我什么？"孙沁然听到这个称呼，两眼都要抓瞎了。

"论辈分，我是该叫您一声阿姨。"夏桑温柔地微笑着，"上次的《月亮代表我的心》，阿姨觉得好听吗？"

孙沁然彻底变了脸色。饶是她见过不少"诗和远方""江河湖海"，但此时面对夏桑，还是很难保持知性女人的仪态："你是谁？你怎么知道……"

"自我介绍一下，我叫夏桑，夏且安的女儿，论辈分叫您一声阿姨您也得受着，即便您觉得和我一样年轻。"夏桑礼貌地说道，"还有哦，在我爸爸跟您求婚的仪式上，那首《月亮代表我的心》是我演奏的。顺便一提，这也是我妈当年最喜欢的歌曲，听说我爸追求她的时候，还给她唱过。"

丢下这句话，夏桑也懒得再看孙沁然的表情，头也不回地穿过走廊，进了电梯间。

夏桑走出写字楼，径直朝着地铁入口跑去，顺着拥挤如潮的人流，挤进了地铁。

再耽搁一会儿，估摸着夏且安便会追出来把她好一顿教训了。不知道孙沁然会怎样跟他发作。夏桑在尾部的车厢里找到一个靠窗的空位站着，心脏怦怦直跳，这也是她第一次跟人发生这种剑拔弩张的冲突。

虽然知道，不管她怎么做，怎么说，她的家都不可能完整了。不……是早就不完整了，他们可能都已经领证结婚了。但即便只是口头上的胜利，夏桑也想为自己残缺的人生找回点什么。

夏桑给自己戴上了耳机，闭上眼睛，将脑袋抵在车窗上，感受着地铁轰隆隆的声响，似乎正要将她带向天边。

夏桑的手指尖轻轻触上了玻璃窗，看着窗外光影闪烁的地铁通道广告牌。如果她能在下一秒长大，抵达未来，拥有保护自己和身边人的力量，该有多好啊。

那个阿姨还总想要年轻，想要重返青春。青春年少，也有很多苦涩，很多无能为力啊。

正在这时，地铁报站："火车北站，到了。"

夏桑一下子从遐想中回过神来，意识到一个严重的问题。

她好像坐反了地铁。

火车北站的客流量很大，夏桑被人群裹挟着朝站外走了出去，来到了站前广场。她听周擒说过，火车北站也有快餐店，但是和她家高档社区的很不一样。

反正都到这儿了，夏桑索性溜达着过去看看。

火车北站有非常老式的站台广场，候车大厅的建筑也带着日晒风吹的年代感，和南面新修的高铁站相比，就像一个暮色沉沉的老者与新潮时尚的年轻人，是完全不同的观感体验。

快餐店坐落在候车大厅外，夏桑走到窗边望了望，立马就明白了为什么周擒说不一样。

火车站外的快餐店里全是休憩的旅客，他们也没有点餐，只是瘫在椅子上休息，而且地板因为常年旅客流动，看起来磨损严重，装修也很旧了。这里没有太舒适的用餐体验，每个人脸上都挂着奔波与疲惫的神情。

大概，这才是最真实的生活。

哪有那么多诗和远方，孙沁然所谓的"自由自在"，也不过是因为她远离了生活最残忍的底色，就像空中楼阁，梦幻却不真实。

夏桑走进快餐店，买了一盒香酥鸡块，站在人来车往的马路边。

盒子里冒出了热气腾腾的油炸香气，她咬开番茄酱，挤在了盒子里，然后用木签插起了几块，迫不及待地吃了一口。

"呼，好烫！"

夏桑嘴里含着鸡块，不住地扇着风，无意间抬头，看到人流中迎面走来一个穿着黑色外套的男人。

周擒。

他的皮肤似乎也被这寒风吹白了些，瞳色越发显得黑亮，眼神淡淡的，在人群中显出安静的气质。他一只手拎着装了菜的口袋，另一只手揣兜里。

看到夏桑张着嘴、叼着热腾腾的鸡块的样子，周擒寡淡的眼波里有了几分灿烂的笑意："好吃吗？"

夏桑转过身，费劲地咽下了嘴里的香酥鸡块："唔……"

一时不知该说什么。

周擒走到她面前，夏桑鬼使神差地将盒子递给他："请你吃。"

周擒邀请夏桑去家里坐会儿，晚饭他会做鲫鱼汤，夏桑运气好撞上了，还能蹭一顿晚饭。夏桑跟在他身后，穿过了火车站人潮拥挤的广场，走上天桥的阶梯。

他背影挺拔颀长，一只手揣兜里，另一只手拎着袋子，手背弯曲，弧形也很好看，有力量感。

周擒感受到小姑娘投来的目光，侧身望向她。她立刻移开视线，望向天。

"到我这来。"

夏桑加快步伐，愉快地和他并肩而行。

"知不知道，你笑起来很傻。"

夏桑撇撇嘴，低头打量他口袋里的鱼，问道："买的活的啊？"

"废话。"

"明潇说你会等到鱼死了才买，因为超市打对折呢。"

周擒顿了顿，解释道，"以前我爸不在，一个人吃不饱饭的时候才那样。现在不会这样了，你别把我想得那么抠门。"

夏桑听着他的回答，心头竟然涌起一阵难过："我从来没这样想。"

"嗯。"

她追着他走了一段路，迟疑了几秒，又说道："我可不可以问一个问题呢？"

"你想问我爸是怎么进去的？"

"可以说吗？"

"我爸以前是拳击教练。"周擒直言道，"以前有人欺负我，他下手有点不知轻重，对方拿轻伤鉴定报告起诉了他。"

"那你呢？"夏桑急切地问，"谁欺负你？怎么欺负你？"

周擒的手缓缓落到了自己眉下的伤疤上，做出了切开的手势。夏桑的心仿佛也被刀口切开了一道鲜血淋漓的口子，每一次呼吸都牵扯着疼。

周擒见她脸色惨白，顿时有点后悔，不该实话实说。他这种血淋淋的经历，别人听了都会害怕，更不用说她这种象牙塔里的小玫瑰。

"已经恢复很多了。"他低头摸了下左边的眉毛，"没那么吓人吧？"

夏桑用力摇头："怎么说呢？不仅不吓人，还挺帅气的。"

周擒歪着头看着她，笑了："你是我见过的最会哄人的人。"

"我也只哄某些小公主啊。"

他迈步往前走："不要再叫我'小公主'了。"

夏桑追上他，岔开了话题："原来叔叔是拳击教练啊。"

"看不出来吧，他变了很多。"周擒苦笑了一下，"生活就是这样。"

这时，脚下传来了轰隆隆的震颤感，洁白的流线型动车宛如时光穿梭机一般驶过。

夏桑趴在天桥上，看着底下的动车飞驰而过，发出一声感慨："好快啊。"

周擒站在她的身边，看着动车渐渐远去，驶向那大片灿烂绯红的火烧云的尽头。

"你猜，刚刚那辆车驶向哪里？"

夏桑反问："那我说对了，有奖励吗？"

周擒摊了摊手，表示自己孑然一身："你看我身上有什么东西能给你当奖励吗？"

夏桑上下打量了他一眼，然后指了指他脖子上那条泛着夕阳光泽的羽叶链子："我要这个。"

"眼睛够毒的。"周擒取下了那条银制羽叶链子，将它挂在天桥铁丝网上，"我全身上下最值钱的就是这个。"

夏桑抿嘴一笑，猜了好几个城市。

"你是不是要把知道的地名都背一遍？"周擒收回了羽叶链子，"你还有最后三次机会。"

"不能限次数！"

"那就由着你耍赖？"

"我这不是耍赖，你一开始没说规则，那就不能限制次数。"

周擒才不管小姑娘的撒野赖皮，悠悠地说："最后三次，想好了再说。"

夏桑追着他，嘟哝道："地名那么多，不公平……"

"我把它白送给你，最公平。"

周擒在她眼前晃了晃链子，夏桑手疾眼快，伸手去夺，竟然真的让她一把夺走了。

她"嘿"地大笑了一声，加快步伐朝天桥尽头跑去："我的了！"

周擒立刻追了上来："耍赖就算了，怎么还抢劫？"

夏桑见他追了上来，惊呼一声，加快步伐朝着阶梯跑去。

天桥横跨整个铁路轨道，高度险陡，夏桑冬日里穿得又非常臃肿，一不小心脚底便踩滑了。就在她将要摔下阶梯的千钧一刻，羽绒服帽子被人从后面拉住，她被周擒稳稳地扶住了。隔着厚厚的衣服，不太能感觉到温度，但劫后余生的刺激感，让夏桑的心脏狂跳了起来。

少年眼底也很惊慌，嗓音极度不满："还跑，摔不死你……"

夏桑紧紧地将链子护在怀里，绝对不给他任何夺走的机会。

周擒拉她站稳之后，对她伸出手："别耍赖，猜对了才送你。"

她不满地咕哝道："干吗一定要猜对啊？"

"如果你一开始让我送你这链子，我就送了。"周擒义正词严地说，"但既然约好了答对才能得到，那就要遵守约定。"

"一定要较真吗？"

"对。"

夏桑于是收敛了耍赖的心思，认认真真地猜了起来。听她又说了几个地名，周擒懒散地踱着下楼的步子："最后一次机会。"

夏桑深深吸了一口气，望着浓墨重彩的天际火烧云，皱起了眉头，认真地在脑子里筛选各大省会城市。

"限制次数，那限时吗？"她问。

"不限。"

"那我要好好想想，下次再回答你。"

周擒挑眉望着她："你是想回去好好查一查吧。"

"规则就是这样！你都答应了不限时，那就不能耍赖。"

没想到她还会以彼之道来回制他，周擒的嘴角淡淡地扬了起来，觉得自己这珍爱了多年的链子，多半是保不住了："行，那就等你想好了再告诉我。"

夏桑的心情雀跃了起来，黑靴子轻快地跳着阶梯。

他跟在她身后："你仔细点，当心又摔了。"

夏桑忽然停下脚步，在离他两步的阶梯边停了下来。

他站在上两级阶梯，显得身形高大，宛如山脉一般将背后的夕阳完全遮挡。她笼在了他的影子里，安全感十足。

"周擒，我想问你 个问题。"

"问啊。"周擒居高临下地睨着她。

"那我要是问了，你别觉得很奇怪，也不要误会，就当我问着玩的。"

周擒看着小姑娘欲言又止的模样，心里涌起一些猜测，回答道："我没谈过恋爱。"

"……"

夏桑顿时一口血差点吐出来:"我不是要问这个!"

"哦。"周擒似乎松了口气,跃下阶梯,和她站在一起,"那你问。"

夏桑被气得脑子冒烟,大步流星地走下最后几级阶梯:"不问了!"

周擒笑着追了上去,和她一起穿进了巷子里:"那等你想问的时候,我随时恭候。"

拐进小巷里,夏桑看到前面有不妙的情况。转角的位置,有一对年轻的男女在狂热地拥吻。这一幕猝不及防地跳进了夏桑的眼帘,她的脸蓦然涨红,睁大了眼睛:"啊这……"

待她还要望去时,一只手掌挡住了她的眼睛。

"还看!"

"没看了!"

远离了那对男女,夏桑的心跳终于平复了下来。她感觉和周擒在一起的每一分钟,身边仿佛都有故事发生。原本无趣乏味的生活,似乎也开始苏醒,有了趣味。

走了很远之后,夏桑回头,观望那对隐藏于巷子暗处的男女,笑了起来。

"你还看!"周擒挡住了她的视线,"没见过人家亲热?"

夏桑不想显得自己好像很没见识的样子:"当然见过。"

"你在哪里见过?"

"电视剧里啊。"

"电视剧绝大多数都是假的,借位的。"

"不是。"夏桑反驳道,"也有真的!"

周擒笑了一声,抓住她的羽绒服帽子:"到家门口了,我给你做鱼吃,好不好?"

周擒带她走进了院子里。

夏桑又看到了熟悉的"小周副食店"的招牌,不过副食店的大门却是紧闭的,家里没有人。

"周擒,你爸爸呢?"

"他去外出进货了,今天不会回家。"

夏桑猛地顿住脚步,望了望远处已经沉下天际的夕阳:"那就只有我们两个？"

"不是啊。"周擒轻飘飘地说着，一条大黑狗从木头狗屋里走了出来，冲周擒"汪汪"地叫了两声。

"哎呀！"

夏桑骤然看到这么大一条狗，吓得赶紧躲到了他身后。

"黑黑，你吓到我朋友了。"周擒嗓音温柔，"闭嘴。"

大黑狗果然听话地不叫了，尾巴摇成了螺旋桨，激动地望着他们。

夏桑有点怕狗，即便大黑狗表现出热情和善意，她也不太敢靠近。周擒倒是无所谓地走过去，摸了摸狗子的脑袋。

夏桑躲在他身后，跟了过去："它叫嘿嘿？"

周擒："黑黑。"

"嘿嘿嘿那个嘿嘿？"

"是黑黑，不是嘿嘿嘿。"

她捂着嘴笑了起来，眉眼生花，宛如盛夏的耀眼阳光。

"好傻的名字啊。"

周擒被她阳光的笑容煨得心里暖融融的，嘴角也不自觉地抿了起来，说道："你随便玩，我进去做饭了。"

他进屋前，回头叮嘱她："不要靠近它，它是土狗，当心误伤了。"

"嗯。"

周擒拿钥匙开了门，进了屋。

夏桑端着小板凳坐到了黑黑面前，叫了它一声："黑黑。"

黑狗似乎察觉到女孩的小心翼翼，于是安静地蹲坐下来，轻轻"呜"了一声。

夏桑又问："你是弟弟还是妹妹啊？"

狗子不明所以地歪头看她。

"它是妹妹。"周擒从门边探出脑袋，似乎不放心，又叮嘱道，"坐远点，别靠太近。"

夏桑听话地坐远了些，问道："它会咬人吗？"

"它是流浪狗，以前被大狗和人欺负过，我是从狗肉店把它买回来的，所以它脾气不太稳定。"周擒解释道，"到我们家之后好多了，不过你别靠太近就是。"

夏桑又离黑黑远了些。黑黑也很无辜地看着她，发出"呜呜"的声音。

夏桑在他进屋后，低声对狗子说："原来你是妹妹呀，是他把你从狗肉店救出来的哦？"

狗子"汪"地叫了声，似乎在回答她的话。

"真好。"夏桑看着大黑狗，用很小很小的声音道，"真羡慕你，被人这样保护着……"

很快，房间里飘来了浓汤的香味。

夏桑走进屋里，看到周擒将一大碗鱼汤盛了出来。鱼汤呈浓白色，上面漂着淡淡的油花和翠绿的葱花，热气腾腾，闻着香味便让人食欲大开。

他拿了空碗，舀了两勺鱼汤，搁在桌上。夏桑正要伸手说谢谢，却见他自顾自地端起碗喝了一口，低垂着眸子，点评道："淡了。"

"……"

夏桑伸出去的手，又尴尬地抽了回来。

周擒望了她一眼："愣着干什么，自己去拿碗，还要我伺候你？"

"我是客人啊！"

他淡笑道："你是蹭饭的。"

夏桑骂骂咧咧地走到厨房，拿了一个干净的小碗回来。周擒接过碗，替她舀了一碗汤。夏桑手肘撑着桌，仔细地观察着他。

他脱了外套，穿着一件灰色高领毛衣，冷硬的气质也被这件毛衣消弭了，显出少有的居家感。袖子被卷到了手肘处，露出一截麦色的小臂，皮肤上隐隐可见曲张的筋脉。

他将盛满鱼汤的碗递到夏桑面前。夏桑故意将脑袋别向一边，高冷地说："太烫了。"

"真难伺候……"周擒嘀咕了声，还是用手扇了扇鱼汤上冒出来的热气，推到她面前。

夏桑心满意足地享受着面前这一碗香喷喷的鱼汤。

在周擒端上另一盘糖醋排骨上来的时候，夏桑已经喝了两碗了，忍不住打了一个很轻的嗝。

周擒一出来，她连忙捂住嘴。他将糖醋排骨端上桌，脱下了淡蓝色小碎花围裙，悄无声息地笑了下。

她敏感地问："你笑什么？"

"没有啊。"

"你笑了。"

周擒眼角扬了起来："我没笑。"

"你现在就在笑！"

周擒嘴角也绽开了弧度，坐在她对面，指尖敲着木桌面："请问，在你面前，我有没有笑的权利？"

"你这样问的话，就是把决策权交给我了。"

"行，交给你。"

"那不准笑了。"

周擒立刻恢复平静的表情，只是因为肌肉的舒展，倒也没了平日里的冷漠，只有柔和。

"还真听话呀。"夏桑又喝了一口鱼汤。

周擒是真的饿了，不再和她玩笑，给自己舀了一大碗米饭，然后就着糖醋排骨吃了。

"你不喝汤吗？"

"先吃饭，垫垫。"

他吃饭的样子并不斯文优雅，但也不像其他男孩那样粗鲁，一口菜一大口饭，呼噜呼噜地吃得很香，看得夏桑也胃口大开，给自己夹了一块排骨。

"好好吃哦，小周。"

周擒放下筷子，无奈地说："你要是不想叫我名字，可以叫擒哥，小周听着像水电工。"

夏桑露出牙齿笑，故意拉长调子："小——周。"

周擒身体后靠，倚着椅背，眼睛眯起一条漂亮的弧线，望着她。

"看什么，想给我当水电工啊？小周。"

周擒又笑了。

她立刻道："没有我的允许，不准笑。"

"怕你了。"周擒很不客气地说，"吃完快走。"

"偏不。"夏桑慢悠悠地吃着饭。

倒也奇怪，她在家里向来吃得很少，但是在周擒这里，喝了三碗鱼汤，还吃了一碗白米饭，肚子都被撑得鼓起来了。

周擒收了碗筷去厨房清洗，嘴里说着："看不出来，饭量这么大。"

"你做的饭，好好吃哦，小——"

"再叫一声试试？"

夏桑倚在门边，歪着头看着他，听话地改口道："擒哥。"

这一声让他的心跟着柔软了下来，沉默了片刻，周擒关了水龙头，压着嗓子，艰难地说出了这几个字："还是叫名字吧。"

等了很久，没等到小姑娘的回应，他回头，门口早已没了小姑娘的身影。周擒怔了怔，自嘲地笑了下，用毛巾擦了手，溜达着走回房间。

夏桑正坐在他房间的书桌边，认认真真地用粗笔勾画着他的笔记本。

"你在做什么？"

他走了进去，拎走了那本生物笔记。

夏桑放下笔，认真地说："你的笔记做得不太好，很多要点都没有记，我刚刚帮你补充了一些，都是高考的重点知识。"

周擒看着她在本子上补充的那些知识点，跟他的字迹一模一样，完全看不出来区别。她仿他的字迹都快出神入化了。

周擒见她又拿起笔，在另一个本子上认真地勾画了起来，他俯身问："你要把我全部的笔记都修改一遍？"

"你的笔记做得好烂，靠这个，你能考几分啊？"

周擒合上了笔记本，倨傲地说："不好意思，年级第一，正是在下。"

"你们学校的年级第一，到我们学校，不知道会排多少哦。"

"是，一中牛。"

"一中当然牛……"夏桑用很轻的气息声说出了最后一个字，"啦。"

"所以不是我笔记做得不好。"周擒背靠着书桌，"十三中的教学水平就这样。"

"惨。"

"听说你们一中有专门的高考研究小组，全是硕博专家，专门研究每年高考题型，给你们每个月的月考试卷出题，还原高考。"

"嗯，是有的。"

"这些在十三中，是根本不可能的事。"

夏桑听到此处，又问道："那你会参加体考吗？"

周擒轻"嗯"了声："仅凭十三中这种教学质量，我上不了一流的高校，明年五月的体考是唯一的机会。"

夏桑用力点头，说道："你是人间第一流的人，应该要上第一流的大学！"

周擒反问道："我怎么就第一流了？"

"你就是。"

反正就新菁杯来说，夏桑对他心服口服。她觉得不管是学习，还是篮球，任何一条路，周擒都能走到巅峰。她继续低头帮他完善笔记，周擒看着她，眸底藏住了温柔。

李诀的告诫还在耳畔，那不是玩笑，那是关乎他努力很久的未来，是他心里那道列车奔驰而去的远方。

可她却说他是"人间第一流"。

周擒默了片刻，心里升起了几分勇气，问道："刚刚在路上，你想问我什么？"

夏桑没抬头，一笔一画地写着字："我想问你，你有什么目标大学来着？"

他轻嗤："怎么问这个？"

"随便问问。"

"看分数，冲名校。"

"有没有想去的城市呢？"

"还没想好。"

夏桑深呼吸，鼓起勇气望向他："那你想好之后，告诉我啊。"

周擒拿起一张白纸，随手折叠着："为什么要告诉你？"

"因为我想和你近一点啊，如果是一流的大学，也许还能当校友哦。"

覃槿对她的要求就是全国最好的大学，如果周擒能考上的话，哪怕是冲体考，能考在一起就太好了。

周擒歪着头，故作不解地扬了扬调子："为什么要近一点？"

夏桑低着头，纠结了很久，终于鼓足勇气道："你可以保护黑黑，就是……能不能也保护一下我啊？"

她说这句话的时候，几乎快听不清自己颤抖的声音了，只觉得脑子里乱哄哄，嗡鸣作响。

周擒也沉默了几秒，用玩世不恭的语气说："我干吗要保护你，你是谁啊？"

"朋……朋友啊。"夏桑紧张地问，"你不会保护你的朋友吗？"

周擒笑了一下，没有回答。

夏桑继续低头做笔记，掩饰慌张。她也不知道怎么鬼使神差地问出了这句，觉得自己好傻哦！周擒怎么保护得了她，她不像连累姜琦明一样连累他就好了……

夏桑岔开了话题，说道："你的笔记真的做得好烂哦，竟然还有错漏的地方，就这文化课，你怎么考一流大学呀？"

周擒却问："夏桑，你是不是遇到麻烦了？有谁欺负你？"

"啊！不是啊！没有！"夏桑立刻心虚地反驳，"我怎么会遇到麻烦，我妈妈是教务处主任，谁敢找我麻烦啊！"

周擒等她辩解完，也没追问，只道："有麻烦跟我说。"

"没……没有的事。"

两人又无言地坐了会儿，忽然听到门外传来了自行车铃声，黑黑也叫了起来。

周擒往窗边望了眼，说道："我爸回来了。"

夏桑赶紧起身，背上了自己的包包："那我赶紧回去了。"

周擒走出门去，迎向周顺平，说道："爸，不是说明天才回来吗？"

"供货商说他们那边大雪封路了，一时半会儿供不上，回来等两天。"

周顺平的视线警觉地飘到了周擒身后。

小姑娘背着书包，僵硬地走了出来，尴尬地说："叔叔好。"

这会儿天都黑了，把人家女孩带回家中，任何一个家长都不可能不多心。周顺平指了指周擒，脸色顷刻沉了下去。

"叔叔再见。"夏桑急匆匆地走出了门。

黑黑又叫了几声，似乎在和她告别。

"拜拜，黑黑。"夏桑小跑着，跑出了院门。

周擒无奈地解释："她来玩的，在房间帮我写笔记。"

周顺平气得快说不出话来了："你忘了你脸上这道疤怎么来的了！你还敢——"

"没忘，记一辈子。"

周擒看着小姑娘的背影，心急火燎地追了出去："爸，黑灯瞎火的，我去送一下她。"

"臭小子！回来！"

黑乎乎的巷子，路灯昏暗，夏桑回头看到周擒追了上来，赶紧挥手道:"你爸爸生气啦!"

"不怕,我先送你上车。"

"地铁站就在前面,你快回去解释一下吧。"夏桑加快了步伐。

周擒追上来,带着她走出了曲折的小巷,穿过宽阔的马路人行道,来到了火车北站的地铁口。

"快回去哦,跟叔叔解释一下。"她转身走下地铁楼梯。

周擒望着她的背影,突然叫住她。

"什么?"

他漆黑的眸子凝望着她,认真地说:"我会像保护黑黑一样保护你。"她呼吸一顿,又听他道,"所以有事,一定要找我。"

回去当晚,夏桑便登录了火车票购买系统,查找火车北站的时刻表。她和周擒经过天桥的时间,大概是下午五点二十,那个时间段经停火车北站的列车有两趟。一趟是前往松江市,另一趟是前往东海市。

她只要从中选一个作为答案,应该就能赢了这场赌约。

其实这游戏挺无聊的,不过夏桑喜欢周擒的链子。虽说君子不夺人所爱,周擒把那链子当宝贝似的保养爱护着,当然也是喜欢极了。但正因如此,夏桑偏偏就想要。

反正他都应承了,只要她赢了这场游戏,链子就是她的。

按照周擒的规则,夏桑只有一次机会了,不确定的答案却有两个。她随便选一个,就是二分之一的机会。

已经够了。

夏桑看着这两个地名,思忖了很久,忽然想到,其实不管她选哪一个,周擒都可以否认掉,然后说答案是另一个。只要他不愿意把链子送给她,甭管她怎么回答,答案都是错的。

夏桑挠了挠头,有点郁闷。

"啊啊啊,好无聊啊!"她终于受不了,揉着头发大喊了起来,"这么无聊的游戏,有什么好玩的啊!一条破链子,有什么好要的啊!"

夏桑冷静下来之后,给周擒发了条信息,给出了一个怎么回答都不会错的答案。

"我想出来了,那辆车行驶的终点站。"

周擒:"嗯?"

夏桑：“未来。”那辆车通往的方向，是未来。

周擒：“这算什么答案？”

夏桑：“但没有错。”

每一辆列车都载着乘客驶向未来，哪怕两个小时后，半个小时后都是未来。

周擒：“高考你也这么答？问你物体加速度是多少，你回答牛顿第二定律自己算。”

夏桑：“那我就问你服不服？”

周擒是服了她了。

周擒：“下次见面，记得提醒我拿链子，你忘了，那我也会忘。”

夏桑的眼角都弯了起来，愉快地放下了手机，摸出了笔和本子，开始完善自己的课堂笔记。

一周后，夏桑将自己高中三年的所有学科笔记进行了重新标注整理，并且将每个月的月考试卷也按照时间线，全部整理了出来。

南溪一中的月考试卷，都是学校高薪特聘的专家组针对高考特编的，含金量比市面上的高考教辅试题高得多。夏桑将所有的资料拿到打印店复印出来，光打印费就花了两百块。

抱着厚厚的资料袋，夏桑站在寒风瑟瑟的街头，给周擒发了一条信息：“我把笔记资料复印了一份，现在给你送过去哦。”

等了很久，没有等到周擒的回复，夏桑又给他打了个电话，但没有人接听，提示关机。

“奇怪了……”

夏桑心里七上八下的，路过一个地铁站，她犹豫了片刻，还是走了进去。这里距离火车北站仅仅三站之遥，她索性便将资料送到他家里去，也可以顺带看看他有没有在家。

因为放寒假的缘故，巷子里很是热闹，有小孩追逐嬉戏，给这里死气沉沉的环境带来了几分生气。

寒假的副食店生意也很好，有几个小孩围在院子里问周顺平买零食糖果。

“要薯片啊？”

“这个五块钱。”

"星球杯，有。

"虎子，别去摸狗，当心咬着。"

因为那天被周顺平撞见的尴尬场景，夏桑不太敢进门，背抵着粗糙的墙壁，仔细听着，好像周擒并不在家。

这时，院子里传来了另一道清脆的男声："周叔，周擒的球鞋我就先带走了。"

"你过去之后，叮嘱他要好好训练，听教练的话。"

"得嘞，放心吧，我晚上的飞机，先走了。"

"你自己也要小心，一路顺风，在外面别吃辛辣的，当心吃坏肚子。"

"周叔，您就别操心我了。"

夏桑听出来那是李诀的声音，心头一慌，正要转身离开，没想到李诀蹦跳着三两步出了门，和她撞了个正着。

李诀对夏桑一直没有好脸色，在门口看到她，直接眉毛都竖起来了。夏桑也不知道自己怎么得罪这家伙了，他一开口便是夹枪带棒的："哟，乖乖女，来找周擒啊？"

"嗯。"

"看到你，我就怀疑你们一中有没有传说中的那么拼，怎么就你一天到晚闲着呢？"

夏桑听他语气不善，自然也摆不出好脸色，讥讽道："因为我是时间管理大师啊。"

"行，时间管理大师。"

李诀拎着白口袋，单手插兜走近了她。夏桑虽不怕他，但还是往后退了退。

"你找周擒做什么？"

"我来给他送笔记。"夏桑抱着资料袋，"他不在吗？"

"他上午的飞机，提前去东海市了，一周的集训，然后比赛。"

"哦。"

夏桑恍然想起，他是说过，寒假有一场很重要的比赛，难怪电话无法接听呢，应该在飞机上。

"那我下次再来。"

夏桑正要离开，李诀的声音轻飘飘自身后响起："乖乖女，这么在意周擒啊？"

她脚步一顿，下意识地回头否认："没有的事。"

"不在意，老找他做什么？"

"我没有总找他。"夏桑理直气壮地说，"我跟他见面的次数屈指可数。"

李诀指了指天桥，说道："咱们去那上面说，省得等会儿叔叔出来看到。"

"我不去。"夏桑抱着资料袋，转身便走，"我跟你没什么好说的。"

"你就不想知道，他脸上那道疤的前世今生吗？"

夏桑脚步蓦然顿住。

天桥之下，又有一辆白色的动车轰隆隆地驶过，震动从脚底蔓延至全身。

李诀转过身，背对夏桑道："他那人，从小不仅招女孩，也招男孩，不过招来的都是嫉妒，你恐怕不知道他以前是什么样子。"

夏桑压低了嗓音说："我知道。"她知道他以前是多么闪闪发光。

"那时候他太优秀了，性格多少有些狂妄。上初中的时候，惹到了不该惹的人，拿走了那人觊觎很久的荣耀，具体是什么，他没细说，可能是什么机器人大赛的奖项吧。"

"学校都确定了给那个富二代，因为他爸给学校的科学馆捐了一大笔投资，偏半路杀了个周擒出来，搞了个很牛的黑科技，击败了所有人，实力碾压，连给评委犹豫的机会都没有。"

夏桑想到了周擒房间里的那一沓奖状，她很清楚这种被人碾压吊打的不甘心。

"因为那件事，学校蛮多女孩都成了周擒的崇拜者，包括那个和富二代走得近的人。后来，富二代叫了几个男生找他麻烦，当时他们就在这个天桥上，让他破相了。

"没想到遇着周擒父亲下班经过，看到自己儿子满脸鲜血，天底下任何父母都不可能冷静……"

"周擒说过，他爸爸以前是拳击手，很厉害的。"

"嗯。"

李诀转过身，看向无限延伸到远方的铁轨："结果可想而知，那几个小子被叔叔揍得够呛，过去的周叔和现在不一样，是个暴躁的脾气。"

"但因为这件事，周叔叔也被刑拘了是吗？"

"那些小子家里个个都不好惹，尤其是那个富二代，请了最好的律师去打这场官司，最终让周叔判了个三年以下有期徒刑。"

"可这分明是他们先动的手啊！"

"周擒的伤够不上轻伤的量刑，但周叔给他们那几下……"李诀深吸一口气，皱眉道，"不管他们是怎么拿下轻伤的鉴定，反正判了就是判了。后来因为那个富二代的缘故，整个南溪市没有一所重点高校愿意收周擒。"

夏桑的胸腔呼呼地漏着风。

这太欺负人了……

"这几年，周擒变了很多。"李诀说道，"这是一个很大的教训，他变聪明了，知道藏拙，不再锋芒毕露，所有的气力都用在了摆脱这泥沼一般纠缠的命运上。"

夏桑心里酸楚得很，用了很大的力气才忍住眼泪。

不敢去想，这几年他怎样一个人单打独斗地生活着，忍耐了多少痛苦；更不敢去想，曾经耀眼的光芒如何收敛压抑到如今。

"所以夏桑，离他远点，周擒没这个命跟你这样的人走得太近。"李诀直入主题，真诚地恳求道，"放他一马吧。"

夏桑忍着心痛，看着他："命是他自己挣出来的，他想要还是不想要，别人有什么资格说？"

"对，别人没有资格说这些，也没什么了不起。但恕我直言，夏桑，你都自身难保了吧？"李诀看着她，微笑道，"重新自我介绍一下，我是祁道异父异母的哥哥，现在寄人篱下住在他家。"

李诀踱步走下天桥的时候，回头望了眼全身僵硬的夏桑。他本来想把那个富二代就是祁道的事，直接告诉她。

但看到夏桑那副样子，李诀还是忍住了。

夏桑在天桥上，萧瑟的寒风快把她整个身子骨都吹透了。就算是今午冬天最冷的时候，夏桑都没感觉到这般彻骨的寒凉。

曾经她猜测过无数次，关于他那道疤是怎么来的，甚至也想过可能是年少轻狂跟人打架。但是从李诀的描述中，夏桑只感觉到漫无边际的屈辱和压抑。

这些年，他就顶着这张带有屈辱印记的脸，努力向着光明与未来狂奔。

夏桑摸出了手机，点开了周擒的微信，看着他们所有的聊天记录，颤抖的指尖不断往上拉。认识不过短短几个月，竟然说了这么多话。

眼泪滴在了屏幕上。

夏桑蹲下来，控制着强烈奔涌的心痛和不舍，用哭腔很小声说了三个字："再见啊。"

然后她颤抖着指尖，按下了删除好友的按钮。

对他那无边汹涌的不舍，也随着这一刻的夕阳，倏忽间沉下了天际，坠入无边的黑暗中。

删掉微信的最初几天，是夏桑最难熬的一段时间。

白天她练琴学习，将自己沉浸在快节奏的学习氛围中，让大脑像机器一刻不停转地运转着，排解心里那股隐隐的不适感。

每每熄了灯，盖上了被单，夏桑望着窗外夜色，疼意丝丝入扣。她甚至摸出了手机，试着重新添加周擒好友。

以前有过删好友的经验，是她跟段时音闹别扭的时候发现的——单方面删除好友，如果对方没有删除自己的话，那么重新添加，对方是不会收到任何消息提醒的。假若对方在被删除期间，没有给她发信息，甚至都不会知道自己被删除过。

她心一横，还是重新添加了好友。

果不其然，手机里没有提醒任何验证消息，顺利添加上了。

因为周擒没有反删她。

夏桑骤然松了口气，心脏狂跳着，默默祈祷，希望周擒这几天忙于训练，没有时间找她。这样他就不会知道她单方面删除好友的事情了。

他的朋友圈空空荡荡，夏桑没有找到他的近况，也不知道他在东海市的集训生活是否习惯。

她深吸一口气，将手机放回枕头下面。

那晚，她做了一个很可怕的梦。

梦境里，她在迷宫里奔跑，有一个戴着鬼怪面具的黑影在追逐着她，每当她找到出路的时候，黑影就会出现在出口的方向。终于，黑影摘下面具，露出祁逍狞笑的脸。

她吓得魂都没了，只顾着向前奔跑，疯狂地奔跑，试图摆脱那道黑影。

与此同时，夏桑看到周擒。他和她一样在努力奔跑，夏桑很想向他狂奔而去，可是她越是靠近他，那鬼怪的影子也如影随形地逼近。

终于，夏桑停下脚步。

她抬起头，眼睁睁看着周擒逃离了，逃向光明和自由的未来。

而这迷宫变成了无尽的旋涡，将她一点点吞噬殆尽，她泪流满面，望着少年远去的背影消失在天光的尽头。

"跑啊，快跑啊。

"只要跑得够快，他就追不上来。

"快跑！周擒，快跑！快跑啊！"

夏桑从梦魇中惊醒过来的时候，嘴里还大喊着："周擒，快跑！"

冷汗直流。

梦里那种沉痛悲伤的情绪，隐隐地埋在胸口，她擦掉了眼角的泪星子，然后摸出枕头下的手机，删掉了周擒的好友。

就此……说再见吧。

无论是迷宫，还是旋涡，她都会勇敢面对。

这是她一个人的战役。

午饭时，覃槿在阳台上接了一个电话，夏桑观察着她，她的神色带了掩饰不住的欣喜。

"夏桑，韩熙老师刚刚来电话了，说有一场音乐交流研讨会，想带你一起过去，与会者都是圈子里享有盛誉的音乐家。我现在就给你订机票，见识也好，结识人脉也好，或者交流提升也好，总归有好处。"

"要去多久？"

"交流会持续两周，已经开始了，你至少要准备一周的时间。"

夏桑觉得时间有点长，但她也没有反对。因为看覃槿这欣喜的样子，是肯定要让她去的，反对了也没用。

她漫不经心地问："交流会是在外地吗？"

"嗯，东海市。"

夏桑拿筷子的手蓦然顿了顿，心脏像被一根细长的丝线缚紧，有点缺氧。

她犹豫片刻，说道："妈，我不太想去。"

"为什么不想去？"

"你不是让我寒假也不能放松学习吗？别人都在你追我赶，我不想因为参加这个交流会影响学习。"

覃槿眼中似有欣慰，不过她立刻说道："学习是一方面，小提琴也不能耽搁，这次机会难得，去见识一下也好。"

"我真的不想……"

覃槿扬了扬手机："机票已经订了，今天晚上七点，等会儿午休一下，就可以收拾行李了。"

"……"

下午五点，覃槿开车送夏桑来到了南溪机场。

夏桑从后备厢里取下了重重的白色行李箱，行李箱里除了日常的冬衣，还装了很多教辅书籍。覃槿叮嘱她，不要以为去东海就是去旅游的，在研讨会闲暇之余，必须好好看书复习，像在家里一样。

夏桑听话地全部应承了下来，拉着行李箱走进了航站楼。进入安检的时候，忍不住回头望了覃槿一眼。她仍旧站在航站楼门边望着她，因为夏桑是第一次独立出远门，没有父母在身边，她多少有些忐忑担心。

夏桑对妈妈的感情其实很复杂。一方面觉得被妈妈压得喘不过气来，但另一方面，这个家最后也只剩她和妈妈了。

妈妈是与她相依为命的人。

夏桑转过头，拉着行李，朝着检票口走了过去。

机舱里，她见到了韩熙。

韩熙老师波浪卷披肩发很大气，穿着很有艺术感的森女系冬装长裙，身上搭着一个卡其色小坎肩，坐在机舱里，和周围旅客截然不同，很有气质。

她微笑着对夏桑扬了扬手："小桑，快来。"

夏桑坐到了韩熙身边，礼貌地问了声好。

韩熙问乘务员要了一条毛毯，妥帖地搭在了夏桑的腿上："你妈妈特意叮嘱了，让我好好照顾你，千万不要生病。"

"她只是担心我生病了会影响学习。"

"别这么说嘛，你妈妈还是很不放心你的。"

很快，飞机驶上了跑道，缓缓升空。夏桑看着窗外渐渐远去的景色，心脏怦怦地跳动了起来。

要在另一个城市见面了吗？不过，东海市那么大，两个人要遇见哪那么容易。

她都把他微信好友删了。

夏桑攥着柔软的毛毯，轻轻地叹息了一声。

韩熙看夏桑神情有些紧张，于是将手搭在她的手背上，轻轻安抚着："没事的，到了平流层，就没有那么难受了。"

"嗯。"

她试着找一些话题来转移注意力，缓解小姑娘紧绷的情绪："小桑，我看你最近跑小提琴教室比较勤，演奏时也投入很多了。"

"因为期末考试还不错，妈妈让我寒假多用一些时间练琴。"

"只是这样吗？"韩熙温柔地看着她，"我听着你最近的演奏，情感似乎丰富很多。"

夏桑知道韩熙是名师大家，她有没有投入心思感情，投入了多少，韩老师一耳朵就能听出来。

夏桑也不再隐瞒，说道："韩老师，你上次说，有一天我会找到喜欢小提琴的理由，我感觉好像找到了。"

"是吗！"韩熙眼底露出惊喜之色，"愿意跟我说说吗？"

夏桑抿抿嘴，说道："这是一个秘密，谁都不可以说。"

"那我知道了。"韩熙脸上绽开了温暖的笑容。

夏桑见她一眼就把自己的心思看透了，也没有辩驳隐藏，说道："那韩老师，你会不会觉得我很幼稚，学了这么多年的小提琴，最后喜欢它，竟然是和其他人有关。"

"哪里幼稚了？"韩熙拍了拍小姑娘的脑袋，"只有情感，才能为艺术注入灵魂，没有情感只有技艺，那么也许你会拥有名气和金钱，但绝不会拥有灵魂。"

夏桑看着韩熙，眼底透着几分不可置信，没想到韩老师竟会说出这样的话。至少，这和她自小接受的刻板教育截然不同，是一种全新的情感教育。

"那韩老师的意思是？"

"不管是对小提琴的热情，还是对某个人的欣赏，这都是一生中宝贵的情感，这些情感才是艺术的宝库。"韩熙说道，"我希望你能有自己独立的思考。"

夏桑轻轻地叹了一口气，望向窗外，层叠的白云已经在蓝天之下，浩渺无垠的一片空旷。

她又想起了那个梦。

他一直在奔跑，跑得那样快。

她大概是追不上了。

四个多小时之后，飞机在东海市机场降落。走出舱门，夏桑嗅到了一阵清新的海洋味。

她生活在内陆城市，从来没有见过大海，很想去海边看看，不过现在天色已晚，飞机落地后韩熙便带着她直奔酒店了。

出了航站楼，有一位模样英俊、身形高挑、气质也很优雅的哥哥站在轿车边等着他们。

韩熙对夏桑介绍："这是林止言，在东海大学念大二，是我最得意的学生，也是你的师兄。"

夏桑乖乖地问好："林止言师兄，我是夏桑。"

林止言露出一抹阳光谦和的笑容，说道："小师妹好啊，我总听韩老师提起你，说你很有才华，也很有天赋，有时间一起交流啊。"

"没有，韩老师谬赞了。"

韩熙摆摆手，说道："你俩都是年轻人，瞎客气什么，简直比你们爸妈说话还客套，可一点都不像 00 后。"

林止言笑了起来："韩老师，我是 90 后。"

"那也还小嘛。好了，别在这儿吹冷风说话了，先送我们去酒店吧。"

"是我不周到了。"林止言温和礼貌地说，"韩老师、夏桑小师妹，快上车。"

林止言给她们打开了车门，护着头让她们坐进去，然后开着车，带她们驶离了机场，进了东海市的城区。

东海市是东部地区最具发展潜力的沿海城市，城市景观也相当繁华，高楼林立，霓虹璀璨，商业区比南溪市还要热闹些。

半个小时后，轿车驶入了相对来讲比较安静的创意园区的环湖路。

夏桑注意到，这条路有点像莫拉艺术中心的园区，周围要么是剧院，要么是音乐广场，要么就是体育馆球场。

她好奇地问："林师兄，我们这是在哪里呢？"

"这里是文创中心。"林止言介绍道，"东海有全国最大的文创园区，我们的交流会就在这里面进行，你们的酒店也在这里，很近的。"

"哦。"

"这里平时很安静，不过最近因为有一场 TBL 篮球赛事，运动员也在园区集训。好在你们的酒店距离篮球馆不会很近，应该也不会影响到休息。"

听到篮球赛事，夏桑的心脏也不免提了提。

她想知道更多，却又害怕知道更多。

应该，不会这么巧。

夜间，周擒穿着单薄的黑色秋衣，走出了篮球馆。

微风轻拂，他身上锻炼之后的热气全被吹散，冬日的寒凉丝丝入扣。他微微抬头，望向了高悬于回廊边的那一轮弯月。

这不是他第一次离开家乡，曾经在暑假也去别的城市打过工。但不知道为什么，这一次出远门，格外想家。

周擒摸出手机，点开了小丑女的头像。

他第一天来到东海市便去了海边，拍下了一张日落大海的照片发给她。但让周擒猝不及防的是，那张照片发出去，一个红色的提示冒了出来，告知他已不是对方的好友。

当时并没有太大的情绪起伏，删了就删了。但是不知道为什么，淡淡的失落感却一直萦绕在心里，好几天了。

他想到了夏桑模仿他的字迹写在便利贴上的那三个字："我不配。"

她也觉得他不配吗？

"擒哥，走啊，一起回去。"李诀抱着篮球走了出来，揽住了他的肩膀。

周擒漫不经心地问："夏桑最近和明潇联系过吗？"

"啊，这你要问潇姐啊，问我干吗？"李诀脸色有些紧张。

"她把我删了，你知道原因吗？"

"估计是反应过来她这种好学生跟咱们不是一路人，桥归桥路归路，就删了呗。"

如果只是这个原因，倒还好，但他更怕小姑娘是遇着什么事了。心里惴惴不安的，总是悬着落不到实处。

"别想了，还有几天就比赛了，你可别在关键时候掉链子啊！不然教练能捶死你！"

周擒不置可否，和他一起走进了灯火通明的酒店大厅，进入电梯，按下了四层的按钮。

在酒店的走廊边，几个男生讪笑着从他们身边经过，其中一个狠狠地撞了李诀一下，轻骂了声："乡巴佬。"

"你骂谁呢？"李诀不爽地回头，"神经病啊！"

姚宇凡回过头来，用浓重的东海口音说了句当地骂人的话，大概是"衰仔"的意思。李诀年少气盛想上前理论，被周擒一把揪住衣领拉了回来。

他面无表情道："教练就住在这一层，想打架，下次找没人的地方。"

姚宇凡本来是东海省队最被看好能夺冠的篮球队员，但是因为周擒的到来，他夺冠的希望直接从百分百滑到了零。毫无疑问，周擒无论是技术还是意识、体力，都强于他太多了，两人根本不在一条水平线上。

所以这两天，姚宇凡也是磨皮擦痒，有意无意针对周擒。

强龙不斗地头蛇，周擒深知这个道理，所以一个眼神都没给他。反而是他，多番挑衅搞得太明显，被教练罚了好几次。

李诀讪讪地说："这些家伙，哪来的优越感，就这么看不起外地人？"

周擒站在门前，从包里摸出了房卡："无能的狂怒罢了。"

这样的人，他以前遇得多了。

周擒回了房间，洗澡的时候，听到隔壁传来了悠扬的小提琴旋律。周擒关上了淋浴莲蓬头。

旋律很轻很轻，似乎为了避免打扰别人，刻意放低了调子，所以当他将耳朵贴在墙上，闭上眼，才能听得更清楚些。

他听出了对方演奏的是一段比较经典的曲子——《月亮代表我的心》。

随着悠扬动人的音乐，强烈的情潮如浪涌般冲击着他的心。他重新打开了莲蓬喷头，任由水流拍打着他的脸。

都出现幻觉了。

小提琴的艺术研讨会整整开了一上午，韩熙和在座的艺术家热切地交流着。夏桑坐在她的身边，正埋头奋笔疾书记着笔记。

在交流的间隙，她抬头，看到身边的师兄林止言拿着录音笔在记录。她小声低语："真聪明。"

林止言也说道："他们会在讨论间演奏交流，用录音笔正合适。"

"师兄回去也发我一份。"

"好，加个微信。"

"嗯。"

相互交换了微信之后，夏桑仍旧认认真真地记录着一些交流中的技巧要点。

林止言探头过来，望了望她的笔记，夸赞道："字如其人，写得真不错。"

"谢谢。"

字如其人，大概是在夸周擒，因为她现在的字体，完完全全得了他的精髓。

夏桑摇摇头，努力把那个人的身影从脑海中甩出去。

下午三点，交流会总算结束了。

本来林止言还想陪着夏桑在创意园区里四处逛逛，尽一尽地主之谊，但夏桑不想耽误他的时间，便说自己想一个人走走，不需要作陪。

林止言看出小姑娘是不太喜欢热闹的性子，也没有勉强，只说道："这里的餐厅都比较集中，在湖边的音乐广场，所以肚子饿了，可以去音乐广场那。餐厅很有格调、环境浪漫，价格也略有些小贵，当然也可以回去点外卖，外卖虽然远，但骑手都能送进来的。"

"嗯！"

"晚上音乐广场会很热闹，有很多街头艺术家过来演出，感兴趣也可以来看看。"林止言爽朗地笑着，"当然，如果需要作陪，随时联系我。"

"谢谢师兄。"

林止言对她挥了挥手，离开了。

夏桑松了口气，一个人在园区干净的青草石子路旁溜达着。

按照昨晚进园时林止言对两旁建筑的介绍，夏桑很快便找到了篮球馆。林止言说最近有一场篮球赛事，全国各地的优秀队员都在这里集训。

夏桑不知道周擒说的那个篮球比赛是不是这个，她在篮球馆的圆顶建筑前站了十多秒，心里暗笑自己像个傻瓜。

哪会有这么巧的事情发生呢？她摇摇头，迈步离开了。

　　走了十几米，再回头，圆顶体育馆仍旧矗立在灰蒙蒙的天空之下，而她想念的人，也许近在咫尺。

　　夏桑胸口一阵发闷，她不知道这种无处排解的躁闷是什么。但她知道，如果不进去看一眼的话，这种躁闷大概会陪伴她好几天。

　　看了，就死心了。

　　夏桑毫不犹豫地迈步走进了篮球馆。

　　进入通道之后，她选择上了二楼观众席，因为害怕进入场馆里迎面撞上，那样就太尴尬了。她只想偷偷地、没有人知道地瞄上一眼。如果场馆里没有她想见的那个人，她就立马离开，不再胡思乱想。

　　夏桑来到二楼的观众席。

　　观众席并非空无一人，还有不少围观的保洁人员和带小孩来看训练的家长，所以她倒也不显得突兀。

　　篮球场里有少年们在运球和传球，还有几列队员正在加速高抬腿，也有在垫子上拉韧带放松的……

　　夏桑不用细看，扫一眼便知道这里面没有周擒。每次不管是比赛也好，训练也好，只要有周擒在，她必然一眼就能从人群中找到他的身影。这几乎成了夏桑的一项"特异功能"了。

　　不过世界那么大，上天怎么会又让她在陌生城市遇到他呢？

　　夏桑的胸口涌起淡淡失落，转身便要离开，却听到下方传来一个轻狂的声音——

　　"周擒，你不会穿这样的鞋去打比赛吧！"

　　"欸！你别说，还真是……"

　　又是一个男孩的声音，似乎在附和着："你这鞋未免太毛糙了！穿多少年了啊！"

　　夏桑强忍着狂跳的心脏，走到观众席下排围栏边，朝下面望了望。望见了那个少年的身影。

　　他穿着黑色球衣，外搭着冲锋衣的外套，长腿分开，随意坐在休息椅上，任由这些讨厌鬼对他的球鞋品头论足。

　　"穿这样的鞋打比赛，可别打着打着就开裂了。"

　　"那可丢人了。"

　　"你是不是连一双像样的鞋都买不起啊！"

　　"哈哈哈！"

夏桑握着栏杆的手蓦然收紧了，恨不得脱了自己的鞋砸在那个带头嘲笑他的男生头上。

周擒显得云淡风轻，耷拉着的眼皮都没有抬一下："我就算不穿鞋，也能把你打到趴下。"

虽然是懒散的调子，语气却格外嚣张。因为他有嚣张的资本。

姚宇凡快被周擒气得心脏都要炸了，少年意气一触即燃，手里篮球一扔，上前就要和他理论："你狂什么啊狂！"

周擒懒懒扬了扬手，对着球场上的教练喊了声："教练，姚宇凡打我。"

教练也是个暴脾气，看到几个少年死命拽着怒发冲冠的姚宇凡，于是捡起座位上的包，直接砸到姚宇凡脚边："还有几天就要比赛了，想打架的，直接给我收拾东西滚蛋！"

姚宇凡顷刻间消停了下来，满眼不甘地望着周擒，恨不得将他生吞活剥了。

周擒懒得理他，捡起篮球上场，迅捷地掠过几个前来阻挡的队员，转身一个三分投篮，进圈！

他似乎在用这样的恐怖实力回答姚宇凡刚刚的挑衅言辞。

教练指着姚宇凡的鼻子骂道："你要是有周擒一半的水平，就算把这场子捅个窟窿出来，我也不管。比不赢人家，还要成天找碴，不知道好好提升自己，像你这种，永远别想进国家队了。"

姚宇凡被教练一顿臭骂，丢了篮球，灰头土脸地离开了。

夏桑看着少年在运球投篮的骄傲模样，心脏也加速跳动了起来。

优秀的人，就是这样闪闪发光的啊！

哪怕是泥沼缠身，路途不顺，但不管哪一条路，他都能攀上顶峰。

夏桑心里忽然升起了一股莫名的勇气，好像没有那么害怕了，不管是妈妈的压力，还是祁逍的胁迫，她好像都不怕了。

夏桑用手机搜索了距离这里最近的商城，然后叫了一辆网约车，转身走出篮球馆。

临走时，她回头又望了他一眼。

周擒手里的球被李诀拍走了，教练吹了声口哨，让他仔细些。

他抬头望向了观众席。

观众席稀疏地坐着四五个人，刚刚仿佛一瞬间看到了脑子里回转千百遍的熟悉身影。

栏杆边却是空空荡荡。

他皱起了眉。

李诀带着球在他身边跑了几圈，直接投篮，他也没有阻拦。

"擒哥，想什么呢？"

周擒失神地说："想回家了。"

"啥？这才出来一周都不到！想个锤子家啊！"

网约车在园区附近的一个万达广场停了下来。

东海市不愧是寸土寸金的沿海城市，就连网约车的起步价都比南溪市要贵五块钱，好在这附近就有一个商业中心，夏桑只花了一个起步价便抵达了目的地。

靠近艺术园区的万达广场，建筑外观也蛮有艺术感，宛如一个揉皱的魔方似的，很多人在商场大楼前打卡拍照。

夏桑走进了商城，按照一楼的楼层引导牌，直奔运动品牌专区。她对运动类服饰不太了解，因为平时也很少穿这类的衣服。不过品牌多少还是了解一些。

夏桑拿着手机逛店，搜索着品牌官方网站，查看今年最新发布的冬季新品和历年品牌卖得最好的爆款系列。

一边做功课一边挑选，哪怕不了解运动品牌，但夏桑脑子灵活，在数据搜索和归纳方面，也是相当厉害的。

她要为他挑选出最流行也最受欢迎的新款潮流运动鞋，让那帮人无话可说。

当然，最好的，价格也是不菲的。

逛了两个多小时，货比了十多家品牌和几十双爆款系列之后，夏桑挑选出了一款主调为黑红色的运动球鞋。

营业员见她来了又走，走了又来，挑挑拣拣，终于看定了一双，赶紧道："小姐是给朋友挑选鞋子吧，您这可真是太细心了，我看您来来回回都好几趟了。"

"嗯，因为不太懂，所以多看看。"

"不太懂？我以为您是这方面的行家呢！"店员赶紧介绍道，"您手上的是我们今年的新款，很受年轻男孩的欢迎，穿出来很好看的。"

“他是运动员。”

“运动员就更好了，这双鞋经过专业的设计，弹跳力一流，绝对适合运动员。”

夏桑也不知道真假，但无论如何，这双鞋的外观就很合她的意。她扫了眼下面的价码表，有点贵。

“请问有打折吗？”

营业员微笑道：“这是新款，不打折哦。您放心，一分钱一分货。虽然这双鞋价格贵，但穿在脚上肯定舒服。”

“那你帮我装起来吧。”夏桑摸出了手机。

“请问您朋友的尺码是多少呢？”

夏桑微微一愣，然后说道：“请你等我一下。”

她给明潇打了一个电话，并且千叮万嘱让她保密之后，回来告知了营业员尺码：“四十五的。”

“请稍等，这就为您包装起来。”

夏桑坐在酒店阳台松软的小沙发上，将鞋子里的纸团掏出来，试穿了一下运动鞋。

虽然这双鞋比她的脚大了很多，但穿起来真的很舒服，内部松软，紧紧地包裹着脚，走起路来也很轻松。她试着跳了一下，感觉不到什么弹力，不过买都买了，贵肯定有贵的道理。

夏桑的小金库很富裕，每年亲戚给的压岁钱就不少，再加上老爸每月都有按时给她打来数额不菲的零花钱，她又从不乱花钱。因此，年纪轻轻便成了“小富婆”。

几千块的鞋子，夏桑买得眼睛都不会眨一下。她重新将纸团塞回鞋子里，包装完好之后，便开始犯愁了。

鞋子怎么送出去呢？

比赛没几天了，要送就得赶紧送，不能让他上了赛场还被嘲笑。夏桑想了很久，觉得这件事还得找李诀帮忙。她毫不犹豫地拨通了李诀的号码。

傍晚，李诀在酒店楼下见到夏桑，指着她惊悚地大喊：“不是吧！你还真是阴魂不散，居然都追到东海市来了！”

夏桑急切反驳：“谁追来了，我有自己的事好吧，我是跟着老师来开研讨会的！”为了证明，她还特意拿出了在研讨会上拍的照片，作为佐证。

这两人就像死对头，见了面，相互都急得脸红脖子粗，跟斗鸡似的，大眼瞪小眼。

李诀不耐烦道："说吧！有什么事？"

"找你帮忙！"

"不帮！"

夏桑赶紧道："你必须帮！因为我之前帮了周擒，你当时就说欠我人情！我还有聊天记录做证。你要是不帮，你就是言而无信的人，你就不是男人！"夏桑将鞋盒递给了李诀，"我买了双鞋，你帮我送给他，比赛的时候穿。"

李诀看到鞋盒，更加激动起来："你们这些有钱的女生，是不是都喜欢拿钱来侮辱人，这有意思吗？"

"我什么侮辱人，你别乱讲，我就是看他鞋旧了。再说这比赛不是很重要吗，穿新鞋当然更好啊！"

"我打赌，擒哥绝对不会要。"

"所以我才让你帮忙啊。"

"我不会帮你的。"李诀一口回绝，"你在他身边，只会影响他打球的速度。"

夏桑将计就计，出言激他："你这么反对，难不成你对我……"

"怎么可能？你长得又不好看。"

夏桑被这句话噎得涨红了脸，结结巴巴地说："胡……胡扯！"

李诀见这招有效，继续劝退道："你照照镜子吧。"

"别扯那些有的没的，到底送不送吧。"

李诀抱着手臂，翻白眼，傲娇地说："不送。"

"你不送，我就跟周擒说，你把他的过去全都抖给我了！"

李诀瞬间跳了起来，面红耳赤："你……你别乱说，他非得打死我不可！"

夏桑冷嗤道："帮忙吗？"

"帮帮帮。"李诀走了过来，不客气地夺过了鞋盒，"怕了你了，但是说好，最后一次了。"

"放心。"

两人成功交接了"赃物"，转过身，便看到酒店大厅里，周擒面无表情地斜倚在沙发边。

"……"

夏桑呼吸一室，紧张得手足无措。而李诀更是翻着白眼，原地晕厥了。

周擒双手揣兜，薄薄的眼皮抬了起来，略带无语地望着他们："你俩还能再吵大声点吗？"

酒店后花园里的石子路上，周擒提着运动鞋包装盒，懒散地走在前面。夏桑惴惴不安地跟在他身后，几次想开口打破沉默，但几次都欲言又止。

终于，来到花园的艺术喷泉旁，夏桑叫住了他，用嘟哝的嗓音小声地说了句："那个鞋，你要不要试试？"

"以前的事，李诀跟你说了多少？"

"我问了你的尺码，但还是试一下吧。"

"因为李诀跟你说了什么，才删我微信？"

"你如果不要的话，送人或者卖了都行，反正别还给我，不然我会很丢脸。"

"……"

两个人牛头不对马嘴地对话了半晌，然后同时沉默了。

周擒靠在喷泉池边，水雾润湿了他的衣领，但他浑然不觉，只是定定地望着面前的小姑娘。

夏桑低着头，玩着衣服口袋边的一颗纽扣，视线侧向一边。

终于，周擒摸出了手机，沉声问："鞋子多少钱？"

"四十八块九。"

听到她还能编出零头来，周擒有点气笑了："说实话。"

"荷花市场地摊买的，不喜欢扔了就是。"

他漆黑的眸子钉在她身上，语气带着几分无奈："你知道我不能平白收这么贵的东西。"

夏桑把话题从鞋子上岔开，走到他面前，端详着他的脸："李诀跟我说，你的脸是被一个富二代弄坏的。"

"富二代，他有跟你说是谁吗？"

"没，说了我也不认识。"

周擒稍微松了一口气："鞋真不能收。"

夏桑看着他左边断眉旁那道浅淡的疤痕。如果没有它，他该是多英俊。

"肯定疼死了。"

周擒早已麻木的痛觉神经仿佛一瞬间被激活了。麻木是因为没有人在意，他要自己摸爬滚打地从泥坑里站起来。

他一句话都说不出来。

"夏桑……"

"我不要你保护我了，周擒。"她紧紧攥住了拳头，"以后我保护你。"

周擒无奈地笑了下："傻啊，你怎么保护我？"

"不知道，但我不害怕了。"

夏桑说的是真心话，她全身都被重新注入了勇气，什么都不怕了。

"我以前不知道为什么而努力，所以很迷茫，也总是偷偷跟妈妈作对。但是现在我知道了，只有变得更强，才能保护想要保护的人。所以我不会叛逆了，我会努力学习、努力练琴，将来也要成为很厉害的人。"

周擒垂下眼睑，摇了摇头，仍旧苍凉地笑着："我不明白你的意思。"

"你再明白不过了。"

他强忍着胸腔里的酸甜交杂的滋味："你想保护我，你这么瘦，保护个屁……"

他都不知道自己在说什么。

夏桑迈步跨上了喷泉台，站在高处，背对着喷泉，迎着他。水雾弥漫着，周擒的睫毛上也沾染了细微的雾气。

"你站这么高干什么？"

"不知道。"夏桑感受到水雾润湿了她的后背，她热血上头，满脸通红，眸光热烈地望着面前的少年，"周擒，我就是要保护你！"

"不准，下来。"

"为什么不准？"

周擒强硬地将她拉了下来，说了三个字："我不配。"

夏桑脑子"嗡"的一下。她没想到他会用她曾经写下的理由回答她。小姑娘勇气全无，蒙蒙地靠在喷泉台边，低着头，无言相对。

周擒走到她身边，说："不要说傻话，你这么小。"

"我不知道该怎么办。"她无助地看着青草地，很小声地说，"我这几天就……很伤心。"

"你删了我，你还伤心？"

夏桑抬头望向他："你这两天，有给我发消息吗？"

"有。"

"你发了什么？给我看看。"

"删都删了，还看什么？"

"想看一下。"

周擒摸出手机，递到她面前，夏桑看到他未曾发出去的消息，是一张大海的照片。

"我落地之后，第一次看到大海，猜你也没见过，所以想发给你看看。"

夏桑也赶紧摸出手机，将一张飞机上拍到的日落的照片递给周擒："这是我拍到的晚霞，也给你看，很美吧。"

"还是我拍的大海更美。"

"你那渣像素，一点都不清晰，我这张是在云层之上拍到的日落，当时的景象可太美了。"

"那你发给我。"

"嗯！"

夏桑毫不犹豫重新添加了周擒，将日落的照片发给了他，同时她也收到了周擒发来的大海的照片。她扬了扬手机，微笑道："我把大海设置成屏保了！"

"不是说像素渣吗？"

"是不太清晰，不过没关系。"

周擒也将日落的照片设置成了自己的屏保，并且给她看了："这样，扯平。"

小姑娘用力地点了点头，抿着嘴，忍住了笑意。

"还伤心吗？"

"没那么伤心了。"

"研讨会开几天？"

"大概一周的样子。"

"那我比赛的时候，你应该也在。"

夏桑激动地问："我能来看你比赛吗？"

"你想来就来，谁拦得住你？"

"你要不乐意我来，我就不来。"

他笑了笑，说："桑桑。"

"嗯。"

"和你一样。"

夏桑好奇地望向他，却见他漆黑的眸子里透着前所未有的坚毅和决绝："我也会努力……来日方长。"

夏桑拿出房卡，"嘀"的一声，开了门。

本来以为周擒只是送她到房间门口，没想到他就住在她隔壁。夏桑好奇地将脑袋凑过去，探头探脑地朝着房间里投来一瞥。

"都是一样的房间，看什么？"

"你有室友吗，李诀和你住在一起？"

"我的房间布局跟你一样，运气好，抽签分到了单人间。"

"那好啊！参观一下。"夏桑说完便换了鞋，熟门熟路地走进了他的房间。

"……"

周擒站在门边，将她的小皮鞋摆好，也跟了进来。

夏桑在房间里左看看、右看看，虽然左邻右舍都是一样的布局，但周擒的房间明显比她的要整洁许多，没有乱扔乱放。

拉开了衣柜门，看到他带来的冬衣都分门别类地挂在柜子里，夏桑回头问道："没带羽绒服过来吗？"

"绝大部分时间都在集训，单衣足够了。"

"晚上和朋友出去吃饭什么的，也会冷啊。"

"我们都有专门的食堂，不太会吃外面的食物。"

"也对，要保护好自己的肠胃。"

夏桑点点头，转身坐到了床边松软的沙发上。

周擒见小姑娘这般自来熟，还蜷起了双腿，似乎要在他这儿待很久。他转身去到窗边，打开阳台上的所有窗户，驱散房间里的燥闷的空气。

夏桑将鞋盒打开，取出了鞋子里的纸团，解开鞋带对他扬了扬："周擒，来试试看。"

"先告诉我，这多少钱？"

她有些不满："你收人礼物前都先问价格吗？"

"我从不收礼物。"

夏桑听到他这般生硬的拒绝，觉得面子很过不去，将鞋子胡乱装进口袋，起身便走："是我多管闲事，不收算了。"

终于，在她赌气出门的时候，周擒追了上来，接过她手里的鞋盒，弯下身，换上了鞋子。

他手指指节根根修长，熟练地绑好鞋带，认认真真。

夏桑低头看着他："感觉怎么样？"

周擒在房间里走了几步，踮脚跳了跳。

前所未有的包裹感，让他觉得很充实。不用问价格，他也知道这种感觉的鞋子必然不会很便宜。

"你选的当然好。"

夏桑看着他，眼底含笑，清澈的眸子亮晶晶的，骄傲极了。

"周擒，你好帅啊。"

周擒被很多人夸过帅，但是这一句，让他脊梁骨泛起了一层酥麻的电流。他掩饰一般侧过脸，重新系紧了鞋带："穿上你的鞋，就觉得我帅了，那你还是在夸你自己。"

夏桑微笑道："那你答应我，比赛一定要穿这双，以后也要天天穿，不准拿回家束之高阁。"

周擒费了很大的劲儿，才平静地说："谢谢。"

夏桑喜笑颜开："不谢！"

周擒低头看着脚上那双运动鞋。接受这份贵重的礼物，不是一件容易的事，这关乎少年的尊严。但周擒妥协了，他实在无力拒绝这份沉甸甸的炽热的心意。

"我会每天穿。"他认真地说，"我也会一直记着……"

夏桑开心地跳下沙发，说道："你别脱了，就这样穿着。"

他笑了："那我睡觉也穿着。"

"那我们再出去走走吧。"夏桑就不想让他脱，只想看他多穿一会儿，"听说这里有个音乐广场，我还没吃饭呢，你请我吃饭好不好？"

周擒知道，夏桑只是想让他接受这双鞋子时更心安一些，于是点头："好。"

夜幕降临，海滨城市的微风中，似乎也带了淡淡的海洋腥咸味。

正如林止言师兄所说，夜间的音乐广场热闹极了。而这种热闹，又不似商业中心人头攒动的热闹。

这里人不多，但是极有氛围感。花丛音响里放着蓝调音乐，每一间餐厅的灯光都烘托着极尽颓靡的气氛。

厨师戴着高高的白帽，在花园里现场烹饪煎烤，还有坐在花园椅边旁若无人接吻的年轻情侣，也有头发蓬乱的流浪歌手，弹着民谣小调，完全沉浸在音乐的世界里……

这里显然是年轻人的世界，也是成年人的世界。

如果是在南溪市，她和周擒绝不会有任何机会，能够一起来逛这样的公园。

但这里是千里之外的东海市。

在慵懒的民谣音乐声中，夏桑感觉仿佛来到了另外一个世界，一个没有恐惧、没有压力、完全自由的世界。

虽然只有很短暂的几天，但此地此景的每一分钟每一秒，对于她而言，都是要装在玻璃瓶里最珍贵的回想。

"吃什么？"

"都好啊。"夏桑笑吟吟地说，"吃方便面都好。"

她是真心觉得，不管吃什么，反正就是开心。

周擒顺势道："那我们去便利店。"

"好啊。"

他笑了下，带她走进了一间视野最好的花园餐厅，在二楼能看到整个音乐广场的表演。

"我还以为你真要带我去便利店吃方便面。"夏桑坐在他对面，说道，"原来没我想的那么抠门嘛。"

周擒撕开筷子纸袋，说道："这是不熟，熟了之后，我肯定带你去吃方便面。"

"我们还不熟呀，那多熟才算熟？"

小姑娘闪烁的眸子里似乎有星星，此刻乖觉的样子，完全找不到曾经的叛逆。

周擒嘴角噙着笑，也不回答，只是看着她。从他的眼神中，夏桑似乎读出了答案，但她没再继续想下去。

落座之后，服务员送来了便携烤火炉，立在周擒身旁。

他问夏桑："冷不冷？"

夏桑点头，看着他身边的烤炉："你要跟我换位子？"

"不换。"

"那你问什么！"

周擒笑了，拍了拍自己身边的位子："当然是让你过来坐。"

"……"

夏桑在冷风中硬撑了一会儿，放弃了。

周擒点了单，选的都是店里的招牌菜。夏桑扫了眼价格，有些后悔。文创艺术园区的餐厅价格，的确比外面的平价餐厅要贵一个档次。

她说道："这顿 AA 哦。"

"你要这么替我着想，我是不会拒绝的。"周擒笑着说，"你知道，我眼里只认钱。"

"我当然知道。"夏桑想起了明潇的话，"潇姐说你平时特节俭。"

"她说得对。"周擒很坦诚地回答。

周擒诚恳道："我不会因为收到一双很好的鞋，就急不可待地想要从别的方面补偿回来。现在的我，做不到这样的从容。"

夏桑听到这句话，才意识到自己一时冲动给他造成了多大的心理压力。

"周擒，对不起哦。"

"傻啊。"他笑了笑，"乱道什么歉。"

夏桑低着头，指尖撕着筷子的包装纸。

她周围的环境，祁道的威胁，还有她的妈妈……一切都是那么不合时宜，她无法想象如果她的心思被他们知道了会发生什么。

周擒看出了小姑娘眼神里的纠结，他又何尝不纠结。

"一双鞋而已，几千块，有什么了不起。"夏桑挺直了背，理直气壮地说，"就当我对你的投资，你要是连接受这个的勇气都没有，那就太没自信了！"

"你说得对。"

"那你不要再想着还我或者补偿什么了，如果你再有这么大的压力，我的压力会更大，以后都不敢找你玩了。"

"好。"

周擒看着小姑娘被炉火煨得暖红的脸蛋。

她望他一眼，心虚地说："看我干吗？"

"你好乖。"

夏桑没想到这家伙话题转得这么快，或许他压根儿就没认真听她说话，脑子里琢磨的不知道是什么。她脸颊涨红，掩饰地叼着吸管喝饮料。

很快，服务员将他们点的菜一一摆了上来，周擒把几样主菜都推到了夏桑面前，然后给她舀了满满一碗米饭。

"多了多了！吃不了！"

"必须吃完。"周擒也很坚持，将米饭推到她面前，"我看着你吃。"

"你好严格哦。"

两个人为了不浪费，竟把一大桌子菜全都吃完了，边吃边聊天，吃饭都用了一个多小时。

夏桑以前从来不觉得吃饭是多么令人愉快的事情，但现在她体会到了，她和他认识并没有很久，但好像有说不完的话。

吃饭原来是这么快乐的一件事啊。

饭饱后走出餐厅，正对面的音乐广场上有很多人在看水幕喷泉表演。周擒踱步走在前面，夏桑慢吞吞跟在他身后。

"快点啊。"

"吃撑了，走不动。"

周擒回头，含笑等着她："我的确低估了你的胃口。"

夏桑慢悠悠地走了过去，周擒带她走到喷泉旁，看喷泉水柱随音乐起伏而跳动着。

夏桑从来不觉得这种音乐喷泉有什么意思，但今天看来似乎格外有趣。她抬头望向身边的少年，斑斓的灯光映照着他英俊的脸庞，他视线平静地望着喷泉，眸子里仿佛落着光。

夏桑指着左边："周擒，你看那一根最高的水柱！"

"看到了。"

夏桑指向前方："你看那一片，像孔雀开屏似的，像你一样，花孔雀。"

"自作多情才是孔雀，我不是。"

"你就很喜欢自作多情。"

"是吗？"

夏桑将围巾拉了上来，遮住了半张脸，低低笑着："不是。对了，周擒，这次比赛会关乎你的体考成绩吗？"

"会，怎么了？"

"那你一定要好好训练，我会来现场给你加油的！"

"怎么忽然说这个？"

"因为……"夏桑偷笑着，眼睛都快笑成了弯月，"因为不管是体考，还是文化课的成绩，当然分数越高越好啊！"

"我觉得你不是真的关心我的成绩。"

"我当然关心你的成绩！"

"你想和我填报同一所重点大学。"

夏桑脸皮薄，被他拆穿了自然不认，红着脸反驳："我才没想这么多呢！"夏桑顿了顿，看着他坦荡的黑眸，有点怨怼地说，"再说这哪是我想不想的问题，我报考什么学校、什么专业，一定是我妈妈定的，我不能违背她的意思，所以能不能上同一所大学都看缘分了。"

周擒很认真地看着她："夏桑，我不会让你不听妈妈的话，因为她给你的一定是最好的安排。"

"那可不一定！"

"听我说完。"周擒继续道，"你不用担心啊，因为不管隔了多远，我都会赶上来。"

他从来不信缘分，因为老天从未给过他恩赐，他想要的都是他赤手空拳挣来的。

"所以，你放心。"

夏桑感受着少年坚毅的语气，她知道，这是一个承诺。

"好啊，我放心。"

她摘下了周擒颈上的羽叶链子，戴在了自己的颈上："那就一言为定了哦。"

周擒淡笑着，将链子藏在了她羽绒服的帽子下面，认真地说："一言为定。"

"哟，这不是周擒吗！"一道轻慢的声音目两人身后响了起来，"哇，可以啊周擒，才来几天，就认识当地女生了！"

夏桑回头，看到了一直找碴的姚宇凡，他穿着祁逍同款的白色外套，身边跟了两个吊儿郎当的朋友。

姚宇凡走到周擒面前，上下打量他一番，望见了他脚上的新款运动鞋。

"姚哥，这不是你一直想买的那款吗？周擒，都穿上新款球鞋了！"

姚宇凡眯着眼睛望向夏桑，小姑娘模样清隽漂亮，身上一股淑女的气质。

"买新鞋啦？你可真行啊，周擒，有没有秘籍传授给我们哥几个？"

"是啊，这才来几天。"

"真行啊。"

男生们坏笑着，用玩味而挑衅的目光看着他们。

夏桑急得脸红脖子粗，想要上前理论，被周擒拦住了，他以保护的姿势，将她拉到自己身后。

姚宇心里有点不痛快，不甘地说："小姑娘，你傻不傻啊，你看看他那样子。"

"关你什么事？"夏桑回撑道，"他怎么都比你好，你连他十分之一都比不上。"

Chapter 06

意外·绝望·除夕夜

"亲亲，没有人能挡得住我。"没有人能挡得住我，奔向未来。

姚宇凡没想到这小姑娘看着乖乖的，伶牙俐齿的冲脾气丝毫不亚于周擒。他自讨了个没趣，冲周擒瞪了一眼，阴沉着脸离开了。

看着姚宇凡远去的嚣张背影，夏桑嫌弃地哼了一声。

夏桑知道，是因为周擒太招眼了，所以到处都能惹来嫉妒。而且他的性格也实在是太冲了。这才来东海市几天啊，就有一堆人虎视眈眈盯着他。

回去的路上，夏桑心情渐渐有些沉重了。

周擒用房卡开了门，回身对隔壁的夏桑说："明天训练结束了，去海边。"

夏桑点头，略带担忧地望着他，叮嘱道："不要和姚宇凡这种人发生冲突了，好好准备比赛。"

"我没想和他冲突，是他总来找碴。"

周擒话音未落，夏桑又说："你要听话，不要让人担心。"

他收回了抱怨，认真点了点头："我听话。"

夏桑回房间之后，周擒没有马上开门，他将额头抵靠在门边，嘴角浅浅地勾了起来。

"嗨呀嗨呀！"对面房门打开了，李诀穿着珊瑚绒睡衣，手里抱着热水袋，"你的狗尾巴，都快转成螺旋桨了。"

周擒懒得理他，打开房门进了屋，正要关上门，李诀却先他一步钻进了他房间。周擒脱下新鞋子，拿到洗手间，用纸巾仔细地擦拭了鞋上的灰尘。

李诀倚在门边，说道："你就不怕她给你惹麻烦啊？"

"以后再说。"

李诀摇了摇头，说道："以前栽的跟头，你还想再来一次啊！"

周擒沉静地说："我不信命，再烂，我也能豁出去。"

"但你要认清现实！有些人他就是能一手遮天！"

"我做错什么了？"周擒也有些来气了，"这么多年……"

"但你也知道，祁逍也很关注她，那可是你的死对头。"

周擒忍着脾气，转身出门，将鞋子整整齐齐地摆进鞋柜里。

"祁遒之所以隐忍不发，是因为他爸暂时不想搭理他，要是他真做出什么过激的行为，你看他爸管不管！"

这么多年，李诀住在祁家，看多了祁遒怎么一路顺风顺水地过来。没人能从他手里占到什么便宜。周擒是他最好的兄弟，他不想他再度惹恼了祁遒，把自己搞得狼狈不堪。

"周擒，你将来混出头了，还在乎这些？"

周擒躺在了松软沙发上，闭上了眼。

"我要睡觉了。"

李诀激动地冲过来："好，你非要这样我管不了你，但你得藏好一点，别露出狐狸尾巴让祁遒看见。不……这话我应该去跟夏桑说。"

周擒一把拽过了他的衣领，将他扯到自己面前："之前你乱讲话，我还没找你算账，还敢去说？"

"唉，我也是好心吧，担心你啊。"李诀用力地拉扯着衣领，试图从他手里挣开，"行行，我不说了。"

周擒放开了他。

李诀理了理衣领，闷哼道："我一片赤诚，反而当了坏人，夏桑见了我就没好脸色。"

"那是因为你总对她蹬鼻子上脸。"周擒淡淡道，"她生长的环境很单纯，谁对她好，她就对人家笑；谁对她不好，就摆一张臭脸，也不知道变通。所以如果她知道了祁遒的事情，我怕她吃亏。"

"放心了，我不会说的。"李诀摆摆手，"走了走了，不管你们了。"

在他关门的时候，却听到房间里传来一声很轻的："谢了。"

"啥！"李诀立刻推门探头，"你刚刚对我说啥！没听清，再说一遍！"

"滚。"

飞来的抱枕稳稳砸中了他的狗头。

早上，林止言来找夏桑，和她一起去自助餐厅吃早饭。夏桑敏感地发现林止言似乎过于殷勤了。

按他的说法，昨晚是住在学校宿舍里，倒也不必特意赶过来陪她吃早饭，因为今天他们要跟着韩熙去音乐厅听演奏，研讨会主办方又给他们配了车和司机。

林止言大可以直接去音乐厅，何需绕路过来，就为了陪夏桑吃一个早饭？

夏桑对他稍稍保持了一些交往的距离，更加礼貌和客气了。

自助餐厅全景落地窗，环境舒适幽雅，早餐种类丰富。

林止言很绅士地给她抽出了凳子，让她坐下来，问道："想吃什么？我去帮你拿。"

"不用了，我自己去，谢谢林师兄。"

"没必要对我这么客气。"

夏桑笑了笑，拿着盘子取了一些小蛋糕，然后给自己倒了杯热牛奶。转身的时候，她看到周擒和李诀坐在靠窗的桌边。她微笑着对他们扬了扬手。

周擒是早就看到了她身边狗皮膏药一样的林止言了，他懒散地叼着吐司面包，没搭理她。倒是李诀，冲夏桑做了个鬼脸。

夏桑撇撇嘴，回到自己的位子上。

林止言露出了意外的神情，问她："这么快就认识新朋友了？"

夏桑解释道："我跟他们很早就认识了，这是碰巧在东海市又遇到。"

林止言偏头打量了周擒和李诀一眼，皱眉道："他们是体校生啊，这次篮球赛的选手？"

"对呀。"

"你怎么会认识这样的人？"

夏桑放下筷子，困惑地望着他："哪样的人？"

"哦，你别误会。"林止言优雅大度地笑着，"我只是没想到，像你这样听话乖巧的女生，会认识那种体校的男孩。当然，我没有别的意思。"

夏桑知道林止言家教良好，性格也很好，她不能仅凭他短短几句谈笑的话，就断定他的话是不是带有偏见。不过无所谓，她本来就不打算和林止言深交，都是看在韩熙老师的面子上，客套而已，以后大概也不会见面。

"我们学校之间隔得近，所以就认识了。我也不是你想的那种很听话的好学生。"

林止言脸上露出了感兴趣的神情："是吗？那我可要多多地深入了解你的内在咯。"

夏桑尴尬地咧咧嘴，不知道该说什么好。

在这时，夏桑身后传来了一道低沉有磁性的嗓音。

"桑桑。"

"啊？"

她回头望向周擒，周擒带着几分没睡醒的倦懒，走到她身边："过来坐。"说完，他也不等她回应，转身回到位子上。

"不好意思，我朋友让我过去。"夏桑对林止言告了声失陪，端起了自己的盘子和牛奶，来到周擒和李诀这一桌。

周擒踢了踢李诀的凳子，李诀听话地坐到了桌对面。

夏桑坐下来，说道："刚刚跟你打招呼，你还装高冷呢。"

李诀笑着说："他不是装高冷，他不爽的时候，就是这么冷。"

"不爽什么啊？"

"你说他不爽什么。"

夏桑哭笑不得，压低声音解释道："那是我师兄，才认识两天呢。"

周擒扫了眼林止言，淡淡道："他住这儿？"

"不是，他住学校，东海大学。"

"专程过来吃早饭？"

"可能是……出于待客之道吧。"

周擒漫不经心冷嘲道："昨天晚上陪了女朋友，大清早赶过来陪你，原来东海市的待客之道，这么热情。"

"欸？林师兄说他单身啊。"

"得了吧。"李诀笑着说，"你看他脖子，他要跟你说他单身，那他绝对是个渣男！"

夏桑惊愕地再度望向林止言，果不其然，看到他衬衣领边，的确有一个不规则的红印。

她瞪大了眼睛，说道："可师兄说昨晚他住宿舍啊。"

不过刚认识两天，很难评价对方人品。

夏桑说："我们一会儿要去听音乐会，老师安排的。"

周擒说："你自己把握，我不会干涉你的人际交往。"

夏桑看着他明显不爽的冷淡表情，笑了起来。

吃过早饭，走出自助餐厅，夏桑的衣服口袋里被塞了一小袋软面包。

整场音乐会，夏桑和林止言没有交流的机会，他们各自坐在韩熙的左侧和右侧。

韩熙自然看到了林止言脖颈上的"战绩"，她不得不出言提醒他，因为一会儿音乐会结束之后，还有一场交流会，他要是挂着这个去，那就太失礼了。

林止言去了一趟洗手间，回来的时候，脖颈上多了一圈黑色的围巾。和夏桑对视了一眼，他显然有些尴尬，不知道该说什么好，索性便什么都不说了。

在交流会上，夏桑和林止言这两位韩熙的得意门生，自然也免不了合奏了一首《蓝色多瑙河》，令在场的艺术家们称赞不已。

韩熙给夏桑录了视频，发给了她的母亲覃槿女士。覃槿自然满心欢喜，结束之后打电话给夏桑，叮嘱她一定要认真对待这场交流会，多多结交韩熙介绍来的艺术家前辈，包括同龄艺术天才，微信都一定要相互加上，这些都是将来的人脉资源。

"能不能学到东西倒是其次的，主要是能认识这些人，进入他们的圈子。这些人可比你身边那些每天喝奶茶约饭的朋友，质量高多了。"

夏桑对于母亲的这种功利的交友观念很不赞同："前辈老师我当然会尊重，朋友的话，聊得来、志趣相投比较重要吧，强行去认识人家，不是太奇怪了吗？"

"什么叫强行认识啊，你们都是这个圈子里的，怎么会聊不来？那么多名家名曲还不够你们聊啊。"

夏桑又看了眼灯光下闪闪发光的林止言。他应该就是覃槿口中所说的希望她多结交的"高质量人群"了。

夏桑知道，再怎么和母亲争辩也是没有用的，只能敷衍地答应了下来。

交流会结束之后，夏桑来到了圆顶篮球馆，准备等周擒结束训练之后一起去海边，这是昨天说好的。

她仍旧上了二楼，坐在观众席位边。

场馆里少年们的训练如火如荼，即便是寒风凛冽的冬日，他们也是挥汗如雨，整个场子弥漫着青春和运动的热力。

周擒剪了平头，相比于周围这些留着潮流发型的男孩，他的轮廓气质明显要锋利硬朗许多，散发的雄性气息更强烈。这也是他总是被针对的原因，他身上带了危险的信息素，会明显让其他雄性感觉到威胁。

周擒的投篮水平不仅高还稳，就连教练都忍不住夸赞，说他是渐入佳境啊，比刚刚更有状态了。

李诀笑着说："那是，有人来看他训练了，不认真不行啊。"

"谁来看他比赛了？"

周擒接了篮球，说道："没谁。"

教练吹了口哨，集结队员，叮嘱道："距离比赛没几天了，这场比赛的重要性，不用我多说，相信你们心里都有数。我看你们精力也多得很，听说晚上还有人出去玩？"

有几个男孩的目光瞟向了姚宇凡。

"姚宇凡，这几天晚上，你们几个小子都在干什么？"教练严肃地质问。

"没、没干什么啊，就随便走走逛逛呗。"

"你们还嫌不累是吧，精力旺盛得很，我看你们晚上也别休息了，就在篮球馆给我把体力都耗完。"

姚宇凡听到教练这样说，嘟哝了一句："某人的精力体力怕不是比我强了多少倍。"

周擒回头冷冷扫了他一眼。

"看什么，说的就是你，周擒。"姚宇凡祸水东引，告状道，"教练，我们都看见了！要说体力好，啧，我们都比不上周擒。"

"你们不仅体力比不上他，能力也比不上他。"教练气呼呼地说道，"今天晚上都给我留下来练习，谁都别想先走！"

"教练。"周擒立刻举手，"我今天晚上……"

他话音未落，就瞥见观众席的夏桑站了起来，一个劲儿地冲他摇头，脸蛋都急红了。周擒知道夏桑的意思，想说的话也都堵在了喉咙里。

教练略带不满地望向他："你今晚有事啊？"

"没事。"周擒看了夏桑一眼，摇头道，"我可以留下来训练。"

教练的脸色这才稍稍缓和，吹着口哨，招呼着所有人："继续训练！"

夏桑松了口气，重新坐住观众席位上。

能不能去看大海都是其次，训练才是最关键的，夏桑不想让周擒因小失大，耽误了宝贵的集训时间，让其他人追赶上他。

夏桑摸出了一本巴掌大的物理小题册，也开始了她自己的学习。

周擒正在努力，她也一定要努力，虽然一个是体力，一个是脑力，但殊途同归，她想和他走在同一条路上。

周擒在训练的间隙，走到夏桑的观众席下方，对她说道："很晚了，你回去休息吧，别等我。"

"我回去也不会休息，在哪儿都是看书。"夏桑扬了扬手里的题册，"别管我，练你的。"

周擒又跑了几圈，还是放心不下，说道："你坐的地方，四面漏风，还是回去吧。"

"不冷。"夏桑不耐烦地说，"以前没见你这么啰唆。"

周擒把自己的运动外套甩了上去："接着。"

夏桑赶紧站起来接了衣服。

"盖一下腿。"

"知道了，你快去吧。"

周擒重新回到运动场，和少年们一起训练。

夏桑发现他的衣服甭管穿没穿过，都干干净净，也没有味道。她将衣服展平了搭在膝盖上，因为周擒一定会借着带球跑的机会，检查她有没有听话。

体育馆里回荡着篮球拍地的声音，还有少年们浑厚的喊叫声，很快，夏桑便昏昏欲睡地当起了"啄木鸟"。不知道过了多久，场子里也逐渐安静了下来。夏桑一个激灵，转醒了，却发现篮球场只剩了寥寥无几的几个人，也都收拾了东西准备离开。

而周擒便坐在她身边，似笑非笑地望着她，不知道看了多久。

"结束了？"她如梦初醒，睁着迷迷糊糊的眼睛望着他，"我感觉没过一会儿呢。"

"已经十点了。"周擒敲了敲手机，"你睡了两个小时。"

"这么久！"

"睡得香啊，我在下面都听见你打呼噜了。"

"不可能！"夏桑脸色涨红，"我不可能打呼噜的！"

仙女怎么可能打呼噜！她决不承认。

周擒抽走了她腿上皱皱巴巴的外套，起身道："走了。"

"哦。"

夏桑站起身，却感觉腿有点酸，于是叫住了他。

周擒将外套随意搭在肩上，另一只手抱着球，回头望向她。

小姑娘指了指自己的腿，无辜地说："我腿麻了。"

今晚月光澄澈而明净，就这样静静地照着他们的影子，连这冬日的风，都变得温柔了。

园区的绿道边，周擒和夏桑慢慢走着。

即便这会儿已经很晚了，园区仍有不少夜跑的人。

周擒像在散步似的，踩着月光，步履缓慢，享受着风吹在脸上的温柔。夏桑则抬头看着夜空，数着星星。

这里很安静，只有星星、青草和微风陪着他们。

这样的日子没有几天了，回南溪市之后，他们又要回到各自熟悉却对彼此陌生的环境中。

两天后，TBL 比赛在圆顶篮球馆举办。

夏桑走进篮球馆，看见观众席密密麻麻坐了不少观众，有附近的居民带孩子来看的，也有运动员的家人和朋友，给他们加油打气。

这场赛事的运动员都是从全国高中千挑万选出来的优秀运动员，事实上，这场比赛近乎选拔性质，不仅仅看胜负，更看每位选手的临场发挥。

夏桑注意到，观众席下方有一排评委席。

评委席坐的都是从各大高校请来的知名篮球教练和运动员，他们负责给每位选手打分，挑选出最优秀的队员，送出证书奖状。而这张证书奖状，在接下来的体考中，便占有了及其重要的分量。

姚宇凡他们几个来到了场馆里，活动着四肢，做着热身运动，看起来也是自信满满、志在必得。

夏桑低头编辑了一条短信，发给周擒："不要有压力，享受比赛就好。"

更衣室里，周擒放下了手机，脸色苍白，额头上渗出了冷汗。他用一条白毛巾捂住了脚底，很快，鲜血染红了毛巾。

脚底的疼痛，钻心刺骨。

"谁这么缺德！"

"这简直就是谋杀！"

李诀在更衣室焦躁地来回走着："往鞋子里放钉子的事都做得出来，

这是什么人！"

"到底是谁干的！直接报警了！"

更衣室里一帮少年们面面相觑，不明所以，只是看着周擒那鲜血直流的左脚，连自己都觉得疼。

教练急匆匆地走进了更衣室："到底怎么回事，怎么还不出场？评委们都等着呢！"

"教练，有人用钉子钉破了周擒的鞋！"李诀捡起了地上的那双鞋，递到教练面前。

教练拿起鞋子看了看，惊得差点脱手。

拇指长度的一根长钉，从鞋底直接穿过，刺破了运动鞋，稳稳钉进了鞋子内部。而鞋内的那一部分钉子上，有明显的鲜血痕迹，鞋子内部也全是血，惊悚刺目。

地上有几条毛巾，都是斑驳的血迹，周擒疼得脸色惨白。看看这根带血的钉子，就能想象他伤得有多严重。

"这……这是谁干的！"教练气得浑身发抖，质问一帮小子们，"这是故意伤害！这到底谁干的！"

队友们噤声不语，都纷纷摇头表示不知情。

"教练，周擒怕是上不了了，这比赛能不能推迟啊？"李诀问。

教练为难地皱起了眉头："比赛推迟不了，现在评委们、主办方都来了，怎么可能推迟。"

"可这件事……这件事摆明了是有人陷害。"李诀捡起了鞋子，"教练你看看，这么长的一根钉子穿刺到他的鞋里！这就是谋杀！这应该报警！"

"报警是要报警的，但比赛也不能耽误。"教练说着，蹲下身检查了一下周擒的伤口。

伤口血流如注，只怕都碰着骨头了，天知道他是怎么把鞋子从脚上给扯下来的！

脚底下触目惊心的血洞还在不断往外涌着鲜血，教练赶紧用毛巾把他的脚包扎起来，沉痛地说："还是先送医院，看这血流的……"

周擒忽然用力抓住了教练的袖子，用嘶哑的嗓音问："教练，是不是不能推迟比赛？"

教练叹息了一声，拍拍他的肩膀："你好好养伤，运动员的身体才是宝贵的。留得青山在，不怕没柴烧。"

　　周擒明白了。即便他今天这场意外完全是人为造成的故意伤害，比赛也绝不会因此延期。所以，合该他倒霉。他的命就烂成这样，凭什么！

　　"教练，我没事，给我几分钟时间，可以上场。"

　　"不是……周擒你疯了吧！"教练还没说话，李诀先激动地大嚷了起来，"你看你这血都流成这样了，你上什么啊！你现在就去医院，把血止住！"

　　"就当虫子叮了一下，没什么。"周擒接过了队员送过来的一把镊子，钳住了鞋底部的钉头，用力将那根带血的钉子拔了出来，云淡风轻地说道，"可惜了我这双鞋。"

　　教练看着周擒这轻松的样子，也有些疑惑："周擒，你……你确定能上吗？"

　　李诀激动地说："教练，他搁您这儿演呢！您看他的脚，走路都走不了！"

　　周擒看了李诀一眼，说道："去给我弄两包卫生巾来。"

　　"我上哪儿去给你弄卫生巾，最近的小卖部也在一公里外。"

　　"现场有女观众，发挥你的魅力，帮我借一下。"

　　李诀明白周擒这是非上不可了，他这人虽然平时嘻嘻哈哈开玩笑，但性格固执倔强宛如顽石。他看着他紧绷的脸色和脸颊潸潸而下的汗珠，心都揪紧了。

　　"行，我去给你借。"李诀骂骂咧咧地走出去，"我找夏桑借去！让她来跟你说。"

　　"你敢！"

　　场外，夏桑注意到穿着运动衫的李诀，鬼鬼祟祟出现在了对面的观众席。只见他厚着脸皮，挨个地问着现场女观众，似乎在借什么东西。

　　夏桑皱起了眉头。

　　这家伙干吗呢！都要比赛了，还在这儿晃。

　　终于，他问到了一个带着孩子的中年女观众，女观众听他附耳说了几句话之后，便从包里摸出了一包卫生巾递了过去。

　　李诀借到了卫生巾，如蒙大赦，连声道谢，急匆匆从观众席下来，狂奔回了更衣室。没过多久，选手们登场了。

周擒也在其中，高个子、黑球服、肌肉漂亮、五官英俊。他冷硬的轮廓，沉稳的气质，宛如悬崖上嶙峋的峭石，与一群白皮肤的奶油男孩站在一起，格外与众不同。

只是夏桑觉得奇怪，这还没开赛呢，周擒的后背好像被汗水润湿了大半。他嘴唇淡白，没什么唇色，好像精神不太好。夏桑也没多想，因为他平时懒散惯了。

在他经过她身边的时候，夏桑双手合围在嘴边，冲他喊了声："打起精神来呀！"

周擒回头望了她一眼。

小姑娘今天特意戴了一条寓意好运的大红色围巾，将她白皙的脸蛋映得越发明艳动人。

"加油哦！"她不住地挥手，甜美地笑着，"我在这里给你加油！未来可期！"

周擒嘴角惨淡地扬了扬，对她竖起了大拇指。

裁判吹响了准备的哨声，他小跑着来到了球场中间。

夏桑观察着周擒的动作和表情，感觉到了他今天状态不对劲，他的眼神明显有些恍惚。

她不知道是不是错觉，好像从他的眼神里读出了绝望。

夏桑的心揪紧了，怕他是不是身体不舒服，为了比赛还在强撑。想到刚刚李诀到处借卫生巾的着急样子，她脑子里出现一些莫名其妙的猜测。

很快，夏桑脑子里乱七八糟的猜测便被周擒出色的表现给驱散一空了。他一上场就呈现出了碾压性的优势，哪怕在场的队员们都是全国各地的学校选出来的优秀苗子，但整场比赛还是被周擒一个人全程带节奏。不管是走位、敏捷度还是速度，他的表现都堪称精湛。

夏桑看到下排那几位评委频频点头，似乎对他的表现很满意。

然而夏桑仔细看了，却还是觉得周擒今天的状态不对。她太熟悉他了，他打球很放得开，很猛，而且嘴角总是噙着自信的笑，眸子如狼似虎，给对手造成强烈的心理压制。

但今天，周擒的眼神不对。

此刻他的眼神，宛如一头寒冬里受伤的狼，给人的感觉只有冷。

无尽的孤冷。

中场休息的时候，李诀赶紧过去扶周擒，周擒却敏捷地避开了他的手，独自坐在了休息椅上。

教练也赶紧凑了过来，又是激动，又是心痛："周擒，你没事吧！还能坚持吗？要不还是算了，我给你找了救护队。"

"谢谢教练，我没事。"

周围队友也想过来慰问他，但周擒低吼了一声："不要围着我。"

李诀知道，他是怕被别人看出端倪来，于是驱散了周围队友："他体质特殊，啥事没有，大家不用担心哈，没事没事。"

夏桑下楼，走到休息区。周擒抬头望了她一眼，满眼疲倦，额上汗珠一颗接着一颗流了下来。

夏桑跑到他面前，轻声问："是不是不舒服？"

周擒舔了舔干燥淡白的唇："没事。"

他知道自己的状态明显不对劲，脚底剧烈地疼痛，每走一步都像是走在刀刃上。这种疼是努力掩饰都掩饰不了的。

"你哪里不舒服？"

周擒克制地笑着："早上包子吃多了，还没消化。"

"包子？"

夏桑有点气，责备道："包子有这么好吃吗？明知道今天有比赛，你还吃这么多。"

"我刚刚的表现，有被影响吗？"

"当然有。"夏桑不满地说，"明显没有平时帅啊。"

周擒强忍住身体的颤抖，低声说了一句："桑桑，没有人能拦得住我。"

没有人能拦得住我，奔向未来。

下半场比赛开始，夏桑故意坐到了评委身后的空位边，想观察他们的反应。

比赛进入到后半程，周擒明显后继乏力了，不太能跑得起来，跑几步便要停一下，姿势很不自然，甚至还被姚宇凡带球撞了一下。

夏桑看到他被撞得晃了晃，趔趄着稳住身形。她惊叫一声，急得赶紧站了起来，却又无能为力，只能紧张担忧地望着他。

周擒用手臂撑着膝盖，大口喘息着，脸上冷汗不断地滴落，意识已经有点不清晰了。

夏桑皱紧了眉头。她知道，绝不是什么早餐消化不消化的问题了，他身体不舒服，他难受！

她看到前面的评委在交头接耳地说着什么，好像是在评论周擒的表现。

"前期不错，但看着体力不太行。"

"是啊，天赋是有，但体力跟不上，这显然是没有下功夫训练。"

"再看看吧。"

夏桑都快急死了，但她无法为他辩解，无法告诉他们，说他每天都有好好训练，只是今天状态不好。

但这是比赛，评委不了解这个人，他们看的就是现场表现。

夏桑不知道周擒是怎么回事，急得手都快搓下一层皮了，眼泪在眼眶里打转。

"你到底怎么回事吗？说好未来可期，为什么关键时候要掉链子啊？"

周擒望了夏桑一眼，看到了她眼底噙着的泪花。他撑着膝盖，深长地呼吸着，耳朵嗡嗡作响，所有的欢呼和加油，在他脑子里都变成了吵闹的噪音。

未来，为什么这么难？

他已经豁出一条命了，为什么还是不行？

他想到了当年祁逍拍着他鲜血淋漓的脸，说了一句话："世界不是给你这样的人准备的。"

周擒为这句话，不甘了这么多年，努力了这么多年。

他想证明，他这样的人也能爬上顶峰。

他的运气，为什么总是这样……

终于，在裁判最后吹响哨声的前一秒，李诀拿到了球，他毫不犹豫地将球传给了站在三分线外的周擒："接着！"

三分投篮是周擒的拿手活，也是最能体现他水平和技术的地方。但是拿到球的周擒，已经无法再弹跳了。

李诀看到鲜血都已经沿着他脚踝处的白袜子，浸漫了出来。

周擒绝望地朝夏桑投来一瞥，下一秒，忍着锥心刺骨的痛，弹跳，投篮。

篮球在空中划出一道优美的弧线，在篮圈边转了一圈又一圈。

夏桑的心悬了起来，死死地盯住了那枚决定他命运的篮球。她听不见周围的喧嚣声，世界彻底安静，只能听到自己的心跳声。

"一定要进，一定要进啊！"

篮球从框外掉了出去。

同时坠落的还有夏桑的心。她看着评委不断摇头，在纸上填写着评分表，似乎不会给很高的分数了。

她的心不断下坠，坠入冰窟。

不是因为没有进球，也不是因为评委可能不会把最佳球员评给他，而是她看到了周擒的眼神。

那种失败的眼神，那是她从来未曾在他眼中看到过的神情。

他曾经那样光芒万丈，而今又是这般黯淡绝望。

夏桑的眼泪夺眶而出。

比赛的最终结果不会当场宣布，因为第二天还有另外一场比赛，只有综合两场比赛的所有队员表现，才能最终确定那几个宝贵的最佳队员的奖项，会花落谁家。

夏桑逆着人流，艰难地挤到了体育馆的休息区，周擒看到了她，跟跄着朝她走过来。

她眼角绯红，却还是微笑着："你好棒啊！刚刚我听到评委一直在夸你……"

话音未落，少年如山般压了下来，全身的力气都落在了她身上。

他晕了过去。

医院里，医生给周擒进行了紧急的休克处理，挂上了水，摘掉了他的鞋。玻璃窗外的夏桑这才看到，他的脚像在血水里泡过似的，白色的袜子全染红了，触目惊心。

医生一边帮他紧急止血，一边责备周围的人为什么不第一时间送到医院，这么严重的伤，竟然还能让他上场打球。李诀听着，连连点头，拼命道歉。

夏桑看着他陷入昏睡，哭也哭不出来了，只剩满心的愤怒还隐忍着。

医生给周擒上药包扎了伤口，还紧急打了破伤风针，说道："他失血过多需要输血，你们有没有 A 型血，没有我们就调血库了。"

几个队员面面相觑，有的不知道自己的血型，知道的，也都不是 A 型血。

夏桑毫不犹豫举起了手："抽我的吧，我是 A 型血。"

医生让护士带她去抽血检验匹配，夏桑回头望了他一眼，忍着悲伤，跟着护士走了出去。

虽然怕针，但她这次一声没吭地让护士抽了血。

周擒是下半夜醒过来的，房间里灯光昏暗，只有李诀和夏桑两个人。

李诀白天球赛累得够呛，四仰八叉地横躺在沙发上，呼呼大睡，呼噜声震天。

夏桑坐在床边的小椅子上，就这么盯着他的脸看，也不知道看了多久，所以他一睁眼，就撞进了小姑娘清澈漂亮的杏眸里，仿佛跌入了温柔的怀抱。

周擒苍白的嘴角扯开笑意："你看我看了多久啊？"

"一晚上。"

"那我要收观赏费。"

"要收多少，给你就是。"

周擒看了看小姑娘漆黑细密的眼睫毛，说道："没哭吧？"

"我怎么可能哭。"

"那就好。"

沙发上的李诀猛地动了一下，惊醒过来，看到周擒也转醒，他坐起了身："你吓死我们了！哎呀，打个球而已，搞得像玩命似的，医生都说你失血过多，幸好夏桑在，及时给你输了血，你俩还真撞上了，连血型都一模一样！"

夏桑回头瞪了他一眼："你这么大声，是要把整个医院的病人都吵醒吗！"

李诀捂住了嘴，压低声音道："下次决不能这么玩儿了，太吓人了！为了场比赛，真不值当。"

周擒对他的话充耳不闻，他知道她有多害怕打针，上次偶然间在医院遇到，她十七八岁的大姑娘，哭得像个幼儿园的小朋友。

这次还抽血，谁知道会哭成什么样。

他皱眉说："我又不是熊猫血，这血型烂大街了。你当什么活雷锋，谁要你献血了？"

夏桑强忍着恐惧抽了血，没想到他不仅不领情，还说责备她的话。

"这血型是烂大街，但是医生去血库调取也需要时间啊。我想着现抽的比冷藏的还新鲜一点，你凶什么凶。"

"现抽的比冷藏的还新鲜一点"这话戳到了李诀的笑点，他躺在沙发上，人都笑没了。周擒本来是挺心疼，听到这话也有点忍俊不禁。

夏桑冷着脸，心有余悸，就很不开心。

周擒："下次别乱去献血。"

"没有下次了，我这么怕打针。"夏桑闷闷地说，"只此一次，你要是再不爱惜自己的身体，我是不会管你的。"

"知道了。"周擒郑重点头，又笑了，"不过想着，现在我身体里竟然流着你的血，感觉很奇妙。"

"是啊，感觉我像是变成了你妈妈似的。"

周擒无语地看着她："这倒也不必。"

李诀捧着肚子："你俩唱二人转呢？"

周擒："可不可以请你圆润地出门？"

"走廊太冷了，房间里有暖气，我不走。"李诀赖在了沙发上，又说道，"篮球赛结果明天公布，我问了教练，你还是有希望的。"

周擒想到了那场篮球赛，眸底滑过一丝黯淡。虽然忍着痛强行上场了，但发挥怎样，他心里有数，不能说是平平无奇，只能说是非常糟糕。

夏桑赶紧道："当然有希望啊！他的表现还是很出彩的！老天会眷顾努力的人的。"

周擒知道她只是在安慰他。而这样的话，也的确只能当成安慰的话听一听。

很多事，不是有毅力肯拼命，上天就会眷顾，就会让他成为幸运之子。

他从来未曾幸运过。

不过……

周擒望向了夏桑，她乖乖地坐在床边的小椅子上，柔和的壁灯在她的脸蛋上笼出一层温柔的绯色。

也许，他所有的不幸，都只换来了这一份幸运。

周擒已经心满意足了。

他轻松地说："这有什么，一场比赛而已，即便拿不到最佳球员，拿不到奖项，也不会影响我体考成绩，大不了文化课多拉点分。"

"你既然这样想得开，那为什么还要……"夏桑睨了眼他包扎的脚，"为什么不早点去医院？"

"凡事总要尽力一试，试过了没拿到，我也不后悔。"周擒轻描淡写地说，"没试过，躺在医院我也不甘心。"

"我说了，这种事下不为例。"夏桑严肃地告诫，"再有一次，我就真的要生气了。"

"你会不会威胁人。"周擒淡淡一笑，"一点力度都没有。"

"那你教我啊，该怎么说？"

他想了想，说道："比如，你可以说，再有一次，我就永远不理你了。"

"你会怕这个？"夏桑表示怀疑，"这好像也没什么威慑力，电视剧都用烂的台词。"

"我会。"周擒认真地看着她，"我怕这个。"

夏桑歪头问道："你真的怕这个吗？"

"我怕。"

李诀一个鲤鱼打挺从沙发上爬起来，嚷嚷道："受不了了！你们聊起来还没完了哈！"

"你受不了你可以出去。"

"偏不出去。"李诀拿出手机，摄像镜头对着他们，"来，给你们摄像留念。"

夏桑站起身："李诀你真的好烦哦！"

深夜，三人在病房里闹了会儿，李诀便昏昏欲睡地躺在了沙发上，不一会儿睡着了。

夏桑仍旧坐在病床边的椅子上，用微小的声音担忧地问："周擒，脚上的伤会不会影响你的体考啊？"

"这还有小半年。"周擒枕着手，望着天花板，淡淡道，"那会儿早康复了，我身体愈合能力很强。"

"但你也总是受伤，你的脸、膝盖，现在又是脚……"

周擒无奈地笑了下："大概是我命里见血光。"

"你别胡说八道！呸呸呸！不准乱说话。"

周擒道："体育生，受伤很正常，不用大惊小怪。"

"这不正常。"夏桑愤愤道，"反正已经报警了，警方会调查清楚的，往大了说这就是蓄意谋杀。"

周擒看着小姑娘气鼓鼓的样子，柔声说："别想了，睡会儿。"

夏桑回头望了望李诀，那家伙四仰八叉把沙发都占完了。

"我坐会儿，天就亮了。"

周擒撑着病床坐了起来："好，那就坐会儿。"

周擒靠着身后的墙没再说话，闭上了眼。夏桑出神地望着他修长细密的睫毛。

周擒睁开眼，她便咧开嘴，对他笑了笑。

"睡觉！"夏桑率先闭上了眼睛，"快睡！"

"夏桑，我最喜欢海子的诗。"

夏桑睁眼，看着他。

夜，也变得如此温柔。

"现在很少有男生喜欢读诗。"

"妈妈走了的那几年，一个人的晚上，我偶尔会读一些小说，也会读一些诗。"

夏桑猜他大概是太孤独了，那么小，爸爸不在，也没有妈妈了。

"海子的诗，我也读过啊。"夏桑笑着说，"比如那首《姐姐，今夜我在德令哈》。"

"我喜欢的那首《半截的诗》，你一定没有读过。"

"那不一定哦，你读给我听听。"

周擒看了眼沙发上的李诀，确定他已经睡熟了，于是轻声念着，夏桑惊讶地看着他。

他低沉性感的嗓音，宛如夜的低徊。他念完，夏桑细声问："这是海子写给谁的？"

"我不知道。"周擒没再说什么，道一声，"记着这首诗，晚安。"

"晚安，周擒。"

夏桑第二天是睡到了自然醒，周擒一直没有弄醒她，连李诀走路声音稍稍大声了些都会收到周擒冷冰冰的威胁眼神。

李诀坐在窗边，看着被他裹成了"毛毛虫宝宝"的夏桑，无奈地摇了摇头。

过了会儿，夏桑揉了揉乱糟糟的头发，醒了过来，坐起身。周擒立刻噤声，让李诀也住嘴了。

她望了眼窗边的李诀："早上好啊。"

"现在都下午了大小姐。"李诀抱着手臂，悠悠地说道，"打呼放屁，可睡得真香呢。"

夏桑脸颊蓦然涨红："你胡说！我没有！"

"你问问他，有没有。"

夏桑激动地质问周擒："我没有！是不是没有！"

"没有，他胡说的。"

"你说实话，我真没有！"

"当然，仙女怎么会打呼放屁。"周擒笑了起来，"他坏得很，乱讲。"

夏桑不满地撇嘴，瞪了李诀一眼："我知道你讨厌我。"

"你自己做了事不认，还冤枉人。"

"我做什么了！"

夏桑羞红了脸，不想解释了，穿上拖鞋便要离开，周擒笑了笑，说："他开玩笑的，别当真，你睡得安安静静，乖得很。"

夏桑揣着手坐到沙发边，对李诀道："听到没？"

李诀仍旧坏笑着："他故意哄你才这样说咯。"

"李诀，我要和你决斗。"夏桑捏着拳头站了起来，"从今以后，有你没我！"

"别别别。"李诀摆手道，"我拒绝，输了被你打，赢了被擒哥打，两头被打，惹不起！"

"谁让你狗嘴里吐不出象牙！"

"我错了，行吧。"

下午四点，TBL比赛的第二场已经结束。

一个小时之后，评委们综合统计了队员的所有得分，最终选出了三名运动员，获得了最佳球员的殊荣。

教练来探望了周擒，很遗憾地对他说："你的平均分和第三名只差零点几分，分数非常接近，评委老师也很满意你的表现，但是你后半场的体力不支，错漏有点多。"

周擒平静地接受了这个结果。

李诀却很激动地向教练解释道："您也知道，周擒是带伤上阵，这个也应该告诉评委啊，不然也太不公平了！"

教练说道："我当然也说了，但如果把他受伤的事情纳入考量范畴，恐怕对其他选手不公平。"

"什么是公平？"夏桑坐在沙发边，淡淡说道，"如果周擒是因为自己的原因受的伤，是他瞎逛出了车祸，或者训练过度拉伤肌肉，那么比赛不考虑受伤因素，是应该的；但他分明就是被别人故意伤害，而伤害他的人有可能在比赛中获利，甚至因此超越他拿到奖项，这就公平吗？"

"究竟谁是凶手，警方也还在调查中，在结果没出来之前，不能轻易下定论。"

"可是……"夏桑还要说什么，周擒却用眼神阻止了她。

不管有没有别的外在原因，没发挥好就是没发挥好，输了就是输了，他的自尊心不允许他像狗一样为着一个不可能更改的结果，摇尾乞怜。

不过一天的时间，警方的调查结果便出来了。

这件事其实很好查，因为体育馆的更衣室人来人往，而作案的家伙也是四肢发达、头脑简单，以为更衣室没有监控摄像头，却独独忘记了走廊外和楼梯口，到处都是电子眼监控。

所以通过不在场的队员们的筛查之后，最终筛出了两位同队的球员，而他们刚被传讯到警局，就吓得屁滚尿流地赶紧交代，一切都是姚宇凡的指使。

姚宇凡面临着故意伤害的指控进了警局，而姚宇凡的父母也在第二天清早便心急火燎地来到了病房，提着大包小包的礼品慰问品，向他道歉，希望能得到他的谅解。

夏桑和李诀站在门外，两人一高一矮两颗脑袋凑到门口缝隙处，观望着病房里的情况。

姚宇凡的妈妈看起来像是一个年轻的贵妇，父亲也是一身西装革履，英俊笔挺。

他妈妈哭诉着，说着姚宇凡以前多么多么不成器，家里盼着他考大学，但是偏偏成绩不好，只喜欢打篮球，所以让他学了体育，盼望着通过体考能出人头地。眼看着就要成功了，如果这时候出了事，他这一辈子就毁了，希望周擒能高抬贵手，不要和他计较，就把这件事当成小孩子不懂事的玩闹。

　　穿西装的男人也适时递来了一张银行卡，说道："这里面是我们对你的一点心意和补偿，希望你能收下，不要再计较这件事了。"

　　周擒的视线宛如轻雾一般，淡淡扫过了床桌上的那张银行卡，不带任何情绪地问道："你们准备花多少钱买我的谅解？"

　　"这是……这是二十万，我们家虽然做点生意，但……但也不是那种很有钱的，所以……"

　　"就这点啊。"周擒嘴角冷冷扬了扬，"这点钱，买你儿子的前途会不会很廉价？"

　　男人显然是被他轻视的态度惹得有点上火，说道："我问过医生了，你这伤如果及时就医，其实一点也不严重，是你自己带伤上场，才会让伤口恶化，所以你自己也要负责。"

　　夏桑听得怒火中烧，想要冲进去把他们全部赶走，李诀拉住了她："乖乖女，你消停些吧，让他和他们谈。"

　　"谈什么？这有什么好谈的啊！"

　　"多给自己争取点利益啊。"

　　"谈生意？"夏桑回过头，不可置信地望着李诀，"你是说，他会接受这笔钱吗？"

　　"咳，二十万肯定不可能，所以还要逼他们再加一点嘛。"

　　夏桑皱起了眉头，摇着头说："他伤成这样，比赛的奖项也失之交臂，这所有的一切都可以不计较了吗！就为了这点钱？怎么能这样呢！做错了事就应该受到惩罚！"

　　"乖乖女，你可真是天真啊……"李诀嘴角冷冷一笑。

　　"这不是天真不天真，这是尊严体面啊。"

　　"没钱，谈什么尊严。"李诀淡淡道，"这二三十万，在你看来可能真的不算什么，但你知道对周擒、对他们家意味着什么吗？意味着他父亲接下来可能很多年都可以不用辛劳地早出晚归，意味着他不用大学了还每天勤工俭学，有更多的时间能提升自己……这才是生活最真实的底色。

　　"当然，每天生活在城堡花园里的小玫瑰，怎么可能懂这些。"

　　夏桑的手，紧紧地攥成了拳头。

　　她恍然间明白了李诀话里的意思。的确，这点钱她是真的看不上眼，这还没有她攒下来的零花钱小金库多呢？她觉得人不该为了钱丢失尊严，可是对于没有钱的人来说，尊严……虚无缥缈，眼前的生活才是实实在在的啊！

夏桑这样一想，便全然理解了周擒，所以不管他怎么选，她都没有资格予以置评。

病房里，西装男人继续说道："三十五万，这是最多了，我们家只能给出这个价。"

女人也终于不再卖惨哭泣，因为同情心很廉价，但是这个世界上只要能用钱摆平的事，那就不叫难事，于是她说道："你就让钉子刺了一下，白拿三十五万，怎么看都划算吧。"

"对啊，医生说只要好好养伤，要不了多久就会恢复。"

男人又补了一张支票，轻飘飘地扔到了周擒的床边："行了，这件事就这么结了，警方那边，你也要好好去说，说你不予追究，其他的事我们会搞定的。"

周擒看都没看那张支票，他透过玻璃窗，望见了夏桑。

女孩漆黑的眸底泛着心疼和不忍，但她的眼神明明白白是在告诉他，她支持他的任何决定。

后来情况如何，夏桑也不得而知，因为李诀把她拽走了，不让她扒在门边观望。

只要她在，一定会影响周擒的决定。

李诀把夏桑强行拽到住院部楼下的花园散步尬聊，夏桑看到有老人推着车卖李子，便买了一斤，回头扔给了李诀一颗。

"你和周擒怎么认识的？"

"上高中就认识了，那时候他还不知道我是祁逍的……咳咳咳。"李诀剧烈地咳嗽了起来，显然是说漏了嘴，故作掩饰。

"祁逍怎么了？"

"没什么没什么，不说了，没事啊。"

前段时间祁逍的所作所为，已经让夏桑对任何跟这个名字沾染上关系的事情，都产生了莫名反感的心理。难怪她总是看这家伙不爽呢，这才记起原来他也和祁逍沾亲带故。

"这也不是我能决定的啊。"李诀嚼着李子，也表示很无奈，"没有血缘关系，我就是寄人篱下的，混口饭吃，跟他们家——尤其跟他——没什么关系，他家的好处我是半点沾不上，不过我妈最近好像是沾上了，又怀上小太子了。"

夏桑嘴角抽了抽："你既然跟祁家是这样的关系，怎么读十三中了啊？"

"他爸是说把我转到重点中学，不过我拒绝了。"李诀很坦诚地说，"我这破烂成绩，还是别去重点中学了。"

"祁逍那种成绩都好意思钉死在火箭班呢，也没人给他白眼。"

"我一开始想的是就这样呗，随便考个学校，将来我妈在祁家好好发展，我总能谋个工作养活自己。"

夏桑坐在铁制的秋千椅上，敏锐地抓住了他话语间的字眼："那你现在怎么想呢？"

李诀踏上了花台，单手揣兜里，歪歪斜斜地站着："认识了周擒之后，我感觉即便是烂命一条，也有点不甘心就这么混日子，浪费大好的青春。"

夏桑笑了："看来你们也很拼啊。"

"这不是拼。"李诀认真地说，"他让我感觉到人是活着的，血液在流动，每一笔钱都花得踏踏实实，因为那不是别人的施舍、不是我求来的，是自己挣来的，堂堂正正。"

"这种感觉肯定很好。"

"当然好，好得不得了。"李诀跳下花台，轻蔑地看着她，"你们这种养尊处优的小公主是不可能明白的。"

"……"

"所以干吗总损我啊。"夏桑不满地说，"周擒嘴那么损，他都没说过我呢。"

"他看着不近人情，对别人还挺高冷，但其实他对身边人心实。去年我生日，连我妈都忘了，身边没一个人记得。"李诀做出夸张的表情，感叹道，"那也是个大雪纷飞的孤独寂寞之夜，我一个人走在凄清的街头，心里拔凉拔凉的，就在这时候，我收到擒哥送给我的豪华轿车。"

夏桑睁大眼，惊叹道："豪华轿车！他上哪儿给你送豪华轿车？"

李诀打开了他的QQ，戳开礼物栏，里面唯一的一个礼物，就是来自好友周擒送的豪华轿车，作为QQ秀背景图。

夏桑忍俊不禁地笑了起来："神经啊你们……"

"怎么，看不起QQ秀啊！我想要这贵族皮肤很久了！你给我发个消息试试，还自带特效呢！"

夏桑起身说："没想到 00 后里居然还能看见活的杀马特贵族。"

"随便嘲。"李诀无所谓地说，"你看不起我，那你就是看不起擒哥交友的品位。"

"少捆绑他，他画风可没你这么奇奇怪怪。"

便在这时，韩熙给夏桑打了一个电话，说明天最后一场交流会，需要很早出发，所以让她现在回酒店。

夏桑挂掉电话之后，神情略带担忧地望了望医院大楼。

李诀说："忙你的去呗，周擒这儿有我在。"

"那你要好好照顾他哦。"

"放心，我比你会照顾人。"

李诀对她摆了摆手，目送她离开之后，这才慢慢地溜达回了病房。还没进去，便看到姚宇凡的父母拿着大包小包的礼品盒水果，气急败坏地走出了病房。他站在门边隔了好一会儿，等燥热的空气平复下来，这才吹着口哨走进病房。

房间里，周擒神色平静，拿着遥控器随意地换着台。他侧脸弧度优美，两天没有剃胡子，下颌有了明显的青楂，看上去冷硬如锋。

李诀从刚刚姚宇凡父母出门的状态就能猜出周擒的选择。

他走到卫生间洗了几个李子，出门扔了一个给周擒。周擒反应力迅猛，单手一扬，接住了翠青的李子，嚼了一口，评价道："有点酸。"

"夏桑买的，那家伙生活十级残废，连挑李子都不会。看着老大爷可怜，生李子也买，还被骗了斤两。"

"她回去了？"

"嗯，为了让你今晚睡个好觉。"

李诀将剩下的几个李子倒进篮里："没和他们谈成交易啊？"

"故意伤害，该赔的都要赔。"

"医药费赔的可就没有刚刚开的那么多了。"李诀坐到了飘窗边，皱眉望着他，"姚宇凡那人，将来也没机会再遇着，针对他意思也个大，还不如跟他父母谈点实际利益呢。"

周擒眼角肌肉很明显地颤了颤，漆黑的眸子宛如黑色的海洋，涌起了暗流："做不到了。"

李诀不依不饶地质问："以前能做到，为什么现在就做不到了？"

"就是做不到了！"

周擒单手一挥，忽然将桌上的水果盘打翻了，李子滚落满地。房间里顿时安静了下来，只剩少年粗重的呼吸声。

片刻之后，李诀跳下飘窗，俯身一个一个地捡起了李子，对他说道："你还是怕她看不起你。"

"不是。"

"我早就说过，你跟她不是同路人，她会打乱你全部的生活节奏，让你变得面目全非。"

"我以前为了活，什么都能干，像徘徊游荡在街上不敢等天亮的鬼一样。"周擒低头，嘴角冷冷扬了扬，"现在……我至少想当个人。"

两天后，夏桑收到了李诀的信息，说他们准备出院，搭第二天的飞机回南溪市了。

韩熙老师的研讨会也是最后一场，但因为周擒受伤的缘故，她其实还想晚一些回去，却没想到他也要回去了。

夏桑一边讲着电话，一边匆匆招了一辆出租车。

电话里，李诀说道："周擒是想回去了，一方面周叔叔很担心他，另一方面再待在这里也没什么意思，他回去还能多些时间复习功课。"

"医生同意出院了吗？"

"说到底也没有伤筋动骨。"李诀轻松地说，"没关系，他身体素质好，一般的小伤，没几天就痊愈了。"

夏桑挂了电话，乘出租车直奔市人民医院。

医院门口，李诀已经办理了出院手续，周擒也换上了日常的衣服，左脚仍旧包扎着，手里多了一根拐杖，正拄着拐杖走出住院部。

他虽然看起来有点狼狈，可怜兮兮的，不过这家伙只要站起来了，仍旧显得英俊挺拔。

夏桑赶紧走过去扶他。

"不用。"周擒说，"我自己可以走。"

"现在是逞能的时候吗？你伤成这样，才住几天院啊。"

夏桑表情严肃了起来，似乎还有点生气了。周擒知道，夏桑是被他受伤的样子吓到了，其实真没那么严重。

"那我用力了。"

"尽管用力，我撑得住。"

周擒将自己的力气放了一点在她身上，也没敢真的用力，知道她的身体素质弱得不行。

李诀赶紧跑了过来，对夏桑道："你不要在这里添乱了，你能扶得住什么呀，还不如让他自己用拐杖呢，等会儿伤口又流血了。"

"我扶得住！"

周擒笑着说："她能行，力气大着呢。"

李诀很是不满，但又无可奈何。

夏桑冲李诀吐了吐舌头。

几人走出医院，李诀正要叫车，没想到教练匆匆地赶了过来，也带来了一个好消息。他给周擒带来了一张最佳球员的荣誉证书。

"警方这边基本上已经调查清楚了事情的原委，评委团那边知道真相之后，取消了姚宇凡最佳球员的荣誉，将这个名额给了你，算是实至名归了。"

周擒垂眸看着那张烫着金字的荣誉证书。他来东海市，所有的努力和拼命，所有的汗与血，都是为了这个。这是一份关乎他未来与前途的证书，分量很沉。

周擒的神情仍旧很平静，对教练诚挚地道了一声谢。

这份意外之喜，让李诀和夏桑两人激动得跳起来了："这也太棒了吧！没想到峰回路转，柳暗花明！"

"这就是人生，哈哈哈！"

教练知道周擒他们明天就要离开了，所以借着送证书过来，也是特意和他道别。他拍着周擒的肩膀，说道："我从来没见过这么有天赋还肯拼命的队员，好好打，你将来一定能出人头地！成为明星球员！"

"借您吉言。"

夏桑目送了教练的车离开，这才又恢复了狂喜的模样，嘴角都合不拢了，拿着周擒手里的证书不断摩挲，仿佛捧着他的未来一般珍贵。

"真好啊！"

李诀喜悦地说："咱们今天必须吃顿好的！好好庆祝一下！"

夏桑提议道："今天晚上我请客啊，咱们去海边吃饭吧，来了这么久，一次都没见过大海呢。"

"好啊！走走走！"李诀说着回头望向周擒，"你这腿，去海边方便吗？"

"很方便。"

三人乘车来到了海边，夏桑选了一家靠海的蟹黄拌面店，坐在小店的二楼花园，便能看到波澜壮阔的大海和万里晴空。

李诀道："老板，来碗蟹黄拌面，多加蟹黄，不要拌面。"

夏桑："老板我们不认识他，请他单独一桌，轰出去也成。"

老板帮他们点着单，也明显看出这几个年轻人是真的遇着高兴事了，眉梢间的喜色溢于言表。

他大方表示："行嘞，多给你们加一点蟹黄。"

"谢谢老板！"

海风带着海盐的味道，柔柔地吹着，夏桑托着腮帮子，望着大海。

周擒偏头看着她。海风将她的发丝吹到他的脸上，带着很淡的栀子甜香。

他忽然道："以前我不相信幸运，因为从来没有发生过。"

夏桑回头望向他，他漆黑的眸子带着比斜阳还要温柔的光，微笑道："现在，我相信了。"

因为她，他想活得有个人样，所以拒绝了姚宇凡父母的利诱。

这样的拒绝，换来了这张证书。

她就是他最大的幸运。

从东海回到南溪市，跟着便要过年了。

夏桑和覃槿一起去超市置办了很多年货，因为覃槿娘家那边会来很多亲戚。

张贴对联的时候，覃槿郑重地叮嘱夏桑："你这两天也好好准备一下，年三十亲戚都来了，你要表演才艺，让他们看看你的小提琴水平。"

夏桑满脸问号："让我干吗？"

"表演才艺啊。"

"我又不是幼儿园的小朋友，我表演什么才艺啊！"夏桑立刻道，"这……这也太奇怪了吧！"

"这有什么。"覃槿撕开双面胶粘在对联背后，漫不经心道，"亲戚们都知道你小提琴拉得好，都可以在音乐会上演出，拉给亲戚们听一下又怎么了？"

"我不想表演。"夏桑皱着眉头说，"这太莫名其妙了，弄得我像动物园的猴子似的。"

"我花了这么多心血培养你，现在大过年的，让你给亲戚们展示一下，有什么奇怪的，你就不能给我长长脸吗？"

"你能不能别把我当成炫耀的工具！"

"反正这事定下来了，你给我好好练，年三十晚上我要叫你表演。"

覃槿一锤定音，也不给她任何反对的机会。

夏桑转身跑到了麓景台小区的花园里，气呼呼地扯下路边横出来的一截枝丫，用力扔掉。她摸出手机，给周擒发了一个"生气的小猫"的表情。

周擒："谁惹你了？"

夏桑："我妈！她让我过年在亲戚面前表演才艺拉小提琴。"

周擒："哈哈哈。"

夏桑："不准笑！"

周擒撤回了上一条消息。

周擒："这种事我也做过，没什么，最多就是厚着脸皮上。"

夏桑："欸？你也表演过吗？"

周擒："嗯，去年过年，我爸喝了点酒，吹牛说我能进省队，让我在亲戚面前表演打篮球。"

夏桑："然后呢，你顺从了？"

周擒："我给他们当众表演转球，结果球砸年夜饭里了，我被罚在门外站了很久。"

夏桑蹲了下来，一个人傻乎乎地笑个没完，糟糕的心情一扫而空。

夏桑："你好逗哦！"

周擒："……"

夏桑反正是不乐意在亲戚面前表演，她性子没那么外向，为这事一直和覃槿争执到年三十。她决定，绝对不会屈服去表演，甚至计划了把小提琴藏起来，或者弄坏一根弦。

年三十的下午，夏桑从超市完成最后一趟大采购回来，在楼下看到了夏且安的黑色轿车。

"爸爸来了？"

夏桑出了电梯，看到大门敞开着，毫无意外，家里又传来了争执和吵闹声。她提着重重的年货口袋，站在门边，始终没有勇气走进去。

都离婚了还吵。

既然是这样的冤家死对头，当年又何必结婚呢？夏桑轻轻地叹息了一声，无趣地倚靠在门边。

从传出来的争执声中，她大概听明白了，爸妈争执的焦点，应该是她年三十在谁家里过。

"离婚快三年了，桑桑一直都在你身边，平时也基本都在你这里，今年过年我想带她去我家，这都不可以吗？"

"你还好意思说，平时你关心过她吗？照顾过她吗？带她出去玩过吗？所以这一切都怪我咯？"

"我没法带她出去玩，还不是因为你一直要她学习学习学习，不是学习就是练琴，她哪有时间跟我出去玩！"夏且安愤怒地说，"你简直要把她培养成学习机器了！"

覃槿冷笑："随便你怎么说，等孩子将来出人头地的时候，她自然知道应该感谢谁，是你这个只知道追求自己幸福、对她不管不顾的爸，还是我这个操碎了心的妈。"

"不管怎样，夏桑都是我的女儿，你不能剥夺我和她相处的机会。"

"平时我可以不管，但今天晚上年三十，小桑必须在我这里，我娘家的姐妹妯娌都回来，她们等着要看桑桑表演呢。"

"你把女儿当成什么？女儿是你向娘家人炫耀的资本吗！看你培养了多好的孩子，看你多成功？"

夏且安似乎戳到了覃槿的痛处，她声音激动了起来："夏且安，你有什么资格说这样的话，我婚姻的不幸都是你一手造成的！"

"到底是谁一手造成的，你自己好好想想吧！"

"离都离了，我不想和你说这些。"

覃槿的余光敏锐地瞥见了准备偷溜回房间的夏桑，叫住了她："小桑，你也听到了，你爸想让你过年去他家，和他那个狐狸精一起过，你怎么想？"

"你在孩子面前乱讲什么！亏你还是教务处主任，一口一个狐狸精，太不体面了！"

"你做出这种事，还好意思在孩子面前谈体面！"

"我说过了，我没有出轨，她是我后来认识的。"

"你脑子里想什么谁还不知道，我跟你那会儿，你不过是个一穷二白的小子。哦，现在有钱了，就要找小的了。"覃槿对夏桑道，"小桑，你记着，将来谈恋爱绝对不能找这种凤凰男，高攀怎么着都比下嫁强！"

"你给女儿灌输的是什么观念！你简直已经扭曲了，我怎么敢把她放在你身边。"夏且安指着覃槿，"等着，过完年我就去找律师，要回女儿的抚养权。"

"你敢！她是我的！我不会让你抢走。"

夏桑听着这样的争执，竟然也开始在心里自我安慰——爸爸妈妈都争着要她，总比爸爸妈妈都不要她来得好。

以前她所渴望的幸福的家庭，现在已经变成了梦幻的泡影，所以她心里仅有这样一点卑微的愿望，只要还有人要，那就还有安全感。

"我懒得跟你争，让小桑自己决定。"夏且安转向夏桑，"小桑，今年过年，你是想继续在妈妈家里呢，还是去爸爸家过年呢？"

夏桑看了眼覃槿，问道："妈，我可以不给亲戚们表演小提琴吗？"

覃槿脸色一变："这是两码事！"

夏桑知道，其实夏且安刚刚没说错，覃槿就是想用她来证明，证明自己虽然婚姻失败，但教育还是成功的，培养了这么优秀的女儿。但夏桑并不觉得自己是她教育成功的"范例"，恰恰相反，她的生活很不开心，她不想让自己成为一个"示范品"。

"妈，如果你一定要我在亲戚面前表演才艺，那我就去爸爸家了。"

"你……"覃槿气得脸上肌肉都在颤抖，"让你拉个小提琴，就要你命了啊？滚滚滚，跟你爸滚出去！我不想看到你！"

覃槿下了逐客令，夏且安自然笑逐颜开，让夏桑去房间里收拾了一些洗漱用品和贴身衣物，然后背着她的书包，带她下楼，坐上了轿车。

夏桑打开车窗，朝着自己家的方向望过去，她看到覃槿在阳台上望着她。

她对妈妈的感情其实很复杂。一方面，她同情她婚姻的失败和她作为女人的寂寞；但另一方面，她是真的受不了覃槿对她严苛到变态的要求。仿佛她把经营婚姻失败的怨愤不甘，都转化到了对她教育成功的极度渴望上。

夏桑快要窒息了。

夏且安开着车，很快驶出了三环，一直向南开，来到了南溪环湖生态区。夏桑知道，这一带是南溪市的富人别墅群，有很大的生态湖区，有钱人的别墅都在湖边。

以前她和段时音她们周末来这里野餐，看到这里的别墅家家户户都有游艇，周末就会驾着游艇在湖面上兜风，别提多拉风了。

夏桑看到轿车驶入了湖区内部道路，惊讶地问："爸！你的新家在生态湖区啊？"

"是啊。"夏且安放慢了速度，按下车窗，让夏桑欣赏窗外美景，"你喜欢这里吗？"

"以前我和朋友来这里野餐，还让这里的保安赶走了。我只是觉得这里……很有钱的人才会住这里。"

夏且安笑了："桑桑，你也是富二代啊。"

"我不是，以后你和孙阿姨的小孩才是。"

她只是一个家庭破碎，过得很不开心的小孩。

夏且安柔声说道："桑桑，我和孙阿姨多半不会再要小孩了，所以你不用怕，爸爸只有你一个。"

"为什么啊？"

"你之前接触过孙阿姨，也知道她的性格，她是一个很自由的人，爸爸也是因为这个才喜欢她的。"

夏桑想到那次和孙沁然的接触，有些讪讪的："她有没有跟你讲我的坏话？"

"那天的事，我都听公司的助理们说过了，她有错，你也有不对的地方，等会儿见了面，你们不要再吵架了，知道吗？"

夏桑悻悻地应了下来。

虽然她不喜欢孙沁然，但她更不喜欢吵架。这些年，听爸妈吵架已经听够了。

"我不会和她发生冲突的，只要她别来惹我。"

夏且安透过后视镜宠溺地看着她："你这小脾气，跟谁学的，以前没这么大的脾气。"

"哼。"

夏桑也察觉到自己近段时间脾气变大了，不再像以前那样默默忍耐了。

可能是因为认识了一些人，给了她很大的安全感。

"对了，等会儿家里还有一些别的客人。所以大方些，礼貌一些，知道吗？"

"是什么客人啊？孙阿姨那边的家人吗？"

"也不是，算是爸爸的生意伙伴吧。"

"生意伙伴？可今天是过年啊！"

"因为住得近，是邻居，索性就一起过年了。"

"哦。"夏桑乖巧地点了点头，没有多问。

夏且安将轿车驶入了小别墅车库里，她环顾打量着这栋湖畔别墅，好奇地问："爸，你家有游艇吗？"

"什么你家。"夏且安纠正称呼道，"这也是你的家啊！"

"就……有游艇吗？"

"买这里的房子会送游艇，不过平时没人玩，放物业的仓库里。你想玩，或者想约朋友来聚会，可以提前跟爸爸说，爸爸让物业安排。"

"不了，我只是问问，感觉很酷。"

"傻丫头。"

下车后，夏且安带着夏桑走出车库，别墅的花园大门敞开着，看得出花园里正在举办小型聚会。

觥筹交错，人影闪动。

夏桑忽然拉住了夏且安的衣角，顿住了脚步。

"怎么了桑桑？"

"爸，我有件事想和你讲。"

"什么事？"

夏桑心脏怦怦跳动了起来，紧张得手都在颤抖。她又想把祁逍的病态行为告诉爸爸了。那是她内心最深的恐惧，即便爸爸家里可能没有祁家有钱，但他终归是她的爸爸。

这个世界上，除了爸爸，谁还能保护她呢？

"爸，我……我遇到了一点麻烦。"她艰难地开口，"就是我们班有个男生，他——"话刚到嘴边，忽然，夏桑看到了倚在花园木篱边的男人。

他举起手，对她遥遥致意，嘴角绽开一抹微笑："嗨，夏桑。"

夏桑呼吸一窒，瞪大眼睛看着他，感觉全身的血液都回流到脑子里了。

祁逍！

夏且安拉着极不愿意靠近的夏桑，走到了祁逍面前，介绍道："桑桑，这就是我跟你说过的邻居，祁叔叔的儿子——祁逍，听说你们俩是同学呢，应该认识吧。"

"不仅认识。"祁逍微笑着对夏且安道，"夏叔叔，我们可太熟了，同班同学哦。"

"啊，那可真是太巧了！"

夏桑的手紧紧攥住了衣袖，轻微地战栗着。

夏且安对祁逍似乎很恭敬，回头对夏桑轻声道："夏桑，祁叔叔可是我们公司的大客户，你就帮我招呼一下客人吧，陪祁逍聊聊天。"说着，他拍了拍她的肩膀，"爸去看看晚餐准备好没有。"

说完，他便离开了花园，只留夏桑一个人，站在原地，无助而绝望地看着他的背影。心坠落到了冰冷的湖底。

祁逍站在夏桑身边，似乎一直在说话，但夏桑脑子里嗡嗡作响，完全听不清他的话了。

"桑桑，你在发什么呆啊，桑桑？"

夏桑回过神来，下意识地说："你不要叫我桑桑。"

祁逍挑眉，微笑地看着她："为什么不能这样叫？"

她压着嗓音道："没有为什么。"

祁逍不依不饶地说："是因为有人用了这个称呼吗？"

"不是！"

"那是为什么？"

夏桑死死咬着牙，没有说话。

祁逍却走到她身后，附在她耳畔，轻声道："那就只有我可以这样叫哦。"

她白皙的脸蛋上静脉都快要曲张了，太阳穴突突地跳着。

幸好这时候，夏且安叫了她一声："女儿，过来，我给你介绍一下，这是祁叔叔，祁逍的父亲。"

夏桑立刻逃一般地朝夏且安跑了过去，躲在了他身后。

夏桑见到了这个男人，传说中在南溪市的商界能够只手遮天、翻云覆雨的男人——祁慕庭。

他身形挺拔，看起来似乎很严肃。

"叫人啊。"夏且安从身后将她拉出来，"这姑娘，怎么傻兮兮的？"

"祁……祁叔叔好。"

祁慕庭微笑道："你好啊，我听祁逍说起过你，你成绩很好，在年级名列前茅呢。"

祁逍走过来，说道："桑桑期末考了年级第一，很厉害的。"

"你还好意思说，多跟人家学学吧！"

夏且安打了个哈哈，说道："哪里哪里，祁逍一看就很聪明，不像我们家孩子，只知道死读书。"

"他聪明……"祁慕庭冷哼一声，"心思都没放在正事上。"

"男孩子，顽皮些也无所谓，将来有成就的，都是读书时活跃的，死读书没什么前途。"

夏桑听出来了，夏且安很想讨好祁慕庭，态度也总是恭维着、奉承着。而夏且安身边的孙沁然，今天的打扮可就一点也不自由了。

她和周围的名媛贵妇一样，穿着高档名牌的定制礼裙，披着白绒绒的小坎肩，手里端着一杯红酒，笑着说："你们看看，年轻真好啊。"

周围人打量着祁慕庭的神情，也纷纷应景地说出一些"怀念自己的学生时期"之类的话。

祁慕庭摇了摇头，笑道："这小子一直以来让我操了不少的心，不像夏桑，看着就乖巧。"

夏且安连忙摆手："祁总您说这话，真是折煞我们了，我们家姑娘木讷得很呢，就只知道死读书了。"

夏桑看着夏且安，心一点点地凉了下来，宛如置身冰窟一般，凉透了。

祁逍看了一眼夏桑，对祁慕庭道："爸，我要和夏桑考同一所大学。"

"就你，得了吧，你能考得上？"

"我当然可以了。"祁逍自信地微笑着，"夏桑，你觉得呢？"

夏桑咬着牙，没有说话。

夏且安推了她一下："小桑，那接下来半年，你要好好帮助祁逍的学习哦。"

祁慕庭也看向了夏桑："那么夏桑同学，我儿子就交给你了，你们要一起学习、一起进步啊。"

夏桑仍旧没有说话，没有回应。

"这孩子，怎么这么木讷。"夏且安尴尬地说，"她真是让她妈妈的高压教育弄呆了。"

"没事。"祁慕庭摆摆手，"看得出来，夏桑比较内向，大家就不要逼她了。"

夏且安皱着眉头盯着女儿，不明白为什么她忽然这般反常。

这时候，夏且安请来的乐团在花园一角演奏起了《新年乐章》，祁逍看到有人拉小提琴，他三两步跨上了演奏台，很不礼貌地夺过了人家的小提琴。

"夏桑，想听你拉小提琴啊，要不要来一首？"

"……"

祁逍走了过来，将小提琴递到了夏桑手边："来一首吧。"

祁慕庭笑着说："哟，夏桑还会拉小提琴呢？"

夏且安立刻道："她从小就学，拉得还不错，去年还参加了莫拉圣诞音乐会。"

父亲的这种宛如推销商品的语气，忽然让夏桑的胃部一阵阵地痉挛起来，感觉到强烈的反胃。

"夏桑，大家都想听你拉小提琴，你就拉一个吧。"夏且安鼓励道，"别真让你妈教成书呆子了。"

凉风阵阵地吹着，夏桑感觉自己的骨架子都被吹透了。她接过了小提琴，拿拉杆的手不住地颤抖着。

"这小丫头怎么抖成这样了？"孙沁然抱着手臂道，"不是吧，都在音乐会上演出过了，还这么出不得众呢。"

夏桑环顾着所有人，每个人脸上都挂着不一样的神情。谄媚的、期待的、嫉妒的……她感觉周围这一双双眼睛宛如饿狼一般冒着精光，似乎要将她扒骨剥皮。

她极力抑制着脸颊的抽搐，压着嗓子说了一句："我最讨厌的……就是小提琴。"说完，她将小提琴用力扔在了地上，转身跑出了父亲的别墅小花园。

"夏桑！这孩子……"

夏且安不解地看着她，追了两步，却被孙沁然拉住了："别追了，显然她不喜欢咱们这儿啊，还想回她妈家里去呢。"

夏且安回身对祁慕庭和祁逍赔笑："我这孩子，高三压力真是太大了，人都呆了。"

"理解。"祁慕庭望了眼祁逍，"我这孩子要是有她这样的压力，我高兴还来不及。"

祁逍盯着夏桑离开的背影，淡淡笑了："爸，我会努力追上夏桑的。"

"那我可拭目以待了。"

夏桑一口气跑出了生态湖区，来到了大马路上，撑着膝盖大口地喘息着。远处时不时传来烟花爆竹的炸裂声，但是人不多，冷清清的。大家都回家过年了，只有她，宛如孤魂野鬼一样在街上游荡着，不知道该去哪里。

妈妈把她当成向家族亲戚们炫耀的工具，爸爸拿她来拉拢商业合作者。即便她也知道，他们并没有恶意。但他们从来没有问过她喜不喜欢，愿不愿意。

每个人都在努力过好自己的人生，但夏桑只感觉，她的人生仿佛被困住了。

她总是在为别人而活。

"啊！"夏桑冲着空寂的大马路喊叫了一声，发泄着心里的不甘，"啊啊啊！"

一个拿着烟花的小孩路过她身边，被吓了一跳。小孩小心翼翼地挪着步子，离夏桑远了些。

夏桑发泄了胸中的不快，眼角也冒出了几分湿润。她看到了不远处的地铁站，于是擦了擦眼睛，朝着地铁站走了过去。

入站之后，没有犹豫，夏桑登上了前往火车北站方向的地铁。

因为年三十的缘故，原本拥挤的地铁也变得空荡荡，位子随便坐，一节车厢也只有寥寥数人。

夏桑给自己戴上了蓝牙耳机，将自己沉浸在音乐的世界里，她不再听小提琴古典乐，而是打开了流行音乐的频道，一首又一首地听着，等着地铁抵达终点站。

火车北站的巷子，倒比空寂的南面高新区更有烟火气。

她一路走来，听到各家各户的欢声笑语，也看到有一家人和乐融融地在院子里摆午夜饭，还有小孩子点燃了类似于小蜜蜂一样的爆竹，小蜜蜂冒着火花，"嗖"的一下蹿上天。

她三两步跑到周擒家门口。院子里似乎很热闹，有欢笑的人声，可能是家里的亲戚都来了，一家人围在一起吃年夜饭。

夏桑站在院门边，犹豫了片刻，想着是不是应该离开。这时，房门打开了，她看到一个纤瘦苗条的女生走了出来。

她穿着高腰牛仔裤，上身是条纹状的短款羽绒服，扎着丸子头，脸上还带了精致的妆容，漂亮中带着利落感。

她手里拿着胶水，正准备将对联张贴在院门上，回头看到夏桑鬼鬼祟祟的身影，很不客气地问："你找谁啊？"

"我没找谁。"

"你找周擒吧？"

"……"

她眼神带着几分不礼貌的意味，上下打量了夏桑一眼："你是谁啊？"

"你又是谁？"夏桑反问。

女孩毫不讳言地说："我是周擒朋友。"

就在这时，周顺平走了出来："芷宁，你跟谁说话呢？"

胡芷宁立刻亲热地喊了声："干爸，这女孩谁啊？在门口鬼鬼祟祟的不像好人。"

周顺平望了夏桑一眼，似乎觉得她有点面熟，说道："这是……好像是周擒的朋友吧。"

"叔叔好，打扰了，我来找周擒……说句话。"

"这年三十的，就说句话？"周顺平也有点不解，但看小姑娘这可怜兮兮的样子，没有为难她，只说道，"他腿受伤了不太方便，你进屋去吧。"

"不、不了。"夏桑看了眼院子里高朋满座的热闹景象，摇摇头，"我还是不打扰了，谢谢叔叔。"说完，夏桑转身便离开了。

胡芷宁撇撇嘴："奇奇怪怪的。"

周顺平进里屋去找了周擒。周擒吃得不多，这会儿倚着玻璃柜，有一搭没一搭地剥着花生米，看着电视里的春晚小品表演。

"不是让你坐着吗？你这腿，得好好养。"

"站一会儿。"

"那你撑着拐杖。"

"得了。"周擒扫了眼墙边那对拐杖，神情很嫌弃，"太不帅了，家里这么多人。"

"帅能当饭吃啊！好好养伤才是关键。"

他低头，修长的指尖又剥了一颗花生米："还是要稍微注意一下形象。"

"对了，刚刚外面有个小姑娘，有点奇怪，说要找你说话，我让她进来找你，她又跑了。"

周擒手一顿，看了眼周顺平："你不早说？"

"走都走了。"

周顺平话音未落，只感觉身边蹿起一阵风，一转眼，周擒连滚带爬地扑了出去，连拐杖都不拿了，跌跌撞撞扶着墙跑出了门。

"臭小子！你给我回来！"周顺平急得不行，抓起拐杖追了出去，"你给我拄着！"

夏桑终于憋不住了，往回走的路上，一边走一边哭。她完全罔顾了路边拿烟花的小孩惊诧的目光，大口大口地呼吸着，哭得上气不接下气。

满心的委屈宛如潮涌一般席卷了她。

这个世界没有她的安身之处。

身后传来熟悉的嗓音，低沉有力，喊着她的名字。夏桑头也没回，加快了步伐，跌跌撞撞地朝着天桥跑了过去。

跨上天桥的长阶梯之后，她回头望了一眼。昏黄的路灯下，周擒一身凛然的黑色冲锋衣，眼眸隐在高挺的眉弓下，看不清神情，但身影依旧挺拔。

他扶着天桥的石阶把手，远远望着她，左腿微屈，单脚点着地。

夏桑看到他没有拿拐杖，不知道是怎么一路跑过来的，不知道伤口有没有被影响。她又急又气，蹲在地上大哭了起来。

周擒扶着石阶把手，一级一级地单腿跳了上去："桑桑，你哭什么啊？"

"你别过来！"夏桑哭着冲他喊了声，"你下去！"

周擒加快了速度，双腿并用，撑着扶手跳了上来。

夏桑急得没有办法，也只能起身跑下去，阻止他再往上走了。

周擒看着小姑娘梨花带雨的样子："年二十，不在家里好好待着，乱跑什么？"

夏桑看着他，心里的委屈顷刻大爆发了，一开始还是抽泣，这会儿哭出声来——

"我再也不拉小提琴了！再也不拉了！"

一辆动车轰隆隆地驶过铁轨，震动声伴随着她的哭声："我讨厌小提琴！讨厌新年！讨厌你们所有人！"

周擒皱眉看着她，感觉冰冷的空气呼吸在胸腔里都如同刀子一般刮着，泛着疼。他没有见过这种架势，此刻只能手足无措地站着。

"那你……别讨厌我。"

夏桑瞪了他一眼："我也讨厌你！"

他低头，淡淡一笑："讨厌我，还来找我啊？"

她看着他的眼睛，悲怆的情绪渐渐平复了下来，不再翻天覆地。

"你……干吗啊？"她带着哭腔小声问了句。

他说："大年三十跑我跟前哭成这样，你想吓死我，然后顶替我NPC 的工作？"

夏桑被他的话逗乐了，却又极力忍着，又哭又笑的真是太傻了。

"你别说破坏气氛的话。"

"哦，我破坏你悲伤的心情了？"

"你好烦啊。"夏桑明明很难过来着，一下子情绪全让他弄没了。

周擒见她好转，紧皱的眉心这才松开，嘴角弯了弯："你这是哭痛快了还有点舍不得开心？"

夏桑轻轻拍了一下他手臂："周擒，你真的有点招人嫌。"

"其他人大概不会认同你的话。"周擒说，"小屁孩今天还化妆了。"

"化妆又怎么了？"

"就是说把我美到了。"周擒笑着说，"从未见过如此惊艳的人。"

夏桑终于被他彻底逗笑了，眼角弯了起来。夏桑能闻到他衣服上的味道，那种淡淡的薄荷香，失落的心逐渐找回了几分安全感。

他低头："你来找我说话？"

"嗯。"

"说什么？"

"祝你新年快乐。"

"横跨半个城，就为了说这个？"

"就这个。"夏桑抬头，"周擒，祝你新年快乐。我讨厌所有人，但我不讨厌你。"

周擒垂眸看着她，喉结明显吞咽了一下："哦，不讨厌我……"

夏桑低头道："有些话我现在还不能说。"

"明白。"周擒点头，"我也很胆怯。"

他胆怯，是因为输怕了。

"我也明白的，长大就好了。"

雪花悄无声息地落在了她的刘海上，晶莹剔透，美好如初。

周擒抬手在她头顶接了一片雪花，嘴角绽开一抹坦然的微笑："但是，在保护夏桑这件事上，我从来不怕什么。"

在周擒的强烈要求下，夏桑扶着他回了家。

他的房间夏桑来过不止一次，觉得熟悉又亲切，她走到小床边，问道："床能坐吗？"

"你想坐哪儿都行。"

夏桑坐了下来，摸了摸硬邦邦的床板："这样的床，我肯定睡不着。"

门外响起了连续急促的敲门声，胡芷宁尖锐的声音传来："周擒，她是谁啊？"

周擒将房门拉开一条缝隙，很不客气地说："别吵。"说完，"砰"的一声，关上了门。

门外的胡芷宁都要气疯了。

夏桑歪头问："周擒，她是谁呀？"

周擒漫不经心解释道："隔壁的，认我爸当干爹，我爸真拿她当亲女儿，天天来我们家。"

夏桑点点头："那她不只是想当干女儿吧。"

周擒靠在桌边，手随意地揣兜里，淡笑着望向她："桑桑，好奇啊？"

"没。"夏桑耸耸肩，坦然道，"随便问问咯。"

"真这么随便？"

"就非常随便！"

很快，房门又被敲响了，是父亲周顺平的声音："阿腾，你干吗呢？"

周擒不耐烦地走到门边，说道："我就和我朋友说会儿话。"

周顺平也了解儿子的性子，但还是不放心地叮嘱道："我就在外面。"

"知道了。"

周擒转身，夏桑好奇地看着他："阿腾？"

"小名。"周擒有点不好意思，揉了揉鼻子，"我爸希望我飞黄腾达。"

"好好听哦。"

"这有什么好听的。"

"阿腾。"

"还是叫名字吧。"他浑身不自在。

"阿腾。"

"别叫了。"

"阿腾阿腾阿腾。"

"嗯嗯嗯。"小姑娘既然爱叫，他也就应了她。

"对了。"周擒忽然想起什么，从柜子里取出了一个浅木色的尤克里里，递到她面前，"这个，你玩过吗？"

"小吉他呀。"夏桑接过尤克里里，轻轻拨了拨，音质轻灵好听，"哪儿来的？"

"赵旭阳最近特意去学了，本想着到时候在人前露一手，可是学了一段时间还是跟弹棉花似的，心灰意冷就把它丢了。不过让我捡了回来，跟着网上的教程学了学。"

"你学了几天啊？"

"一周多。"

"那你弹给我听听。"

周擒拒绝道："不弹了，某人说讨厌小提琴，白学了。"

夏桑双手撑着床，笑问道："怎么，你还想用尤克里里跟我的小提琴合奏呀？"

"我不配。"周擒说道，"但是偶尔也想跟你一起唱唱歌。"

夏桑带着软绵绵的调子："那你先弹给我听听，我再考虑要不要重新喜欢上小提琴。"

"我试试。"

周擒将外套挂在衣钩上，露出了里面的灰色毛衣，恰到好处地修饰着他匀称挺拔的身材。

他拎了木制的书桌椅坐到夏桑的面前，拿起尤克里里，轻轻拨了几个调音的调子。

"想听什么？"

"你可别乱夸海口，你学了什么就弹什么，我点歌，怕你不会弹哦！"

周擒淡笑着，拨了一串优美的调子。

他拨弦的姿势却很专业，修长饱满的指尖拨弄着琴弦，在柔和的暖光下，手背指节律动着，非常漂亮。

夏桑托着腮帮子，认真地看着他。他睫毛细密修长，薄薄的眼皮半耷着，眸子里却有光，时而看看琴弦，时而望望她。

他不只弹，还会轻哼着旋律，歌词虽然含糊不清，但他嗓音很有磁性，宛若山间如风的民谣。

"怎么样？"

夏桑看着他："你真的只学了几天？"

"嗯。"

她感叹道："阿腾，你真是条条大路通罗马，你别打篮球了，你去娱乐圈当明星吧！你肯定能成流量明星！"

周擒放下尤克里里："我要成流量明星了，你怎么办？"

"肯定当你最忠实的粉丝啊！"

他低头笑了笑："你现在就够傻了。"

她撇撇嘴："我还想听，你继续弹。"

"想听什么？"

"民谣吧，你随便弹。"

周擒便又拿起了尤克里里，拨了一串很安静的旋律，淡淡唱道——

"让我掉下眼泪的，不止昨天的酒，让我依依不舍的，不止你的温柔……分别总是在九月，回忆是思念的愁……在那座阴雨的小城里，我从未忘记你……"

周擒弹完这一首之后，抬头望向她，却发现她眼睛微微有些湿润。

"怎么了？"

夏桑看着他，没有说话。周擒回看她，却也不知道该说什么。

"阿腾。"

"嗯？"

"你好厉害哦。"

周擒听到小姑娘嗓音不稳，似乎带了几分哭腔，他无奈地笑道："那你哭什么？"

夏桑又被他这句话逗笑了。

周擒送夏桑上车之后，回到家接近十二点了。亲友们已经离开，父亲收拾了餐盘之后，在院子里挂了鞭炮。

周擒接过了他手里的打火机，火花在风中发出刺啦的声响，他捂着耳朵后退了几步，鞭炮发出了震耳欲聋的脆响。

周顺平对他道："刚刚胡芷宁大哭了一顿。"

"哭什么？"周擒显出几分漫不经心。

"她哭什么，你不知道？"

"她是你干女儿，又不是我的。"

周顺平轻哼了一声："你当人家好好一小姑娘，有爹有妈的，没事就往咱家跑，帮忙做这做那，就为着我这个名义上的干爹啊？"

"那说明爸你魅力不减当年呗。"

"怎么说话呢！"周顺平气急败坏地抬脚要踹他。周擒敏捷地躲过，扶着门："我是病人，您可仔细些，踹坏了没人给您养老！"

"你这张嘴……"

周顺平指着周擒，真是又气又恨，依着他当年当拳师的脾气，肯定要把他暴捶一通。

周擒眼角挑起一抹笑意，玩笑道："我不早恋。"

"那你刚刚跟人家姑娘聊这么大半晌，聊什么呢？"

"音乐艺术。"周擒随口说道，"就纯聊天。"

周顺平了解儿子："阿腾，刚刚那女孩，看着规规矩矩，应该是好人家的闺女。"

"得，接下来的话，您可打住，我知道您要说什么。"

周顺平叹了口气："你现在年轻，有些事还不明白……"

周擒没说话，转身回了房间。

周擒深深吸了一口气，坐在椅子上，抱着尤克里里随意弹了弹，似乎还沉浸在回忆中。

他从抽屉里取出一张便利贴。

前面那行字是宋清语写的，后面这行字是夏桑模仿他的字迹，回给宋清语的。

周擒趴在窗台边，看看天上的明月，又看了看便利贴后面那行字，喃喃自语道："你也觉得我不配？"

他撕掉了便利贴。

偏不信这个邪。

　　夏桑到家的时候，家里亲戚们一个个正准备离开，看到夏桑，纷纷上前嘘寒问暖了一番，说"小姑娘又长高了，变漂亮了"一类的话。

　　覃槿从厨房里出来，看见夏桑，也略显惊讶。不过她没有多说什么，一直到亲戚们全部离开，她从厨房里端出一碗热气腾腾的饺子，递到桌边。

　　母女俩什么话也没说，夏桑坐到桌边，安静地吃着饺子。吃着吃着，夏桑便默默掉了几滴眼泪。

　　覃槿坐到桌边，点了根细长的女士烟，淡淡道："那个女人给你气受了？"

　　夏桑摇头。

　　"在那边过年不开心？"

　　"嗯。"小姑娘点头。

　　妈妈给她做的一碗饺子，让她心里添了几分愧疚，也多了些温暖。她看了覃槿一眼，烟雾中，覃槿的五官显得异常柔美。

　　其实夏桑的五官有很大一部分就遗传了妈妈，只不过妈妈刚硬的性格，经年累月地改变了她的外貌，让她在气质上显得那样不近人情。但夏桑生命中绝大多数的安全感，还是妈妈给她的。

　　她犹豫了片刻，终于尝试着开口道："我在爸爸家，遇到了祁逍。"

　　"祁逍？"覃槿惊讶地说，"怎么会遇到他？"

　　"爸爸和祁逍的爸爸是生意伙伴，也是邻居，所以……"

　　"所以你不开心，这才回来的？"

　　夏桑摇了摇头，尝试着问覃槿："妈妈，你能不能让祁逍离开火箭班呢？"

　　覃槿越发不解地看着女儿："怎么，他影响你学习了？"

　　夏桑不敢明说祁逍带给她的困扰，怕覃槿这种火爆的脾气会做出不可收场的事情；但也不能什么都不说，于是她很隐晦地回答："祁逍的确有点影响我的学习。"

　　覃槿皱起了眉头，追问道："什么意思？他怎么影响你的成绩了？"

　　"你知道，他一直缠着我，这让我感觉到很困扰。"

　　夏桑不敢告诉覃槿关于祁逍威胁班长的事情，所以就用这种轻描淡写的方式答道："我想着……如果在不同的班级，应该会好一点，如果你不能把他调出火箭班，那我宁愿去普通班。"

　　覃槿见夏桑竟然都提出了要去普通班，显然是真的受到了影响，她点了点头，说道："放心，这件事我能做主，我会想办法。"

夏桑总算松了口气。她有些后悔，一开始竟然因为害怕，没有早点把这件事告诉妈妈。事实证明，覃槿绝对不会容忍任何有可能影响她学习成绩的因素存在。

开学的第一天，听闻了风声的段时音便把第一手消息告诉了夏桑："刚刚有人看到祁逍老爸的豪车开进了学校！他进了教务处办公室一直没出来，这是什么情况啊？夏桑，是不是你和祁逍的事被你妈妈知道了？"

夏桑放下了中性笔，心头也有些紧张和忐忑："我和祁逍什么都没有，但我跟妈妈说了，说他会影响我的成绩，看有没有办法把他调离火箭班。"

"哇！"贾蓁蓁赶紧道，"你也太刚了吧！居然利用你妈妈的关系，硬把他弄走！"

"因为他的成绩本来就不能够留在火箭班。"夏桑理直气壮道，"所以不是利用什么关系，照理他本来就该走了。"

"但是我听有些同学说，刚刚祁逍爸爸在办公室大发雷霆，脸色非常难看，看起来很生气哦。"段时音担忧地说，"他爸在南溪市可是……"

段时音话没说明，但是夏桑知道她的意思，祁慕庭是南溪市商界有头有脸的人物，连夏且安都要奉承阿谀他。

夏桑真的不确定妈妈能不能坚持公理、溯本清源。她心里暗暗打定了主意，如果妈妈觉得为难的话，她一定不会勉强妈妈，大不了离开火箭班就是了。

放学后，她去了教务处，准备和妈妈一起回家，却被班主任何老师告知："你妈妈晚些时候还有个会，让你先回去。"

"好的何老师。"

夏桑心下疑惑，但是没有多问。她隐隐感觉到这件事可能并不简单。

上一次妈妈被要求加班开会，还是因为宋清语事件。几个女孩走进了奶茶店，拿号之后，坐在了窗边的卡座边等号。

夏桑心神不宁，段时音安慰她："放心啦，这又不是什么大事，再说祁逍本来就不该留下来，别想了。"

"晚上回去问问你妈妈，就知道结果了。"

夏桑点点头，拿着票号起身去柜台边取餐，便在这时，看到祁逍和徐铭几人走进了奶茶店。

祁逍的打扮一如既往地张扬，在同学们几乎全员校服的情况下，他仍旧能穿着红白相间的韩风潮流外套，脚上是价值不会低于五位数的名牌鞋，和朋友们高声谈笑，丝毫没有被今天的风波所影响。

夏桑看到他这样的状态，已经猜到会是什么样的结果了。

祁逍自然也看到了夏桑，溜达到她身后，用随意聊天的调子，说道："年三十那晚，你让我真的很没面子。"

夏桑厌恶他到了开口和他讲话的力气都没有了，默不作声，只当没听到他的话。他也不急，坐在吧台边，缓慢道："所以，你是把我的事跟你妈妈说了？"

夏桑没说话。

"随你怎么说。"祁逍耸耸肩，"不过我早就跟你讲过，只要我不想走，没人能让我离开火箭班。"

夏桑看了他一眼，他神情坦然，看起来胸有成竹。

"你就这么确定吗？"

"要不你等会儿回去问问你妈妈？"祁逍笑了，笑容依旧和往常一样自信。

夏桑感觉到阵阵冷意席卷她的心头。她惹不起，总躲得起吧。

他不走，她走。

然而祁逍像是看穿了她的心思一般，微笑着，附在她耳畔道："你觉得体育部怎么样，还是更中意后勤部？"

夏桑赶紧远离他："你什么意思？"

"我是问你，你觉得覃阿姨要是从教务处主任的位子上退下来，是更想去体育部呢，还是后勤部。"他啧了一声，"啊，忽然感觉，食堂也不错，'女魔头'穿食堂阿姨的衣服给同学们打饭，肯定特精神。"

夏桑耳朵一阵轰鸣，如遭雷击。她瞪着祁逍，如果眼神能杀人的话，祁逍已经被她撕成碎片了。

祁逍看着她浑身发抖、牙齿战栗的模样，知道这句话已经达到了他想要的效果，也不再刺激她，将一袋豆乳奶茶递到她手边，和朋友扬长离开。

段时音和贾蓁蓁连忙上前安慰她："他肯定是骗人的。"

"就是，你妈妈当了这么多年的主任，怎么可能说退就退。"

"是啊，什么食堂阿姨，搞笑呢！"段时音柔声安抚道，"桑桑，他肯定是吓唬你的。"

夏桑绝望地看着两位伙伴："你们觉得他做不到吗？"

段时音和贾蓁蓁面面相觑，同时沉默了。她们都知道，以祁家的能量，祁逍绝对说得出、做得到。

当天晚上，覃槿很晚才回来，回来之后径直去了书房，锁上了门，一直到夏桑上床睡觉了，她才出来洗漱。

夏桑偷偷站在门边，能嗅到屋外浓郁的烟味。她大概猜到，今天覃槿开会的结果，可能并不好。

妈妈不愿意面对她，多半也是因为她可能真的保护不了她。她背靠着冰冷的墙壁，缓缓坐了下来。

直至此刻，夏桑才算明白了那种被逼入绝境的感觉，是如此让人绝望。她甚至连哭都哭不出来了，只觉得前路一片晦暗。

那个时候，父亲入狱、母亲离开、如此优秀却被所有重点高校拒绝只能走上体育生道路的周擒，是不是也像今天的她一样，站在悬崖边，感受冷风的刺骨？

想到他，夏桑心里多少恢复了一些勇气。

她多想把自己的处境告诉周擒，她甚至想让周擒狠狠揍祁逍一顿，发泄她心头之恨。

但理智控制住了夏桑，她知道，祁逍连覃槿都不怕，对付周擒，不过是轻而易举地动动手指头罢了。

她犯过一次蠢，决不能再犯第二次了。

第二天，夏桑听说祁慕庭又来到了教务处。在祁逍进了办公室不久之后，夏桑也跟着敲门进了教务处。

覃槿看到女儿进来，脸色一沉，喝止道："谁让你来的，快出去！"

夏桑看了眼在座表情严肃的领导，又看了眼坐在正位的祁慕庭，回头对覃槿道："妈，对不起，我骗了你。"

"什么？"

"我那天跟你说，祁逍影响我学习的事情，其实是因为……"她咬了咬牙，说道，"其实是因为我和祁逍最近闹了不少矛盾，所以我公报私仇，仗着妈妈您是教务处主任的身份，故意让您利用职务之便将他赶出火箭班。"

领导们脸色微沉，低声议论了起来。

覃槿摇了摇头，似乎觉得夏桑的说辞很荒唐。

"你是我的女儿，我了解你，你是不可能做出这种事的。"

"您真的了解我吗？"夏桑微微一笑，"如果您知道当初宋清语开口翻案的事，她对我的控诉完全正确，是我一手策划，是我用诡计诓骗了她，那么您还会觉得，我是您所了解的那个乖女儿吗？"

覃槿身形战栗着，退后了两步，扶住了红木办公桌，难以置信地看着夏桑："你说什么，宋清语真的是你……"

班主任何老师开口问道："夏桑，你为什么要这样做啊？"

"我就是看不惯宋清语那副样子！"夏桑咬牙切齿地说，"我不想让她好过。"

"夏桑……你怎么会……"

何老师也震惊不已，不敢相信一贯乖巧温顺的夏桑，竟然会说出这样刻薄的话。

"你们真以为我是那种乖乖女、好学生啊？"夏桑冷笑道，"我讨厌宋清语，看不惯祁逍的嚣张，这些都是我……是我一手策划和导演的。"

覃槿似乎有点相信了夏桑的话，有些崩溃地问："桑桑，你到底是为什么啊？"

夏桑轻松地说："好玩咯。我早就说过，我不是学习工具，更不是你炫耀的资本。"

老师们相互摇着头，都对夏桑流露出了失望的眼神，包括坐在正位的祁慕庭。

祁逍的心却是沉了沉。他没想到夏桑居然会来这样一招釜底抽薪，直接把所有事情揽到了自己身上。

他看到父亲脸上的不耐烦和失望，瞬间也有点慌了，连忙说道："其实不是夏桑一个人的错，主要是我——"

"够了。"

祁慕庭站起身，喝止住了他，转头望向了覃槿："覃主任，既然这件事是两个孩子之间的误会，我想也没必要闹得不可收场，现在孩子们处于人生最紧要的阶段，让他们安心学习才是最重要的，你说呢？"

覃槿心里只有对夏桑的失望，再无其他念头了，她摇了摇头，说道："这件事，就按祁总说的，到此为止，我不会要求祁逍一定要离开火箭班，因为这是我女儿的错。"

"既然如此，那就最好了。"

祁慕庭也不再多说，大步流星地离开了教务处。

领导们俨然松了一口气，只要祁慕庭不计较这件事，他们就不用硬着头皮换教务处主任了。

说到底覃槿让祁逍离开火箭班的处理决定是正当的，祁逍的成绩本来就够不到火箭班的成绩基准线。但是如果因为资本的威压，他们为此换了教务处主任，恐怕堵不住同学们的悠悠之口，这事闹大了很难收场。所以只要覃槿不再坚持，祁慕庭也不再追究，就是皆大欢喜的结果。

夏桑离开了教务处，不敢看母亲的表情。她宁可让覃槿误会，也绝不想让她付出了大量心血的事业，毁于一旦。

走出教务处，祁逍追上了夏桑。

"想不到，你居然来这招狼人自爆。"他望着她，现在也笑不出来了，只觉得有点无奈，"难怪当初宋清语都能让你套路了，你脑子里到底还有多少坏点子。"

她这一招釜底抽薪，导致祁慕庭对她的印象直线下跌。不仅如此，一向对儿子失望的祁慕庭多半还会把账算在祁逍身上，更觉得他成天不务正业，只知道胡闹。以后再向他提要求，估计是难了。

"夏桑，你搞我啊？"他冷冷问，"我对你这么好。"

"我刚刚只是实话实说，"夏桑面无表情地望着他，"说的都是真的。"

"你搁我这儿演什么，我还不了解你吗？"

"你真的了解吗？"夏桑对他绽开了一抹笑意，"如果你真的了解我，在宋清语那件事上，就不会被我利用了。"

这抹明艳的微笑，却让祁逍心头泛起一丝寒意。他似乎也开始意识到，面前这女孩或许真的不像她平时表现出来的样子。

"夏桑，你别装了。"

"祁逍，来日方长。"

夏桑的微笑骤然消失，恢复了面无表情的样子，转身离开。

爸爸妈妈都帮不了她。从今往后，她只能靠自己了。

Chapter 07

叛逆·梨涡·公主切

♪ 夏柔只想和她们一样，无所顾忌，挣脱胆怯和懦弱的囚牢。她即将破茧，终将奔赴灯光
尽头。

覃槿用钥匙打开了房门。进屋之后，她将包随手扔在了沙发上，然后打开冰箱，拿出一袋牛奶。

夏桑慢吞吞地走进来，有点紧张，讪讪地望着覃槿。覃槿什么都没说，温了一杯牛奶端出来，搁在桌上，然后坐下来，摆出了和女儿谈心的架势。

"小桑，今天在办公室，你是不是因为担心妈妈才故意那样说的？"

夏桑抿了抿嘴，没有回答。

"小桑，你不要怕，妈妈就算不要这个工作，也一定想办法让你远离祁道。如果他真的骚扰你的话，一定要告诉妈妈！我不信这世界就没有公理了！"

夏桑看着母亲严肃的面庞，眼底泛酸。

以前她很讨厌母亲这义正词严的严肃模样，但是母亲现在这样，她反而感觉到安慰、安心。不管妈妈怎么凶她，妈妈终究是她的妈妈，是她相依为命的那个人。正因如此，夏桑更加不能把真相说出来，她不能让妈妈辛苦了半生、付出了巨大心血的事业毁于一旦。

她目光下移，望着搁在手边的牛奶，用平淡的嗓音道："妈，你知道我讨厌喝牛奶吗？"

"小桑……"

"我讨厌喝牛奶，讨厌小提琴，其实我也蛮讨厌学习的。"夏桑端起牛奶，一饮而尽，然后狠狠地擦掉了嘴角的一丝乳白，发泄一般道，"我不是你一直以为的乖女儿，那个女儿只存在于你的想象中，所以，接受现实吧。"

覃槿摇着头，全身颤抖，不肯承认夏桑的话："夏桑，不要说这种话！你是我一手培养出来的孩子，你是很优秀的！"

"妈，我是你教育失败的产物，你培养了一个怪胎出来，如果这是你想要的优秀，那你就要接受现在的我。"

说完，夏桑不再理会覃槿难看的脸色，转身回了自己的房间。

覃槿追到门边，用力拍着房门，暴躁又失望地吼道："好，好……一切都是我的错！行，你要自由，那我不管你了，随便你闹什么，我都不会管了！"

夏桑背靠着房门，忍着巨大的心痛和惶恐，直到听见母亲回了自己的房间，才松了一口气。她知道，覃槿是一个把事业看得比家庭重的人，所以教育她、将她培育成所谓的精英阶层也成了她的另一种事业。

夏桑不在乎自己将来能不能成为精英阶层，现在的她，只在乎身边的人。她从柜子里拿出了周擒送给她的羽叶项链，放在月光下，细细地看着。

项链泛着清冷柔和的光，就像他一样，外表冷漠坚毅，心里却藏着温柔。

"阿腾，谁知道呢，如果没有你，大概我真的会迷失，变成一个怪胎。"

她将项链塞进了自己的衣领里。

"我会保护你，保护妈妈。"

下午的活动课，夏桑来到了体育舞蹈教室，找到了正在练团舞、挥汗如雨的许茜。

许茜得知了夏桑的来意之后，惊诧不已："你想加入啦啦队？"

"嗯。"

"你妈妈会同意吗？"

"不管她。"

"她要知道你来了，只怕直接把我们啦啦队都解散了吧。"许茜摇了摇头，"我可不能答应。"

夏桑语气平静地说："许茜，你欠我一个人情。那次不是我帮你，你会被祁逍揍一顿，还会在全校同学面前丢人。"

"不准再提我的黑历史啦！"许茜激动地伸手捂住夏桑的嘴，"我不是不让你加入啊，但是你的气质跟我们啦啦队就很不符啊。"

"没关系，我可以改变。"

许茜指了指练舞室里不怀好意望着她的女孩们："你要是变成她们这样，估计真的要把你妈气死了。"

啦啦队的女孩们，可以说是最让覃槿头疼的那类学生，心思没放在学习上，每天穿戴名牌、相互攀比……

"问题学生"哪个学校都会有，不过南溪一中对学生的管理非常严格，基本上已经杜绝了学生的一切不规范行为。啦啦队这几个实在让老师们头疼不已。

"放心，我会融入你们。"

许茜仍旧对夏桑忽然提出要加入啦啦队的事表示质疑："你该不会是你妈派来伏击我们的吧？"

"你觉得我会做这种事？"

"那你得给我一个理由。"

"出来说。"

夏桑拉着许茜来到了教室外无人的环形花园中，附在她耳边低声说了几句，许茜惊诧地望着她："你想让祁逍厌恶你？"

她点了点头："是。"

"你知道祁逍最讨厌啦啦队这帮女生，所以想加入我们。"许茜抱着手臂，笑道，"你这弯子绕得有点大了吧。"

"你还有更好的办法吗？"

许茜想到那日险些被祁逍打的惊险一幕，似乎也没有更好的办法。以前她羡慕夏桑，现在看清了祁逍的为人，她甚至有点同情夏桑了。

"被那种人纠缠，真是惨……"她啧啧地感叹道，"你这法子，虽然绕了些，但说不定行得通。谁都知道祁逍的审美几百年都没变过，他之前接触频繁的女生无一不是乖乖女、成绩好、清纯又善良。"

这也是许茜之前无论怎样接近他，都没能成功的原因。许茜这款张扬又放肆的女孩就不是祁逍的菜。

"不过，祁逍又不是傻子。"许茜说道，"你这突然的'华丽转身'，他肯定会怀疑啊。"

"我会小心的，祁逍并不聪明。"

不仅不聪明，有时候还有点蠢。

许茜对夏桑的"华丽转身"计划产生了浓厚的兴趣，拉着她来到了啦啦队的女孩中间："来，咱们有活儿干了，哈哈哈，集思广益，一起来改造乖乖女。"

女孩们围着夏桑打量着，扯扯她的头发，摸摸她的脸蛋："你想要变成什么样啊？"

夏桑想了想："能把老何气吐血那样。"

这个回答正对了女孩们的胃口，她们拉着夏桑愉快地讨论了起来。

"你的衣服实在是太学院风了，一板一眼的，周末一起去逛街买衣服。"

"化妆你会吗？"

夏桑摇了摇头："我可以学。"

"许茜化妆技术最好，让她教你呗。"

许茜摆摆手："小意思。"

夏桑看着周围这些靓丽又张扬的女孩们，心情忽然很愉悦。以前她很羡慕她们，觉得她们就像自由的风，和她安安静静、一潭死水的青春形成了鲜明的对比。

那时候的夏桑，不知道自己要成为什么样的人，不知道自己喜欢什么，所以总是羡慕那些和她不一样的人。可是当她真的要把自己"改造"成她们的样子的时候，却又是如此无奈。

夏桑已经找到了方向，也开始喜欢小提琴，遇到了让她喜欢上小提琴的那个人。那个人让她知道，她就是独一无二的夏桑，不需要羡慕别人。

夏桑要守住这一切，不惜任何代价。

许茜和夏桑一起走出了校门，因为夏桑说要请她喝奶茶作为感谢。

奶茶店里，她将一杯温热的芋泥奶茶递到许茜的手里，许茜叼着吸管，漫不经心地打量着面前的女孩。不管是模样还是坐姿、气质，她都是那样娴静美好，给人一种想要了解、想要亲近的欲望。

大概，这就是温柔的力量吧。

以前许茜对这样的女孩嗤之以鼻，但是当她开始接触了夏桑之后，她发现自己其实是想要靠近她的。

"夏桑，你知道吗，我一直都很羡慕你。"

"你羡慕我？"夏桑微微诧异，"我以前还羡慕你呢。"

"我有什么好羡慕的？"许茜撩了撩头发，"除了长得比你漂亮。"

夏桑笑了起来："这我不能承认。"

"反正你成绩好，人缘也好，教养也好，老师也喜欢你……"许茜叼着吸管，闷声说，"样样都好，几乎完美。"

"你的朋友比我多啊。"夏桑说道，"你可是大家心目中的仙女。"

"我算哪门子仙女。"许茜看了夏桑一眼，"说实话，我觉得你才是真正的仙女。你不知道，同学们其实都很喜欢你，我们班有几个女孩，就特别想认识你。"

夏桑不知道该怎么说，低头喝了口奶茶。以前她羡慕许茜，没想到许茜也在羡慕着她。

每个人都想要成为更好的别人，却忘了现在的自己就是最好的。

"那我们能当朋友吗？"夏桑问许茜。

"完全没问题。"许茜举起奶茶，碰了碰夏桑的杯子，"前尘往事一笔勾销，相互骂过的话也一笔勾销，以后就是闺密了。"

"我没骂过你。"夏桑说道，"是你骂我比较多。"

"不说这个。"许茜岔开了话题，"明天去逛街买衣服，我要好好地改造你一番。"

"你们悠着点啊，我不想弄得太夸张了。"

"你想要让祁逍讨厌你，当然要外貌大改观啊！"

夏桑摇了摇头："我刚刚想了一下，仅仅改变外貌，作用不会很大，反而显得很刻意。"

"你的意思是……"

夏桑指尖挑起她的下颌："你看，你比我漂亮一百倍，但他就对你没兴趣。"

许茜听到这话，哭笑不得，不知道夏桑到底是夸她还是损她："我的确比你漂亮一百倍。"

"所以，内在才是最重要的。"夏桑说道。

"有道理，我其实也觉得，祁逍靠近你的原因是你内在娴静的性格。"许茜抱着手臂，宛如军师一般思忖道，"所以你是要改变性格，要变得开朗活泼起来？"

"不，不是开朗活泼，开朗的女孩也不少，不会让人特别反感。而我必须让他受不了，让他觉得多看一眼都恶心。"

许茜困惑地看着她："你的意思是？"

夏桑定定地说："我要变成你这样的女生。"

许茜："……"

周末，许茜和几个啦啦队的女孩约好了一起逛街，带着夏桑走进了一间造型工作室。女孩们帮夏桑挑选着各式各样的发型和发色，像打扮洋娃娃一样，帮她参考各种变装的尝试。

"干脆剪短发好了，很酷哦。"

"不要，我觉得还是烫全直吧，比较适合她的脸型，而且看起来也很冷艳。"

"……"

夏桑翻看着书上各种各样的发型，忽然想到那晚公交车上，周擒给她推荐过一个发型——公主切。

他说很叛逆，也很性感。

夏桑毫不犹豫地合上了发型书，对身边的理发老师说："你好，麻烦帮我剪公主切。"

"哎？"

女孩们凑了过来，七嘴八舌道："桑桑你要剪公主切啊。"

"会不会太甜美了？"

"对，公主切太乖了。"

"你们懂什么？"许茜走了过来，托着夏桑的脸看了看，"公主切，就这个了！"

"确定了吗？"理发老师拿起了剪刀，"公主切？"

夏桑用力点了点头，前所未有地确定："就剪公主切。"

四十分钟后，理发老师取下了夏桑身上的遮布，骄傲地说："看看，还满意吗？"

夏桑看着镜子里的自己，乖巧的齐刘海覆在细长的眉上，耳畔的发丝齐齐斩断，贴在脸颊处，初看起来很可爱，但是处处透着叛逆与乖张。

女孩们打量着夏桑的新发型，就连平时最叽叽喳喳的许茜，这会儿也被她的公主切惊艳得一句话都说不出来。

隔了很久，她才惊叹地竖起了大拇指："夏桑，你这个发型，简直……绝了！"

"好看吗？"夏桑有些不太好意思，红着脸颊，仔细地打量着镜子里的自己，"感觉和以前很不一样，像变了个人。"

许茜摇着头，赞叹地说道："我已经不能用'好看'这个词来形容了。你知道吧，以前我比你好看一百倍，但是现在……我只比你好看十倍了。"

夏桑忍不住笑了起来："是是是，你怎么都比我好看。"

女孩们也纷纷道:"夏桑,你真适合这个发型啊,看起来好乖啊!"

"不是乖,有种不一样的气质。"

有女生摸出了手机,给夏桑拍了一张照片,忍不住道:"真的太好看了!随手一拍都很美。"

许茜也摸出手机,打开了美颜相机,对夏桑道:"来,学我的表情,拍一张。"

说完,她使劲儿嘟起了嘴,让夏桑学她。

夏桑推开了她的脸,笑了起来:"你好做作啊!"

"做作就对了,你忘了自己的计划吗?"

夏桑当然没有忘,她现在就是要多多学习许茜的性格和特点。

"那我试试!"夏桑努力吸了一口气,将腮帮子鼓了起来。

"眼神,挤眉弄眼,清纯点。"

夏桑鼓着腮帮子,努力学着许茜的清纯眼神:"唔……"

许茜将手机递到她手里,美颜全开,让她用 45 度角拍了一张矫揉造作、无比夸张的自拍照。

"哈哈哈。"

夏桑看着照片,先笑为敬了:"好做作啊,快删掉!"

"删什么,挺好看的!"许茜打开了修图软件,"最重要的是,抓到了我的精髓,非常完美!"

夏桑凑了过去,看到她给照片加了多层滤镜,将照片笼出了一层梦幻的质感,接着又放大了她的眼睛,睫毛拉长,给她的唇色镀上了嫣红。

"救命。"夏桑有点受不了了,夺过了手机,"这还是我吗?"

许茜义正词严地说:"不是要让某人讨厌你吗,就得这个样子!"

夏桑强忍着内心的不适:"那……我要把这个照片发给他吗?"

"你要发给他,那就太太太刻意了!"许茜说道,"不如直接发个朋友圈吧。"

"不要!"夏桑严词拒绝,"我决不!"

许茜揽着她的肩膀:"这有什么,既然下定了决心,那就不要管别人怎么看。"

"可……可这也太那个了……"

夏桑又看了眼手机里这张修得她妈都不认识的非主流照片:"真的要发吗?"

“我不勉强你哦，看你自己。”

夏桑的确是下定了决心，纠结了一会儿，终于首肯道：“行，可以发朋友圈，但是我选只对祁逍可见，这样总行吧。”

“不行！”许茜分析道，“你想想，你的朋友都看不见，只有他能看见，那万一他正好和徐铭他们在一起，这不是就穿帮了吗？到时候你怎么说？”

“有道理。”

夏桑叹了口气，决定既然要崩人设，那就彻底一点吧。反正她不在乎别人怎么看她，只要能保护她想要保护的人，变成什么样她都无所谓。

她用这张照片编辑了一条朋友圈，配上了许茜给她的专用文案：“我好看吗？嘻嘻。”

虽然没有仅对祁逍可见，但她还是选择了屏蔽家里的亲戚和覃槿，还有一个人——周擒。

这条朋友圈发出去之后没多久，夏桑朋友圈的点赞数量就破了百，朋友圈绝大多数评论都是惊讶，还有一些夸赞的，关系比较好的朋友都问她抽了什么风。

反正夏桑是不想去看这些评论，不过几分钟后，她看到祁逍给她回复了一条评论：“这是？”

“他看到了！”夏桑激动地对许茜说，“那我能删了吗？”

“删什么啊，留着呗！”

“这也太难了。”夏桑脸皮都快被磨没了，“我真的……从来没发过这种。”

“事已至此，没有回头路了，想要自由就撑下去。”

夏桑恢复了些许勇气：“我会坚持下去。”

篮球场，李诀坐在椅子上休息，拿着手机随意地刷着，刚喝了一口可乐就直接喷了出米，惊悚地喊了声：“我的天！乖乖女抽什么风啊！”

身边同样大汗淋漓的周擒望向他：“什么？”

“快看夏桑的朋友圈！哈哈哈！”

周擒摸出手机，点开了朋友圈，什么都没刷到。

“你在哪里看到的？”

“夏桑朋友圈啊。”

"她什么都没发。"

李诀探头过去，看了眼周擒的朋友圈，笑着说："不是吧，她屏蔽你了啊。"

"给我看看。"

周擒夺过了李诀的手机，下滑朋友圈，很快便看到了女孩嘟嘴卖萌的照片，嘴里的一口水也忍不住喷了出来，咳嗽了好几声。

李诀笑了起来："乖乖女是不是受什么刺激了？"

周擒擦掉了嘴角的水渍，说道："她最近……高考压力有点大。"

"我听说过隔壁学校的学生经常搞行为艺术。"李诀半开玩笑、半嘲讽地说，"没想到在我自己的朋友圈也能看到。"

周擒没理会李诀的冷嘲热讽，将那张朋友圈照片的截图甩给了夏桑："屏蔽我？"

夏桑："……"

周擒："屏蔽的理由。"

夏桑发了一张"生无可恋"的表情。

周擒："这么好看，为什么不让我看？"

夏桑："你对好看有什么误解？"

周擒："为什么屏蔽？"

夏桑："没有为什么。"

周擒："那到底是为什么？"

夏桑："别问了。"

周擒："好，不问。能见面说吗？"

夏桑："不了，学习任务有点紧。"

周擒没有勉强，只回了一个字："好。"

夏桑很敏锐地察觉到他的情绪，心里隐隐有点泛酸。

夏桑没有在外貌上做太大的改变，除了公主切发型，其他外在的改变，她都没有实施。因为她知道，祁道虽然不聪明，但也不像宋清语那样好糊弄。

外在的"华丽转身"太过刻意，只有潜移默化的内在改变，才会真正让他对她产生失望和幻灭。所以，她不能在一夜之间立马变成另外一个人。把握好其中的"度"，是至关重要的一点。

周一，夏桑来到学校，在一帮啦啦队女生的簇拥下走进了教室。

"拜拜哦，晚上舞蹈室见。"

"拜，爱你们。"

夏桑夸张地对她们甩了个飞吻。

贾蓁蓁看着夏桑和啦啦队这些青春张扬的女孩们打得火热，心里多少有些不是滋味，翻出了夏桑的朋友圈，阴阳怪气道："夏桑，你没事吧？"

"没事啊。"

"没事怎么发这种照片，还剪这种发型？"贾蓁蓁伸手抓了一下夏桑精心侍弄的公主切发型，略带嘲讽地说，"自从你和许茜在一起玩之后，简直像变了一个人。"

夏桑看着贾蓁蓁微胖的脸蛋，嘴角忽然扬了扬，说道："贾蓁蓁，我知道你在想什么。"

"什……什么？"

"算了，不说了。"夏桑摸出了课本，翻开默记古诗词。

贾蓁蓁有些急了，抽走了夏桑手里的课本，急切道："你说啊！到底想说什么！吊人胃口算怎么回事！"

夏桑看着她心虚的样子，开口道："你不就见不得我好吗？我偶尔化妆，你说我不适合，看起来老气；换个新发型，你也说不合适；有男生给我写字条，你直接帮我回绝。你可真是我的好闺密。"

贾蓁蓁没想到夏桑竟然对她背后的"小动作"一清二楚！她涨红了脸，结结巴巴道："你……你胡说！我没有！"

"你觉得我就应该和你一样，默默无闻，安安静静，当个永远的失败者，对吗？"

贾蓁蓁的眼泪都要被她激出来了，段时音听不下去了，回头劝道："没必要为了这点鸡毛蒜皮的事伤感情，夏桑，你知道蓁蓁这性子也不是一天两天了，何必今天算总账呢。"

"因为我不想忍了。"

贾蓁蓁咬牙道："她就是交了啦啦队的新朋友，就想和旧朋友翻脸！"

夏桑没有回答。

段时音也说道："这段时间，你跟许茜在一起玩，走路、说话还有作风打扮，都跟她很像了。"

夏桑抬眸望了眼不远处的祁逍，他也正回头望着她。

"有吗？我没变啊。"她笑了起来。

段时音翻出了那张朋友圈照片："以前的你，就不会拍这种照片，恕我直言，真的很做作。"

"对，以前的我就知道闷头学习，老老实实，即便成绩名列前茅，也像个失败者。"

贾蓁蓁拍案而起："现在进了啦啦队就很了不起吗！你现在这个鬼样子，和啦啦队那些女生有什么区别！"

段时音拉着贾蓁蓁坐了下来，平静了一下，对夏桑道："我知道你早就想进啦啦队了，以前就说过很羡慕她们。恭喜你啊，终于得偿所愿，成了你最想成为的那种人。"说完，她转过身去，不再理会夏桑。

夏桑看着段时音的背影，不知道她是发自内心，还是故意拔高音调这么说，帮她完善人设。但无论如何，她最后这句话，在祁逍听来，对于夏桑这段时间的变化，似乎都有了较为合理的解释。

不管是因为高三的压力，还是因为认识了新朋友，夏桑的确不再是从前那个夏桑了。

下课后，祁逍叫夏桑到无人的天台边。扭曲的眉眼间，能看出他难以掩藏的怒意。

"夏桑，你当我傻啊，在我面前演什么演！"

"我演什么了？"

"你知道我最讨厌许茜那种人，何必把自己也弄成那样，恶心谁呢！"祁逍说话很不客气。

夏桑背靠着墙，盯着他的眼睛，一字一顿道："许茜是哪种人？不要戴有色眼镜看人。"

"还上演姐妹情深啊！你故意学她恶心我吧！"

夏桑想到了当初妈妈的话，当你彻底了解了一个人的过去、现在和未来之后，你还会和他做朋友吗？或者说，你想要接近的只是你自以为是的想象中的人。

"祁逍，你觉得以前的我好，但你知道那是怎么来的吗？"夏桑背靠着水泥墙壁，不带任何情绪，冷冰冰地说，"那是被我妈拎着线、扯出来的木头人，你以为那是我真实的样子吗？"她露出一抹嘲讽的微笑，"宋清语事件，是我第一次挣脱提线木偶的桎梏，做了一回自己想做的事。事后你大发雷霆，不是因为我利用了你，而是你那时候就发现了，其实我不是你想象中的乖乖女，所以你生气。"

祁逍仿佛被她戳中了心事，暴怒起来："你给我变回来！不准留这种发型，要是弄不好就剪短发！变回以前的样子！"

夏桑知道祁逍这是恼羞成怒了。

她说道："祁逍，我告诉你，现在的样子就是我最真实的样子，如果你接受不了，那就滚远点。"

说完，她转身离开了天台。

舞蹈教室里，许茜指导着夏桑跳啦啦操，满脸嫌弃。

"你拉小提琴的乐感这么好，但是跳舞的肢体感怎么这么差呢？动作完全不协调。"

夏桑穿着宽松的瑜伽服，擦拭了额间的汗珠，理直气壮道："我本来就没有跳舞的天赋啊。"

许茜摇头道："像你这种没天分的女孩，搁以前啊，我们啦啦队是不可能让你加入的。"

"那你怎么让我加入了呢？"

"哼，你虽然没有跳舞的天分，但很有当'坏女孩'的天分，勉强够格咯。"

"我看你们也并不是很坏。"

夏桑越是和许茜她们相处，越觉得以前对她们的看法其实多有误解。

这帮女孩看着张扬跋扈、说话刻薄难听，但事实上心思单纯透明，一个比一个傻大姐，相处起来很轻松。

许茜坐在瑜伽毯上，拧开矿泉水瓶盖递给了夏桑："你今天和闺密吵架的策略，蛮成功的，我听徐铭讲，祁逍一整天低气压。"

夏桑知道，逍是相信了。他为自己以前看走眼而恼羞成怒。

"对了，你那两个闺密，要不要解释一下啊？"

夏桑否定道："不能让她们知道计划。"

"为什么？"

"贾蓁蓁，她是我妈妈的眼线。"

"什么？"许茜露出惊诧之色，"真的假的，你闺密居然和你妈妈串通啊！"

"上学期咱们玩密室那天，我一回家，妈妈就知道我的行踪了，那时候我就有点怀疑了。后来有几次，我故意对贾蓁蓁透露了一些关键的信息，譬如我周末要去哪儿玩，和谁一起，有没有男生……毫无意外，这些都被我妈知道了。"

"你心思真够深的啊。"

"后来有一次，我妈在沙发上睡着了，我用她的指纹打开了她的手机，在微信里找到她和贾蓁蓁的聊天信息，这才彻底确信。"

许茜略带同情地看着夏桑："被闺密背叛，你也太惨了些吧。不过这么久，你都没跟她撕破脸，还能一直当闺密啊！"

夏桑淡定地说："撕破脸也只会让我妈在我身边安插别的眼线罢了，不如就假装什么都不知道，这样我还能反过来利用她传递信息，让我妈妈放心。"

许茜哑口无言，这会儿对夏桑只能说是佩服得五体投地了："妈耶，我终于明白了，你是真心机！"

夏桑淡淡笑了："本色出演，祁逍才会相信啊。"

练完舞已经是晚上六点，夏桑和许茜挽着手走出了校门，去美食街打包一些食物带回家。

空气里带着早春的寒凉，夏桑过了马路之后，迎面看到周擒和几个朋友走出便利店。

他的侧脸轮廓分外冷硬，眼尾上挑，周遭的人间烟火气给他整个人笼上了一层朦胧的气质。

周擒侧过脸，低头的时候，恰恰眼神和她撞上了。

初春的寒凉让她皮肤越显冷白，公主切斜斜地搭在耳畔，漂亮中带着几分叛逆和乖张。

夏桑含蓄地转过身，默默地站在灌汤包店门口，等着许茜她们点餐打包，然后和她们一起离开。

周擒一直望着她，直到身边有哥们儿玩笑道："周擒，看谁啊？目不转睛的……"

周擒抽回了视线，看出了刚刚小姑娘眼神中的闪躲和畏缩，也不想给她惹麻烦。

"一中漂亮的女生这么多。"他露出一抹痞笑，说道，"看都看不过来。"

夏桑和许茜她们挽着手，说笑着与他擦肩而过，却没有抬眼看他的勇气。

周擒又回头望了她一眼。

女孩们去了另一家店，夏桑在扫码付款之后，转过身，给了他一个被公主切切开的侧脸，柔美如沙画。周擒松了松衣领，用余光扫着她，仍旧与男孩们谈笑风生。

走出美食街，许茜叼着油炸豆皮，随口道："刚刚那个人是周擒啊，几个月没见，又帅了几个档次。"

"嗯。"

见夏桑表情淡淡的，许茜忍不住问了句："上次见面，你跟他不是扮了小丑和小丑女吗，怎么看着跟陌生人一样？刚刚见面连招呼都不打。"

"后来接触不多啊，慢慢就淡了吧。"

夏桑并非信不过许茜，任何事情都可以分享，但唯独周擒，是她藏在心里最深的秘密，不允许有一星半点儿的风险。

她要像保护水晶球一样，保护这个秘密。

"我还以为你俩会成为朋友呢。"许茜笑着说。

"不会！"夏桑下意识地否决，紧张地说，"我怎么可能……跟他做朋友，以后你不要提这件事了。"

许茜见她这样反感，耸耸肩，说道："你别看不起隔壁体校，人家每隔几年都能出几个奥运冠军呢。"

夏桑不再言语，和许茜几个女孩们道了别："我去坐公交了哦，拜拜。"

"拜。"

夏桑加快步伐走过斑马线，走到街对面，坐上了驶来的一辆公交车。

公交车上座位还有很多，她走到最后排靠窗的位子。就在车门即将关上的时候，一抹熟悉的身影敏捷地钻了上来。

司机不满地望了他一眼，看到少年英俊的脸庞和嘴角温煦的微笑，骂人的话又憋了回去。

夏桑看到他熟练地刷了卡，径直朝着公交车的后排走来，坐到了她身边。

熟悉的气息一瞬间漫了过来，夏桑环顾四周，确定车上没有熟人，这才稍稍放心一些。

"你又坐错方向了。"

"我知道。"周擒沉声道。

她抬头望他，看到他近在咫尺的脸。

"怎么剪了这发型？"

"好看吗？"

他眼神灼烫，望着她："乖。"

夏桑略带委屈道："很多人说我这样子很心机。"

是刻意为之，所以别人怎么误会，她都不在乎。面对周擒，委屈却忍不住涌了上来。

他云淡风轻地说："你想变成什么样就变成什么样，管别人怎么说。"

"你不在意吗？"

"在意什么？"

"就……万一我不是你以为的样子，万一我是那种很有心机的人。"她略带忐忑地望着他，"不是你们以为的单纯天真的样子。"

"你本来就不是啊。"周擒轻松地笑了，"你何止心机，你城府深得我都不敢细想。"

夏桑惊讶地看着他，心脏抑制不住地颤抖着。

周擒迟疑了几秒："你该不会以为你在我心里是什么天真纯洁美少女吧？"

"我……"就是这么以为的！

周擒笑了笑："你跟个傻子似的。"

"那你觉得我怎么样啊？"

"什么怎么样？"

夏桑紧张地问："这样的我，你觉得怎么样啊？"

周擒不知道她问这话的用意是什么，只觉得有点奇怪，随口道："很好啊。"

夏桑叫停了这个话题："不说这个了。"

"你怕什么？"

"你知道我怕什么。"

"我知道。"周擒眼神中带了几分无奈，"你是一中的，妈妈还是教务处主任。放心，我不会让你有麻烦。"

　　如果只是这样，夏桑反而不怕了。不管是一中的学生，不管妈妈是不是教务处主任，她认定的事，都不怕。她最怕的是给他惹麻烦啊。

　　想到祁逍，想到他今天的态度，夏桑心头莫名一股委屈涌来，像在幼儿园被欺负了的小朋友一样。

　　周擒敏感地察觉到什么，嗓音低沉："是不是有人欺负你？"

　　"不是，学习压力好大。"夏桑只能这样说，"就……大家都太努力了，我可能稳不住年级第一。"

　　"就这个也值得你多愁善感？"

　　"是啊，我一定要当第一。"女孩嗓音越发战栗了起来，"谁都不能打败我。"

　　"这么自信，谁都不能打败你？"

　　"除了你。"夏桑闷哼道，"我只允许你打败我。"

　　"如果我当时努力些，考上南溪一中，也许还能和你竞争一下。"周擒无奈地说，"有点可惜，我还真想打败你。"

　　"你已经打败我了啊。"她看着他，"新菁杯，我一直都是第二名，第一名就被你拿去了。"

　　周擒想了几秒，想起以前好像是参加过这么个比赛。

　　"不是吧。"

　　"是啊！"夏桑抬头望着他，"是啊是啊！"

　　周擒温柔地敛眸，看着她："如果那时候知道你也参加了，也许我会放水。"

　　"所以你这是在羞辱我吗，周擒？"

　　"哪敢？"周擒望了眼公交站的标牌，"你要下车了。"

　　夏桑摇头："不下，我们坐到终点站，然后坐回去。"

　　公交车一直驶到了南线尽头的湖畔，公交车里就剩下他们两个人，司机无奈地回头，望了眼车尽头的乘客："交班了。"

　　夏桑说道："师傅，我们坐回去哦。"

　　"不行啊，这辆车不往回走了，我要下班了。"

　　周擒只能带着夏桑下了车，走出公交总站，周围荒芜一片，街道对面是一个很大的湖畔公园。

　　因为南线这一带还在开发建设中，所以公园即便建好了也是半荒状态。

"我从来没来过这里。"夏桑惊喜地说，"你陪我进去看看啊。"

周擒环顾四周："你回家晚了会不会被骂？"

夏桑想到这几日覃槿还在和她赌气，也是说到做到，不管她了。连她和许茜一起玩，她都没再多言，似乎是对她彻底失望了。

"不会，我妈妈放弃我了。"

"什么？"

"不是，我妈妈想明白了，只要我稳住成绩，她就不管我了。"夏桑看到公园里竟然还有个小型摩天轮，"阿腾，陪我去看看。"

这座公园是真的一个人都没有，夏桑和周擒走在公园的塑胶绿道上。微风吹拂着水面，路灯温柔地笼在头顶，投出一前一后的两道影子。

摩天轮矗立在河畔，应该是刚刚建好不久，很新，彩灯在摩天轮上透出斑斓的光影。

只可惜，没有开放。

夏桑跑到湖边，冲着湖面大喊了一声："我好开心啊！"

周擒站在她背后，看着女孩蹦跶的身影，显然是开心极了。

他嘴角也情不自禁扬了起来："这么开心？"

夏桑一阵风似的跑了回来，摸出手机，打开了许茜给她调的超梦幻非主流滤镜，然后使劲儿嘬嘴自拍。

周擒无语地望了眼手机屏幕里的梦幻美少女："李诀跟我说，一中的高三生时常搞一些迷幻行为大赏，我还不信。"

"现在你信了？"

"嗯，亲眼见到了。"

"哈哈哈。"夏桑笑得前仰后合。

她继续自拍："我现在觉得好自由啊。"

"怎么说？"

"比如那张照片，周围的人都说很做作，但你说好看。"

周擒低头笑了。

"笑什么？"

"没什么。"

"快说。"

"你要听实话吗？"

"说啊！"

他忍着笑，清了清嗓子："因为我是哄你的啊。"

夏桑拍了张很作的照片，递到他面前，对着他的眼睛："那你说，这好看吗？"

"好看。"

"这是在哄我吗？"

周擒温柔地看着屏幕里十倍滤镜下的女孩："好像也不是。"

扪心自问，不管她怎么拍，开几倍滤镜，她都仿佛是月亮。

月亮是不会不好看的。

"要回去了。"周擒转身朝着公园外走去。

"好烦，不想回去。"

"总要回去的。"

夏桑叹了口气，举起手机，对周擒道："一起拍照。"

"你先把化妆的滤镜关了。"

"哈哈哈。"

夏桑看着屏幕里少年绯红的唇和假睫毛，笑得快要背过气了："你怎么这么可爱啊。"

周擒无语地说："没有你可爱。"

"关了关了。"夏桑自己也看不下去了，退出了美颜相机，打开正常的原相机，拍了一张合影照片。

照片里，他们笑得很开心。

她将手机递到他面前："怎么样？"

"重新拍。"

"为什么啊？"

"我的疤不好看。"周擒想了想，说道，"我还是遮一下吧。"

"不要，没什么的。"

"不行。"周擒固执地坚持。

夏桑歪着头，看着少年锋利硬朗的侧脸。

她一直以为他不在意这道疤，因为以前也都随便让人开玩笑。没想到拍照的时候，他竟会在意这个。

周擒伸手遮挡着他眉下的疤痕，连左边眼睛都遮了一半："你看这样可以吗？"

"嗯。"

"那你来拍。"

夏桑打开前置摄像头，扬起手将两人框了进来。

她数着倒计时："三、二、一。"按下快门。

高兴之余，是冷静，周擒看看偷笑的夏桑，脑海里闪过一些事。

"夏桑，把照片删掉吧。"

"为什么啊？"

"不安全，删掉。"

"不……"夏桑心里万分不愿，"你放心，我不会让别人看到。"

"听话，删掉。"周擒知道那张照片留在手机上会给她带来什么样的麻烦。

"既然要我删，刚刚就不该同意和我一起拍啊。"夏桑闷声道，"拍都拍了，又让我删，什么意思吗？"

"听话。"周擒走过来，试图夺走她的手机。

夏桑紧紧攥着手机，将它藏在身后："拍糊了，什么都看不到。"

"给我看看。"

夏桑固执地摇头："不。"

周擒还是夺走了手机，点开了相册。照片没有拍糊，很清晰。

她很漂亮。

周擒按下了删除键。

他知道怎么样做才是对她最好的，她可以任性，可以开心，但他必须理智，必须小心。

夏桑咬着牙，嗓音颤抖，宛如恳求一般，细声说："我手机里有加密软件，一定不会让别人看到，求你了，留着吧。"

"已经删了。"

夏桑抢过手机，用力推了他一下，转身跑着离开了公园。

周擒追了上去，她红着眼睛，狠狠瞪他："我知道！"

"你知道什么知道。"周擒不客气地说，"就知道在我这儿哭。"

"我知道，你怕我给你惹麻烦！"夏桑回头，发泄一般喊了声，"周擒，胆小鬼！"

"我说了，我就是胆怯。"周擒也懒得解释了，沉声道，"我输怕了。"

"之前还说你不怕。"夏桑赌气地说，"这么怕，那不如以后都别理我了。"

凉风拂面而来，吹着女孩耳鬓边的短发，也吹透了他的心。胸腔里，就像有刀片刮着。

"夏桑，你确定吗？"

"确定！"

夏桑愤恨地说完这句话，转身跑到了马路边，伸手拦了一辆路过的出租车。

出租车启动后，她转身望向后车窗。

路灯下，少年站在路口，目送着她离开，黑色的身影渐渐消失在了夜幕里。

夏桑一直复习到深夜，将烦心事全部抛之脑后。

算了就算了。

她拿得起放得下，有什么了不起。洗漱之后，她躺在床上，摸出了手机。

手机微蓝的光芒照在她的脸上，她翻出了相册。

那张照片的确被周擒删掉了，不过周擒大概不知道，她的手机即便删除了照片，数据却不会立刻丢失，在"最近删除"的相册里还能找到。

夏桑戳进了"最近删除"，果然找到了刚刚那张照片。她愉快地坐起身，小心翼翼地将那张照片点击了恢复。

照片里少年五官端正立体，她看着手机屏幕上他的脸，很轻地说："胆小鬼。"

不过，当她想起少年脸颊横亘的伤疤，开始理解为什么他会胆怯。

那几年，他的生活肯定很难。

夏桑舍不得删掉这张照片，于是下载了一个付费的加密软件，将照片放进了加密软件中。同时她还将他和周擒的所有聊天信息导到了加密软件中，然后删掉了聊天信息。

她戳进了微信里，看着周擒的小丑头像，低低喃了声："阿腾，我会藏好你的。"

她想问周擒是不是还在生气，但是想到刚刚说了那么决绝的话，现在主动找他，好像会很没面子。她知道周擒不会真的生气，更不会真的不理她。

服个软，就好了。

夏桑编辑了很多信息，又全部删掉了。

今夜月光冷清清地洒在窗台，周擒躺在那张狭窄憋屈的小床上，手上拿着一本英文专著，有一搭没一搭地看着。

手机搁在枕边，对话框里不断显示正在输入的信息。

对方起码输入了半个多小时，但他一条信息都没收到。

终于，周擒拿起手机，回了句："你想说什么？"

夏桑心头一惊，看着他跳出来的那条信息。

心事，无处藏匿。

她恼羞成怒地回了句："请你把我删了。"

周擒："好。"

夏桑看着他不咸不淡的这一个"好"字，直接气得从床上坐了起来："快删！谁不删谁是狗！"

"嗯。"

过了几分钟，夏桑又问："删了没！"

"没。"

"当狗吗！"

"汪。"

"……"

夏桑和周擒有一段时间没联系了。

她在月考中稳住了第一名的位子，这次甩开了第二名十多分，算是彻底巩固了她第一的宝座。

虽然覃槿还生气她变得不像过去的乖乖女夏桑了，但因为她的成绩没有下滑，对她的态度缓和了很多，不再冷战，还会每晚给她温牛奶，偶尔说几句不咸不淡的话，叮嘱她要仔细。

"你和贾蓁蓁最近怎么回事？"吃早饭的时候，覃槿漫不经心地问，"听说你们闹矛盾了？为什么？"

夏桑知道覃槿问这个是想知道她是不是知道了贾蓁蓁给她提供情报的事。

"认识新朋友了呗。"她随意地回答，"贾蓁蓁段时音她们不喜欢我的新朋友，慢慢就淡了。"

"认识了啦啦队的女孩？"

"嗯。"

"你怎么会和许茜那种女孩合得来？"覃槿摇了摇头，"你们是完全不一样的人。"

"我是什么样的人，妈妈从来没有真的了解过。"夏桑闷声说，"我高一就想加入啦啦队了，也一直很羡慕那些女孩在运动会上青春洋溢、活力四射地跳舞。对了，小时候你问我喜欢什么，小提琴还是钢琴，我说想学跳舞，你就不让，说不优雅。"

"这都什么陈芝麻烂谷子的事了，小提琴学了你就好好学，现在让你去跳舞，也晚了啊。"

"所以我加入啦啦队玩一下，也没什么吧。"

"我没有阻止你加入啦啦队，只要你把成绩给我稳住。"覃槿严肃地看着她，"我知道你现在是叛逆期，我说什么你都不会听，但你自己心里必须明白，怎么做，才是对你自己好。"

"我知道。"

其实夏桑对妈妈已经没有那么大的叛逆心了，她现在所做的一切，都是在保护自己。

计划似乎卓有成效，祁逍是真的生夏桑的气了，每天见了她，脸色总是阴沉沉的，似乎对她的发型是讨厌到极点了。

尤其是她每天跟许茜她们接触，几个姐妹围聚在一起，谈笑风生、嬉戏打闹，有时候她也会夸张地笑得前仰后合，丝毫没有过去温柔文静的样子。

祁逍真是越看她越不顺眼。

"这说明，咱们的计划非常成功。"许茜拉着夏桑的手，笑吟吟对她说，"看起来祁逍已经彻底不想理你了。昨天我还听徐铭说，他们和高一几个约着玩密室，祁逍也去了呢。"

夏桑虽然觉得计划进行得过于顺利了，有些忐忑不安，但转念一想，祁逍对她也许真没那么在意，是她自己太把自己当回事了。

这样一想，夏桑便安心了许多。

只要能稳妥地度过接下来的小半年，大学之后一切就都自由了。

周末的下午，夏桑被许茜一个十万火急的电话叫到了408-b街区。

408-b街区位于西面的大学城附近，周围都是废旧厂房建筑，荒废多年之后，被这一带的大学生改造成了潮流社区。

街区厂房外围有创意的嘻哈涂鸦墙，有的厂房被改造成了酒吧，少年们聚在这里玩滑板，还有玩街舞的，当然更少不了街头篮球。

街头篮球场围满了年轻的观众，个个打扮潮流又时尚，观众台上还有DJ在打碟，篮球场仿佛也变成了蹦迪的酒吧。

许茜从人群中挤出来，拼命对夏桑招手："这儿呢！"

她穿着高腰牛仔裤，港风黑白豹纹外套，脚上是高帮运动鞋，和周围的时尚氛围相得益彰，脸上还化着潮酷的妆容。

夏桑好奇地不住地打量她："好好看啊。"

"喊，没见过世面。"

许茜拉着夏桑来到了一个简易厂房改造的更衣间，更衣间里都是女孩子，有的在化妆，有的直接换装脱衣服，热闹得很。

"等会儿有场街头篮球赛，我们接了活儿，来热场跳舞的，结果团里的方芸刚好今天生理期，没办法，少个人，拉你来顶上。"

说着她将夏桑拉到了桌边，打开化妆盒，给她扑粉化妆。

夏桑有些蒙，推开许茜的手："你不是说叫我来看比赛吗？怎么还要上场跳舞？"

"我不这样说，你能来吗？"许茜厚着脸皮，嘻嘻一笑，"你也跟着我们学了蛮久了，总得上场比画比画吧。"

"不不不，我不行！"夏桑急切地推托，"你都说我四肢不协调了啊。"

"我那是开玩笑损你呢。"许茜哄道，"你聪明，又学得认真，随便上场跳几分钟，完全没问题了。"

夏桑还是不太敢，因为她觉得许茜是故意这样哄她，就为了骗她上场。

"跳哪一段啊？"

"就我们最近在学的那一段爵士。"

夏桑睁大眼睛："那段扭来扭去的啊？太性感了吧，不是跳啦啦操吗？"

许茜笑着说："你看看这里的氛围，难不成咱们跳在学校里领导看的中规中矩的加油啦啦操啊？在这里当然跳街舞啊！"

夏桑为难地说："可我也没练好啊，我不会扭。"

"我看你扭得挺好的，哈哈哈，姐妹们，夏桑是不是跳得好？"

女孩们围了过来，笑着夸赞道——

"当然啊！"

"年级第一当然跳得好，哈哈哈。"

"没问题啦，你站后位，跟着我们跳就是了，别紧张。"

许茜给夏桑找了黑白色的露脐T恤和阔腿牛仔裤："来，换上。"

"更衣间呢？"

"这里就是更衣间啊。"

夏桑环顾四周，脸颊都红透了："可这里好多人啊！"

"全都是女孩子啦。"许茜催促道，"哎呀，没人看你的，放心啦。"

夏桑看了看周围忙着化妆和换装的女孩们，犹豫了一下，说道："你们别看我。"

"转过去转过去，别盯着我们桑桑看，她脸皮薄。"

许茜招呼着女孩们转了身，夏桑这才羞怯地脱了衣服，快速换上了待会儿跳舞要穿的衣裤。

许茜又给她涂了唇彩，拉着她来到镜子前："大变样了，自己看看！"

夏桑望向镜子，无论是衣着还是妆容，都和过去的学院风乖乖女的样子判若两人。

宽大的阔腿破洞牛仔裤，运动系的黑白色露脐装，配合着齐刘海公主切和许茜给她化的凌厉妆感，瞬间街头潮流的气质就出来了。

她盯着镜子里的自己，觉得很奇妙。这不正是自己曾经无数次幻想过要成为的样子吗？阳光的、运动的、热烈的，不顾一切地挣脱……

虽然不太习惯，但夏桑看着镜子里的女孩，还是禁不住感叹了一句："我好好看哦。"

"哈哈哈。"许茜笑了起来，"虽然比我还差一点，但也只差一点点了，允许你自恋一次。"

夏桑抿起了嘴，摸出手机想自拍一会儿。

"等会儿结束了有你自拍的时间。"许茜拉着她出了更衣室，"趁比赛还没开始，咱们先抓紧时间练练舞。"

夏桑和许茜来到了篮球场外围。

球场围着一圈铁丝网，一面墙被画满了个性涂鸦，球场上奔跑的男孩们也没穿运动服，全穿着嘻哈风格的长衣长裤，比赛打得也很随性，篮球在手上跑着花式，故意耍帅，激起女孩们阵阵的尖叫。

许茜解释道："街头篮球，不像比赛，好几个队呢，十五分钟一场，像街舞对阵一样，选出打得最漂亮的队员，拿奖金。"

夏桑看过不少中规中矩的篮球赛，但从没看过这样的街头篮球，趴在围网边，好奇地探头观望。

没想到这一望，竟然望见了周擒的身影。

他穿着一身枫叶红的篮球衫配上长直的黑裤，脚上穿的是夏桑送给他的那双球鞋，尽管不似周围男孩花里胡哨的嘻哈打扮，但他英俊的长相和挺拔的身形，让他比周围男孩都要更抓人眼球。

他一出场，便引起了满场尖叫。

他戴上了一条白色护额，眼皮懒懒地耷着，稍稍活动了一下四肢，走进球场。

"啊啊啊！"

"周擒！周擒好帅啊！"

夏桑感觉身边的尖叫声快要震破她的耳膜了。但帅是真的帅。

他拍着球，和一个又一个男孩们对峙着，嘴角上扬，眼神死死地勾着对方的眼睛，自信而又满是威慑力。他猛禽般嚣张的眼神，明明白白宣告着一个事实——无人能与他比肩。

这场对阵只进行了十分钟便结束了，虽然是花式街头篮球，但周擒碾压式的打法，也是把对手按在地上摩擦又摩擦。对手不甘地离了场，他扬起左手，在众人的尖叫声中，单手投篮，瞬间引爆了场内的欢呼和尖叫，将气氛推向高潮。

夏桑的心脏怦怦直跳，按捺不住激动的心情。

怎么会有这么帅的男生！她忍不住和周围女孩一起尖叫。

"夏桑，别看热闹了，还有半小时就轮到咱们热场了。"许茜催促道，"快过来练习。"

夏桑乖乖走过去，跟着音乐，和女孩们练习着这段时间一直在跳的一段扭腰性感的爵士舞。

"是比赛主办方请我们来的吗？"夏桑一边跳，一边好奇地问许茜。

"不是啊，球队请的。"许茜回头答道，"每个球队都带了自己的热场舞，这也算是球队间的比拼啦，计入总分的。"

"啊！"听她这样说，夏桑忐忑了起来，"那我还是不要参加了，我跳得这么烂，肯定会影响人家的总分，我看你们好像也不缺人，少一个看不出来的。"

许茜停下动作，回头望了她一眼："你要是实在不乐意，我们也不勉强。确实少一个人没什么，但这次机会难得，你说喜欢跳舞，我才给你打电话的，在这么多人面前表演，机会难得嘛。"

夏桑退到了一边，摇了摇头："我还是不要拖你们的后腿了。"

许茜叮嘱道："那你自己找个位子乖乖看比赛吧，不要乱跑啊，这里鱼龙混杂的。"

"好。"

夏桑靠墙站着，看着场内劲歌热舞的女孩们。

她以前是真的很羡慕这些女孩，也想成为这样的人，但是真的要和她们比拼的时候，夏桑却又丢失了自信。她不擅长跳舞，只擅长考试考出好成绩罢了。

平凡的她也只能安安静静混在人群中，羡慕地看着那些遥不可及的光芒。

她叹了口气，正要离开，身边一道轻扬的嗓音传来。

夏桑呼吸一滞，偏头望去，却见周擒指尖玩着球，似笑非笑地望着她。

周擒盯着她足足看了有一分钟，从她身前走到身后，又从身后走到身前，仿佛要将她浑身上下的细节都尽收眼底。眼神里透着几分惊艳。

夏桑："不是不理我了吗？"

周擒背靠着涂鸦墙，无奈道："是你说的。"

"那你也答应了啊。"

"我没答应。"周擒扬声道，"我怎么可能答应。"

夏桑的心间仿佛漫上一层蒲公英羽毛，又痒又感伤。

"我以为……你答应了。"她嗓音压得很低。

"我不是学狗叫了吗？"周擒站得离她更近了些。

夏桑转身想跑，周擒却不依不饶地追着她："别走，说会儿话。"

他们不常见面，上次因为闹矛盾，短信都不发了。

夏桑停下了脚步，问道："说什么啊？"

周擒："穿这种衣服，好看是好看，但凉快了些。"

夏桑打量着他身上单薄的运动衫，肌肉线条流畅的胳膊也露在外面："你穿的也不多呀。"

"我一会儿还要上场比赛，你又不上场。"

"谁说我不上场，我也是来比赛的。"夏桑说，"你刚刚没看到吗，我也在跳舞。"

"看到了。"周擒笑着说，"哪个冤大头球队请了你啊，跳得太难看了。"

"你怎么能说我跳得难看！"

"怎么不能说？"

"别人可以说，你不可以。"

他的眼角笑意更甚："你是不爱听实话吗？"

夏桑推开他的手："我喜欢听哄人的话。"

周擒想了想，认真地说："那你真是美若天仙。"

"……"

夏桑想笑，又拼命认真，故作生气地望了他一眼："我只学了两周不到，跳成这样，队长说已经很好了。"

"学了两周还跳成这样？"周擒笑了，"我都比你跳得好。"

"吹牛。"

"不信啊。"周擒走到了女孩练舞的场地里，站在了刚刚夏桑所站的那个空位，很快便跟着节奏，跳起了爵士舞。

"你……"

夏桑捂住了嘴，惊诧地看着那个张扬恣肆、无所顾忌的少年跳舞的样子。这段爵士舞里有很多女孩们甩头扭腰的动作，而且手还要抚摸自己的身体，柔美与性感皆有。

周擒的乐感极好，跟随着跳跃的节奏和拍子，他的每一个动作都无比到位，再加上他张扬的气质与凌厉的眼神，竟然比在前面领舞的许茜跳得还有感觉！

他将这段原本性感柔美的爵士舞跳出了力量感，扬手，弯腰，起身跳跃的提腿……每个动作都堪称精湛和完美，分分钟便抓住了周围所有人的眼球。

"好看啊！"

"这是什么宝藏男人！"

大家围在啦啦队外围，尖叫声响成一片，甚至抢了篮球场的风头。

站中心位的许茜一开始还没反应过来，直到她察觉周围闪光灯亮了起来，诧异回头，看到队伍里多了个英俊的少年，跳得比她还要好一点。

许茜满脑袋问号，目光和同样目瞪口呆的夏桑对上。

周擒轻松地跳完了这段舞，周围响起震耳欲聋的掌声，他随意地摘下鸭舌帽，扬了扬。

"好看好看！"

"再来一首啊！"

周擒没理会他们的欢呼，走到夏桑面前，跳了这么久，他连呼吸都没有乱："服了吗？"

"你……你竟然会跳舞！"

"不会啊。"周擒云淡风轻地说，"刚刚看你练了两遍，就会了。"

"吹牛！"夏桑拼命反驳。

她再度感受到被新菁杯第一名支配的恐惧，摇着头，无法正视他的优秀。

"这不可能是真的！"

周擒耸耸肩，似乎不在意她相不相信，只说道："不管跳得好还是不好，又有什么关系。玩就是了。你看她，还不是跳得一般，还好意思站中心位。"

他的手指向了许茜。

许茜："……"

夏桑嘴角抽了抽，说道："她是我们啦啦队的队长。"

"也很一般。"

许茜无语地看着他们："周擒，你礼貌吗！跳得好，倒也不必拉踩别人啊。"

夏桑抿嘴，浅浅地笑了，嘴角露出一颗浅浅的梨涡。

"不好意思啊队长，打扰你练习了。"周擒对她扬了扬手，"夏桑麻烦你多费心。"

许茜抱着手臂，撇嘴道："要你说。"

周擒低头对夏桑道："我要上场了。"

"嗯。"夏桑点头，"加油哦。"

"对了，刚刚是逗你的，你跳得很好。"

他留下这一句，转身走进了篮球场。

许茜走到夏桑身边，摇着头，啧啧感叹，随即又恍然大悟道："难怪这么着急和祁道划清界限，甚至不惜用自毁形象的方式，我一开始以为你是怕祁道。"她抬着下颌，望着篮球场上穿枫叶红球衣的少年，"现在看来，你是在保护他啊。"

夏桑没有否认，只说道："他是我很重要的朋友。"

许茜揽着她的肩膀，不以为意道："你就是看他帅。真没见过这么张扬的男人，爵士都敢跳。"

夏桑笑了起来："而且还抢了你的风头。"

"那是不可能的！"许茜严正反驳，"那些女孩，不就是看他帅才尖叫的吗，没见他跳得有多好。"

"他做什么都很厉害。"夏桑向往地看着场上的少年，"他是我怎么样都追不上的光，我很崇拜他。"

"哎呀！"许茜摸了摸手臂上的鸡皮疙瘩，"你平时看着跟个闷葫芦似的，没想到这么肉麻！行了，快上场了，我去准备了。"

许茜转身离开，却发现夏桑也跟了上来。

"队长，我也要上。"

"哟，不是怕输吗？"

"我不怕了。"

她以前羡慕许茜这样的女孩，不是因为她们漂亮、叛逆，而是因为她们自由自在，想说什么就说什么，想做什么就做什么。

夏桑只想和她们一样，无所顾忌，挣脱胆怯和懦弱的囚牢。

"真不怕了？"许茜故意说道，"等会儿有好多人围观的哦。"

夏桑摇了摇头："周擒都敢跳女孩的性感爵士舞，我怕什么呢！"

那是夏桑第一次在如此热闹的场子里跳舞。

四面的口哨和欢呼，伴随着强烈的音乐节奏，让她彻底放开了一切。

她感觉心里有一只笨重的毛毛虫，正在努力咬破厚重的丝茧，虽然速度缓慢、行动滞重，但终有一日，天光会从破口处溢进来，照进她的世界。

她即将破茧，终将奔赴天光尽头。

就快看到希望了。

热辣的爵士舞结束，街头球场的气氛被推向了高潮。

那是夏桑第一次感觉到热汗淋漓是这么痛快的一件事。她喘着粗气，胸口起伏，跟着女孩们陆续退场。

鲜少夸人的许茜回头，激动地拍拍她的肩膀："桑桑，你跳得非常完美！非常棒！"

夏桑从观众的反应中就能看出来，这段演出非常成功。

下场后，邀请许茜来跳舞的球队拉她去商量酬劳的事，她回头叮嘱夏桑在原地等着她，不要乱跑。夏桑深呼吸，让自己的心跳平复下来。

"美女，认识一下啊。"一个戴鸭舌帽的高瘦男生走了过来，很大方地对夏桑说，"你舞跳得不错啊，加个微信吧，有机会一起玩。"

男生唇红齿白，长得不赖，衣品也很好。

"别怕，我是五中的，喜欢玩球。"

"呃。"

男孩已经摸出了手机，点开了二维码，让夏桑扫他。

夏桑还没来得及拒绝，周擒走过来，推开了他的手，很强势地将夏桑护到了自己身后。

男孩不甘地看了眼夏桑，又望了眼周擒。他脸上挂着汗，五官凌厉分明，眼神淡漠却极有威慑力，以霸道的姿势将女孩护住。

"不好意思，打扰了。"男生终于讪讪地离开了。

"这里人多，过去说。"周擒带她来到街头球场的围栏外。

周擒让她背靠着围栏网，夏桑看着他，急于得到他的认可："你认真说，我到底跳得好不好？"

"我说了啊，跳得好。"

"我觉得你在讽刺我，你认真说。"

周擒有点哭笑不得，忍住笑，很认真地说："真的跳得好。"

周擒的街头篮球打得很野，因为没有了规则的束缚，随意发挥，他那种蛮横又嚣张的打法，分分钟便将气氛拉到了最高潮。

场子里不管男孩还是女孩，都为他尖叫着，疯狂又躁动。

街头球赛没有特别严格的赛制，现场观众投票选冠军，喜欢谁就投谁。所以队员们不仅要赢，还要打得漂亮，抓住观众的眼球。

夏桑透过铁丝网，看着场里的少年。

他枫叶红的球衣背后被汗水润湿了一片，每一个转身和起跳，都能有肉眼可见的汗珠滴落。

这是最真实的青春。阳光、躁动、热腾腾。

夏桑能感觉缠绕着自己的那道厚茧正在一点点破开。

"这人太有吸引力了。"许茜站在她身边，抱着手臂，感叹道，"谁能抵挡啊！"

夏桑嘴角上扬，温柔地看着场子里最耀眼的少年："人间第一流。"

忽然，许茜一把揪住了夏桑的袖子，用力扯了扯，示意她往门口看。夏桑顺着她的视线望过去，看到穿了一身红白潮牌的祁逍，跟几个打扮同样张扬嘻哈的男孩一起进了场。

他怎么来了！

夏桑心头一紧，问许茜道："你知道他会来吗？"

"不知道啊。"许茜茫然地说，"没听徐铭他们提啊，早知道他要来，我死都不会叫你来的。"

以前祁逍只是纠缠夏桑，现在他看她的眼神，甚至带了不甘和怨愤，好像恨透了她……

夏桑只能躲着些。

"有可能他们只是过来玩玩，毕竟祁逍是篮球队的。"许茜拉着夏桑，匆匆退离观众席，说道，"咱们的活也干完了，惹不起，溜了溜了。"

夏桑跟着她去了更衣室，匆匆换了衣服，准备逃之夭夭。跑到街口，许茜招手拦了辆出租车。

夏桑回头望了眼街区篮球场，有点放心不下，犹豫着说："茜茜，你先走吧，我还是得回去看看。"

"看什么啊！咱们这么多天的努力，好不容易摆脱了祁逍那阎王的纠缠，你可别功亏一篑。"

夏桑心头焦急："以前周擒和他打球的时候就发生过矛盾，这次遇到，我怕他们打起来。"

祁逍那种要强又输不起的性子，如果真的被周擒在球场上吊打了，恐怕不会善罢甘休。

"不是，他俩打起来，你就更不能去了啊！"许茜紧紧抓着夏桑的手腕，"他俩打架，顶多周擒吃点拳头亏，你要是跑上去帮忙，那祁逍恐怕不会善罢甘休了。"

"我知道，我没那么蠢。"夏桑紧紧皱着眉头，"我只是盯着，不会让他看见我的，更不会出面帮忙。"

"周擒吃亏，你能控制住不帮忙？"

夏桑咬牙："我能。"

许茜见拦她不住，说道："跟我来！"

说完，许茜带着她七弯八拐地走进一个废弃厂房，上了二楼。厂房二楼正好可以望见底下篮球场的情形，同时又非常隐蔽。

"说好了，不管发生什么事，你都不能插手。"

"我不会的。"

夏桑绝非冲动的性子，尤其事关周擒，她决不会陷他于危险的境地。

祁逍进场之后，一个三步上篮，提前结束了还在进行的一场比拼。他很不礼貌，但队员们也不敢说什么。

他张扬跋扈的动作，引来了场内阵阵口哨和欢呼。

祁逍倒也享受这种万众瞩目的感觉，手上的球拍得越发来劲儿了，转身花式投篮，嘴角绽开自信的微笑。

周擒在休息区喝水，李诀走过来，拉了拉他的衣服，说道："祁逍来了。"

周擒回头，轻描淡写地扫了眼场子里疯狂表现的少年，将空瓶稳稳投进了远处的垃圾桶。

李诀拉扯着周擒："走吧。"

"还没拿奖金，走什么。"

"你还真是冲奖金来的啊？"

"废话。"周擒睨他一眼。

"别了吧。"李诀皱起了眉头，"祁逍既然来了，肯定也是盯着冠军的，咱别跟他争，行吗？奖金也就三千多，惹他不值当。"

周擒望着场子里的祁逍，眼神凌厉如锋。终究是少年意气，他怎么甘心每次都落荒而逃？可是现实就这样不堪地压着他，沉甸甸，半点喘息的余地都不留。他想要奔赴的那个光明的未来，多么遥不可及。

"走吧。"李诀推搡着不情不愿的周擒，两人朝网栏外走去。

周擒左右四顾："夏桑呢？"

"她比你聪明，早就溜得没影了，比狗跑得还快。"李诀不客气地说，

"她都知道惹不起，你何必去招惹。"

听到这话的周擒，心里的不甘和意气倒是放下很多了。

夏桑看到周擒拎着球，跟李诀两人一起离开球场，顿时松了一口气。

"李诀这小子，太靠谱了！"她心里默默盘算着，要请李诀吃一顿快餐店全家桶。

没承想，两人还没走出网栏大门，祁逍便看到了周擒："这不是周擒吗？怎么，看到我来，就要走了？"

周擒翻了个白眼，头都懒得回。

祁逍语气嚣张："就这么怕我啊？"

李诀拍着周擒的肩膀，低声说："哥，大局为重……大局为重……

"走吧。

"走走走！"

李诀推着周擒离开。

然而祁逍哪肯轻易放过，手里的篮球嚣张地砸了过去。他是想砸周擒，但是李诀站在他身后，篮球砸中了李诀的后脑勺。

李诀吃痛地叫了声，周擒忍无可忍，回身望向了祁逍，眼底透着几分怒意。

李诀一只手捂住后脑勺，另一只手拦着他，慌忙道："没事，走了，人还和畜生计较吗？"

祁逍捡起了地上的篮球，掂了掂，笑道："几个月不见，反成这样了？被摩托撞飞过一次，胆子也撞没了。"

李诀低声骂了句："那次果然是他！"

周擒推开了李诀，走过去抢祁逍手里的篮球，进了场子，似乎准备和他来一局。祁逍嘴里咬着邪佞的笑，宛如看猎物一般看着他。见这两人杠了起来，两方队员也纷纷入场加入比拼。

李诀跑到周擒身边，替他阻拦着其他人，压低声音道："哥，别冲动啊。"

"有分寸。"

祁逍这一场的气势很强，开场几分钟便从周擒手里夺了球，几次投篮命中率都很高。

一开始，场子里欢呼声此起彼伏，但是后来观众们慢慢发现了，虽然祁逍气势很猛，但周擒明显是故意在放水。

他耷着眼皮，懒懒散散地看着他，跑也只是小跑，有几次只做阻截的姿势，放他来到了篮板下，投篮命中得分。

周擒现在的状态，和之前那种势如破竹的强悍打法，截然不同。

放水放得很故意。

观众们激昂的情绪瞬间冷了下来，即便祁逍一再进球得分，他们也不再欢呼了，甚至发出一些讥笑冷嘲的声音。

连完全不懂篮球的许茜都看出来了，压低声音道："这是放水吧。"

夏桑远远地看着他们，衣角都让她揉出褶皱了。她知道，祁逍这技术，不配当周擒的对手，周擒压根儿懒得和他认真打。

一开始，祁逍还因为打败了周擒而兴奋，但是慢慢他发现，现场观众并没有为他欢呼，连掌声都没有了。大家冷眼围观，脸上挂着意味深长的讥讽表情。祁逍兴致冷了下来，愤怒地望向了对面的周擒。

周擒嘴角微扬，淡漠的眼神中透着一丝讥诮，明明白白告诉他：让你呢。

祁逍发泄一般将篮球砸向了网栏，"砰"的一声，险些砸到围观群众。人群里发出一阵骚动和骂声。

他走到周擒面前，冷声道："周擒，玩我呢？"

周擒捡起了地上的篮球，掂了掂，说道："你不是赢了吗？"

祁逍更加暴躁："你拿我当猴耍呢！"

"你也觉得这种让出来的胜利丢脸啊。"周擒云淡风轻地笑了，"过去你用你家里人的能力去逼迫别人让名誉、让成绩的时候，怎么没觉得丢脸？这会儿我不过让你几颗球，自尊心就受不了了？"

祁逍瞬间怒火冲脑，呼吸都粗重了。周擒无比精准地戳中了他的痛处，也是他心里最敏感、最薄弱的地方。

自欺欺人的瞒哄，能哄自己多久？弱就是弱，不如人就是不如人。

以前成绩不如他，竞赛不如他，甚至连身边的朋友，都总是喜欢去操场看周擒打球。即便他毁了他的脸，把他逼到十三中这种体校，堵死他通往未来的所有道路，但只要他活着，只要他还有一口气，祁逍就不如他，样样都不如！

李诀看到祁逍已经快气得发疯了，他走到周擒身边，试图对祁逍讲道理，转圜道："没必要闹得太难堪了吧？让你也不行，赢你也不行，你到底要别人怎么办？你自己想想，有理没理。"

"这里轮不到你说话。"

周擒看着气得发昏的祁逍,淡笑道:"你看,你除了无能,也就只剩下愤怒了。"

祁逍冲了上来,挥拳想要揍周擒,但没有得逞,因为李诀欺身上前,拦住了他:"祁逍,我劝你放聪明点,首先你不是周擒的对手,强行动手吃亏的是你自己,现场这么多人,怎么看都是你没理,你打算输球又输人吗?"

祁逍恶狠狠地瞪着他,恨不得用眼神将他碎尸万段。周擒懒得理他,转过身,将手里篮球随手一扔。即便背对着篮板,篮球也稳稳地落入了圈中!

现场欢呼沸腾响成一片。

周擒在欢呼声中转身离开了,留下祁逍一人,站在充满嘲讽意味的欢呼声中,全身冰凉。

回去的路上,夜空中飘起了初春寒凉的雨星子。一路上,李诀在周擒耳边叨叨着,责怪他太冲动。周擒充耳不闻,似乎心情还挺不错,因为拿到了今天这场街头赛的奖金。

"刚刚你就不该和他比!明知道赢也不行,输也不行,何必呢!"

周擒数了数信封里的三千块奖金,说道:"女孩十八岁生日送什么比较好?"

"关键是,你放水就放水,别放得这么明显好吧!摆明了是在侮辱他啊。"

"送条项链应该不错。"

"只希望这家伙别再发疯了。"李诀叹了口气,"唯一的好处就是,上次退班事件后,祁慕庭已经对这个宝贝儿子很失望了,估摸着是不会再给他撑腰了。"

"三千块能买什么项链?推荐几个牌子给我。"

"你有没有听我说话啊!"李诀严肃地说,"这是很严重的事情。"

周擒停下了脚步。

不远处 408-b 街区的巷口,穿着奶白色的羊绒呢子大衣的夏桑双手揣兜,背靠着路灯。见他过来,她迎向他。夜色里,她那双黑亮的眸子,带着温柔的力量。

"我以为你走了。"周擒收回了装钱的信封，三两步跨了过去，"你在这儿等了多久？"

夏桑没有回答，偏头望向了李诀："李诀，我单独和周擒说会儿话，你先回去，好吗？"

"行啊。"李诀慢悠悠地离开，边走边说道，"我的话，他当耳旁风，你好好说说他。"

等他走了，夏桑拉了拉黑色围巾，用它围住半张小脸，只露出一双漂亮的眸子，盯着周擒。

"接李诀的班，来教训我的？"

"刚刚我全程都在，就在二楼，你们的话都能听到。"夏桑走到他面前，"原来欺负你的那个富二代，是祁逍啊。"

周擒见她都听到了，一颗心沉了沉。

两人沉默了半分钟。

他拿不准小姑娘的意图，也听不出她的情绪，心里难免有些惴惴："是他还是别人，没有区别。"

"所以你既然吃过亏，知道他心理扭曲，你为什么不躲着些呢？还要吃亏第二次吗？"

夏桑虽然很努力地控制着情绪，不对他发作，但还是因为担心而忍不住："为什么要和他打球啊？"

"你刚刚看到了，还问我为什么？"

周擒心头也有些堵，他不对李诀解释，但是对于夏桑的质问，他很难云淡风轻地敷衍："是他欺人太甚了。"

"你跟他计较什么啊？阿腾，我以为你不是那种冲动的人。"

"我忍了这么多年了。"

"对啊，都忍了这么多年了，为什么现在不能再坚持一下呢？"

"因为现在不一样了！"

他脱口而出说完这句话，两个人都沉默了，只剩下静谧的夜和温柔的风。

周擒压着嗓子，沉声道："以前我一个人，烂命一条，随便别人怎么侮辱，就当自己是条狗；但是现在，我想体面一点，想当个人……"

夏桑的心空荡荡的，除了风声，她什么都听不见了。

她又何尝不是如此？因为心里有了光，所以想要变得更好，更优秀。

周擒呼出一口气,转身离开了。

夏桑看着他的背影,热血冲上了头顶,冲他喊道:"周擒,人在屋檐下,就是不得不低头!我知道你要强,但你没权没势,你就要向那些人低头!这就是现实!你现在不当狗,难道想一辈子当狗吗!周擒,我是个很现实的人,我从小到大付出了那么多努力,都是为了爬上那个所谓的精英阶层。你要是将来没出息,一辈子没出息,我是不会理你的!"

她气得头脑发昏,几乎口不择言。

周擒脚步顿了顿,偏头望她一眼。

冷月给他硬挺的侧脸轮廓镀上了一层朦胧的光。

"夏桑,如果刚刚我对祁逍妥协了,以他得寸进尺的性格,他会让我跪下来跟他认错,这种事以前不是没有过。以前我能跪,现在我跪不下去了。"

因为他的骨头再也弯不下去了。

他说:"如果你所说的光明盛大灿烂的未来,要用这个来换,我宁可没有未来。"

夏桑咬着牙,不知道该说什么,只能以沉默和眼泪相对。

"桑桑,我说过我什么都不怕,但我现在只怕你,不要逼我。"

"周擒,我觉得我们现在……最好不要相互影响了。"夏桑固执地擦掉了眼角的泪痕,"人生的路还长,这才哪儿到哪儿啊,我不想害你没有未来。"

说完,她转身,决然地跑开了。

夏桑一直都是很理性的女孩,绝大多数情况下,理性的思考总会占据上风,很少有意气用事的时候。但是在周擒的这件事情上,她一再失控了。

如果不是自己一而再地和他接触,或许他不会惹上祁逍的麻烦,他的前路会很平坦。她知道正确的决定应该是什么,她应该要管住自己。

几天后,夏桑换掉了自己小丑女的微信头像,随便在网上找了一张纯白色的图片替换。然而过了几个小时后,她发现置顶聊天对话框里周擒的小丑头像也换了,换成纯黑色的图片。

"……"

夏桑又把头像换成了青草地的图片,然而很快,周擒的头像则又变成了澄澈的蓝天。

　　夏桑无语了，她气呼呼地给周擒发了一条消息："你在对对联吗？一定要用跟我差不多的头像？"

　　周擒："不要自作多情。"

　　夏桑咬了咬牙，戳进了右边的省略图标，准备删掉他了。

　　周擒又发来了一条消息："你再删我试试。"

　　"试试就试试。"夏桑冷哼了一声，删掉了他。

　　几分钟后，周擒的电话打了进来，夏桑挂断了几次，他不依不饶。

　　她只能接了电话："不要再打了。"

　　"夏桑。"

　　"有事就说。"

　　"夏桑。"

　　"什么呀！"

　　电话里，少年的嗓音沉静："不要删我。"

　　夏桑开始把所有的心思都投入到了高三的学习中。覃槿对她偶尔放学去啦啦队跳舞的事情，也没有多加管束。因为管太多反而会适得其反，让她更加叛逆。

　　只要她学习成绩不下降，时常去啦啦队跳舞，还能锻炼一下本就不太好的身体，倒是一件好事了。

　　这段时间，许茜也发现啦啦队在学校的处境好了很多。

　　以前啦啦队申请参加活动，在教务处总会被"女魔头"拦截下来，但是近段时间，啦啦队的很多活动申请，出其意外地获得了批准。她琢磨了半晌，觉得必须要请夏桑喝一杯奶茶了。

　　"我觉得，这多半是你的功劳。"她将吸管戳进奶茶盖里，递到了夏桑手中，"以前啦啦队的女孩们，隔三岔五就要被请到办公室一顿教训。但是这段时间，人家的日子都好过多了，多半是因为小公主进了啦啦队。"

　　"这怎么可能？"夏桑说道，"你想多了，我妈对我加入啦啦队这个事情恨得牙痒痒呢，这是没逮着机会，只要我成绩掉了，她肯定第一时间把我揪出啦啦队。"

　　许茜叼着吸管，说道："其实，我觉得覃老师没那么坏。"

夏桑望向她："我发现你真是很容易被收买啊，打一下再给颗糖，分分钟就跳阵营了。"

"没有啦，只是忽然想明白了很多事。"许茜说道，"自从我爸妈生了二胎，其实都不怎么管我了，班主任更不管我，只要我不影响班上其他人，随便我做什么。以前我讨厌覃老师，一口一个"女魔头"，但也只有她还管我，隔三岔五把我揪去批评一通。"

夏桑趴在桌上，认真地听着许茜说话。

"我以前特别开心，爸妈放弃我了，我终于自由了，但是现在他们把全部心思都放了弟弟身上，我就感觉心里很空。"许茜闷闷不乐地说，"你知道断了线的风筝吗？随便一阵轻飘飘的风，都能把它吹得东倒西歪。现在只有覃老师还牵着我身上的线，让我觉得这个世界上，还是有人管着我的……"

夏桑嚼着珍珠，说道："我妈妈是事业心很强的人，我是她的事业，你们也是她的事业。"

许茜连忙摇头："不是啊，你是她的孩子，我们也是她的小孩啊。"

她的这句话，让夏桑大受震撼。

"你这样觉得吗？"

许茜望着她的眼神非常确信："她把我叫进办公室，跟我讲很多人生道理，虽然我每次都听不进去，但我发现自己越来越喜欢听她讲话了，感觉很安心。"

夏桑笑了起来："那你当她干女儿算了。"

"我这种成绩，哈哈哈，我不配。"

两人说笑着，一阵风过，窗外的樱花树扬起一阵纷纷扬扬的粉嫩的花瓣雨。

春天，真是很美的季节啊。

夏桑也出生在这样一个美好的季节里，还有两周就是她的生日了。

十八岁的成人礼，她所盼望的长大，也将会在纷纷扬扬的樱花雨中，如期而至。

夏桑出神地欣赏着窗外飘扬的花瓣。

马路对面，一抹黑色的身影进入了她的视线。

周擒和几个朋友拎着篮球，打打闹闹地过了马路，沿着飘满花瓣的林荫路，溜达着走了过来。体校的男孩子，无论走到哪里，身上都带着躁腾腾的青春感。

他似乎刚刚结束训练，仍旧穿着那身枫叶红的篮球衫，搭着宽松的黑外套，手里捧着夏桑送给他的那颗篮球。

有细碎的花瓣从他漆黑的眸前飘落，落在了他的肩上。袖子卷到了手肘处，露出了他线条流畅的麦色小臂。他正和李诀说着话，拎着篮球的手也比画着，似乎是在讲赛场战术一类的话题。

偏头的刹那，周擒和夏桑的视线撞了个正着。

周擒跟李诀说了句什么，然后径直朝着夏桑走了过来，站在了奶茶店外的落地窗边，嘴角挂着一抹又痞又撩的笑意。夏桑还没原谅他，微信都删了。

她索性背过身去，不搭理他。

倒是许茜，举起奶茶杯，遥遥地敬了周擒一下："周大帅哥，进来请我们喝奶茶啊。"

"别叫他。"夏桑闷声说道，"我跟他闹崩了。"

许茜无奈地耸耸肩，喝了口奶茶，几秒之后，对别别扭扭的夏桑道："人已经走了。"

夏桑转过身，果然，窗边已经不见了少年的身影。

但窗台边，摆放着一颗大白兔奶糖，奶糖旁边，还放着一小截粉色的樱花枝。

是他送给她的。

夏桑跑了出去，望向花瓣纷扬的街道尽头。

她将大白兔奶糖揣进兜里，拾起了那一截樱花枝。

许茜跟了出来，手背在身后，笑吟吟地说："你知道樱花的花语是什么吗？"

"不知道。"

夏桑看着手里的粉团锦簇的花枝头："是……希望。"

希望就在春天的尽头，他们就快要抵达了。

许茜侧身过来，从她兜里摸走了大白兔奶糖："那我吃咯。"

夏桑从后面抱着她，夺走了大白兔奶糖："他给我的。"

"反正都闹崩了，还在乎这一颗糖啊？"

"我跟他有很多地方合不来，总吵架。"

"上次街头篮球赛，你不还说他帅得你心都要化了吗？现在又合不来了。"

"我什么时候说过啊？"夏桑拒不承认，"绝对没说过这话。"

"呵，翻脸不认账，你们优等生怎么就这么虚伪呢？"

"走啦。"

夏桑手里拎着花枝，迈着愉快的步子，溜达着朝自习室走去。

上次班长姜琦明推荐的校外自习室，已经成了仅次于学校图书馆的热门高三生阵地。夏桑开了包月的会员，占了两个专属的位子，她和许茜的。

不过许茜对学习毫无兴趣，趴在桌边，戴着耳机，专心致志地玩着手机游戏。

她扯下了许茜的耳机线，低声道："你下次再到自习室玩游戏，我这位子就留给别人了。"

许茜也很听她的话，讨好道："好好，最后一把，打完我就看书，行不？"

"不行，现在就放下。"

"哎，我不能坑队友啊，最后给我两分钟，不，一分钟就好，快结束了。"

夏桑也放下了书，看她玩游戏。

许茜说到做到，匆匆收尾，然后把书包里所有的书都掏了出来，摆出了要好好学习的架势。

认真学习了约莫五分钟，她就无力地趴在了桌上："我现在就像被晒在沙滩上的鱼，距离大海几百米，却只剩最后一口气了，与其在临死前痛苦挣扎，不如当一条晒干的咸鱼，安静等死吧。"

"还有最后三个月，完全来得及。"夏桑望向她，"你最后努力冲一冲，至少要上个大专吧。"

"我上次月考总分 510 好吧！上什么大专啊！"

"欸？你成绩有这么好吗？"夏桑眨眨眼，"我以为你是两百分那一档的。"

"我稳上二本，谢谢。"许茜拿起书，轻哼了一声，"在南溪一中，垫底也是本科好吧。"

"那你还咸鱼？"

"我只是觉得，没什么劲儿。"许茜打了个哈欠，"感觉人生没有方向，没有目标，喜欢小提琴，又没天赋。唉，走一步看一步呗。"

"你没有目标，我给你一个。"夏桑将书立起来摆在她面前，"找个男生多一点的大学，然后挑最帅的那个当男朋友。"

"好！"

"……"

"看书！"

夏桑拿着英语教辅，走到自习室外的走廊边，准备背一会儿英语作文。这时，有人叫住了她："夏桑，你能跟我来一下吗？我有话要跟你说。"

她回头，看到是贾蓁蓁鬼鬼祟祟站在公寓大楼转角处。

"有事吗？"

贾蓁蓁神情有些慌张，问她道："你是不是知道我给你妈妈当眼线的事了？"

夏桑点点头："嗯。"

"我有苦衷的，你能不能听我解释呢？"

"那你解释吧。"

贾蓁蓁看了眼走廊周围背书的同学，说道："找个安静点的地方说话吧。"

"好啊。"

夏桑跟着贾蓁蓁朝着楼梯间走去，倒要看她能解释出什么来。

自习室位于校外的一栋老旧的公寓楼里，平时出入的人便不多，所以环境比较幽静，这会儿才七点多，大楼里的办公人员也都下班了。

贾蓁蓁没坐电梯，而是带着她从安全通道的楼梯下去。夏桑跟在她身后，看着楼梯间的感应灯时亮时灭，贾蓁蓁紧张的情绪也是溢于言表，步履匆忙，表情慌张。

她预感到不妙，问道："就在这里说吧，你要解释什么？"

贾蓁蓁站在楼道转角处，看了她一眼，几乎吓得瑟瑟发抖，嗓音也带了哭腔："夏桑，对……对……对不起，我不是故意的，我也没办法，他们逼我的……"

话音未落，安全通道虚掩的门被人推开了，祁逍和徐铭他们几个男生走了出来。

夏桑立刻意识到不对劲，转身要跑，一个男生三两步跨上来，揪住了夏桑的手臂，强行将她拖拽到了祁逍面前。贾蓁蓁向她连声道歉之后，逃之夭夭了。

夏桑挣开了那人，回头看到几个男生已经堵住了楼上楼下的出口。

看样子，她今天是在劫难逃了。

她稳着心绪，让自己尽量装出平静的样子，问祁逍道："你想做什么？"

祁逍既然把她骗了过来，也不再跟她客气，伸手揪住了她的头发："上次我是不是跟你说过，让你把头发剪掉，你知不知道你现在的发型很难看啊？"

夏桑感觉头皮一紧："放开我！"

徐铭见状，忐忑地说："祁哥，别……别这样吧，不是说找她好好聊吗，怎么动起手了？"

"我不是没有给过她机会。"祁逍揪着她的头发，将她拉到了昏暗的壁灯下，让灯光照着她的脸，"你看她现在是什么鬼样子。"

恍惚的灯光刺着夏桑的眼睛，她能看到他狰狞的表情，在昏暗的灯光下，宛如恶鬼。

她想到了多年之前，祁逍是否也是这样揪扯着那个无力还击的少年。

"垃圾。"

夏桑宛如刀片一般冰冷的眼神，让祁逍感觉到了深深的冒犯。她的眼神，也和祁逍心里最憎恶的那个人的眼神，如出一辙。

那是一种强者对弱者的轻蔑。

仿佛他生来就是弱者，永远都是让人看不起的存在。

"夏桑，别这么看我！"

"勇者愤怒，抽刀向更强者；怯者愤怒，抽刀向更弱者。"夏桑嘴角扬了扬，轻蔑地说，"你不是弱者，因为你连抽刀的勇气都没有，你只会……只会哭着回家找爸爸。"

祁逍脸色冰冷，抓着她的脑袋就要往墙上撞。

就在这时，身后传来一声尖锐的怒骂："祁逍，放开夏桑！"

许茜从楼梯口冲了下来，气愤至极。

徐铭赶紧拉住了许茜，低声劝道："这里没你的事，别节外生枝，祁逍不会对夏桑做什么。"

"你是瞎了吗！"许茜挣开了徐铭，"祁逍，你对女生动手，你真的是社会败类！你敢动她，有人会要你命，不怕死你试试！"

"许茜！"夏桑嗓音尖锐地喝止了她，"什么要不要命，我妈妈没那个本事，别说了，快走，这不关你的事。"

许茜也看明白了，这都自身难保了，夏桑还想保护那个人。

"祁逍，你敢乱来，我报警了！我不信没人治得了你！"许茜已经摸出了手机，按下了110。但很快，她的手机就被身边的男生夺了过去，重重扔下了楼。

"你真的太吵了。"祁逍冷冷看了眼许茜，"夏桑就是因为跟你这种人待在一起，才会越来越讨厌。"

许茜还想说话，夏桑使劲儿给她使眼色，让她快走，进一步惹怒祁逍没有好果子吃。

许茜却是个暴烈的性子，无所畏惧地说道："夏桑以前性格内向、不爱说话，所以你以为她听话、好拿捏。后来她套路了宋清语，让你看到她好像没那么笨，所以你沉不住气。到现在，你看清了夏桑完全不是你以为的那种天真傻白甜，你就骂人家，真的是无能狂怒啊，'失败者'这个词，就是为你量身定制的！"

"你胡说！"

祁逍脸上的表情愤怒到了扭曲的程度，肌肉颤抖着。

夏桑被吓到了："你要干什么？"

祁逍看着她，用一种克制到极点的病态嗓音，说道："夏桑，听话，变回以前的样子，我们还像以前一样好好相处，行吗？"

夏桑看着他那张近乎狰狞的脸，头皮发麻："你要……你要怎么和我好好相处？"

"把头发剪了，不要留这种让我生气的发型。"

夏桑拼命后退，然而祁逍没有给她这个机会，"咔嚓"一刀剪了下去。

徐铭也没想到他真的敢动手，祁逍刚刚被许茜的话气过头了。那番话，字字句句都往他心里戳，戳得鲜血淋漓。

"快走吧！"徐铭拉着祁逍离开，边走边回头对夏桑说，"对不起啊夏桑，他今天太冲动了，你别跟你妈妈说。我代他跟你道歉，对不起了，以后我会拉着他，不会这样了。"

许茜还想向前踹他，夏桑沉声道："许茜，住手。"

许茜走过来，检查着夏桑背后的头发，紧张地问："怎么样啊？有没有伤到哪里？"

夏桑抱着膝盖，吸了一口气，忍住眼泪，摇了摇头。

街道旁的樱花雨，在微风中纷纷扬扬。街对面，南溪一中的图书馆灯火通明。

她想着，也许这是成人礼之前最后一次至暗时刻，前面就快看到曙光了。

许茜招了一辆出租车，让夏桑上来，一起回家。

夏桑摇了摇头："你先回去吧。"

"你呢？"许茜紧张地望着她，小姑娘秀气的脸蛋满是泪痕，楚楚可怜，"听话，一起回家，回家就好了。"

夏桑手揣兜里，紧紧捏着包里那颗大白兔奶糖，委屈地说："我有点怕，想去找周擒。"

夏桑给自己戴上了卫衣的帽子，然后将领子也拉了过来，遮住了大半边脸，踩着夜色走进了十三中的校门。她努力忍住眼泪，但忍不住身体的寒战和颤抖。

她知道，在情绪宛如浪潮般起伏的当下去找周擒，绝对不应该。但夏桑顾不得这么多了，她真的害怕，怕得全身发抖。

室内篮球馆充斥着篮球撞击地面的声音，夏桑听着这熟悉的撞击声，委屈越发泛滥，眼泪越发汹涌。她背靠着墙壁，用衣领擦掉眼泪，望着天花板，深吸一口气。哪怕是远远望一眼也好。看到他，她就有勇气了，不害怕了。

通道里，李诀拎着毛巾，迈着夸张的步子走进球场。经过夏桑身边的时候，愣了一下，惊诧道："你怎么跟个鬼一样！"

夏桑用卫衣帽子把整张脸都遮住了，只剩了一双泛红的眼睛，慌张地想要夺路而逃。

"你哭什么啊！"李诀一把揪住她的衣袖，扯着嗓门道，"考试翻车啦？还是被你妈揍了？"

"没有，我路过……"夏桑心慌意乱，只想赶紧离开了。

"你找周擒吧？他在田径场跑一万米。"李诀扔了篮球，走到她面前，像大哥哥一样揽着她，"别哭啊！你这么去找他，你不把他吓死才怪。"

夏桑平复了一下情绪，推他回去："你别跟着我了，你练你的吧。"

"田径场，知道在哪儿吗？"

"找得到。"

夏桑一边哽咽着，一边擦着眼泪，慢慢走到了田径场。

场子里，白色的强光灯照耀着塑胶跑道，操场上有很多同学在跑步。有人迎着光，有人背着光，长长的影子拖在地上，被白光拉得很长。

人太多，灯光又很刺眼，夏桑远远地望不着周擒的身影，只能从观众席下去，顺着长阶梯走到了田径场跑道边。

男孩和女孩从她身边飞奔而过，扬起阵阵微风。

他好像没在田径场，路过身边的都是陌生面孔。

夏桑蹲在边上，轻轻地啜泣着，低头看着自己狼狈无助的影子。

阶梯边传来男孩们爽朗的笑声。

他们从小卖部回来，手里拎着矿泉水和碳酸饮料，讨论着最近的电竞赛事。

周擒英俊的脸上也挂着明朗的笑意，懒懒地坐在了观众席，接过赵旭阳手里的矿泉水，仰头喝了一口。

"前面有女生在哭啊。"

"高三的操场常态。"

"哭得还挺伤心。"

赵旭阳双手放在嘴边，冲操场喊了声——

"别哭了！"

周擒淡笑着，抬腿踹了赵旭阳一脚。然而，当他收回慵懒的目光，淡淡扫向了操场，女孩也回过头。他略带笑意的视线和她水光泛滥的目光相撞。

操场的强光探灯清晰地照着她泪水涟涟的脸，白光刺得她眼睛睁不开，只能轻微地眯着，眼泪润湿了她的睫毛，也互相粘连着。

周擒脸上的笑意霎时僵硬，下一秒，烟消云散。

夏桑心慌意乱，用卫衣衣领遮着脸，加快步伐朝田径对面走去，只希望距离隔得远，他不要认出她来。走了几步，手臂被一双更有力的大掌攥住了。

夏桑回过头。

他逆着光站着，轮廓泛着高照灯光，英俊的脸庞埋入阴影中，看不清神情，但夏桑能感觉到他眉头皱着。

周擒伸手想摘下她的卫衣帽子，看清她的脸，但夏桑避开了。

"我刚刚找你没找到，你们学校好大。"尽管她努力控制着嗓音，想要装得平静些，但话还没说完，眼泪先呛了出来。她赶紧侧过身去，擦了擦绯红的眼睛。

周擒只感觉仿佛有一支针筒刺进了他的胸腔，一点点抽空了他的呼吸，抽空了他心里全部的情绪。

"过来。"

他带着她走到了无人的阶梯座位上，想摘掉她的帽子。但是夏桑护住了衣领，拼死也不让他摘下来。周擒也没有勉强，看着她哭红的眼睛，长久地沉默着。

在他身边，夏桑翻涌的情绪才得到稍许的平复，也没那么慌、没那么害怕了。

周擒没有问太多，安静地注视着她，等她慢慢地平静下来。

"没什么。"夏桑用浓重的鼻音很小声地说，"就是高三压力有点大，怕考不到第一名。"

"你这样说，我会觉得你是故意找借口来找我的。"周擒显然不相信她的说辞，却还在开玩笑逗她。

"你就当我是吧。"夏桑顺着他的话说，"当我是来找你的。"

"什么叫当，是就是，不是就不是。"他漆黑的眸底，眼波汹涌又克制，"不要骗我，夏桑，你骗我，我看得出来。"

夏桑不敢看他的眼睛。

"你为什么把我删了？消息都发不过去。"周擒忍着喉间的酸涩，用平静的嗓音说，"你每次生气都删我，我也有脾气。"

夏桑赶紧从包里掏出手机，输入他的电话号码，宛如讨好一般重新将他添加了回来。

她擦了眼泪，看起来有点无助："周擒，我们还是像以前一样，好不好？"

周擒偏头，眼神温柔地看着她："好。"

这时候，周擒的视线落在她的耳后，他看到了残留的一缕发丝，漆黑的眼底划过暗涌。

难怪她会哭成这个样子。

"周擒，你认不认识手艺好一点的发型师？"夏桑心里的委屈又漫了上来，她移开视线，眨眨眼，有眼泪掉落，"就……很烦啊，刚刚去剪头发，讨厌的理发师，给我乱剪。"

周擒望着她，也是很努力地演出相信她的样子："哪家啊？"

"我给了一个差评。"夏桑很自然地说道，"以后再也不叫那个八号小哥了，一点技术都没有。"她擦掉眼角的泪痕，轻松地说道，"公主切就没有了，不过我还会再留的，最多两年就又长了。"

周擒带着她走出了校门，校门外的美食街还很热闹，不少学生在大排档边点餐吃消夜。

女孩一只手试图护着自己的卫衣帽子，遮住狼狈的头发。

周擒带她走进了一间光线明亮的理发店，店里的飞机头小哥似乎认识他，熟稔地喊了声："理发啊？"

"嗯，给她弄一下。"

夏桑知道自己"在劫难逃"了，只好乖乖地摘下了卫衣帽子。

周擒这次看清了她凌乱而狼狈的头发。

夏桑却还解释道："因为想要尝试新发型啊，结果那个八号发型师根本不会剪。"说着，她摸出手机，翻出了手机里早就提前收藏好的短发发型给周擒看，"就这款，一直心向往之，好不容易鼓起勇气去剪了。"

周擒接过她的手机，扫了眼图片，她收藏的女士短发，是《这个杀手不太冷》里面的小女孩发型，头发贴着脸颊三分之二处，很叛逆。

"好看吗？"

"好看。"

夏桑说谎的技术很高明，因为她会用各种细节来填充这个谎言，让谎言看上去是那样真实又自然。

就像当初瞒骗祁逍一样。

然而，周擒终究不是祁逍。

夏桑的表情已经说明了一切，周擒也没有拆穿她，耐心地倾听着，一句话也没说。

Chapter 08

梦魇·玫瑰·生日会

"夏柔，我要赌一把。"他回身，然后决然地甩开了她，嗓音沙哑，"赌一个光明的未来。"

夏桑闷声问道："我现在这个样子是不是很丑？"

"丑哭了。"

她生气地往前踹了一脚："你就不会说点好听的？"

周擒淡笑着，俯身靠在她耳边："桑桑，你知道吗？一个人的漂亮有很多方面，她的眼睛、鼻子、唇，还有她的幽默、聪明、温柔、坚强……前面的东西都是易逝的，因为年华终将老去，后面的才是她最留得住的。"

夏桑正要感动得落泪，周擒又说："可你一样都不占，但我希望你再接再厉，争取早日拥有。"

"周擒！你好气人啊！"

周擒笑着说："现在看自己，是不是顺眼多了？"

"当然，有你在边上给我陪衬，当然顺眼了。"夏桑损他。

"是啊，而且一个被人划了脸，一个被人剪了头发。"

"而且还是同一个——"

夏桑话音刚落，顿时反应了过来，周擒在套路她！他刚刚所有的玩笑，都是为了不动声色地套出最后这句话。她的心脏狂跳着，惊恐地望向身边的少年。

不知道他有没有听到她刚刚那句及时收住的话。

周擒回头，对飞机头小哥道："麻烦你了，给她剪短发。"

飞机头小哥走了过来，拎着夏桑的头发看了看，感叹道："哟！谁给你剪的，怎么弄成这样了？"

夏桑紧张地说："想尝试一个新发型。"

"那也不能剪成这样啊，除非是你自己剪的。"

夏桑不再回应，多说多错。

飞机头小哥看了看夏桑想要的发型，皱眉道："确定要这个啊？这个发型看着好看，可不容易驾驭啊，我见过的都翻车了。"

夏桑警告小哥道："要是你的技术问题，剪得不好看了，我肯定要差评啊！"

"放心，我技术没问题，这又不难。"

飞机头小哥干脆利落地给夏桑剪好了头发，夏桑看着镜子里的自己，刚刚的狼狈样一扫而空。剪完之后，夏桑的气质一下子暗黑了起来，少女感十足，带了几分玛蒂尔达的叛逆感。

周擒和夏桑走出了理发店，初春的风轻轻吹着，剪短了头发，夏桑感觉脖子有些不太适应的微凉。

路边的樱花花瓣纷纷扬扬地落下来，落在了她的肩上。

"短发的话，自己要学会打理。"周擒叮嘱道，"这种发型要是不好好打理，就会……"

夏桑问道："会怎样？"

周擒笑了："一觉醒来，可能会变成四十年代劳动妇女的发型。"

"……"

夏桑感觉不妙啊。

周擒送她回去，这一次不再是上车分别，而是直接送她到了小区门口，他要看着她进小区才放心。

夏桑也察觉到了周擒的小心翼翼，多半是有了猜疑，她咬咬牙，终于承认道："周擒，我的头发不是被理发师剪坏的，我骗了你。"

周擒全无惊讶，平静地"嗯"了一声。

"我就是怕你冲动，闹出事情来，毕竟那个人……"夏桑叹了口气，"毕竟她是女孩子，上次宋清语的事，你已经派出所几日游了，我不敢让你知道。"

周擒仍旧不动声色地看她表演："嗯？"

"许茜那个人，性格就是这样啊，我跟她打赌斗舞，输了的人去操场裸奔。结果我输了，我不想裸奔，所以就让她把我头发剪了。我当时以为闹着玩，没想到她竟然玩真的。因为公主切是我很喜欢的发型，剪了我真的很伤心，心里觉得委屈，就跑来找你了。"她忐忑地望着他，"她是我的朋友，这件事就此揭过，你也不要再计较了哦。"

周擒不动声色道："好。"

听到这句，夏桑才放心些，转身回了麓景台小区。

直到她的背影彻底消失在夜色中，周擒眸中的温柔一扫而空，取而代之的是无尽的阴冷。

对于夏桑发型的改变，覃槿没有太多的怀疑，反而说剪了倒好，她那一头长发，每次洗了澡弄得浴室到处都是头发，短发倒是方便了。

更重要的是，节省了洗头的时间。

第二天清晨的高三誓师大会，同学们看到夏桑的短发，纷纷表示惊异。

"夏桑，你剪头发了？"

"哇，不会是为了高三节省梳头时间吧？"

"长头发会消耗大脑养分啦。"

"年级第一都成这样了？"

"夏桑很适合这个发型欸！"

"真的好看，很少女。"

许茜本来一直在担心夏桑，现在看到她竟然修剪了短发，而且这短发还挺有个性、挺好看，她也松了口气。

"你没事吧？"

夏桑平静地笑了笑："没事了。"

"昨晚你那样，我真担心，害怕你想不开呢。"许茜现在想起来，还觉得后怕不已。

"头发而已，剪了就剪了，还会长。"

许茜伸手撩了撩她清爽的短发："这发型不错啊，酷酷的，很有感觉。"

"是啊。"

祁逍今天倒换了一身白色运动服，和朋友们来到了操场。

看到夏桑，他慌里慌张地跑了过来，辩解道："夏桑，你没事吧！昨天晚上……我失控了，对不起啊。"

许茜一看到祁逍，气得头发都竖起来了，张开双臂挡在夏桑面前。

祁逍懒得搭理许茜，担忧地看着她身后的夏桑："昨天我真的不太理智，早上听徐铭说了昨晚我……我做的事，真的很抱歉，也很后悔，对不起啊。"

夏桑看出他脸上歉疚的神色不似作伪，于是拉开许茜，问道："你真的不是故意的？"

"天地良心！"祁逍连忙道，"我真不是故意的！我怎么可能对你做这么粗暴的事情！"

"那我不计较了。"夏桑说道，"过去就过去了，你不用放在心上。"

祁逍知道自己现在的处境，他不能再闯祸了，他老爸对他已经很失望了。

许茜看着这两人心平气和地说话，一口气憋不上来，拉着夏桑就要离开："跟这种人有什么好说的！"

夏桑走了几步，又回头看了祁逍一眼："如果你真的觉得抱歉，就答应我一件事。"

"你说！"祁逍露出了愉快的微笑，"别说一件了，一百件我也答应！"

"高三了，你不要再影响我了，我现在只想好好学习，完成妈妈给我定的目标，考上最好的高校。其他的事情，高考之后再说。"

祁逍似乎从夏桑的话里听出了希望，眼睛也有了光，连声答应道："这没问题，就按你说的，以后的事，高考以后再说。"

晨会结束之后，许茜拉着夏桑走进教学楼，急切说道："你对他态度怎么一百八十度大转弯啦！你忘了要让他讨厌你的目标了吗？"

夏桑咬着牙，说道："你看到了，他下次还不一定做出什么事。"

"所以你是……"

"缓兵之计。"夏桑无奈地说，"不管怎样，最关键的这几个月，让他不要来招惹我。"

最起码平平安安地度过这几个月。

"那高考之后呢？怎么办？"

夏桑轻松地笑了："高考之后我就彻底自由了，我会去很远的城市念大学，离他远远的，他也不可能考得上我的大学。"

"万一他非要和你在同一个城市怎么办？"

"只要不在南溪市，我不信他们祁家手眼通天。山高路远，出了南溪市，他就靠不了他爸爸了。"夏桑已经在脑子里反复思虑过了，"而且他也不是真的想怎么样，他只是因为不甘心，心里不爽罢了。等大学之后，他会有更丰富的生活，也就不会再纠缠我了。"

许茜听到她这样说，想想也有道理："只希望，一切能如你所愿吧。"

周末下午，轻奢饰品水晶店里，营业小妹打量着面前的少年。

室内灯光照着他英俊的脸庞，薄薄的眼皮垂耷着，睫毛细密修长，分明是凌厉的轮廓，此刻挑选饰品的神情，却是如此温柔。

他双肘有力地撑在玻璃柜面，俯过身，认真地挑选着柜子里的璀璨的水晶项链和手链。

营业员小妹入神地望着他。

需要如何的璀璨夺目，才会被这般漂亮的眸子看上啊。

身后，李诀咋咋呼呼地喊了声："这条项链怎么样？闪闪亮亮的。"

周擒侧身过去，看到李诀指着一条亮灿灿的心形碎钻项链，满眼发光："女孩肯定喜欢这种。"

他无语地望了眼李诀："李诀同学。"

"怎么了？"

"恕我直言，真土。"

"……"

李诀让营业员取出了这条心形水钻的链子，放在掌心把玩摩挲着："这挺好看的啊。"

周擒漫不经心道："太浮夸了。"

"好看不就行了。"李诀嘟哝着放回了项链。

周擒走到其他的柜子前，对营业员小妹道："有新款吗？"

营业员小妹见他挑来拣去，眼光不是一般的高，看起来是真的在很用心地挑选。

店员也不敢怠慢，给周擒拿来了好几款新品饰品，手镯、项链、耳钉都有。

"你看看，这款银杏叶耳钉的设计感很强，纯银的，女孩戴上也很文静雅致。"

周擒将耳钉盒拿到灯下仔细看了看。

"这个送出去，女孩一定喜欢的，我们今年都卖出好几款了，无一不是好评。"

周擒摇了摇头："算了，她没有耳洞。"

"这个简单，你带她到我们这儿来，我们可以帮她穿耳洞，很简单的。"

"不了。"

周擒退回了银杏叶耳钉，他想到夏桑打个针都要哭得背过气去，这要是带她来穿耳洞，可能会"魂飞魄散"。

周擒的视线又落到了另一条玫瑰形状的锁骨链上，想象她戴上的样子，顷刻喜欢上了。

蓝天绿草，盛开在城堡庄园里的小玫瑰，沐浴在阳光下。优雅矜持而又倔强、顽强。

他温柔地抚摸着小玫瑰项链，毫不犹豫道："就要这个，帮我装起来。"

"你眼光真好，这是我们的春季新品，刚上的，属于设计师合作款。"

"多少钱？"

"三千四百五十元。"

"可以扫码吗？"

"可以的，请这边来。"

李诀跟在周擒身后，抱着手臂，啧啧道："挺大方的嘛，上次街头篮球赛的奖金，这一下全花出去了。"

三月末，樱花飘絮中，夏桑终于迎来了她十八岁的成人礼。

她盼啊盼，终于盼到了长大的这一天。

好开心。

尽管现在是紧张的高三冲刺时期，但是每个人的十八岁，一生也只有一次，更何况撞在了周六晚上，所以覃槿法外开恩，同意夏桑举办生日聚会，可以稍晚些回家。

许茜老早就在策划夏桑的生日了，晚饭吃自助烤肉，结束之后还要去唱歌。

夏桑绝对有理由怀疑许茜不过是想借着她生日的机会自己疯玩罢了。毕竟这样的机会在高三是少之又少的。

其实她也想让周擒一起来给自己过生日，但周擒的体考在即，她也不想耽误他的训练。

她知道，凭她现在的成绩，考上全国一流的大学其实不难；但在十三中的周擒想要用体考加文化课成绩上一流的高校，恐怕要困难很多。

平时他看着都还轻松，只有夏桑知道，他究竟付出了多少努力。

考虑到这些因素，夏桑便答应了生日和许茜一起玩，甚至都没有跟周擒说自己今天过生日。

他也没有提过，也许知道，在酝酿惊喜憋大招；也许压根儿不知道，因为他训练是真的有够忙的。

清晨，夏桑收到了手机里闺密群段时音发来的生日祝福——

"过去发生了一些不愉快，你也有了新的朋友，但还是祝夏桑十八岁生日快乐，平安喜乐。"

夏桑："谢谢，过去的都过去了，我们还是朋友。"

段时音："当然啊，只要你不介意我之前说的话，我们就还是朋友。"

夏桑："我都忘了，你说了什么吗？"

段时音发来一个"抱抱"的表情。

夏桑和段时音趁机和好了，不过贾蓁蓁却是没脸给她发消息，群里也一直安安静静。

那晚她骗夏桑去见了祁逍之后，便一直躲着她，换了位子，离她远远的，平时见着了也是眼神躲闪，假装不认识了。

夏桑从她的眼神中看到了心虚，她也知道自己对不起夏桑。

不管祁逍是收买了贾蓁蓁，还是威胁了她，夏桑都不想追究了。高三即将结束，他们也都将各奔东西，这些事也不重要了。

夏桑的生日，啦啦队的女孩都来了，还有不少班里的同学，甚至段时音都过来了。

许茜准备了很多零食、饮料，还有一盒超大号的巧克力蛋糕，男孩女孩们有的在唱歌，也有玩桌游喝饮料的……

半年前的夏桑绝对想不到，自己的十八岁生日，会有这么多同学来参加，会这么热闹。

她曾以为自己的青春会安安静静地结束，安安静静地迎来人生的另一个阶段。

也许她的一生，都会在这样的静寂中度过了。

但这半年来，真的发生了好多事，她也变了很多。

她曾经想要成为许茜这样的女孩，而当她认识了周擒之后，才渐渐明白，她不需要成为任何人，她就是独一无二的夏桑。

许茜坐到夏桑身边，揽着她要一起唱歌，见她一直握着手机，似乎心神不定，便问道："怎么不把周擒叫过来啊？"

夏桑摇了摇头："都是我们班的同学，不好叫他。"

"也是。"许茜说道，"你把剪头发的锅扣到我头上，他心里指不定怎么讨厌我呢，我还是自觉离他远点吧。"

夏桑笑了起来："都过去这么久了，他早就没放在心上啦。"

一开始她还有些担忧，害怕周擒不相信她的话，但这段时间他不动声色，似乎没有怀疑什么，夏桑也放下了心。

她给周擒发了一条消息："今天周六哦，有训练吗？"

周擒坐在书桌边，桌上摊开了她给他打印的复习资料，他指尖缠绕着那枚碎钻镶边的小玫瑰锁骨链。

"没有，在家。"他又问她，"你呢？"

"我在和朋友聚会啊。"

夏桑还是没有说今天是她生日。她想着，周擒可能真的不知道，她没说，他又怎么会知道呢？

虽然心里这样想，但夏桑隐隐还是有点期待。

"那你有没有话要跟我说呢？"她故意这样问周擒。

周擒："玩得开心。"

夏桑："还有呢？"

周擒："早点回家。"

夏桑："还有呢？"

周擒："多喝热水。"

夏桑："……"

夏桑："再见！"

她的手机上显示：对方正在输入……

很快，手机里传来了一段约五十秒的语音消息。夏桑微微一惊，不明白他干吗给她发了这么长一段消息。

夏桑："你给我发的什么啊？我这里有点吵，不太方便听啊。"

周擒："唱歌给你听。"

夏桑："哈哈哈。"

周擒："……"

夏桑拿着手机，来到稍稍安静的走廊间，点开了周擒发来的这段语音消息。

他清了清嗓子，然后用低沉轻柔但极有磁性的嗓音，唱了一首歌。大概没有他不擅长的事，他的歌声好听极了。

夏桑点开语音，听了一遍又一遍，不管多少遍，都听不够。

"周擒，好好听啊，这首歌叫什么名字啊？"

周擒把歌名发给她。

夏桑看着那两个字，心脏怦怦直跳，甜丝丝的感觉萦绕在胸腔里。

此刻就连穿堂的夜风都是那样温柔。

她听着他熟悉的嗓音，嘴角绽开了笑意，小酒窝若隐若现。

高朋满座，星夜如斯。

无法隐藏的欢喜，澎湃而来。

夏桑哼着《最爱》的调子，走回包间。

推开门的一瞬间，她嘴角的笑意僵在了脸上。

祁逍和徐铭他们几个男生，不知什么时候也来了。祁逍手里还提着一个大号的生日蛋糕盒，抬头对她微笑道："夏桑，我来给你过生日了。"

"……"

祁逍的到来，顿时让现场的气氛变得不太自然了。

虽然啦啦队的女孩们都努力装出毫不在意的样子，仍旧唱歌的唱歌，吃零食的吃零食，但大家心里都有些七上八下，时不时朝夏桑所在的方向投来担忧的一瞥。

祁逍坐在夏桑身边，从包里摸出一盒薄荷口香糖，在手里磕了几粒，仰头吃掉。

夏桑沉声说："不是已经讲好了吗？在最后这几个月，不要来打扰我了。"

"但今天是你的生日啊。"祁逍神情自然地侧了侧脸，"我跟她们一样，来给你过生日，这没什么吧？"

许茜忍不住骂道："祁逍，你能不能要点脸！你还有脸来给她过生日？我算是明白了，人不要脸天下无敌。"

她话音未落，祁逍反手揪住了她的衣领，原本温和的脸上显出了几分狂躁的戾气："再说一遍。"

"我说，人至贱则无敌——"

许茜话音未落，夏桑立刻将许茜拉到了自己的身后，用力地按了按她的手，让她不要再说下去了。

许茜不爽地瞪了祁逍一眼。

祁逍站起来，似乎不想轻易放过许茜，但是夏桑立刻道："祁逍，谢谢你来给我过生日，我很感激。"

许茜还想说话，夏桑拉了拉她，示意她忍一下，不要让那晚公寓楼里的场景重演。

同时她也不想让自己的十八岁生日被这家伙毁掉。

忍一下，就过去了。

祁逍坐在了夏桑身边，把话筒递给她："来啊，唱歌。"

夏桑唱了两首歌，面无表情。

祁逍说："还是长发比较适合你，短发看着有点不听话。"

许茜冷笑了一声。

"她以前的刘海儿披肩发就很好看，你撺掇她去剪什么怪模怪样的发型。"祁逍不客气地骂道，"她跟着你能学什么好！"

"你说什么！"

夏桑放下了话筒："祁逍，这是我的生日聚会，你如果再这样诋毁我的朋友，我真的要下逐客令了。"

祁逍的脸上立刻绽开了笑意，说道："好好，是我不对，我给你订了蛋糕，来切蛋糕吧。"

说完，他让徐铭拆开了茶几上的精美蛋糕盒，一个漂亮的奥利奥咸奶油蛋糕呈现在女孩们眼前。

蛋糕的颜值很高，周围一圈镶着夹心的奥利奥饼干，奶油上洒满了脆薄片和脆脆珠，一看就非常好吃。

有女生惊叹了一声："这是磨园的蛋糕啊！这家蛋糕超级好吃啊！"

"我上次在磨园买的只有这个蛋糕大小的十分之一，都要两百块。"

"祁逍，这得多少钱啊？"

祁逍倚在沙发边，懒懒道："几千而已。"

女孩们发出一阵低低的叹声，望着面无表情的夏桑，不知道应该羡慕她，还是同情她。

夏桑在众人热闹的起哄声中，点了蜡烛，许了愿。

那种消失了很久的无力感，又回来了。

此时此刻，她感觉自己变回了曾经的提线木偶，被无形的丝线操控着，做着不由衷的事情。

以前操控丝线的是覃槿，她费了好大的力气，才挣脱了丝线。然而现在，她身后站着一个更加恐怖的男人。

在她即将步入成年的这一天，他死死地攥着那根线，似乎要将她从自由的天光里拉回来，永坠黑暗。

夏桑用力握着切蛋糕的塑料刀，有女孩注意到夏桑的手在轻微地颤抖，体贴地说："夏桑，我来帮你切吧。"

祁逍笑着说："我的蛋糕，必须得由寿星亲手切，别人不准代劳。"

夏桑控制着颤抖的手，切好了蛋糕，将它们分给了女孩们。

女孩们迫不及待地尝了一口蛋糕，发出幸福的感叹："唔，好好吃哦！"

"真的很好吃！"

"天哪，太好吃了！不愧是磨园的蛋糕啊。"

祁逍也把纸盘递了过来，夏桑切了一块蛋糕，放在了他的盘子里。

他微笑着说："谢谢小桑。"

夏桑看着他那张温煦的脸庞，不管他怎么笑，在她看来都是如此面目可憎。

周擒将玫瑰项链装在了蓝色丝绒的小盒子里，然后用自己买的礼物盒和丝带，将项链重新包装了一遍。

他仔细端详了一下，又觉得自己买的花里胡哨的礼物盒看上去有点廉价，还是拆开了盒子，取出了丝绒小盒。

姑且就这样吧。

周擒将蓝色盒子打开，放在台灯下，然后翻开了复习资料开始做题。

玫瑰项链泛着优雅璀璨的光。

这时，搁在桌上的手机振动了一下，桌面发出闷响声。他滑开了手机屏保，看到隔壁邻居家的女孩胡芷宁发来的几张图片。

胡芷宁："我在外面玩，看到有个女生，很像你的朋友。"

图片显然是透过门上的透明玻璃拍的，可以看到包厢里过生日的场景。

尽管房间里有很多人，但是周擒一眼便看到了夏桑。她身边还坐着一个男孩，但她脸上的表情显然非常勉强。

她在害怕，在发抖……

胡芷宁："我观察很久了，她跟那个帅哥关系很好呢。"

周擒看着那几张抓拍得非常刻意的照片，并从她勉强的表情里，看出了她的屈辱和恐惧。

就像那晚她哭着来找他，编出了一系列的谎言。

如果没有临走时那一段编织的谎言，也许第二天周擒就会找到祁逍教训他一顿。但他终究忍住了，忍下了所有的郁愤。

周擒一张一张地放大着那些照片，从女孩隐忍的眼神中，看进她心里，看出了她宛如提线木偶般压抑的愤怒和痛苦。

他忍不了了。

"地址给我。"

在女孩们分食了蛋糕之后，夏桑捺着性子和许茜唱了两首歌。

自祁逍来了之后，包厢的氛围发生了微妙的变化。

祁逍有一杯没一杯地喝着饮品，许茜原本高涨的兴致瞬间沉了下来，横眉冷眼，时不时地要刺祁逍几句。

夏桑害怕许茜冷言冷语地惹怒他吃亏，于是说道："我妈规定我回家的时间到了，我们回去吧。"

女孩们立马默契地站了起来，三三两两地拿包，准备离开。

"这么早啊？"祁逍抬手，看了眼手上的表，"这才九点，再玩会儿啊。"

"我们又不是你。"许茜站起身，穿上了风衣外套，"你没爹没妈没人管，我们还有呢。"

祁逍表情立马冷了下来："再说一遍。"

"我又没说错。"

许茜还要上前撑人，夏桑立马拉住了她，说道："祁逍，回去吧，我给你叫辆车。"

祁逍嘴角扯开一抹微笑，从架子上拎来一个玻璃杯，倒了满满一大杯，递到夏桑面前："成年了啊，小桑，喝一杯再走。"

"我不会喝。"夏桑生硬地拒绝，"即便成年了，妈妈也不让。"

"这会儿当起了乖乖女啊。"祁逍将杯子晃晃悠悠地推到了夏桑面前，"我记得你和许茜玩的时候，不是挺叛逆的吗？"

"祁逍，夏桑说了她不喝！"许茜一把推开了祁逍手里的杯子，液体晃出来，洒在了他的手上。

祁逍看着许茜，眼神如寒风刺骨："忍你很久了，你是不是找死？"

"我还忍你很久了呢！"许茜毫不惧怕他，"这里这么多人，难不成你还想打我吗？"

话音刚落，祁逍直接将杯里残留的液体泼在了许茜的脸上。

"啊！"

许茜张大了嘴，液体顺着她的刘海、脸颊缓缓流淌了下来。她的眼底闪动着惊怒的光："祁逍，你敢……"

祁逍扬手要打她，夏桑连忙将许茜拉到自己身后，冷冷望向祁逍："是不是喝完这杯，就可以回去了？"

"是。"

她拿起了玻璃杯，而祁逍却接过了杯子，冷笑道："不忙。"

说完，他重新倒了一杯，递到夏桑面前，这一杯比刚刚还多，几乎满上了。

"这杯，算你代许茜道歉，否则我不会放过她。"

夏桑的眼神如冰，接过了他手里的杯子，正要咬牙喝下去。这时，杯子被人强硬地夺走了。

她惊讶地回头，看到一身肃杀黑 T 恤的周擒。

暗淡的光影将他的轮廓照得冷硬凌厉，他的眼神如利刃般扫了祁逍一眼，他接过了杯子，直接将杯中的红色液体倒进了垃圾桶里。

夏桑全身都绷紧了，一瞬间几乎忘记了呼吸。

周擒不客气地将杯子倒扣在了茶几上，然后拉着夏桑，大步流星地走出了包厢。

周擒拉着夏桑走出来，两人揪扯着，来到了街上。

凉风一吹，夏桑的脑子清醒了大半，恢复了理智之后，心瞬间被无边的恐惧吞噬。

她用力甩掉了周擒的手："你……你干什么！"

"带你回家。"

"疯了吗！"

她看到周擒手里拎着一盒黑森林蛋糕，全身的血液都冲上了头顶，颤抖着退后了两步："阿擒啊……你不能……你不该来……"

祁逍跟着追了出来，暴怒地望着周擒："你怎么在这里？"

周擒冷笑着："你觉得呢？"

夏桑刻意和他保持距离，声嘶力竭地吼道："流氓！我跟你不熟，你有什么毛病，快滚！"

这是周擒第一次在夏桑脸上看到这般狰狞痛苦的表情。

"快滚！你这个害了宋清语的流氓，我也是看清了你！你这个垃圾，被你看一眼我都觉得恶心！"夏桑双眼通红，声嘶力竭地冲他发泄着、怒吼着，"快滚啊！十三中的垃圾！"

周擒虽然知道她在表演，但这些话，每一个字，都像尖锐的刀片，割着他的心。

他眼眸带了血丝，望着她："桑——"

夏桑反揪住他的衣领，用力将他往后推了推，然后摸出了手机："你再纠缠我，我就打110了。"

周擒强硬地走上前，用力攥住了她的手腕。

她是他最后仅剩的温暖了，他无论如何都不会放开。

"松开！"夏桑死命地挣扎着，外套都歪了，"周擒，你真的要逼我报警吗！"

祁逍走上来，试图分开两人，但他显然不是周擒的对手，被他猛力一推，踉跄着往后退了两步。

"周擒，你想干吗？"祁逍沉着脸望着他。

周擒将夏桑攥到了身边："你觉得呢？"

夏桑急得眼泪都要掉下来了："我……我和他不是很熟，以前觉得他还不错，但后来发现他不过是个浑球、流氓……"

她用力地咒骂着他，企图从他手里挣脱。她脸上纵横的眼泪，已经暴露了她此刻拙劣的演技。

但偏偏祁逍是个蠢货，竟没看出来，冲上前推开了周擒："听到没有，让你滚啊，不要纠缠她。"

周擒的脑子空寂寂的，从包里摸出了那个蓝色的丝绒盒子，打开了递到夏桑面前："桑……"

他呼吸急促，几乎叫不出她的名字，努力想要哄她不要哭了，将玫瑰锁骨链递到她眼前："生日快乐。"

夏桑看着盒子里璀璨优雅的小玫瑰链子，眼泪止不住地夺眶而出，又被冷风吹干。

心像被手术刀一刀一刀地割着，生疼，却不见血。

她抓起项链，轻飘飘地扔进了身边的垃圾桶："这什么啊……你不要再做这些事情了！"

周擒紧紧握着那个空空的蓝色丝绒盒，盒子都快被他捏歪了。

"桑桑，你知道，我什么都不怕……"

"可我怕你啊。"夏桑绝望地哭着，冲他喊道，"我怕你啊，你能不能走，不要再出现在我眼前了。"

祁逍看着狼狈的周擒，眼底终于绽开了笑意。

这个男人在过去数年的时间里，很多次将他狠狠地按在地上碾压。但是这一次，他仿佛终于得胜了一回……至少，在夏桑的事情上，周擒输了，而他赢的几率很大。

祁逍的心情轻松了下来，也不打算和周擒计较什么了，拉着夏桑便要离开："别怕，小桑，我不会让这种人靠近你。"

周擒红着眼睛追了上来，但许茜立刻挡住了他，压低声音道："快走吧，今天是她十八岁的生日，你想让今晚成为她后半生的噩梦吗？"

这句话，让周擒猛然滞住了脚步。

是的，今天晚上是她期盼已久的十八岁，是她渴望了好久好久的……未来。

可她已然泣不成声。

可是未来，似乎并不像她期盼的那样美好。

"放心啊。"许茜挡着他的胸口，压低声音对他说道，"我会送夏桑安全到家，你……你知道她最怕的是什么，不要辜负她。"

不要辜负她……

这句话成功地劝退了周擒，他不再上前，颓然地站在路灯下，目送夏桑和祁逍坐进了路边的黑色轿车里。

许茜冲了上去，祁逍本来不想让她上车，但是架不住她力气大，强硬地坐进了车里。

很快，黑色轿车驶入了朦胧的夜色中，消失在了街尽头。

为了不让覃槿心生疑惑，夏桑在门外站了一个多小时，让自己的心情彻底平复，脸色恢复正常，这才回了家。

覃槿本来以为她还会玩一会儿，没想到这么早就回来了，有些诧异。

夏桑解释说还要回家复习功课，含糊地敷衍了过去。

覃槿笑着说："你最近变化越来越大了，学习的主动性提高了很多，妈妈很欣慰。"

夏桑将朋友们送她的礼物袋子放在玄关处，进了屋，主动拿起妈妈给她温的牛奶杯，一饮而尽："妈妈，我会考上一流的大学，我会有出息，将来我会变成很厉害的人，你可以放心。"

覃槿看出了夏桑眼底的决心，相比于她拿着鞭子在后面逼促着她去学习，她能有这样的一份觉悟，她当然开心了。

"小桑，妈妈对你所有的要求，都是为了你好。"

"我知道，妈妈。"夏桑放下了杯子，沉声道，"今晚之后，我就是……大人了。"

覃槿看着夏桑，感觉她仿佛真的是一夜之间，长大了。

"小桑，你怎么忽然……"

"妈妈，我回房间看书了。"

夏桑平静地回了房间，关上了门，汹涌的眼泪夺眶而出，她摸出手机，给周擒打电话。

嘟声响了很久，他才终于接起了电话。

那边一片沉默，除了他的呼吸声，夏桑什么也听不见。

"阿腾……"

他仍旧没有说话，以沉默相对。

"你今晚是疯了吗！"

夏桑强忍着起伏的情绪，捂着嘴，让眼泪顺着指缝流了出来："你明知道……明知道我最怕的是什么，为什么要这样！"

夏桑听到电话那端的呼吸声渐渐急促了起来，终于，几秒之后，他开口，只说了几个字："桑桑，生日快乐。"

说完，周擒挂断了电话。

那晚，夏桑睡得很不安，梦魇一个接着一个，很凌乱，但全都与他相关。

清晨五点，她早早地起了床，胡乱地梳洗收拾了一番，匆匆出了门。

街道行人少许，天际隐隐有光，但夜色仍旧笼罩着。

她打车来到了昨晚聚会的地方，下车后，急切地跑到了街边的垃圾桶旁边，探头探脑地往里面望了眼。

昨天晚上她急得不知道该如何是好，周擒递来的生日礼物，甚至都没有来得及细看，就被她扔进了垃圾桶里。

就为着这个，夏桑也是一夜都没有睡好。

她听到了不远处的垃圾车传来了《兰花草》的音乐，这个垃圾桶应该还没有被清理过，如果仔细找找，应该是能够找到项链的。

她打开了垃圾桶盖，一只手捂着鼻子，另一只手伸了进去，将里面的袋装垃圾全部揪了出来，然后探身向里面望了望。

没有找到那条小玫瑰锁骨链。

应该在的啊……

这时，垃圾车缓缓驶了过来，几个穿橙黄色衣服的清洁工跳下车，准备清理垃圾桶里面的垃圾。

夏桑急切地说："叔叔您好，我……我有重要的东西掉在里面了，能不能让我找找啊。"

清洁工有些不耐烦，说道："重要的东西怎么会扔进垃圾桶啊，不要影响我们的工作，忙得很呢，走走。"

"不是……真的很重要！"夏桑急得眼泪都掉了出来，也不顾他们的阻拦，上前翻找起了一袋又一袋的垃圾。

"你这小姑娘，你怎么回事，把垃圾全都翻出来了！"

"对不起。"夏桑无助地向他们鞠躬道歉，"真的是很重要很重要的东西，对不起。"

看她哭得这般稀里哗啦，清洁工也有些于心不忍，说道："什么东西啊，很值钱啊？"

"很值钱，非常值钱，价值连城。"夏桑绝望地抹着眼泪，"找不到……找不到我就完了。"

"到底是什么啊，我们帮你找找。"

"是一条项链。"

清洁工将垃圾桶倾倒了出来："这么多东西，找一条项链可不容易。"

夏桑不顾一切地蹲下来，急切地翻找着地上的垃圾袋。

在哪里……到底在哪里啊！

身后忽然传来一道低沉压抑的嗓音。

"夏桑。"

夏桑猛然回头，看到周擒朝她走了过来。

他仍旧是一身黑衣，带着初春的凛然寒气，双手插兜，站在路灯下面，眉宇间落下一片阴影。

他抬了抬下颌，五官的阴影渐渐镀了层柔和的光线："站起来。"

夏桑狼狈地站起身，绷不住翻涌的情绪，呛哭着说道："我找不到了，对不起啊……"

周擒伸出手，小玫瑰项链挂在他颀长的指尖，在路灯下闪动着金晖的光芒，熠熠璀璨。

她一把接过了项链，宛如珍宝一般，护在了怀里。

她用衣袖擦掉了眼泪，红着眼睛望着他："谢谢，我喜欢的。"

周擒嘴角很浅地抿了一下："我洗干净了。"

"嗯……"夏桑下意识地想撩开头发，想要把项链戴上，却发现自己头发已经剪短了。

夏桑低头，温柔地摩挲着项链："好看。"

"你也好看。"

夏桑闭上了眼睛："昨晚的话，都是假的。"

"我知道。但这样的人生，我一分钟都受不了了。"

"你是说……"

"一无所有，狼狈不堪。"

夏桑回过头，泪流满面地望着他，他的眼神已经没有了温度——

"夏桑，你知道对于我而言最大的屈辱，不是被划伤脸，不是被所有名校拒绝走投无路去当体校生，而是……而是重要的朋友被欺负成这个鬼样子了，我竟然无能为力。"

夏桑用力摇头："没有啊，没有被欺负，你误会了……"

周擒嘴角挂起了几分冷冰冰的自嘲，手也落了下来："夏桑，接下来的路，不会再有障碍了。"

"你想做什么！"夏桑听出了他的言外之意。

周擒抽回了手，转身离开。

夏桑追着他跑了几步，再度拦住他。

东方既白，寒风瑟瑟地吹着，他能感觉到女孩起伏的胸膛和她失措跳动的心脏。他的心也在抽搐着。

女孩白皙的脸蛋泪痕交错，小心翼翼地唤着他："阿腾，你以为我怕他吗？我怕的是你啊！"

周擒猛地顿住了脚步。

"夏桑，我要赌一把。"他回身，然后决然地甩开了她，嗓音沙哑，"赌一个光明的未来。"

黎明的东方，朝阳从层层叠叠云霞里透出光芒，而她的少年与天光背道而驰，消失在了黑夜的阴影处。

春风榴火

CHUN
FENG
LIU
HUO

著

下

江苏凤凰文艺出版社
JIANGSU PHOENIX LITERATURE AND
ART PUBLISHING

♫ 目录

夏来见过最好的风景之后，

她仍旧还眷恋着那个曾给她

平静无澜的青春带来惊艳的少年。

Chapter 09

短
发
·
告
别
·
图
书
馆

♪ 他说过，会保护她。现在他真的用他的方式保护与她，如此彻底，却也如此……惨烈。♫

　　徐铭他们几个扶着祁逍走出了酒吧街，祁逍跌跌撞撞地扑倒在石扬桥的桥墩边，嚷嚷道："下一家，走着！所有消费我来买单。"

　　男孩们面面相觑，显出为难的神色。

　　徐铭走上前扶起他，说道："我们真的要回去了，高三没几天了，我们……我们多少也要看看书啊。"

　　祁逍冷嘲道："没听错吧？你们跟我说要看书？看什么书啊！"

　　徐铭低头踢开脚下的石子，闷声说："你家里有钱，你高考随便考几分，你爸都能让你出国留学，但是我们不一样啊。高考在即，我们没办法再陪你每天这样玩了。"

　　"抱歉啊，我们要走了。"

　　"我妈打电话来催了三次了，必须回家了。"

　　"要走就赶紧走！"

　　祁逍暴躁地推开了他们："走走走，都走！"

　　男孩们也就不再扶他了，灰头土脸地离开了这条街。

　　祁逍一个人半躺在河边的一座拱桥边上，吹着冷风，感觉好像被全世界抛弃了似的。

　　"都走，我一个人，乐得清静！"

　　他以前觉得靠自己出手阔绰、花钱爽快，就能拥有很多朋友和热闹。但每当热闹散场，那种寂寂的孤独感，就像这冬日的凛风，真是无孔不入地往他的心缝里钻。

　　祁逍摸出了手机，想给夏桑打电话。他有些神情恍惚，甚至连手机都拿不稳，好几次拨错了号码。

　　迷糊间，他感觉到有人走上了石扬拱桥，立在了他身边。

　　祁逍不爽地抬起头，望向那人。

　　少年穿着简单的黑色毛衣，背靠着拱桥的石狮子。

　　从祁逍的角度看来，他双腿修长，身形挺拔，黑色的轮廓带着一种凛然肃杀的冷感。他指尖拎着一个打火机，有一搭没一搭地扣着盖子。

　　暗淡的火苗，明明灭灭。

　　路灯照着他的背影，将他的眼睛埋入了阴影中，看不清神情，但祁逍感觉到了他冰冷的视线，心头有些发毛。

"周……周擒……"

祁逍扶着桥墩站了起来，勉强维持着身形，暴躁地迎向了他："你来得正好，我无聊得很呢。"

周擒嗓音轻淡："好啊，玩玩。"

说完，他大步流星地走了过去，揪住了祁逍那一头乱糟糟的韩式潮流发型，原本只是想教训他，谁知打火机的盖子失手滑开，祁逍只感觉脑门一热，接着便嗅到了火焰烧灼头发的焦煳味。

"啊！"

他惊慌地大叫了一声，死命拍打着自己的头发，灭掉了头顶那几星火苗，但他的韩式蓬松碎发也被烧得乱七八糟了。

"你找死啊！周擒！"

少年却很镇定，修长的指尖把玩着打火机，漆黑的眸子冰冷地望着他："看见了吗？毁掉别人的前途，就像随便毁掉别人的头发一样轻松。祁逍，今天我们就好好地清算一次。"

祁逍冷笑着，毫不犹豫地从包里摸出了什么，对周擒说："我看你是活腻了！"

周擒看他随身携带利器，嘴角绽开了一抹邪佞的笑意："你怎么知道，我活腻了。"

"你要找死，那……那你来啊！"

"李诀无数次警告我，让我忍着你。我忍也忍了，让也让了，但这一次，你碰到我的底线了。"

周擒走了过来，轻而易举便夺走了他手上的东西，膝盖猛地撞上了他的腹部，疼得祁逍肠胃翻涌，表情狰狞如鬼。

"周擒，你！"祁逍毫无还手之力，只能暴怒地看着他，疯狂叫嚣着，"你完蛋了！我不会让你好过！"

"祁逍，你永远赢不了我，除非你除掉我。"

周擒走到他面前，握住了他的手腕，尖锐如鹰的眸子紧盯着他，那种力量感和压迫感，让祁逍心头一阵阵地恐慌。

"你不如我聪明，引以为傲的篮球也打不过我，……"周擒望着他，嘴角绽开浅淡的微笑，"你真是……好失败啊。"

"胡说！你胡说！"

"是吗？"

周擒眼底含笑，但那种压迫感却也逼得祁逍喘不过气来。他被周擒令人窒息的眼神逼疯了，脑子一热，猛力向前冲去。

周擒也没躲，就这么让祁逍径直地将他撞到石拱桥上的石狮子上，后脑勺被狠狠地砸在上面，引得周擒一阵恍惚。

祁逍掏出衣服兜里装着的裁纸刀，不管不顾地挥舞着，周擒挣脱了祁逍的禁锢，可还是不小心被划伤了手臂。

祁逍看着手上的血，下意识地往后退，然而周擒却死死攥着他的手腕，让他无法后退。

周擒漆黑的眸子就像胶水一般狠命粘着他："怕什么？这不是你最擅长做的事吗？怎么怕了？"

"你放开我，我……我没有伤害你……你放开！"

祁逍终于清醒了大半，惊恐不已。

"我已经没有什么可以失去的了。"周擒的嘴角划开一丝苍冷的笑意，宛如地狱里爬出来的恶鬼，"但是你触碰到了我的底线……"

"不！我没有！不是我！"

祁逍看到桥下有几个围观的人，似乎有人拿手机报了警，还有人在录视频。

没多久，警笛声响了起来。

很快，救护车停在了石扬桥下，周擒的伤口被紧急处理，与此同时，警车也迅速赶到。

祁逍吓得转身就跑，被民警三两步追上，"咔嚓"一声，扣上了手铐。

"不！"他吓得连声申辩，"是他咎由自取！是他活该！别带我走！"

警察没有理会他的抗辩，扣住他的手，将他带上了警车。

"放开我！你们知不知道我是谁！我爸是祁慕庭！逍阳集团的祁慕庭。"祁逍疯了一般大喊道，"你们敢抓我，你们怎么敢！"

"不管你爸是谁，法网恢恢，你都逃不掉。"

警察冷着脸，将他摁进了警车里。

#南溪市当街伤人#的词条，很快上了热搜。

很快，祁慕庭偷税漏税的事情也被扒了出来。除此之外，还有好些劳资纠纷和矛盾，也都暴露在了法制的阳光下。

祁逍这件事很快成为南溪一中最劲爆的八卦，也成了同学们茶余饭后津津有味的谈资。尤其是火箭班的同学们，怎么也想不到一夜之间，身边的同学会以这种方式上了热搜。

夏桑看着前排那个空荡荡的位子，忽然明白了那晚周擒为什么要和她告别。

他说过，会保护她。

现在他真的用他的方式保护了她，从此以后，她再也不用害怕那个人的威胁，再也不会成为谁的提线木偶。

她彻底自由了。

这是她十八岁成人礼收到的最贵重的，也是最不可承受的一份礼物。

听说周擒已经醒了过来。

夏桑去过医院几次，每次都吃了闭门羹，周擒不肯见她。

四月中旬，在出事两周后，夏桑再度去了医院。

李诀在走廊上拦住了她，没有好脸色，骂骂咧咧道："你把他害得这么惨，怎么还来啊，他不会见你的，快走吧！"

"这话是你说的，还是他说的？"

"有区别吗？"李诀走到她面前，盯着她的眼睛，压低声音，"有句话叫'你不杀伯仁，伯仁却因你而死'。我说实话，周擒闹成今天这个局面，体考也没了，什么都没了，都是因为你。"

夏桑的嗓音颤抖着，虚弱无力地问他："都……都是因为我吗？……他是这样说的吗？"

"他哪里敢说你什么，但你这么聪明，用脑子好好想想就知道：没认识你之前，他未来前途坦荡光明；认识你之后出了多少事，受了多少伤。他是体育生！靠身体吃饭的啊！你害得他再也没办法参加体考了！"

李诀一开始还是好言好语，但现在也实在忍不住火气，爆了粗口。

"是你，亲手毁了他的未来！"

夏桑承受不住李诀这样的指控，抱着膝盖蹲了下来，全身颤抖着："不、不是，你乱讲……"

"是不是，你自己心里有答案。如果不是你，他也不会再度被祁逍这条疯狗咬住；如果不是为了保护你，他也不会做出这种玉石俱焚的事……"

"你不要这样说。"女孩紧紧抱着自己的身体，眼泪流下来，"求你不要这样说……不是我害他……"

"就是你!"

忽然间,病房的门从里面打开,穿着蓝条病号服的周擒扶着墙,站在了门边。

灯光照在他清冷的皮肤上,他消瘦了不少,五官轮廓越发锋利而冷峻。

李诀吓了一跳:"擒哥,你怎么出来了?"

周擒看着李诀,唇色苍白,嗓音带了几分无力和虚弱:"李诀,不要欺负她。"

"我欺负她?"李诀也很无辜,"我每句话都是实话好吧!你为了她,五月份的体考也报废了吧,你努力了这么多年,全部付诸东流。我骂她几句怎么了!"

"对不起,对不起……"女孩稳了这么久的情绪,彻底绷不住了。她站起来,不敢看周擒,耸着肩哭着向他道歉,"对不起对不起对不起,对不起对不起对不起,对不起对不起……"

周擒走到她面前:"桑桑,没有对不起。"

她泪水涟涟地望着他,看到周擒满眼柔情与伤悲。

他说:"愿赌服输。"

这是周擒受伤后,夏桑第一次见到他。

四月的微风揉皱了洁白的窗帘。光线通透的病房里,夏桑站在他的床边,委屈地说:"阿腾,你这几天不见我……"

"桑桑,先不哭,我们说会儿话。"

女孩点头,袖子用力地擦了擦脸:"不哭了,我以后再也不跟你哭了,都听你的。"

"先坐。"

夏桑在床边的凳子上坐着:"你记得我们在东海市吗?"她强行扯出一抹比哭还难看的微笑,满心愧疚和歉意,"李诀说得对啊,认识我之后,你总是受伤,第一次的车祸,把膝盖撞了,我猜也是祁道干的。"

"这些都跟你没有关系,我和祁道之间的恩怨,很多年了。"

"这次……也跟我无关吗?"

"无关。"周擒说,"这个计划,我酝酿很久了。"

"我不信。"

他那样努力地奔赴未来，夏桑绝不相信他会在天光既明，晨昏分割的时候，选择与黑夜共沉沦。他在为她最后的冲刺扫除障碍。

周擒不想让她背负这样的愧疚，平静地看着她，嘴角弯了弯："夏桑，你误会了，愿赌服输的人不是我，而是你。"

夏桑诧异地望向了他，他挑起下颌，轻佻地看着她："我早就在故意接近你了，我叫你桑桑，我扮小丑，我给你抓娃娃……都是为了赢啊。"

"都是为了赢，是什么意思啊？"

"你这么聪明，怎么会不懂？"周擒语气带笑，"那次在七夜探案馆，你和祁道他们来玩密室，我在安全责任书上看到你们的名字，从那时候开始，一个复仇计划就开始了，你是我赢他的筹码。"

夏桑呼吸都快要停滞了，太阳穴突突地跳着，想笑，又笑不出来："阿腾，你在说什么啊？"

"愿赌服输，我从来不会输。"

周擒的眼底勾着复仇的快感，将她的心捏碎之后狠命砸在地上："你所看到的阳光的周擒、努力的周擒，不过都是我为了故意接近你装出来的样子。这么多年，复仇是我唯一的愿望……"

"你这样说，只是为了让我好过一些，对吗？"

"如果你这样觉得，那你就真的输得很彻底。"

夏桑却无所谓地说："好啊，输就输，有什么了不起。"

周擒看着她侧脸的轮廓，忍着胸腔里如蚁噬般细密的痛意，说："你就这么不理智？我说了，那是装的。"

"我不信。"

"随你，反正这次好了之后，我就要离开了。"

夏桑心头一空："去哪儿啊？"

"前天我妈回来了。"

"你妈妈？"

"她现在生活得很好，也愿意让我去她身边。"周擒嘴角弯了下，勾出一抹苦涩的笑意，"等这件事结束，大概……我会有一个全新的开始。"

"这样，很好啊。"夏桑试图做出兴致高涨的样子，"等你养好了伤，大不了复习一年再冲刺，一切都可以重来的！我为你高兴啊！"

"你真的高兴吗？"

"高兴啊，我当然……"眼泪从她的眼眶里滚了出来。

夏桑的演技一向很好，在覃女士的"锻炼"下，她的谎言张口即来，而且很自然。

但这一次，她是真的装不出来了，心疼得快要窒息了。

她现在又哭又笑的样子，不知道有多狰狞难看呢。

周擒从小姑娘那不善隐藏的黑眸里看出了挣扎与破碎，他本来已经平复了好几天的情绪，再度溃不成军。

"你这个蠢货。"他推了她一下，粗暴地把她从床边推下去，"我都把你骗成这样了，你还不怪我，你是不是有斯德哥尔摩综合征啊！"

夏桑稳住踉跄的身形，解开了JK制服衬衣领上面的两颗纽扣，露出了锁骨。

阳光下，璀璨的银色链子修饰着她流畅的锁骨线条，那朵优雅的小玫瑰就这样静静地盛开在她白皙的颈下，那样光彩熠熠。

"你送我这么好看的生日礼物，我一直戴着呢。"

"几块钱的地摊货，还当成宝贝。"

"是啊，它就是宝贝。"女孩看着他，"周擒，我不信你是在利用我。"

周擒沉默了一会儿，实在没办法了，摇了摇头："就算是利用你，但这么久的相处，你又这么乖，怎么可能真的不在意你的感受。"

女孩低着头，眼泪又掉了出来，掉在了白色的衬衣上，润湿了。

"……还骗我。"

他柔声道："最后两个月了，好好复习，考上一流的大学，成为你妈妈希望你成为的那种人。"

"以后，你会来找我吗？"

"不知道，看心情。"

"可以电话联系吗？"

"不联系。"

夏桑抓住他的衣服，眼泪汹涌而来。

周擒说："你该走了。"

她用力摇了摇头。

"周擒，答应我，以后一定要来找我，好不好？"

周擒不忍心再看她，别过脸："做什么梦，快走。"

夏桑的心都碎了，可又不知道还能说什么，只好慢吞吞地离开。

等她走后，周擒的心猛然空缺了一大块，又像有无数刀片刮着他的胸腔。

"夏桑。"

在她哭哭啼啼地走出房门的时候，他终究心软了："我不一定会来找你，但你永远是我最重要的……"他顿了几秒，强忍着心疼，露出一抹笑意，"最重要的朋友。"

夏桑不是拿不起放不下的人，周擒要走，她留不住，也不会去留。

一开始的确是舍不得，长夜失眠，枕头都哭湿了。

但夏桑终究不是那种让情感占据上风、沉湎悲伤不能自拔的女孩。

她利用清明假期，给自己一天的休息时间，独自去看电影，独自去餐厅享用美食，独自坐公交车到终点站，去南边的公园坐了一次摩天轮……

上次和周擒来的时候，这里还没开湖，冷冷清清。但今年春天，公园开湖了，有很多家长带着孩子来这边玩，公园里到处都是欢声笑语，摩天轮也开放了。

夏桑摸出手机，从加密软件里找出了两人的合照。为了这张照片删不删的问题，两人还闹了好几天的别扭。他们认识不过短暂数月，却已经有了那么多珍贵的回忆了啊！

她坐上了摩天轮，看着渐渐远去的湖面和青草地，远处高耸的建筑和迟暮的夕阳，眼泪再度润湿了眼眶，被她用力擦掉了。

她想明白了，现在的她没有力量留住任何东西。

她渐渐地懂了妈妈的话：穿上盔甲，披荆斩棘，像个孤独的勇士。

以前夏桑不明白成为勇士的意义，所以她不愿意为此忍受孤独。

但现在，她明白了。

成为最好的那种人，成为人间的第一流，不为别的，只为将来生命中能遇到真心渴望的东西，有底气去挽留，有能力留得住！

现在的她，如此弱小无力，无力到不能对他远去的背影开口挽留一个字。

走出摩天轮的时候，夏桑的心已经变得更坚决了。

她要将那个人、那段记忆如同照片一样藏起来。

从今以后，她不会再掉一滴眼泪了。

对于周擒为了报复祁道才故意接近她的说辞，夏桑一个字也不相信，但许茜觉得，真有可能是这么一回事。

课间时分，她拉着夏桑正在演算数学题的手，煞有介事地说："这人是真心机啊！亏你还处处护着他，生怕祁逍知道你们关系好迁怒他，他根本就是算准了！用你来气祁逍啊！"

夏桑知道，如果她这样想，心里会好过很多。

大概周擒也是这样想的。

她摇了摇头，对许茜道："我宁可把这段记忆当成千疮百孔的失败的人生体验，也不想把它当成一个精心设计的骗局。"

"可是你不觉得事事都很凑巧吗？"许茜帮她分析道，"我们第一次去密室玩，遇到了周擒，他知道了祁逍和你关系不错，出于报复接近你；后来万圣节，他又刻意扮成小丑，抓娃娃的时候，他故意让祁逍看见，还把祁逍气得够呛。我现在回想起来，那时候他的眼神，是真的很得意啊！他绝对是故意的！"

夏桑握笔的手紧了紧，心里隐隐有点不舒服："是我不够优秀吗？让他看到我的第一感觉不是想靠近，而是利用我去报复另一个人。"

许茜见夏桑好像是真的有点生气了，嬉皮笑脸地拍拍她的肩："别介意，我就客观理智地分析嘛，你现在这小短发，还挺好看的。但以前的你真的就像个木头一样，平板一块，又没身材又没趣味，除了长得乖点，啥都没有。"

夏桑气笑了，用力打了许茜一下："你是什么闺密！太讨厌了！走开！"

"我绝对实话实说啊！祁逍那时候缠着你，不就看你好拿捏吗？你看他就不敢靠近我。"许茜话锋一转，又说道，"不过啊，夏桑，这短短几个月，你真的变了好多。"

夏桑拿出一张批阅过的试卷，将错误的试题重新演算，漫不经心道："是吗？"

许茜打量着小姑娘清隽漂亮的脸蛋和她那双不染尘埃却又泛着淡淡郁色的眸子："脸蛋没怎么变，但现在的你比以前更懂幽默，也更有个性了。"

"你这是打一巴掌还要给颗糖？"

"我这人从来实话实说。"许茜看着她笔下一个个遒劲漂亮的字体，"你连字都写得比以前好看了。"

夏桑的笔忽然滞住。

她知道，她所有的改变都和藏在记忆里的那个人有关。

她的每一个微笑、每一个眼神，都沾染着他的影子。

因为他，她变成了自己最喜欢的样子。

回到家，夏桑把这一年发生的所有事情，原原本本都跟覃槿说了。不过她隐去了关于周擒的事，只把祁逍威胁她的事情，告诉了妈妈。

覃槿这才明白，为什么前两个月夏桑会如此反常。

把祁逍调出火箭班那件事，如果不是夏桑冲进办公室，把所有责任都揽在自己身上，给了祁慕庭一个台阶，恐怕覃槿的教务处主任的位子，真的要保不住了。

现在她总算明白了一切，明白了夏桑的良苦用心。她不仅没能好好保护女儿，反而让女儿保护了自己。

夏桑看到从来严厉的事业女强人妈妈，眼睛竟然红了一圈。即便当初得知爸爸再婚的消息，她都没有掉一滴眼泪。

覃槿走了过来，颤抖的手轻抚着她的短发："他……他还对你做了什么，他有没有……"覃槿心疼得泣不成声，"他有没有……伤……伤害你？"

夏桑摇了摇头，伸手抱住了妈妈的腰："他没有机会伤害我。"

因为，有人在保护着她。

"小桑，妈妈知道了，妈妈会保护你的……从今往后，妈妈不会让任何人欺负你了，妈妈会护着你好好长大，让你有一个光明的前途和美好的未来。"

夏桑和许茜去图书馆上自习，却看到图书馆里，贾蓁蓁和几个女生吵了起来。

"这明明就是我占的位子，你们怎么能随便侵占别人的位子呢？"

高个子披肩发的女生理直气壮地说："什么啊，图书馆明明不让占位子，是你先违规吧。"

"可我只是去上个厕所而已，我又没有离开。"

"你说上厕所就上厕所啊？"

贾蓁蓁脸颊涨红："你怎么这样呢！"

披肩发女生轻蔑地打量了贾蓁蓁一眼，拉长了调子，一字一顿道：

"照照镜子吧，长这么胖还有脸出来晃。你一个人就要占三个人的位子吧，有什么资格来图书馆上自习？"

"你太欺负人了！"贾蓁蓁气得眼泪直流，肥嘟嘟的脸上写满了屈辱。

"就欺负你，怎么了，胖子不都是心宽体胖吗？"

身边几个女生跟着笑了起来。

披肩发女生心安理得地占了位子，正要坐下来，夏桑上前一步，单手拎过了椅子。

披肩发女生猝不及防间险些摔跤，她趔趄着稳住身形，暴躁骂道："你……你有病啊！"

夏桑蹲下身，捡起被丢在地上的书，冷冷望向披肩发女生："贾蓁蓁只是去上个厕所，你就把人家的书扔在地上，占了她的位子，这说不过去吧。"

"你谁啊，管得着我吗！"

"我是她朋友。"

贾蓁蓁满脸泪痕，惊讶地看了夏桑一眼。

没想到她还会承认她这个朋友。

披肩发女生不以为意地说："没想到死肥婆也有朋友。"

这女生一口一个"死肥婆"，听得夏桑上火，索性抓起了女生桌上的书，重重扔在了地上。

"你……你干什么？"

"跟我朋友道歉。"

"我不道歉，本来就是胖子一个，我又没冤枉她。"披肩发女生傲慢地说，"又肥又丑，一个身体占两个座，还有脸说呢。"

"你以为你很好看吗？"夏桑轻蔑地打量了她一眼，"瘦得跟个竹竿似的，我还以为你营养不良吃不起饭了。"

"哼，我再瘦，也比死胖子好。"

夏桑不想跟她讨论外貌的问题，将椅子递到了贾蓁蓁手里，说道："贾蓁蓁，你把椅子拿着，到我们那桌去上自习。"

贾蓁蓁连忙接过了椅子，跟着夏桑来到了靠窗的桌子边坐了下来。

披肩发女生见位子是有了，但是没了椅子，她也不可能站着上自习，气得大声道："死肥猪，短发男人婆！一丘之貉！"

没过多久，在同学的举报下，图书馆管理员将这个女生请出了自习室。因为她在图书馆大声喧哗，管理员把她的校园卡拉入了黑名单，一个月内再也进不来图书馆了。

贾蓁蓁心虚地看着书，时不时抬眼望望对面的夏桑，好几次欲言又止。

夏桑自然也察觉到了她心神不宁的样子，低声道："你想说什么？"

"夏桑，那个……谢谢你帮我。"

"没事。"

好歹以前也当过那么久的朋友了，她也不想贾蓁蓁被人这样欺负。

贾蓁蓁最介意的就是自己肥胖的外貌，为此也很自卑。

许茜翻了个白眼，对夏桑以德报怨的行为表示鄙夷："可真是大好人啊，被人骂'短发男人婆'，也不知道是谁害的……"

贾蓁蓁看了眼夏桑那一头几乎快赶上男生的短发，羞愧得无地自容，眼泪掉下来："对不起……"

"你不要哭了，好好复习吧，等考上了大学，再努力减肥。"

贾蓁蓁用力点头，擦掉了眼泪。

晚上十点，夏桑和许茜走出了图书馆，贾蓁蓁背着书包慌慌张张地追了上来。

"夏桑！"

夏桑回头望向她："什么？"

贾蓁蓁红着脸："对不起！要不是因为我……"

夏桑看着贾蓁蓁真诚又局促的样子，想到从前的闺密时光。她笑了笑："没关系，都过去了。"

晚上夏桑回到家，很意外地看到父亲夏且安也来了，和覃槿相对无言地坐在客厅沙发上。覃槿对夏且安的态度平静了很多，不再像过去那样动辄激动地大吵大闹。

大概也是因为看清她和这个男人再无可能了。现在他只是她孩子的父亲，其他的关系已然全部清零。

"桑桑，你没事吧！"夏且安看到夏桑进屋，露出了关切的神色，"我特地过来看看你，桑桑，出了这么多事，你为什么不跟爸爸说呢！"

年三十那件事之后，夏桑对夏且安便心生芥蒂了，生硬地说道："说了也没用，您又帮不了我。"

“我是你的爸爸啊！你在学校被人欺负，爸爸肯定要帮你出头啊。”

夏且安转头对覃槿道：“出了这样的事，你这个妈妈是怎么当的，还教务处主任呢！”

眼看着两人又要吵起来了，夏桑赶紧问：“爸，您今天过来有事吗？”

“爸就是过来看看你。”夏且安起身走到夏桑身边，摸了摸她的头，“宝宝，你受委屈了，以后有任何事一定要第一时间告诉爸。”

夏桑心里虽然有气，但夏且安终究是她爸爸。

“爸，以后有事我会跟您开口的，但您不要每次回来，都跟妈妈吵架。”

“好。”夏且安满心怜爱，疼惜地看着她，“爸听你的话，再也不和妈妈吵架了。”

覃槿鼻子微微有些红，侧过了脸，眼底的情绪很复杂。

“谢谢爸爸。”

五月中旬，夏桑终于还是去了周擒在火车北站的家。

穿过幽深曲折的小巷子，许许多多的回忆就像是即将获得释放的囚犯，狂奔着冲破牢笼，汹涌而出。

悲伤和思念，就像这穿堂的风，带来与他有关的讯息，无孔不入地直往心里钻。

夏桑站在了空荡荡的院门前，伫立良久。

副食店的店门紧闭，门口张贴了一张小字条，写着“永久歇业”四个字。

周擒是真的走了，一句话也没有留，没有说再见。大概说了再见也只是徒增伤感，他们之间是那样不合时宜。

如果他们不是在萧瑟的秋天相识，而是在春天，也许他们还有共同携手奔赴盛夏的机会。

夏桑伸手摸了摸饱经风霜的木门，用细微的声音道：“对不起，我还是输了。”

风吹着她的颈项，凉凉的，她看到了窗户镜子里倒映的自己，头发已经短到遮不住脖子了。不知道得多少年才能蓄出可以再剪公主切的长度呢。

无所谓了，那个喜欢她留公主切的少年，也许这辈子都见不到了。

　　夏桑将衣领里的羽叶项链取了出来，一滴眼泪滚了出来，落在了银色的叶子上。

　　"阿腾，既然是不合时宜的相遇，我也要试着忘记你，奔赴新生活了。"

　　她擦掉了眼泪，转身头也不回地离开了。

　　夏桑大步流星地离开小巷，突然听到一阵低沉的狗叫声。她偏头望去，是一条大黑狗，看起来有点熟悉。

　　夏桑小心翼翼地走过去，试探性地唤了声："黑黑？"

　　大黑狗的耳朵竖了起来，似乎还记得夏桑。

　　黑黑身上粘了好多脏东西，比上次她见到时瘦了不少。夏桑还是有点怕狗，但是她还是鼓起勇气朝着黑黑走了几步，黑黑也听话，就这么坐在地上摇着尾巴等着夏桑。

　　夏桑没有绳子，只能对黑黑说："你跟着我走，千万不要乱跑哦，我先带你去宠物店洗个澡。"

　　黑黑一步不离地跟在夏桑身边。

　　夏桑让宠物店给黑黑洗了个澡，然后做了驱虫，打了疫苗。

　　黑黑洗完澡之后，全身香喷喷的，又变回了之前见到的威风凛凛的模样。

　　夏桑还是不太敢靠近。黑黑看出了夏桑的畏惧，歪头看着她，她走过去俯身摸着狗子的脑袋。

　　黑黑很乖地蹭了蹭她的手。

　　"你的主人是怎么回事，走了就不管你了吗？真过分。"

　　狗子很善良地看着她，张着嘴，露出了傻乎乎的"微笑"。

　　"不过你也不要怪他，他自身都难保了，哪里还能保护你呢？"夏桑蹲下来，叹气道："以后换我来照顾你吧。"

　　黑黑亲昵地舔了舔她的手。

　　"不过我的力气可没有他那么大哦，你要温柔点，还有我妈妈有点凶，等会儿回家之后，你千万不要乱叫。"

　　夏桑挑选了一根较粗的牵引绳，牵着黑黑走出了宠物店。

　　路过天桥的时候，夏桑看到一个面熟的女孩匆匆跑了过来，蹲在狗子面前，急切地喊道："黑黑！你在这里啊！太好了！我还以为把你弄丢了呢！"

说完，她便要接过夏桑手里的牵引绳，夏桑连忙退后了两步，没让她碰到绳子。

胡芷宁打量了夏桑一眼，冷声道："是你啊。"

"你是周擒的邻居。"夏桑也认出了胡芷宁，"他把狗托付给你了吗？"

"是啊。"胡芷宁走了过来，想要摸摸黑黑，没想到黑黑却对她"汪"地叫了声，吓得她赶紧退后两步。

"快把狗还我。"

夏桑摇了摇头："你这么怕它，能照顾好吗？"

"不关你的事。"胡芷宁凶巴巴地说，"这是周擒送给我的！"

"周擒那段时间一直住在医院里，黑黑是周叔叔托付给你的吧。"

"有区别吗？反正黑子是我的狗了。"

"刚刚我给它洗了澡，做了全身检查，驱了虫打了疫苗，前后花了一千多，现在它是我的了。"

夏桑说完，也不管胡芷宁乐不乐意，牵着狗走下了天桥的阶梯。

胡芷宁气呼呼地冲她喊道："你以为你还会等到他吗？你以为你还能等到他吗！"

"我知道他不会回来。"夏桑侧过头，漫不经心地说，"我也从来不会等待，拿得起就放得下。"

夏桑把黑黑带了回去。毫无疑问，覃槿这种略带洁癖的严厉家长，肯定是要大发雷霆的。

"夏桑你怎么回事，怎么带了条狗回来！你是复习功课把脑子复习傻了吗？"

"我们是一梯一户，也没有邻居，可以把黑黑养在门外，不让进门，也不会打扰到其他人，拜托了妈妈。"

"不行，说什么也不行！"覃槿站在门边，一口拒绝，"这么大一条狗，看着都吓人。"

黑黑可怜巴巴地坐在夏桑身后。

"它很温顺的，不会咬人，也不会乱叫。"

"那也不行！我哪有时间照顾它！"

"不用你照顾，每天遛狗的事交给我了，狗粮我也自己出钱买。"

"那你高考之后，读大学了怎么办？"

"我……我会把它带走的！我会想办法，不会丢弃它！"

"说了不行就是不行。"覃槿态度很坚决，"快把它赶走！"

夏桑侧过头，看着出门镜前短发的自己。

无论如何，在黑黑这件事上，夏桑要竭尽全力地做好。她保护不了人，至少，还能保护好黑黑。

"那我只有带它去爸爸那里了。"夏桑看了眼覃槿，"爸爸家有大院子，应该会收留黑黑。"

"对，带你爸那儿去，你爸不是最疼你了吗？"覃槿冷嘲道，"哼，看他是心里疼还是嘴上疼。"

"好，那我现在就回房间收拾衣服。"

"等等，你收拾衣服干什么？"

"陪黑黑过去住几天啊，顺便也跟后妈培养培养感情，想必爸爸会很愿意的。"

"那后妈拿你当眼中钉呢，你还上赶着往跟前凑。"覃槿翻了个白眼，"算了，养在门外，不准让它进屋。"

"好嘞！谢谢妈妈！"

"你自己照顾啊，我不会管的。"

高考一切顺利。考完最后一门科目，夏桑从考场走出来，看着残阳似血的天空，心情竟然意外地平静。未来……近在咫尺了。

她曾经无数次幻想过这一天会是什么样子。可是看着周围欢欣愉悦、相互拥抱的男孩和女孩们，她揉了揉酸涩的鼻子，背着书包缓慢地走出了校门。

失去了最重要的朋友，她大概注定只能如母亲所说，穿上盔甲，像一个披荆斩棘的勇士，孤军作战了。

夏桑深呼吸，安慰自己没什么大不了的。

段时音给她发了晚上聚会的地址，让她火速过来，一分钟都不要耽搁，大家都到了。夏桑招了一辆出租车，来到了班委们订好的包厢。老师和同学们都在，大家以茶代酒，说着感恩和永远是朋友之类的话，有的在唱歌，尽管大家表面上一片欢腾，但终究还是弥漫着别离的气息。

夏桑知道，今夜之后，在场的绝大多数人，也许这一生都不会再见面了。

一生都不会再见面的人，又何止是他们呢。

班长姜琦明唱了一首情歌之后，在众人的起哄下，红着脸，支支吾吾地跟夏桑告了白。在众人的起哄声中，夏桑很礼貌地拒绝了他。当然，姜琦明也很有绅士风度，摆摆手，祝福她考上理想的大学。

夏桑也祝福了姜琦明，并且跟他以雪碧代酒，喝了一杯。

对于过去经历的所有不愉快的事情，大家谈笑而过，也没再留下一丝一毫的芥蒂。

段时音在她耳边打赌，如果不是她的发型，今晚跟她告白的男生肯定不会少。

"我发型挺好看的。"夏桑掏出手机，看了看屏幕里自己的倒影，问道，"你觉得不好看吗？"

"哈哈哈，你现在的发型，真的很男人。"段时音揉了揉她的短发。

"我的头发真不好看吗？"夏桑似乎还挺在意她的头发，对着手机镜头，左右望了望。

"还好啦，看着干净利落，很飒。"

"那你还说我的发型影响了今晚的告白 KPI。"

"哈哈哈，现在的男生审美，基本上都偏长发嘛，觉得有女人味。"

"如果是周擒的话，就不会因为我的头发……"

话音刚落，她意识到自己失言了。

怎么又提到他了。

夏桑拿起杯子一饮而尽，却没想到杯子里的雪碧不知道什么时候被人换成了白酒。

她一口喝下去，呛得剧烈咳嗽了起来。

"谁……谁给我倒的白酒？"

"啊，抱歉。"身边有个男生挠挠头，"我以为你杯子里也是酒呢。"

夏桑呛得眼泪直流，喉咙里一阵阵发烫，跌跌撞撞地走出房间，来到洗手间，拼命想要吐出来，但喝都喝进去了。

她捧起水洗了把脸，经过一间包厢的时候，听到房间里传来了《最爱》的音乐。

她蓦然顿住了脚步，站在门边一直听，直到旋律结束。

望向门玻璃，没有看到想念的人，只看到自己泪流满面的一张脸。

想要遗忘，真的好难。

　　夏桑填报的是东海大学。这所学校的综合性很强，排名在全国前列，也算是一流的高校了。覃槿对这所学校不太满意，她觉得夏桑的分数完全可以冲排名第一的高校，能上第一为什么要上第二？

　　但夏桑坚持，她不想去北方念大学，东海市她以前去过，海边环境很漂亮，她也很喜欢。但更重要的是，她想要填报人工智能软件类的专业，东海市理工科排名要超过国内任何高校。

　　覃槿被第二个理由说服了，也只能同意夏桑的选择。

　　但其实还有一个理由，夏桑对谁都没有说，像秘密一样藏在心里。

　　东海大学有国内一流的体育专业，上次 TBL 的篮球赛就是东海大学承办的。

　　虽然已经道别了，但夏桑心里多少还是怀着几分憧憬。

　　周擒曾经让她猜测那辆列车的终点站是哪个城市，夏桑至今记得，当时有两个可能的答案，松江市和东海市。

　　而她给周擒的回答是——未来。

　　夏桑不是赌徒，但这一次，她决定赌一把。

　　如果那辆车真的通往未来，那么她也许有二分之一的机会能够抵达她想要的未来。

Chapter 10

新生・初吻・江之昂

脑海里想象过无数次的重逢，但夏棠从来没想过，会是这样荒诞的相逢。

东海大学坐落在海边，出了校门便是滨海路，路旁种着椰树，海岸线风景优美，湛蓝一线。春日时节，校园内樱花飘散，美得让人仿佛置身梦境。

夏桑很喜欢东海这座城市，因为这里藏着她记忆里最珍贵的一段回忆。

她时常去沙滩边坐坐，吹吹海风，一待就是一下午。

这一年时光如水，校园生活倒是丰富多彩又热闹，但她时常还是会想起藏在记忆里的那个人。

经年之后，如能再相逢，夏桑不知应该如何相对。

越是临近大一新生的入学季，她便越是忍不住要去想，想他会不会来。

这已经成了让她无法安生的一件心事了。

许茜常常说："哪怕他真的复读了一年，今年入学，也不一定能考上东海大学啊！东海大学是这么好考的吗？全国数一数二的高校咧。就他十三中那个破成绩，就算加上体考分，也考不上啦。"

夏桑坐在奶茶店的高脚椅上，歪头望着许茜："你加上艺术分都能考上东海大学，他算上体考分，怎么就上不了了？"

"那当然不一样。"许茜叼着吸管，骄傲地说，"我是一中的，瘦死的骆驼还比马大呢，再加上我艺术分本来就高，但他能拿到这么高的体考分吗？"

她肆无忌惮地说着，却见夏桑的脸色渐沉了下去，知道自己又哪壶不开提哪壶了，拍了拍嘴，岔开话题道："我决定退出街舞社了。"

"为什么？"

许茜不爽地将吸管咬出了牙印："街舞社的社长，那个叫什么沈舒念的，烦死了。照理说进去一年了，我这水平，至少能捞个副社长吧，结果还让我当社员，故意压着我呢。我看她就是嫉妒，怕我抢了她社长的风头，今年开学的球赛热场舞都不让我参加。"

夏桑淡笑道："是她嫉妒你，还是你平时表现得太招人讨厌了？"

"我这不是招人讨厌。"许茜笑着冲她挤挤眼，"我本色就这样，改不了。"

街舞社是学校的第一大社团，女孩又多，跳得好的也不少，漂亮的更是少不了，明争暗斗的竞争恐怕不会比学生会少。

而许茜颜值高，舞跳得好，去年开学一入社就抢了社长沈舒念的风头，被排挤是再正常不过的事了。

"你也多少藏着些。"夏桑劝道，"这里是大学，当谁都跟一中那帮小学生一样单纯呢，你这性子，吃亏在所难免。"

"哟，你这胳膊肘都拐到十三中去了啊，自家母校你叫小学生。"

"本来就是啊。"夏桑上了大学之后才知道，以前南溪一中的环境有多单纯。

不过这多半要归功覃槿这个教务处主任，她把同学们管得太严格，像攀比啊、嫉妒啊这些风气，南溪一中少之又少，大家一门心思冲学业、奔前程，心思也都很简单。

而在大学里，夏桑处处都能见识到层出不穷的花样和套路，人心也复杂了不少。

不说别的，这一年许茜在街舞社，就栽了不少跟头。上场比赛没有她，后勤"搬砖"倒是少不了她。她的舞跳得多好，偏学不会藏拙，便难免惹人妒忌眼红。

相比许茜，夏桑的校园生活简单了很多。

她收敛了高三下学期在啦啦队的张扬性格，不再学跳舞，又变回了覃槿身边的乖乖女，每天不是泡图书馆，就是练琴房。

即便远在千里之外，覃槿对夏桑也有诸多要求，甚至不允许她谈恋爱，让她一心提升自己，不要浪费时间做无谓的事情。

这一次，夏桑没有再生出叛逆之心了。

以前她觉得自己像被覃槿操纵的提线木偶，而这一次，她心甘情愿成了妈妈的提线木偶。除了努力变强，夏桑脑子里没有第二个念头。

不管是成为妈妈希望的小提琴艺术家，还是在专业领域做出成绩，甚至近在眼前的专业奖学金和各种课题比赛奖项，夏桑都要拿到手。

只有成为强者，她才能留住想要的。

正如许茜所说，周擒不仅是她的求而不得，也是一道烫在她心上的疤。

为了帮她铲除障碍，周擒舍了自己的前途，这一切，都是因为她当年的无能为力。这道鲜血淋漓的疤痕，烫在她心上，大概永远也不会愈合了。

夏桑捧着冰奶茶，对许茜道："既然沈舒念不带你玩，你自己搞个舞蹈社团咯，反正现在大二了，学生可以申请成立社团。"

"你说得对欸！"许茜立刻反应了过来，"我自己成立社团，自己当社长啊！可是学校已经有了街舞社，咱们成立什么社团呢？"

"啦啦队。"夏桑随口道，"学校还没有自己的啦啦队，你又很会带女团舞，啦啦队要是搞起来，体育学院那边赛事有很多，少不了邀请你过去，还怕没地方展现你的盛世美貌吗？"

许茜一巴掌拍到了夏桑肩膀上，差点给她拍出内伤，夏桑猛咳了几声，不满地推开了她的手。

"哈哈哈，夏桑你可真是我的参谋，有你在，姐在大学肯定能混得风生水起！我现在就回去准备材料！"

许茜激动地起身想跑，夏桑拉住她的衣袖："再请我喝杯酸奶烧仙草。"

"你个小富婆，还要我请？你现在是名正言顺的富二代了吧。"

"我爸妈离婚了。"夏桑漫不经心道，"他还会有自己的小孩。"

"那他也是你爸。"许茜想起了什么，凑近了夏桑，"我听啦啦队高二的学妹说，徐哥好像在追你妈妈啊！"

"噗！"夏桑一口奶茶喷了出去，"徐哥？以前教我们排球的体育老师？徐正严？"

"对啊！就是那个被无数小女生崇拜过的体育老师！"许茜坏笑了起来，"别说，虽然'女魔头'严厉了些，能生出你这样的女儿，模样也绝对没话说，跟徐哥绝对般配啊！"

夏桑捂着狂跳的心脏："真的假的啊？我妈……和徐哥？"

"千真万确，不过你妈好像没松口，反正有苗头，两人挺暧昧的，据说经常在食堂一起吃饭。"

"我妈不会看上徐哥那种老鲜肉吧，他太帅了，而且看起来不太正经，嘻嘻哈哈的。"

"这才叫反差萌。"许茜用手肘戳了戳夏桑的肩膀，"徐哥要是当你后爸了，那你家可热闹了，他超有意思的。"

徐正严今年四十多岁了，不知道什么原因一直没结婚，身材一级棒，长相英俊，性格也超好，开口总能逗笑同学们，大家都很喜欢这位体育老师。

夏桑想到自己那个冷冷清清的家，要是能有徐正严这种开朗性子的人热闹热闹，肯定也是好的啊，她才不希望妈妈独守空房呢。

"你帮我去打听打听。"夏桑揪住了许茜的衣领，郑重其事地说，"多找几个学弟学妹盯着，如果有机会拍点照片给我看。"

"那酸奶烧仙草……"

"我请你！"

"得嘞！"

许茜拎着酸奶烧仙草，心满意足地走出了奶茶店。

夏桑也拎了一杯奶茶回宿舍，搁在了正在看书的周离离桌边："宝宝，请你喝。"

"谢谢桑桑！"

夏桑对床的室友林嘉思吃味地说："夏桑，你对周离离未免太好了些吧。她没钱吃饭，你请她，晚上还给她带奶茶、带消夜，她没钱买专业书你也给她买，连买电脑的钱都是你借她的吧，不知道的还以为你是她男朋友呢。"

"我跟她关系要好，相互帮助不应该吗？"

夏桑知道林嘉思是个喜欢找碴的性子，一直不太看得起周离离的家庭出身："周离离也经常帮我做我不会做的事。"

"是是是。"林嘉思拿着手握小风扇跳下床，倚着床栏杆，冷嘲热讽道，"你请她吃饭，她帮你铺床叠被擦桌子，就跟养了个保姆在身边似的。周离离，我也可以养你啊，你怎么不帮我洗袜子呢？"

周离离脸颊通红，屈辱地说："我……我是自愿帮夏桑的，而且她也不会叫我洗袜子！电脑的钱，我攒够了就会还给她！"

"你跟我急什么呀，我就随口一说，知道你俩关系好。"林嘉思悠悠地踱着步子，说道，"不如这样吧，周离离，你明天去帮我打水，我也请你吃晚饭。"

"林嘉思，周离离不是你的用人。"夏桑冷冷道，"适可而止，行吗？"

"哟，只能你使唤她，我就不行了？还真会笼络人心呢。"

周离离解释道："我和夏桑不是这种关系，我们是朋友。"

"你和她当朋友，你配吗？"林嘉思冷嘲道，"不看看她什么家世，你又是什么家庭，你这辈子都够不上她，高攀什么啊。"

林嘉思这句话戳到了夏桑的敏感处，她一把揪住了林嘉思的衣领："你再胡说八道试试！"

"哟，大小姐生气了，许你用仆人就不许我用，等着，我明天就去告诉辅导员。"

"林嘉思，你上周五晚上和体育部的赵平在小树林干什么好事，你要去告诉辅导员，行啊，我们就好好去辅导员办公室说说啊。"

林嘉思听到她这句话，吓得花容失色："你……你怎么知道！"

"不好意思，我有夜跑的习惯。"夏桑耸耸肩，"刚好视力也还不错。"

"你不准说出去！"

"那你这张嘴就仔细些。"

林嘉思不甘地望了望夏桑，转身离开了寝室，迎面险些撞倒室长苏若怡。

"她怎么了？"苏若怡抱着一堆文件进了屋。

"别管她，日常暴躁。"

周离离歉疚地看了眼夏桑："对不起，你给我买奶茶，我还害你被她这样说……"

夏桑温柔地揽着她的肩膀："没事啊，只要你不介意。"

"我不介意，你帮了我很多，我平时帮你做点事也是应该的，再说你动手能力的确是十级残废，连被子都不会套，我也看不下去。"

夏桑笑了起来："我会好好学的！你别拿出去说。"

"放心，我不会说。"周离离靠在她身边，"电脑钱我就快攒够了，攒够就还你，还是说你需要用钱，我现在也可以还你一部分。"

"我不急啊，你先顾好你自己的生活。"夏桑温柔地说，"这学期课程多起来了，你最好少去兼职了，不要为了着急还钱就耽误学业，我这边还不还都无所谓的。"

苏若怡一边整理着学生会的档案文件，一边说道："夏桑，你对周离离太太太好了吧！难怪林嘉思看不过眼呢。"

"我有个朋友也姓周，很亲切。"夏桑笑了起来，"所以我也拿她当很好的朋友。"

周离离问道："是你高中同学吗？"

"嗯。"

"那他现在在哪里呢？"

"我不知道，没有联系了，不知道这辈子还能不能再遇到。"

"哇，你这移情，居然都能移到名字上。"苏若怡笑着说，"这得是多意难平的朋友啊！确定只是朋友吗？"

夏桑不想再提过去的事，岔开了话题："若若，你在整理什么呢？"

"这两天咱们要迎新了，学生会负责这件事情，我正在安排人手呢。"苏若怡打开台灯，坐了下来。

夏桑溜达过来，望了眼她的资料："话说，我也想去迎新，能安排我去吗？"

"可以啊，我们正好缺人手。"苏若怡诧异地看了眼夏桑，"不过，你平时泡图书馆忙得很，迎新这种事怕是耽误你时间了。"

"不耽误，我也不能总是泡图书馆吧，像个书呆子似的。"

"那行，你就迎我们学院的同学吧，明天早上去团委那里帮忙搬桌椅。"

"若若……"夏桑凑到她耳边，小声问道，"我想去迎体院的，行不？"

苏若怡是校学生会的，所以各大学院的迎新事宜都由她安排。

"体院？你为什么想去迎体院的啊？"

"体院帅哥多啊。"

苏若怡还是不太相信，望着夏桑："咱们学校追你的帅哥还少啊，林止言学长，那么风度翩翩，十足优雅，你看都不看人家一眼。"

夏桑笑了："我喜欢肌肉型的，八块腹肌的那种。"

第二天清早，天色刚蒙蒙亮，周离离便听到对面床铺有窸窸窣窣的动静。

她揉了揉眼睛，坐起身，看到夏桑轻手轻脚地起了床，洗漱之后，摸出了化妆包，拉上桌帘开始化妆了。

她索性也不睡了，下床走到夏桑桌边，撩开了帘子："小桑，今天没有课，你怎么起这么早呢？"

夏桑给自己涂了口红，压低声音道："我要去体院迎新。"

周离离看着她桌上七零八乱的粉底液眼影盘，面露不解之色："我以为你开玩笑的呢，还真要去体育学院找八块腹肌的男朋友呀？"

夏桑笑笑，不言语。周离离索性靠在她桌边，看着她化妆。

她是标准的冷白皮，杏仁眼，睫毛细长卷翘，五官清丽明艳，看起来是很乖的女孩，偏眼神中透着锋芒，藏着聪明。

"离离，帮我编发吧。"夏桑对周离离道，"你昨天不是新学了梨花辫吗？"

周离离心灵手巧，网上流行的各种发辫，她都会编。

"哎呀，盛装打扮呢！"周离离取来了几根橡皮筋，用牙齿咬着拉开，抓起一缕落肩的碎发，"上次圣诞晚会你要演奏小提琴都没让我这样给你编发，今天不过只是去迎新，你竟然这样上心，实在不能不让人怀疑。"

夏桑笑而不答，小心翼翼地给自己抹上了睫毛膏。

今天的天色闷沉沉的，也很热，天边压着乌云，给人一种透不过气的感觉。

夏桑走到了体院的迎新桌边："你们好，我是苏若怡安排过来帮忙的人手，我叫夏桑。"

体院男女比例严重失调，负责迎新的也都是男孩子，嘻嘻哈哈打打闹闹，没个消停。听到夏桑的声音，他们转过头来，顿时停住了手上的动作，眼睛都要瞪直了。

夏桑的五官本就明艳清丽，再加上今天精心打扮了，梳了两条可爱的梨花辫，清丽中透着几分可爱，瞬间就把这帮男生的心都要击碎了。

"你……你是来帮我们迎新的？"

"我叫夏桑，计算机学院的，请多指教。"

"杨哥，杨哥！这是不是做梦啊！"路尧死命拉住了杨泽飞的衣袖，"学生会不是一直很看不起我们体院吗？为什么会给我们分这么好看的妹子来帮忙啊！"

"这是不是有阴谋啊？"

"对对对，美人计，肯定有阴谋，我们不要上当了。"

……

几个男生聚在一起嘀嘀咕咕，时不时拿眼睛瞟夏桑，实在不敢相信他们会走这样的好运。

陆陆续续有新生来学院展位边报到了，夏桑熟练地接过了他们的录取通知书，让他们填写表格登记，分配了宿舍钥匙和流程指引图。

"我一个人忙不过来，你们要不要来帮忙呢？"

她望向了那几个神情疑虑的男孩。

杨泽飞赶紧扯开了路尧的手，大方地走了过来，对夏桑道："我是这次迎新负责人杨泽飞，谢谢你来帮忙，有什么事招呼着。"

"你负责登记吧，每个新生过来，让他们填写登记表。"夏桑熟练地将表格递到他手里，然后又招呼了路尧过来，"你负责分发宿舍钥匙，告诉他们宿舍该怎么走，必要的时候安排同学去送一下。"

这帮四肢发达的男孩们本来就对迎新事宜一头雾水，走一步看一步，没想到夏桑这空降兵一上手就给他们分配了任务，做起事来有条不紊。

路尧趁着间隙，对杨泽飞道："杨哥，她好厉害啊。"

杨泽飞低声道："你没听到她说吗，计算机那边来的，全校收分最高的学院，今年录取线最低690，能进这学院的都是魔鬼。"

"我还想着追一下呢，看这样子，有点追不起啊。"

"是的，我们都不配。"

就在两人嘀咕的间隙，有男生已经拿着篮球来到了夏桑面前，玩了个花式，将篮球从左手臂顺着肩膀滑到右手。

杨泽飞喊道："乔叶，别搁那儿丢人现眼了，滚。"

"你真的太油腻了！"

乔叶懒得搭理他们，得意地挑了挑下颌，对夏桑道："我是篮球专业的，妹妹，你看我这技术怎么样？"

"差强人意。"夏桑笑了下，接过篮球，熟练地在指尖快速旋转了几圈。

"哇！"男孩们直愣愣地瞪着夏桑手里的篮球，纷纷鼓掌，"厉害啊。"

路尧鼓掌鼓得最大声，感觉心都要化了："夏桑，你也会玩篮球啊？"

"学过一点。"

"下次一起！"

"有机会再说吧。"夏桑将篮球扔到乔叶手里，说道，"该做什么做什么去！"

"好嘞！"

男孩们兴致高涨地干起了手里的事。

每一个来报到的新生，夏桑都会满怀期待地望向他们，不过迎来的总是一张张陌生的面孔。忙碌了一整天，她没有等到想见的人。

夏桑略带倦意地坐在椅子上，看着天际滚滚翻涌的乌云，风也大了起来，吹得头顶树枝东摇西晃。

她有点失望。

杨泽飞敲击着笔记本电脑，说道："看起来今天大概报了三分之一，明后天还有的忙呢。"

夏桑望向杨泽飞的电脑，询问道："今年体院新生的名单，你电脑上有吗？"

"有啊，我要负责录入系统的，名单都在这儿。"

"能借我看看吗？"

杨泽飞殷勤地将电脑递到夏桑手里，帮她打开了文档，文档里按照不同专业，分门别类地收录着学生的姓名和基本信息。

夏桑先从篮球专业开始，鼠标一一地扫了下来，没有看到周擒的名字。她的眉头不自觉地蹙了起来，紧张地点开了查找，输入了他的名字。

搜索结果显示，今年录取新生里没有这个人。

夏桑的心渐渐沉了下去，脸色也青如铁色。

"请问，这是所有人的名单吗？"

"嗯，今年的新生都在里面。"

夏桑双手揣兜，坐在椅子上，视线无神地散着。

她不再说话了。

杨泽飞打量着小姑娘难看的脸色，问道："你来我们学院迎新，是想找谁的吧？"

"嗯。"

"你确定他今年考上我们学校了吗？"

夏桑摇了摇头："我不知道，很久没有联系了。"

她害怕和周擒心无灵犀，去年拿到录取通知后，还特意去了一趟七夜探案馆，给周擒写了留言条——

我在东海大学等你。

她和他一模一样的字迹，甚至都不需要落款，他如果回去过，就一定会认得。

　　夏桑每几周就会给明潇打电话，但明潇说，周擒从来没有回来过。谁也不知道他究竟在哪里，现在过得怎么样了。

　　寝室微信群里，苏若怡激动地艾特了夏桑："怎么样，体院迎新见着帅哥了？"

　　夏桑："见着了，还不止一个呢。"

　　苏若怡："但我可以保证，体院所有帅哥加在一起，都比不上今年我们专业新生里的那位超级大帅哥！"

　　夏桑："谁啊？"

　　苏若怡："今年东海市的理科状元——江之昂！花落咱们学院，厉害吧！"

　　夏桑："你迎新见着了？"

　　苏若怡："还没来呢，但我看了贴在他资料上的证件照，只有两个字可以形容——绝色！"

　　周离离："东海市的理科状元，的确有点厉害。"

　　苏若怡："那可不，东海市的高考难度可以说全国第一，而且题目难度也要高出其他省市，所以这位人还没来呢，全年级都在讨论他。"

　　林嘉思："有照片吗？发来鉴赏鉴赏，能有多帅。"

　　苏若怡："我也是在学院办公室瞥了一眼证件照，大家都在围着看呢，我也没机会拍。"

　　林嘉思："至于吗？咱学校最不缺的就是帅哥了。"

　　苏若怡："如果你说我们学校的帅哥，那我要告诉你，单看证件照，这位绝对是帅哥中的天花板。"

　　看到"天花板"三个字，夏桑的心猛地跳了跳。这时，她余光瞥见有人来报到了，于是放下了手机。

　　"体院，篮球专业，在哪里报到？"

　　嗓音有点熟悉，夏桑抬起头，看到面前黄色爆炸头的少年，他戴着墨镜，双手揣兜，嚼着口香糖。

　　"呀，李诀？"

　　"哎哟喂！"李诀摘下墨镜，凑近夏桑看了又看，手猛地拍在了桌上，"乖乖女！我听潇姐说你在东海大学，没想到真能遇到！"

　　他又望向了体育学院的横幅招牌处："你这是转专业了？"

　　"不是，我来帮忙的。"夏桑诧异地问，"你是今年报到的新生吗？"

"嗯，去年体考成绩还行，但是文化课差了些，只能勉强读个三本，我妈让我再复读一年，争取考个好大学。"

夏桑脸上绽开了微笑："所以你复读了一年，考到东海大学来了！"

"这不是要多亏了你给擒哥的考试资料嘛，南溪一中的绝密资料，你复印了接济我们十三中，可真是多多益善啊。"

夏桑心头一空："周擒把我送他的资料，给……给你了？"

李诀打量着小姑娘骤变的脸色，解释道："不是，他临走的时候，又复印了一份给我。"

"哦……"她心里稍稍好过了些，又问道，"你有他的消息吗？"

"我有他的消息，还能不告诉你吗？"李诀无奈地摊手，"他这次走得很彻底，联系方式都断了，也没回来过。"

夏桑有些失望，但还是扬起了嘴角："你先回宿舍放东西，晚上我请你吃饭，把许茜也叫上，我们聚一聚。"

"行，我先回去放东西。"李诀拿了钥匙，拎着行李朝宿舍楼走去。

晚上，夏桑约了许茜，请李诀在学校步行街的干锅店吃饭。吃饭的时候，窗外噼里啪啦下起了暴雨，不知道什么时候能停。不过也不着急，夏桑准备和李诀好好叙叙旧，看能不能从只言片语中套出周擒的消息。

虽然李诀说他什么都不知道，但夏桑也知道，李诀这人看着大大咧咧，其实因为从小的生长环境，他心思城府非常之深，所以夏桑不信他真的和周擒一点联系都没有。

许茜跟李诀两人一直不对付，见了面也是你一言我一语地吵架。

"你这是什么杀马特鸡窝头？"

"你居然也考到东海大学来了。这一年战绩如何啊？挖了多少妹子的墙脚了？"

许茜拍案而起："我需要挖墙脚吗？追我的人排队绕海岸线一圈呢！"

夏桑干碟里的辣椒面都让她给拍飞了，她拉了拉许茜，说道："你们是什么冤家，以前见面就吵，这都到了大学了，还吵呢！"

许茜抱着手臂，轻蔑地望了李诀一眼："以后你可仔细些，我一定会好好'关照你'的。"

李诀夹了块肉扔进嘴里，笑道："哥哥我好怕哦。"

就在这时，夏桑的手机响了起来，是室友苏若怡打来的电话："桑桑，你在哪里啊？"

"和朋友吃饭呢。"

"十万火急！能不能帮帮忙，帮我去接一下新生啊？我这会儿在团委开会，走不开。"

"现在？"夏桑看了眼窗外飘泼的大雨，"哪个新生这会儿才来啊？"

"就是今天跟你说的那位学霸，江之昂。"苏若怡道，"你看啊，咱们寝室就你和离离还单着呢，离离一心学习和兼职，对这些不感兴趣，我只能把这大好的机会让给你啦。"

夏桑撇撇嘴："你不就是想让我大雨天去帮你跑腿吗，让我帮你做了事还得记你人情，打什么好算盘呢？"

"你这么聪明，什么都瞒不过你。不说啦，我传个表给你，接到之后让他填好电子版，然后带他去宿舍。"

"我没有寝室钥匙呢。"

"没事，室友们都来了，不过你得把人送到宿舍里去，辅导员交代过的，这位身份不一般，一定要细心对待。"

"这么矫情，还要人去接，录取通知书里不是都有地图吗？"夏桑心里略有不爽，"家里有背景啊？"

"没点背景，也不能让咱冒雨去接啊。帮帮忙吧，回来请你喝奶茶，拜托拜托。"

她心里越发不舒服了，因为祁道的缘故，她最讨厌的就是这种仗着家里有背景搞特殊待遇的人。不过即便再不乐意，苏若怡的请求她也不能怠慢。因为平日里她和林嘉思发生矛盾的时候，苏若怡都站在她这边的。

大学校园，人际交往也是一门学问，夏桑在班级和社团里人缘超好，靠的也是平时真心待人，能帮一手的都不会推辞。

她抽了纸巾擦擦嘴，说道："你们先吃，我去接个新生，等会儿再来。"

许茜一把拉住夏桑："小桑，别这么坑啊，是你要和李诀叙旧，把我扔这儿算什么啊？"

夏桑笑着说："你们等着我，我接了人就回来，李诀你千万别走，我还有事要问你呢。"

李诀靠在椅子上，笑着说："行，你忙去吧。"

夏桑撑着伞走进雨中，匆匆来到了校门口。这会儿天色已晚，大雨倾盆，校门口人不多了。她等了约一刻钟的样子，一辆价值不菲的黑色轿车驶来，停在了她面前。

黑色的车窗里，一双宛如夜色般深沉的眸子，静默地望着她。

雨越下越大，司机撑着黑伞走下来，从后备厢里取出行李箱，搁在路边。

夏桑连忙上前道："请问是江之昂同学吗？"

司机道："你是来接少爷的？"

"嗯。"

"这里不能停车，就只能麻烦你帮少爷提一下行李，把他送到宿舍。"司机说着，也不等夏桑答应，便将行李箱杆塞到她手里。

"……"

夏桑心里有点不舒服，但考虑到今天她是帮苏若怡来接人的，所以不能乱发脾气，姑且忍着。

司机似乎也看出了夏桑的不满，于是解释道："我们少爷这一年来身体不太好，所以需要多照顾一些。"

"嗯。"

夏桑默默地想着，如果是因为身体不好，这么矫情倒可以理解。司机走到车门边，拉开了车门，替车上的人撑着伞。车上下来的少年腿长个高，目测足有一米八八往上，司机给他撑伞都要伸长了手臂。

他戴着口罩和鸭舌帽，整个脸几乎被遮掩了起来，只露出了一双漂亮狭长的内双桃花眸。

即便看不到容貌，单这身形气质，夏桑就知道苏若怡今天在群里的话不夸张。

夏桑用余光扫了他一眼，也懒得细看，想着李诀和许茜还在等着她，索性提着行李转身就走："跟我来吧，我送你去宿舍，今天太晚了，明天再去学院报到。"

司机也对他道："少爷，有任何需要，或者要用车的时候，给我打电话就行。"

"嗯。"

这一声回应，嗓音极有磁性，宛如一截清淡的烟灰，随风掉落。

夏桑蓦然顿住了脚步，回头望他。

可惜伞檐正好挡在了他胸口的位置，完全看不到脸。

他缓缓踱着步子，走在夏桑身后，似乎也不着急，欣赏着雨中校园的风景。

夏桑的心脏怦怦地跳了起来，又回头了好几次，每次都没望见脸，只能看到他的衣裤穿着。他的鞋是最新款的潮流运动鞋，价格不菲，踩着水，却也干干净净。

她的视线又落到了他手上，皮肤偏白，手指颀长漂亮，手背隐隐有青色的血管脉络，握着伞柄，看着便极有力道。

夏桑拎着他的行李，等他走近，她偏头往他的伞里望去。

"学姐，你在看什么？"

他的嗓音低沉有磁性，是无数次出现在夏桑耳畔和梦里的声音。

夏桑难以置信地望着他："你……你是……"

"我是江之昂。"他眼角微弯，"学姐没有接错人。"

夏桑的心脏都快蹦到嗓子眼了，嗓音颤抖着："你把鸭舌帽和口罩摘下来，给……给我看看。"

"学姐，现在雨很大，等到了宿舍门口，我给你看，好吗？"

他说话语速徐徐，嗓音温柔，倒真像是受过良好教育的富家少爷、翩翩君子。

江之昂说着，伸手来接她手里的行李箱柄，夏桑连忙拎着行李箱移开，不给他碰到。

"我给你提着吧。"

他淡笑道："怎么，怕我跑了？"

夏桑看着他颀长的身影，即便口罩鸭舌帽遮脸，但她几乎可以百分百确定，这人就是周擒！不管他衣着身份如何改变，但一个人的嗓音和说话的语气，是绝不会变的。

周擒怎么会叫江之昂呢？

夏桑若有所思地跟在他身后，目不转睛地盯着他撑伞的背影。那是她看过无数次的身影，是入了梦的背影，永生不忘。夏桑的眼睛都有些红了，心跳波澜起伏。

她无数次想象过见面时要说什么，做什么，但此情此景，此时此刻，好像又什么都做不了，只能满怀心事地跟着他。

来到宿舍门口，江之昂收了伞，回头对她道："应该是学姐带我来宿舍，怎么一直走在我后面？"

"但你还是找到了。"

江之昂扬了扬手里的指引地图："好在我方向感一向不错。"

夏桑走到江之昂面前，定定地看着他深邃的黑眸。

不用再看了，她已经确定，面前的少年就是她认识的阿腾。

脑海里想象过无数次的重逢，但夏桑从来没想过，会是这样荒诞的相逢。

从前如此熟悉的人，现在却这般陌生。

"还需要我摘下口罩和帽子，给学姐看吗？"

"周擒。"

"学姐，我是江之昂。"

"你为什么会叫江之昂？"

"因为我是江之昂。"

夏桑走过去，摘下了他的帽子和口罩。

灯光下，少年轮廓线条锋利，英俊的脸庞一如当初，内双的桃花眸自然上扬，漆黑的眸底却带着几分陌生的冷感。只是他眉宇下的那道突兀的疤痕，已然消失。

没有缺陷之后的那张脸，漂亮得无可挑剔！

"周擒，你的脸怎么了啊？"

夏桑踮起脚，指尖轻轻拂过了他的左眉："为什么没有了？"

江之昂眸色里透着几分不解，但也没有移开："学姐……你是不是认错人了？"

夏桑眨了眨眼睛，忍不住又要掉眼泪："不管你现在叫什么，能再见到就很好了。"

"女孩只有在被我拒绝的时候才会哭。"江之昂挑眉望着夏桑，嗓音轻佻，"我还没有拒绝学姐。"

夏桑听不到他在说什么，晕晕乎乎的，感觉仿佛是在做梦。

只有在梦境里，这一切才能说得通。

"周擒，你的伤疤呢？"她仍旧愣愣地问着这句话，"怎么会不见了？"

"我没有伤疤，我是江之昂。"

"那你认识我吗？"

他看着她："你是苏若怡学姐？"

"阿腾，你别跟我开玩笑了！"夏桑忽然火了，揪住了他的衣角，"装什么啊？你演技又不好。"

"学姐，你大概真的认错人了。"

夏桑喉咙里泛着酸涩，愤愤地望着他。她甚至想过，经年之后再见面，哪怕他不喜欢她了，也总比现在这样假装不认识她要好。

他在记忆里抹去了关于她的全部，让她这一年的等待和想念，看起来像个可悲的笑话。

"学姐，如果你想追我的话，麻烦先跟我告白。"江之昂看着女孩近在咫尺的脸，嘴角弯了弯。

夏桑不知道该说什么，视线环扫四周，男孩们有的手里拿着球，有的拿着沾了牙膏的牙刷，目瞪口呆地望着他们。

她冷静了几秒，笑了笑："江之昂是吧，行，江之昂，学姐带你去宿舍。"

说完，她拿起他的行李，转身上了楼。

"学姐，我自己上去就行。"

"我去你们宿舍看看，顺便帮你收拾一下床单被套。"

江之昂随口道："你会吗？"

"你怎么知道我不会？"夏桑的目光锁住他，质疑道，"我们今天不是第一次见面吗？"

"猜的，看你不像很贤惠的女孩。"

"那你猜得很对，我不是很贤惠的女孩，但是没关系，你够贤惠就行了。"

"学姐，我说了，你要追我的话，可以先跟我告白。"

"我干吗要追你？"夏桑提着行李上楼，理所当然道，"不应该是你追我吗？"

"……"

江之昂追上去，接过了她手里的行李箱，轻松地提着上了四楼。

夏桑打量着他挺拔的身形，说道："看来你的伤已经完全恢复了。"

江之昂忽然顿住脚步，夏桑也立马停下来，险些撞上他的背。

他伸出手，指尖轻轻抬了抬夏桑的下颌，居高临下地看着她："学姐这么乖，我当然可以考虑一下。但前提是……不要再把我当成某个人的替身了。"

夏桑带着江之昂去了宿舍，宿舍里其他两个男生已经来了。

他们呆呆地看着江之昂，有个眼镜男惊呼道："你……你就是考了768分的东海市理科状元！这也太厉害了吧！"

"学霸啊！"

"不不不！这是学神了！"

江之昂平静地对他们打了招呼："江之昂，请多指教。"

"你好，我是陆洲。"

"萧平宇。"

男生们相互做了自我介绍，就算认识了。

眼镜男陆洲望向夏桑，眼底透出几分惊艳："你是夏桑学姐？"

"你认识我？"

"认识啊。"陆洲害羞地说，"我登录教务系统的时候看到你了，你拿了去年的AI编程大赛金奖，因为太漂亮了，所以看了一眼就记得了。"

夏桑也大方地笑了："麻烦你们平时多照顾周……江之昂一些哦，好好相处，不要闹矛盾。"

"知道了学姐。"

江之昂已经打开了行李箱，将随身衣物装进衣柜中。

夏桑仔细看了眼他的行李箱，箱子里的衣服都分门别类地叠着，整洁的程度令人咋舌。这倒是周擒的作风，只是夏桑看得出来，这些衣服基本都是牌子货，每一件都不便宜。

他似乎和过去落魄狼狈的模样判若两人了。

好像真的不是他了。

江之昂收拾好了衣柜，看了看手表，对夏桑道："学姐，已经很晚了。"

"那我走了，早点休息。"

夏桑转身走出了男生宿舍，没一会儿，江之昂又追了出来："我送学姐下楼。"

"行啊。"

暴雨已经停了下来，街边积水倒映着路灯的光芒。

夏日里的闷热散去了很多，空气里带着几分雨后的凉爽。

江之昂送她到铁门边，随口问了声："你叫什么？"

"你会忘了我叫什么？"

"学姐，你又来了。"

夏桑耸耸肩，他要演，她就陪他好好演下去。

她说："我叫宋清语。"

江之昂顿了顿，生硬地说："我听到刚刚陆洲喊你夏桑学姐。"

"你知道还问。"

"学姐，我不是你认识的那个人，你不需要再试探了。"

"嗯，你不想让我试探，我就不试探了。"夏桑很乖地看着他，温柔地摸了摸他的脸，"没有疤痕的脸，真的很帅，能亲一下吗？"

江之昂嘴角浅淡地笑了下："我今天出门没看皇历，这是撞了什么桃花？"

"桃花没有，不过我们学校种了很多樱花树。"夏桑踮起脚，轻轻吻了一下他眼下伤疤的位置，用很轻的嗓音道，"今天太晚了，如果你喜欢的话，明天我带你去看看。"

"好啊。"

"那我走了，阿腾。"

江之昂颈间喉结滚了滚，按住了她的后脑勺，意犹未尽地看着她："学姐是不是没谈过恋爱？只亲脸有什么意思？"

他覆上了她粉嫩的唇，很用力地压了上来。

第二天，苏若怡急匆匆地冲进了图书馆，趴在夏桑和周离离桌边，质问道："夏桑！昨天我让你去接江之昂，老实交代，你和他……你和他是不是好上了！"

夏桑没有承认，当然也没有否认。

"你和他第一次见面，都亲上了！够快的啊！"

周离离抬起头，惊愕地望向夏桑。

夏桑拉住了苏若怡，做出"嘘"声的手势："这里是图书馆！"

苏若怡压低了声音："学院都传遍了，说你昨晚直接拿下了这位学霸，一点都没有拖泥带水，两人在宿舍门口旁若无人地接吻……"

"我的天啊！"周离离听得面红耳赤，赶紧喝了一口水压压惊，露出八卦的小眼神。

夏桑的脸颊泛起了淡淡的红晕，辩解道："太夸张了。"

"快讲讲细节！"

"没有细节！"

苏若怡感叹道："我的天，夏桑你果然是不鸣则已，直接来最大的啊！这一年多少帅哥追你，连艺术学院那边的院草林止言你都没看上。居然和这位江家少爷第一天就这么惹火！为什么啊？"

夏桑不知道该怎么解释，总不能说她和江之昂以前认识，她自己都还没弄清楚周擒怎么成了江之昂。

"没有为什么，就来电啊。"

"哈哈哈，看来我让你去接他是撞上咯，得请我吃饭吧。"

"没问题。"夏桑爽快地答应下来，又问道，"不过，你们都认识他吗？"

"认识啊，东海市谁不知道江家，数一数二的豪门啊，他又是江家的大少爷。"苏若怡喜上眉梢，笑眯眯地说，"我本来以为那种家庭出来的必然是个纨绔子弟，不过看了他的资料才知道，这家伙可厉害着呢！东海市理科状元，而且分数还甩了第二名很大一截。"

夏桑眉头皱了起来："若若，给我讲讲这位江家大少爷的情况吧。"

"其实我知道的也不多，听说是从小在英国长大，最近一年才回来的，在东海市最好的贵族高中荣熙高中念了一年，直接拿了省状元，只有一个字——牛。"

夏桑敏锐地抓到了苏若怡话里的关键信息："他是最近一年才来东海市的？"

"我也不太清楚啦，都是听学姐讲的。"苏若怡道，"不只成绩好啊，听说他篮球打得也很好，就是全方位都很优秀啦，所以我才说夏桑你牛啊，一开学就把这位爷搞到手了，啧……"

夏桑思忖着苏若怡的话，很困惑。她绝对笃定江之昂就是周擒，即便身份都对不上，但一个人的眼神中透出的本性是不会变的。

"不过夏桑，你也要当心啊。"苏若怡叮嘱道，"我听说这位江家大少爷回来这一年可是桃花不断，身边觊觎他的女孩多得很呢。"

"是吗？"

"你可别不放在心上，这种男孩帅则帅矣，没安全感啦。"

　　夏桑似乎浑不在意，以前落魄的时候，他身边女孩就很多，现在镀了一层大少爷的金，受欢迎是肯定的。但安全感这方面，周擒从来没有让夏桑担心过。

　　夏桑望向苏若怡："若若，你有他的电话号码吗？"

　　苏若怡有些惊讶："你们昨晚都接吻了，你竟然没记他的电话号码？"

　　"没啊，昨晚我都……"夏桑想到昨晚被亲得晕晕乎乎、如坠云端的状态，不觉有些脸红。

　　她从来没和男孩接吻过，第一次就被他亲成那样了。

　　周若怡从手机里翻出了联络表，从里面找出了江之昂的手机号，发给了夏桑："拿去吧，不过我真的要叮嘱你，一定要小心啊，虽然我不了解这位大少爷，但他昨晚能跟你那样……绝对不是省油的灯，你保护好自己哦。"

　　"不怕的，我和他……"

　　很熟了。

　　他是曾经用性命保护过她的人，夏桑对他有别人无法取代的信任。

　　夏桑输入了这个陌生的手机号，然后添加了微信。

　　微信名字只有一个字：昂。

　　添加好友的信息秒速通过，夏桑加了他之后，立刻戳进了他的朋友圈。

　　和以前周擒空荡荡的朋友圈截然不同，这位江之昂的朋友圈非常满，几乎每隔两三天，他就要发一条朋友圈，有暑期和朋友们登山旅游的照片，还有聚餐的照片、打篮球的照片……

　　从这些日常照片就可以看出来，他的生活相当热闹，也从不缺朋友。

　　夏桑随便点开了最近的一张暑期旅游照，他和朋友们登顶了泰山，在山顶，一群人背对着夕阳拍了张大合照。

　　照片里俊男靓女十余人，每个人脸上都挂着灿烂的微笑，摆着好玩的动作，江之昂站在中间，笑容温煦阳光，即便没有夸张的动作，但他仍旧是整张照片里气场最强的少年。

　　如果以前的周擒，是悬崖边风吹雨打的粗粝断石，那现在的江之昂，就像精致打磨的暖玉，无可挑剔。

　　夏桑不住地下拉，拉到了他高中的照片，他的高中生活同样热闹，有篮球场上和哥们儿的合照，也有玩剧本杀时跟朋友的照片……

看得多了，夏桑竟也开始怀疑了起来。

江之昂到底是不是周擒啊？

这两人就像平行世界里的镜像倒影，除了一模一样的脸庞，无论是性格还是生活都截然相反。

她将朋友圈拉到底，看到只有近一年的。也就是说，他的全部生活，夏桑只能看到最近这一年的。夏桑重新往上翻，仔仔细细地查看着他的每一条朋友圈。

表面上看起来，这就是一个生活阳光、态度积极的男孩该有的日常状态，但细想又不太对劲。

他似乎保持着每隔两三天就要发一条状态的频率，整整一年皆是如此，几乎到了强迫症的程度，就像明星的营业微博一样。

同样，内容全是乐观积极的，一点负面情绪都没有。

这就非常不对劲了，一个善于表达甚至热爱表达的人，怎么可能一年三百六十五天每天都是正能量满满呢？

唯一的解释，就是他在营造人设，一个独属于江之昂的人设！

开朗乐观、热爱生活、命犯桃花都是江之昂的人设。

念及此，夏桑忽然明白，为什么周擒不愿意承认与她相识了。

他一定有苦衷。

这一年他究竟经历了什么？

夏桑退出朋友圈，却看到三分钟前江之昂给她发了一条消息："你在看我朋友圈？"

"……"

夏桑顿了顿，坦率地回道："对啊。"

江之昂："看过了，学姐对我的过去还满意吗？"

夏桑："你和女生的合照蛮多的。"

江之昂："我桃花有点多，学姐如果介意的话，我尽量克制。"

夏桑发了一个微笑脸表情。

苏若怡和周离离两人同时凑了过来，一左一右地围着夏桑，扒拉着她和江之昂的聊天信息。

苏若怡皱眉道："你看他这油腔滑调，摆明了是渣男一个！"

周离离扒着夏桑纤细白皙的手臂，同样也是面露忧色："小桑，我也觉得这个男生不太靠谱，哪有刚认识就这么说话的。"

夏桑淡笑了下："我跟他不是刚认识，放心吧，没事的。"

手机振动了一下，江之昂又发了条消息过来："学姐，你在哪里？"

夏桑："图书馆。"

江之昂："那我来找你。"

夏桑："不用了，我来找你吧。"

江之昂："我在篮球馆。"

夏桑收拾了一下书包，对周离离道："宝宝，晚上我不陪你吃饭了。"

周离离还是很担心她，千叮万嘱道："你一定要小心啊，如果他让你跟他去酒店，一定不要去！"

"我不会的，他也不会，放心啦。"

苏若怡抱着手臂，笑了起来："呵，男人，你看他会不会……"

东海大学的圆顶篮球馆坐落在湖畔边，微风习习，而这漫天日暮的晚霞，仿佛一张浓墨重彩的油画明信片。微风吹着夏桑的脸，也吹着她心里丝丝缕缕的甜意。

不管他身上带着多少秘密，但他终于是回来了啊。

就像在做梦一样。

东海市的海风是她梦开始的地方，现在她又在海风中与他重逢了。

这一次不会再有不合时宜，她要一直一直和他在一起，再也不会放走他了。

篮球馆传来夏桑最熟悉的拍球声，她在数个场子扫了一圈，一群奔跑的人影中，迅速捕捉到了那抹熟悉的身影。

他穿着一件枫叶红的篮球衫，带球奔跑在场中，动作迅疾如风。

"昂哥，接着！"江之昂扬手接了球，直接引来三五个男孩上前阻截。

而他眼底永远带着自信的笑意，打法蛮横又嚣张，宛如最耀眼的骄阳。

三分线外，起跳，投篮，动作行云流水，篮球稳稳进了篮圈，引得周围女孩一阵阵地尖叫着。

夏桑心脏一阵阵地鼓噪着。除了周擒，再也没有其他人能在她眼中这般闪闪发光。

江之昂扬手示意换了替补，一身热汗地退了场，站在线外。立马有几个女生大大方方凑了过来，同时给他递水。

少年那英俊的面庞带着运动后自然的潮红，薄唇弯了弯，在女生递来的各种饮料中挑拣一番，然后选了瓶冰可乐。

"谢了。"他对那女生扬了扬可乐，露出一抹轻薄的浅笑。

女生瞬间被撩拨得面红耳赤，兴奋地捂住了嘴："江之昂，我可不可以加你个微信啊？"

"行啊。"

江之昂正要摸出手机，抬眼看到了笑吟吟的夏桑。

他顿了顿，默默放回了手机，拧紧了瓶盖，将可乐还给了那女生："不好意思，你们学姐已经先下手为强了。"说完江之昂径直错开了那女生，带着风一路小跑到了夏桑面前，"学姐，给我带水了吗？"

"没有，你又不缺水。"

江之昂痞笑着，手自她纤细的腰间环过，从她背在身后的手里，拎走那瓶柠檬味的冰镇气泡水。

她腰间的白裙布料被他的手擦出一截湿润的汗印，凉凉地贴着皮肤。

有关他的一切都是那样鲜活。

江之昂拧开瓶盖，他仰头痛快地喝了大半瓶。

夏桑看着他的每一个动作，看着他漂亮的下颌线和滚动的喉结，他身体的每一个部位，都是她所熟悉的……

"篮球打得很好啊。"

"我球技向来不错。"江之昂捡起地上的篮球，在手上随便玩了玩。

夏桑趁他不备，夺过了他手里的篮球，扬手投篮，"唰"的一声，篮球稳稳进了最近的篮圈，动作熟练，又美又飒。

球场上的男生们愣愣地看着夏桑："哇，技术不错啊。"

"女生还会打篮球？"

江之昂望着女孩飒逸的身形，眸底划过一丝激滟的波痕。

夏桑拍着球，自信地抬起下颌，问道："一起玩吗？"

"身体不好，不能运动太久，学姐不是说要带我去看樱花？"

说完，江之昂扔了篮球，捡起地上的外套，走出了篮球馆。

夏桑走在江之昂的身后，江之昂单手将外套搁在肩上拎着，一路都在释放魅力，引来无数女生回头看他。

这条路两旁都是银杏树,落叶纷纷,他俯身捡起一片银杏叶,回头望向夏桑,驻足等她。

"快点。"

夏桑慢悠悠地踱着步子:"走那么快干什么?"

"我很急。"

"急什么啊?"

反正樱花的时节已经过了,这会儿也只能看到秋黄的树枝。

江之昂拎着银杏叶,痞笑道:"想快点和你单独待在一起。"

"……"

夏桑听明白了他的意思,脸颊不觉泛了淡淡的粉。

江之昂见她停下了脚步,神色羞怯,于是回身拉住了她的手腕,牵着她往小花园走。

夏桑知道这个年纪的男孩满脑子想的都是什么,如果江之昂不是周擒,而是其他人,她是绝对不会这样纵容他为所欲为的。

她反握住他的手,掰开手掌,拿到眼前仔仔细细地看着,摩挲着。他掌心宽大,指腹略有粗粝的茧子,是他常年打球和工作留下的痕迹。真正的富家大少爷,怎么可能会在掌心留下这样的硬茧。

夏桑看着他的手,低头问:"这一年,你过得好吗?"

"这一年是指?"

"算了,问了你也不会回答。"

夏桑有点难过地牵着他的手,和他一起走过小花园的碎石子路。

秋黄落叶,正是她和他相逢的时节。江之昂将手里的一枚银杏叶子放进了她的衣服兜里。

"干吗?"

"送给你。"

夏桑看着那片银杏叶,忽然想起前年的这个时候,在十三中的篮球馆前,他好像也在她的卫衣帽子里放了一片银杏叶。

"这是见面礼吗?"

"算是吧。"

夏桑故意道:"江大少爷怎么见面礼送得这么寒酸?"

江之昂嘴角弯了弯:"礼轻情意重。"

"多重啊?"

"第一眼看到你，我就想把这个世界最美好的东西送给你。想了很久，最美好的……莫过于遇见你的那个秋天。"

"哈哈哈。"

"……"

夏桑忍住笑，让自己保持严肃，点头："嗯！接受！"

他伸手拍了拍她的脑门："好笑吗？"

"恕我直言，有点土。"

夏桑笑着说完，加快步伐向前跑去，江之昂三两步便追上了她，拉着她的手来到花台边。

"干什么啊？"

少年的眼神里充满了久等难耐的心思："学姐果然是没谈过恋爱。"

夏桑的眸子清澈坦荡："大学生活这么丰富，你怎么就知道我没谈过？"

他说："你连接吻都不会。"

"不是不会，只能说技术不好。"夏桑的话里带了些赌气的意味，"但我不会白白浪费青春，等一个也许不会回来的人。"

江之昂眸子里暗流涌动，嗓音却温柔到了极致："学姐这么乖，谁舍得让你等。"

她不会知道他用了多大的力气，跌跌撞撞才跑回她身边。

夏桑看出了他眼底的忍耐，将银杏叶揣回到兜里，笑着说："好，我接受这份情意深重的见面礼。"

"你要是觉得土，也可以扔了，明年我送樱花给你。"

"才不扔，我拿回去做书签。"

江之昂顺势跳上了花台，坐了下来，抬头望着樱花树："可惜现在是九月，看不到樱花了。"

"樱花三月才会开呢，明年三月，我陪你来看。"

"好啊，如果学姐那时候还没厌倦我。"

"不要叫我学姐了，怪别扭的。"

夏桑也想撑着花台跳上去，江之昂拉了她一把，让她稳稳地坐在他身边。

他身体很烫，带着少年的热气，让周围的空气也变得燥热了起来。

"不叫学姐，那叫什么？"

"那我重新自我介绍一下，就当是我们全新的开始。"夏桑摊开了他的手，一笔一画在他的掌心写下了自己的名字，"我叫夏桑，随你怎么叫。"

"桑桑。"

听到这个称呼，夏桑心头猛地一颤，望向了身边的少年。他的侧脸轮廓锋锐，眉弓下，漆黑的眸子敛着温柔，望着她的手。

那两个字，只有他能叫出这般缠绵悱恻的滋味，仿佛碾碎了细细地爱着。

"叫桑桑，你喜欢吗？"

"我一直都很喜欢啊。"

"那就这样定了。"

"那我叫你什么，江之昂还是周擒？"

"随你。"江之昂手撑着台阶，"我不介意给这么喜欢我的学姐当替身。"

"你就嘴硬吧。"夏桑撇撇嘴，"那我还是叫你阿腾。"

江之昂注意到了她垂肩的碎发，伸手撩了撩，细密的发丝宛如温柔的风，拂过了他的手背。

"我头发终于养长了。"夏桑兴奋地对他说，"你知不知道这一年我留得多辛苦，网上各种推荐的生发水，我都试了一遍。"

江之昂嗤道："生发水是让你的头发变多，不是变长。"

"无所谓啦，你看我现在是不是好看多了？"

江之昂拂过她细碎垂肩的碎发，想到了一些不堪的过往，嗓音里带着心疼："你怎样都好看。"

微风拂过，带着九月淡淡的桂花甜香，却比不上她嘴角甜美的笑意。

几秒后，他终究忍不住捧着她的脸，吻了上去，夏桑的身子立刻往后仰立仰，避开少年炽热的亲吻。

"你现在是江之昂，还是周擒？"

"不管是谁，现在都只有一个念头。"他说完，捧住她的后脑勺，用力地吻了上去。

他的唇是她熟悉的，软软的，很温柔、很湿润，味道也是她熟悉的。

所有的一切，都是她的。

但这个吻夏桑不太能招架得住，吻了一会儿便有些浑身无力。

"阿腾……"

"又试探我。"江之昂嘴角扬了扬,"别在我面前卖弄小聪明。"

"是啊,我哪儿比得上你,摇身一变,东海市理科状元,厉害哦。"

江之昂望着女孩的桃花粉面,柔声道:"桑桑,你看着乖,怎么浑身是刺。"

"我就是这样啊。"

几秒之后,他意犹未尽地吻了吻她的唇,说道:"再让我亲会儿,我送你回宿舍。"

下午,许茜十万火急地将夏桑从琴室拉了出来:"亲爱的帮帮忙!"

夏桑放下琴,望向许茜:"什么事?"

许茜从书包里取出了一份文件,递到夏桑面前:"之前申请创办组建啦啦队的事情,在团委那边被驳回了。"

"为什么驳回?"

"说是因为学校已经有了街舞社,还是全校第一大社团了,年年拿十佳社团,所以不让咱们办了呗。"

"可是啦啦队和街舞社,还是不太一样的。"

许茜撇嘴道:"我觉得,就是那帮子人跟街舞社的沈舒念关系好,故意卡着我呢。"

"这就要看你的本事了。"夏桑将文件交回到许茜手里,"拉拢关系这事,是你擅长的吧,我帮不上忙。"

"不不,你绝对帮得上!"许茜冲她神秘一笑,"团委负责社团成立的是大三的学长林止言,我记得他不是你师兄吗?"

"……"

夏桑背着小提琴走出琴房,许茜追上她,拉着她的手拼命撒娇道:"拜托拜托了,小桑,你会帮忙的吧!"

夏桑为难地将她的手拂下来:"团委别的我认识的人,还可以帮忙说一下,林止言师兄……恐怕不太好。"

"他不是跟你在同一个老师那儿学琴吗?"许茜笑着说,"这就更好说话啦!"

"你以为我是你啊,欠的人情都是要还的,尤其是林止言,我没打算和他深交,所以这人情轻易欠不得。"

"哎，就你弯弯曲曲的心思多。"

夏桑嗔怪地捏了捏她脸颊，转身离开。

许茜却仍旧不依不饶，追着夏桑道："小桑，这事你真的要帮我！"

"真帮不了！"

许茜直接祭出撒手锏："高三那会儿我是怎么帮你的！我可是豁出前途在帮你啊！你怕欠林止言的人情，别忘了你还欠我一个超大的人情呢！"

"……"

夏桑无语地看了她一眼，虽然万分为难，但高三那会儿，许茜处处帮她对付祁道，这人情的确是大过天了。

她伸出了手，说道："文件给我看看吧。"

许茜连忙将文件交到她手里："桑桑最好啦！"

夏桑帮许茜重新修改了文件的部分内容，在组建社团目的这一栏中，增加了许多积极向上的内容，譬如希望增强大学生身体素质、提升精神面貌之类的内容。

"你这也太官方了吧！"许茜吐槽道，"我的目的很简单啊，就是为了当社长，和沈舒念竞争。"

"你这么写，我要是团委老师，我也给你驳回。"夏桑用笔头戳了戳许茜的脑袋，"笨啊。"

许茜看着夏桑修改过的内容，疑惑道："等下，你把我们招收社团成员的限制，从女生改成了男女不限啊？"

"团委那边当然希望社团有更大的包容度。"

"行，改吧改吧，只要能通过，怎样都行。"

许茜拉着夏桑走进了大学生活动中心，来到一楼的办公室。办公室里，林止言穿着中规中矩的白色 T 恤，正坐在办公桌边值班。他容颜清隽，看着很干净斯文。

许茜看到他，紧张中难免带了些羞涩，在背后推了推夏桑。

夏桑无奈地走了进去，将文件递到了林止言面前，微笑寒暄道："林止言师兄，在忙啊。"

"夏桑。"林止言看到她，眼底有了几分光亮，连忙起身道，"你怎么来了？"

夏桑也不多寒暄客套，开门见山道："师兄，我朋友想成立一个啦啦队的社团，平日里学校有什么比赛或者运动会，都可以承担热场舞的工作。"

"这个啊，之前有文件递过来，我也看了，但是这申请人一栏里，没写是你的社团啊。"

夏桑还没来得及解释，许茜眼疾嘴快，连忙说："是我和夏桑一起做的，我是社长，她是副社长！"

夏桑拉了拉许茜的衣袖，许茜扯开衣袖，毫不犹豫地摸出笔，将夏桑的名字加了进去，然后笑眯眯地递给了林止言："这就是夏桑的社团！学长你再看看吧！"

林止言重新翻看着文件，看到夏桑添加的文字内容，淡笑道："申请理由修改之后，通过的概率大了很多，我这边就先给你批了，等团委的老师再看看，如果没问题，啦啦队应该是可以允许成立的。不用担心，我这边会帮你跟团委老师说说。"

"谢谢林师兄。"

许茜高兴得不得了，使劲儿拉了拉夏桑的衣角："谢谢学长啦！还是我们桑桑面子大啊！"

"应该的，小桑是我的小师妹。"

"那林师兄，我们就先走啦，谢谢你啊。"

"夏桑。"林止言叫住了她，"到饭点了，我这边也忙完了，很久没见面了，一起吃个饭吧，我知道校外有家西餐厅，味道还不错。"

夏桑犹豫了下，然后道："林师兄今天帮了我们的忙，当然应该是我们的社长请客啊！是不是，社长？"

她用胳膊肘戳了戳许茜，许茜立刻答道："没错没错，应该是我来请客，学长赏脸吗？"

林止言得体地微笑道："行，那你们在外面等我十分钟，我整理一下文件，马上出来。"

夏桑和许茜走出了大学生活动中心，许茜拉着她道："摆明了林学长是想和你单独用餐，还去浪漫的西餐厅，你居然把我叫上，还让我做东。不是很扫兴吗？"

"所以天底下哪有免费的午餐。"夏桑叹了一口气，"求人家办了事，就得跟人家约会，你就记着吧，我为了你的啦啦队牺牲了什么！"

"你这学长真是贼精，一点忙都不肯白帮，就顺手签个字的事，非要拉着一起吃饭，你要是不及时叫着我，今晚只怕真的要跟他来一场浪漫约会了吧。"

"你知道就好。"

许茜笑着说："所以你叫我请客，也是借我之手顺便还了人情，一分钱不拿，还能免费落一顿高档晚餐。夏桑，你小心思可真多，难怪当初祁道都不是你的对手。"

"你既然知道是还人情，晚上就主动些，点些贵菜，好好请他吃一顿。"

"得得得，反正林师兄这么帅，我这钱也不算白花。"

夏桑又说道："还有，让我加入啦啦队又是怎么回事，我可没说要当你的副社长。"

许茜摆摆手："你高中不是也加入了啦啦队吗，而且也喜欢跳舞，跳得还不错。我组建新的啦啦队，你这老队员，当然要加进来。"

"我现在没有很多时间。"夏桑无奈道，"我妈对我学业抓得很紧，小提琴的各种音乐会也要参加，证也要考。"

"呵，搁我这啦啦队没时间，谈恋爱倒是有时间呢。"许茜坏笑着，睨着她，"我可都听说了，你认识了一个漂亮小学弟，两人每天腻歪着呢。"

"你怎么知道？"

"听说学弟长得好看，所以全校都在讨论。"

夏桑对她神秘一笑："下次让你见见，你肯定猜不着他是谁。"

晚上，林止言带着夏桑和许茜去了学校对面的步行街，走进商城四楼的一家名叫 Godear 的法式西餐厅。

餐厅环境雅致，服务员身着礼服，礼貌谦恭地带着三人来到靠窗的座位边坐下。

林止言对这家店很熟悉，所以负责点餐，许茜倒也不怕他点，反正为了啦啦队能成立，今天就是宰了她，她也心甘情愿。

"小桑，喝酒吗？我点瓶红酒，怎么样？"

"林师兄想喝酒的话，就点吧。"夏桑说道，"我是可以喝一点，但不能喝多。"

"好，那我就点了。"

很快，林止言点的餐食便一一上来了，每人一盘黑椒牛扒、培根奶油蘑菇汤、红椒焗时蔬等菜品，不会太腻，很合女孩子的胃口。

许茜看得出来，林止言是很有品位的优雅绅士，也喜欢了夏桑很久，偏夏桑愣是没看上他，一心装着过去那个一穷二白的体校生。反正她看林止言这优雅绅士，是越看越喜欢，也负责热场，拉着他不住地问话："学长，咱们艺术学院大三忙不忙啊？我看好多大三学姐学长都出去实习了，我们到时候也要实习吗？"

"主要看你未来的职业规划吧，我的小提琴专业，当然是越精越好，所以我是要继续深造考研，就不用实习了，每天在学校里多练练琴。"

"学长可真行。"许茜看了眼夏桑，"那以后咱们啦啦队，也要拜托学长多照顾了。"

"那当然。"

夏桑喝了一口蘑菇汤，又瞥了许茜一眼，见她望着林止言的时候，眼睛里都要冒出小星星了。她知道，许茜一贯对这类气质优雅的阳光男孩毫无抵抗力。

不过林止言在东海大学名气也大得很，女朋友如流水一般，前段时间还对夏桑表现出了兴趣，不过因为夏桑态度冷淡，才没有太多交往。

她也不免有些担心。

便在这时，夏桑抬头，看到了雅座旁，周擒和一个器宇轩昂的男人走了出来，似乎是用餐完毕，准备离开了。

不，现在应该叫他江之昂了。

他仍旧穿着一件黑白条的 T 恤，脸上挂着玩世不恭的微笑，撕开了侍者递来的口香糖，随手扔进嘴里。出门的时候，他正巧偏头望见了夏桑，步履顿了顿。

林止言用勺子给夏桑舀了一碗蘑菇汤，殷勤地递到她面前，很妥帖地用纸巾将碗檐周围的残汁擦拭干净。江之昂脸上疏懒的笑意淡了几分。

他对中年男人道了别，男人拍了拍他的肩膀，叮嘱了几句，然后转身离开。江之昂目送男人离开之后，转过身，大大方方地和夏桑对视了一眼。碰到他漆黑凌厉的视线，夏桑竟莫名有点心虚。

江之昂大步流星地走了进来，对夏桑道："巧啊。"

林止言望了他一眼，似觉得他熟悉，但一时又想不起哪里见过，于是道："小桑，这是你朋友啊？"

"嗯，是学弟，江之昂。"

"江之昂，我听说过，名头大得很。"

江之昂嚼着口香糖，嘴角挂着笑，但眼神冷冷淡淡。

夏桑小声说："之昂，你怎么也在这儿？"

江之昂本来满心不爽，但她亲昵的称呼让他眼底的寒意淡了几分，嘴角弯了弯："刚刚陪家人吃饭，没吃太饱，不介意的话，我能加入吗？"

当然他也没有等谁的答复，径直坐在了夏桑身边，顺势将手搭在她的座位背后，做出虚揽着的姿势，不动声色又无比霸道地宣示了"主权"。

他的存在感太强，和他一比，谦谦君子温润如玉的林止言，顿时显得气场弱了好几分。许茜目不转睛地盯着江之昂看了半晌，惊得嘴都合不拢了："我的天——"

夏桑怕她说出什么，戳破周擒的身份，平白惹林止言怀疑，打断道："许茜，介绍一下，他是江之昂，我们学院的新生，来的时候是我接的他。"

"江之昂？"许茜不住地拉扯夏桑的衣袖，"江之昂是谁？"

"江之昂，是我的名字。"他漆黑的视线淡淡地扫着许茜，压迫感十足，"你有什么问题吗？"

许茜看出了他眼中的威慑，立刻闭嘴了，不敢再多问。

这男人的气场，还是一如既往地强，她在他面前话都不敢多说几句，不知道他怎么就把夏桑给迷得神魂颠倒。

林止言温和地自我介绍道："学弟你好，我是夏桑的师兄林止言，艺术学院的。"

"江之昂，计算机学院。"

"我听说过你，今年东海市的理科状元，分数很高。"

江之昂虽然眸底含笑，但笑意冷得很，全然没有客套寒暄的兴致，一双黑眸全落在了身边的女孩身上。

"吃饭不叫我？"他附在她耳边，做出耳语的亲密姿势。

"我不可能每顿饭都叫你啊。"夏桑答道，"我也要和朋友聚一下的。"

林止言已经从他的动作和眼神中，看出了他和夏桑之间不同寻常的暗流涌动。

　　许茜当然也看出来了，她之前就听说夏桑有了新欢小鲜肉，两人惹火得很，走哪儿都在撒糖。现在看来，这哪是新欢惹火啊！

　　林止言也拈酸地说："夏桑，你和这位学弟是什么关系啊？刚认识几天就这么投契了。"

　　夏桑看了眼身边存在感极强的江之昂，说道："我们是——"

　　话音未落，江之昂接了话茬，说道："我们是什么关系，你看不出来吗？"

　　江之昂漆黑的眸子带着几分凛然的冷意，林止言被他那仿佛洞悉一切的视线这样望着，心里莫名也生出些不自在。

　　几人心里各自揣着心事，吃了会儿饭，林止言便说："一会儿我还要去团委忙招新的事情，先回去了。"

　　"我们也吃完了。"夏桑起身道，"今天的事，谢谢师兄了。"

　　"没什么。"

　　林止言很绅士地走到柜台边，要结账，却被告知已经结过账了。他回头望了江之昂一眼，江之昂倚在门边，嘴角冷冷地提着，扬了扬手。

　　林止言走了之后，江之昂嘴角的冷笑才淡了下去，露出了真实的样子，他不爽地说："我不在，他想趁机追你呢。"

　　夏桑望他一眼："说什么呢！"

　　"我说什么，你自己没数吗？"江之昂不客气地说，"知道他对你有意思，还跟他吃饭？"

　　夏桑将计就计，说道："你不是才来学校报到两天吗？怎么就知道谁对我有意思了？"

　　"他看你的眼神有欲望。"

　　"懒得跟你说。"

　　许茜忍不住打断："周擒，你怎么回事啊！你怎么改名字了？而且你这一身打扮……"她上下打量了他一眼，惊叹道，"你变了好多哦！还有……你脸上的疤呢！"

　　"我脸上从来没有疤。"

　　"哈？"

　　夏桑推着许茜离开："乖，回头我再跟你解释，你先回去筹备社团的事，回头说！"

"可……可是……"许茜还是一头雾水，想要问明白些。

"没有可是，明天我联系你。"

许茜皱着眉，困惑地望了周擒一眼，终究也没有多说什么，跨过马路，朝着人行道走了过去。

街上只剩下他们两个人，夏桑终于回过身，问他："刚刚那个中年男人，他是……"

江之昂忍不住亲昵地牵她的手，随口道："我爸。"

"你爸？"夏桑惊得挣开了他的手，"那周叔叔他在哪里呢？"

"什么周叔叔？"

夏桑看着少年平静无澜的眼神，心头升起了一阵寒意，严肃道："周擒，你之前要开玩笑，我都陪你玩。但现在你管一个陌生男人叫爸，你自己的爸爸呢？你怎么能故意不记得他？"

江之昂神情坦荡："夏桑，我说过了，我不是你记忆中的那个人。"

"你不是我记忆中的那个人……"夏桑的眸底划过一丝伤情。

她把他放在记忆里，藏了那么久，现在他却这般郑重地告诉她，那个人不存在了。

夏桑的眼角不禁泛红，颓然道："我最后再问你一句，你到底是不是我的阿腾？"

江之昂喉结滚了滚，艰难却决绝地说："我是江之昂。"

"好，江之昂……"夏桑颤颤地退后了几步，转身离开，"再见。"

江之昂追上来，不顾她的挣扎，用力握住她纤细的手腕："夏桑，你不能这样。"

"我怎样？"

江之昂牵住她的手："我第一天来学校，你抱我，亲我，还说喜欢我，现在又不要我，大学女生都这样吗？"

夏桑挣扎着说："你从始至终就知道，我喜欢的人只有周擒，我为他变勇敢，为他报仇，为他努力努力再努力，只想有朝一日再见面，我有能力留得住他。"

她望向面前那张熟悉而越发英俊的脸庞，质问道："我怎么留住他啊，他都已经不存在了……"

"夏桑，看你的眼神这么苦涩，想来那段回忆也绝不会很甜美。"江之昂上前一步，心疼地捧着她的脸，眼底带着恳求，"忘了不好吗？"

只有在望着她的时候，他的眼底才会有这般卑微的恳求。

夏桑却拼命摇头，倔强地忍着眼泪不肯掉下来："决不。"

"你和江之昂在一起的从今往后，我不会让你掉一滴眼泪。"江之昂粗粝的指腹擦了擦她的眼泪，嗓音尽管克制，却也带着些微颤抖，"桑桑，我会疼你啊。"

"如果你不是周擒，那对我来说，你就什么都不是。"

说完，她推开了他，小跑着离开了。

江之昂望着她消失在夜色里的身影，手紧紧攥成了拳头。

就在这时，电话响了起来，是江豫濯打来的，江之昂接了起来："爸。"

男人的嗓音低沉有力："随时记住你答应过我什么，当然，更要记住我答应过你什么，不要让我失望。"

江之昂回头望了望，看到男人的黑色轿车就停在不远处。

"放心。"

晚上，夏桑回到宿舍，周离离看到她眼睛红红的，连忙上前关切地询问："小桑，你怎么了？是不是那个学弟欺负你了？"

夏桑摇了摇头，用湿毛巾擦了一下脸："没有，分手了。"

苏若怡从一堆文件里抬起头，感叹道："哇，你这还真是来得快又去得快啊，前两天还如胶似漆，今天就分了。"

"这不是很正常吗？"林嘉思涂着糖果色的指甲油，冷嘲热讽道，"听说江少爷身边的女孩可不少啊，一时兴起看上了夏桑，玩腻了就丢了，啧，不过这速度也忒快了些吧。"

周离离气红了脸："你乱讲！夏桑才不会被人甩呢！"

"你看看她这哭红的眼睛，不是被甩是什么？"

夏桑心情不佳，这会儿也不想忍耐了，望向林嘉思："我再可怜被人甩，好歹也就两三天的工夫，不像某人，和体院的在小树林里约会几个月，最后跟我一样的下场，听说赵平最近又在追大一的学妹吧，你亏不亏啊。"

林嘉思被戳到了痛处，指甲油都涂歪了："夏桑，你这张嘴巴可真厉害，一个宿舍抬头不见低头见，你要跟我宣战吗！"

夏桑面无表情："上一个说这话的人，现在正在监狱里蹲着，你确定要跟我宣战？”

林嘉思咬了咬牙，终于还是把这口气咽了下去。

夏桑冷了江之昂几天，江之昂给她发了几次信息没有得到回音之后，也没有再找她了。有时候，夏桑都禁不住怀疑，那个人，究竟是不是周擒呢？

他周围从来不缺热闹，光芒耀眼，可是周擒却是一身的晦暗和阴霾。江之昂又怎么会是周擒呢？可如果他不是周擒，又怎么会用那样深刻的眼神看她？

几天后，新生开始了军训，学校里每天都是一片碧绿的汪洋。

每天早上六点，操场上便响起了进行曲。夏桑在图书馆里也能听到楼下新生跑操喊口号的声音，整齐划一，充满了青春能量。

傍晚放学，她经过了风雨球场，看到不少女生都围着铁丝网，朝球场内探头观望，欢颜笑语地指指点点，议论着什么。

夏桑隔得远，但是一看女生们脸上的笑意，大概就能猜到球场里是什么情形了。

虽然这一届新生帅哥多不胜数，但除了周擒，没人有这么大的能量，能让球场外围聚这么多女孩。夏桑溜达着，走到了球场铁丝网外，朝里面望了望。

暗红色的塑胶操场上，一簇簇宛如绿芽般的新生们，正迎着阳光，笔直英挺地站着，身上是军绿色的迷彩服，一个个精神百倍。

大概也是因为这是军训的第一天，等过两天，他们就会像秋黄打蔫儿的麦芽一样了。每一届都是这么过来的。

很快，夏桑便在人群中看到了周擒。每次看到他，她脑子里总是要先闪过周擒的名字，然后才是江之昂。他站在计算机学院的方阵排头，英姿挺拔，短袖之下的手臂肌肉线条流畅结实，呈健康的麦黄色。

无论是军姿还是立定，或者齐步走，他的动作无限趋近于标准模板。

女生们自然也是望着他，眼底透着狩猎般的光芒。

“我倒要看看，到底有多帅。”身后传来了林嘉思不屑的声音，“是哪一个啊？”

苏若怡道：“咱们学院排头的那一个。”

望见江之昂之后，林嘉思立时陷入了沉默。

看来是征服她了。

江之昂的标准动作赢得了教官的赞赏，将他拉出来当示范："看你们一个个跟病秧子似的，没吃饱饭啊！知道你们平时忙学习，没运动，跑个八百米都要命。大家都是高分考进来的，看看人家江之昂，军姿站了一天，一声没吭，动都没动，再看看你们！"

男生们瞬间流露出了不忿的表情。

夏桑也揪了揪手。

他怎么可能不是周擒啊！

无论在哪里，他都能优秀得让周围一切黯然失色，当然，也没少因为这个而吃亏。

很快，教官吹响了解散的口哨，男孩们狂奔着朝球场出口拥去。

有男生在经过江之昂身边时，不知有意还是无意，很用力地撞了一下。然则江之昂下盘稳，不仅没被他撞倒，那男生反而让他带得险些摔跤。

他好不容易稳住踉跄的身形，回头正要发作，便被江之昂单手揪住，宛如摔兔子似的，直接掀翻在了地上："不爽我啊？"

他眼底泛起几分戾气，冷冷地望着那男孩。

男孩被他漆黑冰冷的眼神盯得毛骨悚然、头皮发麻，心虚地说："我……我不是故意的，下次会……会小心。"

江之昂揪着他的衣领，似乎没打算轻易放过，网栏外，一声清脆悠扬的嗓音传来："阿腾。"

江之昂抬头，看到了夏桑。

她穿着灰色系的百褶裙，上面是白衬衣，配着端正的淡灰小领结，是她一贯学院派的清新打扮，宛如夏天悠扬的牧笛。

"算你走运。"江之昂不客气地将男孩拉了起来，哺了声，"滚。"

男生红着脸，讪讪地离开了。

又有几个穿迷彩服的女孩红着脸给他递水，还有送小零食的，江之昂视若无睹，视线只是锁着夏桑。

夏桑也不想打扰他的桃花，阻止了风波之后，便加快步伐离开。

江之昂见她开溜，来不及找出口，沿着铁丝网格一路追着她："学姐，说会儿话。"

夏桑没理他，加快了步伐。

"桑桑，你知道我有多想你，跟我说会儿话。"

　　她终于回过头望了他一眼，没好气道："认识不过几天的江学弟，我们有什么好说的？"

　　江之昂见她语气没有前两日那般强硬坚决，神情终于放松了下来，麦色的手臂扒着铁丝网，渴望地望着她："桑桑，过来，走近点。"

　　"一身汗臭。"

　　他嘴角噙着一抹痞笑："但你香啊，过来让我闻闻。"

　　夏桑没有理会江之昂不正经的撩拨，离开了风雨球场。

　　江之昂的目光宛如被蛛网粘住了一般，凝望着夏桑远去的背影，一直到她消失在校园南门的人群中。

　　今天是开学之后的寝室聚餐日，女孩们走进了校门外的快餐店，林嘉思点餐回来，阴阳怪气地说道："江之昂这种级别的帅哥，还真让你夏桑捷足先登了啊。"说罢，她又望了望苏若怡，"每次有这种好事，你总想着夏桑，下暴雨那晚我有空啊，接新生你怎么不给我打电话？"

　　苏若怡道："你不是有男朋友吗？"

　　平时林嘉思总是吹嘘她那个体育部又高又帅又有钱的男朋友赵平，但这会儿看了江之昂，顿时觉得难平了。

　　周离离刺她道："你有什么好遗憾的，就算让你去了，你也不一定能得手啊。"

　　"夏桑都能拿下来，我当然也可以。"林嘉思摸着自己新涂的指甲，自信地说，"大一新入校的学弟最好哄了，但凡有学姐愿意搭理他们，尾巴翘得老高呢。"

　　"其他学弟或许是这样，但你还真别小瞧了江之昂。"苏若怡给自己戴上塑料手套，拿起一块蜜汁鸡腿，"他是荣熙高中毕业的，东海市的贵族私立高中，这学校不仅升学率全市第一，里面学生的素质也绝对跟普通高中不一样，出来的都是精英阶层。没看到刚刚操场上那帮女孩，一个个乌眼鸡似的盯着他，你还觉得他身边缺女孩吗？"

　　夏桑不是东海市人，对荣熙高中也不了解，询问苏若怡："这所高中，就读条件高吗？"

　　"怎么，你有弟弟妹妹想读这所学校吗？"

　　夏桑默然点头："算是吧，你给我讲讲。"

　　苏若怡是土生土长的东海市人，于是介绍道："这学校可不好进，首先每年高昂的学费都要劝退百分之九十九的考生，剩下的百分之一，必然是超级有钱的。当然，有钱人那么多，仅有这一项也别想进荣熙高中。他们挑选学生的标准极其之严格，能进去的都是千里挑一，智商极高的。"

"那招收复读生吗？"

"复读生？怎么可能！"苏若怡笑了起来，"倒时常有插班生，不过条件就更严苛了，关系也必须得够硬才行。"

"我知道了，谢谢你。"

她猜测，周擒能进这样的学校，必然也和"江之昂"的身份是有关系的。

周离离顺势对林嘉思道："昨天你还说桑桑被甩，没看到刚刚桑桑都不搭理他吗？"

林嘉思轻哼了声："她当然有本事啊，一招欲擒故纵玩得这么好，平时看着老实乖顺，天天泡图书馆，一出手就把全校女生的梦中情人拿下了，呵。"

夏桑睨了眼林嘉思："他是不是全校女生的梦中情人还不一定，但我觉得你倒是一眼就把他望进心里了。"

"谁说的！怎么可能！"林嘉思红着脸着急反驳，"我对他那款才没兴趣呢！"

"那最好了。"

苏若怡摘下油腻腻的手套，好奇地问夏桑："江之昂不是挺好的吗，为什么要和他分手啊？"

夏桑沉吟片刻，说道："他和我一直等的人……很像，但相处之后又发现，没那么像。"

几个女生睁大眼睛望着夏桑，林嘉思眼底都快喷出火焰了。

苏若怡难以置信道："我的天，这么好的男孩，你居然拿他当替身？"

周离离也真情实感地感叹了一句："宝，看不出来你竟然还是个渣女。"

夏桑当然十万分确定，江之昂就是周擒，但她不明白的是，为什么他不愿意面对自己的过去？是觉得过去的自己太不堪了吗？

如果真的是这样，夏桑可以理解，但很心痛。

林嘉思试探性地问："那夏桑……你跟他是彻底分手了吧？"

夏桑知道林嘉思在打什么主意，叼着吸管，漫不经心道："你想追就追呗，我又没拿绳子拴着他、没拿刀架着他，你要有这个本事，你就去追。"

"谁要追了？哼。"

吃过饭之后，夏桑没有回学校，穿过天街，和周离离去买东西。周离离见夏桑在男士护肤区流连徘徊，仔细对比着各种品牌，问道："你这是给江之昂买啊？"

"嗯。"夏桑淡淡道，"他是敏感型肤质，暴晒了一天，不涂点东西，明天肯定要疼的。"

周离离看夏桑这般用心地挑选护肤品，完全不像她口里说的那样毫不在乎。

夏桑对自己的护肤都没这么精致上心呢。

"夏桑，其实你很在意江之昂吧？"

夏桑将一盒昂贵的男士护肤套装放进篮子里，喃了声："怎么能不在乎？"

喜欢了这么久。

晚上夏桑提着满满的一袋护肤用品，来到了男生宿舍楼下，给江之昂打了个电话："我在管理员那里给你留了东西，记得用。"

不等他开口，夏桑立刻挂断了电话，转身离开。

没走太远，便感觉身边扬起一阵清新的薄荷风，纤细的手腕被人从后面拉住了。

夏桑回头，看到一身黑白间色 T 恤的江之昂，单手拎着蓝色袋子，弯着唇，对她灿烂地笑着。

"桑桑。"

他似乎刚刚洗过澡，头发还有些湿润。

夏桑凑近他，轻轻嗅了嗅，他身上沐浴露的薄荷香味很明显，给人一种干净的感觉。这么多年，连沐浴露的牌子都从来没有变过，他还不肯承认。

"我还有汗臭吗？"他故意走近了些，和她几乎贴在一起。

夏桑移开视线，冷声道："洗完澡擦一下脸，你皮肤都晒伤了。"

"你怎么知道我晒伤了？你连多看我一眼都不肯。"

夏桑目光上移，落在了他英俊的脸庞上，没有了疤痕瑕疵的五官，漂亮得让她感觉不真实。

"阿腾，你老实告诉我，你是不是整容了？"

"……"

江之昂眉眼弯了起来，冷硬之色一扫而空，只剩无边的温柔，痞笑道："我整什么啊？"

"还不承认。"夏桑闷哼一声，"走了。"

江之昂从袋里拿出护肤套装，还有防晒霜，冲她喊道："都怎么用？我不会。"

夏桑回头："江家大少爷会不知道护肤品怎么用吗？"

"没那么精致。"

"你当然没这么精致。"

以前的周擒，落魄的时候甚至连饭都吃不饱，怎么会有心思搞这些东西。

"跟我来吧。"夏桑慢吞吞地踱着步子，穿过了青翠碧绿的草坪步径，来到了湖边的横椅边，拍了拍椅子，"坐。"

江之昂听话地坐在了椅子上，她站在他身边，拆开了护肤品套装，介绍道："护肤有步骤的，你也要试着学一下，不要以为这是女孩子的专属，男孩子也应该保持脸部的洁净，尤其你这么……"她顿了一下，没继续说。

"我什么？"江之昂追问。

"你外形条件好。"夏桑终于继续道，"所以更要注意。"

他嘴角扬了起来，用手背去蹭她的脸蛋，她敏捷地躲开了。

"有女朋友，感觉真好。"

"你如果不是阿腾，我就不是你女朋友。"

"不是我女朋友，还给我买这么多东西？"

"我这不是拿你当替身吗？"夏桑半开玩笑半赌气地说，"喜欢你的脸，不行吗？"

"只喜欢我的脸啊？"江之昂的手捏着她的手，移到唇边又想吻，"身体，不喜欢吗？"

"你老实点。"夏桑推开了他，拆开了水乳和精华，按照顺序给他轮番涂了一遍。

江之昂闭着眼睛，任由她在他脸上温柔地揉着。

"以后你自己弄，也要记得顺序，水、精华和乳液，夏天用乳液，冬天就要用霜，每周两次面膜。"

"复杂。"

"你学东西，不是一学就会吗？"夏桑用剩下的乳液给自己涂了涂手，然后把护肤品装好了递给他，"这几天的军训，记得要上防晒，不要晒黑了。"

江之昂睁开了眼，看着她："夏桑，是不是除了这张脸，我身上没有什么值得你喜欢的地方了？"

夏桑的心忽然被这句话刺痛。

她和他对视着，那漆黑如夜的眸子也是她无比熟悉的，只有周擒才会用这样深沉而苦涩的眼神望她。

"你为什么会变成江之昂？"

"我就是江之昂。"

"好，我不问这个。"夏桑知道他肯定有苦衷，于是道，"那你爸爸……还好吗？"

江之昂的手猛然攥紧了拳头，不过随即松开，极力控制着自己的表情，控制着眼角肌肉的颤抖，拉出一抹笑意："很……好啊。"

夏桑不笨，已经从他眼神里读出了什么。

"是不是周叔叔出了什么事？"

"没有。"他脸上轻松的笑意淡了些，"不要胡思乱想。"

夏桑不敢细想，不敢乱猜，因为那恐怕是她无法承受的东西。她双腿有些发软，沉默着，坐在了他身边。一阵悠悠的夜风吹过，她感觉脸颊有些微凉，这才赶紧擦掉了脸上的湿润。

江之昂听到了女孩颤抖的呼吸，说道："你看，在我身边，你哭的时候比笑的时候多。"

"没哭。"女孩倔强地说，"谁哭了，不过是风有点大而已。"

"江之昂没有沉重的过去，他开朗健康，性格好，出身好，也很上进努力。"他侧头望向身边的姑娘，认真地说，"虽然有点招桃花，但遇到你就会改。桑桑，能不能接受他？"

夏桑沉吟了几秒钟，从衣领里取出了一枚银色的羽叶项链，放在唇边吻了吻——

　　"周擒没有很好的出身，性格也许没那么开朗，身体受过很多伤……但我喜欢他，只喜欢他。

　　"所以……

　　"对不起，我没有办法接受江之昂。"

Chapter 11

同居·备赛·圣诞节

"这首《最爱》，送给我最爱的女孩。二年级，夏染学姐，她是我这辈子的最爱，喜欢得不得了。"

夏桑起开，走了几步，江之昂便追了上来，扯过她的手，顺势将她颈上的羽叶项链摘了下来。链子表面泛着清冷的光，却带着她身体的温暖。这条链子她戴了一年多。

江之昂眼底划过一丝晦暗，扬手用力一掷，链子被他扔进了水中，发出一声沉水的闷响。夏桑反应过来，惊声道："江之昂，你做什么！"

江之昂极力抑制着情绪，嗓音忍耐又压抑："一个怯懦的人，有什么值得念念不忘的。"

夏桑看着泛起层层涟漪的湖面，项链入水便沉了底。她的心也跟着一点点沉了下去，只感觉心里空荡荡，仿佛丢失了最珍贵的宝贝。同时丢失掉的还有她和他那些苦涩又甜美的回忆。

一阵风过，夏桑下意识地跑到湖边，将脚探入池水，想要试着跳下去把链子捞上来。

江之昂从后面一整个抱住了她，用压抑的嗓音在她耳畔道："一条破链子罢了。"

夏桑红着眼睛，抓住他的手，用力地咬了一口。

江之昂没有退缩，任由她发泄般地用力咬着："你看，那条链子就像周擒的过去那么沉重，它会拉扯着你，一直沉到底。"

夏桑咬着他的手，一滴湿热的眼泪掉在了他的手腕处。她沉默着，热泪盈眶。

"我不在乎，就算沉到深渊里，我也不在乎。"

"我在乎。"江之昂紧紧环着女孩瑟瑟颤抖的身体，"从今往后江之昂不会让你哭。"

傍晚，夏桑帮许茜制作了招新海报，拿到文印店去打印了出来。许茜将海报粘贴在小黑板上，笑逐颜开："果然还是我们小桑说话管用啊，这没过几天，团委就同意了咱们的招新许可，正巧赶上今年的新生，咱们啦啦队肯定能壮大起来，跟他们街舞社好好拼一拼。"

夏桑似乎有心事，许茜说什么她也没听见，怔怔地望着海报。

许茜戳了戳她的手肘："你还在想周擒的事啊？"

"嗯。"

"我还要问你呢，周擒他到底怎么回事？考到东海大学来，当了你的学弟，名字也改了，身世也全变了。"许茜好奇地说，"这几天我们艺术学院的女生，全都在传江家大少爷的事，好些个铆足了劲要追他呢，以前的周擒也没这么大的能量啊！"

"以前的周擒当然没有。"夏桑若有所思地说，"没有了影响他颜值的疤痕，摇身一变，江家大少爷，东海市理科状元……带着这叠加的重重光环，他怎么可能还是过去那个惨兮兮的穷小子？"

"李诀见过他没有？好兄弟总不能不认识吧！"

"见过了。"夏桑一早就拉着李诀去见了江之昂，李诀也是一头雾水，追着他喊"擒哥"。但江之昂也是很稳得住的人，打死就是不认李诀。

"李诀跟他还挺有默契，不管他认不认，分分钟又成了好哥们儿，一口一个昂哥叫得亲热。"

"他比你还宠着周擒呢。"许茜笑了起来，双手一撑，坐在了招新摊位边，"所以……江之昂到底是不是周擒啊？"

"你觉得呢？"夏桑望向了许茜，想听听她的意见。

"说他是吧，两人身份差距过于悬殊；要说他不是吧……这一模一样的两个人，连双胞胎都没这么像的。"

"废话文学。"

"好啊，那说点不那么废话的。"许茜摸着下巴，思忖道，"周擒怎么就变成了江之昂呢？我倒有几种猜想。"

夏桑来了兴趣："说说，看是不是跟我想的一样。"

"首先，最有可能是抱错了。他不是他爸妈的亲生孩子，而是出生时抱错了，真正的身世其实是江家大少爷，现在认祖归宗了。"

夏桑嘴角咧了咧："你在写小说呢？"

"那你说说啊。"

"最后一次见面，在医院里，周擒告诉我，他妈妈来接他了。"

许茜合拳击掌："你是说，他妈妈嫁进了东海市的江家，然后他自然而然成了江家的孩子？这个解释很合理啊！"

"也不合理。"夏桑摇摇头，否决道，"首先，妈妈的离开一直是周擒心里的伤痕，我不相信他会毫无芥蒂地跟着妈妈来到江家，成为江家的孩子，并且彻底抛却过去，连名字都改了。"

"你这样一说……"许茜也觉得很有道理,"我虽然和周擒接触不多,也知道他不是那种人。"

夏桑心里隐隐升起几分恐惧,似不愿再继续猜测下去了。她真的害怕,怕他有什么特别的苦衷。怕他藏着一个悲伤的秘密,也怕他被伤害。

许茜打量着夏桑低沉的脸色,笑了起来:"他究竟是不是周擒,有那么重要吗?"

"不重要吗?"

"夏桑,你一直在等他,现在他回来了,这不就是得偿所愿吗?"

"可我等的是周擒,不是江之昂。"

许茜拍拍她的脑袋:"改名换姓了,又没改头换面吧。还是周擒那张英俊的脸、八块腹肌的身体,有什么不能接受的!"

"不知道。"夏桑心里还是有芥蒂,闷闷地说,"一个人的过去,怎么能说不要就不要了……"

许茜撇嘴道:"除你之外的所有回忆,对于他来讲,恐怕都是屈辱又苦涩的吧,你又怎么能不许他扔掉那些不堪的记忆呢?"

夏桑望向了许茜,似乎觉得她说得有点道理。

"那我现在该怎么办呢?装作一切都没有发生,接受江之昂吗?"

许茜从小桌上跳下来,站直了身子,对她道:"设身处地地想,如果是我喜欢了那么久,等了这么久的人,他回来了,我要做的第一件事就是……"她坏笑着,没再说下去。

夏桑追问:"什么啊?"

"当然是……"许茜凑近了她耳畔,小声说了句什么。

夏桑的脸颊瞬间红得通透:"我跟你讲正经事,你说这些有的没的。"

许茜嘴角弯了起来,狡黠地笑着:"什么有的没的,你要真喜欢他,这就是自然而然的事情,你不是总盼着长大吗,这就是长大的乐趣啦。"

"你怎么回事?"

"我这学期选修了相关课程,觉得这些都很健康,你要不要跟我一起去听啊?"

夏桑控制着面部表情,严肃地咳嗽了一下:"看我有没有时间啦。"

就在这时,林止言拿着伞棚走了过来,撑在了啦啦队的招新摊位前。

"许茜、夏桑,我给你们借了伞棚,今天风有点大,省得海报传单被吹翻。"

"谢谢师兄。"

"谢谢学长啦。"

许茜走到林止言身边，笑着说："学长，你可真细心啊。"

"有需要我帮忙的地方，直说就是了。"林止言温柔地看着她，"对了，下周有我的一场音乐会，许茜，你有时间来看吗？"

"当然啊！"

"那行，我到时候给你留一张票，你能来，我很高兴。"

虽然在夏桑面前，许茜像个大姐姐一样，很有主见，但是在林止言面前，许茜秒变小女生，关切地问他："你不是说等会儿团委还有工作吗？这会儿还来帮我扛伞棚。"

"我过来看看，就走了。"林止言摸了摸她的额头，"拜拜。"

"拜。"

许茜目送了林止言离开，顷刻间又从乖顺美少女变回大姐大，激动地说："啊啊啊，他真是太温柔了。"

"之前我看到林止言给你点赞，还想问你什么时候加的他呢。"夏桑满脸惊讶，"你发展得也太迅速了吧！"

"上次吃饭之后，我主动加的他。"许茜笑着说，"他也很主动地和我聊天，然后慢慢地就心照不宣了。"

"可是……"夏桑略有迟疑，说道，"他对很多女孩都这样啊。"

"玩玩嘛。"许茜耸耸肩，好像浑不在意，"跟这么帅的学长谈恋爱，我也不亏啊。"

夏桑知道许茜一贯喜欢这类男孩，像之前的祁道、现在的林止言……气质差不多，出身家庭也都很好，长相清秀，衣品打扮新潮又时尚。对于林止言的人品，夏桑其实有些存疑，但是想到林止言帮了她们社团的事，她又不好在许茜面前讲他的不是。

这时，一道轻慢的嗓音传来："你的眼光还是一如既往的烂，怎么总爱在垃圾桶里找男朋友？"

许茜回头，看到穿着新生迷彩T恤的李诀，从伞棚后面走了出来。

她不满道："臭黄毛，说什么呢？"

"说你品位差。"李诀随手拎了张招新传单，折成纸飞机，一脸漫不经心，"那种花花公子，你也敢沾。"

这句话瞬间点燃了许茜的怒气，她上前推搡了李诀一下："你嘴里不干不净的，再胡说八道我不客气了！"

李诀也不生气，钳制着许茜的手腕，嘴角浅浅扬了扬："我不知道他是什么人，但绝对不是好人。"

他看了眼夏桑："乖乖女，你说呢？"

夏桑顿了顿，对许茜道："林止言虽然是我的师兄，但我对他了解不多，高三寒假的时候我过来东海市开研讨会，跟李诀、周擒遇见了，那时候我们和林止言有过几面之缘……"她观察着许茜的脸色，尽可能地组织着语言，避免伤害她，"他的私生活可能不太单纯。"

"那你们可能误会了，我和林学长都是艺术学院的，知道外界对艺术学院的学生有一些误会，不只是林学长，还有人这样骂过我呢。"

夏桑看了眼李诀，李诀恨铁不成钢地戳了戳许茜的脑袋，嘲讽道："我们体育生头脑简单，好歹四肢发达吧，你们艺术生脑子里装的都是豆腐渣？"

"我的事不要你管！"

"让人骗了再一脚踢开，你可别说我没提醒你。"

"你真有那么好心？我看你就是见不得我有这么好的男朋友，你嫉妒！"

"行行行，这么好的男朋友，你就且消受着吧。"

夏桑打量着李诀，他一贯云淡风轻，任何事都是玩笑的语气，鲜少看到他这样着急上火的样子。她挑挑眉，看破不说破。

李诀也懒得跟许茜争执，兀自坐到了招新摊位边，给自己倒了杯水，闷闷地喝着。

很快，天色暗了下来，新生的军训也快结束了，文化广场上各大社团新的摊位越来越多。动漫社五花八门的 Cosplay、文学社的诗词歌赋有奖问答、围棋社的现场博弈……社团们各出奇招，吸引注意力，为自己的社团发展招募新鲜血液。

这会儿也陆陆续续有结束军训的新生，穿着迷彩装，带着热腾腾的青春活力来到了文化广场，好奇地东看看、西瞧瞧。

夏桑拿手肘戳了戳兀自生闷气的许茜，用眼神示意她打起精神来，街舞社的摊位就在对面。许茜抬头，果然看到街舞社像唱擂台戏似的，将招新摊位设在了啦啦队摊位的正对面。

许茜轻哼了一声，将一沓传单递到李诀手里："帮忙发传单。"

"又不是你的社员，谁要听你使唤？"

"你喝了我们社团的水，就要帮我们干活！"

李诀虽然嘴上骂骂咧咧，倒还算听她的话，走到路边懒洋洋地发起了传单："街舞社招新，走过路过不要错过，学习街舞，强身健体，为国争光。"

许茜冲过来，一脚踹他屁股上："啦啦队！什么街舞社！你是对面派过来的间谍吗？"

李诀敏捷地跳开了，许茜还要打他，他将她拉到自己面前，嗅了嗅她的手腕："嗯？无人区玫瑰。"

那是许茜第一次近距离地看到李诀的脸，竟然有一瞬间的惊艳感。

以前他的脸总是被头发遮着，隔得稍远就看不太真切。

这次许茜近距离地看到，他的眼睛有点丹凤的感觉，狭长上挑，不是第一眼的大帅哥，但是越看越有味道。皮肤很白，和这一头黄头发倒也相得益彰，莫名给了许茜一种淡淡的海盐的感觉。

她甩开了他的手，退开了几步，讪讪道："你还懂香水呢？"

"经常在你身上闻到，所以去试闻过，果然没出错。"

许茜轻哼了一声："快好好给我发传单，不准再念错啦。"

李诀淡笑着，扬着传单道："走过路过不要错过，宇宙美少女啦啦队招新了！"

许茜回到夏桑身边，喃了声："李诀真是个蠢货。"

"他可不蠢。"夏桑粘贴着海报，回头望了眼少年高瘦的身影，"能跟周擒当了这么久哥们儿的人，怎么可能是蠢货。"

"这话……像是爱屋及乌啊。"

啦啦队和街舞社的擂台戏，啦啦队完败。即便有几个新生好奇地来到啦啦队摊位前了解情况，但很快就会被街舞社那边的盛况给吸引过去。

两个社团的人气根本不成正比。街舞社是全校第一大社团，社员人数众多，在摊位边放着音乐，跳着热辣的舞，引来一阵阵的欢呼和尖叫。

啦啦队这里人丁萧条，门庭冷落，只有社长、副社长，外加一个黄头发。夏桑和李诀两人背靠背、懒懒地倚在凳子上，有一搭没一搭地聊着关于江之昂的事。

许茜看着街舞社门庭若市的盛况，嫉妒地咬了咬牙，只能干着急："你俩别聊天了，想想办法，把场子热起来啊！"说着，她将夏桑拉起来，"尤其是你，作为副社长，看到我们社团这么衰败，不想想办法吗？"

夏桑也很无奈："咱们社团两个小时前才成立呢，怎么跟人家已经成立了十多年的街舞社抗衡啊？"

李诀喝着茶，看热闹不嫌事大："要是我，肯定也去对面，你看对面那么多漂亮妹妹。"

夏桑煞有介事地应和："好看的哥哥也很多。"

"你们俩……"许茜快被他们气死了，推了一下李诀手里的纸杯，"喝喝喝，呛不死你。"

李决果然被她这一招给呛了下，躬身咳嗽了起来，脸都红了："咳……你太狠了！"

许茜也是个嘴硬心软的人，拍了拍他的背，嗔怪道："真是烦死了，一点用都没有，就会说风凉话。"

李诀平复了咳嗽，无奈地捡起传单，走到路边大声地吆喝了起来："来看看最新成立的啦啦队，入队就是社干，先到先得，不要错过！"

许茜看着李诀高瘦的背影，又觉得有些过意不去，讪讪地哼了声。

夏桑倚在桌边，说道："人家也没义务帮你做事啊，你还对他凶巴巴的。"

"谁让他成天来我跟前晃，平白的劳动力，不要白不要呢。"

"人家为什么成天来你跟前晃，你心里没数吗？"

许茜望向夏桑："什么啊？"

"没什么。"

她不知道，夏桑也没把话说明白。

"啦——啦——队。"一道尖细的女声传来，"你还真搞了个新社团。"

许茜回头，看到街舞社的社长沈舒念溜达了过来："我们学校已经有街舞社了，你们这山寨版的舞蹈社团，一点新意都没有，能招到新生就怪了。"

许茜看到沈舒念便上火来气。她的舞分明跳得比沈舒念好，但沈舒念仗着自己社长的身份，处处压制她，甚至联合几个社干逼着她离开街舞社。许茜这处处要强的性子，自然受不了，就是为了出一口气才成立啦啦队。

"什么山寨版，啦啦队和街舞社是完全不同的两种社团，不知道不要乱讲好吧。"

沈舒念冷哼道："都是跳舞，你们还能跳出花儿来吗？还不都是捡我们街舞社剩下的。"

许茜性子火暴，眼看着跟沈舒念就要吵起来了，夏桑拉了拉她的手，让她平静下来。

"沈学姐，啦啦队和街舞社的定位还是不一样的。"

沈舒念看了夏桑一眼，小姑娘模样漂亮乖巧，态度也是温柔谦和，所以想要尖酸地刺她一刺，也无从下嘴，反而显得自己刻薄。

"有什么不一样？我看都差不多。"她抱着手臂，冷哼道，"山寨货。"

"你们街舞社举办的活动，不管是爵士还是 Popping，多是个人的独舞。但我们啦啦队跳团舞，讲团队合作，这是最大的不同。"

"我们没看出来有什么不同，我们也有三人舞啊。"

夏桑从容地说："当然也不仅仅是跳舞，啦啦队和体育竞技结合起来，更重要的使命是活跃气氛，鼓舞人心，传递竞技精神。这就是我们和街舞社最大的不同。你们的文化是嘻哈与个性，但我们的文化是团结协作。道不同，自然不相为谋，山寨又从何说起？"

沈舒念当了两年社长，也只知道一个劲儿跳舞，没明白街舞社有什么文化。她努力在脑子里搜刮词句来反驳夏桑，但除了骂人和嘲讽的话，她想不到什么强有力的观点来和她对抗。

夏桑对她谦和地微笑着，看似温柔，却带着一股潜在的力量，令她无从反驳。

"你这么会说，参加什么啦啦队，直接去辩论团不就得了。"沈舒念冷声道，"走着瞧，我倒要看看你们所谓的团队组不组得起来。"

说完，她转身回了街舞社，站在社团海报旁，看好戏一般望着他们。

许茜站在夏桑身边，用商量的语气对她道："哎，你看他们那边，舞跳得那么热闹，咱们也来一段？"

夏桑赞同道："好啊。"

"好啊，那你准备一下。"许茜说完便拿出了准备好的蓝牙音响。

"啊？"夏桑惊愕回头，"我准备什么啊！"

"以前你待在我们啦啦队，学了不少团舞嘛。"

"为什么是我！"

许茜看了看周围："除了你，难不成叫李诀来跳啊？"

"你呢？你不是社长吗？"

"正因为我是社长，我才不能轻易下场，有失身份。"许茜摸了摸自己卷卷的发型，说道，"再说我穿着高跟鞋呢！不方便。你可是我们啦啦队的中流砥柱，交给你了。"

夏桑眉头皱了起来，为难地说："我这都多久没跳舞了！再说我也没天赋啊。"

许茜已经打开了蓝牙音箱，播放了一支爵士乐曲，鼓励道："宝贝，我相信你。"

"……"

周围聚了不少人，似乎也是凑过来看夏桑跳舞的。

夏桑这会儿像是被架在火上炙烤一般，不想上也不行了，只能勉强地站在了路口。

许茜放的音乐是那年街头篮球赛的热场舞爵士乐，调子很熟悉，动作依稀也还记得些。夏桑脑子里还残留着一些肢体记忆，跟随着节奏鼓点，自然地跳了起来。

她长得漂亮，打扮得也很清新可人，即便舞蹈动作生疏了些，整体看来也还是非常青春养眼的。

李诀抱着手臂，倚在桌边，吹了声口哨："不错啊乖乖女，还会跳舞呢。"

她长得比街舞社那几个跳舞的女孩都好看，垂肩短发也带了几分飒逸的气质，性感的爵士舞在她跳来是相得益彰，很快便吸引了更多人的注意。

沈舒念见此情形，拍了拍手，又叫了几个打扮潮酷的帅哥上场，试图用颜值战术吸引更多人的注意，抢走啦啦队的风头。

许茜推了李诀一把，急切地说："你也给我上！"

"我？"李诀坚决不肯上场，"我只会打篮球，跳舞一窍不通啊。"

"怕什么，你看那边几个男生，跳得也一般，拼颜值谁怕谁啊！"

"别冲动啊。"李诀往后退了，"我看夏桑完全能搞定，你要相信你的副社长。"

夏桑的体力没那么好，跳了一会儿之后便有点懒怠退却的意思了，回头望了望许茜。许茜冲她挤眉弄眼，让她无论如何要继续跳下去。

就在夏桑无可奈何之际，人群中，一抹绿色的身影踩着节拍走了出来，站在她身旁，和她保持着同样的动作，跳了起来。

还是和当年街头篮球赛一样性感惹火的爵士舞。江之昂这一上场，周围忽然爆发出一阵热烈的尖叫声，将整个文化广场的新生注意力全都吸引了过来。

伴随着少年潇洒利落的动作，沸腾的气氛瞬间被点燃了。夏桑好奇地回过头，迎上了江之昂漆黑的视线。

他的脸上挂着轻佻却迷人的笑意，伴随着爵士乐律动的节奏，无论是性感的摸身还是甩胯，他都跳得相当放得开，甚至比夏桑的动作还要大一些，带着张扬恣肆的风格，引得女孩们疯狂不已。

街舞社派了不少帅哥上场跳舞，但都比不上一个江之昂。

广场所有人的注意力都被他吸引了，围观的人越来越多，形成了一个大大的圈，甚至不少人都挤到了街舞社的摊位边。

人还在不断增加，场面越来越热闹。

不少女孩拥到了许茜面前，问道："江之昂也在啦啦队吗？"

许茜喜出望外，说道："在在在，当然在，他可是我们社的宣传部部长。"

"那给我一张报名表吧。"

"也给我一张。"

李诀嘴角抽搐，说道："你就内定他是你们宣传部部长了？他同意吗？"

"用得着他同意？"许茜望了望夏桑，"我们副社长在，不怕他不乐意。"

热场舞结束之后，夏桑没搭理江之昂，转身退回到了许茜身边。江之昂视线追在她身上，本来也打算要停下来，李诀忽然甩了一段篮球过去，喊道："昂哥，接着！"

江之昂扬手接过了篮球，许茜换了一段有强烈鼓点节奏的街舞旋律。

伴随着旋律，他又熟练地耍起了街头篮球。

女生们尖叫得嗓子都喊哑了："啊啊啊！"

"江之昂好帅啊！"

他穿着一身迷彩T恤，露出了结实流畅的小臂肌肉线条，麦色的皮肤带着阳光的质感，运动后越发带着荷尔蒙涌动的感觉，篮球任由他操控，在他手上仿佛有了生命力一般。

他的视线时不时扫过夏桑，似乎在等待她的认可。夏桑看着他脸上漂亮又自信的微笑，也情不自禁地弯了弯唇角，心头却升起了一阵说不上来的悲伤。

他如此璀璨夺目，却越发衬得她心里的那个人，晦暗而压抑。

也许真的像许茜说的那样，她从来未曾理解过他苦涩的过去，又有什么资格拒绝他变成现在这个阳光开朗的江之昂呢。

江之昂跳了爵士舞，又耍了会儿街头篮球，把啦啦队的场子热了起来。许茜也因此收到了厚厚一沓报名表，比街舞社足足多出了两倍。

她冲沈舒念扬了扬报名表。

沈舒念没有看她，一双眸子全盯在江之昂身上，待他结束之后，便走了上去，露出了甜美可亲的微笑："学弟，有没有兴趣加入街舞社啊？"

江之昂用手臂擦了擦脸上的汗珠，一个动作一个眼神，对于女孩都带着致命的撩拨："街舞？"

"嗯嗯！我是对面街舞社的社长，沈舒念。"沈舒念温柔地说，"你很有天赋，我想邀请你加入我们街舞社，我们社里有蛮多志同道合的小姐姐小哥哥，一起来玩啊！"

"抱歉，我不会跳街舞。"江之昂冷淡地笑了下，"我只会跳团舞。"

"没关系的，可以学，只要你有兴趣——"

"我对跳舞没兴趣。"

沈舒念愣住："可你刚刚跳得那么好。"

"因为我只对我女朋友有兴趣。"江之昂望了望不远处的夏桑，眼神里带着不可抑的宠溺，"她是啦啦队副社长。"

啦啦队第一天的招新大获成功，许茜高兴极了，提出要做东请大家吃饭。尤其是江之昂这位明星级社员，除好好拉拢他之外，当然她也要制造他和夏桑和好的机会。

夏桑是典型的理工科女生，脑回路也是一根筋，不比许茜这类艺术生情感外放。许茜就觉得无所谓，甭管他是周擒还是江之昂李之昂的……只要人还是那个人，有什么关系。

夏桑性子轴，又是长情的人，想不通这一茬才会觉得别扭。

许茜请客吃小火锅，小火锅真的是很小很小的一锅，两人一桌，容不下第三个人。

自然，这样的精心安排，也是为了把江之昂和夏桑凑到一起。不过这样一来，她也只能勉强自己和李诀凑一桌了。

"你的头发好丑啊。"许茜一边拌着蘸料，一边嫌弃地打量着他，"跟混混似的。"

"我觉得很酷。"

"一点也不！"许茜扯了扯他的头发，"不知道多影响你的颜值！"

李诀是个心思玲珑的人，听到这话，淡笑了下："怎么，你觉得我帅？"

"我没有这么说！"

他将额前的头发捞开，说道："让你看看我的脸。"

许茜漫不经心地扫了他一眼，他皮肤真的很白，似乎是那种晒不黑的白，五官单看都不算太精致，但凑到一起偏就有种说不出来的舒服。

她不好意思地移开了视线，回头对隔壁桌的江之昂道："大少爷，加入我们啦啦队啊！"

江之昂给自己搅拌了蘸料，随口应道："好。"

夏桑立刻道："你不要叫他大少爷。"

"为什么？"

江之昂也放下了碗，好奇地望向了夏桑，嗓音上扬："为什么？"

夏桑闷闷道："我不喜欢。"

"你不喜欢的事多了。"江之昂仍旧带着周擒以前懒散的调子，漫不经心道，"你不喜欢小提琴，不喜欢学习，不喜欢过年，也不喜欢——"

"我喜欢周擒。"她压低声音，赌气一般道，"只喜欢他。"

"你不是喜欢周擒，只是喜欢当初喜欢他的那种叛逆和刺激的感觉。"他随手给她调了蘸料，淡淡道，"你对他的喜欢，一大半都是因为生活太压抑了。"

"砰"的一声，夏桑将筷子重重地拍在桌上，气急败坏道："胡说。"

"我是不是胡说，你心里清楚。"江之昂漆黑的眸子望着她，仿佛一眼便能洞悉她的心事，"像提线木偶一样被操纵着，周擒是你挣脱出来的一场意外，和他在一起的感觉多刺激。"

夏桑落在桌上的手紧紧捏成了拳头，眼睛也红了一圈，起身便要离开火锅店。

江之昂发泄一般说完这几句话，顷刻间又开始后悔，后悔自己又把她弄伤心了。

怎样都不对，不合时宜，过去如此，现在更是如此。

他起身追了上去，在夏桑即将走出店门的时候，攥住了她的手腕。

"我错了，乖，我不说了。"夏桑眼底含着水色，努力抑制着酸涩，努力不在他面前掉眼泪，只是用力地瞪他。

江之昂将她拉了回来，坐回位子上，然后给她夹了她喜欢的鹌鹑蛋，好言好语地哄她。夏桑平复着起伏的情绪，埋怨地问他："你为什么不把周擒还给我？"

"你为什么不能接受江之昂？"

"因为我先喜欢周擒。"

"江之昂比周擒更好。"

"不是！"

眼看着这俩轴脾气又要吵起来了，许茜实在无法保持沉默了，端着碗走到他们桌边，气急败坏道："给你们创造机会一起吃饭，不好好吃，那不如我们仨一起吃啊！"

夏桑闷声说："我不想和他吃饭。"

"好。"江之昂端起碗要去李诀那桌，许茜立刻揪住他，"怎么，你一男的，这么小气啊？"

他睨了夏桑一眼，还是端着碗离开了。

夏桑闷闷地低下头，默默擦了擦眼角酸涩的眼泪。

过了会儿，江之昂折返回来，拎了一罐冒着冷气的冰镇可乐，递到她面前："喝点冰的，看你嘴巴都辣红了。"

夏桑赌气没接，江之昂帮她扯开了拉环，递到了她手边。

"你去和李诀吃啊！"

"不了。"江之昂把许茜赶走了，"一边儿去。"

"那你们别吵架了。"许茜端起碗，笑着说，"江之昂，你知道她脾气就这样，也让着她些。夏桑这一年来日思夜想，满脑子都是她的擒哥，理解一下。"

"谁想他了？"夏桑喝了口可乐，重重地搁下易拉罐，"就连我们家黑黑，半年没见了每次视频都还亲热呢，他连狗都不如。"

"是，我连狗都不如，只会惹桑桑生气。"江之昂又给她夹了菜，"把饭吃了再气。"

夏桑即便再恼他，跳了这么久的舞，也是很饿了，索性拿起筷子默默吃饭，一句话都不跟他说。

江之昂吃饭的速度不快也不慢，不优雅也不鲁莽，吃饱了便搁筷子，笑吟吟地看着她吃。

她低着头，一边吃一边闷声说："我不会原谅你了。"

"我知道，不奢求你原谅。"

大概他们也是真的不合时宜，当初如此，现在也是。偏他不信邪，当初不信，如今更是……

他要留在她身边，永远不会再离开了！

"许茜，谢谢你请我吃饭。"夏桑吃饱后，背上了书包，转身对许茜道，"先走了，下次我请你。"

"欸。"许茜无奈地冲她的背影喊道，"记得我之前跟你讲的话。"

夏桑走出了商城，穿过步行街走进学校南门，朝着图书馆大步流星地走过去。

江之昂一直跟在她身后，走进了图书馆，却被挡在了刷卡机外面。新生的校园卡还没发下来，他暂时还不能刷卡进入图书馆。夏桑进去之后，回头望了他一眼。

少年站在刷卡机边，双手插兜，遥遥地望着她："你去学习，我在这里等你。"

"你爱等就等。"夏桑毫不犹豫地一头扎进书堆里，找了本C语言的书翻了起来。

不知不觉间，落地窗外的天色也暗沉了下来，街道边路灯亮了，飘起了稀稀疏疏的小雨。她在落地窗边站了会儿，看着空气中丝丝缕缕的雨。其实她也不知道自己到底在闹什么别扭。

或许正如许茜所说的那样，不管是江之昂还是周擒，反正只要是他就对了啊。

过去头上悬着达摩克利斯之剑，那么难都挺过来了，现在好不容易把他盼回来了，还有什么放不下的呢？

夏桑闷闷地想，这会儿出去，如果他还在，她也许可以原谅他。

她放下了书，故作随意地溜达到了刷卡机边，图书馆的大厅空空如也，不见了少年的身影。

"还说等着呢。"她轻哼了声，转身走回去。

这时，少年低沉的嗓音从圆柱后面传了过来："我还在。"

夏桑回头，看到他高瘦的身影倚着圆柱，脸庞轮廓冷硬，偏头瞥向她，指尖有一搭没一搭地玩着打火机。

"桑桑，我说了会等，决不食言。"

　　夏桑终于忍不住鼻尖的酸涩，刷了卡冲出了图书馆，小跑着过去，用力地抱住了他劲瘦的腰。江之昂也环住了她，摁着她的头，将她用力摁进了胸膛。

　　"你知道我有多喜欢你，还说那种话让我伤心。"胸腔里那股压抑滞闷的情绪，终于汹涌而出。

　　她将脸埋进了他的衣服里，深深地吸了一口气，带着几分不稳的哭腔："那个时候，不管我有多叛逆、多害怕，更不是因为和妈妈闹别扭，才故意接近你。"

　　"我知道。"他在她耳畔柔声安抚道，"我知道，我刚刚都是乱说的。"

　　小姑娘委屈地在他胸口蹭了蹭，将眼泪蹭在了他衣服上："你回来，我像在做梦。"

　　他嗅着女孩身体的甜香，那是他在梦里都不敢用力去嗅的味道。

　　魂牵梦萦的这一年，无处是她，无处不是她。

　　"桑桑，我甚至……不敢做这样的梦。"

　　"高中的时候，我总盼着要长大。"夏桑贴着他的衣襟，说道，"我想过长大以后，要和你做很多事情，一起看电影、去游乐园、玩密室……你给我抓很多娃娃，在万圣节我们扮成小丑和小丑女，然后……然后再长大一点，我还要和你做一些美好的事情，你离开的每一天，我都在想。"

　　他嘴角勾起一抹笑意，附在她耳畔，温柔地问："你每天都在想？"

　　"嗯。"夏桑脸颊微红，"你不知道这一年来，我有多想你。"

　　"我知道。"他何尝不是如此。

　　"所以你已经回来了，我不该再跟你吵架。"夏桑望向他，"阿腾，吵完架了，你陪我把这些梦想都一一完成，好吗？"

　　"好啊。"

　　"那亲一下。"女孩踮起了脚。

　　江之昂捧起了她的脸蛋，从她的脸颊一直吻到了她的唇，柔软又温暖。夏桑被他吻得晕晕乎乎的，这次是如苏若怡所说的法式热吻，她能感觉到他压抑了很久的感情，来势汹汹。

　　她红着脸，几乎有些站不住了，趴在他肩头，全靠他抱着她，支撑着她的身体。

　　"阿腾……"

"我知道。"

"你知道什么？"

江之昂眼角勾了起来，望着女孩绯色的脸蛋，在她耳边用气息道："你现在就很想和我做美好的事。"

从那天之后，夏桑绝口不提江之昂周擒的事了。她猜到或许他有苦衷，但不管怎样，她都应该无条件地在他这一边。因为不管是江之昂还是周擒，都是她的阿腾。

半个月的军训结束，最后的军训成果汇报的操练大会一大清早开始了。夏桑下了早间课，背着书包匆匆穿过教学楼，来到了风雨球场的网栏外。外围聚集了不少路过看热闹的女孩们，指指点点地望向操场。

在进行曲激昂的旋律下，迷彩绿方阵一队队整齐有序地排列着。按照班级划分连队，每个连在教官的训练下，各自拿出了绝活，向校领导汇报军训成果。

夏桑找到了周擒班级所在的连队，他们踏着齐步，来到操场正中间，表演了一套军体拳。江之昂位于第一排最显眼的位置，平时夏桑看多了他慢条斯理、懒懒散散的轻薄样，但今天穿着迷彩绿、站在排头的他，却格外挺拔而坚毅。

伴随着教官的口哨声，连队整齐划一地挥拳，每一道拳都伴随着响亮的低吼声，激起了场内外阵阵欢呼。

周围的男孩们挥舞着拳头，看着多少有些花架子，虽然动作到位了，但是总感觉缺了点力量。

江之昂的动作和他们截然不同，他手臂的麦色肌肉格外紧实，每一次挥拳，力道格外稳，收放合宜、张弛有度，他不仅能打出力量感来，而且还能很好地控制这种力道。

因为他父亲以前是拳击教练，所以他从小就练习拳击。

听李诀说，他一拳能把人的骨头都震碎，当然也许是夸张的形容。因为夏桑从来没见过周擒对谁挥过拳头，他有力量，但从不滥用这力量，也不会欺负人。

九月末的气温依旧灼热，打完一套军体拳，江之昂的后背出现了深色的一片湿润，汗珠顺着他坚毅的额际流淌下来。

在汗水和阳光中，荷尔蒙气息简直爆棚了。

　　夏桑自然也注意到身边女孩的目光，无一不是聚集在最耀眼的少年身上。

　　过去的周擒已经是相当受欢迎了，而现在的江之昂，没有了凶庆的疤痕，添了江家大少爷的身份加持，成绩好，体格又强，浑身上下散发着爆棚的雄性荷尔蒙。

　　他一入校，这旺盛的桃花简直堪比三月春的落英缤纷。

　　操练大会结束之后，从操场走到铁网栏大门口，这一路上，江之昂已经拒绝了三个迷彩装大一女生加好友的请求了。

　　他远远望见，夏桑站在对面银杏树下乘凉。一阵风过，银杏叶纷纷而落。

　　女孩穿了件淡白色的连衣裙，白皙的肌肤越发显得剔透，柳叶眉淡淡的，柔美的脸蛋有着小女生的娇气。

　　她拿起一片银杏叶，对着阳光，正用手机拍着照，漂亮的杏眼带着几分未泯的童心。

　　江之昂看到她便莫名心痒，加快步伐，小跑到她身边："等我？"

　　夏桑放下了手机，摸出纸巾给他擦汗。他便俯身靠近她，任由她温柔地用纸巾将他脸上的汗珠擦得干干净净。

　　"快回去洗个澡吧。"

　　"嗯。"

　　夏桑打量着他漂亮的眼，随口问："你那疤……"

　　"整了，不要跟别人说。"

　　"我不会说的。"夏桑转头冲身边一个偷拍他的女生喊道，"别拍了，他整过容的。"

　　女孩放下手机："真的呀？"

　　"千真万确。"

　　江之昂单手拎着夏桑，像提小鸡仔一样带她走出银杏林。

　　"阿腾，我听到军训先进个人颁奖有你的名字。"

　　"意料之中。"江之昂嘴角淡淡提了提，"听说每年有企业奖学金，每个学院一个名额，去年你拿到了吗？"

　　夏桑自信地说："当然，我的绩点是最高的。"

　　"今年是我的了。"

　　"……"

　　是的，他带着夏桑的"新菁杯"噩梦回来了。

"你不准跟我竞争！"她赌气地说，"企业奖学金是我的！"

"要我让你啊？"

夏桑拳头都硬了："不需要，我……我靠自己也能拿到！"

"好啊，那我们好好竞争一下。"江之昂似乎还有点兴奋，以前他几乎遇不到任何势均力敌的对手，但是夏桑还真是可以好好地比一下。

夏桑本来给他买了冰可乐，这会儿也不想给他喝了，拧开瓶盖自己喝了一口，愤愤道："有时候，我真是讨厌你。"

夏桑属于努力型，而他是天赋流，多少还是有些不平和忌惮。

江之昂走过来，接过了她喝过一口的冰可乐："怕我啊？"

"哼，不怕，我会努力的，不会让你比下去。"

江之昂将可乐瓶递给她，说道："夏桑，这是我最喜欢你的地方。"

"什么呀？"

"从来没有一个女孩，让我这么有挑战的欲望。"他痞笑着，望着她，"你越努力，我越想征服你。"

夏桑踢开脚下的一颗石子，撇撇嘴："无聊！"

"我觉得很有意思。"

"抢了我的奖学金，就算征服了我？阿腾，太幼稚了吧。"

"当然也有不幼稚的那种征服。"江之昂凑近她耳畔，用低沉而又性感的嗓音道，"你想试试吗？"

夏桑听出了他的言下之意，脸颊顷刻间涨得通红，加快步伐，转头朝图书馆走去，不理他了。

下午，夏桑去蹭了许茜选修的大学生性教育课程。许茜坐在最后排，给她占了位子，压低声音道："不是不来听吗？"

夏桑放下书包，从包里摸出笔记本和一本英语单词本，说道："好奇嘛，听一下也无妨。"

当然，大学的性教育课跟初高中的卫生课内容截然不同。

有如何分辨恋爱中的精神控制，也有如何预防艾滋病、如何正确使用计生用品等内容，都是非常干货的知识。

在老师讲解分辨恋爱中的精神控制的内容的时候，夏桑没怎么听，在草稿纸上记着单词。不过当老师讲到如何正确使用计生用品的时候，夏桑抬起头来，认真听了，并且还在本子上做了笔记。

许茜一脸困惑地看向她。

夏桑："干吗？"

许茜笑了起来："哦！"

"哦什么啊？"

她狡黠地笑着，凑到夏桑面前："你和周大帅哥……进行到哪一步了？"

夏桑"嗯"了很久，说道："接吻啦。"

"就这个？"

"对啊。"

"喊。"许茜不屑地说，"你俩刚到接吻这一步，也是很慢热了。"

大一的新生在操场上举办军训结业的晚会。晚风悠悠地吹着，穿着迷彩装的年轻男孩女孩们，三五成堆聚在一起，玩着游戏，唱着歌，时不时爆发出阵阵的掌声和欢笑。

当然，人群聚集最多的地方，便是计算机院的连队这边。江之昂坐在正中间，手里抱着一把尤克里里，随意地弹奏着一些旋律片段。他手臂紧实，肌肉线条很流畅，根根指节顽长，随意地拨弄着琴弦，嘴角挑着一丝淡薄的笑意。

女孩们围成了好大的一个圈，将他围在最中间。夏桑借着夜色走了过去，坐在了人群的最后排，和这些女孩一样，着迷又痴心地看着他。

以前她也见过不少男孩在操场上弹吉他，但从来没觉得有人能像他这样，一个眼神一个指尖的拨动，都是那般迷人。

夏桑觉得自己喜欢他，可能喜欢得太多了，好像比他喜欢自己还要多些。

江之昂轻笑的眼神扫了夏桑一下，随手拨了一串熟悉的旋律，轻唱了起来。

夏桑听出了那首歌，那是她这一年来常听的一首歌——《最爱》。

无论是跳舞还是唱歌，还是别的什么事，他似乎无一不会，无一不精。

夏桑听着他悠扬有磁性的嗓音，唱着这首歌时声线宛如夏日里的风一般温柔而多情。在她十八岁生日的时候，他曾将这首歌送给她。现在他仍旧唱着这首歌，那样耀眼而夺目。

而夏桑也早已不是十八岁时无助又绝望的自己了。

一曲唱罢，女孩们热烈地鼓掌，欢呼地叫着他的名字："江之昂！江之昂！"

只有夏桑，默默地低低唤了声："阿腾。"

不管他变成什么样子，他都永远是她的阿腾。

他慵懒地说："这首《最爱》，送给我最爱的女孩。"

话音刚落，人群爆发出一阵阵的起哄和笑声，当然还掺杂着遗憾和惋惜的声音。

"有女朋友了啊！"

"怎么这么快！"

"没机会了欸。"

"你喜欢的人不会正好就在现场吧？"

江之昂望向了人群中的夏桑，嘴角浅浅提了提。

夏桑感觉到不妙，爬起来转身就跑，却没想到，身后少年肆无忌惮地喊了声："二年级，夏桑学姐，她是我这辈子的最爱，喜欢得不得了。"

"哇！"

"当众表白啊！"

"我的天，眩晕了！"

夏桑听到周遭此起彼伏的起哄声，脸颊都红透了，回头瞪了江之昂一眼，似乎在责怪他这样高调地在人群中向她告白。江之昂似乎毫不在意，懒怠地笑着，用又撩又痞的眼神望着她，继续唱着《最爱》的调子。

告白终究是告白，而且是最爱的人向她告白，夏桑不可能心如止水、无动于衷。

她看着周擒漆黑深邃的眸子轻薄里带着些许认真。

她懂得他的用意。

现在他就是要把"喜欢她"这件事放在阳光下，光明坦荡。

寝室阳台边，浩浩荡荡摆放了好几盆绿植，都是夏桑精心侍弄的。她严格按照不同种类的多肉种养的规律，照顾着这些小可爱们。多肉植物们也不辜负主人的精心种养，长得旺盛蓬勃。

夏桑将一株粉色桃蛋移栽到新淘来的一个咖啡杯大小的花盆里，小心翼翼地擦拭掉杯面的泥土，然后将白色的小碎石洒在土面上。她准备将这株长得最好的粉色桃蛋作为礼物，送给江之昂。

周离离来到阳台边，蹲下来看着夏桑精心移栽的桃蛋，说道："听说江之昂跟你告白了，你答应跟他在一起了？"

夏桑放下小铲子，漫不经心道："谁能拒绝他呀？"

"可我觉得你跟那些花痴的女生不一样啊。"周离离闷声说，"你以前说你喜欢的人跟我一样都姓周呢。"

夏桑端详着桃蛋，浅浅地笑着："不管是姓周还是姓江，都没关系的，只要是喜欢的人。"

周离离虽然听不懂夏桑的话，不过她永远相信夏桑，说道："你说得没错，春光如此美好，把握当下比较重要。"

林嘉思在瑜伽毯上拉伸着胳膊，冷冷道了声："呵，见异思迁。"

夏桑知道林嘉思是这种刻薄性子，也懒得搭理她。

这时候，苏若怡匆匆跑进寝室，对周离离道："离离，你弟弟又来了，在宿舍楼下等你。"

一听到这话，周离离就像吃了苍蝇一样恶心，变了脸色："我……我不下去，他又是来找我要钱的。"

苏若怡道："他刚刚说，你不下去，他就一直在门边等你，逢人就问认不认识周离离。"

周离离气闷地跺了跺脚，无可奈何，只能转身走出寝室。夏桑和苏若怡对视了一眼，也跟着下楼去看看。林嘉思是个凑热闹的性子，也亦步亦趋地追了出来。

宿舍门边有个约莫一米八的大男孩，穿着黑色的夹克衫，坐在女寝门外的阶梯上玩手机游戏。

周离离走到他面前，不客气地问："周昊，你又来干什么？"

周昊回头，脸上挂起一丝不怀好意的诡笑："姐，我没生活费了，给点钱呗。"

"上个月不是才给了你两千块吗？"

"拜托，这里是东海市，一线大城市，两千块够买什么啊，老早就用没了。"周昊厚着脸皮道，"再给点呗，没有的话问你的室友借一点吧。"

夏桑和苏若怡藏在女寝门侧，悄悄观察着外面的情形，苏若怡低声对她道："小桑，上个月你不是刚借了周离离两千吗，难不成她全给她这个吸血虫弟弟了啊？"

"看起来是这样。"

林嘉思冷嘲道："都说救急不救穷，你看，你接济她的钱，全用来填她家那个无底洞了。"

夏桑道："她借了我的钱，没几个月都会还清，我不算接济。"

周离离也知道室友们都跟了出来，她平时最要面子，这会儿心里难受极了。看着自己洗得发白的牛仔裤，又望见周昊脚上崭新的球鞋，她咬牙说道："我也没钱，奖学金也还没发，你问爸妈要去。"

"爸妈说了，让我没钱了就来找你。"

"凭什么找我啊，我又不是你的爸妈！"

周昊理直气壮道："爸妈供你读了这么好的大学，我作为儿子都只能去念职高，让你借点钱给我怎么了！"

"我上东海大学是我自己考上的！"周离离脸色红得发紫，急切地分辩，"你自己没考上大学，又不是我欠你的。"

"不管了，你是姐姐，我没钱了就应该管你要！"周昊索性坐在了女生宿舍门口的台阶上，"你不给我钱，我就不走了！"

"周昊，你太过分了！你快走！"

"不走，除非你给我钱。"

周离离看着围观的同学越来越多，她也是很讲体面的人，急得眼泪直流。

室友们见两人僵持了起来，也没办法再袖手旁观，苏若怡对林嘉思道："你平时不是最牙尖嘴利爱吵架吗，去和那家伙吵啊。"

林嘉思抱着手臂道："我才不去呢，有句话叫'宁可得罪君子，莫要得罪小人'，你看她弟弟那样，小流氓一个，我才不要去惹得一身腥呢。"

"呵，你就是欺软怕硬。"

"随你怎么说。"

夏桑毫不犹豫地走出去，将周离离拉到身后，说道："周昊，你姐姐的生活费也是她每天兼职打工赚来的，凭什么给你？你有手有脚，想要钱，不会自己找点事做吗？"

周昊看了夏桑一眼，笑着说："我知道，你就是她那个有钱的室友，小姐姐，借点钱来花花呗，我姐姐会还你的。"

周离离哭着推搡了他一把，涨红着脸喊道："你给我滚！"

周昊不仅没有走，反而上前了一步："我偏不走！妈说了，家供你上大学，你欠我们家的，我要钱就该找你要！"

"我上大学，一分钱都没有花家里的，我学费是助学贷款，生活费也是自己挣的，跟家里一点关系都没有！"

"但我们家把你养这么大，没花钱吗？现在你自己能挣钱了，就应该回报家里。"

周离离满眼绝望，摸出了手机，颤抖地点开了微信："这是我这个月的生活费，全部给你！你不要再来找我了！"

便在周昊得意扬扬摸出手机要接收的时候，夏桑握住了周离离的手，阻止了她："如果每次都这样，你这个当姐姐的是不是要养他一辈子？"

"可……"周离离泪水涟涟，不知所措，"我又能怎么办呢？"

"你不该给的，就不要给。"夏桑表情淡漠，"你每天早上五点就起床去食堂勤工俭学，钱全给了他，这还是在念书，等将来工作了，你是不是也要把自己的工资全部拿给这家伙？"

周昊见周离离又放回了手机，登时便来了火气，冲夏桑怒声道："我姐给我钱，关你屁事！"

夏桑也懒得和他多说，摸出手机要给保卫处打电话。周昊没给她这个机会，敏捷地夺过了她的手机："新款啊，行，那我就收下了，钱让我姐还你吧。"

说着，他便要扬长而去。

周离离见他居然抢了夏桑手机，急得宛如被火烧的兔子一般，赶紧追上去："周昊，把手机还给夏桑。"

周昊溜得飞快，他才不在乎呢，反正有他姐姐给他收场。然而没跑两步，周昊的前路便被人挡住了。他都还没来得及抬眼看，拿手机的手被人猛地擒住，反手一折。

只听一声惨叫，手机脱手而出，却又被那人敏捷地单手接住，揣进了兜里。动作一气呵成，毫不拖泥带水。

周昊骂骂咧咧地抬头，迎上了一双冷硬的眼眸。

江之昂嘴角挂着浅淡的笑意，但眼神极有威慑力，逼得他冒到嘴边的半句粗口又只能咽了回去。雄性生物之间似乎总有某种特殊的磁场，对视一眼，便能高下立见。

江之昂松开了他，春风和煦地微笑着，问道："你刚刚骂什么？"

"我……我没……"

话音未落，少年眼神一凛，猛然出拳，狠狠砸在了周昊的左脸颊上。

周昊本来也是人高马大的身形，但是这一拳的强劲力道，竟带得他身体狼狈踉跄着后退，趔趄了好几步，跌翻在地，嘴角顷刻间见了血。

江之昂脸色阴沉，眸光凶戾，与平日里望她时温柔缱绻的目光截然不同。

这还是夏桑第一次看他跟人动手。凶狠霸道，雄性荷尔蒙四溢。

周昊狼狈地爬了起来，讪讪地看着江之昂，往后退了好几步，和他保持安全距离。

江之昂却没有轻易放过他，而是揪着他的衣领，来到了夏桑面前："看清楚了，以后见了她，给我闪远点。"

周昊宛如小鸡仔一样被他提在手里，简直不知所措，吓得快哭了，连连点头："我错了，再也不敢了。"

江之昂望向夏桑，换了温柔的腔调："桑桑还有什么要说的？"

夏桑借此机会，握紧了周离离冰凉的手，用鼓励的眼神望着她。

周离离犹豫了片刻，终于鼓起勇气道："以后你不要踏进东海大学，也不要再问我要钱了，我没有钱给你。"

在周昊满口答应之后，江之昂这才放开他。

他觍着脸回来，连声道歉并且保证不会再来东海大学之后，终于溜之大吉。

一场闹剧就此罢休，围观的同学们渐渐散去，苏若怡带着哭成泪人的周离离回了寝室。夏桑看着站在面前的江之昂，不知道为什么，忽然有种感觉，好像周擒又回来了。养尊处优的大少爷，身上可不会有这样的戾气。只有在底层摸爬滚打、野蛮生长的少年，才会有这种无畏无惧的狠劲儿。

夜风温柔，两人相对无言地沉默了几秒，夏桑忽然低头笑了。

江之昂活动了一下手腕，柔声问："刚刚打人，吓到了？"

"有点。"夏桑走到他面前，接过他的手，摊开掌心看了看。

他的手并不柔软，带着一层厚茧，硬硬的，这样的质感，曾一度让夏桑觉得很安心。

"刚刚你的表现，满满的'男友力'。"

江之昂反握住了她的手："那去操场走走？"

"嗯。"

风雨球场有很多学生在夜跑，江之昂和夏桑走在网栏边的草地上，又是一阵长久的沉默。

"江家大少爷……"夏桑悠悠地说，"不管你平时伪装得多好，多努力地完善这个人设，但危急时刻，周擒还是会冒出来。"

"夏桑，我有我的苦衷，不要再说了。"

"不能告诉我吗？"

"暂时不能，但不会太久了。"他也撑不了太久了。

夏桑停下脚步，靠在网栏边："没关系，我心里知道你是谁就行了，不介意其他的……"

"证明给我看。"

夏桑看着少年春风和煦的微笑，想了想，说道："那你过来一点。"

江之昂走到她面前，夏桑勾勾手，他便又靠近了她一些。

夏桑："闭上眼睛。"

江之昂依言闭上了眼。

夜风吹动着，他嗅到了女孩身上栀子味的甜香，接着有柔软的唇轻轻碰到他的下唇，很生涩稚嫩地吻着。他嘴角扬了扬，也没什么反应，任由女孩发挥。

很快，他便感觉到她的进一步攻略。

夜风吹散了夏桑脸颊的潮红。江之昂睁开眼，看到女孩低头害羞的样子，极力抑制住唇角的笑意："从哪儿学的？"

"视频里。"

"还需要跟着视频学？"

"那不然呢？"

"我教你。"

他将她按在网栏边，用鼻翼蹭了蹭她的脸颊，然后作为回报一般，"教会"了她。

"对了，刚刚谢谢你帮我。"夏桑一边迎合着，一边还努力想说话，不过话语都被他消解在了霸道的亲吻中。

"傻瓜……"长达好几分钟的深吻后，江之昂呼吸灼烫地在她耳边道，"不过也谢谢你，愿意体谅我。"

"谢来谢去。"夏桑红着脸，低声道，"干吗这么客气啊。"

"那我不客气了。"他粗粝的大掌，温柔地捧住了她的脸。

夏桑身形猛然一颤，觉得自己向无限的云端跌落。

正式上课之后，夏桑将自己大一学期所做的笔记资料全给了江之昂，包括她的学习心得。学霸间的相互帮助总是轻松又高效的，江之昂仅仅只是看教材和她的资料，基本上就把专业里最艰深的那几门课程摸得差不多了。

下午的课程结束之后，夏桑按照江之昂发给她的信息，来到了他的教室，偷偷从后门进入，坐在了教室空荡荡的最后一排。

阶梯教室非常大，绝大多数同学都坐在靠窗的两边，尽可能不被老师注意到。前排只有寥寥的几个人认真地听着课。

江之昂挺高的个子，倒也坐在第一排的位子，修长的指尖灵活地转着笔，时不时记一下笔记，在书上勾勾画画地标注着。

"江之昂，上来解一下这道题。"

江之昂搁了笔，散漫地走到黑板前，扫了眼 PPT 上的一连串复杂的数字和字符，沉吟了几秒，然后拿起了粉笔，快速地在黑板上写下一串漂亮遒劲的解题算法。

一分钟不到，他便写完了这道题的正确解法。

教授扶了扶黑框眼镜，计算了一下他的答案，皱纹斑驳的脸上绽开了难得的笑意："江之昂，你很好，非常好，好多年没看到这么上进又聪明的同学了。"

夏桑认识这位高数课的秦教授，年纪大，上课前总是要花十几分钟批评学生一番，是位吹毛求疵的教授。

甚至连每节课从不迟到早退的夏桑，都因为有一次下课拿出英文单词本来背，被他批评了一通，说她为什么不在课间思考他布置的习题。

这才开学上课没几天，秦教授竟然记住了江之昂的名字，甚至毫不吝惜溢美之词，对课堂上懒洋洋的同学们道："一天到晚说我布置的作业多，你们要是能像江之昂一样把我课堂上的题目全部答对，作业都可以免了！"

夏桑望着少年的背影，满眼笑意，骄傲极了。

不管他怎么改名换姓，但夏桑知道，即便现在摆脱泥沼、光芒加身，他也从来没有变，优秀还努力。

他就是最好的。

这位高数老教授说话跟所有年长的人一样，总是那么催人入睡，夏桑坐在最后一排听了三十分钟，懒懒地打了个哈欠，却没想到，这一个哈欠，偏偏被秦教授看到了。

"最后一排穿白裙子那个女生，你站起来。"

夏桑心头一惊，发现前排的同学全都回头看她。她红着脸，尴尬地站了起来。

秦教授冷哼一声，威严地说："我的课是给你们睡觉的吗？"

夏桑连声道歉："秦老师，对不起。"

"你就站着听，顺便也醒醒睡意。"

"好的，秦老师。"

虽然秦老师的每节课都要拉几个同学来作筏子，但小姑娘脸皮薄，当众被批评还是禁不住红了脸。江之昂看到夏桑，正要开口，夏桑连连摇头，让他别讲话了，省得被连累。

秦教授厉害得很，甭管是谁，惹了他都没好结果，江之昂好不容易得到了他的喜欢，千万不要因为她，败坏好感啊！

"秦老师，她是大二的学姐。"江之昂还是站了起来，礼貌而谦和地对秦老师道，"她是来等我的。"

秦教授狐疑地皱眉："等你？她为什么要来等你？"

夏桑连连摇头，让他闭嘴。

江之昂嘴角绽开一抹撩人的浅笑，扬声道："当然因为她是我女朋友，来等我放学一起吃饭。"此言一出，班级氛围立刻活跃了起来，同学们发出此起彼伏的起哄的声音——

"哟！秀恩爱哦！"

"太嫉妒了！太虐狗了！"

"闭嘴！安静！"秦教授怒声呵斥同学，"这是在上课！"

夏桑绝望地看着江之昂，知道完了。上次有个同学上课时手机短信铃声响了起来，秦教授这个暴脾气，直接将他手机扔出了窗外。他怎么可能容忍在他的课堂上发生这种事？

然而，令夏桑没想到的是，秦教授回头对她道："既然你是来等江之昂的，那你请坐吧。"

夏桑惊愕地坐了下来，望向了江之昂。

江之昂嘴角带着浅浅的微笑，对她比了个口型："等我。"

有几个好事的同学还等着看江之昂好戏呢，没想到秦教授这般轻易地放过了他们："秦老师，就……就这样算了啊？那下次我也把我女朋友带来上课咯！"

秦教授瞪了他一眼："你成绩这么差，连题都不会解，你找得到女朋友吗？"

此言一出，全班哄笑。

秦教授满意地望了眼江之昂，说道："你们要是像江之昂一样，每次交上来的作业都全对满分，你们要上天我都不管！"

下课后，同学们陆陆续续走出了教室。秦教授让江子昂留了下来，额外给他留了几道更艰涩的作业，最后拍了拍他的肩膀，露出了满意的笑容。

"行了，走吧，别让你女朋友等急了。"

"谢谢秦老师。"

秦教授离开教室之后，江之昂才走到夏桑身边，坐了下来："等我把刚刚秦老师留的题做了，行吗？"

"嗯。"

夏桑看着他翻开笔记本，然后在草稿本上演算了起来。

"这……不是高数内容吧？"

夏桑比他多上了几门专业课，勉强能看懂，秦老师留给他的应该是计算机编程方面的内容。

"他喜欢给我布置这些题。"江之昂一边翻着笔记，一边尝试着解答这些复杂又艰深的算式。

夏桑便也不打扰他，耐心地等他做题。她知道，不只秦教授，好多专业课老师都喜欢给他"开小灶"。毕竟，江之昂的天赋和智商，早就甩了周围同龄的同学很远一段距离了，凭他的实力，大学所有课程，他一两年就能搞定。

东海大学每年都会招进来一些高智商的学生，自然也有因材施教的教学方案，所以每个老师都会特别关注江之昂。

在他做题的时候，夏桑便托着下颌望着他。他侧脸线条很漂亮，眼梢间透出认真的神情。打篮球的时候，他是那样鲜活热烈，霸道强势，但此时此刻，又是如此宁和，静水流深。

说他是人间尤物也不过分啊。夏桑越看越喜欢。

"有点难。"江之昂收了书,面无表情道,"需要晚上去图书馆查点资料。"

"不怕的,你肯定能解出来。"

江之昂收书的动作顿了顿,偏头望向夏桑,看到了她眼神里不加掩饰的倾慕:"怎么这样看我?"

"你做题的样子,很……"夏桑想了很久,终于找到了一个准确的词汇,"很性感。"

他狭长的眉眼挑了起来,凑近她耳畔,道:"我什么时候不性感?"

"自恋。"

"那也是你惯的。"他将书包拉起来,自然地说道,"你总是这样看我,我觉得自己真的很优秀。"

夏桑笑出了声:"原来是我惯的你……"

"嗯,你给了我很多。"江之昂又扫了她一眼,眼神很动情,"你让我觉得,我真的是人间第一流。"

"你就是啊。"

他凑了过来,捏住了小姑娘的下颌,贴上了她的唇。

下课了,教室外传来喧嚷的人声,教室里却是如此安静而缠绵,仿佛被隔开的是两个世界。夏桑能清晰地听到胸腔里的心跳声。

他们见面短短一月不到,接吻却不知有多少次了,每一次,夏桑都会心潮起伏,宛若初吻。

夏桑忽然想起了什么:"啊!对了,有东西要给你。"

江之昂好奇地看着她从小布袋里取出一盆精致的多肉盆栽:"这是我种的多肉,我把长得最好的一株,送给你。"

江之昂接过了还没他拳头大的多肉盆栽,放在桌上打量了一番:"教我怎么养。"

"少浇水啦,放在阴凉处,不需要怎么管它,很好养的。"

他伸出指尖,捏了捏桃蛋的肉瓣:"我回去学一下。"

"你温柔点,不要太用力捏它啦。"

话音未落,一枚桃蛋肉瓣直接被他掰了下来。

夏桑:"……"

江之昂:"为什么这么脆弱?"

夏桑气愤地夺过他手里的桃蛋,头朝上埋入土中:"因为你太用力了！笨蛋！"

江之昂皱眉道："我不适合种这些，为什么送我这个？"

"因为我很喜欢啊，所以让你也学会种养。"夏桑理直气壮地说，"将来住在一起，你要帮我照顾这些花花草草。"

"原来是这样。"江之昂抬起下颌，"夏桑，你好深的心机，我还以为是什么定情信物之类的。"

"定情信物不也让你扔湖里了吗？"夏桑没好气地说，"那是我最喜欢的链子。"

江之昂笑着拉开了外套拉链，夏桑赫然看到那条羽叶链子，竟戴在他的颈上，泛着柔润的光芒。

"你把它捞起来了？"

"根本没扔。"江之昂说道，"扔的是石头，骗你的，不然怎么可能把我这宝贝链子要回来。"

夏桑无语地看着他："你才是心机。"

"彼此彼此。"江之昂伸手揉了揉她的额头。

周离离因为弟弟那件事，被家里人打电话好一顿数落，难过得有几天没有睡好，又因为入秋后骤然的降温，着凉发起了烧。夏桑陪着她去了市人民医院看病。

周离离坐在输液室里，委屈地对她诉说："我知道，林嘉思他们背后都骂我'扶弟魔'，我也知道不应该这样，但我从小……从小就是这样过来的。"

"别想这些了，每个人生长环境不同。一个人想要挣脱束缚，不是嘴上说说就能办到的事。"夏桑陪在她身边，安慰道，"我高中那会儿，也是费了很大的劲，才挣脱出来。"

周离离点了点头，闷声说："我一定要变得更有出息！只有这样才能改变命运。"

夏桑温柔地拍了拍她的手，淡淡笑着："我去给你拿药。"

"谢谢你，小桑。"

夏桑拿着医生的处方来到了门诊部的药房外，排队拿药。门诊部和住院部正中间的花园里，她似乎看到了一个熟悉的男人的身影，身影只是一闪而过，便被树影遮挡住了，夏桑没能看真切，下意识地追了过去。

男人穿着条纹的病号服，颤巍巍走到铁椅子边坐下来，抬起头，眯眼晒太阳。

夏桑心头一惊，观察他许久，不确定地喊了声："是周叔叔吗？"

男人转过身，面向了她。因为瘦削的缘故，周顺平脸上皱纹更深了些，看起来脸色非常不好，身形也佝偻了许多，戴着一顶灰色的线帽。

周顺平望着夏桑，似乎也认出了她："你是……你是以前来过我们家的女孩，叫夏……夏……"

"我叫夏桑。"她连忙解释道，"我是周擒的朋友。"

"对对，你是那小子的朋友。"周顺平眼角的皱纹弯了起来，手颤巍巍地指着夏桑，看起来好像很高兴，"为了你，他把芷宁都气哭了好几次。"

夏桑看到周顺平脸上和蔼的笑意，于是走近了些，关切地询问道："周叔叔，您是生病了吗？"

上次提到周顺平，周擒脸色很难看，夏桑便猜到不好了，现在在医院见到他，更是印证了心里的猜测。她记得很久以前，便听周擒提起过，父亲出狱之后，身体便一直很糟糕。

周顺平轻咳了几声，说道："我没什么……对了，听说周擒考上大学了，你联系过他吗？他现在怎么样了？"

夏桑惊诧不已："您不知道周擒的近况吗？您生病的事他知道吗？"

周顺平轻轻咳嗽着，摇了摇头："很久没见到他了，那小子……没事，有出息就行了，你要是遇着他，就跟他说，让他好好的，谋个好前途。"

夏桑耳边仿佛有阵雷轰鸣，宛如触电般，全身的每一根神经都被震得发麻。

就在这时，有护工匆匆走过来，对周顺平道："周叔，您下来怎么不跟我说一声，叫我好找！"

"这就回去了。"周顺平回头对夏桑摆了摆手，"妮子，我上楼了，你要是见到阿腾，跟他说爸爸很好。"

夏桑看着护工和周顺平远去的背影，整个人还处于震惊之中，久久没能回过神来。

回去的路上，她脑子里浮现了无数种猜测，越想越害怕，越想越恐惧……曾经被她放在心里珍藏的那个少年，而今却变得那样陌生，近乎面目全非了。

她想起了覃槿曾经对她说过的那一番话——当你了解了一个人的过去、现在和未来之后，他还是你心里以为的模样吗？

夏桑真的不知道了。

这一路的秋风吹着她，只觉得冷，冷得寒噤一个又一个。

把周离离送回寝室之后，夏桑来到了艺术学院的小提琴琴房里。这里没有人，她稍微能静一静。半个小时后，走廊里传来了熟悉的脚步声，"吱呀"一声，门被打开了。她嗅到了熟悉的薄荷味。

"你在这里。"江之昂走到墙边，正要打开顶灯的开关。

夏桑却喝他："不要开灯！"

听出她嗓音的不对劲，江之昂怔了怔："为什么？"

"因为我不知道该怎么面对现在的你。"黑暗中，夏桑朝他走了过去，夜色中，她凝望着他那张半明半昧的英俊脸庞，"你到底是谁？"

"我是……"他顿了下，坚定地说道，"江之昂。"

"啪"！

黑暗中发出清脆的一声响。江之昂脑子木然一震，耳朵边嗡鸣作响。这一巴掌，小姑娘是真的用了力，打得他左边脸直接麻了。

"我最后再问一遍，你到底是谁！"夏桑的嗓音里带着颤抖的哭腔，暗沉沉的夜色里，她极力抑制着情绪的爆发。

"江之昂。"他压着嗓音，仍旧平静地回答。

夏桑再度扬起了手，然而这一巴掌，终究还是没忍心落下去，控制着力道，只打在硬邦邦的手臂上。

江之昂心疼地攥住了她的手，将她拉入怀中："再打几下，把气消了，然后告诉我怎么回事。"

"我今天去医院，见到周叔叔了。"夏桑抬眸，愤恨地望着他，"他说很久没有见到你了。"

"你见过我爸，他好吗？"

"你还知道他是你爸。"夏桑控制着激动的语气，"周擒，我不忍心用恶意揣度你。如果你再不告诉我这是怎么回事，从此以后，你当你的江之昂，再不是我的阿腾！"

这句话明显让少年的身形颤了颤。良久，江之昂松开了她的手腕，走到门边，月光照着他冷清的轮廓："桑桑，陪我去喝一杯，我告诉你全部真相。"

东海大学北门外有一条热闹的步行街，步行街二楼开了许多酒吧，以前夏桑和许茜来这儿听过歌。

江之昂坐在靠窗的吧台边，昏暗的顶灯照着他英俊的脸庞，冷厉的眉眼也只有在望向她的时候，才会变得柔和些。借着光，夏桑看到他左边脸明显有红痕。

她被气昏了头，刚刚也的确是下了重手，又气他，又心疼他，百般滋味丝丝缕缕地交织在心头。

冷静下来后，她便后悔了。

江之昂点了瓶伏特加，然后熟练地调了冰块和薄荷叶。

夏桑沉声道："也给我倒一杯。"

她有点害怕即将听到的所谓"真相"，怕这个"真相"会让她永远失去他。

江之昂拿酒的手顿了顿，然后问服务生要了汤力水，稀释了伏特加的烈性，又给她加了薄荷叶和柠檬，做成了一杯饮料。这是她第一次和他喝酒，却也没想到，会是现在这般情形。

江之昂喝一口，她也跟着喝一口。旖旎的灯光下，他望着她，递来杯子，主动碰了碰她的杯身。

"如果真相不能令你满意，你会和我分手吗？"

这句话令夏桑心头一震，仅仅只是想到"分手"两个字，汹涌的悲伤几乎令她无法自持。

她喝了一口酒，用低哑的嗓音道："阿腾，不要让我失望，你知道我有多舍不得你。"

江之昂见她冷静了下来，徐徐说道："去年出院后，我妈就把我接到了东海市的江家，她混得还不错，这把年纪风韵犹存，给六十多岁的江家老爷子当续弦。"

他眼底划过一丝嘲讽："我本来也没想留下来，那时候，一门心思想的是重新入学，随便找个学校，就算身体废了考不成体校，靠文化课，努力一年也能追到你的大学来。

"没想到，她接我来东海市却是另有目的。当初她拿走了我的一张照片当留念，后来无意中让江家老爷子看到了，老爷子前两年夭了一个儿子，跟我眉眼有几分像，年龄也相仿。出事前几个月，她就几次三番打电话，让我转学来东海市。那时候我舍不得你，没肯走，出事之后，不走也不行了。"

夏桑的手紧紧攥着酒杯："所以，江家老爷子是看上你了吗？"

"一开始只是她的一厢情愿，想借我讨好老爷子。"他苦笑了一声，"不过兴许真是有几分缘分，老爷子见到我本人，还真看上了。"

转院到东海市的第一天，江家老爷子江豫濯便来医院看过了周擒，极尽关心和照顾，给他安排了最好的房间、最好的医护人员，悉心照顾。

江老爷子已过半生，痛失爱子，心病成魔，在周擒病情渐好之后，老爷子告诉他，希望他能抛弃过去的一切，成为他的儿子，成为那个英年早逝的江之昂。

"成为我们家之昂生命的延续，我可以给你想要的一切，一个你这辈子都不敢想的光明前程。"

那时候的周擒，何等少年意气、心高气傲，自然是想也没想便断然拒绝。

江豫濯没有勉强，只说他天真，且让他考虑一段时间。

后来妈妈来到了病房，泪水涟涟地哭着求他，她伺候了老爷子这么几年，老爷子什么都没有许诺过她，遗嘱更是想都别想，但偏偏就看中了她唯一的儿子。

"老爷子孤家寡人一个，独子江之昂也在几年前车祸去世了，老爷子这些年伤神难忍，多少人想给他当儿子都求不来，偏你和江之昂就这么像！这泼天的富贵近在眼前，儿子，你要是抓不住，会后悔一辈子的！"

周擒看着妈妈柔美而扭曲的脸庞，心头阵阵寒凉，咬紧了牙："除非我死。"

母亲知道他是什么性子，劝也劝不了，强求的话，只怕还要得罪江家老爷子，只能无奈地叹息流泪。

还没等她送走他，第二天周擒便自己办理了出院，飞回了南溪市，回到父亲身边。

后面的事情，夏桑几乎能猜到："是周叔叔病情恶化了？"

周擒将杯子里的液体一饮而尽，眼神颓然："肺癌晚期，他竟一直没告诉我，想挨到我高考结束，没想到我连高考资格都没有了。在我受伤住院的那段时间，他的病情越发恶化，一直强撑到我妈把我接走之后才去住院，但他没想到我会突然回来。"

夏桑眼睛湿润了，她没有想到在道别之后，他竟发生了这么多事。她颤抖的手轻轻覆住了他冰凉的手背。

"没有钱，救不了命，那时候，是真的绝望。"周擒嘴角绽开一抹自嘲的笑意，"在死亡面前，尊严算个屁。"

所以，周擒回了东海市，重新站在江家大宅门口。

江豫濯要让他成为江之昂就要彻底和过去道别，他的外貌、性格甚至兴趣爱好都要完完全全变成江之昂，变成他的儿子，一丝一毫都不能有差错。

好在周擒聪明，没几天就学得有模有样。

最敏感的就是他的父亲，他一旦成了江之昂，和周顺平就彻底没有了关系。

江豫濯给周顺平在东海市最好的肿瘤医院办理了住院手续，安排最好的专家医生，请了护工悉心照顾他，以便让周擒放心，也安心……安心变成另一个人。

但他不能再去看望他了。他需要彻底与过去划清界限。

"有钱真的很好。"周擒自嘲地摇着头，一杯接一杯地喝着，玩笑道，"能买女人的心，还能买儿子……"

夏桑听他的描述，很难想象江豫濯如何将丧子之痛转化成了对周擒的占有。

难怪初遇之时，无论夏桑怎样问，他都一口咬死了他就是江之昂，他要保护他的父亲。

"周叔叔让我跟你说，他现在很好……"夏桑轻轻拉着他的小拇指，柔声安慰道，"他状态不错的，今天还在楼下晒太阳。"

周擒眼眸中多少带了几分安慰，却也摇了摇头："晚期，救不了，这是最后的日子了，希望他过得舒服些。"

夏桑点点头，也将杯子里的液体喝完了。

周擒淡笑："还要吗？"

夏桑点头，于是他又给她调了一杯。今夜他说出了埋藏在心底最深的秘密，她还能陪着他喝一杯，倒也算轻松了。

"阿腾，明天跟我去看周叔叔吧。"

周擒眼底泛起一丝挣扎，没有马上回答。

"你想让他最后的日子过得舒服些，然而即便能够延续生命，见不到最爱的人，才是无边的痛苦。"夏桑攥住了他的衣袖，"阿腾，子欲养而亲不待啊！"

最后一句话，似乎让他有所触动。沉吟良久，他似下定决心一般，终于用力点了点头。

第二天清晨，夏桑早早地穿戴打扮好，等在了男生宿舍楼下。

周擒不再穿江之昂的名牌衣服，而是换上了过去常穿的一件浅色卫衣，鞋子也是夏桑给他买的那一双运动鞋。

夏桑远远见他跑过来，或许是误会解开之后的轻松，或许是他彻彻底底又变回了周擒，夏桑感觉他身上平添了清爽和干净的气息。

她的阿腾，就是这样干净。

"你涂药了没有？"她伸手碰了碰他的脸，心疼地说，"怎么感觉还红着呢。"

"也是没想到，你力气这么大。"周擒避开她的手，"早知道就躲一下了。"

"因为这几年，我都在练习打篮球啊。"夏桑满心愧疚，"昨天我气昏头了，用力过猛。"

"我以为你了解我。"

"你什么都不说，我肯定会乱想啊。"

周擒懒怠地踱着步子："李诀就没有乱想，他什么都不问，该叫哥还叫哥。"

"是是是，我没你兄弟默契，那你跟他好去呗。"

夏桑心里难过，攥着斜挎包带，加快步伐朝校门口走去。

周擒三两步追上她："你打了我，你还生起了闷气？"

夏桑不是生气，她是太心疼了。叹了一口气，像搓鸡蛋似的，她温柔地揉了揉他的脸："阿腾，我以后再也不会这样冲动了。"

周擒也看出了小姑娘心疼又愧疚，便不再逗她了，牵起她的手："骗你的，当场就没感觉了。"

"真的吗？"

"嗯。"

两人坐公交来到了江对岸的市人民医院，在病房里见到了周顺平。

"周叔叔，您看我带谁来了。"

周顺平看到夏桑身后的少年，怔了怔，顿时眼角泛了红。周擒手紧紧捏着拳头，走到父亲的病床前，双腿直挺挺地跪了下去。

"阿腾啊……"

周顺平顿时老泪纵横，慌忙伸手去扶他，他没让父亲动身，便立刻站了起来："爸，我妈走的时候您都没哭，看来您心里还是儿子更重要。"

"臭小子！"

最怕的就是他心思重，见他还会跟自己贫嘴，周顺平也终于放下心来。

他擦掉了眼泪，动情地看着周擒和他身边的夏桑："来了就好，快坐，我昨天见到了这姑娘，估摸着你今天就要过来。"

"嗯，您儿媳妇的话，不敢不听。"

夏桑打了他手臂一下："叔叔面前乱讲什么。"

周顺平看着夏桑，眼底绽开了笑意："说真的，这么好模样的姑娘，你配不上。"

"您儿子还真配得上。"周擒揉着夏桑的脑袋，"迟早的事……"

夏桑很懂事地说："周擒，你跟叔叔这么久没见面了，好好聊，我去外面逛逛。"

"不要在医院瞎逛，去对面商城咖啡厅坐着看会儿书。"

"好哦。"

夏桑来到商城的书店，随意地翻了翻书，找了本感兴趣的小说，来到咖啡厅津津有味地阅读着，打发时间。约莫三个小时之后，周擒来咖啡厅找到了她。

"聊好了吗？"

他还未说话，眼底却泛了红。夏桑看到他紧攥自己衣角的手，感觉到了少年情绪的翻涌，她用力反握住了他的手，心脏跟着战栗了起来："阿腾。"

"我是不是……做错了。"良久，少年才用压抑的嗓音，说出了这句话。

他一向坚强，夏桑是第一次在他脸上看到迷茫的神情。

她还未回答，只见周擒转身，猛地一拳砸在墙壁上，嗓音低沉而压抑："我这一年到底在干什么！"

他宛如一只笼中的兽，被困住了。

夏桑心疼地抱着他的拳头，放在心口轻揉着："阿腾，这才哪儿到哪儿啊，未来的路还长着呢。"

他在她温柔的轻抚中，汹涌的情绪渐渐静了下来。

"是啊，这才哪儿到哪儿。"夏桑用力点头，却听他话锋一转，"夏桑，我的运气从来没好过。"

周擒看着她，眼底浮着血丝："跟我这样的人在一起，只怕以后你会受苦。"

"阿腾，不怕的。"她低头，吻了吻他的手背，"你说过，我是你最大的幸运啊。"

周擒眼神坚定了些，终于恢复了勇气，虔诚而郑重地点了点头："是。"

几日后，周擒回了一趟江家大宅。其实不等周擒告知江豫濯，老爷子安排在医院的护工早已经告知了周擒去过医院的事情。而他这几天也一直隐忍不发，等一个周擒上门的解释。

"你是在耍我吗？"老爷子这些年孤家寡人，性格也变得古怪乖张。

母亲林芸馨立在他身旁，奉上了一杯热茶："老爷子消消气，我想之昂他不是故意的，只是偶然路过没有忍住而已，以后不会了。"

周擒漆黑的视线平静地扫了母亲一眼，不带任何情绪，只说道："江伯伯，这一年来，该我做的我都做了，按照您的要求，我彻彻底底变成了另一个人。"

"你……你叫我什么？"江豫濯剧烈地咳嗽了起来，似乎不能接受周擒对他的称呼。

"您知道，我不是您的儿子江之昂，从来不是。"

江豫濯手里的茶盏被他重重摔了出去，砸在了周擒脚边："混账！"

"谢谢您这一年的关爱和照拂，您失去过儿子，想必能够理解没有什么比亲人弥留更让人痛心和悔恨，我没有太多时间了，抱歉。"说完这句话，周擒转身离开了江家大宅。

林芸馨跑了过来，用力攥住了他的衣袖，压低声音道："周擒，你疯了吗！这是你一辈子都挣不来的富贵！你……你不要，别人求都求不来！"

周擒扯开了她的手，不带任何情绪地看着她："你怎么就知道，我这辈子就挣不来？"

"周擒，你不要太天真了！"

他头也没回，没有留恋地离开了江家大宅。

林芸馨还要去追他，江豫濯却喝止了她，颓然道："由他去，他不是我儿子。"

"老爷子……"

江豫濯沉痛地看着少年远去的身影："我儿子……没他这份心气。"

不久之后，周顺平离世了。尽管被病痛折磨，但弥留之际他是那样平和安详，或许有最爱的儿子陪在身边，他已经没有遗憾了。

周擒也早已有了心理准备，平静地为父亲料理了后事，方方面面，周周到到。只在拿到骨灰盒的时候，看着那个黑色的盒子，迎着寒冬的冷风，无声无息地掉了几颗眼泪，但在夏桑望向他的时候，他侧过了身。

等她再看到他脸的时候，嘴角仍旧挂了淡薄的笑意："桑桑，今天起，你是我唯一的亲人了。"

而从那以后，夏桑再也没有见过周擒脆弱的一面了。

他抛弃了江之昂的身份，在派出所拿到新印的周擒的身份证，堂堂正正地变回了他自己，也变回了曾经那个永不言弃、努力拼搏的少年。

寒假前夕，ICGM 大学生编程竞赛开始在全国高校报名，这项赛事由国际计算机协会主办，是全球性质的程序设计大赛，含金量极高。夏桑过去见学姐学长们参加过这个竞赛，不过都止步于国内赛区。很多年没有中国学生冲进世界赛了。

下课后，周离离和夏桑去食堂吃饭，她艳羡地说："都说上了大学，不仅要努力学习，平时在人际关系上也要好好经营，以前我觉得这话过于功利，直到现在才明白，这是有道理的。"

夏桑端了餐盘，笑着说："怎么忽然有了这种感慨？"

周离离连忙道："就说林嘉思吧，平时看她各种巴结老师，结交学姐学长，我还挺看不起她呢，这次她便加入研究生的团队，要冲今年的ICGM 赛呢！研究生团队里就她一个本科生！这次他们指不定能拿下金奖呢！"

"拿了金奖又怎样？"

"履历上肯定是要重重记一笔啊！将来说不定还能进全球五百强，找工作也是一块敲门砖呢！"

"你要是羡慕，也报名啊。"

周离离叹了一口气："报名了也没用，有林嘉思的研究生团队，我肯定是没希望了。"

夏桑耸耸肩，不置可否。

周离离想了想，激动地说："夏桑，要不咱们组队吧！"

"我们？"

"是啊，再把苏若怡也拉进来，咱们仨组队，你的成绩这么好，兴许还能拼一把呢！"

"可是……"

"可是什么呀？"

夏桑犹豫地说："我先给我妈打个电话吧，因为年底答应了她要参加一场小提琴音乐会。"

"嗯，我等你的消息。"

走出食堂，夏桑给覃槿打了电话，想告诉她报名 ICGM 的事情，也许今年的莫拉音乐会参加不了了。

覃槿闻言，自然是不乐意："之前你选这个计算机专业我就不同意，既然走上了小提琴这条路，那就好好走下去，女孩子拉小提琴多优雅。你搞什么计算机软件，难不成将来当个女程序员啊？"

夏桑有些哭笑不得："妈，我理科成绩一直蛮好的，也喜欢这方面，小提琴我不是听您的吗，证也拿了，您要我参加的音乐会，我也一场没落下，这次就真的挺想参加的，万一我冲进全国赛了呢，您过年在妯娌面前脸上也有光啊。"

"你会来参加莫拉音乐会，我脸上就有光，什么程序大赛，听都没听过。"

"妈，不说了，今年的莫拉音乐会我就不参加了哈。"

覃槿是个轴性子，索性道："你敢！你要是一意孤行，过年别回来了！"

夏桑听到这话也有些冒火："以前我什么都听您的，您是不是也应当偶尔为我考虑一下呢！我喜欢什么，不喜欢什么都是由您来决定，我都二十岁的人了，您能不能也让我自己做一回主！"

"我知道你为什么不想回来，不就是交了个男朋友吗？"覃槿冷声道，"我告诉你，现在谈恋爱可以，但是将来想往长远走，在我这儿就过不了这关！"

"妈！"

覃槿这话是真的惹到夏桑了："我都上大学了，您能不能别管我了！"

她气呼呼挂掉了电话，回头对周离离道："ICGM比赛，咱们组队参加，今年我不回去了。"

周离离笑逐颜开："好！"

得知寝室里另外三人也要报名参加ICGM，林嘉思少不得日常冷嘲热讽一通。

不过有夏桑在，再加上周离离这个大学霸，她也很难不有所忌惮，时常明里暗里打听她们的备赛进度。

年底，夏桑和苏若怡来到了图书馆计算机教室，准备报名参加ICGM，不过左等右等，也没能等到周离离的身影。

她给周离离打了电话，过了很久，周离离才接听，开口第一句就是："夏桑，对、对不起，我不能和你们组队参赛了。"

苏若怡赶紧附耳上来："怎么了？"

"林……林嘉思让我参加他们的研究生团队，我已经……已经和他们报名了。"

夏桑闻言，脑子"轰"的一下，不可置信道："你参加了林嘉思的团队！"

苏若怡控制不住激动的情绪，怒声道："周离离，你怎么这样，咱们不都说好了吗，你怎么反水加入他们了？"

周离离愧疚地说："夏桑，你知道我的家庭是什么情况，对不起，真的对不起了，我必须要拿下金奖，现在大二了，我必须为将来毕业后找工作打基础。"

苏若怡急得对着电话破口大骂："夏桑平时对你那么好，你怎么当白眼狼呢！"

"对、对不起。"

夏桑表情冷了下来，淡淡道："你决定了吗？"

"夏桑，你的家庭出身好，但我没有退路，必须不顾一切地往前冲！"

"我知道，不管怎样向上爬，做人也要有做人的底线吧。且不说以前我怎样帮你，当初是你找我组队，我为此还拒绝了一场很重要的音乐会，现在你撕毁约定，这段时间我和苏若怡付出的时间都白费了。"

听到她声色俱厉的质问，周离离也有些上火："是，我是没有做人的底线，但你和苏若怡，你们敢说这些年就没在背后笑话我吗？你们帮我，到底是出于真心，还是只是像对流浪狗一样施舍怜悯？"

夏桑气笑了："施舍怜悯？"

"像你这样的大小姐，永远无法理解我们这种家庭的小孩。"

"那就……祝你求仁得仁。"夏桑挂断了电话，手紧紧攥成了拳头。

苏若怡气得脸都白了："她就觉得咱们进不了世界赛，这么没信心，当初干吗还要和咱们组队！"

"人都是这样，趋利避害。咱们和研究生的团队实力本来就有差距。"

苏若怡叹了一口气，周离离虽然人品不太好，但勤奋好学，成绩是真不错，尤其是 Java 和 Python 这两门，她每次考试都能名列前茅。大概这也是林嘉思他们拉她入伙的原因吧。

"夏桑，今天是网络报名的最后一天了，现在上哪儿去找人啊。"

"只有我们俩，你有信心吗？"

苏若怡摇头："完全没有。"

夏桑叹了口气："我也是。"

这回要是翻车了，不仅被林嘉思看笑话，覃槿那边也交代不了，又要被她说上好些年吧。

"重在参与。"夏桑对苏若怡道，"今年先试试水，明年咱们找好队友，还能再冲一下。"

"只能这样了。"

夏桑垂头丧气地转身走向计算机教室，却在不远处的大厅圆柱边，看到了一抹熟悉的身影。周擒穿着一件灰色毛衣，单手插兜，抬了抬线条优美的下颌，深黑的眸子望向她，带了几分嚣张。

"夏桑，想不想拿世界金奖？"

晚上，夏桑陪周擒在露天篮球场上打球。篮球场上多是男孩们挥洒汗水，鲜少有女孩的身影。

夏桑穿着红色的长款篮球衫，长发扎成利落的马尾，在绿色的塑胶篮球场上留下格外鲜亮的一抹身影。

她带球从周擒身边经过，周擒扬手盖球，她敏捷地一个假动作避开他，起跳投篮，篮球稳稳命中篮圈。

网栏边有不少围观的女孩，发出低低的惊叹声。

"服了吗？"

周擒看着夏桑绯红的脸蛋，淡笑道："让你的。"

"那再来。"

小姑娘似乎不肯服输，熟练地拍着球，故意在他身边挑衅着。

周擒耐心地陪她玩着球，温柔又不失时机地全力以赴，让她不会感觉到太明显的放水。

"别让我。"夏桑起跳投篮，"别太收着。"

"还玩上瘾了。"

周擒夺过她手里的球，起跳投篮，回身道："我不收着些，你会受伤。"

小姑娘红扑扑的脸蛋上露出了不服气的表情："看不起我。"

"哪敢。"周擒拉她坐到了草地边，"休息会儿。"

夏桑也从书包里摸出了纸巾，替他擦拭了脸上的汗，两人胸口都微微有些起伏。

她一边给他擦汗，一边说："周擒，我喜欢跟你打球。"

"原因？"

"没什么特别的原因，一起流汗感觉特别痛快。"

周擒将她额前的发丝捋到了耳后："你跟我在一起，做什么都很痛快。"

"少自恋了。"夏桑推开他的手，"你跟我室友夸了那么大一个海口，这要是连校赛都冲不出去，就太丢脸了！"

周擒淡笑，掰开了她的手掌，和她汗津津的五指紧紧地扣在了一起："丢的是你的脸，我怕什么。"

"过分！"

她试图甩开他的手，周擒却像八爪鱼一样紧紧扣着她的手，凑过来吻了一下她的脸："我什么时候让你丢过人？"

夏桑感觉到耳畔被他撩得痒痒的，稍稍侧了侧身："不是啊，但你课都没学完。"

"老师在课堂上讲的那点内容，还不够塞牙缝，C+、Java 和 Python，看书和视频教程，早就学会了。"

"真的啊？"

"嗯。"周擒捡起篮球，奔跑着来到篮板下，"夏桑，我必须比别人跑得更快些。"

夏桑微笑着追上他："我陪你一起跑！一起冲世界金奖！"

这年的冬天是十年难得一遇的凛冬，连东海市这种沿海城市都飘了雪。

计算机室里，夏桑戴着毛茸茸的毛线手套，指尖露了出来，噼里啪啦地在键盘上敲击着代码，倏尔，她按下回车，满脸红光地对周擒道："宝，快看，我送你的圣诞礼物。"

周擒偏头望过去，看到她电脑屏幕上爆开了一个礼物盒，盒子里是圣诞老人摇头挥手的样子，虽然有点卡顿，但也算流光溢彩，非常精美了。

"巧了，我也给你准备了圣诞礼物。"周擒的指尖也落在了回车上，"啪"的一声，他的电脑屏幕上，出现了一枚硕大的钻石戒指，还在冒着五颜六色的光。

"啊哈哈哈。"夏桑指着那枚用代码写出来的硕大钻石戒指，笑得嘴角都合不拢，"这还是五彩的呢！这也太土了！"

然而下一秒，钻石戒指忽然如烟花般炸开，紧接着，屏幕上出现了一个十秒的倒计时。

她的好奇心被勾了起来，期待地看着电脑屏幕上的倒计时。

5、4、3、2、1……倒计时结束，电脑屏幕顿时黑屏。

不仅是他的电脑屏幕黑了下来，周围好几台电脑同时黑屏，整个计算机机房仿佛骤然断电一般，顷刻间暗了下来，陷入了沉沉的黑暗中。

因为今晚是圣诞夜，同学们都出去嗨了，机房里只有他们俩。

夏桑有些着急，说道："是不是停电了呀？"

她正要起身联系后勤维护部，这时，她感觉手被他温热的大掌紧紧握住，手套被他摘了下来。

"欸？"

他粗糙的指腹轻轻揉了揉她手背白皙的皮肤，紧接着夏桑便感觉指尖被套上了一个凉丝丝的东西。当她意识到那东西是什么之后，顿时心跳如兔，惊叫了起来："啊！"

她下意识地想抽回手，想看看左手被套上的戒指，而周擒温热的大掌紧紧攥着她的手，拉着她坐在了他的腿上，撩开她耳鬓的发丝，柔声道："很小，不要看。"

夏桑感受到少年近在咫尺的炽热呼吸，脊梁骨抑制不住地蹿了一个激灵："阿腾，这个……"

"这圣诞礼物，你戴着玩吧，以后我会送你一个大的。"他终于松开了她的手。

夏桑低头看向左手。借着窗外清明的月光，她看到手指上那枚水波纹尾戒。

夏桑知道周擒的审美从来不会出错，戒指的样式非常别致，戴在她纤细白皙的手上，简约中透着几分优雅。

夏桑抚摸着指尖的戒指，隔着夜色，对他露出一抹浅浅的微笑："这多少钱啊？"

"每次送你什么，你开口第一句就是价格。"周擒无奈道，"礼貌吗？"

夏桑担忧地说："因为你每次都送我看起来很贵的东西啊，锁骨链、尾戒……"

她知道以周擒的眼光和心意，任何装饰她外在的小玩意儿，他都不可能买廉价货。

"你要是送我零食什么的，我肯定不问价格。"

"不贵，放心。"周擒淡淡道，"我现在不缺钱。"

夏桑知道周擒现阶段手头还挺宽裕的，不管是篮球赛的奖金还是写程序赚钱，还是各种奖学金和竞赛金，他都能轻而易举拿下来。他十几岁就已经能养活自己了。

越是往前走，他的前路越是灿烂光明。

"那我不问价格了。"夏桑乖乖地说，"但你要有分寸，别去跟人瞎攀比，送什么都好，我都喜欢。"

"那也未必。我上个月排队两个小时给你买的榴梿糕，你是不是偷偷扔了？"

夏桑想到那袋味道浓烈的榴梿糕，差点吐出来，威胁道："周擒，你要是再敢送我什么榴梿相关的东西，我把你都扔了！"

周擒嘴角噙着笑："榴梿这么好吃。"

"恶心！"

在夏桑接受了戒指之后，周擒再度敲了敲键盘，计算机机房的灯光终于亮了起来。

除了戒指，更让夏桑震惊的是周擒这一波操作。

她推开他，噼里啪啦在他电脑上操作着，打开了代码程序阅读了起来。良久，她回头望向他，渐渐变了脸色。

她搞了几个小时，死了好多脑细胞，才弄出一个破圣诞盒子，没想到周擒的代码竟然直接把计算机机房的电都断了！

他是什么魔鬼！

夏桑回到寝室，看到苏若怡还在艰难地磕书，她冲到苏若怡面前，激动地晃着她的肩膀："若若，你知道周擒刚刚在机房干了什么吗？他为了送我一个圣诞戒指，竟然黑了机房的电路系统！就轻轻敲一下键盘，全机房断电黑屏！"

"他送了你一枚戒指？"苏若怡完全搞错了重点，"哇！给我看看！"

"有这么厉害的大佬在，咱们的 ICGM 大赛，说不定真的能冲进世界赛呢！快把戒指给我看看！"

夏桑无可奈何地扬起手："我要说的重点不是这个。"

作为女孩子，苏若怡当然只关心夏桑收到的礼物，她仔细地打量着那枚水波纹戒指，眼底冒出了歆羡的光："好漂亮呀！你男朋友真有眼光。"

林嘉思和周离离刚从研究生院的机房回来，正好听到苏若怡夸奖周擒的话，发出一声不屑的轻哼。

因为 ICGM 大赛这事，现在宿舍彻底分为两派阵营了，夏桑每天和苏若怡去吃饭上课，周离离则成了林嘉思的小跟班，每天帮她叠被。

林嘉思睨了眼夏桑指尖的尾戒，嘲讽地哂了声："什么便宜货。"

苏若怡不满地说："乱讲什么啊你。"

"江之昂现在变成了周擒，就像金子变成了破铜废铁，还能送出什么好东西？几百块的淘宝货吧，也就你夏桑还喜欢收破烂。"

"林嘉思，你太刻薄了吧！"苏若怡怒道，"而且现在大家都是学生，心意最重要，有什么好攀比的。"

"心意值几个钱。"

夏桑不想和她比这些，挺没意思的，拉了拉苏若怡，让她别和林嘉思吵。等 ICGM 冲进全国赛，打败她们的团队，那才是真正长脸的事。

然而苏若怡却咽不下这口气，不依不饶道："那你男朋友赵平这么有钱，也没见圣诞节送你什么礼物。"

"那还真要让你们失望了。"林嘉思回头对周离离道，"让你搬的东西呢？"

"很大一个盒子。"周离离无奈道，"我就放在门口了。"

"谁让你放门口的，搬进来啊。"

周离离无奈，费劲将一个约莫半米长的盒子搬了进来："这是赵平送给林嘉思的圣诞礼物，好大一盒啊，不知道是什么。"

走廊上晾晒衣服的女孩看到这么大一个盒子，也赶紧围了过来，七嘴八舌地议论着。

"这么大一盒，不知道是什么好东西！"

"是名牌包包吧。"

"赵平家里很有钱啦，浑身上下就没有低于四位数的东西。"

林嘉思听着女孩们艳羡的讨论，得意地拆开了礼物盒。礼物盒里铺了一层拉菲草，顶部放着一张圣诞卡片，上面用歪歪斜斜的小学生字体写着——

送给我最爱的宝贝，圣诞快乐。

——爱你的平

女孩们发出起哄的声音："好期待啊，到底是什么！"

林嘉思满脸笑意地将拉菲草刨开，出现在她眼前的并不是她想象中的名牌包包，而是一盒零食。

薯片、饼干，甚至还有辣条……

围观的女孩们意味深长地相互对视了一眼，场面一度陷入尴尬。

林嘉思脸色一阵青一阵白，眼底透着羞愧和屈辱。

夏桑抿着唇，说道："的确是心意比较重要哦。"

"是是是。"苏若怡眼底绽开笑意，"虽然只是几十块的零食，但礼轻情意重嘛，赵平对你是真心的，你一定要和他天长地久哦！"

计算机机房里苏若怡把寝室里这件"圣诞节零食礼物"事件当笑话讲给周擒听:"这件事在我们年级上都传开了,哼,这就是自食其果,活该!看她还敢不敢嘲笑桑桑的戒指不值钱。"

桌下,夏桑抬脚踹了苏若怡一脚:"你要是能在十分钟内写出跟你的舌头一样长的代码,我们肯定冲进世界赛。"

苏若怡吐了吐舌头:"谁让她平时总爱跟人炫耀她男朋友。"

周擒虽然知道夏桑不会这么无聊,但有时候女孩子之间也难免会相互攀比,不管是比成绩、能力、家世……还是男朋友。

他牵起了夏桑的左手,指尖轻轻摩挲着她细长的无名指上的那枚尾戒,对苏若怡道:"虽然不是钻戒,但也不算拿不出手,一万多。"

苏若怡捂住了嘴,就连夏桑都倒抽一口凉气:"这么贵!"

"最近写程序赚了点钱,我给桑桑买的东西,都是我现阶段能拿出来的最好的。"

苏若怡:"哇!"

夏桑立刻严肃地望向她:"你别到处乱说。"

"放心放心,我一定不到处说,只对林嘉思说,哈哈哈。"

"这么闲,把我发你的这道题做了。"

苏若怡无力地趴在键盘上:"我不行了,队长,码代码快把我码吐了。"

夏桑站起身,严肃地对周擒道:"你出来下。"

苏若怡意味深长地看了他一眼,他摊摊手,知道又要挨骂了。

周擒跟着夏桑来到机房外的走廊,二楼的窗口正好能看到凛冬枝头的一枝雪蜡梅,在寒风中瑟瑟发抖。

"骂我可以,但礼物收了就收了,别还给我。"周擒抢先开口。

"还你?"夏桑对着雪蜡梅扬了扬手,欣赏地看着指尖,眼角绽开笑意,"想得美。"

水波纹尾戒在雪蜡梅的背景衬托下,美得令人窒息。

周擒稍稍轻松了些,握住了她的手,掌心抵着她无名指硬硬的尾戒,"我喜欢给你送礼物,看到好东西,就觉得该是你的。"

"如果你真的这样管不住自己,那不如把银行卡给我保管啊。"夏桑向他摊开了手,"舍得吗?"

周擒眼角弯了起来,嗤着笑:"原来在这儿等着我。"

夏桑慢悠悠地说："我看你最近蛮有钱的，花钱也挺大手大脚，不如我帮你花咯。"

他打量着女孩自然的脸色："你来真的？"

"怎么，不乐意？"

"那当然不是。"周擒摸了摸自己的衣服兜，"没带，下次给你。"

夏桑的手迅速伸进了他衣服的夹层里面，摸出卡夹，从身份证的背面抽出了银行卡，拍拍他的胸膛："说了多少次，银行卡不要和身份证放在一起。"

周擒无奈地望着她："你真要拿？"

"那不然呢，逗你玩吗？"

"别开玩笑了，还给我。我有时候真的需要用钱。"

"用钱，找我要。"夏桑将卡揣进学院风小西服的外套胸前口袋里，然后挺了挺胸，"不然你自己来拿咯。"

周擒低头看着小姑娘，眼角绽开痞笑："又不是没摸过，以为我不敢？"

说完，他的手真的落了过来，夏桑连忙别过身，笑了起来："耍流氓啊！"

周擒也没有真的抢她，卡给了就给了，不过"流氓"也是真的耍了几下，弄得小姑娘面红耳赤，一个劲儿瞪他："你最近哪里需要用钱？"

周擒如实说道："我在看短租房。"

"你要租房？"

"寒假我不会回去，留在学校帮你冲 ICGM 赛。"

夏桑挽着他的手臂，天真地说："可是留校也不用租房呀，学校宿舍也可以住呀。"

"我想如果你正好也要留下来，也许我们可以去外面住。"这句话他说得极其随意又平淡，却在夏桑心里掀起剧烈的波澜，她抬起头，惊悚地望着他。

周擒避开了小姑娘的视线，尽管心跳已经无法控制了，却仍旧做出平静的样子，平静得就好像在商量晚饭吃什么。

"或者，寒假你也可以晚些回去，我们再多刷点题。"他顿了顿，补充道，"或者让苏若怡也留下来。"

夏桑脸蛋迅速蹿了红，鬼使神差地问："那她也跟我们住一起啊？"

这句话问出来，周擒嘴角笑意加深了，夏桑也瞬间意识到自己在犯蠢。

他玩笑道："你可以问问她愿不愿意。"

夏桑顿了很久，低声道："那……看房子的事就交给你了。"

周擒脸颊也不觉有些烫："算答应了？"

"就是方便一起刷题。"她低着头，嗓音微若蚊吟，"只是刷题。"

"你不用这样刻意强调我们只是为了学习。"

"就是为了学习！"

周擒没忍住先笑了起来，夏桑见他笑，也有些绷不住，打了他一下："你乱想什么！"

"我没乱想，是你在想。"

"我没有！"

两人追着打闹了一会儿，夏桑默默地掏出银行卡，还给了他："那这个，我先暂时不帮你保管吧。"

周擒接过银行卡，然后又揣进了她胸前口袋里："狡兔三窟，我怎么可能只有一张卡。"

"全给我！"

周擒时不时会给夏桑发一些短租房的图片，让夏桑筛选。他筛选过一遍的房子，都是正规的公寓出租，装修都非常现代化，最重要的是，很新，处处都很合夏桑心意。

周擒知道夏桑从小到大，即便父母感情不和，但在物质上从来没有亏过她，是养尊处优的小公主。如果真的要生活在一起，他自然要更照顾她一些，力所能及地给到她最好的……

夏桑挑出了一套最新装修的 LOFT 公寓，看到照片里家具家电都很现代化，合她的心意，于是给他发消息："阿腾，我想住这个。"

"行，等会儿下课我就去看看。"

"选房子的事，麻烦你了。"

"客气。"

过了会儿，周擒犹豫着又发来两个字："可是……"

"可是什么？"

"这是一居室。"

"嗯？"

"一居室，楼下客厅，楼上卧房。"

"怎么啦？"

周擒顿了顿，只好详细地解释道："宝宝，一居室的意思，就是只有一张床。"

"……"

周擒："我给你发了两居室的，你还可以再挑挑。"

隔了好几分钟，夏桑终于回了他一条消息："阿腾，就这套吧。"

夏桑时不时便会翻出房间的照片来看看，忍不住在脑海里幻想着和他住在一起时的情形。对于即将到来的未知的一切，夏桑心里有一丝的惶惑，但想到未来朝夕相处的每一秒，惶惑中又带着些微的期待。

篮球馆里啦啦队跳完开场舞，许茜坐到了夏桑身边，脑袋不自觉地偏过去，望见了她手机里的房间图片，好奇地问："你在看房子啊，要搬出去住吗？"

夏桑点头："是寒假的短租。"

"寒假不回去啊？"

"不知道欸，可能不会吧。"

夏桑想到因为 ICGM 大赛的事情跟覃槿闹崩了，她说的让她今年过年别回家了。

许茜从夏桑纠结的表情中，读出了她的心事，意味深长地"哦"了起来。

"其实同居也不仅仅是那些事啊。"夏桑担忧地说，"你说，万一我们的生活习惯合不来，怎么办？"夏桑的性格便是如此，习惯安宁既定的东西，对于未知的事情，总免不了忐忑和畏惧。

"很多情侣就是住在一起之后，发现合不来，或者对方不是自己以为的那个样子，然后分手，甚至离婚呢！"

譬如她的父母，不就是如此吗？她小时候也听外婆说起过，家里那样反对覃槿和当初一穷二白的夏且安在一起，但是覃槿一意孤行，铁了心就是喜欢他，甚至连结婚都是两人在外地偷偷结的，没让家里知道。

可后来……生活总会让爱情褪去绚烂华丽的颜色，回归真实的底色。

父母婚姻的前车之鉴，才是夏桑畏惧的根源。她低声对许茜道："其实我想着，只是一起生活也还好，但是不要结婚，不要把自己的生活强加在别人的生命中，更不要把自己的期许强加给别人。"

她永远不要像母亲那样，独自坐在空荡荡的房间里，中年便是香烟、红酒为伴。

许茜惊讶地看着她："夏桑，我看着你是挺保守一女孩，没想到思想观念这么超前，不婚主义啊！"

"也……也不是。"夏桑也不知道该怎么讲，"我很喜欢他，但总觉得如果性格合不来，再加上柴米油盐的生活琐事，这种相互间的喜欢，也会慢慢褪色，最后互生怨怼，我不想和周擒走到那一步。"

"你太杞人忧天了吧！怎么对生活这样悲观啊！"许茜发现夏桑的思想还偏得蛮严重的，"难不成，你就一辈子跟他谈恋爱，周擒愿意吗？你觉得他会不想要一个家庭吗？"

夏桑叹了口气："所以我才害怕嘛。"

许茜摆摆手："没什么事是睡一觉不能解决的，只要你们生活和谐，那就没什么不和谐的。"

身后忽然传来一声很轻的嗤笑，夏桑回头，看到李诀和周擒他们一群人，拎着球，来到了篮球馆。

李诀玩笑道："你们女生聊天的话题尺度不小啊。"

夏桑顷刻间红了脸颊，望向了周擒。他穿着黑色的球服，篮球在他的手上流畅地游走着，他侧脸的轮廓又冷又硬，但嘴角极力抑着上扬的弧度，很明显地回避她的视线，也在忍着笑。

夏桑的指尖很用力地掐了许茜大腿一下，许茜知道小姑娘的心思，故意"哎呀哎呀"地叫了起来："夏桑，掐我干吗？"

"谁掐你了？"小姑娘越发不好意思，羞得起身要离开，"我走了。"

"等会儿中场还要跳舞呢，你可不能走。"

"你们跳吧，我不跳了！"

夏桑只想赶紧逃离现场，经过周擒身边的时候，他把她揽了回来，自然而然地将一件羽绒外套搭在她身上："跑什么，我都没听到。"

夏桑讪讪地望他一眼，小声道："你都笑成这样了，还说没听到。"

"房子钥匙已经拿到了，等会儿球赛结束之后，就搬过去？"

她脸颊越发滚烫："等会儿再说吧。"

周擒嘴角一弯："本来也没什么，但你害羞成这样，把我弄得忍不住胡思乱想了。"

周擒和李诀拎着球上了场。虽然他没再走体育生这条路，但是和一帮成天训练的体育生打篮球时仍旧保持着当年的劲头，霸道又凌厉，强势的打法几乎不给周围人任何喘息的机会。

一帮体育生和他打，也被他带得气喘吁吁，精疲力竭。

中场休息，夏桑走到球场边，将自己的保温水杯递给他。周擒接过水杯打开，水杯是卡通小熊的样式，他对着吸管喝了几口，便又打开盖子，仰头一口喝完了。

夏桑嘴角绽开了不自觉的笑意。

热辣辣的汗水和青春的荷尔蒙涌动着，她想着如果能这样看他打一辈子球，是多么幸福的事情啊。

晚上，周擒和李诀还有球队里的几个男孩一起去吃大排档消夜，这里面便有夏桑以前认识的熟面孔——体育学院的杨泽飞和路尧他们几个。

他们也聊到了第一次认识的时候的情形："夏桑学姐到我们体育学院的招新点帮忙，摆明了就是要找人啊。"

杨泽飞想了起来："她当时在新生名单里找的好像就是周擒。"

"是啊，没找到，还挺失望呢。"

桌底下，周擒的手掌落在了夏桑手背上，轻轻地按住了，粗粝的指腹有一搭没一搭地捏着她手背的软肉，像在把玩一般。

"你就这么确定，我会来东海大学？"

"我不知道。"夏桑看着他，"当年我以全校最高分报考东海大学计算机专业的事情，在南溪一中的官方网站公示了两个多月，如果你有心的话，就一定能看到。"

"你到处都给我留了消息，七夜探案馆的留言板，还有你QQ的个性签名，写的都是：'我在东海大学'。"周擒笑着说，"我要是让你失望了，只怕你这辈子都不会原谅我。"

"知道就好。"

就在几人热热闹闹吃饭的时候，许茜看到不远处林止言和几个朋友也走了进来，坐在了距离他们不远的位子。

许茜认识他身边那几个女孩，都是艺术学院的学姐，和他高声说话，谈笑风生。

林止言也看到了许茜和夏桑他们，走过来打了个招呼。

夏桑不咸不淡地跟他问了声好，说道："林师兄也和朋友来吃饭吗？"

"是啊。"林止言仍旧是那副谦和有礼的态度，"是我研究生的同门。许茜，你吃完饭早点回去，不要在外面瞎玩，我等会儿来找你。"

许茜点了点头："好啊。"

"那我就先过去了。"

"好。"

夏桑略微有些诧异，她也没想到许茜这么泼辣开朗的性子，在林止言面前就像变了个人似的，变得乖顺温柔，他说什么她就听什么，连开玩笑的话都没有了。

夏桑低声道："你太听他的了吧，他让你不要在外面瞎玩，但是他自己却和朋友们在外面玩。"

许茜叹了口气："他很优秀啊，我总感觉自己配不上他，就多听话一点咯。"

"谁说的，我觉得你也不差啊，怎么就配不上了？"

"你这是闺密滤镜。"许茜望了眼对面桌的林止言，眼底带着几分痴迷，"他家世好，举止优雅，小提琴水平更是远甩我几条街啦，能跟我在一起，我觉得就像做梦一样。"

夏桑知道，许茜这一年来，对林止言几乎是百依百顺，最重要的一个原因就是两个人之间的差距造成的潜移默化的不平等。但这似乎并不是正常健康的恋爱关系应该有的样子。

林止言也很享受许茜对他的温顺，能把这样一个张扬放肆的女孩变成乖乖女的模样，林止言很有成就感，所以许茜成了在他身边最长久的一个女朋友。

夏桑心里隐隐有些不安，对许茜说："你记得我们上课，在预防恋爱精神控制那一章里老师讲的内容吧。"

许茜笑着说："你想多了。"

"可我觉得和他在一起的你，太不像你了。"

"但我真的很喜欢他啊。"

李诀脸色不太好看，重重地搁下了筷子，冷嘲道："谈恋爱把脑子都谈没了吗？你对他越是无底线地好，他对你就越是不屑一顾。"

许茜凶巴巴地看了李诀一眼："我谈恋爱招你惹你了？每次你看到我都是横眉毛竖眼睛的，像跟我有仇似的。"

"我是看不惯你这软骨头的样子。"

"我又没对你软骨头，你凭什么看不惯？"

李诀气得将杯子里的啤酒一饮而尽，周擒又给他倒了杯，意味深长地说了句："又不是你女朋友，管什么闲事。"

"虽然不是我女朋友，但是我兄弟女朋友的闺密，这就不算闲事。"

许茜："哇，我还真是谢谢你啊，你这么有时间有精力，怎么不自己找个女朋友好好管管，还管到我头上了。"

"我要是有了女朋友，我才不会管她呢！她是她自己的，她爱做什么，不爱做什么，都是她的自由。"

李诀这句话似乎戳到许茜的心了，她闷闷不乐地喝着饮料，不再言语了。

这一顿饭，大家吃得都有些意兴阑珊。

走出大排档，许茜跟他们道别之后，独自回了学校。李诀也宣称要回去训练了，一步一步地走在她的后面。

晚上七点，夏桑回宿舍简单收拾了几件衣服、护肤品和洗漱用品袋，磨磨蹭蹭半个多小时，才背着书包下了楼。周擒倚在路灯柱下，遥遥地望着她。

寒风中，他轮廓冷冽，眼眸埋在硬挺的额头阴影下，看不分明。见夏桑跑过来，他自然而然地接过了她的书包，背在了自己的肩上。

"装了什么，这么重？"

"一些要用到的，护肤品瓶瓶罐罐有点重。"夏桑见他什么都没带，"周擒，你没有收拾衣服这些吗？"

"上午已经拿过去了。"周擒回答道，"我的东西比你少。"

夏桑点点头，跟他一起走出了校门。

天色刚刚暗淡下来，校门外的步行街这会儿正是热闹的时候，夏桑跟在他身后，朝着步行街背后的高层公寓楼走去。越是临近目的地，夏桑的心情越发忐忑紧张了起来。

瑟瑟的寒风掠过，周擒似乎察觉到了夏桑的心思，回身牵起了她的手，将她冰凉的手掌紧紧握进掌中。

"周擒，我们去酒吧坐坐吧，听会儿音乐。"夏桑忽然提议。

"你想喝酒壮胆？"

"哪有？"夏桑掩饰地说，"只是觉得现在还早，没必要这么早就在房间里待着，怪无聊的。当然你要是不想去酒吧，我们可以去机房上机测代码。"

周擒淡淡笑了，带着她来到了上次的清吧，仍旧点的伏特加，用汤力水、柠檬和薄荷给她调配稀释，省得小姑娘一喝就倒。而他自己则不需要任何调配，白色的液体倒入杯中，浅饮了一口。伏特加是烈酒，但他似乎酒量不错，喝了几杯也始终面不改色。

夏桑拿着杯子猛喝了一口，他给她调得酸酸甜甜，还怪好喝的："周擒，还要一杯。"

周擒便又给她调了杯，淡淡道："你怕我做什么？"

"我哪里怕你了？"

"你从下午就开始紧张了，吃饭也心不在焉。"他将酒杯递到她面前，"现在还要跟我喝酒。"

小姑娘的脸蛋被酒意氤氲出几分不自然的潮红，碰了碰他的杯子："周擒，我怕过很多人，我怕我妈妈，怕祁道，怕考不上最好的大学，怕成不了一流的精英……但唯独不怕你。"

周擒歪着头睨着她。

小姑娘似乎喝醉了，话也开始多了起来。

"为什么不怕我？"

"因为在你身边，我觉得心安。"夏桑托着腮，借着酒吧昏暗的灯光，痴迷地看着少年英俊的脸庞，"不管是住在一起，还是要和你怎么样，我都不怕。"

周擒瞬间头皮一麻，笑出了声，伸手拍了拍她的脸颊："求你了，别喝了，看你醉成什么样子了。"

"怎么啦？"

"你开始乱讲话了。"

"没有啊。"

音乐响了起来，有歌手在台上弹起了吉他，给周遭平添了几分旖旎温柔的气氛。周擒的手仍旧抚摸着她凉丝丝的脸蛋，指腹掠过她迷离的眼眸、乖巧的鼻子，最后落在了她莹润的唇上。

"夏桑，你要是真的不怕，那我就不忍了。"

说完这话，周擒迅速起身拎过她的书包，拉着小姑娘离开了酒吧。

夏桑被他拉着，跌跌撞撞地跟在他身后："哎……"

周擒似乎已经忍耐到了极致，见她晕晕乎乎走得慢，索性将她背了起来，大步流星地朝着公寓楼走了过去。风一吹，夏桑脑子清醒了几分，想到刚刚的话，脑子顿时热烘烘、乱糟糟的。她伸手摸了摸他的颈子，皮肤紧绷而滚烫，烫得她赶紧抽回了手。

"周擒，你这反应好吓人哦。"

周擒背着她走进公寓楼的电梯里，按下了 13 层的按键："男人都是这样的反应，没什么吓人的。"

"放我下来。"

他将她放了下来，小姑娘慌忙抬头望他的脸，漆黑的眸子一个劲儿盯着他看。

"看什么？"

"看你有没有变成大怪兽。"

周擒嘴角弯了弯："那我变了吗？"

"还没有。"夏桑稍稍放心了些，"就是说你还是要保持理智，绅士一点，礼貌一点。"

"好，我绅士一点。"

周擒按下了密码打开房门。

夏桑正要伸手去按灯光的开关，顿时感觉灼烫的大掌握住了她的手腕。紧接着，她便被他翻过身，抵在了墙边。夏桑贴着墙，只感觉那墙仿佛变成了柔软的泡沫。

而她突兀地跌进了那无边绵软的世界里，在噼里啪啦的星光中，不断下坠。

深夜，周擒跪在了沙发边的软地毯上，满心愧疚，又无话可说。他那双漆黑的眸子仍旧带着不满足，深深地望着夏桑。

夏桑以前在脑海里预演过很多次，玫瑰花的绯色情调、烛光的影影绰绰，一定还要有栀子味的熏香。事实证明，少女的幻想实在过于天真。

周擒这来势汹汹的火焰，直接把她的少女幻想一把火烧干净了，呈现在她面前的是最真实的战斗。

周擒这会儿倒是心疼得跟什么似的，伸手摸她的额头，柔声问："宝宝，刚刚磕到没？"

夏桑皱着细长的柳叶眉，躲开他的手。

周擒牵过了她的手，翻过手腕，轻轻地吻着，一边吻，一边用眼神勾着她："下次我会控制住，温柔些。"

夏桑最抵抗不了的就是周擒这样的眼神，她想到刚刚黑暗中的战役，大脑一片空白。

周擒说道："放心，我会保护好你的。"

周擒起身想抱一下她，夏桑不满地斥道："跪好。"

他双膝立刻又跪了下去。

"你跪着吧，我去洗澡了，我没叫你起来，你不准起来。"

"好。"

夏桑起身，抓着书包来到了浴室。刚刚那一星半点的醉意，这会儿也全然消散了。

她看着镜子里的自己，这时候空白的脑子才慢慢被刚刚的"内容"一点点地填充着，每一个细节都开始复原。虽然并没有她少女情怀里的那种温柔，但也不是一点都不好。

被喜欢的人那般绝对占有和掌控着，反而是她这种被动性格的女孩格外享受的部分。她打开了淋浴的喷头，冲洗着疲软的身体。脑子里全是刚刚的画面，晕晕乎乎的。

洗了四十分钟，把自己冲得干干净净，然后涂抹上了身体乳，换好睡衣，夏桑香喷喷地走了出去。

周擒已经在果盘里切好了水果，橙子、火龙果、苹果……插好了牙签，桌上的花瓶里甚至被他变出了几朵白雏菊。

见她出来，他立马又跪在方桌前，对她说："过来吃水果。"

"你哪儿弄的花啊？"

夏桑走过来，闭眼嗅了嗅桌上白瓷瓶里的插花，十分满足。周擒则俯身过来，闻她发梢间的清淡的甜香。

"跪好。"

他立马规规矩矩地跪好："别生气了。"

夏桑坐了下来，拿起牙签吃了一粒清甜的苹果块，问道："忽然对我这么好？"

周擒嘴角扬了扬："你是我的了，再好些都不为过。"

夏桑轻哼了一声，蜷着腿坐在沙发边，打开了电视随便翻着："以后，你不准这样了。"

"怎样？"

"像刚才那样。"

周擒眼角笑纹勾了起来，似乎也在回想刚刚的事情，笑意越来越深。

夏桑又忍不住打了他一下："跪着是让你反省！我看你还挺享受。"

"这当然享受，有你是我的福气。"他望着她，很诚恳地说，"以前也想过，但是做梦都想不到，你让我跪一晚上都行。"

夏桑"哎呀"了一声，抱着靠枕转过身去："你再说这样粗鲁的话，我真让你跪一晚上！"

周擒知道小姑娘脸皮薄，征求她的"特赦"之后，便去洗澡了。

夏桑换了一会儿台，因为身体的极度疲惫，很快便趴在沙发上睡着了。很快，她迷迷糊糊地感觉到有人将她抱进怀里上了楼，将她送进了松软的被窝里。

她不想睁眼，只懒懒道："周擒，你睡沙发。"

男人滚烫的身体很快钻进了被窝里，从后面整个抱住了她："睡沙发是不可能的。"

"……"

"永远不可能。"

第二天上课的时候，苏若怡便旁敲侧击地询问夏桑昨晚的细节。夏桑很隐晦地跟她说了一些内容，引得小姑娘躁动不已。没想到下课之后去啦啦队，许茜也兴致勃勃跑来询问战况，表情同样也是很激动。

夏桑有点无语，只感觉这是一帮平日里闹腾得厉害、实际上压根儿没见过世面的丫头。

同居生活浪漫又温馨。在某些事情上，周擒永远都是"失忆症"，完全忘记自己前一天的赌咒发誓，非常失控，而事后向她道歉，什么都跪过了，光秃秃的地板、键盘，甚至夏桑还买了他喜欢的榴梿让他跪。

虽然没有温柔，但还算和谐，她渐渐也尝出个中滋味并享受其中了。

寒假之后，没有了日常的课程，夏桑和周擒白天在机房测代码刷题，为 ICGM 大赛做准备。

苏若怡是三人的团队里能力稍弱的一个，为了不拖后腿，也下了决心，放下了学生会诸多事宜，寒假不回家了，跟着亲密的小情侣一起待在机房学习，向他们请教，吃他们狗粮。

傍晚，夏桑邀请苏若怡一起回家吃晚饭，周擒晚上做水煮鱼。苏若怡欣然同意，反正寒假期间在学校也很无聊，食堂也没什么好菜色。

三人从步行街的超市里走了出来，周擒拎着一大口袋新鲜的蔬菜和一条花鲢，夏桑一只手挽着他，另一只手则牵着苏若怡。不承想，刚走出超市，便看到覃槿女士站在寒风彻骨的街头，冷冷望着夏桑。她眼底蓄积的寒意，似乎能将她瞬间冰封了。夏桑慌忙甩开了周擒的手，吓得打了个寒战。

"妈……您怎么来了？"

"夏桑，你胆子够大的，辅导员说你寒假没住学校，到底住哪里了？"

"妈，我都二十岁的人了，您能不能别总给辅导员打电话！我不是幼儿园的小朋友！"

"别说你二十岁，就是三十岁四十岁，你也是我女儿。"

"……"

覃槿冷冷扫了眼身边的周擒，视线下移，落到了他手上装菜的口袋里，全然明白了一切。

她阴阳怪气地说："周擒，好久不见。"

"覃阿姨好。"

夏桑知道覃槿肯定认识他，宋清语事件，他们打过交道。本来夏桑准备一步一步慢慢把和周擒交往的事告诉覃槿，让她缓着缓着也许就接受了，没想到今天这般突然地撞上。

太不是时候了。

"妈，您来干什么，抓我回家吗？"

"寒假不回家，你准备怎样？"

"我要留在学校备赛啊，我之前就说过的。"

"备赛？"覃槿闻言，又冷冷扫了周擒一眼，"备赛需要和这流氓住在一起吗？"

"妈！"夏桑嗓音顿时尖锐了起来，"您说什么呀！周擒和宋清语那事明明是误会，您乱喊什么！"

"他诱骗你同居，这还不是流氓行径吗？"覃槿指着周擒，气得脑子发昏，"信不信我告诉学校，开除你！"

夏桑又气又羞，看到身边还站着被吓呆了、完全不知所措的苏若怡，更觉得丢脸难当，恨不得找个地缝钻进去。她怎么会有这样的妈妈！

周擒看到夏桑眼底渗出了眼泪，于是上前一步，走到覃槿面前，说道："覃阿姨，都是我的错，别怪夏桑。"

"本来就是你的错，我女儿这么乖，全被你毁了！"覃槿怒不可遏地说，"这笔账，我慢慢跟你算。夏桑，跟妈妈回家。"

说完，她伸手去攥夏桑的手。

"我不可能回去！你不跟周擒道歉，我绝对不会跟你走！"夏桑退后几步，泪痕交错，用力瞪着她，"你不可以那样说他。"

"好好好，你非要帮他说话，那我就问问他。"覃槿转身望向周擒，"周擒，你凭什么跟我女儿在一起？"

周擒平静地说："凭我有本事给她最好的未来。"

他的确聪明，简简单单一句话，就让覃槿顿时哑口无言。

她以为他会说什么"凭我爱她"之类的话，这样她就有一大堆说辞堵他的嘴了，没想到这家伙已经猜到了作为母亲最担心的事情。开口这句话，十足的底气和自信，叫人无法反驳。

覃槿调查过他，他的确有本事，甭管是成绩还是脑子，都实在无法挑剔。不管他怎样聪明有出息，只有一点，就可以让覃槿彻底否定他的全部——他的出身。

和夏且安一样的出身。这样的男人，将来一朝飞黄腾达，便是抛妻弃女。

覃槿经历过失败的婚姻，有最惨痛的教训，将来夏桑的婚姻，她必须好好把关，她要给夏桑挑选家世和品性都优良的男孩。

这也是她这些年努力培养她、让她变得这般优秀的原因。

优秀的女人，足以配得上更优秀的男人。

覃槿望着周擒，冷笑道："你的本事，我可不敢苟同。像你这种刀口舔血的家伙，将来会变成什么样子，我想都不敢想，我是不可能把我女儿交给你的。"说完，她强硬地牵着夏桑的手，想将她拉上路边停靠的出租车。

夏桑坚决不愿意跟覃槿回去，死死抱住了路边的树干："我不走！

妈，我是成年人了，你不能这样逼我！"

覃槿恨铁不成钢地说："他给不了你任何未来，你现在跟他同居，你吃了亏，他倒是甜头都占了，笨不笨啊你！"

有不少学生站在边上围观了起来，夏桑是很要体面的人，听到覃槿这样的话，委屈得眼泪直流，歇斯底里地喊了起来："我讨厌你！"

周擒看到夏桑哭成这样，像袖刀在胸腔里刮着，生疼却又不见血。

他挡住了夏桑，说道："覃阿姨，东海大学很多人认识夏桑，您真的要闹得她以后在同学面前抬不起头？"

"我让她抬不起头？"覃槿气得眼角鱼尾纹都在颤抖，"是你诱骗她。"

"不是！"夏桑尖锐地喊道，"我心甘情愿！"

"夏桑，你能不能要点脸！"

周擒脸色终于冷了下来，即便是长辈，听到她这样和夏桑说话，他也没有办法保持冷静："覃阿姨，请您闭嘴。"

"你说什么！你对我说什么！"

"您要是闭嘴，我可以劝夏桑跟您回去。但您再这样骂她，让她丢脸难受，我就要带她离开了。到时候您报告学校也好、报警也好，她作为有独立民事能力和自由意志的成年公民，我想她要是不愿意，谁都不能勉强她。"

"好啊，你威胁我……"

"我说到做到。"

覃槿看着周擒，似乎也看出了他眼神中的坚毅和决绝。这男人不是一般的高中生小孩，她不可能用教务主任的威严压服他，只能暂时退避。

夏桑哭着抓起周擒的手："阿腾，我们回家！"

周擒反握住了她的手，用衣袖擦了她的眼泪，拉她到路边上，温柔地哄道："宝宝，不哭了。"

夏桑委屈地看了他一眼："对不起，你别把我妈的话放心上。"

"当然不会。"周擒爽朗地笑了下，"跟她回去过年吧。"

"不！我在这里陪你！"

"夏桑，你现在跟她回去，兴许有朝一日她还能接受我。如果你执意跟我走，那我跟你妈妈的梁子就真的结下了。"

夏桑是聪明的女孩，当然知道周擒说的都是事实，但突如其来的离别让她满心悲怆，紧紧握着他的手。

"每天都要视频。"

"当然。"

夏桑低头看着口袋里的花鲢，闷声说："水煮鱼也吃不成了，你跟苏若怡两个吃吧。"

她回头望了眼苏若怡。

"哎呀，你都走了，我还吃什么呀！"苏若怡连连摆手，"夏桑，放心，我是有操守的闺密，哈哈哈，你走了，我明天也回家，绝对不会跟你男朋友借备赛之名单独相处的。"

这话让夏桑本来泛着泪痕的脸蛋又忍不住绽开笑色："这倒也不至于。"

周擒给她擦干了眼泪，知道覃槿也不会允许她回公寓收拾东西了，说道："你和覃阿姨在附近找个餐厅先吃饭，我回家给你收拾行李。"

夏桑不舍地点了点头："把我的护肤品都装着，还有手机插头和笔记本，还有几本 C 语言和 Python 的书。"

"放心，我都知道。"

周擒双手捧着她的脸蛋揉了揉，回头望了眼覃槿。

覃槿抱着手臂，冷着脸，一眼都不想多看他们。

Chapter 12

希望·输赢·四月樱

"打得这么烂，要不要擒哥教你啊？"

覃槿和夏桑在步行街的一家环境幽静的港式茶餐厅吃了顿简餐，四十分钟后，周擒提着行李箱过来，并给她背好了斜挎包。

"证件、银行卡、钥匙都在包里，不要丢三落四。衣服也收了几件常穿的，回去检查一下，如果还需要什么，随时联系我，给你寄来。"

夏桑乖乖点了头："不要熬夜看书，记得吃早饭，少抽烟。"

"嗯，不用担心 ICGM 比赛，我会带你拿金奖。"

周擒取下了自己的灰色围巾，戴在了她的颈子上，然后对覃槿礼貌地点了点头，转身离开了茶餐厅。夏桑一直目送他的背影消失在转角处。

覃槿看着这两人告别时依依不舍的模样，其实心里多少有些动容。

因为这些画面，她和夏且安也曾上演过，甚至那时候别离的伤感还要更浓郁些，因为没有手机和网络，只能通过写信的方式联系。

但这更坚定了覃槿棒打鸳鸯的决心。不适合就是不适合，当初她没有听父母的话，才造就了这段不幸的婚姻。而现在她不能让自己的悲剧重演在女儿的身上。

半夜的飞机，跨越东西半个中国，她们回到了内陆城市——南溪市。

静谧的夜里，母女俩白日的戾气消散了很多。

覃槿将毛毯搭在了夏桑的腿上，对她说道："看到你们，我就想到了以前和你爸谈恋爱的种种。"

"周擒不是爸爸，他和爸爸不一样，我跟他经历了这么多事，很努力才在一起的。"

夏桑其实还想说，她也不是覃槿，她没有那么强的控制欲，不会试图去控制别人的人生。更想说，她暂时不会考虑结婚的事，要怪就怪你们自己没有做好榜样。

但云层之上这样安静的夜，她不想再和母亲吵架了。

夏桑偏过头，用手机拍下了云层之上那一轮滚圆明亮的月亮，准备明天发给周擒看看。

"我知道，因为祁道，你才和他走到一起的。"覃槿摇了摇头，愧疚地说，"那件事是爸爸妈妈没有保护好你，但如果你因此觉得这个男孩可以托付终身，那就大错特错了。"

"你在意的不就是他穷吗？"夏桑把话说得很明白，"你因为爸爸，就这样否定周擒，这不是很偏激离谱吗？"

"我在意的不是他穷，而是他复杂的背景。"覃槿说道，"一般的穷人家的小孩，顶多吃点苦，哪有他这么坎坷蹉跎？夏桑，妈妈这几十年来和那么多学生打交道，看得实在太多了，你听妈妈的话，找个优秀的、家世正常健康一点的男孩交往，妈妈是不会反对的。"

"我没见过比周擒更优秀的男孩了。"夏桑压着嗓音道，"他一来学校，我的企业奖学金全部泡汤，一次都没拿到过，他是我不管怎样努力都无法超越的人。"

"你还是没明白妈妈的意思，优秀只是一个方面，更重要的是在健康的家庭氛围之下成长起来的男孩，才会有健康的人生价值观。"

"我自己都没有一个健康的家庭氛围，却要求对象有个健康的家庭，不是很可笑吗？"

夏桑这句话，让覃槿顿时哑口无言了。

回到家已经快凌晨两点了，夏桑洗漱之后躺到床上，给周擒发了条消息："到家了，晚安。"

本来以为他已经睡觉了，没想到信息竟然秒回："好，快睡。"

夏桑："你为什么还没睡？才说了不让熬夜！当我的话是耳旁风吗？"

周擒："睡不着，等你落地。"

夏桑："我已经到家了，现在躺在床上，快睡了哦。"

周擒："好。"

夏桑放下了手机，强迫自己闭上眼睛，脑海里却不断回闪今天发生的事情，心情像坐过山车一样起伏不定。

辗转反侧良久，睡意越发被驱散了，她摸出手机，给周擒发了一条消息："睡着了吗？"

"没有。"

"你为什么还没睡？"

"大概跟你一样的原因。"

很快，周擒发来了视频通话，夏桑赶紧点开。

两边的视频框都是黑漆漆的，什么都看不到，但好在能听到他的声音："桑桑……"

听到他低沉有磁性的嗓音，夏桑这才觉得稍稍安心一些，低声道："完蛋了，周擒，我竟然不习惯一个人睡了。"

"我也是。"

"我好想你。"

夜色里，她蒙在被窝里的低语，仿佛在撒娇一般，仿佛是她在他耳边低音的嘤吟。

周擒头皮一紧，越发睡不着了。

"好想你哦，我妈妈今天好过分。"女孩嗓音里带着委屈的哭腔。

他柔声安抚道："别想了，开着视频睡。"

"好。"

夏桑把手机充上了电，然后放在枕头边，周围非常安静，她似乎能听到少年低缓的呼吸声，就像他还在她身边一样。

"周擒，你说以前的人谈恋爱，连手机也没有，好惨。"

"只能写信。"

"周擒，要不明天你也给我写信，好不？"

"不。"

"为什么？"

"写信太慢了。"周擒沉声道，"思念很长。"

"哈哈哈。"夏桑被他这句话逗笑了。

周擒："快睡了。"

"擒哥，亲我一下。"

"好。"

那边传来了清脆的一声响。

夏桑："你以为你打响指我听不出来吗？"

周擒："……"

第二天早上，夏桑睁开眼的第一件事，就是看向手机屏幕。手机已经烫得不行了，视频通话开了一整晚，还在继续，不过周擒此时已经起床了，将手机放在了窗边的书桌上。

而他穿着白色衬衣，衣领随意地敞开着，正在看一本厚厚的 C 语言的专业书。

书桌靠着 LOFT 的落地窗帘，白色窗帘被微风吹拂着，靠东的窗户正好有冬日的阳光照射进来，照着他紧致的麦色皮肤，瞳眸被照出了浅褐色，侧脸轮廓干净漂亮。

他一边看书，一边拿笔在纸上写着什么。

"阿腾，早安！"

少年偏头望了她一眼："宝宝，已经中午了。"

"我睡了这么久啊。"夏桑拿着手机，揉了揉头发，迷迷糊糊来到卫生间洗脸漱口。

"你在学习啊？"

"嗯。"周擒将一张写满了字的信纸装进了原木色的信封中，"信已经写好了，等会儿我就寄给你。"

"你给我写信啦？"夏桑惊喜地拿起手机，"写什么啊？快念给我听！"

"我念给你了还算信？"

夏桑笑了起来："思念太长，等不及了，哈哈哈。"

周擒拆开了信纸，清了清嗓音，用字正腔圆的播音腔念道："亲爱的桑桑宝贝，见信如晤，现在是早上七点，寒风吹进窗户，距离和你分开已经 9 小时 43 分钟了，除了想你，还是想你……"

夏桑笑得快要蹲在墙角了："擒哥，好肉麻啊，你不要念了！"

周擒将信纸折好，小心翼翼放回了信封里："每一个字都是真心，差点把我写哭了。"

夏桑笑个没完了："救命！"

周擒看着小姑娘脸上荡漾的笑意，心情也明朗了很多："好了，我手机要充电了，下午去图书馆。"

夏桑恋恋不舍地看着他，舍不得挂断："不能一直开着视频吗？"

"手机已经烫成烙铁了。"

"你手机用了好多年了。"夏桑闷声说，"等着，我马上拨款给你买个续航好的新手机。"

"乖了，快去吃早饭，别跟你妈吵架了。"

"好吧。"夏桑挂断了电话，走出房门。

覃槿见她出来，不满地说："你的狗，该带出去遛了。"

夏桑一阵风似的跑到阳台边，果然看到黑黑趴在阳台上晒太阳，见到她，黑黑兴奋地站了起来，不住地冲她摇尾巴。

看到黑黑被养得这么好，夏桑对覃槿的抱怨消散了几分，摸出手机给狗子拍了几张照片，发给了周擒："黑黑现在是我的狗了。"

周擒："你是怎么把它从胡芷宁手里抢回来的？"

夏桑："我当初是怎么把你抢走的，后来就是怎么把黑黑抢走的咯。"

周擒："那不一样，我不需要你抢，就会跟你走。"

夏桑："爱。"

寒假在家的时光，夏桑绝大部分时间都待在房间里，和周擒、苏若怡联机测代码备赛，也没有再和覃槿吵架。两人谁都说服不了谁，所以为了安稳过年，两人都心照不宣地避开了这个话题。

有时候，趁着妈妈不在，她会翻出柜子里尘封的旧相册。相册里有爸爸妈妈年轻时候的照片，那时候可没有手机能随时拍照，所以相册里全是泛黄的照片，画面背景很有年代感。

那时候的妈妈年轻漂亮，眉眼间有一股英气，而爸爸低头看着她的眼神，是那样欣赏和宠溺。

夏桑合上照片，轻轻地叹息了一声。

是啊，人生的路这才刚刚开始呢。冷静下来仔细想想，年轻时的妈妈，肯定想不到未来几十年之后，她会和曾那样深爱的少年变成水火不容的局面。

如果有朝一日，她和周擒也这般相看两相厌。她无法想象那是怎样的一种局面。

毛骨悚然。

夏桑拍下了爸爸妈妈的照片，发给了周擒看："阿腾，给你看我爸爸妈妈。"

周擒："你像你妈妈多一些，眼神里都有很坚定的光。"

夏桑："你是想说我凶巴巴的吗？"

周擒："每晚都被罚跪的我，有什么资格说三道四。"

夏桑："被罚跪是你咎由自取，让你总是那样……"

周擒："打电话方便吗？"

夏桑："方便。"

很快，周擒便给她发来了语音通话，夏桑点击接听。少年低沉有磁性的嗓音在耳边响了起来："我知道你妈妈在反对什么，也知道你在担心什么。"

　　夏桑抚摸着这一张张陈旧的照片，玩笑道："那你要跟我山盟海誓吗？"

　　"誓言太远了。"周擒说道，"有些话，动动嘴皮子，谁不会。"

　　"那怎么办呢？"

　　周擒想了想，说道："山盟海誓靠不住，但钱是靠得住的东西，以后我赚多少，就上交多少，这样好吗？"

　　夏桑笑了起来："你真是很实际啊。"

　　"一向如此。"

　　她合上了相册，将它装回了柜子里，说道："阿腾，其实我的性格跟我妈妈挺像的，在某些事情上我也有我的坚持。"

　　"我知道。"

　　"我怕将来有一天，你会觉得我不温柔不听话了。"

　　周擒道："你想多了，听话是相互的。"

　　夏桑好奇地问："你是说……"

　　他笑了下："白天我听你的，但晚上你要听我的。"

　　"……"

　　在年前的一次宴会上，夏桑终于明白了覃槿不惜千里迢迢亲自来东海市将她捉回来的原因——相亲。

　　那是覃槿的几个老同学间阔别重逢的聚会，其中一位书香世家的闺密把她二十六岁的博士儿子带了过来。

　　覃槿和这位阿姨似乎达成了默契，有意将夏桑和刘存骏安排在一起，言辞间也总是有意无意地夸赞这两个孩子，一个天资聪明，一个学历高，仿佛就成了金童玉女的一对璧人。

　　唯一的违和之处，可能是这位博士年纪轻轻，便有些秃顶了。当然，这在阿姨们看来，也是有学问的象征。夏桑看出了覃槿对刘存骏满心满眼的欣赏之意。

　　刘存骏也很懂饭桌酒席间的礼仪，得体又老练地向她们敬酒，嘴上说着漂亮话。

　　阿姨们脸上堆满了姨母笑，不住地夸赞着他："看看，存骏多有礼貌啊。"

"这么年轻，还是哥伦比亚大学毕业的法律系博士生呢。"

"那可厉害了！"

夏桑一个人闷闷的，仿佛周遭的热闹都与她无关，只顾着低头吃饭。

这会儿吃饭就成了她人生的头等大事。

覃槿觉得女儿这样内敛沉默，不仅让阿姨们觉得她放不开、没礼貌；也不能在博士生面前展露才学，平白错失了今天相亲见面的机会，于是提点夏桑："夏桑，你今年都大二了，我不是让你准备雅思了吗，存骏雅思考了高分呢，你要多向他请教。"

刘存骏也赶紧道："妹妹学习上如果有问题，尽管问我。"

夏桑抬起头，严肃地说："我又没打算考雅思出国，即便要深造，东海大学的计算机专业已经非常前沿了，我的成绩足够保研，不需要出国。"

"你、你眼里就只看得到一个东海大学。"覃槿搁下了筷子，脸色也沉了下来。

这个问题她和夏桑吵了不止一次，每次都是不欢而散，她不想和夏桑在饭桌上争执，只能暂时忍住。

阿姨们赶紧转圜道："东海大学也很好啦。"

"是啊，我们家孩子想考还考不上呢！"

刘存骏好奇地问："妹妹是学计算机专业的吗？"

"嗯。"

"女生学理科，真是不容易啊。"

夏桑嚼着米饭，敷衍道："为什么女生学理科就不容易了？"

"我不是那个意思，我是说——"

"我也没什么意思。"

刘存骏看出了夏桑没有聊天的欲望，便不再多言了。

一顿饭吃下来，覃槿的脸色难看到了极点，回去之后劈头盖脸给了夏桑一顿骂。

"夏桑，你故意的是吧！故意让我在老同学面前丢脸。"

夏桑放下包，扎起头发去卫生间卸妆："我怎么让您丢脸了？今天是您的同学会，主角是您和阿姨们，我就是去蹭个饭。"

"像这样的同学会，带上孩子，自然是要让孩子争光争脸，可是你呢，全程闷不吭声，跟个木头人似的，让阿姨们以为我教了个什么死读书的孩子呢！"

夏桑将卸妆水倒在棉布上，回头说："那你要我怎样？我一理工生，难道当众表演写代码啊？"

"刘存骏人家也很懂艺术，还会弹钢琴，你就不能跟他聊聊音乐？这不是你擅长的吗？"

"我跟人家聊天聊什么你都要管？"夏桑丢掉卸妆棉，"我心情好聊几句，心情不好就一句话不想说，不可以吗！"

"夏桑，我知道你还在想着那小子，处处跟我置气呢。我告诉你，眼光要放长远，你觉得他优秀，那是因为你没见过更优秀的。"覃槿走到卫生间门口，劝说道，"人家刘存骏，年纪轻轻就读到了世界一流名校的博士生，比那个穷小子好多了，你把眼界打开，会看到这个世界有多大！"

夏桑皱起眉头："刘存骏头发那么少！您还让我跟他相亲。您再看不惯周擒，也请找个跟他颜值相当、更有竞争力的好吧！"

"长得好看能当饭吃啊？"覃槿翻了个白眼，"你爸年轻时就帅，现在呢，仍旧风流倜傥，你觉得我幸福吗？"

"您不幸那是您自己造成的。"夏桑闷声说，"我听说体育老师徐哥追了您好多年吧，人家现在还单着呢，您是自己把自己画地为牢圈起来了。"

覃槿的脸颊顷刻涨红，睁大眼睛望着夏桑："你……你从哪儿听来的！"

"就你有眼线。"夏桑转身回了房间，不再和她争执了。

洗完澡，她用梳子梳着头，头发蓄了两三年，长度终于披肩。她摸着柔顺的发丝，琢磨着过两天再剪个公主切，回去给周擒一个惊喜。

刚想着，周擒的视频通话便拨了过来，夏桑跳到松软的大床上，愉快地接起了电话。

"宝宝。"周擒坐在飘窗边，修长漂亮的手上拎着一本书，窗外的阑珊霓虹笼着他的脸，宛如夜色温柔，"在做什么？"

"想你啊。"

他知道夏桑的甜话多得很，嘴角上扬："是吗？"

"你呢，想我吗？"

"想。"

"哪儿想我啊？"

周擒睨她一眼："你这话问的……"

夏桑坐起身，嘴角挂了清甜的坏笑，不依不饶地问："周擒，哪儿想我啊？"

"哪儿都想，心里想，身体也想。"

她羞得用被子盖住了脸："周擒，你好直接哦。"

周擒反问："这不是你想听到的答案吗？"

夏桑羞了一会儿，正色对他说道："我妈刚刚让我去相亲。"

周擒随意地问："怎么样？"

"博士生，学法律的。"

"那不错。"

夏桑看着视频里平静看书的少年："周擒，你不吃醋呀？"

周擒拎着书页，脸上浮现懒怠的神情："你喜欢的人是我，我为什么要庸人自扰？"

她笑道："你好自信哦。"

两天后，刘存骏竟然登门拜访，覃槿非常热情地招待了他，做了一桌子香喷喷的饭菜，鸡鸭鱼都有，亲切地一口一个"小骏"地叫他。

夏桑觉得覃槿真的是着急过头了，她才二十岁出头，她就这么着急地张罗着给她相亲。两年前还跟防贼似的防着她早恋呢，这转变也太大了吧。不过她转念一想，覃槿多半是让周擒给刺激了，才会这么急着给她介绍别的男孩。

夏桑对刘存骏是真的没感觉，即便他不秃，夏桑也不可能对他有什么感觉。

但刘存骏对夏桑的感觉好像很不错，即便第一印象里的她过于冷淡沉闷，但小姑娘的五官这两年是越发长开了，眸子明澈清透、灿若繁星，脸蛋粉白无瑕，玲珑清透的面庞，一眼便是让人心惊难忘的。

这样漂亮的模样，即便是个闷葫芦性子，男人也无力抵抗。

刘存骏那次在聚会里见了夏桑，便一直念念不忘，得知自己的母亲和覃阿姨都有撮合他们的意思，他自然趁着拜年的契机，光明正大地登门拜访了。

吃过饭，覃槿故意给他们制造单独相处的机会，拿出两张早已准备好的音乐会门票，说道："年底莫拉的音乐会，请了世界一流的交响乐团，你们俩正好都对音乐感兴趣，一起去听吧。"

夏桑皱眉，正要拒绝，覃樨一个凌厉的眼风扫了过来，压低声音道："你要是不去，我就把黑黑放生了。"

"……"

无可奈何，夏桑和刘存骏来到了莫拉艺术中心。曲折漫长的园区绿色步道，每一步，都有夏桑和周擒的回忆。

刘存骏在她耳边说着有关音乐和艺术的高端话题，她也置若罔闻。走到园区露天篮球场的网栏边，场子里有几个小孩正在练习拍球，教练穿着白色外套，耐心地教着他们。

夏桑忽然对身边的男人道："你会打篮球吗？"

刘存骏露出了为难的神情："我不常打篮球，平时泡图书馆比较多。"

"我喜欢打篮球。"夏桑说着走到无人的半场，捡起了地上的篮球，熟练地扬手，起跳，篮球顺利地落进了篮圈中。

刘存骏惊讶地看着小姑娘纤瘦的身影："你篮球打得不错啊。"

"嗯。"夏桑拍着球，回头道，"我学了几年了。"

"真是看不出来，女孩子还这么喜欢运动。"

夏桑听他一会儿说女孩子不擅理科，一会儿又说女孩子不擅运动，拍着球，回了句："我也真看不出来，男孩还有不喜欢运动的。"

一句话，刘存骏便看出来了，小姑娘对他的印象，并不像他对她的印象那么好。

但他还是不想轻易放弃像夏桑这种颜值条件的女孩，于是说："夏桑，音乐会要开始了。"

夏桑又潇洒地投了一颗球，回头，微笑道："既然不是知音，又何必勉强一起去听音乐会呢？"

看着她脸上谦和礼貌却又疏离的笑意，刘存骏终于听懂了小姑娘这是明明白白地拒绝了他。他略有不甘地望她一眼，讪讪地道了别。

夜幕降临，夏桑一个人打起了篮球。

即便天空中飘着雪花星子，她却脱了棉服外套，只穿了一件单薄的毛衣，脸上浮着腾腾的热意。过去那样不爱运动的她，没想到有朝一日，手臂会练出修长流畅的肌肉。

就在她起身投篮的时候，忽然有人侧身而过，矫健而敏捷地顺走了她手里的篮球，来到三分线外，起跳投篮。

风里带着熟悉的味道，夏桑诧异地回头。

鹅毛飘雪的夜色里，她看到一身黑衣的周擒，五官冷硬，黑眸明澈。

一阵风过，雪花被吹得东零西落，落在了他的发梢间，漂亮得宛如梦境。

他嘴角噙着笑意："打得这么烂，要不要擒哥教你啊？"

一如初见时的模样。

晚上，周擒带夏桑回了在火车北站的家。

从洗手间出来，夏桑擦拭着湿润的头发，看到周擒又乖乖地跪在了床上，眼神很无辜地看着她。夏桑看他这样子，像极了黑黑做错事被罚的时候，那种可怜兮兮的表情。

她给自己穿好了外套，坐到椅子上，顺手从书架上取下一本书，说道："起来吧。"

周擒立刻起身，来到她身边，很温柔地给了她一个抱抱，掌腹摩挲着她白净的脸蛋，俯身吻她的额头。

他总是这样，有时候会从大狼狗变成黏人的猫，喜欢抱她、吻她、蹭她……这几乎成了必要流程，比她还要黏人些。

"不是说寒假不回来吗，怎么又回来了？"

周擒细细地吻着她的手："想你。"

"哪儿想我啊？"

"都想。"

昏暗的光线中，暧昧的气氛里，夏桑轻轻抱着他的头，抚摸着他刺刺的青楂和柔软的耳垂，温柔地说："阿腾，我也是。"

寒假进入尾声，夏桑终于等到了开学季，和周擒一起回了学校。

ICGM 程序设计大赛的区域洲际赛也拉开了帷幕，这项竞赛不仅考查学生编写程序的能力，同样也考察同学们之间的团队合作和在压力之下解决问题的能力。

区域间的初赛在东海大学的计算机机房里面进行，参赛者们很早便聚集在了机房外的等候大厅里。大厅里团队成员们热火朝天地讨论着待会儿比赛的策略。

夏桑给周擒发信息，让他快点过来。这时候，苏若怡拉了拉夏桑的衣袖，示意让她看楼梯口。

只见专业课胡教授带着几个研究生同学走了过来，其中还有林嘉思和周离离。

因为他们是特别受老师关注的研究生团队，所以一到场，其他参赛的同学们就仿佛变成了陪跑一般。

研究生团队冲出重围的可能性是最大的，所以胡老师仔细地叮嘱他们诸多事宜和注意事项。

苏若怡闷哼了一声，说道："胡老师都亲自来了，好像金奖被他们内定了似的。"

夏桑淡淡道："他们胜出的可能性的确很大，毕竟是研究生。"

林嘉思也看到了夏桑和苏若怡，于是走了过来。周离离宛如小跟班一样，跟在她身后。

夏桑对林嘉思一直没什么好感，只是想到周离离，还是忍不住有点痛心。

人就是这样的，趋利避害，在利益的驱使下，有时候连伴侣都不一定能经受住考验，更遑论是朋友。

林嘉思走到夏桑面前，很有自信地说："夏桑，等会儿要不要赌一把啊，看谁能赢。"

夏桑无所谓地耸耸肩："不用赌，你们赢。"

她这般没信心，倒让林嘉思顿觉无趣了："你知道赢不了，还参加啊。"

"玩玩咯。"

"不是吧，我们每次考试都拿年级第一的夏桑，这么没信心啊。"

夏桑看准了林嘉思战前的狠话要是不放出来，她多半是没法安心参赛了。

"你到底要跟我赌什么啊？"

林嘉思笑着说："你要是输了，就让你男朋友陪我约会一天咯。"

"……"

夏桑咧咧嘴，"你不是嫌他穷吗？"

"所以只约会一天咯。"

苏若怡说道："那你还不是看中了人家的脸嘛，哼，幼稚。"

"是又怎么样，敢不敢赌？"

夏桑又问道："那如果我赢了呢？"

"你自己提，你想要我做什么？"

夏桑望了眼苏若怡："接下来半年寝室的清洁卫生，都由你和周离离承担。"

"那就一言为定，谁都不许反悔！"

林嘉思自信满满地转身离开了，夏桑对苏若怡说："别跟周擒讲我拿他打赌啊。"

"呵呵。"苏若怡干笑了一声，用眼神扫了扫她身后，"你自己跟他说吧。"

夏桑回头，却见周擒不知何时走了过来，一身单薄的黑 T 恤搭连帽外套，懒怠地倚在墙边，抬着下颌望向她："卖我？"

"啊，不是，擒哥……"

周擒踱着步子走出来："我还比不上半年的清洁工？"

夏桑："……"

夏桑连声安抚周擒，追着讨好道："擒哥，我这是对你有信心啊。"

周擒似乎也有点来脾气了，加快步伐走过楼梯转角。

"擒哥，没这么小气吧。别生气呀，开玩笑的。"

周擒回头，平静地说："如果我也跟别人这样打赌，输了就让你跟其他男人约会一天，你怎么想？"

夏桑险些撞上他，稳住了身形，低头想了想。她刚刚也是随口应了林嘉思，还真没有往这方面去细想。因为即便输了，周擒不乐意，谁还能勉强他呢。

现在换位思考一下，她也意识到打赌的行为过分了。

她红着脸、满心歉疚地说："对不起，是我不好，我不该拿你当赌注，我等会儿就去跟林嘉思说，赌约不算数了。"

周擒其实也没多生气，只是故意做戏给她看，撒个娇罢了，没想到小姑娘还真情实感地难过上了。

"对不起，我再也不会了。"

他用掌腹抚了抚她细滑的脸蛋，柔声道："是你做错了事，反而弄得我心里愧疚了。"

夏桑伸出手臂，揽住了他的肩膀："你不跟我闹别扭就好了。"

周擒见楼梯口四下无人，然后指了指自己的脸颊："哄我一下。"

　　夏桑踮起脚，亲了下他的脸颊，然后盯着他浅浅地笑着，眼里眉梢都是喜悦。

　　她发现周擒有时候真是蛮好哄的，远远看着气质冷淡、不近人情，但他的脾气是真的很好了，偶尔生气，她几句话就能哄回来。

　　"周擒，你说这次 ICGM 竞赛，我们能赢吗？"

　　周擒听出了她嗓音里带着几分紧张的情绪："你说的赢，指的是赢了你室友？"

　　"我想的是，至少在全国要名列前茅吧。"夏桑牵着他的手，说道，"我们东海大学的计算机专业在全国范围内是数一数二的，不过，我们可能赢不了他们研究生团队，但也不能输得太难看了，这场比赛的成绩，是可以写进简历里的，将来找工作的时候，公司也会作为参考和评价的标准。不然你看周离离，为什么宁可跟我和苏若怡翻脸，也要加入研究生团队。"

　　周擒倚靠着墙壁，手肘搁在她的肩膀上，有一搭没一搭地把玩着她柔软的发丝："夏桑，说实话，我对他们毫无兴趣。"

　　"你说的他们是……"

　　"全国，其他学校、团队，他们厉害与否，我都不在乎。"

　　夏桑笑了起来："你好佛系啊，难怪一点都不紧张。"

　　"我不怕他们。"周擒定定地望着她，"我只想和你好好比一比。"

　　夏桑感受着少年充满力量的眼神，忽然间心里升起了一股信心和勇气。

　　比赛正式开始，三人一组的团队进入到安排好的机房，运用集中计算机语言进行程序的编写、解决问题，程序写完之后便点击提交，交由测评机运行。

　　比赛过程中是可以实时看到比赛排名的，研究生团队真的非常强，一路势如破竹，解题速度非常快，位居全国前列。

　　夏桑他们的排名则稍稍靠后一些，因为参赛的队伍除了全国的高校，还有其他国家的知名高校，所以排名的浮动变化非常大。

　　三个小时的高强度赛事，淘汰了不少选手，众人都有些乏了，反应力和思路都有些跟不上，现场时不时也能听到伸懒腰的声音。

　　就在比赛进行到白热化、题目也越来越难的胶着时刻，参赛者们忽然发现，有一个团队的编程速度却越来越快，运行时间也越来越短。

苏若怡打了个哈欠，望向了身边的夏桑和周擒。刚刚这两人有一搭没一搭地解着题，但直到现在，两人才算是真正地兴奋了起来。

周擒漆黑的眸子盯着电脑的屏幕，指尖快速地在键盘上敲击着，他答完一题，夏桑立马接上，速度丝毫不会比他慢。

仿佛周围所有的参赛者，都没有被他们放在眼里。

这两人你一题我一题地轮流解答，他俩反而成了真正的竞争对手，相互比拼着算法和测试运行的速度，不遑多让。

苏若怡惊讶地望着他们越来越靠前的排名，简直难以置信。

这两人今天是杠上了吗？

夏桑眼底泛着光，鬓间渗出了汗珠，脑子兴奋地快速运转着。

而周擒的神情反而要轻松淡定许多，她的程序一结束，便立刻接过键盘，开始运行下一道题。两人就这样比拼着，眼神偶尔接触，都带着噼里啪啦的火花。

苏若怡不禁暗自庆幸，亏得这两人今天是在同一个队伍里，这要是成了真正的竞争对手，还不知道赛况会激烈成什么样子呢。

有了夏桑和周擒的神仙打架，自然就没有其他队伍什么事了。

最备受期待的研究生团队，也不得不在最后的时间里，败下阵来，由得夏桑和周擒这一队的分数越来越高。

在周擒敲下最后一个程序运行按键的五分钟之后，静寂的机房里，每个泛着光的电脑屏幕上，出现了洲际区域赛的排名成绩。

以夏桑作为队长的团队，稳稳地高居于洲际区域赛的第一名，并且分数远远地甩开了第二名很大一截。

苏若怡捂住了嘴，忍不住尖叫："啊啊啊！啊啊啊！夏桑！我们赢了，赢了啊！"

夏桑望向了周擒，带着轻微颤抖的嗓音，问道："擒哥，我们是不是拿下了全国第一？"

周擒轻轻牵起了她的手，用力地握住，眼底隐隐泛着光："不是全国第一，是全洲第一。"

ICGM比赛分为各大洲的区域赛和全球总决赛，而每个洲际区域赛也不过只有一支队伍能参加全球总决赛，所以这场比赛只有拿到第一名，并且拿到高于洲际间国家的分数，才能够冲进全球总决赛。我国已经很多年没有大学生团队冲进全球总决赛了。

夏桑的参赛团队在前期准备过程中几乎是寂寂无名，整个东海大学有好些个参赛的团队，他们也不是最被寄予厚望的那一个，却没想到他们在这场洲际赛中宛如黑马一般冲上了榜首，并且分数这样高，远远甩开了第二名国外的大学。

因为我国已经连续三年没有高校冲进全球总决赛，比赛之后没几天，东海大学直接飙上了热搜，夏桑有个无人关注的秀恩爱发图小号也被网友发现了。

她的小号粉丝个位数，放着许多清新可爱的日常小生活片断，譬如周擒做饭的背影、晚餐的摆盘、电影票、他每周送她的花束小礼物，偶尔还会发两人自拍的合影照片……

这个小号被神通广大的网友们发现之后，东海大学的学霸情侣迅速蹿红，在这个互联网时代，两人的神仙颜值加高智商的神仙组合，让网友们躁动不已——

"这是什么神仙偶像剧啊！"

"这一对，真的太令人羡慕了！"

"我眼泪从嘴角流下来。"

"挑战全国智商最高的情侣，真的太般配了！"

……

没多久"全国智商最高的情侣"晋升成了"全世界智商最高的情侣"，因为他们代表东海大学去国外参加比赛，并且毫无疑问地拿下了世界金奖。

而后，铺天盖地的跨国公司企业 offer 也宛如被风吹散的雪花一样，飞向了夏桑和周擒。甚至有公司给周擒开出了高昂的任聘意向金，希望他能在毕业之后来公司任职，并且答应承担他大学阶段的全部学费和生活费。

四月初，周擒坐在图书馆两栋小高楼中间的花园中，坐在树下看书。女孩穿着白裙子，宛如一阵温柔的夏风，静悄悄地坐在了他身边。

周擒看到她剪了新的发型，黑发细密地贴着她白皙微粉的双颊，刘海儿与她细长浅淡的柳叶眉齐平。

齐腰的长发扫过他的手背，留下一抹轻淡的影子，就像她当年在他心里留下的那抹淡影。

"好看。"周擒温柔地望着她，"公主切，比当年更好看了些。"

夏桑的嘴角绽开一抹清甜的微笑，酒窝盛满了阳光："你哄人的技术也比当年提高了很多。"

她注意到周擒的书页里夹着一页纸，好奇地拎了过来："这是什么？"

"一份 offer。"

周擒将折叠的一页纸递给她："科维公司希望我毕业之后去他们公司，我正在考虑，去了之后大概会有较为稳定且高薪的收入。"

夏桑知道科维公司，相比于无数资本强势的跨国集团而言，这家公司算是国内科技企业的行业龙头了，国内的人工智能研发就要数这家公司最为强势。

这家公司的研发部去年在东海大学统共也只招了两个应届毕业生，都是研究生。他们公司的核心研发部招人，并不仅仅只看简历和过往成就奖项，还会有一个非常严格的智商测试，所以招聘意向也特别明确——天才。

领域内真正的高智商天才，当然，他们为这样的天才开出的薪资，自然不会低。

夏桑说："阿腾，我以为你会继续考研。"

周擒摇了摇头，垂眸看着那份来自科维研发部的 offer："夏桑，我答应过你妈妈，会给你一个看得见的未来，而且这份未来，必须近在咫尺。"

"近在咫尺"四个字，他说得斩钉截铁。

夏桑最怕的就是他被逼得太紧，赶紧道："我不要你马上做出什么成就来！不管是考研还是工作，都是一步步来的，你不用在意我妈妈。"

周擒指尖绕着她柔软细腻的发丝，轻松地说道："学业不一定要留在课堂上完成，加入研发团队，积累实践的经验，了解市场，为将来创作做准备。"

夏桑见他主意已定，便不再劝阻他，脑袋靠在少年坚实有力的肩上，默默感受着他身上沉静的力量。

"不管你怎么选，我都支持。"

因为不管哪条路，他都一定能走得稳、走得好。

"夏桑，我一直记得，你说我是人间第一流。"周擒将 offer 重新放进书页中，抬起下颌，"我会成为这世界第一流的人，你等着看。"

夏桑望向他，少年眼中有奋发的意气。她最喜欢的便是他这般风华正茂的模样，一如当初相识的模样。

花瓣落在了书页间，夏桑指尖拈起一片樱花，说道："周擒，你记得在十八岁那年送我的那枝樱花吗？"

"怎么会忘。"

"那你知道樱花的花语，是初恋吗？"

"不是初恋。"周擒握住了她的手，抬头望向满天樱花，他笃定地说了三个字——

"是希望。"

这樱花飘落的刹那间，希望的未来就在她的指尖。

灿烂而盛大。

Chapter 13

盛夏・理由・机器人

 "我还在生气，所以你要想办法哄哄我。"

周擒接受了科维公司的 offer，就职于公司的研发部。他向来比同龄人跑得更快些，若不是初高中阶段被祁道挡住了前路，恐怕他上大学的年龄还会更早。

在大学阶段，他的智商优势淋漓尽致地体现了出来，远远地甩开了周围的同学，这也是他作为一个本科生便能入选科维"百万高才生计划"的原因。

而夏桑则凭借大学四年的优异成绩，获得了学校的保研资格，顺利就读研究生。

既然周擒选择工作，她便继续在专业领域深造，她所学到的东西，自然也能够帮助周擒解决实际工作中的问题。只要他们一起努力，未来便近在眼前了。

八月的燥热盛夏，夏桑和周擒一起去和之前的 LOFT 短租房的房东签下了长租协议。

LOFT 位于学校的步行街附近，虽然距离科维公司比较远，但更方便于夏桑每天出入学校。

随后两人又去了家居城，购置了不少家电，还安装了浴缸，将公寓好好地改造了一番，变得更加温馨舒适。

夏桑的心情忐忑又期待，因为从今天开始，他们美好的新生活拉开了帷幕。

晚上，夏桑挽着周擒的手，去步行街的清吧喝一杯，庆祝他们全新的开始。

周擒以前都不怎么允许夏桑喝酒，不过后来长大些了，倒也不再那么严厉地管着她，她要是开心，便随她去了。这位看起来乖顺温柔的女朋友，真是个小酒鬼。

别的情侣有什么开心事，约会庆祝都是吃饭看电影，夏桑开口就是："擒哥，走走走，去喝酒！"

清吧的露天小花园，周擒看着夏桑酒意微醺的黑眸，白皙的脸颊爬上了浅浅的红晕。

"没见过这么爱喝酒的。"他说着，往她的小碟子里夹了一小片卤牛肉，"先吃点东西。"

"宝宝，我喜欢和你喝酒。"夏桑拿着莫吉托酒杯，伸手碰了碰周擒的杯子，"特别有感觉。"

"为什么？"

"因为我喝醉之后，你特别疼我，还会背我回家。"

周擒嘴角噙着一抹浅笑："好啊，下次我把你丢街上。"

"你才舍不得呢。"夏桑坐到他身边，伸手揽住了他颈子，撒娇道，"阿腾，抱一下。"

周擒一只手揽着她纤瘦的腰，另一只手拎着烟，稍稍移开了些，避免熏到她。他很少抽烟，更不会在房间里抽，只是在工作压力大或者极度放松的时候，会偶尔抽一两支，夏桑便随他去了。

她掰开他的手指头，接过了他手里的半截烟。

周擒以为她要帮自己灭掉，便给了她，没想到小姑娘竟然拿到自己唇边，一口咬住，假装抽了一口。

周擒知道她不会真的把这口气吸进去，不过含在嘴里随便玩玩，以前她也总喜欢这样，故意使坏招惹他。

他眼底含着笑意，看着小姑娘对着他的脸吐出缭绕的白烟，眼底水波迷离，性感至极。

周擒夺过了她指间的烟头，然后低头吻住了她的唇。

夏桑本来脑子便是晕晕乎乎，他的这一个吻，越发让她神魂颠倒，如坠云霄。

就在这时，夏桑的手机嗡嗡地振动了起来，她看到视频通话的显示，心头一慌："是我妈！"

周擒使劲儿揉了揉她的脸，让她脸上的醉意清醒了几分："出去接，别发酒疯了。"

夏桑的酒意早就清醒了大半，拿着手机忐忑地走出了酒吧。

现在覃女士跟定时炸弹一样，每次她来电或者发视频，都能把夏桑惊得头皮发麻。

她吹了吹冷风，深呼吸，接通了视频通话："妈。"

覃槿坐在书房的椅子上，背景是家里的半墙落地书架，她似乎正在批阅文件，手机也搁在桌上："在干什么？"

漫不经心的语气，应该只是日常的"慰问"而不是质问，夏桑稍稍松了口气："在外面玩，这不是暑假了嘛。"

"暑假怎么不回来？"

"您不是让我准备考试吗？"她含混地说着，也没具体说明是什么考试。

不过覃槿显然不是这么好糊弄的，问道："准备 GRE？"

她"呃"了一声，仍旧含糊其词。

覃槿却将手里的文件拍在了桌上，冷声道："还要骗我到什么时候！"

夏桑心头一颤，低头看着鞋子，闷声说："你早就说了，我这专业不用出国，东海大学已经很前沿了。"

"我对你这专业不感兴趣，但你的小提琴还不能止步于此。"覃槿说道，"韩熙老师已给你联系了皇家音乐学院，十月有一个网络面试，那边的老师要看你的演奏，你现在好好给我准备。"

"我是不会去的！"夏桑急切地说，"小提琴我按你的要求，该考的证都考了，你还要我怎样！"

"国内你是一流水平，所以我才让你出国深造，还早得很呢。夏桑，不要浪费你的天赋。"

"可是我真的不想去。"夏桑眼睛有些红，"你能不能不要逼我？"

"如果妈妈现在不逼你，将来你后悔就晚了。"覃槿苦口婆心地说，"你以前说过，你要变成第一流的人，怎么，现在谈了恋爱，志气也被消磨殆尽了？"

"妈，我现在真的很幸福，你难道不希望我幸福吗？"

"这才哪儿到哪儿啊。"覃槿满眼苍凉，冷笑道，"你想过结婚以后吗？当青春的激情消失之后，你靠什么来度过你这漫长而平庸的一生，靠回忆吗，还是靠孩子？"

夏桑借着酒劲儿，摇了摇头，颤声道："妈，我不会变成第二个你，把全部的人生都寄托在孩子身上，试图控制她的一生，来修正自己当初的错误选择，所以我不会要孩子的。"

"你……你说什么！"覃槿震惊地看着她。

夏桑咬着牙，带着报复的情绪，一字一顿地说："我郑重地告诉您，我不会要孩子，也不会结婚，不管是周擒还是其他人！这一切都是拜您和爸爸所赐。"

说完这话，她没等罩槿反应，用力地挂断了视频通话。

几分钟后，夏桑稍稍平复了心绪，转身回去，却看到少年高瘦的身影倚在走廊花台边，昏暗的廊灯照着他晦暗的脸，指间拎着一根即将燃尽的烟头："玩我啊？"

一阵风吹过，夏桑打了个冷战。

没想到夏天的风也有这般寒凉的时候。

"周擒……"

她心里空落落的，还没来得及开口，周擒却将手里的烟重重按在了花盆泥土里，转身离开了。

热闹的步行街边，夏桑追上了周擒，试着去牵他的手。

他的手冷冰冰的，任由她牵着，却没有回握她，那样柔软却无力。

"周擒，你要听我解释吗？"

"不用解释，只需要告诉我，刚刚说的是谎言，还是真话？"

"……"

她沉默，他便知道了。

一路无话，夏桑还是固执地牵着他，仿佛一松开他，他便会离开了。

周擒倒也没甩开，沉默地走进了一家蛋糕店，买了她明天早上的早餐，也没问她要什么口味的糕点。

结账的时候，周擒腾不开手扫码，于是扯开了她的手，从兜里摸出手机，扫码结账。

夏桑便不再牵着他了，而是跟在他身后几米远的地方，盯着他的背影。

回去约一公里的路程，周擒一次也没有回头望她，仿佛她跟着他与否，他都不在乎了。

周擒输入密码，打开了家门。夏桑却站在门口，迟迟没有进去。她的手紧紧攥着斜挎包带，不知道是不是因为喝了酒的缘故，她情绪有点重。

周擒也没搭理她，进屋之后打开了电视。几分钟后，倚在沙发边的他偏头望了她一眼，小姑娘仍旧站在门口的暗影中，像个固执的雕像。

终于，他穿着拖鞋走到门边，很不客气地伸手将小姑娘拉进屋："你脾气还大。"

"你别理我啊。"夏桑使劲儿挣开他，用力推了他一把，转身朝电梯间跑去。

周擒眯了眯眼睛，忍住心头升腾的怒意，冲她的背影喊道："我不会追你，跑了，今晚就别回来。"

夏桑忍着眼泪，狠狠地瞪了他一眼，按下电梯按钮。

电梯门打开，她走进去，用力按上关门键。然而在电梯门缓缓关上的刹那间，一双手还是伸了进来，挡开了大门。

周擒冷着脸，不客气地揪着她的衣领，像拎着一只不听话的小猴子似的，将她拎回家，重重关上了门。

夏桑站在门口鞋垫上，背靠着墙壁，低着头，兀自生闷气。

见她不肯换鞋，周擒便蹲下来，解开了她的鞋带，扯下鞋："你还生气？"

"你别理我啊。"

周擒冷淡道："一个不想和我结婚的女人，我理什么？"

夏桑穿了一只拖鞋，气急败坏地走进客厅："好，那从现在开始，别讲话了。"

"谁先开口，谁是狗。"周擒将另一只小白兔拖鞋随意地甩到了她面前，兀自去洗手间洗澡了。

夏桑坐在松软的懒人沙发上，一边生闷气，一边翻着电视频道，电视实在无趣，她走到窗台边的榻榻米上，躺着刷微博，心里烦闷极了。

很快，周擒洗完澡走出来，也来到了榻榻米边，随手从架子上取下一本书，盘腿坐着看书。一股清新的浴后柠檬香，飘入她的鼻息间。

夏桑放下手机，侧眸望向他。

男人穿着一件米白色的居家服，短刺的头发带着几分湿润，侧脸的轮廓冷硬，喉结线条流畅漂亮。

她心头升起几分异样的滋味，痒痒的，索性拿了蒲团过来枕着头，继续刷微博，分散注意力。

几分钟后，某人的脚伸了过来，踢了踢她的臀："去洗澡。"

"狗！"

周擒果然闭嘴了，起身去衣柜里帮她找了睡衣，然后拎着她进了浴室。

夏桑赌起气来，就跟丧失了生活能力似的，不换鞋不洗漱，就一个人闷着，处于断片儿状态。

周擒基本上就跟伺候太后老佛爷似的，等她洗完澡出来，给她吹了头发，敷了面膜，擦了面霜，甚至还耐心地帮她涂了脚指甲油。

做完这一系列流程，他疲倦地躺在床上，关上了灯，小姑娘杵在床边，像个鬼一样看着他。

周擒："……"

他狠下心来，强迫自己闭上眼睛。黑暗中，能听到女孩的呼吸声和他的呼吸声，交织着。

夏桑固执地在床前站了半个小时，看他好像睡着了，这才慢慢地、悄悄地爬上了床，钻进了柔软的被窝。

床很大，她背对着他，很有骨气地蜷缩在边缘。几分钟后，周擒借着翻身的动作，从后面整个抱住了她，将她揽入温暖炽热的怀中。

"不是跟我赌气吗？"小姑娘嗓音里带了几分委屈。

"我还在生气。"

她试着挣开他的怀抱，然而他却抱她更紧了："所以你要想办法哄哄我。"

这一晚周擒很冲动，夏桑大概也能感觉到他带着几分发泄的情绪。她心里有愧疚。

他一边吻着她的脸，跟她说了很多话，但夏桑脑子里冒着星星，一句都听不清楚，只记得他语气很温柔，在哄她。

第二天，舞蹈教室里，夏桑跳舞的幅度都收敛了很多，动作也不太能放得开了。许茜挥汗如雨地跳完舞，坐到她的身边，咕噜咕噜地喝了一口水，对她说："别说周擒生气，这事换谁都得生气，周擒还算脾气好的了，没跟你大吵一顿。"

夏桑看着自己脚上淡粉色的指甲油，闷声道："他知道我不喜欢吵架，不会跟我吵的。"

这些年，她印象中父母的婚姻绝大多数时候都在无尽的争吵中度过，即便是一些鸡毛蒜皮的生活小事，两人都能吵起来。

这是夏桑对于婚姻最真实的感受，不是没有见过父母相爱的时刻，正是因为见过了，所以破碎的时候，那种伤痛才会格外凌厉刺骨。

许茜俯身贴在腿上，拉伸着腿部韧带，回头对夏桑道："有句老话说'不以结婚为目的的谈恋爱，就是耍流氓'。"

夏桑回头道："这都什么年代了呀，这样的话，早就不流行了。"

"但你要是男生，这样的态度，那妥妥就是个不负责任的渣男。"

"渣男用骗的，我从来没有骗过他啊。"夏桑理直气壮道，"从我喜欢上他开始，每一分钟每一秒，我对他都是真心。只是那时候，不敢想太长远的未来，觉得哪怕多一分钟的独处，都是老天莫大的恩赐，而当我们真的要面对来日方长的时候，我却有点怕了。"

"怕什么啊，怕他将来像你爸爸那样，抛妻弃女啊？"

夏桑摇了摇头，笃定地说："他不会的。"

"你既然知道，还纠结什么？"

"但有时候吧……"夏桑躺在瑜伽垫子上，望着天花板明亮的射灯，"我看着爸妈的婚姻一步一步走到如今的境地，相爱反目、相见成仇，我是真的害怕。他是我那样喜欢的人，可庸常的生活就有这种力量，把深深相爱的人变成仇敌。"

许茜盯着夏桑望了许久："夏桑，我本来想劝你来着，但是听你这样一说，我都有点恐婚了。"

夏桑笑了笑："是吧。"

许茜还试图说服她："但是你看，这个世界上那么多人结婚，也有很多终身相濡以沫、白头偕老的人啊。"

"当然是有的，但不在我的身边。"夏桑闷声说，"我爸妈的婚姻，我是每天真实地看着、听着、感受着……很小的时候我就下定了决心，我以后绝对不能和我喜欢的人变成这样。"

"那……你也不想要宝宝哦？"

"以后再说吧。"夏桑走到音响旁，切换了音乐，"即便他已经准备好了，但我还没准备好。"

许茜看着面前舞姿性感灵动的少女，摇了摇头，悠悠地感叹道："也就周擒宠着你，舍不得跟你吵架，换别人，早就闹掰了。"

夏桑一边跳着舞，一边说道："那你和林止言呢？"

提到林止言，许茜脸色沉了沉，似乎不想触及这个话题："别提了，就那样呗，反正都快毕业了，以后多半也不在同一个城市。"

"你不留在东海市？"

许茜说道："家里让我回去考编，我最近在准备考试呢。"

"你？考编？"夏桑实在想象不到，过去那样青春张扬又叛逆的许茜，成为严肃正经的在编人员。

"怎么，我就不能考编啊？"

"不是，反差太大了。"夏桑笑着说，"我以为你会进军演艺圈，毕竟你这么热爱跳舞。"

许茜眼底划过一丝伤感和无奈："以前我也这样想，不过现在我有点失去勇气了。大城市的飘忽不定、艰辛打拼，和小城市里生活的安定相比，我大概没有勇气选择前者，虽然同样不喜欢后者。"

看着许茜这般失落的模样，夏桑心里也很感慨。也许长大，就是不断向生活妥协的过程。

"许茜，你喜欢跳舞，相比于去做你不擅长的事，为什么不留下来，拼一把？"

"我不像你啊，你和周擒，你们一直都很坚定。可是我……"许茜摇了摇头，"我是很怯懦的一个人，我没有信心，想要更加安定和确定的未来。"

夏桑想着她和林止言这一年的感情发展，似乎让她变了一个人似的，眼底的光湮灭了，棱角也磨平了。

林止言不是良人，夏桑一开始就对她说过了，奈何许茜还是一头扎了进去，拉都拉不回来。

"对了。"夏桑忽然说道，"李诀进国家队了，你知道吗？"

"李诀进国家队了？"许茜有些惊讶，"这么厉害啊！"

"是啊，他其实一直很努力，被推荐为种子选手参加国运会。"夏桑意味深长地看着许茜，"虽然你们总拌嘴吵架，但他其实还蛮关心你，跟周擒打电话的时候，会问你的近况。"

"他问我的近况，多半就是不想看到我好。"许茜撇撇嘴，"打探敌情，准备见了面讽刺我呢。"

夏桑笑道："那他为了讽刺你，可真是费尽心机啊！"

晚上，夏桑和许茜约好一起吃饭，为了抄近路便横穿了风雨球场，却在球场边的观众席看到了林止言和另一个女孩。他亲昵暧昧地吻着她的颈项，紧紧握着她的手。

女孩脸颊绯红，眸色如水。夏桑明显感觉到身边女孩的身形僵了僵。

"许茜，你们……分手没啊？"

她偏头望向许茜，许茜眼神带了几分闪躲和回避，赶紧离开了观众席，躲到了通道下面。

打量着她死灰般的脸色，夏桑惊愕地问："不会还没分手吧？"

"分没分，有区别吗？"许茜嗓音轻微地战栗着，全身都在发抖，"他一直都是这样啊，这么优秀，很多女生喜欢他，他一向也是来者不拒。"

"优秀个——"夏桑热血涌上头顶，气得几乎快要爆粗口了，忍住之后，她攥着许茜的衣袖，"该躲的人不是你！现在就过去，和他说清楚，和他分手！"

许茜轻微地愣了一下，摇头道："分手的事……我……我会考虑。"

夏桑见许茜似乎还有眷恋，急切地说："你既然知道他是这样的人，为什么不和他分手？还顶着他女朋友的名分，难道他给你发工资啊？"

"不是的！"许茜挣开了夏桑的手，"我……我和你不一样，夏桑，你那么优秀，你什么都有。可是我呢，我什么都没有，小提琴不如你，跳舞也跳不出头，好不容易有林止言这样的男孩愿意留在我身边，他是我最后能抓住的东西了……"

夏桑顿时失语了。

片刻之后，她拉了拉许茜的手："许茜，你知道高中的时候我有多羡慕你吗？你是那样耿直义气的女孩。后来上了大学，你因为咽不下这口气，组建啦啦队，和沈舒念打擂竞争，是多么意气风发。这一年，咱们啦啦队在你的手里已经成为十佳社团，把他们街舞社都比了下去，你多厉害呀！"

许茜听到这一席话，内心久久地震撼着。她终于明白为什么那么多女孩她都相处不下去，但偏偏就是喜欢夏桑——这就是温柔的力量。

"夏桑，我……我会和他分手的，但不是现在。"许茜看了眼观众席那对卿卿我我的"小鸳鸯"，"我现在没有勇气。"

夏桑知道，按照许茜以前的暴脾气，男朋友要是在外面拈花惹草，她铁定就是一巴掌打他脸上。但在林止言面前，她太卑微了。

夏桑没有勉强她，说道："那我们从通道后门出去吧。"

"嗯。"

就在两人准备离开的时候，忽然听到观众席那边传来一阵躁动骚乱，她好奇地望过去，林止言跟一个平头的高个子少年打了起来。

和林止言卿卿我我的黑裙子女孩急切地大喊："你们别打了！"

夏桑和许茜连忙上前劝架，阻止高个子少年，喊道："不要打了！再动手我们叫保安了！"

率先动手的男孩停下了动作，狭长的单眼皮微微勾了起来，勾起几分躁动的愠怒。

夏桑盯着他看了好半晌，这才反应过来："是……是李诀啊。"

许茜闻言，惊诧地望向那少年。却见他那一头枯草似的黄头发已经不见了，现在头上是青楂黑发，干净利落，平添了一丝硬朗凌厉之气。她盯着他，哑口无言。

李诀抬起下颌，挑眉望向许茜："看什么，把你帅瞎了？"

他轻佻的语气瞬间让许茜回过神来："你……"

"你"了半晌，啥也说不出来。

林止言看到许茜，有点心虚，刚刚左边脸颊挨这一拳的火气也顿时烟消云散了，只说道："你朋友未免太粗鲁了些。"

李诀站在两个女孩身前，回头对上了林止言，冷嘲道："我再粗鲁，也学不会脚踏两条船。"

林止言自知理亏，倒也无话可说，错开了李诀，对许茜道："你先回去，晚些我再跟你解释。"

许茜眼底含着泪光，咬着牙，满心委屈："你要跟我解释什么？"

"事情不是你看到的样子，总之晚上我再跟你说。"

她望了夏桑一眼，夏桑用坚定的眼神给予她力量，许茜终于鼓起勇气，说道："解释就不必了，刚刚我看得很清楚，你就是和她在一起了。"

"我没有和她在一起。"林止言耐心地解释，"你是我名正言顺的女朋友，这谁都知道。"

"那她呢？"

黑裙子的女孩摆摆手，表示自己很无辜："我在软件上认识他的，不太熟，今天第一次见面，过来联络一下感情，什么都没发生，我不打扰你们了。"说完，她迈着小碎步慌忙离开了。

许茜退后了两步，眼泪夺眶而出。

林止言也是很无语，但还理直气壮道："本来我以为你是挺开放的女孩，结果都在一起一年多了，还不让我碰你，我当然——"

许茜打断了他，颤抖着，一字一顿道："那就分手啊。"

林止言语气很平静："我是真心喜欢你，如果你要因为这些事和我分手，那我无话可说。"

说完，他转身离开了观众席，留下痛苦又无助的许茜，蹲下来抱住了膝盖。

夏桑听出了林止言的话术，其实跟大二那会儿她们上的恋爱健康课上老师讲的恋爱中的精神控制的话术相差无几了。

"明明自己犯了错，却还要把责任推到别人身上。"夏桑蹲下来安慰她道，"这种人没什么好留恋的。"

李诀见此情形，是真的受不了了，心痛转化成了怒火，质问道："这就是你找的男朋友？"

许茜见他这般凶巴巴的语气，也有些上火，站起来回道："关你什么事。"

"你跟他刚开始那会儿，天天在我面前秀，我还以为你捡了个什么宝，就这啊？"

"李诀，你不是加入国家队了吗！国家队这么闲还有时间来管我？"

"我忙得很，谁有时间管你的破事。"

"那你走啊！"

夏桑见这两人真是冤家，一言不合又吵起来了，于是说："既然李诀回来了，那晚上一起吃饭吧，李诀你也给我们讲讲你在国家队的事。"

李诀双手插兜，讪讪地望了许茜一眼。许茜闷声道："和他吃饭，我没胃口。"

"你跟你垃圾堆里捡的男朋友吃饭，还吃得挺香的，跟我就没胃口了？"

"你……"

夏桑拉了拉李诀的衣袖，压低声音道："你知道茜茜是什么脾气，你总惹她做什么。"

"我就是……"李诀咕哝着，终于还是把话咽了回去。

就是心疼。

一起出校门的路上，李诀对夏桑道："乖乖女，把擒哥叫来呗，我好久没见他了，一起吃饭啊。"

夏桑想到昨天晚上两人的"战斗"，顿了顿，说道："你又不是没他电话，自己叫呗。"

李诀看她这别扭的模样，猜到两人多半在赌气，笑了："那算了，不叫了，吃一顿清净饭，不用看你俩腻腻歪歪谈恋爱了。"

许茜低声附耳对夏桑道："他一个单身的人，就是见不得人家谈恋爱。"

夏桑笑着说："他单身是为了谁啊？"

"还能为什么，找不到女朋友呗。"

"那你就低估他了，人家李诀是体院的院草，不知道多受欢迎呢，就你觉得他丑。"

许茜忍不住又望了他一眼，剪短头发的他，五官终于完全展露了出来，和"丑"这个字是一点都挂不上边。

尤其是那双单眼皮，跟明星似的，皮肤也白，看着很奶油小生，但他的脾气是一点也不奶。

他就像吹拂在荒原的草甸上的一阵野风。

注意到许茜打量他，他回瞪了她一眼，凶巴巴的。

许茜立刻抽回目光，哼了一声。

李诀给周擒打了电话，说道："擒哥，晚上一起吃饭。"

"有我，许茜，还有你媳妇。"

李诀听他说了句什么，望了夏桑一眼："咋不是你媳妇啦？"

夏桑听到这话，心跳微微停顿，凑过耳朵去偷听。

李诀又尴尬地应了几下，挂掉了电话。

夏桑按捺着好奇，故作随意地询问："他怎么说？"

李诀耸耸肩："他说他不配。"

"……"

几人在步行街的商城里找了家融合烤肉店，解决今天的晚饭。夏桑心里不太舒服，一直在想周擒刚刚的那句话。

"我不配……"

这都多少年的梗了，他还在玩。

夏桑闷闷地坐着，一言不发，满怀心事。许茜则叼着吸管，有一搭没一搭地喝着椰奶。李诀见两个女孩都没什么食欲，于是主动承担了烤肉的职责，给她们夹肉添菜，倒是贤惠得很。

"五花肉要卷着生菜一起吃，鹌鹑蛋打在洋葱里，最完美了。"

许茜虽然粗枝大叶，竟也发现了李诀给她烤好放在盘子里的菜品：半焦的猪五花、洋葱、鹌鹑蛋，还有馒头片……都是她特别中意的菜，每次烤肉必点。

她惊诧地问："怎么我喜欢吃的你都知道？"

李诀冷嗤："你猜我怎么知道？"

"哼，懒得猜。"

李诀又对夏桑道："动筷啊，怎么不吃？"

"周擒他确定不来吗？"夏桑又问了一遍。

"是啊，他说公司要加班，不会来。"

夏桑闷哼了一声，精神恹恹的，摸出手机想给周擒发短信，问问他晚上一个人回家吃什么，心里多少有些不放心。正编辑着短信，落地窗外正对面的电梯门开了，一身休闲衬衣的周擒从电梯里走了出来。

他实习工作后，打扮就比学生时代要商务些，白衬衣服帖地修饰着他完美的身形轮廓，纽扣一直束缚到喉结处，带出几分淡淡的禁欲气息，反而显得性感撩人。

他望见窗边的几人，径直走进了烤肉店，顺理成章地坐在了夏桑身边。他一坐下来，夏桑便感觉到安心。总是这样，只要有他在，她心里空落落的部分就会被填满。

她知道这是一种依赖，比大学时期越发强烈的依赖感，从她彻底成为他的女人的那一天开始，夏桑便已经将他视作自己身体的一部分了。

她下意识地和周擒坐近了些，虽然还在冷战。

"抱歉，来晚了。"

"没什么抱歉的。"李诀笑着说道，"反正我们也没等你。"

夏桑放下筷子，质问李诀："你不是说他不来吗？"

"这你也信？"李诀嘴角绽开一抹坏笑，"媳妇都在，他舍得不来吗？"

夏桑还没来得及反驳，周擒反而冷淡地说了三个字："她不是。"

夏桑咬牙望了他一眼："你又要当狗？"

周擒扫码添加了一些她喜欢的菜品，薄薄的眼皮抬起来，懒懒扫了她一眼："我用的第三人称，这句话是对李诀说的，你有什么意见？"

夏桑被他气得腮帮子鼓了起来："可恶！"

许茜无语地看着他们："有劲没劲，幼儿园小朋友都不会像你们这样吵架了。"

夏桑不再搭理周擒了，周擒也没理她，默不作声地烤鸡中翅，把握着火候，烤得外焦里嫩，然后放在她手边的盘子里晾着，也没说给她。她倒也不客气，他夹多少，她就吃多少。

周擒没吃多少，一直在帮她烤肉。

"擒哥，听说你进了科维公司，厉害啊，你们这专业都没几个人能进这公司吧。"李诀感叹道，"我听说这公司有个'百万高才生计划'，技术型高智商人才的年薪可是百万往上走。"

"现阶段我还只是实习生。"周擒低调地回答道，"暂时没有那么多。"

"你肯定没问题啦，迟早的事。"李诀眼底有光，看起来似乎很高兴，"高中那时候我就知道，金鳞岂是池中物。"

夏桑见周擒只顾着给她夹菜，自己累了一天却什么都没吃，于是把盘子里的中翅夹到他盘里。周擒睨她一眼，她用力回瞪，似乎要和他冷战到底。

桌底下，他温热的大掌落到她腿上，轻轻地摩挲着，她掀开，他便又覆上来。现在正是盛夏时节，她也不过了条薄薄的短裙罢了。夏桑被他指尖撩拨得脸颊红了大半。

"你在国家队怎么样？"周擒问李诀，"训练辛苦吗？"

"轻松。"李诀轻飘飘地说，"好在以前跟你一起进行高强度训练，体力练上去了，在国家队不管多累，都没咱们高中那会儿的训练累。"

许茜说道："不会吧，比你高中还轻松啊？"

"跟擒哥一起训练的时候，那可比国家队辛苦多了，有天赋又肯下狠功夫。"李诀拍了拍周擒的肩膀，"当年省队三催四请想要收他，都请不动这尊大神。"

许茜感叹道："周擒你没有成为篮球明星，真是可惜啊。"

"没什么可惜的。"夏桑生怕又勾起往昔的遗憾和不好的回忆，打断道，"他现在也很好。"

说完，她还特意强调了一句："我也用的第三人称，没和你讲话。"

周擒的嘴角扬了扬："你现在就在和我讲话。"

"……可恶！"

他的手从她的腿间游走到了腰间，虚揽着，有一搭没一搭地捏着她腰间的薄肉。

夏桑被他弄得心神不宁，一个劲儿瞪他，他却只是淡笑。

李诀和周擒很长时间没见面了，准备要好好跟他喝一杯，周擒倒也没拒绝，倒满了啤酒。

夏桑见状，连忙附耳对许茜说了几句，许茜道："夏桑说你明天要去公司，不让喝酒。"

周擒倒也听话，拿起夏桑的可乐易拉罐，碰了碰李诀的酒杯："以水代酒。"

李诀撇嘴，酸溜溜地说："既然都不是你媳妇，还这么听话。"

"我不听话，她晚上要罚我。"

"哟！谁允许你们公共场合秀恩爱？"

夏桑抬腿踢了李诀一下，李诀立马岔开话题，问："乖乖女你呢，后面有什么打算？"

"希望读研过程顺利。"她瞪了周擒一眼，咬牙切齿道，"不然我妈就会赶我去国外。"

周擒烤肉的手顿了顿，平静的黑眸划过一丝暗涌，没有言语。

许茜："你的期末考每门都是第一，肯定没问题啦。"

夏桑当然知道，不过就是赌气说的这话罢了。

吃过饭，许茜又提议去看电影，夏桑知道她肯定不想太早回去，怕林止言会在宿舍楼下等她。夏桑定位了最近的电影院，买了四张电影票。

因为周末的缘故，电影院人很多，周擒和李诀各自买了一盒薯片爆米花混合套餐，坐在两个女孩身边的位子。

不少年轻女孩进入放映厅，迅速被后排的两位帅哥抓住了视线，不过旋即看到他们身边各自坐着的女孩，不免露出遗憾失望之色。

夏桑心大，自然没注意到女孩们的目光，许茜不一样，她第一时间就察觉到周围的"暗流涌动"。前排有两个女孩表现得最明显，其中一个扎马尾的女孩，跟身边的绿裙子女孩低声耳语了几句，绿裙子女孩便假装捡东西，起身的时候回头望了周擒和李诀一眼，转过身，她很兴奋地和扎马尾的女孩讨论，神情激动。

这跟许茜在街上看到帅哥之后连忙分享给闺密的表情，一模一样。

周擒今天穿的是禁欲系商务衬衣，而李诀则是青春洋溢的运动款卫衣，风格截然不同的两种类型，但帅的话……许茜觉得，还是周擒帅。

她又望了眼身边的李诀，他剪了头发之后，顺眼多了，五官虽然没有周擒那般凌厉，但给人一种舒服安心的感觉。

许茜低声对李诀说："绿裙子那个，好像对你有好感，考虑下。"

李诀面无表情道："多管闲事。"

"你都单了这么多年了，我这是关心你嘛。"

"谢谢，管好你自己，别再被人骗了。"说完，他抓了一把爆米花塞她嘴里。

许茜"喊"了一声，不再搭理他了。

以前两人看电影，夏桑总是喜欢和周擒用耳语讲剧情，几乎成了一种习惯。她刚凑身过去要讲话，忽然想到两人正在冷战中，于是又闭嘴了。

周擒见她凑过来，下意识地附耳倾听，见她又移开了，睨她一眼，将手里的爆米花盒子递过去。夏桑没有接，于是他抓起一颗爆米花，喂进她嘴里。

夏桑吞了爆米花，在他第二次伸手过来的时候，咬了一口他的手指尖。

周擒吃痛地抽回手，皱眉望她一眼。微蓝的光芒照着小姑娘狡黠的笑脸，似乎很得意。

"真是狗。"

"哼。"

不知不觉，电影过半，夏桑感觉到头顶的空调直对着她吹，吹得她皮肤冰凉。

即便现在是燥热的盛夏，也禁不住空调这样对着人吹，她宛若小猫般打了个喷嚏，然后摸了摸满是鸡皮疙瘩的手臂。她穿的是裙子，膝盖被冷风吹得快冻僵了。

周擒的手很不安分地移了过来，落在她冰凉的腿上，夏桑以为他又要使坏，连忙抓住他的手，用力甩开。过了会儿，周擒起身出去。

夏桑以为他去洗手间，便没有理会，过了十多分钟，他还没回来，连许茜都注意到周擒出去太久了，问道："他怎么还没回来？"

"谁知道呢？"夏桑用纸巾擤了擤鼻涕，"别管他。"

"别是在外面被女生搭讪了吧？"许茜坏笑起来，"刚刚他出去，可有女孩也跟着出去？”

夏桑对周擒还蛮放心："想多啦。"

过了会儿，夏桑发现头顶的空调风向好像变了，没再直对着她吹了。周擒还没回来，想到许茜刚刚的话，她心里不由得忐忑了起来。别是真的有女孩趁着他们冷战，乘虚而入吧。他这两年的桃花可从来没有断过。即便不是，这么久没有回来，夏桑也不免担心他，于是跟着找了出去。

她走到男厕门口喊了声："阿腾，你在不在里面？"

没人回应，她越发担忧起来，急切地四处寻找："阿腾！"

走到大厅，她在大厅靠墙的几个抓娃娃机前，望见了他高瘦挺拔的身影。他手里抓着两个娃娃，还在聚精会神地抓着，身边围了好些女孩，兴奋地赞叹道："帅哥好厉害啊！"

"技术真好！"

"抓了这么多，可不可以送我一个啊！"

夏桑脑子"轰"的一声，顿时一片空白。联想到许茜下午才遭遇的背叛，头皮都麻了。

她郁愤地走过去，忍着脾气，压着嗓音道："周擒，电影你不看，在外面抓娃娃这么开心？"

周擒松开遥控杆，眼看抓着的娃娃，也跟着掉了下去。他回头望了眼小姑娘，从她极力控制怒火的眼神里，看出了她的不信任。

夏桑咬牙说道："许茜说让我出来找找你，我还想着不至于……"

"但你还是出来了。"周擒眼底划过一丝冷意，"就这么信不过我？"

"我出来是因为……"

"担心你"这三个字，她一时意气，说不出口，于是改口道："那你现在又在干什么，你给谁抓娃娃？还是生怕别人不知道你抓娃娃技术好，要故意露一手？"

周擒走到她身边，手一松，两个大号的娃娃掉在了地上。

擦身而过的瞬间，他冷声道："没带外套，抓来给你遮一下膝盖罢了。"

夏桑攥着两个大号的卡通娃娃，讪讪地回到放映厅，在他身边坐下来。娃娃被她放在腿边，稍稍能遮盖一下。她猜测空调应该也是周擒去找工作人员调试过，才把风向转开。

夏桑满心歉疚，伸手攥了攥身边少年的袖子，然后摸索着，扣住了他修长的五指。

周擒想扯开她，但小姑娘用力地扣着，像八爪鱼一样紧紧地吸附着，他也只好随了她去。她的手微微凉，掌心却很柔软。

以前那些愉悦的瞬间，她也喜欢这样五指扣住他的手，两人大汗淋漓地对视着，眼底是强烈的渴望和绝对的占有。这是周擒无法拒绝的动作。

他偏头睨她一眼，小姑娘也是可怜巴巴地望着他，似乎在寻求他的原谅和理解。

他别过头，平视前方的电影屏幕，微蓝的光落在他英俊的脸庞上，衬得他冷硬的轮廓也柔和了很多。小姑娘又扯了扯他的衣袖。

周擒终究舍不得真的不理她，手臂落在她身后的椅背上，虚揽着她，用这样的动作表示暂时的原谅。

夏桑似乎不太满足，凑近了他的脸："宝宝。"

"嗯？"

"你亲我一下，好吗？"

看完电影，四人随着人流走出了电影院，夏桑一只手攥着两个卡通娃娃，另一只手紧紧扣着周擒。许茜见两人又和好了，玩笑道："想到你们以前，连牵个手都不敢，生怕让别人知道了。这会儿可以光明正大地谈恋爱，连冷战期都要腻歪呢。"

夏桑扣紧了他的手，回头笑道："我们没有冷战，一直都很好，是吧，擒哥。"

"嗯。"他淡淡应道，"李诀，你送许茜回学校。"

李诀站在许茜身边："放心。"

李诀陪着许茜走在校园里，夏夜的晚风带着丝丝凉意，吹拂着皮肤，很清爽。在回宿舍的必经之路上，许茜看到林止言背靠着树十，似乎等候多时了。

丝丝缕缕的痛意，无孔不入地钻进她的心里。

林止言站直了身子，望向她，严肃地问道："许茜，你怎么玩这么晚？"

许茜听他第一句话，竟然是问这个，仅存的那点难过也被愤怒取代了。

"我们分手了，你没有资格管我了。"

"今天下午的事情，我们再聊聊。"

"没什么可聊的。"

许茜故意牵起了李诀的手："看到了，我的新男朋友，我们已经结束了。"

林止言面无表情地望了眼李诀："就他？"

"他怎么了，他就不会脚踩几条船！"

"行，只要你别后悔。"

"放心，绝不后悔。"

许茜不想和林止言再多说什么，牵着李诀略微僵硬的手，匆匆离开了。

宿舍楼下，许茜不好意思地说："抱歉，借你这单身人士用一下，伪装成男朋友，让林止言不要再纠缠了。"

李诀翻了个白眼："谁要给你伪装男朋友。"

"不愿意算啦。"

就在许茜将要丢开他的手的时候，李诀忽然反握住了她的手。许茜不解地望向他，少年漆黑的眸子透出几分坚毅和执着："我只玩真的。"

许茜反应了许久，听懂了他的话，略微惊愕："你不会是在跟我……"

"告白。"

"……"

李诀紧紧攥着她的手，用力到她都有些疼了，使劲儿想缩回来，但李诀没有给她这个机会。

"李诀，你弄疼我了，快放开。"

他也意识到自己因为紧张而失态，松开了她，揉了揉鼻翼："抱歉，第一次跟人告白。"

许茜闷声说："笨蛋。"

"你还没有回答我。"

"回答什么啊，我今天刚刚分手。"

"那又怎样，你在垃圾堆里找的男朋友谈恋爱，谈了个寂寞。"

许茜气呼呼地瞪他一眼："别以为你跟我告白了，我就……我就舍不得骂你！"

李诀笑了："答应我吗？"

"当然不。"许茜一口拒绝，"毕业之后我就要回家了，家里让我回去考编。"

"我知道。"

"你怎么知道？"

"我关注了你的微博。"

李诀倚在墙边，路灯照着他的脸，轮廓分明犀利，眼神却很温柔："你说未来很迷茫，不想回去，却也没有留下来的理由……"

许茜一下子脸红了："你……你偷看我微博！"

"何止微博，你的其他平台，我都关注了。"

"……"

许茜哑口无言，良久，很低很低地喃了声："我不值得。"

她早就不是以前那个肆意张扬的许茜了。

少年侧过身面对着她，很认真地说："对我来说，你值得。"

许茜的脸是真的热辣辣地红了起来，一半是尴尬，另一半是悸动。

即便是恋爱了一年之久的林止言，都从来没有关注她的微博什么的。被一个人默默地关注着、关心着，是多么幸福的一件事。

"李诀，抱歉，我今天刚分手。"她闷声说，"没办法开始另一段关系，尤其是咱们这么多年的对头。"

"理解。"李诀长长地松了口气，"说出来让你知道，我的心就轻松了，可以没有顾虑地回去打球了。"

"你要走了吗？"

"嗯。"他点头，"这次回来，就是想看看你，看到了，明天就回去了。"

"那……你什么时候再回来呢？"

"不知道。"李诀耸耸肩，"我有场很重要的比赛，要开始封闭训练了。"

"国运会，我听夏桑说过。"

"是啊，这是我第一次参加这种重量级比赛。"李诀轻松地笑了，"赢了，功成名就；输了，就继续努力！"

许茜笑了，拍拍他的肩膀："一定会赢的！"

"忽然想，你要是来给我跳啦啦操就好了。"

"怎么可能。"

"是啊，我痴心妄想。"李诀扬了扬手，潇洒地转过身，"走了。"

"拜。"

走了几步，他回过头望了一眼，却发现许茜没有离开，还目送着他的背影。

见他回头，许茜慌忙转身走进宿舍大门。

他喊了声："欸。"

"什么？"她手忙脚乱地站住。

"你要是没有留下来的理由，"李诀冲她喊道，"我给你一个理由啊。"

"什么啊？"

"我赢了，你留下来陪我，我们一起奋斗。"

周擒回家之后一句话也没有说，当夏桑是空气人似的。夏桑还固执地拉着他的手，从楼下跟到楼上，从客厅跟到洗手间。她知道周擒在生闷气，今天电影院的事的确是她不好，不仅把好心当成了驴肝肺，还怀疑他、不信任他。

但如果没有许茜和林止言下午那事在前，夏桑也不会想那么多，反正不管怎么说，都是她的错。周擒太宠她了，她难免恃宠生娇。

夏桑跟着他来到了洗手间，周擒想关门，她揪着他的手不松开。

他终于开口了："放手。"

"不放。"夏桑摇着头，"除非你不跟我赌气了。"

"我要洗澡了。"周擒取下了毛巾，"除非你想跟我一起洗。"

夏桑终于放开了手，却不肯退出去，站在洗手间门口，可怜兮兮地望着他。

周擒知道小姑娘故意扮可怜，在一起这么久了，每次吵架都这样，他总是心软。

她不肯出去，他倒也无所谓，旁若无人地进入淋浴间。他身体的每一寸皮肤她都熟悉，倒也不怕看。男人的身材很完美，带着青春的少年气，又有男人的成熟感，肌肉线条流畅漂亮。

注意到女孩侧着身却还偷瞥的视线，周擒大大方方转过身，迎向她：

"看够了？"

夏桑立马红了脸，手忙脚乱地退到了门外，给他带上了虚掩的门。

半小时后，周擒洗完澡走出洗手间，穿着淡白居家服，擦着头发，坐到书桌前，打开电脑准备测试程序。

夏桑走了过来，很亲昵地从后面环住了他，像狗狗一样嗅着他颈项的薄荷香味。

"好香。"她温柔地嗅，轻轻地吻。

周擒闭上眼睛，感觉夏天的风一阵阵地拂过了皮肤，情生意动。

"夏桑。"他喉结滚了滚，睁开眼，沉声道，"我现在没兴致。"

夏桑顿住，平静了几秒钟，转身坐到了他侧边的书桌上："明明就是在生气。"

"不该生气？"

夏桑感觉到少年漆黑而坦然的目光扫着她，仿佛将她放在了显微镜之下，脸上的每一丝细微的表情都一览无余。他如此坦荡，更显得她糟糕。

夏桑受不住他的目光，闷声道："我跟你道歉还不行吗？不想闹脾气了，想和你更好一点。"

"以后再说。"

周擒重新将注意力落到显示屏上，修长的指尖敲击着键盘："现在暂时不想理你。"

"以前，虽然不能在一起，但那时候的阿腾不会这样对我。"

"那时候的桑桑……也不会不信我。"

两人沉默了片刻，他听到女孩转身上楼的脚步声。随后，她关上了房间里的大灯，只剩了他电脑屏幕上散发的幽蓝的光芒，照着他冷硬的侧脸轮廓。

黑暗中，女孩喑哑无力的嗓音传来："这才哪儿到哪儿啊，就已经相互埋怨，觉得对方都不再是最初的样子了。"未来还有那么长，那么长……她是真的没有信心，也没有勇气。

也许……结束在最美好的时候，将来还可以保留一些珍贵的回忆。

否则，剩下的可能只是两个人的狰狞面目。

"周擒，我不想重蹈我爸妈的覆辙，就——"

"你要是敢说出那两个字。"男人低沉的嗓音突兀地打断了她，"你敢说……"

夏桑心头一痛，眼泪掉了下来。

"过去你提了多少次，又删了我多少次，是我给你这个权力，让你一而再地用这两个字伤我的心。"他转过头，带着些微怒意，"你再敢随便提这两个字，我就收回这个权力。"

黑暗中，她只能看见他模糊的身影轮廓。夏桑终于跑回卧室，倒在床上，心里憋闷得不知道该如何是好。为什么会闹成现在这样？分明那样喜欢他，可是因为太喜欢了，才让她无法想象和他的未来。

她蒙眬地含着眼泪睡着了，不知道过了多久，又被他弄醒了。

他一句话没有，在黑暗中宛如一头隐忍压抑的兽。一直到后半夜，两个人才疲倦地沉沉睡去。

第二天早上，周擒很早便起床了，动作很轻，起身的时候夏桑还在熟睡。

周擒将空调温度调整到适宜，给她盖上了空调被，倒了柠檬水搁在床头柜上，才去上班。

夏桑中午醒过来，迷迷糊糊地下了楼，头重脚轻。

她昏昏沉沉地走出房间，开始拿出了行李箱，收拾柜子里的衣服和她的专业书。

坐在榻榻米上，她给周擒发了一条短信："周擒，我搬回学校了。"

看到这条短信的时候，周擒正在调试一款智能家电的应用程序，轻描淡写地扫了眼手机屏幕，没有放在心上。

隐隐的痛意，宛如被海绵吸收的水流，一点点充塞了他全部的心脏。

他一拳敲在了键盘上。下班后，同事们邀请他参加聚餐。以前周擒从来不会参加，但想到那条短信，想到此刻应该是空荡荡的家，周擒同意了邀约。

KTV 里，有好几个市场部的年轻单身女孩，眼神宛如巡猎似的，巴巴地落到了周擒身上，玩笑着，跟他套近乎。

不仅仅因为他天花板的颜值，更因为他是研发部"高才生计划"招揽进来的高智商人才，前途不可限量。周擒喝了几杯酒，脑子却异常清醒。

有个名叫 Linda 的女孩，坐了过来，手顺势落在了他的膝盖上，端起酒杯敬他。

周擒晃着酒杯，和她碰了碰。他眼底半醉的微醺，性感又撩人。

哪怕是混迹职场这么多年的 Linda，也有些抵挡不住这年轻男人浑身上下散发出来的魅力，贴他更近了些。

周擒有些受不了她身上浓郁的香水味，微微蹙眉，坐远了，一个人闷闷地喝酒。

女孩们见 Linda 都受了冷落，冷嘲热讽起来："每次研发部新来了帅哥，Linda 总是跟人家套近乎。"

"可不是，研发部高才生计划招进来的人，年薪是她的好几十倍呢。"

"周擒又这么帅。"

"听说周擒是有女朋友的。"

Linda 本来满心不爽，听到这句话，回头道："有女朋友又怎么了，只要没结婚，还不是说断就断了。"

声音不大不小，偏就让周擒听到了。这句话就像一根刺，狠狠地扎进了他的心里。

是啊，没有结婚，还不是说断就断了。他拎着外套，起身离开了KTV 包厢，打了辆车，回了 LOFT 公寓。

原本以为她搬走了，房间会冷清寂静，没想到开门之后，她还给他留了灯，房间里暖气空调也还开着，没有想象中的寂寥。

她的行李箱还开着，里面胡乱塞了几件衣服。周擒微微蹙眉，沿着阶梯走到了二楼，柔声唤道："宝宝……"

二楼房间的榻榻米上，夏桑穿着暖白的睡裙，迷糊着眼从被窝里坐起身，头发蓬松凌乱。

她委屈地看着他，用浓重的鼻音说："擒哥，我好像生病了，不舒服。"

周擒闻言，大步流星地走到夏桑身边，伸手探了探她的额头，她额头烫得跟个暖宝宝似的。

他沉声道："发烧了，吃药了吗？"

夏桑摇了摇头："下午觉得困，在沙发上睡了会儿，又很冷，去床上睡到现在，一直在做噩梦，现在全身一点力气都没有，手都抬不起来。"

"为什么在沙发上睡，本来就受凉，抵着空调吹，凉上加凉。"

"我当时不知道生病了。"小姑娘表情委屈。

周擒握了握她的手，像猫咪的爪子一样柔软。

"一天都没吃饭，怎么会有力气。"

"吃不下。"

夏桑嗅到他身上隐隐有酒气，又看了看床柜上的电子钟，已经是晚上十一点了。

他从来不会这么晚回来。

夏桑心里堵着一口气，闷声问："你加班到这么晚？"

周擒摇头，如实道："和公司的同事聚餐，在 KTV 坐了会儿。"

"还喝了酒？"

"嗯。"

"是不是还有很多女孩？"

"是。"

夏桑脸色越发沉了下去，又因为之前在电影院里误解他的事，不好再胡乱吃醋，只能一个人闷着。

周擒也不再解释什么，下楼去柜子里翻出了家里常备的感冒药和退烧药，端来温水，让她就着喝了。

"吃了药，我再给你熬点粥，吃了好好睡一觉，如果明天再不好，我请假陪你去医院。"

他将几颗胶囊和白色的药片放在掌心里，端着水，喂到小姑娘嘴边。

夏桑移开了脑袋，兀自生着闷气。

周擒看着她这气鼓鼓的模样，忽然想起了什么，问道："从什么时候开始不舒服的？"

夏桑瞪他一眼："昨天晚上。"

"……"

想到昨晚，他心里懊悔又愧疚，想伸手抱抱她，但夏桑很有骨气地推开了他的手："走开，不想看到你。"

"把药吃了，我就走开。"周擒将药片递了过来，"不打扰你。"

"不吃。"

他加重了语气："夏桑。"

"就是不吃。"小姑娘借着生病，使劲儿闹上了脾气。

"不吃药，说明精神还不错。"周擒将药片搁在纸上，另一只手将她的腿抓了过来，冷声道，"反正喝了酒憋得难受。"

"周擒！"夏桑惊恐地看着他，拼命蹬腿，"你是不是人！"

周擒也不顾她反抗，掀开了被子，小姑娘吓得慌了神，连忙说："我吃药就是了！"

他停下了动作，小姑娘赶紧抓起纸上的药片，一口吞了。他又将温水递到她嘴边，看着她咕噜咕噜地吞咽了几大口。

夏桑吃了药，咬牙切齿道："滚！"

"好，我滚。"

周擒不再闹她，起身下楼，准备给她熬点粥。夏桑似乎气不过，从床上站了起来："周擒，你……你变得一点也不好了！"

周擒淡笑了一下，知道她这气要是不发泄了，这病怕是也好不了。他回身走了过来，坐在榻榻米边，将小姑娘拉了过来，轻轻抱住了她的腰。

夏桑站着，他坐着，所以他的脸正好也抵在她平坦的小腹，很温柔地抱着："有时候我都不知道该怎么对你好了，怎么疼都疼不够，你说我该怎么再对你好一点？"

他过去绝对打死都不会说的肉麻的情话，现在他抱着她，很认真很用心地说出来了。夏桑的心都要融化了。她摸着他头上硬硬的青楂，赌气说："骗人。"

"我刚刚是出去喝酒了，但是我没理那些姑娘。"周擒真诚地解释，"我以为你搬走了，心里难受，才多喝了两杯。"

夏桑见他没了脾气，于是也坐下来，靠在他身边："你不用解释，否则又说我不相信你。"

"我知道你信我，你只是在乎我。"

"哼。"

"夏桑，你看起来温柔好相处，其实有点固执，甚至偏执……而我有时候脾气也很差，以前因为相处的时间少，所以在一起的时光我们都是分外珍惜，哪里舍得吵架。"

夏桑伸手抱住了他的腰："现在我也舍不得。"

"要长久相处，争吵和矛盾都在所难免。"

周擒牵着她的手，放在唇边轻轻吻了吻："但你只要知道一件事，就是我永远会保持第一次见你时那样的喜悦，像病房分别时那样悲伤而绝望地爱你。我永远保持初心，那你呢，你有勇气跟我赌一个白头偕老的未来吗？"

夏桑听着他的话，心里弥漫着细细的疼意。她眼眸湿润，喉咙里涌着酸涩，一句话都说不出来。

"阿腾，我……"

他嘴角绽开笑意，指腹轻抚过她白皙细嫩的脸颊："不需要你现在回答我，先养病，就算要讨厌我，也等恢复力气了，再用力揍我一顿。"

夏桑点了点头。

周擒下楼去做饭，将小米倒入电饭煲里，然后又切了新鲜的青菜和胡萝卜粒，加了一点肉末，放在粥里一起熬制。没过多久，热腾腾的青菜稠粥便熬好了。

他等粥凉了片刻，端上楼，用勺子舀起一口，细心地吹了吹，递到小姑娘嘴边。

夏桑睁着水润的眸子，委委屈屈地望了他一眼："周擒，我觉得自己糟糕透了，不配你喜欢我。"

周擒知道，从小的耳濡目染，让她很难从父母的婚姻阴霾中走出来，再加上覃槿对她严苛到近乎恐怖的要求，她会有一些偏执的想法和举动，再正常不过了。

"好了，不讲这个，先把病养好。"周擒耐心地说，"以后我们要面对的问题还有很多，不仅仅是我们俩的，还有你妈妈……"

"不怕的。"夏桑连忙道，"我妈妈被我说不想结婚这个话吓到了，前两次她打电话过来，让我今年过年早些回家，我说我要带你回来，她没有反对了。"

"那我要提前准备礼物了。"

"我们一起去选！"

周擒耐心地一勺一勺将稠粥喂她吃了，小姑娘看起来也是真的饿坏了，一口口吃得还挺香。

吃了药吃了饭，周擒照顾着夏桑躺下来睡觉，怕她再着凉，索性关掉了空调，说道："今晚就忍耐一下，别吹空调了。"

夏桑躺在凉席上，说道："可是好热哦。"

周擒似想起来什么，从柜子里找出一柄她参加汉服社活动赢来的古风团扇，替她缓缓地扇着风："这样就不热了。"

"阿腾，你要给我扇一晚的风啊？"

"想得美。"周擒用扇面拍了拍她的脑袋，"等你睡着。"

"那你别坐着，你坐在我身边像个鬼一样，我睡不着。"

于是周擒也躺了下来，用空调被替她搭着小腹，侧身躺着，仍旧给她扇风。

隔着浓郁的夜色，夏桑感受着徐徐飞来的微风，带着让她心安的气息。

"周擒。"

"嗯。"

"你们公司会不会有很多姐姐喜欢你？"

"废话。"

"……"

周擒顿了顿，改口道："一个都没有，姐姐们不喜欢我这种不解风情的愣头青小子。"

"你不解风情吗？"夏桑凑近了他，几乎和他脸贴脸了，"我觉得你对我挺解风情的啊。"

周擒嘴角弯了弯，用扇子拍了拍她的脑袋。

夏桑被他气得说不出话来，踹了他一脚，背过身去，酸里酸气地说："我没风情，那你去找有风情的啊，比如今天跟你一起喝酒的姐姐们。"

周擒拿扇子的手落在了她线条流畅的腰窝间，紧紧贴着她的背，在她后颈边轻声道："桑桑，你比她们可爱。"

"热死了，别贴着我。"

他继续给她扇风："宝宝，闭眼睡觉了。"

夏桑任由他抱着，闭上了眼睛。过了会儿，迷迷糊糊间她又转过身，将脸蛋贴进了他的怀中，呼吸着他身体的味道，缓缓步入梦乡。

在梦里，她想着，大概从来没有任何时候，比此时此刻的他们更相爱了。

次日清晨，夏桑从睡梦中醒过来，感觉昨日的倦怠疲惫感已经完全消失了。

她嗅到楼下厨房里似有动静，空气中弥漫着蒸腾的米香味，知道周擒肯定在弄好吃的。

她嘴角挂着清甜的笑意，穿着拖鞋懒懒下楼，趴在楼梯口朝厨房望了过去。

厨房里，砂锅咕噜咕噜地冒着泡，米香四溢。

男人系着花色的围裙，挺拔的身影站在柜台边，手里拎着勺子，正在搅动着砂锅里的米粥。

夏桑看着他，恍惚间仿佛回到了从前，他也是这般体贴温柔，在厨房里给她炖了一锅香喷喷的奶白鲫鱼汤。时间从来未曾改变他。

也许她真的可以相信，相信他们会迎来一个白头偕老的未来。

周擒没有回头，却也察觉到小姑娘醒了过来，说道："牙膏挤好了。"

"哦。"

她并没有去洗手间，而是来到他身后，从后面环住了他坚实劲瘦的腰："抱抱。"

周擒任由她撒娇一般抱着，舀起了一碗热腾腾的小米粥，放在柜台上冷着，然后去冰箱里拿鸡蛋。夏桑像个跟屁虫似的，一路抱着他。

周擒见她状态好了很多，回过身摸了摸她的额头："退烧了，不过等会儿还要再吃一次药。"

"好。"

他推着她去了洗手间，夏桑看到水台上果然已经挤好了牙膏，她回头对他笑了下，拿起牙刷漱口，然后洗脸擦脸。

周擒则拿着梳子走进洗手间，替她梳理着凌乱的长发。

她自从高三剪了短发之后，这么多年的头发一直蓄着，到现在已经很长了，丝丝缕缕地垂散在腰间，宛如从古时画中走出来的公主一般，优雅中带着几分叛逆与俏皮。

不过这一头长发也有很不方便的地方，平时她对他说过最多的话，除了"慢点"，就是"周擒你压到我头发了"。

他给她梳理了后面的长发，然后将她转过来，用小梳子和热夹板，将她脸侧飞出去的杂毛夹成公主切。夏桑目不转睛地打量着周擒。他认真而仔细地替她顺着头发，比他考试刷题还认真，比他写程序代码还认真……

她最喜欢的就是他这般认真的样子，这是一种沉甸甸的心安。

"周擒。"

"嗯。"

"我好看吗？"

柔和的灯光照着她笑靥如花的脸蛋，周擒伸手捏着她的下颔，左右晃了晃，端详着："美若天仙。"

夏桑推了他一下："你好假啊。"

周擒看着她胸口若隐若现的起伏，眼底浮现一丝意味，攥住了她的手："还难受吗？"

"没那么难受了。"夏桑天真地说，"感觉有力气了。"

"那就好。"

九月，科维公司的新品发布会召开在即，周擒的工作忙碌了起来。这场发布会重点推出的全屋智能管家系统也是备受瞩目，发布会开始前几个月，各大新媒体平台的科技博主就已经陆陆续续开始造势，热度很高。

夏桑知道这套全屋智能管家系统耗费了周擒不少心血，每天晚上都会加班到深夜，不断地进行测试，发现 bug 进行修复，确保万无一失。

半夜，夏桑从床上醒过来，发现身边位置空落落。她光着脚丫子，蹑手蹑脚下了楼。楼下没有开灯，书桌边，电脑屏幕的蓝光照在少年锋利的轮廓上。

他的背影略显疲倦，却还小心翼翼地敲打键盘，尽可能不发出响声吵到夏桑睡觉。

"阿腾，还不睡啊？"

"嗯，吵醒你了？"

"不是的，你不在，我睡不着。"

"乖，我等会儿就来。"

夏桑有些心疼他，于是来到厨房，取出了苹果和梨，切成小块，放进盘子里。默默想着心事，结果不小心让刀子划到了手指。她猛地一缩手，吃疼地皱眉。虽然刀口很浅，但还是有鲜血渗出来。

夏桑忍着疼，用水冲洗了伤口，将血全部挤掉之后，贴上了创可贴。她从来是十指不沾阳春水，不会做饭做家务，妈妈也没有要求她学这些，所以即便是最简单的切水果，也能让她见血。

真是没用。

夏桑又望了眼电脑前的男人挺拔的背影。她从来不知道走投无路是什么样的感觉，就像盛开在城堡花园里的小玫瑰，有阳光与青草为伴。

而周擒却像生长在悬崖上的野草，风吹日晒，每一分每一秒都在努力扎根，稍有松懈便会跌入万丈深渊。

她想到多年前最后一次见胡芷宁的时候，是在天桥上，当时夏桑要牵走黑黑，胡芷宁气急败坏地对她说："像你这样的人，永远不可能理解他。"

那时候的夏桑，偏不信这个邪，现在她同样不信。夏桑将水果搁在周擒手边，然后也拎了椅子过来，打开了自己的电脑，准备陪着他一起熬夜。

周擒扫了眼盘子里形状不规则、大小不一的苹果块，正要调侃几句，忽然望见她左手食指的创可贴，立刻抓过她的手，一把撕下了创可贴。

夏桑疼得连忙缩手，不满道："能不能别这么粗鲁！"

周擒看到她细长的指尖有一条切口，心疼道："做不来这些事，就别做。"

"谁说我做不来。"

他将水果盘推到她手边："你看你把苹果切成什么样了。"

果盘里的苹果块的确是大小不一，形状千奇百怪。

周擒找来了药箱，给她有伤口的地方撒了点云南白药粉末，然后用新的创可贴包好了。

"周擒，我是不是拖你后腿了。"夏桑难过地说，"什么都做不好，就算想陪你熬夜，也帮不了你什么忙，连切苹果都切得这么丑。"

周擒察觉到女孩低落的心情，垂眸睨她一眼："我'卷'到你了？"

"……"

他淡笑道："你们一中出来的优等生，是不是见不得别人比自己努力？我这儿忙工作熬夜，你还慌得睡不着觉了。"

"才不是咧。"

他拍了拍她的脑袋："那就别胡思乱想，去睡觉。"

"不睡。"夏桑打开了自己的电脑，"我陪你一起努力，或者你有什么问题，可以和我一起讨论。"

"你明天不上课吗？"

"有课的。"

"那不就得了。"周擒摸了摸她的脑袋，嘴角挂着一丝好看的微笑，

"你有你的方向，我也有我的，但我们都在往同一个未来奔赴，所以殊途同归。"

他这句话总算让她安心了许多，夏桑攥着拳头，保证道："擒哥，我答应你，我一定会努力成为很优秀的人！"

"你悠着些吧。"周擒牵起她贴了创可贴的手，放在唇边吻了吻，"我怕我配不上。"

"这都多少年的梗了。"

"快去睡觉了。"

科维的新品发布会之后，有为期一周的新品展示会，将智能家居管家推向市场。周擒每天早出晚归，尽管极力掩饰，但夏桑仍能从他眼神中看出疲倦。

夏桑通过科技视频博主拍录的视频，看到了发布会的情况，站在台上向互联网大佬和观众们介绍产品的科维公司研发部的主管——李熙，他用并不是特别标准的普通话，介绍了这款全屋智能管家的各方面情况。

但是作为陪周擒一起熬夜调试了好几晚的夏桑，觉得这位主管并没有把这款全屋智能管家最大的亮点展示出来。

清晨，她一边用叉子搅着盘里的煎蛋，一边看着视频，闷声道："我觉得发布会应该由你来介绍，你才是主创啊。"

周擒漫不经心道："我是新人，他们更有经验。"

夏桑想想也是，说到底周擒刚毕业便进了科维，被老一辈压着些，也是在所难免。

更何况，优秀的人光芒是怎么都掩不住的，以前周擒在篮球队就没少被陷害。就是因为太优秀的缘故，他命里似乎注定犯小人。

"擒哥，以前咱们吃过这方面的亏。"夏桑握了握他的手背，认真地说，"凡事不要冒头，你是新人，多少藏拙些。"

周擒嘴角扬了扬："我知道。"

早上的研究生英语公共课，苏若怡坐到夏桑身边，低声对她说："周离离也进了科维，不过是在人力资源部，你知道吗？"

"知道啊。"夏桑说道，"毕业那会儿我帮辅导员整理档案的时候，看到她的签约公司就是科维。"

"我昨天和她聊天，听她说到了科维的新品发布会，好像周擒在现场当服务生，给来往的客人……"她打量着夏桑的神情，缓缓说了四个字，"端茶倒水。"

夏桑心头一惊，望向了苏若怡："不会啊，他是研发部的主创，科维的新品智能管家的基础代码都是他写的啊。"

"说不好，反正周离离说科维内部水也不浅，新人进去多少都会被前辈压一头，尤其是像周擒这种'百万高才生计划'招进去的，太惹眼了。"

夏桑摇了摇头，很坚定地说："不会，周擒从来没跟我说过这个。"

"反正我也是听周离离说的，是真是假也说不准。"

课间时分，夏桑给周擒打了个电话，隔了很久，就在她要挂断的时候，他接起了电话。电话里，男人的嗓音一如既往地低沉有磁性，听不出什么异常："宝宝，怎么了？"

"你在忙啊？"她问道，"这么久才接。"

"嗯，在展示会现场，今天展厅参观的客户有点多。"

"你在给他们介绍产品吗？"

"是，我负责现场调度。"

"好哦，那你加油，我做好晚饭等你。"

"……"

听见周擒沉默，夏桑没好气地问："干吗！有什么就说。"

周擒犹豫地说："要不还是叫外卖？"

"你不爱吃我做的饭菜啊？"

"不是。"

"那我今天给你做糖醋排骨。"

周擒犹豫良久，终于说道："还是叫外卖吧，宝宝。"

"……"

周擒放下了手机，想到上次夏桑系着围裙下厨，差点把厨房炸了。他嘴角不自觉含了温柔的微笑，拍了拍手里的机器人公仔头套，觉得有点可爱。

这时候，主管李熙走了过来，见他摘下了头套，严肃地说："周擒，等会儿几位互联网科技博主要过来，你快点把头套戴好，去外面迎接。"

"外面？"

"当然是大厅外啊。"

周擒身上穿了厚重的机器人管家公仔的卡通服，这卡通服型号肥大，足足有十多斤重，头套也是厚重不已，闷得人喘不过气来。

即便是站在有空调的展厅里，他都已经热得汗流浃背了，更遑论现在是"秋老虎"肆虐的九月，气温堪比盛夏天。

李熙见他不乐意，便摆出了前辈的架势，不客气地说："周擒，出入职场最重要的是有眼色，你是新人，这些事应该由你主动来承担，而不是我叫你做。别以为你拿了个ICGM的金奖就有多了不起，百万高才生计划进来的也不止你一个人，别拿自己太当回事。"

听他说完这一切，周擒平静无澜的黑眸轻描淡写地望向他。被他那双仿佛能望进人心的眸子扫过，李熙没由来地一阵心虚，避开了他的视线。

这些年，像李熙这样的人，周擒见过不少。说到底，不过是嫉妒和不甘罢了。

周擒嘴角轻蔑地扬了扬，戴上了厚重的头套，走出了大厅，来到了烈日暴晒的外部场区，负责迎宾接客。他绝不会被这样的人打败。

李熙望着烈日下的少年，脸上露出了复杂的神情，冷哼了声。

身边立刻有人拍马屁道："一个大学刚毕业的愣头青，还想和主管争长短，不自量力。"

"他配吗？"李熙轻蔑地收回了视线。

周擒从来都是隐忍的性子，唯一的一次爆发，便是祁逍那件事。祁逍欺负了夏桑，这是他无法忍受的，除此之外，为达目的，任何事他都能忍。

像他这样的人，想要一步一步往上爬，就必须要比别人付出百倍努力，隐忍沉着，以待来日。周擒后背已经完全被汗水浸湿了，应该长了痱子，很痒很痒，但挠不了。

闷在这样的头套里，宛如困兽犹斗。

有客户陆陆续续走进展厅，他忍受着燥热和巨痒，尽职尽责地扮演好机器人卡通公仔，迎接客人。便在这时，远处有人撑着一柄浅色洋伞走了过来。

小姑娘穿着淡黄色的连衣裙，气质优雅恬静，宛如一阵清甜凉爽的秋风。周擒蓦然顿住。

夏桑注意到了这个蠢萌的发呆机器人，礼貌地对他笑了笑："外面好热啊，你穿这么厚，去阴凉处躲躲吧。"

周擒穿着卡通服，倒也不怕她认出来，知道她只是出于良好的教养，且心地善良，才会对陌生人施予关心。他对她晃晃手，做了个卖萌的动作。

夏桑也对他报以谦虚的微笑，转身进了展厅里。新品展示会面向社会大众开放，展厅来了很多参观的客户。除了科技产品发烧友，还有企业合作伙伴、科技博主，以及相关专业大学生。

夏桑走到智能管家的发布台前，看见一身西装革履的主管李熙，正眉飞色舞地向社会友人介绍着这款产品的种种特点。

她踱着步子，逛遍了每个展厅，都没看到周擒的影子，倒是看到了穿着利落的小西装的周离离，正在后勤处帮忙切水果。

周离离也看到了夏桑，小跑着走到她面前，给她倒了杯水，同时视线有意无意地朝大门方向瞥去："你进来的时候，看到周擒了吗？"

夏桑接了水，说道："没有，正要问你呢，周擒在哪儿啊？"

周离离松了口气，说道："我和他不是同一个部门的，所以也不常见面，他可能被主管安排去接待外宾了吧，毕竟整个公司就他英文口语最流利。"

夏桑点点头，没有怀疑什么。因为 ICGM 竞赛那件事，周离离和夏桑之间也有了隔阂，说不到两句话，她便尴尬地推辞说要去工作了。

"周离离。"夏桑开门见山地问，"周擒在公司的情况是不是不太好？"

"啊，你听谁说的？"

"猜的，他是新人，进来之后肯定不会马上被委以重任，这都很正常。"

"不是啊。"周离离摇头道，"他不一样，实力很强，领导蛮信任他的，这次发布的新品，他还是主创呢。"

"是吗？"

周离离的话，自然也是一半真一半假。实力强是真的，但越过主管还有好几层的领导，周擒哪那么容易能在高层面前冒头露脸。

初入职场，吃些苦头、受些委屈，都是在所难免。夏桑站在大厅的落地窗前，远远看着烈日下的机器人卡通公仔。她心念一动，摸出手机给周擒打了一个电话。

电话一直"嘟嘟嘟"地响着，而卡通机器人也继续着他的接待工作，迎来送往。或许是她想多了，周离离说的没错，他真的去接待外宾了。夏桑松了口气，走出了科维展示会大厅，沿着阶梯缓缓走下来。

路过了卡通机器人，她笑着对他说："真是辛苦啊，这么热。"

机器人回头望着她，伸出肥厚的大手，做了个"比心"的动作。

夏桑摸出手机，说道："跟我合个影吧，我发给我男朋友看。"

机器人顿了顿，然后站在她身后，双手举了起来，做出一个憨傻可爱的动作，与夏桑合影留念。

"谢谢你呀。"

机器人双手放在头顶比心，表示不用谢。

"你好可爱，哈哈哈。"她嘴角挂着清甜的笑意，转身离开，一边走，一边低头将照片发送给了周擒。

身后的机器人裤兜里的手机，传来"叮"的一声响。

晚上九点，周擒回来了，夏桑已经提前给他放好了浴缸里热腾腾的洗澡水，桌上还摆了满满一桌香喷喷的饭菜。

周擒扯了扯领带，望了眼桌上丰盛的饭菜，咽了口唾沫，艰难地问夏桑："这个是你做的？"

"有你吃的就不错了，还嫌弃呢，这是叫的外卖！"夏桑气呼呼回答，"不是黑暗料理。"

"那就好。"他脸上绽开了轻松的微笑，走过来抱了抱她，"好久不见，想死哥哥了，过来让我抱一下。"

夏桑感觉到他的依赖和眷恋，没好气道："这才一天没见而已！"

"度秒如年。"周擒捧着她的脸，吻了吻，"你呢，有没有想我？"

"没有，我可没你这么黏人。"

照理说早已过了热恋期，但周擒的黏人程度增长了好几倍，每天回家第一件事就是抱她，不管她在做什么。有几次夏桑在洗澡，他都不管不顾地冲进来了，弄得满身湿透，被夏桑骂骂咧咧轰出去。

夏桑撇撇嘴，脱下他的外套，拉他到了洗手间："你先泡个澡吧，我给你放了热水。"

家里的浴缸一向是夏桑专属，她喜欢点着香薰，抹着精油，像个小公主一样慢悠悠地泡澡。而绝大多数时候，周擒洗澡都是粗糙地对着身体一顿冲。他身体燥热，特别喜欢冲冷水澡。

夏桑推着周擒进了浴室，试了试水温："正好合适，你快进去泡一下，很解乏的。"

周擒看着浴缸里清澈的水面漂浮着几片玫瑰花瓣，有些无语，回头道："夏桑，男人泡澡不需要玫瑰花瓣。"

小姑娘不客气地说："让你泡你泡就是了，废话这么多。"

周擒不敢惹她，只好妥协，淡笑着脱了外套："行，泡玫瑰澡。"

过去他的生活向来都是粗糙的质感，有了夏桑，便有了玫瑰花，有了甜香的气息，也有了无尽柔软的梦乡。

他解开了衬衫的几颗纽扣，回头对她道："你可以出去了。"

"好啦。"夏桑走出了洗手间，顺手给他带上了门，"不会偷看你，我可没你这么色。"

周擒将浴缸里的玫瑰花捞起来搁在边上，然后脱了衣服走了进去。这水温对于体寒的夏桑来说正合适，但是对男人的身体而言，便烫了。周擒忍了忍，倒也坐了下来，朦胧的热雾中，他的脸也被蒸出了不自然的潮红。

泡澡的确是很好的放松，尤其是在他扮了整天卡通公仔、累得快要散架之后。

这时，门又被推开了，夏桑拿着毛巾走了进来，在水台边拧了拧水——

"水温合适吗？"

"夏桑，能不能给我留点隐私？"周擒不满地说，"你洗澡的时候，我有随便冲进来吗？"

"你可不止一次。"

"每次我都敲了门的。"

女孩穿着一件单薄的吊带衫和居家短裤，坐到浴池台边，笑着说："擒哥害羞啊？"

"不是。"

周擒顺手抓起了沐浴露，挤在池子里，弄出了很多泡沫堆在身前。

看着他流畅漂亮的腹肌线条，夏桑忍不住笑出了声，推着他结实的肩膀："阿腾，你在害羞啊！"

"没害羞。"

"玫瑰花你也不用。"夏桑抓起手边的花瓣，洋洋洒洒地又洒进了池子里。

周擒无可奈何，也只能随她去了："你今天来展会了？"

她敏感地问："你怎么知道？"

周擒无语地回头望她一眼："你给我发了照片。"

"噢噢噢！"夏桑竟然比他还要紧张些，结结巴巴地说，"门口有个很可爱的机器人公仔，我和他拍了照片。"

"嗯，那是市场部的实习生。"

夏桑没有拆穿他的话，感叹道："这么热，真是辛苦哦。"

"谁不辛苦？"

夏桑心里涌起一阵酸涩。

她拿起了毛巾，轻柔地给他擦拭着紧致的皮肤："擒哥，你长痱子了。"

"是吗？"

她指尖抚过他背后大片的红疹："不痒吗？"

周擒面无表情道："没感觉。"

夏桑知道他在说谎，但她没有拆穿，温柔地帮他擦着背，淡淡道："等会儿出来我帮你擦点清凉油。"

"嗯。"

她继续帮他按摩着肩膀，放松肌肉。小姑娘锻炼了这么些年，手上也有了些力气，力道得当，按得他很舒服。

周擒闭上了眼睛，身体完全放松了下来："宝宝，累不？"

"有点。"

"那等会儿我犒劳你。"

她咬牙切齿地说："我谢谢你。"

周擒嘴角扬了扬，轻佻又痞坏地说："不谢，男朋友应该做的。"

"你烦死了，我本来有话想说，现在又不想说了。"

"说吧。"

"不说了。"

夏桑像是来了脾气，转身便要走，周擒拉住了她的手，恳求道："说吧，我想听。"

她重新坐了下来，轻轻地按着他的肩膀，用蚊子叫的声音道："没什么，就是……我爱你。"

"什么？"

"没什么！"

周擒低头，很愉悦地笑了。

"笑什么啊？"

"没什么，随便笑笑。"

夏桑脸红了，从后面揽住了他的肩膀，和他脸贴着脸，撒娇道："你不准笑了，不准笑。"

"好，不笑。"

少年抿住了嘴，但眼里眉间还是有无尽的喜悦和幸福。他感觉到女孩的吻轻轻落在了肩膀上，就像蝴蝶的轻触，美好而温柔。

"周擒，你知道吗，我一直很崇拜你。"

周擒回头："崇拜我？"

"我知道，迟早有一天，你会登上无人企及的巅峰。"夏桑认认真真、一字一顿地说，"须知少日拏云志，曾许人间第一流。"

Chapter 14

婚礼 · 离别 · 异地恋

"为什么又送我一只竹蜻蜓呀？"

"当年送你的那只，希望它能带你飞；而现在这一只，我希望它能将你平安带回来。"

科维公司的新品发布会进展顺利，产品投入市场的几个月市场反响相当不错，营收一路走高。年底的论功行赏，研发部的每位成员都拿到了高额的奖金。

周擒早就看中了一条碎钻链子，价格不菲，只等着年终奖一到，便去店里买了作为新年礼物送给她。然而收到的奖金到账短信，显示只有六千块。

六千块，只够项链的一个零头。

而奖金刚到账，同事群便热闹了起来，一派欢乐气氛，相互攀比着金额，有三万的，有八万的，十多万比比皆是，最高的一个是五十二万。

当然，冒泡曝奖金的基本都是刚进公司的新人愣头青，真正高收入的同事是不可能在群里说自己年终奖得了多少。

周擒看着这六千块，攥紧了手机。

走廊边，李熙端着咖啡，走到他面前，一不小心便将滚烫的咖啡洒在了他的手上。

周擒骤然被烫，回过神来。

"不好意思啊，没瞧见你在这儿。"

他用纸擦掉了手机上的咖啡水渍："我这么大个人，李主管没看见？"

李熙不怀好意地说："看群里发奖金，看得走神呢。你啊，也别去和群里的同事比，你作为刚毕业的大学生新人，拿到这个奖金，已经很不错了。"

周擒看着手背被烫红的一块，冷声道："每个人的奖金工资都是由财务划拨到账，严格保密，李主管怎么知道我收入多少？"

李熙顿了顿，掩饰地说道："我……我是部门主管，我当然知道。"

"你想逼我走。"

李熙没想到他这般直接，尴尬地笑了笑："周擒，这是哪儿的话，我哪儿有这本事啊。"

"也是。"周擒的嘴角也浅淡地扬了扬，从容不迫地说，"你的确没这个本事，如果我要走，那必然是我自己想走的时候。上一个企图教我做人的人，估摸着现在也快出狱了。"

李熙看着他转身离开的背影，不甘心地低骂道："你狂什么！迟早我要让你收拾铺盖滚蛋。"

周擒坐在公司大厅，检查着自己的银行账号。他有好几张卡，其中一张大头的卡在夏桑那里，其余卡里的钱东拼西凑，不够买一条碎钻项链。

有点气。但也无可奈何，李熙是部门主管，他要在李熙的手底下做事，就必须忍耐。

项链也是真的想买，他琢磨着能不能接点私活。就在周擒分神之际，听到身后传来一声低沉的咳嗽。他回头，赫然看到一身西装革履、精神矍铄的江豫濯。

周擒微微一愣，站起身迎向他："江伯伯。"

对于这位曾经叫过"父亲"的男人，周擒的感情很复杂。一方面他的确试图改造过他，并强迫他遗忘自己过去的身份、遗忘自己的亲生父亲；但另一方面，他也信守承诺，让周顺平在弥留的那一年得到最好的治疗，没有经历太多痛苦，走得体面。

这也是为什么周擒现在仍然愿意叫他一声"江伯伯"。

江豫濯对周擒的感情就更加复杂了，他治好周擒脸上那道狰狞的伤疤之后，这小子的脸就更加像他早逝的儿子了。但仅仅也只有这一张脸，他儿子是个不成器的家伙，从小的优渥生活着实把他宠坏了。但周擒和江之昂不一样，大不一样。

江豫濯看着周擒，说道："周擒，你知道科维已经被我收购了，是江家旗下子公司吗？"

周擒沉默片刻，回道："现在知道了，如果江伯伯不想看到我，我会递交辞呈。"

说完，他礼貌地对他欠了欠身，转身离开。

江豫濯纵然在商界风云了这么多年，也没遇到过骨头这么硬的家伙，气得追了上来，用拐杖敲了一下他肩膀："你是百万高才生计划聘进来的，你以为想走这么容易！赔钱！"

周擒没有闪躲，肩膀结结实实挨了一棍子。

他皱眉，手捂着肩膀："江伯伯，痛！"

"你骨头不是硬吗？还知道痛？"

路过的同事惊愕地看着他们，这还是第一次看到江豫濯这种级别的高管，拿棍子打一个员工？而且还是研发部最有潜力的新人员工。

江豫濯素来沉稳，不苟言笑，不管遇到多大的事，面上都是波澜不惊。

这这这……是什么情况！

江豫濯也察觉到自己的失态，但是面对周擒那张和他的爱子如此酷似的脸，他没办法保持平和心态。

他稍稍静了一下，沉声道："你被招进来，不是我的授意，我是上个月在发布会上看到你才知道。"

周擒稍稍松了口气："如果江伯伯不介意我留在科维公司，我会干好自己的工作，也绝不会跟任何人提及过往的事。"

"倒是我丢你的脸了？当我儿子就这么让你难堪吗？"

"江伯伯，我不是这个意思。"

江豫濯看着少年这般硬骨头，轻哼了一声，说道："我给你机会，让你成为江之昂，江家少爷你当了一年，也知道里面的好处，花不完的钱不用说，也不需要受任何人的闲气。你为什么就是不肯！以前你爸爸还在，现在他已经……已经过世了，你怎么就不肯叫我一声……"那两个字，江豫濯没能说出口。

他顿了顿，望向周擒手背上被烫出的水泡，说道："我知道你被顶头的领导排挤了，让他走也是我一句话的事。"

周擒看着面前这位年迈的老者，从他闪动而混浊的眼中看到了久违的父爱，就像当年周顺平被铐上双手、带上警车时，回头那怆然的一瞥。

"抱歉，江伯伯，我爸爸只有一个。"周擒沉声说，"我不是江之昂，您的一切慷慨照拂，我都受之有愧。"

"好，你有骨气！"江豫濯气呼呼地说，"我不会管你，等你撞得头破血流的时候，自然会乖乖回来！"

周擒斩钉截铁地说："我不会。"

夏桑说他是人间第一流，他要配得上她的喜欢和崇拜。

下午从图书馆出来，苏若怡兴致勃勃地找到了夏桑，神秘地对她说："宝贝，晚上去玩桌游！"

夏桑将书包拉链扣好，背在了身上，好奇地询问："桌游？约了哪些人啊？"

"是咱们这一届一起保研的几个同学，主要是有几位研究生学姐学长也会来，算是认识一下各师门，听听他们的经验，对咱们读研有帮助。"

夏桑听苏若怡这样说，有些意动，再加上这几日跟着导师做课题着实忙碌，适当放松一下也好，于是应了下来："行，去玩玩吧。"

晚上在步行街小吃店吃过饭，苏若怡带着夏桑来到了时代中心四楼一家新开的桌游吧，走进了通道最里面的包厢。

包厢里通风不是很好，乌烟瘴气，弥漫着烟味。房间里坐了好些个熟悉的面孔，都是同年级读研的同学，上课经常遇着，虽然没有深交，但也算是同学了。

还有几位研究生，其中有两位是在 ICGM 竞赛中林嘉思团队里的学长。房间里烟雾缭绕，夏桑进来便被熏得很不舒服。

见苏若怡和夏桑进来，学长们连忙给她们让了位子："难得啊，这一届还有两位这么漂亮的小学妹。"

"咱们学院的妹子本来就少，好不容易有两个小学妹，当然应该好好保护起来咯。"说话的人名叫孙朗，夏桑记得上次在 ICGM 的竞赛上见过他，他也是林嘉思队里的成员。

有学姐吃味地说："学妹们是珍稀动物，学姐就是黄花菜了呗。"

"哈哈哈，那当然不是这个意思，秦娜学姐别生气。"

秦娜轻哼了一声，招呼夏桑和苏若怡道："你俩别理这帮人，随便坐。"

夏桑和苏若怡见学姐身边有空位，正要坐过去，孙朗忽然道："哎，咱们这儿统共就四个妹子，都挤到一起了，多没劲儿啊。"

秦娜知道他没安好心，说道："孙朗，学妹们爱坐哪儿坐哪儿，关你什么事。"

"我的意思是，男女搭配、干活不累，妹子们干脆间隔着坐呗。"孙朗素来是个马屁精，于是指点江山道，"要不妹子们就陪到杨煜哥还有蒋韬哥身边去呗。"

众人闻言，暗地里交换了一下眼色。这几位学长都是家里稍稍有点背景的，又或者工作找得不错的，签了知名跨国企业，前途无量。

要论起逢迎谄媚的功夫，还真是没人比得上孙朗，摆明了是要找漂亮学妹去"借花献佛"。

　　孙朗也没有干坐着，直接上前安排起来了。苏若怡颜值没夏桑能打，被安排在签了跨国企业的蒋韬身边，而夏桑则被安排在有家世的杨煜身边。

　　秦娜冷眼看着孙朗，发出一声轻哼，却也没有多嘴。

　　这些场面上的潜规则，新人迟早也是要适应的，他们一衣带水，资源共享，以后相互帮衬的地方也不少，没必要为了两个小学妹得罪人。

　　苏若怡倒是爽快，毫不扭捏，大大方方地坐在了蒋韬身边，自我介绍道："学姐学长们好，我叫苏若怡，以后请多指教。"

　　"好说好说。"夏桑却越发觉得氛围不太对劲，她是诚心来听学姐学长交流读研经验的，不是来这里当陪坐的。

　　而且这些学长们，年龄不大，却满身社会气，倒比脑满肠肥的油腻中年人好不到哪儿去了。她生硬地站着，没有动，更没有去坐孙朗给她安排的位子。

　　"夏桑学妹，过来坐啊。"

　　"不了。"夏桑直接拒绝，"我还是和秦娜学姐坐在一起吧。"

　　孙朗面露尴尬之色："不是吧，这么玩不起啊，还是看不起我们杨煜哥。"

　　夏桑望了杨煜一眼，倒也面熟，应该在 ICGM 的赛事上也打过照面。

　　"我和杨煜学长今天第一次见面，不存在什么看得起看不起。"

　　她想起了以前在家的一段经历。

　　当时有工作的学姐回来探望覃槿，到家里来做客，她听学姐说起过经常被老板带去酒局当陪坐。不管学姐业务多么出色，干垮了多少同行的男性竞争对手，但在酒桌饭局上，因为性别的缘故，大家默认女人就是来作陪的。

　　夏桑以前听学姐这样说，便觉得愤愤不平，没想到有朝一日，她竟也会亲身经历这一幕。她很固执地拒绝，不肯坐过去。

　　杨煜见蒋韬身边都乖乖地陪了女孩，夏桑却扭扭捏捏，把气氛搞得很僵硬，于是脸色垮了下去，说道："夏桑，以后抬头不见低头见，就算顺利读了研，以后大家也是一衣带水、相互帮助，人和人之间基本的尊重，你还是要懂一些吧？"

　　夏桑性格也很刚，直说道："学长好像并没有特别尊重我们，如果学长邀请我们过来玩，只是拿我们当取乐的陪客，恕我不能接受。"

孙朗的马屁精本性又犯了，很不客气地斥责夏桑："你这学妹怎么回事，煜哥让你坐过来，是给你面子看得起你，你真拿自己当根葱呢。"

夏桑冷冷扫了孙朗一眼："我不需要 ICGM 竞赛里的手下败将，赏我这个面子。"

此言一出，在场好几个学长的脸色同时沉了下来。显然，ICGM 竞赛那事，虽然过去这么久了，大家却还记忆犹新。不仅因为桂冠被本科生团队摘了，更重要的是，他们还一路冲刺拿到了世界金奖！

国内的团队都多少年没拿到过世界金奖了，听说团队其中一员还因为这份殊荣，顺利进入他们做梦都想进的科维公司研发部，听说走的还是"百万高才生计划"，这在全国都没几个人能做到。他们望向夏桑的眼神，瞬间变得有些复杂。

不甘、嫉妒，还有些无能的怒气。

孙朗冷声道："你不就是跟了好团队、被大神带飞的吗？有什么好炫耀的，要真这么厉害，怎么进科维的不是你啊？"

忽然间，门外传来一道清朗的男声，嗓音脆脆的，干净利落："我听着某人的话，这酸味儿都快飘到外面了，啧。"

众人朝门边望去，只见一个穿休闲卫衣的男人走了进来，个子颀长高瘦，皮肤很白，五官清隽秀气，看上去很是英俊。

他一进屋，在场的学长们全都站了起来："阳哥来了。"

"阳哥坐啊。"有男生慌忙给他让座。

秦娜在夏桑耳边轻声介绍道："这是穆阳学长，咱们院长带的学生，不管是学术水平还是各方面奖项成就，都让大家心服口服。家世好，人品也很好，关键是长得也很帅。"

当然，夏桑抓住了关键词——家世好。

她大概也看明白了，今天这局，拼的就是这一点吧。夏桑觉得很无趣，想找个借口便要离开。没想到，穆阳径直来到了她身边坐下来，很自来熟地对她说："别介意，圈子里总有那么几个害群之马，不是所有人都这样，你慢慢就会明白了，学校里安安心心做学问、搞研究的大有人在。当然，趋炎附势的人也不少，不交往就是了。"

夏桑闻言，心里稍稍舒服了些。的确，在场的学姐学长，除了孙朗这几个，其他人看起来还不错。秦娜也给苏若怡让了位子，让她坐在夏桑身边。

穆阳对夏桑道："一起玩桌游吧，别被影响了心情。"

夏桑点了点头。

穆阳来了之后，气氛正常了许多，孙朗也不再带头作妖，大家正常地玩着桌游牌，讨论着每个导师的脾气喜好，以及哪个老师管得严、哪个老师放养学生……

对于夏桑他们新生来讲，还真是挺有帮助的干货内容。

"你的导师秦老师，他是圈子里的大拿，跟着他好好搞研究做学问，沉得下心来，肯定大有前途的。"

"嗯，谢谢学长。"

穆阳加了夏桑的微信，然后又给她讲了读研的时候合理的时间安排、哪些网站查资料文献、学校什么机房最好用等等。

夏桑很感激他说了这么多，连声道谢。穆阳温柔地表示不需要客气。

其间周擒给她发了消息，说快下雨了，让她发定位过来。

夏桑顺手发了定位："宝宝你下班了吗？"

"嗯。"

"我这边聚会也快结束了，你不要来接我哦，我等会儿自己打车回来。"

她想着他下班这么累，还来接她真是过意不去。

晚上十点，桌游差不多也结束了，因为学姐学长明早还有课，也不能回去太晚，便散了局。下楼的时候，外面哗哗啦啦地下着暴雨。在桌游吧完全没察觉，雨竟下得这样大。

他们问桌游吧借了几把伞，撑着伞走了出去，穆阳的司机已经开车过来，等候在了路边。那是一辆弧形流畅的奔驰车，光看这拉风的外形就知道，价值不菲。

"夏桑、苏若怡学妹，上车吧，先送你们回学校。"

夏桑摆了摆手，连忙道："不了学长，我不住学校，你送若若回去吧。"

"这么大的雨，你打到车估摸着也湿透了。"穆阳坚持道，"没关系，不管你住哪儿，我都负责安全送达，更何况，女孩子深夜打车也不安全。"

夏桑有些犹豫，苏若怡回头道："是啊桑桑，一起走吧。"

"那麻烦学长了。"

夏桑只好就着穆阳的伞，朝着轿车走了过去，然而在她正要上车的时候，身后传来一道低沉磁性的嗓音："夏桑。"

夏桑回头，看到周擒站在倾盆大雨的路口，一身肃杀的黑色风衣，神情冷峻，轮廓锋利。

"你怎么来了！"

"我来接你回家。"

夏桑连忙跟苏若怡他们道了别，小跑过去，躲进了周擒的伞中。

男孩们借着路灯光看清了周擒的脸，也认出了他，脸上浮现惊愕的神情。

"是周擒啊！咱们学校唯一进科维公司研发部的本科生。"

"没错，是他。"

"他和夏桑拿奖的时候不是上过热搜吗？你们都不知道？"

"谁关注这个了。"

孙朗几人脸色讪讪的，感觉到刚刚似乎犯了蠢。看着夏桑和周擒拦了一辆出租车，他冷嘲道："什么背景都没有，能混出头才怪。"

穆阳回头望了他们一眼，很不客气地说："行了，闭嘴吧，烦不烦。"

"好好，我闭嘴。"孙朗也看出来了，穆阳向来是舒徐从容的一个人，但周擒的出现，还是让他感觉到不自在了。

那么多女孩找他要联系方式，他一个都不给，偏巴巴地主动加了夏桑。

现在看到夏桑身边有这么优秀的男朋友，他能好受才怪。

出租车上，周擒抽出纸巾，沉默着给夏桑擦了擦湿润的头发。

"不是说让你不要来接我吗？这么大的雨，干吗还跑一趟啊？"

"没想那么多，看到下雨就来了。"周擒语气淡淡的，也听不出情绪，他一贯不是喜怒形于色的人。

当然，夏桑也是心大，没察觉到周擒的情绪。她靠在他的肩膀上，像聊闲话一般，给他讲了刚刚聚会上遇到的事情，包括孙朗让她们女生作陪的低俗风气，吐槽道："这还没出校园呢，就这样恶臭，以后出社会不知道怎么阿谀奉承，没想到研究生里还有这样的人，气死我了。"

"正常。"周擒似乎见惯不怪，说道，"以后到了职场上，这些事只会变本加厉。"

"就没有能制裁他们的东西吗？"

"法律只对规则起作用，管不着圈子里的潜规则。"周擒认真地说，"唯一的办法，就是变得够强，强到没有人敢欺负你、看不起你，利用自己的优势力量，不管在任何圈子里，都要成为不可或缺的那一个。"

夏桑知道，周擒的智商就是他的优势力量。可是她自己呢，脑子虽然聪明，但就智商来说，的确比不上周擒。

绝大多数时候，她的学习靠的是努力努力再努力、靠的是这么多年养成的好习惯、靠的是覃樘在她耳边的督促。

唯独……唯独在小提琴方面，才是她真正的天赋所长。

她的小提琴，连国内一流的小提琴名师韩熙都赞不绝口，说她手底下多少年没出这样一个老天爷赏饭吃的学生了。如果她肯全心投入，假以时日，必成大器。

只可惜，夏桑虽然不像高中时那样厌恶小提琴，但也没有倾注特别多的热爱。想着周擒的这番话，再联想到今天的这一番经历，夏桑心头不得不升起一些其他的想法和考量。

她开始理解妈妈那些年的话。妈妈督促她出人头地、成为精英阶层，正是为了远离孙朗这些社会渣滓、远离这些所谓的潜规则。披上盔甲，成为孤独的勇士，不是以牺牲自由为代价，恰恰是为了将来拥有真正的自由。

就在夏桑沉默思索的时候，手机振了一下。

她划开屏幕，看到穆阳给她发来了一条消息："到家了？"

夏桑想也没想，回道："快了。"

穆阳："到了给我说一声。"

夏桑并没有多想，放下手机，却像是忽然想到什么，惊悚地回头望向周擒。她正靠在周擒的肩膀上，刚刚回短信也没有刻意回避，所以只要他睁着眼睛，想必能够看到手机屏幕上的内容。

周擒和她淡淡对视了一眼，狭长的黑眸中没有明显的情绪。

"这是一个研究生学长。"夏桑主动交代道，"刚刚孙朗安排我和若若的时候，他有帮忙解围。"

周擒清清淡淡地"嗯"了声，漆黑的眼珠望向了窗外的倾盆大雨。

沉默了几分钟，周擒忽然道："夏桑，把他删了。"

这嗓音低沉无比，生硬而突兀地划破了寂静的夜色。

夏桑微微一惊，望向他，他轮廓依旧冷硬，神色如常，不辨喜怒。

"可是……"夏桑犹豫地说，"以后还要见面，删了不太好，顶多不联系就是。"

周擒没有勉强她，也没有说话了。

穆阳这件事，仿佛成了长在周擒心头的一个小疙瘩。其实他本可以不在意，也相信夏桑那丫头是真的心大，交往一个普通朋友罢了。但是每每想到雨夜的那辆奔驰轿车、想到穆阳看她的眼神、想到他想给她买一条项链都需要等待时日，周擒的心就像要被黑压压、乌泱泱的虫子吞噬了。

他从不自卑，因为能力足够强，他何需自卑。但偏偏在夏桑的事情上，他没有办法心如止水，没有办法自信地让她跟他一起坐出租车回家，还住在长租房里。

他拥有了全世界最美好的女孩，迫不及待地想把最好的都给她。可是现在的他，却还不曾拥有全世界。

夏桑一路打量着周擒低沉的脸色，回到家，他也是一如往常，洗澡、做家务，然后看书。但夏桑还是能感觉到，周擒心里多少有些不开心。

她盘腿坐在榻榻米上，看着少年灯光下看书的背影，单薄的睡衣之下，能看到他流畅的肌肉轮廓。他很认真，消化着专业书里的每一个知识点，存储到宛如计算机一般的大脑中。

夏桑伸出穿了花袜子的脚，戳了戳他的腿。周擒偏头睨她一眼，然后移开视线，继续看书。

夏桑受不了了，闷声道："不相信我直说好了。"

"没有。"

"因为我没有删掉穆阳学长，你生我的气了。"

"我没有生你的气。"他只是和自己过不去罢了。

想到今天六千块的年终奖金，想到早已看好的那条玫瑰金的项链，想到主管李熙小人得志的嘴脸，又想到江豫濯的警告……现在的他，算什么人间第一流？

一无所有，什么都不是。周擒摇了摇头，嘴角划过一丝苍凉的冷笑。

夏桑见他这样，心里越发来气了："我吃醋的时候，你说我不相信你，现在你知道了这种滋味了吧！周擒，做人怎么如此双标呢？"

周擒沉着脸，加重了语气，再度重申道："我没有不相信你，也不是和你生气。"

夏桑不知道周擒今天在公司里的遭遇，在体察情绪方面，她也不如周擒仔细，所以憋着一口气，摸出手机："我现在就删掉他！以后我也不认识新朋友了，反正我们家买了一缸醋坛子。"

话音未落，周擒夺过了她的手机："不想删就不删，我没有逼你，别把我说得像在限制你的交友自由一样。"

"你本来就是。"

"夏桑，不要误解我。"

夏桑气得直瞪他，每次吵架的时候，他都永远能稳住情绪，越是平静就越发衬得她无理取闹。

"周擒你烦死了！"

周擒没和她计较，将手机搁在了榻榻米上，说道："生气的时候，就别跟我说话了，不然会更气。"

夏桑也知道跟他说话，只能把自己给气个半死，索性不再动口，爬过去拿手机的时候，动作有点大，很不客气地撞了一下他的胳膊："我再也不理你了。"

"希望你说到做到。"

"一定不让你失望！"

就在夏桑起身要走的时候，无意间望见了他手背上的两个淡淡的水泡伤口。她惊呼了一声，连忙抓起他的手："这是被烫到了？什么时候的事啊！"

周擒本就不是精细的人，看到水泡很小，便没有处理。他抽回了手，淡淡道："小伤。"

夏桑刚刚的愤慨和不满顷刻间烟消云散，现在眼底只剩了满眼的心疼，抓着他的手检查了又检查，另一个手也看了，确定没有其他的伤口，噔噔噔跑下楼，拿出医药盒，从里面找出治烫伤的清凉药膏。

"这是在公司烫到的？"

"是我自己不小心。"

周擒脱口而出的一句话，反而让夏桑心头疑窦丛生。因为这句话的掩饰意味过于浓厚。

　　她盯着周擒瞧了半响，想到了那日他扮成机器人公仔的事情，大概也知道他在公司的处境并没有外界看来的风光。

　　一贯如此，以前他在球队就因为优秀而各种被排挤。夏桑没有追问，就像她当日就看出了机器人公仔是周擒，但也没有拆穿。这仿佛成了他们之间的默契，她假装不知道，他就假装不知道她知道。

　　"真是笨手笨脚。"她给他涂抹了清凉药膏，然后轻轻吹拂着。

　　周擒看着小姑娘满眼心疼的样子，问道："不是再也不理我了？"

　　夏桑这会儿自然顾不得跟他生气，低着头，抓着他的手看了又看："烫伤的事情可大可小，应该第一时间就去医院。"

　　"下次一定。"

　　"哼！再有下次，我就去你们公司宰了那个欺负你的人！"

　　周擒嘴角勾了浅淡的笑意："没看出来，我们家桑桑还有这魄力。"

　　"谁都不能欺负我的阿腾。"

　　周擒顺从地说道："那刚刚的事情，就算翻篇了？"

　　"刚刚什么事啊？"

　　"没什么。"

　　夏桑牵着他的小拇指，说道："周擒，其实我没有真的跟你生气。"

　　"又打又踹，我姑且信你不是真的生气。"

　　"那是因为……"她顿了顿，辩解道，"因为吵架吵不赢，就只有动手了！"

　　的确，以前不管是两人竞争奖学金还是各项赛事，甚至拌嘴吵架，他几乎不会让她，因为他把她当成对手来尊重，从没有觉得她比自己弱。但是唯独在体能优势上，周擒是不让也要让，不忍心不让。

　　夏桑主动地坐在他身边，她伸手，很亲昵地环住了他的肩膀。周擒凉冰冰的心里升起几分暖意，再有愤懑和压抑，此刻也烟消云散了，有的只是柔肠百转。

　　"夏桑，对不起。"

　　她微微抬头，惊愕地望着少年近在咫尺的英俊脸庞。很少听到这样骄傲的他开口道歉认错。

　　"对不起什么啊？"

　　"不该因为一些无谓的事情，夹枪带棒地刺你。"

　　"还有呢？"

"不该对你摆臭脸。"

"还有呢？"

周擒看出小姑娘这得了便宜还不依不饶的骄纵模样，捏了捏她的脸："不该明知道你智商不够，在吵架方面还要占尽优势。"

"谁智商不够了！"夏桑扑了过去，周擒顺势便倒在了榻榻米上。

"认输，你赢了。"

她微笑着拍了拍他的脸："这么快投降啊？"

他温顺地点头，望着她，却在小姑娘要起身的时候，拉住了她的手腕……

那次桌游之后，穆阳、秦娜他们几个学姐学长便经常组织聚会，他们喜欢玩剧本杀一类的桌游，夏桑偶尔有时间会去。

周五下午，穆阳来图书馆找到了夏桑和苏若怡，说道："晚上有一场桌游局，缺人，学妹们一定要来啊。"

"你们还会缺人吗？"苏若怡笑着说，"每次我们去都能认识新面孔，师兄的人际网可广着呢。"

穆阳也笑了，将两杯温热的奶茶递到她们的桌边，说道："这次都是老朋友，秦娜他们几个研究生的学姐学长，你们都认识，不会尴尬。"

苏若怡望向夏桑："桑桑去，我就去咯。"

夏桑想到今天周五，周擒会提早下班，正要拒绝，穆阳又说："夏桑，你把你男朋友也叫上吧，上次在雨里匆匆见面，几个学长其实都很想认识一下这位拿到科维'百万高才生计划'offer的大佬呢。"

她见穆阳眼神真诚，想着周擒也是玩剧本杀的好手，反正明天不用上班，正好可以放松休闲一下，便说道："那我问一下他，等会儿给学长答复。"

"好嘞。"

穆阳也不再多说，起身离开了阅览室。夏桑低头给周擒发短信，苏若怡却敏锐地察觉到了穆阳并不单纯的心思，说道："夏桑，我看穆阳学长对你格外好呢，还给你买奶茶。"

夏桑望了眼桌上的奶茶，说道："这不是双份的吗？"

"我的这份，摆明了就是陪你啦。再说，即便是给我俩买的，你去打听打听，穆阳在年级上有多受欢迎，即便是女多男少的计院，也只有女生给他送水的份，什么时候见他主动给女生买奶茶的呀。"

苏若怡插上吸管，说道："而且每次桌游，他都坐在你身边，还跟你是同一阵营。"

"你这样说的话，我反而不能去了。"

"别别别，我瞎猜的啦。"苏若怡还蛮想去玩的，连忙道，"再说，他不是让你把你男朋友也叫上吗？应该是我想多了。"

恰好这时候，周擒回复的消息也进来了："晚上校门口见。"

晚上，夏桑、周擒和苏若怡三人打车来到了桌游吧。几个学姐学长都已经到了，过去的局，穆阳照例都会迟到，但今天竟也提前来了，斜倚在靠椅上，和孙朗坐在一起。

见面之后，免不了一番自我介绍和寒暄，都是场面上的话，因为不熟，周擒对他们保持着礼貌的疏离感，却又不会让人觉得失礼。他在人际交往方面向来有分寸。

"夏桑，迟到了啊。"穆阳手里把玩着一颗小色子，笑着说，"等你们好久了。"

"对不起啊。"夏桑真诚道歉，"刚刚过来是下班高峰期，出租车堵在路上了。"

孙朗阴阳怪气地说："周擒，听说你是科维百万高才生计划招进去的，怎么没买辆好车呢，还带女朋友坐出租车？难怪会迟到。"

这话说出来，夏桑脸色微变，正要开口反驳，周擒却握住了她的手，轻轻按了按。

"即便我开坦克，下班高峰期，该堵还是堵，除非孙朗学长日常出行都有私人飞机接送。"周擒手臂落在夏桑的靠椅边，姿势霸道，嘴角含着淡淡的嘲讽，望向他，"你有吗？"

孙朗被他堵得无话可说，讪讪地作罢了。就连秦娜都察觉到孙朗这几个家伙来者不善，话语里处处带着机锋。不知道是不是因为那晚夏桑得罪了他们，故意要伺机报复。

她转头望向了穆阳，穆阳神情如常，也丝毫没有阻止孙朗的意思，只是盯着夏桑，心下大概明白了几分。今天这场局，怕是他们几个约好了，要给夏桑男朋友一个下马威。

穆阳这家伙，难得看上什么妹子，即便人家有男朋友，他也不会放在眼里。

"我家里的确没有私人飞机，不过听说你们科维的老板倒是有一架，上个月阳哥才去看过。"孙朗偏头望向了穆阳，说道，"阳哥，你是不是拍了照片的，拿出来给哥几个看看呗。"

穆阳喝了口茶，故作厌恶地说："不就是个私人飞机吗，有什么好看的。"

"你是见过世面，哈哈哈，我们这些土包子还没见过呢。不过你爸和江豫濯关系这么好，你肯定也不是第一次见这玩意儿了。"

夏桑听到"江豫濯"三个字，心头一惊，望向了周擒。周擒神色如常，漆黑的眼眸毫无波澜。

孙朗见夏桑露出这样的神情，以为她是被江豫濯这位东海市首富的名字震慑到了，越发得意了，对穆阳道："阳哥，你就给我们看看照片吧，开开眼。"

穆阳终于懒懒地摸出了手机，划开了屏幕，说道："就是这架，据说算是顶级的私人飞机了，我也只是远远地看了一眼。"

手机屏幕上，果然有一架灰色的私人飞机，隔得远，因此飞机的全貌都能展现出来，看起来相当气派。

"哇！看起来有一架客机的大小了，这上面有多少座啊？肯定很豪华。"

穆阳淡淡道："随便参观了一下，没数过，不过的确很豪华。"

"你们家跟江家是世交的关系，真是让人羡慕啊。"

夏桑听不惯孙朗这般谄媚逢迎的腔调，字字句句都像是在炫富，而且还是狐假虎威地炫穆阳的富，而穆阳竟也顺水推舟，没有太拒绝。

她冷嘲道："孙朗，你这么想坐私人飞机，马上毕业季了，努把力，考进科维公司，说不定你的梦想哪天就实现了呢。"

秦娜也笑了起来："科维的笔试题是全国出了名的难，靠他这智商只怕难咯。"

孙朗倒也不生气，今天他是找准目标、精准打击，说道："开什么玩笑呢，有的人即便进了科维公司，这辈子都不一定能见着那位江总吧，只有坐出租车的命，还私人飞机……"

夏桑实在听不惯了，发作道："人家的私人飞机，关你什么事呢？还没完了。"

"学妹急什么啊，私人飞机不是你男朋友提的吗？"孙朗摊手道，"我这辈子是没本事坐了，阳哥参观过，我向他了解一下还不行吗？难不成刺你痛处了？"

周擒握住夏桑的手，从容地说道："你既然对我老板的私人飞机感兴趣，我可以向你介绍一下，湾流G650ER，在私人喷气式公务飞机中，这款体型算很大的了，飞机上可以设置十六座，不过江豫濯喜欢清净，出行不会带很多人，所以减少到五座。飞机内部有厨房和吧台，吧台里有名酒。因为江豫濯喜欢在飞机上洗澡，所以飞机上也有浴室，面积大约十来平，干湿分离。你还想了解什么？"

孙朗表情僵住，惊讶地侧头望向了穆阳，这会儿连穆阳脸色也是惊愕。从他的表情中，众人看出来，周擒基本都说对了。

"你怎么知道？"穆阳疑惑地问，"你也参观过？"

"没有参观过。"

穆阳松了口气，却又听他道："但是坐过。"

"……"

此言一出，周围人都露出了不可思议的神情，尤其是孙朗，立马反驳："吹牛吧，你能坐过？"

周擒没有再解释，懒怠地靠在椅背上。本来没打算反击，但他们这嘴脸也是恶心透了。来之前就猜到了今天是场鸿门宴，但为了掐掉夏桑这枝横斜的烂桃花，他也必须过来会会这个穆阳。

这时，秦娜仿佛是想起了什么，惊呼道："那年大一开学的时候，听说有个叫江之昂的，考了东海市的理科状元，据说是江豫濯亲认的继子，不……不会就是你吧！"

此言一出，孙朗勃然色变。穆阳脸上也少见地浮现不可置信的神情，眼神中似乎还带了几分懊恼。

周擒嘴角绽开一抹冷笑："我时常听说研究生学长们的小圈子经常聚会，却没想到，学长们对豪门财阀这么感兴趣，玩什么桌游，不如开个豪门八卦茶话会得了，以后也别搞科研，绞尽脑汁巴结领导，前途不可限量。"

几个学长被他这样一刺，面上露出几分难堪。这时候，桌游吧的工作人员拿了些牌和道具过来，孙朗讪讪地接了牌，招呼着大家玩桌游，缓解尴尬的气氛。

几盘狼人杀的局，穆阳他们几个本来是游戏中的老手，而且有默契，今天组局就是为了给周擒一个下马威。

他们打听好了，听说他在校期间娱乐活动少得可怜，每天不是泡图书馆和机房，就是去篮球馆，应该是没有接触过桌游一类的游戏，本想好好挫一挫他的锐气。

却没想到，周擒开局直接碾压全场。桌游多数都是靠智商取胜，周擒的智商完全吊打这几个学长，而他们也不知道，以前周擒在七夜探案馆玩这类游戏，厉害得不得了。

几局下来，玩得他们一个个丢盔弃甲、无精打采。穆阳一贯沉稳，连输几局之后，也被他弄得急躁不已，寻了个由头，出门抽烟，稍稍冷静一下。

难得看上个小姑娘，又特别留意到她男朋友是个穷小子，没什么背景，本来想借着这个局给他一番羞辱和难堪，让他知难而退。没想到反而给自己惹来了一身不痛快。

阳台上，他颤抖地摸出了烟，奈何风大，打火机没有点燃。他暴躁地用力掷出了打火机，低吼了一声。身后传来一声凉薄的笑。

穆阳回头，望见周擒站在他面前，手里一开一合地把玩着打火机，发出砰砰的脆响。

"学长，需要点烟吗？"

穆阳轻哼了一声，将烟叼进了嘴里。

周擒走过来，手捧着打火机给他点了烟，下一秒，火苗一晃，直接燎烧了他额前的一缕碎发。

穆阳心头一惊，连着后退了好几步，摸着额间被烧没的那一缕头发，正要破口大骂，周擒却揪住了他的衣领，漆黑的眸底透出十足的威慑力，低沉道："觊觎我的女人，你还嫩。"

那天的桌游吧聚会之后，夏桑便不再和研究生学姐学长们来往了。她在学习之余，在小提琴上花费了更多的心思，参加韩熙推荐的各种交流研讨会，也有机会结识了许多小提琴名家，和他们探讨经验，向他们学习。

在韩熙的推荐下，夏桑参加了东海市电视台的交响乐团的圣诞音乐会，以其高超而又娴熟的技巧，征服了圈子里很多成名已久的艺术家，一时间，名声大噪。

覃槿给夏桑打了一个电话，褒奖了她在演出上的精彩表现。当然这也是上次谈崩之后，母女俩第一次心平气和地谈话。

"妈妈告诉过你，你在小提琴上有天赋，这是老天爷赏饭吃，能给你带来巨大的成功和无限的荣耀。"

这一次，夏桑不再本能地反驳母亲，只说道："妈，放心吧，我每天都会练琴，不会耽误工夫。"

"勤奋当然好，但这还远远不够。"覃槿严肃地说，"妈妈要你成为世界知名的艺术家，你知道成功应该付出什么样的代价。"

"我知道，穿上盔甲，披荆斩棘，成为孤独的勇士。"

这是她自小到大无数次听母亲说过的话。

覃槿见她这般平静，似走出了叛逆期，长大了许多，于是换了个话题，又道："上次你跟我说，不想重蹈我和你爸婚姻的覆辙，所以不会结婚，那么周擒也同意吗？"

这倒是覃槿第一次在没有暴怒的情况下聊到"周擒"这两个字，夏桑拿不准母亲的态度，说道："他不高兴，但也妥协了。"

"你会有这样的想法，也不过是因为担心得到的会失去罢了。但妈妈要告诉你，真正内心强大的人，是不会有这样的担忧的，说到底你还是不自信，不自信的根源，是因为他比你强。"

"才不是呢，你对他有偏见，对我更是不满意。"

"那你就做出成绩来，让我放心。现在的你自己对生活都没有信心，如何让我对你和他的未来有信心。"

夏桑挂掉了电话，走到琴房外的小花园里，冷风吹刮着长青的树叶发出飒飒的声响，她不由得拢紧了衣领。

高三的那个冬天，也是在东海市，也是这样的风。那一晚，她和周擒是如何怀着战栗而又喜悦的心情，期盼着他们未来的到来。现在，未来终于近在咫尺了，只等她迈出最后的那一步。

中午，周离离在图书馆找到了夏桑，给她递来了一杯温热的奶茶。

"夏桑，有件事想跟你商量。"

自从 ICGM 赛事之后，夏桑和周离离的关系也渐渐疏远了，她没想到周离离会主动找她，也没碰那杯奶茶，问道："什么事？"

"科维在月末有一场年会，我主要负责年会的组织调度工作，包括请什么样的乐团进行现场的音乐演出。"

"嗯？"

周离离望着她，带着几分恳求的态度，说道："我们公司的一把手肖袆肖总，他对古典乐特别痴迷，几乎可以说是发烧友。我想着请任何商业乐团过来演奏，如果请得不好，只怕他会对我的能力有质疑，好的也不是请不起，只是我对这方面一窍不通，怕花了钱又办不好事，就麻烦了。"

"所以你想让我帮你把关？"

"不不不，我想着任何商业的乐团，比之于你，水平恐怕都是天差地别。这是我第一次负责这么大的活动策划，我肯定想办好一点，得到肖总的赏识。"

夏桑笑了："你想请我去年会现场演奏？"

周离离双手合十，诚挚地恳求道："拜托拜托，薪酬方面你随便开价，主要是质量。"

以夏桑现今的水平，她是不可能接这种商业演出活动的，即便是科维这样的公司年会，也不可能请得到她。

若是以前的关系，这忙帮了就帮了，但夏桑也是恩怨分明的人，不可能会帮一个"背叛"过友情的人。

"抱歉，我没办法答应，你另请高明吧。"

周离离面露失望之色，但也知道，不怪夏桑拒绝她，ICGM 那件事，是她做得太过分了。

夏桑拎了包离开，走了几步，脑子里忽然飞速地转过了几个念头，转身问道："你们这个肖总，他管整个科维集团吗？"

"他当然是老板手底下最受信任的 CEO，管着公司的所有部门。不过像我们这种新入职的员工，都直接对应各部门主管，不太有机会接触到这种级别的高层领导，所以年会是很好的机会，得到肖总的赏识，至少在他那儿留个印象，对将来升职是有帮助的。"

夏桑知道，周离离是铆足了劲儿想要努力往上爬，所以总会在细节处费很多心思。

当然，科维这么厉害的大厂，每个部门都有那么多员工，你凭什么脱颖而出，除了能力，拼的就是心思和细节。

　　周离离见夏桑有所犹豫，赶紧趁热打铁，说道："夏桑，你知道周擒现在在研发部的处境吗？明眼人都看得出来，他们的主管李熙处处针对他，压着他，不让他出头露脸，任何成果都被他独占侵吞。我听公司里传的八卦，上次新产品上市大卖之后的论功行赏，周擒的奖金少得可怜。"

　　"的确不多。"

　　工资卡都在她这儿，她也会时不时查阅他的账单，六千块的奖金入账，打发叫花子呢。

　　"照理说，这款家庭智能管家的基础代码绝大部分都是周擒负责，他应该拿头奖，但是连研发部最边缘的技术员拿得都比他多。"周离离意味深长地说，"他是锋芒毕露，树大招风了。"

　　"这个，我多少知道一些。"

　　"夏桑，这次年会或许是一个契机。我们那位 CEO 肖总对古典乐简直痴迷到了疯狂的程度，办公室里有满满一架子的古典音乐碟。如果你能在年会上崭露头角，得到他的青睐，甚至结识他……我想大概李熙也就不敢再这样明目张胆地针对周擒了。"

　　夏桑知道周离离虽然只是在为自己的事业做打算，但她说的也没错，也许的确可以试试看。

　　现在的周擒，就像困兽犹斗，一身的本事却被铁笼子压着，无处施展。虽然这种耍小聪明的做法，不算光明正大，但跟李熙背地里那些卑劣的阴招比起来，实在算不得什么。

　　晚上，周擒做了一大桌饭菜，悉心地点上了蜡烛，营造出了浪漫的烛光晚餐氛围。

　　夏桑吃着饭，看着桌上闪烁的烛光，想着心事。

　　"在想什么？"

　　夏桑不禁脱口而出，问道："周擒，你们公司老板喜欢古典乐啊？"

　　周擒敏感地抬头："你想干什么？"

　　夏桑不打算瞒他："周离离跟我谈了笔商单的生意，说你们老总喜欢古典乐啊，让我去年会上演奏，帮她挣脸面。"

　　"不准。"周擒毫不犹豫地拒绝。

　　"为什么？"

"年会配不上桑桑的演奏，我不想你为了我做这样的事情。"

夏桑没想到他一下子就猜透了她的心思，撇嘴道："谁为你了，我帮周离离呀。"

"听话。"周擒加重了语气，"不准来。"

夏桑漫不经心地吃着米饭，他似乎不放心，又补充了一句："要是让我看到你，我会生气。"

"不来就不来，我懒得费这功夫。"

夏桑闷闷地吃过了晚饭。见她不开心，周擒将一个包装精美的黑色丝绒盒推到她手边，淡淡道："新年礼物，看看喜不喜欢。"

夏桑终于明白周擒为什么今晚特意请她吃烛光晚餐，原来是为了送礼物。

"什么啊？"她好奇地打开了盒子。

盒子里静静地躺着一条玫瑰金的双扣环项链，在幽暗的灯光下泛着优雅又有质感的淡金光芒。

"好看欸！"

"看到的第一眼，就想买给你。"

现在周擒给她买礼物都买成了常态，在夏桑的首饰盒里，项链攒了五六条，戒指手链也有好几个，价格不算昂贵，但也绝不廉价。

夏桑感觉周擒有点像她小时候玩芭比娃娃的心态，看到什么闪闪的漂亮的饰品，都想戴在她的身上，精心地打扮她，乐此不疲。除了各种首饰，每个周末他都会带她逛街。

时装店里，别的女孩的男朋友坐在休息椅上，百无聊赖地玩手机，但周擒绝不会如此，他流连在架子前，精挑细选。夏桑就跟个工具人似的，一件一件地试着他挑选好的衣服，试了好看的，他就会买下来。

家里所有的衣橱用来装夏桑的衣服都还不够。

周擒打量着夏桑的脸色，问道："是我礼物送太多了，没惊喜感了？"

夏桑拾起项链，放在灯光下细细看着、摩挲着，链子缠绕在她白皙莹润的指尖，越发璀璨动人。喜欢当然是很喜欢，哪个女孩不喜欢收礼物呢？

"周擒，你到底还藏了多少张卡，哪来这么多钱买这些？"

"你管我？"

周擒来到她身后，将项链戴在了夏桑的颈子上，手背温柔地轻抚着她漂亮的锁骨，"我就这点兴趣，喜欢打扮我的女人。"

夏桑心里热热的，却还是板着脸严肃道："你不要乱花钱了！当心我把你剩下的几张卡都没收了！"

周擒从后面揽着她单薄的肩膀，凑近她耳畔，用低沉有磁性的嗓音缓缓道："反正某人又不跟我结婚，又不给我生小孩，我存钱也没用，赚多少花多少，也很快乐。"

夏桑偏头，看着他搁在她肩上的那张英俊的侧脸："万一我改变主意了呢？"

"嗯？"

"周擒，在这件事上我的确很胆怯。"

夏桑摸着他温暖的掌心，贴着他的侧脸，说道："但从现在开始，我愿意为了你变勇敢一些，我们……可以朝着结婚的方向再努力一把！"

"你说真的？"

"过年一起回家见妈妈吧。"

跨年夜，科维公司的年会，在周离离的安排下，夏桑背着她那柄跟随了多年的埃德蒙小提琴，来到了现场。

年会在公司顶层的露天星光花园举办，来了不少西装革履的领导，女孩们也穿着漂亮的晚礼服，穿梭流连在花园中，衣香鬓影，觥筹交错。

周擒为了避开女孩们热情的跳舞邀约，一直坐在比较清静的吧台，有一杯没一杯地喝着酒。

因为研发部的员工们薪资最高，最受女孩们欢迎，不过在这种高端的聚会场合里，这帮只会和代码打交道的高智商人类，却也是最格格不入的一群人，毕竟双商难以兼容。

他们不仅不爱和女孩们跳舞，更不会像市场部、人力部那样去谄媚地逢迎领导。几个大男人搞在一起，津津有味地玩起了棋盘数字游戏。

在周围人看来，简直无聊至极。周擒倒也喜欢和这帮怪咖程序员们玩，因为不管是棋盘游戏还是数字游戏，至少能玩出势均力敌的水准。

直到婉转悠扬的小提琴曲子伴着夜风徐徐送入他耳中，他蓦然放下酒杯，循声望了过去。女孩穿着一袭黑色的晚礼裙，头发绾在了脑后，耳边松松地垂了几缕微卷的发丝，香肩半露，美得惊心动魄。

她闭着眼，优雅地演奏着旋律，沉浸在音乐的世界里。

周擒目不转睛地凝望着她，仿佛除了她，这世界上没有任何东西值得被他看在眼里，放进心里。

尽管他对她那么熟悉了，也听过她演奏，却还是一再被她惊艳到。他站了起来，径直来到了花园一角的演出台边，倚靠在藤蔓花台边，静静地凝望着她。

身边有同部门的男同事凑过来，用手肘戳戳他："妈耶，这是什么水准的演出，把我们部门最修身养性的擒哥都看呆了。"

"那是我女人。"

"不是吧！"

周擒满眼骄傲："她简直绝美。"

当然，公司那位爱好古典乐的 CEO 肖衽自然也注意到了夏桑，从夏桑演奏了第一首帕格尼尼的《第二小提琴协奏曲》开始，他便端着酒杯遥遥地注视着她。

这种水平的演奏能够在公司年会上听到，真是相当意外啊！那个拉小提琴的女孩的水平，不知道高出了一般的商业演出乐团多少倍！看来人力资源部来的几个应届毕业生有几把刷子，这种水平的艺术家都能请来。

周离离佯装吃东西，一直在打量肖衽的脸色，很显然，他是相当满意。

不过，李熙那家伙也非常讨厌，跟狗皮膏药似的一直黏在肖衽身边，阿谀奉承地讨好着，见肖衽一直盯着拉小提琴的女孩看，他心里多少也有数了，准备等会儿好好地帮肖总安排。

夏桑倒也是非常卖力，一首接着一首地演奏着，年会全程只有几分钟的短暂休息。

在公司组织的各种活动和颁奖的环节，她也非常机敏地配合着气氛，拉奏出一些相得益彰的配乐的片段，尽可能地为这场年会添光加彩。

周擒身上的西装外套都脱下来了，看着她单薄的小礼裙，好几次想要上前给她披上，但都被夏桑用威胁的眼神给挡了回去。他忧心忡忡，眼底满是心疼。

一直到午夜零点，跨年倒计时结束之后，不间断地演奏了整整三个小时的夏桑，终于放下了小提琴。

周擒大步流星地走了过来，接过她的小提琴装进盒子里，然后温柔地揉着她的手，放在掌心呵暖着，看得公司女员工们一个个目瞪口呆。

周擒这样的高岭之花，平时礼貌却疏离，没想到温柔起来，是这个样子！

身后传来了一道清脆的掌声。夏桑回头，看到一个西装革履的中年男人走了过来，脸上浮现了满意的笑容："《G 大调浪漫曲》《第二小提琴协奏曲》《波兰舞曲》，没想到我竟然能在跨年之夜听到这么多优美的曲子，看到这么精湛的演出！真是太满足了！"

夏桑大概猜到这就是周离离口中的古典音乐发烧友——肖衽。

"肖总好。"她礼貌得体地对他欠了欠身，不失淑女风度。

"你这把琴，是埃德蒙小提琴？"

"肖总眼光独到，一眼就认出来了。"

"这可是好琴啊，用了这么多年，才能拉出这样正的音色。"

"这样的琴，遇到肖总这样懂音乐的人，是它的福气。"

肖总被她的一番漂亮话说得是春风得意、笑容盈面。

周擒有些讶异，不知道夏桑从哪儿学来的阿谀讨好的腔调，她以前不是最讨厌这一套吗？

他从后面拉了拉她的蝴蝶结束腰，她扯开他的手，用眼神警告："你别打扰我发挥。"

众人见老板竟然被一个拉小提琴的小女孩给吸引了注意力，态度还这般谦恭，纷纷围了上来，顺着肖衽的意思夸赞了夏桑。

李熙本来想为肖总"安排"夏桑，没有想到周擒竟然捷足先登地站在了她身边，于是呵斥道："周擒，看着漂亮女孩就忍不住凑上去献殷勤啊，有没有点眼力见，还不快走远些！"

说着，他又适时在肖衽耳边道："现在的新人，真是越来越不像话了，您可千万别见怪。"

肖衽是混迹职场多年的人了，自然也知道李熙打什么算盘。以前便罢了，此时此刻，在夏桑这种级别的艺术家面前，他觉得李熙实在侮辱了他对艺术的热爱，冷脸斥责道："你有完没完。"

李熙吃了一瘪，讪讪地闭嘴了。

肖衽换了和善的语气，问夏桑道："你们是认识吗？"

夏桑反握住了周擒的手腕，拉着他来到了肖衽面前："肖总，周擒是研发部新进的员工，也是我男朋友。"

肖衽笑着对周围人道:"我就说呢,咱们公司的年会怎么能请来这种水平的艺术家,原来是员工家属啊。"

高层领导身边永远不缺附和的人,周围人见此情形,便又开始夸赞周擒。

主管李熙的脸色越发阴沉了下去,心里多少有些紧张和忐忑,不知道这女孩到底想干吗。

"我记得你,研发部的新人。"肖衽看着周擒,说道,"智能管家的系列产品上一季度销量破了纪录,听说你的功劳不小啊,哈哈哈,想必奖金也拿了不少吧。看你女朋友这么漂亮,身上却什么首饰都没有,你这个当男朋友的,太粗心了吧!"

周擒望了夏桑一眼,发现夏桑刻意穿了露肩的黑色小礼服,光洁白皙的脖子上却什么链子都没戴,他送了她那么多链子,一条不戴就非常故意了。

果不其然,却听夏桑道:"肖总,周擒奖金的确拿不少,够我们几个月的生活费了。"

肖衽惊道:"那你们年轻人的生活费开销可不小啊!几个月就能花掉几十万?"

"既然肖总都这样说了……"夏桑拉了拉周擒的衣角,故意嗔怒道,"你是不是藏小金库啦,跟我说奖金只有六千块?"

肖衽哈哈大笑:"那肯定是藏私房钱了,周擒,这可不行啊。"

夏桑用力扯了扯周擒的衣角。周擒虽然不喜欢这样的逢场作戏,但夏桑为他辛苦演奏了三个多小时才换来这宝贵的几分钟。平时,一般的员工连这些高层领导的面都见不着的。

周擒不忍辜负她,嘴角挂起了不卑不亢的笑意,说道:"肖总,我的奖金的确只有六千块,工资卡都让她收着,哪儿去藏小金库呢。"

"这不至于吧。"肖衽还是觉得周擒在开玩笑,"上一季度你可是记首功的,奖金少说也得有六位数,六千块当我们科维在打发叫花子呢!"

说着,他望向李熙:"怎么回事?"

因为科维这边以部门为单位,由主管核算出员工绩效,然后提交财务分配奖金。而研发部又是整个集团最核心的部门,分到的奖金自然也是最多的。周擒如果只拿到几千块,说明主管给他的绩效额度低到何种地步。

李熙没想到肖总竟然会亲自过问这件事，脸上的汗水冷冷地流淌着，打着马虎眼道："肖总，我……我回去会调查清楚，可能因为周擒是新人……"

肖祎看着他紧张的模样，自然也明白了其中的关窍，脸色顷刻间冷了下来："新人？后勤部的保洁人员的奖金都比研发部的新人高吧，你这个主管可真会当啊！"

"肖总，您放心，我……我明天就去准备材料，给周擒补足绩效，一定让他满意。"

肖总冷哼了一声："现在就去。"

"现……现在？"

"需要我重复一遍吗？"

李熙看了眼周擒和夏桑，咬着牙，不甘地离开了年会。

宴会结束已经是午夜时分，夏桑不想这么早回去，想跟周擒散会儿步。周擒见她穿着高跟鞋，索性便将她背了起来，踱步走在空寂的大街上。

冬夜虽冷，但靠在他背上很温暖。他久久不语，夏桑忐忑地问："周擒，你在生气吗？"

"没有。"

"那你为什么不说话？"夏桑揽着他的肩膀，随意地摸着他凸出的喉结。

"我在想你的小提琴，你拉小提琴的样子，很美。"

他说话的时候，喉结带出震颤的感觉，她摸着觉得很舒服。

"那可不，今晚我的出场费好几十万呢！"

周擒嘴角弯了弯，望着被月光投影在地面的黑影，柔声说："我的运气一直不是很好，但拥有你，是我此生最大的幸运。"

"这话你以前就说过啦。"

"因为这样的幸运，从来没有改变。"

夏桑附在他耳畔，轻声保证："将来也不会变。周擒，我也会陪你一起努力。"

天空中忽然升起了一簇烟花，周擒抬头望向天空，漆黑的眸底也被绚烂夺目的烟花点亮。有了她，他黑沉沉的夜空也变得明亮了起来。

"宝宝，下来吧。"

夏桑感觉男人的手一松，将她放了下来，不满道："才背一会儿就没力气了？"

"不是。"周擒伸手摸了摸小姑娘的头，俯身认真地说，"今天是新的一年了。"

"所以？"

"所以……"

说完，周擒捧着她的后脑勺，覆住了她柔软的唇，用力压了上来。

两人在冬夜寂静的街头热吻，烟花在夜空中璀璨绽放。

元旦放假回来之后，主管李熙的办公桌便被清空了。根据总裁助理那边传来的消息，肖衽并没有深究李熙公报私仇的事情，但听说是有高层亲自过问了这件事，所以他算是撞枪口上了，不想走也得走。

但这还不是最夸张的事情，最夸张的是，李熙走了之后没多久，周擒竟被提拔成了研发部的主管。作为刚来公司不过一年的新人，竟然能够这么快地被破格提拔为最核心的研发部主管，这也算是科维的年度大事件了。

虽然周围议论纷纷、流言四起，然而周擒却面不改色，不卑不亢地接受了高层的所有安排。

他并不觉得自己受之有愧，恰恰相反，他能如此坦然地接受这个职位，也是因为他有绝对自信，能够拿下这份工作。

心下坦荡，因此不在乎任何流言蜚语。

距离年三十还有十多天，夏桑接到了来自覃槿的电话。

电话里，妈妈的嗓音虽然仍旧是不咸不淡，但听得出来，柔和了许多——

"今年过年，又不打算回来了？"

夏桑心平气和地说："周擒没有家人了，我不忍心留他独自一个人在东海市过年。"

"他不是还有个妈妈？"

"但那不是他的家。"

覃槿叹了一口气。大概是出于对女儿的思念，又或许是经历了这一年的冷战期，看着他们这样拼命地想要在一起，她终究不是铁石心肠的人。

覃槿的语气缓和了下来，没好气地说："他可以跟你一起回来，但这并不代表我同意你们。"

夏桑其实就等着妈妈这句话呢，开心地说："好嘞！妈妈，他一放假，我们就回来！"

覃槿冷哼了一声，又说道："让他住客房，不准睡你的房间。"

"哈哈哈。"

"笑什么？"

"没什么，我这就告诉他这个好消息。"

"春运期间，你们早点订机票。"

"嗯！现在就订票，爱你，妈妈！"

"对了，还有件事。"

"什么啊？"

覃槿犹疑了片刻，还是说道："等你们回来再说吧。"

夏桑正在兴头上，并没有注意到覃槿的欲言又止。

周擒加班做完了年底收尾的工作，收到夏桑的短信："准备好要见家长啦！"

周擒嘴角扬了扬："晚上一起去挑选礼物。"

夏桑："好！"

周擒细心地收拾好了办公桌，检查了所有电脑系统已经装好了绝对安全的安保系统，这才关掉电脑，走出公司大门。路边停靠着一辆熟悉的黑色轿车，轿车的车窗缓缓落下来，周擒看到江豫濯那张苍老严肃的脸。

他鬓间的白发又添了几许。他冷冷睨了周擒一眼，什么话都没说。周擒犹豫片刻，终于还是打开车门，坐了进去。

"江伯伯，谢谢您。"不等江豫濯开口，周擒率先说道，"李熙的事情，谢谢您出手。"

江豫濯板着脸，冷冰冰地说："不管是李熙还是其他人，违反了公司的规定，做错了事，就得收拾东西走人，你要感谢我的应该不是这个。"

周擒知道他意有所指，主管的位置若非他的授意，应该不可能落到周擒这个新人头上。

江豫濯望向周擒，仍旧是利诱的腔调："只要我一句话，何止是主管，我可以许你一个更远大的前程，你还要继续固执下去吗？"

周擒嘴角扬了扬，不卑不亢地说："江伯伯，我并不认为您给我这个主管的位置，我就应该对您感恩戴德。这个位置我坐得稳，所以心安理得。"

只有心虚的人才会对眼前获得的巨大利益感觉到惶惶不安，周擒自问有这个实力将科维带向更好的未来，所以需要道谢的人不是他。

江豫濯深深地望着周擒，职场的锻炼，让面前这个男人褪去了少年时的青涩和不成熟。

现在的他，眼神稳重凝练，举手投足间都是从容不迫的舒徐之气。

不过一年就有这样的气场，来日不可想象啊。

江豫濯不爽地说："你的意思，我提拔了你，倒要感谢你咯？"

"不用谢，江伯伯，我会尽力做好工作。"

"哼！"

江豫濯也是在生意场上混迹半生的人了，还从来没有见过这般狂妄的小子，每句话都能把他气得吐血。

他和他儿子江之昂，是真的一点也不像。

远大的前程，不需要他来给，周擒自己也能挣。

就在周擒要推门下车的时候，江豫濯终于松了口，说道："你固执地不愿意认我当父亲，我也不强迫你了，只是无论如何，你妈妈在江家，过年你也应该来看看她。你没有了父亲，她是你唯一的亲人。"

周擒的身影顿住，袖下的手紧了紧："今年恐怕没有时间，我要陪女朋友回家。"

身后，江豫濯轻轻叹息了一声。

周擒就是周擒，过去所有的苦难和磨炼，才造就了今天的他，他永远不可能把周擒改造成江之昂了。这么多年紧攥着不肯放手的执念，终于还是要沉痛地放手了。

"走吧，走吧……"老人苍老而无力的嗓音响起来，"你不是他，永远不会是……我儿子已经走了，他再也回不来了。"

周擒的身影顿住了，脑子里浮现了周顺平以前对自己的种种。天底下的父母，爱子心切都是一样的。

他深深呼吸着，控制着胸腔里的酸涩，终究还是不忍地回头："元宵节，我可以带小桑回江家看望妈妈，您看这样可以吗？"

江豫濯震惊地看着他，似乎不敢相信自己的耳朵："你……你说真的？你要带媳妇回来？"

"嗯，我带她来见见您，她会很开心。"

江豫濯那混浊暗黄的眼瞳里终于放出了光彩，极力控制着欣喜的神情，说道："好……好，我吩咐人做你喜欢吃的。"

周擒终究是吃软不吃硬的人，过去如何的威逼利诱，他都不为所动。

但老人家那一声无力的叹息，却让他心软了。

夏桑和周擒重新回到了南溪市，这里是他们初识的地方。

这里的风没有东海市的海风那样迅猛，常年都是温柔的微风。即便是冬日，也常常艳阳天。这里的生活节奏缓慢悠闲，给人一种时光静谧、岁月安好的感觉。

周擒手里提着水果和礼物盒，跟夏桑一起站在门口，门口都能听到屋里高压锅发出的飒飒声，妈妈一定在炖她喜欢的酸笋鸭。

夏桑走到门边，几次想敲门，几次又放了下去，高考的时候都没这么紧张过。

她回头，颤声对周擒道："等会儿我妈讲什么，你听着就是了，不要和她顶嘴，也不要惹她生气哦。"

"她是你妈妈，我不会顶嘴。"

"你也不要紧张，她没那么凶。"

周擒揉了揉小姑娘的额头，温柔地看着她："现在是谁紧张？"

夏桑捂着胸口，深呼吸，担忧地说："阿腾，我妈不是轻易妥协的人，她态度这样一百八十度大转弯，肯定藏着阴谋呢，要不咱们还是走吧。"

周擒没有动，皱眉道："礼物都买了，就这样走了，我亏了。"

夏桑看着周擒手里提着的玉镯盒子，知道这镯子必然不便宜。

"亏就亏吧，我真觉得'女魔头'要请咱们吃鸿门宴。"

周擒将她拉了回来，使劲儿揉了揉她的刘海，笑着说："为了你，别说鸿门宴，就算是你妈妈钦赐白绫一条，我也只能谢恩。"

"你现在还开玩笑……"

周擒做出翻白眼上吊的表情，把夏桑逗得咯咯直笑，紧张的情绪烟消云散："你跟个傻子似的！"

"夏桑，以前那么难都在一起了，现在是最后一步了，一起跨过去，好吗？"

夏桑看着周擒那双坚定澄明的黑眸，点了点头。周擒用力牵起了她的手。

便在这时，房门打开了，覃槿穿着一件宽松的白色居家毛衣，袖口卷到了手腕位置，没好气地说："在门外闹够了，就进厨房帮忙。"

"妈，你偷听啊！"

"我哪有这么闲。"覃槿正眼也没甩给周擒，转身道，"快进来。"

周擒和夏桑拉拉扯扯地进了屋，周擒扯开小姑娘不安分的手，礼貌地向覃槿问了好，并将精心挑选的礼物送给了她："阿姨，这是我和小桑一起挑选的礼物，望您笑纳。"

覃槿顺手接了盒子，打开看了眼。白玉手镯色泽通透，质地温润，倒是上成。

她这个年龄的女人，用其他任何饰品都显得有些浮夸与不合时宜，只有玉石，相得益彰。覃槿虽然很少装扮自己，但这样的白玉手镯，乍一看也是相当喜欢的。

她脸上冰冷的神情稍稍缓和了些，说道："这么贵重的礼物，没少费钱吧。"

周擒得体地回道："只要阿姨喜欢。"

"你也快毕业了，夏桑说过你这个年纪，已经做到企业高管的位置了，相当不容易，想必薪资也不会低。"

夏桑急道："妈，你说这个干吗啊？"

覃槿横她一眼，继续对周擒道："我对你是相当不满意，但拗不过桑桑一定要和你在一起，宁可家都不回了。我只有她这一个女儿，所以只能把你们都请回来，但这不代表我接受了你。"

"阿姨，我理解。"

"既然你们现在在一起，房子车子这些，是必须要有的，我不想让桑桑吃苦。"

覃槿的开门见山，反而让周擒愉悦了起来。

他淡笑道："我会一一达到阿姨的要求，不过……"

"不过什么？"

"不过夏桑似乎并不愿意结婚，我也不会勉强她。"

"结婚是大事！"覃槿在这件事情上态度非常坚决，"这件事，我不会由着她的性子闹脾气的，哪有不结婚的，像什么话！"

夏桑见周擒两句话就把覃槿哄到他这一边去了，很是无语。之前的担忧全都多余了，凭周擒在长辈面前的吸引力，她毫不怀疑，只要在家里多住上几天，覃槿迟早会对这个宝贝女婿爱不释手的。

在覃槿和周擒说话的间隙，夏桑却听到厨房里有动静，诧异地问覃槿："妈，家里还有其他人吗？"

覃槿脸上浮现一丝不自然的神情，轻咳了一声："呃，正要给你介绍……"

话音未落，厨房里一个系着围裙的高个子男人端着菜走了出来："小桑回来了，来尝尝徐叔叔的手艺。"

夏桑看着面前这个挺拔英俊的中年男人，反应了半晌，脱口而出道："徐哥！"

覃槿立马斥责道："乱喊什么呢！"

夏桑连忙捂住嘴，红着脸改口道："徐……徐老师。"

他正是夏桑高中的体育老师徐正严，徐老师排球打得特别好，又高又帅又热情，上课幽默极了，总能把同学们逗笑。不少高中小女生都喜欢他，私下里叫他"徐哥"。

夏桑以前听许茜说起过，徐正严在追覃槿，不过后来据前方"眼线"学妹传来的消息，好像覃主任是拒绝徐哥了。夏桑好几次言辞间刺探妈妈，她都顾左右而言他。

没想到两人兜兜转转居然走到了一起。

夏桑坏笑着说："徐老师，你和我妈妈……你们在一起啦？"

徐正严有点不好意思，害羞地挠挠头，说道："我和你妈妈决定互相做个伴，本来我让她先在电话里给你打个预防针，但她没好意思说出口。"

"不需要预防针！"夏桑显然是高兴极了，跑过去抓起了他的手，激动地说，"你和我妈妈在一起，真是太好了！太好太好了！徐哥，你一定要和我妈好好的！"

"放心，我会的。"徐正严眼里眉间都是温柔，"我还怕你不接受我呢，听说你和你爸爸感情很好。"

"我怎么会不接受，你不知道我高中多喜欢你呢！"

"是吗，那为什么每节体育课都逃课呢？"

"你……"夏桑满脸黑线，"你这都还记得。"

周擒笑着说道："桑桑现在体育很好了，我每周都会带她去打球。"

徐正严欣赏地看着他："那就好，两个人在一起，相互成长，相互进步，哈哈哈。"

覃槿见这几个人聊着聊着，竟然还真聊成了一家人，完全没有隔阂。她也总算松了一口气。这才是家的感觉。

夏桑抓着徐正严的手臂，问道："徐叔叔，你和我妈妈什么时候结婚啊？"

"我们准备今年过年就把婚礼办了，这样也不会耽误后面的教学工作。"

"那可太好了！我和周擒可以帮你们操办婚礼！"

覃槿反而有些不好意思了，推了推夏桑："你急什么，菜都要凉了，来尝尝徐叔叔的手艺。"

夏桑拉着周擒坐在了椅子上，脸上的幸福之色抑制不住地从眼里眉梢间溢了出来。

因为徐正严的缘故，这顿饭吃得意外地和乐融融。

夏桑特别留意着，发现他给妈妈加菜添饭，体贴备至。

她放下筷子，好奇地问："徐老师，你喜欢我妈妈什么呀？"

覃槿立刻斥道："这么多饭菜还堵不住你的嘴啊？"

徐正严按了按她的手，耐心地回答："你妈妈特别有责任心，把每个小孩都当自己的孩子管着，就算是最最不听话、不可救药的小孩，她都能一视同仁。这份心，如果不是对教育事业有特别的热爱，是不可能做到的，我喜欢她的这份认真。"

徐正严的这番话，和夏桑从许茜那里听来的对覃槿的评价，异曲同工。

如果不是那些年覃槿对许茜的管束，就凭许茜当年叛逆的那劲儿，她不可能考得上东海大学。

"那徐老师，你不觉得我妈妈很凶吗？"

徐正严温柔地看了覃槿一眼，故意反问："她凶吗？我怎么不知道。"

"真是情人眼里出西施呀！"

覃槿脸颊有些红，说道："吃你的饭吧！话这么多。"

过年那几天，夏桑和周擒两人承办了覃槿的婚礼。操办婚礼的过程中，让夏桑意外的是，有好多毕业的学生都来参加了这场婚礼。

每一届的同学都有，他们甚至表示可以不吃饭，只要能看到覃老师的婚礼现场就心满意足了，甚至还有很多在国外的学姐学长们，录下了对覃槿的祝福视频，让夏桑在婚礼上播放。夏桑准备把视频当成一个婚礼的小惊喜，便没有提前告诉覃槿。

因为参加婚礼的人数太多，酒店的大厅显然坐不下了，所以夏桑安排了草坪的露天婚礼。

举办婚礼的那天，阳光明朗，青草地和白色蕾丝装饰的玫瑰花台互相映衬，一切都是那样浪漫又梦幻。

覃槿虽然责备夏桑把现场布置得过于夸张了，不过看得出来，她眼里眉梢间都是幸福的喜色。

夏桑来到酒店的房间里，化妆师正在帮妈妈扑粉上妆，妯娌阿姨们也帮忙布置房间装饰。

"这是谁家的新娘子呀，太美了吧！"夏桑扑在母亲的肩膀上，摸着她绾成发髻的柔顺黑发，"全世界最美的新娘子。"

覃槿很想让自己严肃起来，不过这样和美温柔的氛围，她也实在做不出凶巴巴的样子了。

"客人们都来了吗？"

"放心吧，全都安排好了，交给我，放心啦。"

"当年我和你爸爸草草结婚，因为条件不好，连婚礼都没有举办，没想到我人生的第一场婚礼，是由我女儿一手操办。"

"还有你女婿。"

"什么女婿，不是不肯结婚吗？"

"哎呀，不说这个！我再去外面看看情况！您就安心打扮，一定要当最美的新娘子！"

说着，小姑娘又是一阵风似的跑了出去，看着她的背影，覃槿无奈地笑了笑。

婚礼上，夏桑播放了不能来到现场的学姐学长们给覃槿的婚礼祝福——

"覃槿老师，我现在在哥伦比亚大学攻读博士学位，没有您就没有现在的我，祝您新婚快乐，白头偕老啊！"

"覃老师，我不记得您多少次把我从网吧拉出来了，如果没有您，我大概会成为一个网管吧，哈哈哈，现在我在国家信息安全局工作，谢谢您那些年对我的管教。"

"覃老师，我以前什么都不怕，却只怕您，您特别凶，但是现在长大了，我不怕您了，我爱您，我现在成了一名边境警察，在国境线上向您敬礼！祝您新婚快乐！"

……

覃槿看着这些已经长大的孩子们，眼底噙着泪花，激动得一句话也说不出来。

夏桑看到这些视频，也总算理解了那些年母亲的坚持。

婚礼上，徐正严宣读结婚誓词的时候，覃槿眼底红红的，夏桑知道她一定在强忍着眼泪。

从一段曾经刻骨铭心、到头来却闹得狼狈怨怼的婚姻中走出来，重新鼓起勇气，步入另一段婚姻中。从此以后，她和徐叔叔会很幸福地携手走完人生之路，相伴终老。

徐正严和覃槿相互交换了结婚戒指，夏桑用力地鼓掌，开心得像个孩子。

覃槿却对她招了招手："桑桑、周擒，过来。"

夏桑和周擒面面相觑，走了过去。

覃槿攥着她的手，说道："夏桑，你知道妈妈为什么会答应徐叔叔吗？"

夏桑笑着说："当然是因为您发现徐叔叔才是真正对您好的那个人，被他这么多年的坚持打动了呗。"

然而，覃槿却摇了摇头："是因为妈妈发现，如果我不幸福，也许我女儿这一生也不会幸福。"

夏桑忽然语滞，惊讶地望向面前的新娘。

"爸爸和妈妈失败的婚姻，给你带来了那么多阴影和伤痛。"覃槿愧疚地望向她，"甚至让你失去了面对未来的勇气，这是爸爸妈妈没有做好榜样。桑桑，对不起。"

夏桑的心战栗着："妈……今天这么好的日子，您别说这样的话啊，我不怪您的。"

覃槿握住了女孩柔软的手，说道："妈妈鼓起勇气，在这样的年纪里步入另一段婚姻，选择你徐叔叔，也是希望你明白，幸福转瞬即逝，未来的路，是你自己走出来的，所以答应妈妈，一定要勇敢些，好吗？"

夏桑的眼睛都有些红了，她知道，覃槿用自己的选择，对她进行了最后一次情感教育。

这次，是言传身教。

小姑娘哭哭啼啼地说："妈妈，我会……会勇敢起来，我不会害怕了。"

覃槿又望向周擒："你呢？"

周擒用力握住了夏桑的手，将她护入掌心之中："妈妈，您放心。"

婚礼结束之后，夏桑和周擒便要回东海市了。最后一晚，徐正严做了满满一桌美食，为他们践行。饭桌上，覃槿几度欲言又止，似乎心事重重，而徐正严和周擒也几番递眼色，似乎有话要说。

夏桑预感到了不妙，担忧地询问："妈、徐叔叔，你们想说什么？"

覃槿将一份皇家音乐学院的邀请函递到了夏桑的面前："桑桑，韩熙老师给你写了推荐信，你的演出成就和奖项得到了学院的认可，准许了你为期两年的深造留学申请。"

这件事，之前覃槿不止一次对夏桑提及，但夏桑始终没有松口。现在她旧事重提，显然也是做好了所有的准备。

"妈，我现在在国内发展就很好，不需要……"

"你在国内能达到顶尖，但还差得很远，到了皇家音乐学院，你能够得到最好的指导和进修，同时还会有更多演出的机会，加入国际一流的乐团去历练，开阔眼界和见识。"

"我不去。"夏桑一口拒绝，"我不想去。"

覃槿知道她不是不想去，而是舍不得身边的少午。

覃槿望向了周擒："周擒，你怎么说？"

周擒沉默了很久，没有回答。长久的沉默让夏桑心里隐隐不安，她伸手拉了拉周擒的衣袖："阿腾……"

"夏桑，世界很大，你应该去看看。"

"阿腾！你怎么也这样说。"

"因为我以前经历了太多不公平，前路崎岖、人心诡谲。后来和你在一起，我发誓要永远保护你，让你站在我的身后。"周擒望向她，坚定地说，"但你不会甘心永远站在我身后。"

他这番话，让夏桑的心久久地震颤着，就像在她的灵魂上拨出的一道惊弦……

是的，其实她早就想得通透了。

只有自己变强了，才能够保护身边的人。

孙朗和穆阳他们的所谓"潜规则"，则让夏桑懂得她要披上盔甲成为真正的勇士，才能保护好自己！

夏桑拿起了那份邀请函，仔仔细细地翻阅着，良久，终于下定决心："我去就是了。"

不过两年而已。

人生的路还长，这才哪儿到哪儿。

四月初，樱花开败的别离季节。清早，天还没有彻底亮透，夏桑还沉浸在睡梦中，迷迷糊糊听到周擒上楼下楼的脚步声。

昨晚实在太疲惫，夏桑被这一阵吵闹声弄醒了，起床气着实不轻，气急败坏地抓起枕头砸向面前的男人："周擒，你再吵我睡觉试试！"

周擒立刻收敛了动作，脱了鞋，光脚踩在地上，轻轻地给她收拾着行李箱。

半个小时后，夏桑昏昏沉沉地坐起身，睡眼惺忪地抓起闹钟看了眼："才六点，你迫不及待把我送走是不是？"

周擒呆呆地抬头望了她一眼。女孩头发披散着，杂毛乱飞，眯眯眼，满脸睡意地坐了会儿，又倒在了床上。可爱极了。

他实在忍不住凑上前，趴在她面前，往她颈窝里拱了拱。

"蹭什么呀。"

"你太乖了。"

"……"

夏桑抱着他刺刺的脑袋，睁开眼。

少年望着她，眼神里带了几分雅痞的性感："醒了？"

"唔……还没。"

"我有办法让你醒过来。"

夏桑赶紧坐起身，笑着说："行了行了，我不睡了。"

她把手递给周擒，周擒将她拉了起来，坐在床上，看到他已经把行李箱整理好了，她的衣服被折叠成了豆腐块，整整齐齐地放在了箱子里。

她日常用的乳液、霜、水等护肤品和化妆用品，也都分门别类地装在网格袋里，行李箱的网栏内还放了雨伞和遮阳伞，还有她日常用的一些小物件，一应俱全。

夏桑从后面抱住了周擒，趴在他背上，吻了吻他炙热的颈项："阿腾你别哭哦，我很快就回来了。"

周擒无语道："我没哭。"

"你眼睛都红了，还有血丝。"

"没睡好，我熬夜写程序也会这样。"

"那你不要舍不得我。"

"没有舍不得，巴不得你早点走，没人把房间弄得乱糟糟，我少做一半的家务劳动。"

夏桑轻哼了一声，推开他："果然，巴不得我不在家，没人管着你，没人给你添麻烦，你就自由了。"

周擒笑着替她叠了内衣，装进内衣专用的网格袋里，叮嘱道："衣服我不给你装太多，那边气候多变，你到了之后，好看的衣服自己买，要是挑选困难就试穿了把照片发来，我帮你选。"

"好。"她盘腿坐在床边，打着哈欠，懒洋洋地点头。

周擒找出她的卡包，将自己的三张卡都放了进去："衣服买好一点，别在这方面省钱。还有吃饭和住宿，也不要委屈自己，更不要学别人去打工，钱不够问我要。把所有时间都用在正事上，我等你早日学成归来。"

夏桑听着他絮絮叨叨的叮嘱，嫌唠叨的同时，心里隐隐升起几分感伤。

她强压下喉间的酸涩："知道了，我会努力。"

"也别太努力了，要合理安排时间。"

"你到底要我怎样嘛！"

"意思就是，你要认识新朋友，异国他乡，别让自己太孤独，别想家了哭着给我打电话。"那样他会疯的。

夏桑没领会他的言外之意，撇撇嘴："知道了，不会总烦你。"

周擒一千个一万个不放心，叮嘱起来是没完没了："读万卷书、行万里路，多出去旅游，见见不同的风光美景，去看看阿尔卑斯山上的雪，看看北极的冰川和极光……记得给我发照片。"

"哦。"

"不管去哪儿，一定要给我报平安。"

"哦。"

他絮絮叨叨的嗓音，就像温柔刀，一寸寸割着她的心，小姑娘低着头，反而掉了几滴眼泪。

"宝宝，我舍不得你，抱一下。"

她一哭，周擒更是方寸大乱，但他不想最后别离的时间还这样伤感，于是站起身推了她一下："哭个屁，快起床换衣服，滚蛋了。"

"烦死了你。"夏桑眼泪收了回去，起床追打他。

周擒从柜子里取出了羽叶链子，郑重地戴在了她的颈子上："我不在，让它陪你吧。"

"我一直想问你呢，你为什么会喜欢这样一条链子呀，还戴了这么多年？"

"你看它像什么？"

夏桑抚摸着项链叶片的一根根细长纹路："像一片轻盈的羽毛。"

周擒抱着手，斜倚在窗边，阳光照在他轮廓分明的脸上，褐色的眸子仿佛也发着光："那是我最困顿的时候，晚上从噩梦中醒过来，漆黑的夜里只有我一个人，看着那一方小小的窗户，我多想长出翅膀，飞出去。"

飞出去……

这十多年的困兽之斗，他终于冲出来了。

现在，是她的战役。

夏桑将冰凉的链子塞进了衣领里："周擒，我不会让你失望。"

周擒淡笑，拍了拍她的脑袋："最后送你一句话。"

"请说！"

"海内存知己，天涯若比邻。"

"……"

夏桑又被他逗笑了，轻拍了他的胸口一下："烦死了。"

"以后你可以清静一段时间，我没机会烦你了。"

"至少，每晚可以早睡了。"

周擒听到这话，揽住了她纤瘦的腰："你提醒我了，现在还早。"

夏桑立马意识到他想做什么，连忙推托道："等我化妆梳洗完，就不早了！"

下午一点，周擒提着行李，将夏桑送到了东海机场。候机大厅里，夏桑兑换了登机牌，站在入口处，对周擒挥了挥手："宝宝，我走了哦。"

周擒扬手："进去了别哭，我等会儿拨视频过来检查。"

"我不会哭的！你别哭着跑出去才是。"

"我是男人，男人不会哭。"

"话别说得太快，当心打脸。"

"我从不打脸。"

"哼，走啦！"

"夏桑，等一下。"

夏桑回头，看到周擒一直背在身后的手，小心翼翼地伸出来，是一只木削的竹蜻蜓："昨晚你睡着后，我连夜赶工，送给你。"

夏桑接过竹蜻蜓，恍然想起高三那一年，他也送了她这样一枚竹蜻蜓，现在还在她家里的书桌里呢。

"为什么又送我一只竹蜻蜓呀？"

周擒想了想，说道："当年送你的那只，希望它能带你飞；而现在这一只，我希望它能将你平安带回来。"

夏桑拎着行李箱进了检票口，周擒凝望着她的背影。夏桑通过安检，然后回头对他明媚地微笑，扬了扬手，让他赶紧回去了。周擒木然地站在人来人往的机场大厅里，听着广播里不断传来航班登机信息。

他甚至心头涌起冲动，趁着飞机还没有将他的姑娘带向远方，他要想尽一切办法留住她。

夏桑还怕他哭，真的心痛到极致，哪里哭得出来。心里除了空，没有任何感觉。

夏桑一走，便带走了他半截的灵魂。食不甘味，寝不能寐……这哪里是哭一下就能缓解的。

夏桑坐在候机口冰凉的椅子上，紧紧地攥着手机，等了好久，终于等到周擒拨视频过来。

她擦掉了眼泪，哭哭啼啼地接了视频："宝宝，我都要登机了，你才打过来。"

周擒知道她一定在哭，所以不敢太早拨过来，怕心软，怕后悔这个决定。

"飞机上不要睡得太死，留点神。"他稳着心绪，不放心地叮嘱道，"异国他乡不要害怕，有任何问题第一时间给我打电话。"

"我知道了。"

他用如此淡定的语气事无巨细地叮嘱着她，倒是冲淡了夏桑心里的悲伤，给了她更多的安全感。

她用力地点了点头，向他保证道："我能搞定，你不要担心我，我们一起努力，顶峰相见！"

周擒淡笑道："想和我顶峰相见，你恐怕要更努力一点。"

"走着瞧！"

周擒站在机场外空旷的露天停车场，算好了时间，望着湛蓝天空上的那架波音飞机，带着他心爱的姑娘渐渐远行。

"夏桑，两年之后，你且回来再看。"

那时候的周擒，不会再是今天的周擒。

Chapter 15

冬日·圆满·蜜月行

"夏柔，准备了很多话，现在一句也说不出来。只有一句，我的心一如当初，愿意舍弃生命保护你，更愿意为你好好活着，热爱这个世界，热爱接下来的每一个春夏秋冬。"

伦敦多雨雾，空气潮湿，夏桑慢慢习惯之后，也开始喜欢上了这里的气候。她很努力，学院的老师谈到她的时候，无一不是夸奖，如此有天赋又这么勤学苦练的学生，很难得。但夏桑知道，这不算什么，更值不上老师的夸奖，因为周擒的每一天都是这样度过。

没过多久，夏桑获得了帕格尼尼小提琴大赛的金奖，如此至高的荣耀，让覃槿欣喜若狂、喜极而泣。

后来夏桑代表学院参加了欧洲的音乐节巡演，甚至还参与了伦敦音乐晚会的录制，这让这位中国籍的小提琴艺术家在世界范围内声名鹊起。

她时常会收到周擒的来信，山遥路远，寄出的信笺常常要等一个多月才能收到。虽然信笺不及短信方便，但纸张和字迹终究是实实在在、看得见摸得着的东西，所以夏桑也很愿意在日常的短信视频之余，能收到信笺，附带一些干枯的叶子和花枝，都是来自家乡的音讯。

甚至有一次，周擒还寄了一小撮从黑黑身上剪下来的狗毛，夏桑哭笑不得。

她听到一个女同学说前两天那柄名叫尼古拉的世界名琴，被拍出了五百万美元的高价，听说是一位不知姓名的亚裔年轻富豪，在拍卖会上和小提琴世家莫桑夫人较上劲了，以翻三倍的价格拍下了这柄能传世的尼古拉手工琴。

这样的一柄绝世好琴，圈子里谁不梦想能一睹光彩，甚至亲手拉上一支曲子？

夏桑也跟着室友感慨有钱真好，谁要送她这样一柄绝世好琴，她肯定粉身碎骨、无以为报。

没想到不过一周，这柄名叫尼古拉的手工琴，就被送到了夏桑的手中！

当然，随琴还附带了一封信，是周擒的字迹："桑桑亲启，随信附赠小礼物，盼妻展颜。"

这小礼物……是夏桑收到随信附赠的最最贵重的礼物了。

周擒写信的时间很零散，只要有空闲就会拿出随身携带的笔记本，有时候是在办公室，有时候是在咖啡厅，有时候是在海边的公园椅上……所以内容也很散。

他告诉夏桑，昨天去电影院看了一部悬疑电影，如果坐在身边的那个女孩是夏桑，他一定会把凶手是谁告诉她。

他还说没有夏桑的生活，很寂寞，他和覃阿姨商量着想把黑黑接到身边来，但覃阿姨坚决不肯，说黑黑是她的二女儿，大的被他抢走了，小的还不留给她。

周擒解释了很久，说黑黑本来就是他养的狗，覃阿姨生气地挂掉了电话。

事业上每逢突破，他也会在信中只言片语地提及，说他研发的产品如何成了市场爆款；他的筹谋和野心也会跟夏桑讲，譬如当上了科维的CEO，譬如经过多番谈判，倚靠技术入股，顺利从企业打工人变成了合伙人，获得了企业股份，每年除了高额薪资，还有超额分红等等。

夏桑用和他一模一样的字迹回信他，告诉他伦敦的天气，和朋友去阿尔卑斯山下小住，去挪威看了极光，也去了卢浮宫看蒙娜丽莎的微笑……

她现在明白了周擒为什么要让她多出去走走，读万卷书、行万里路。等她见了这万千的世界，见过了缱绻溪流和苍茫雪山、荒芜的原野和浩渺的星空，听过了来自世界最顶尖的舞台的喝彩与掌声之后，再回头，这一路走来，真是一步一光年。

她理解了母亲要她站得更高、成为精英阶层的原因。只有当她看过了这世界上最好的风景之后，才会有更广阔的视野和更大的选择空间。

而在夏桑见过最好的风景之后，她仍旧还眷恋着那个曾给她平静无澜的青春带来惊艳的少年。那个送她竹蜻蜓、希望能带她飞的少年。看过了这一切之后，她想要回家了。

夏桑离家两年，第一时间当然是回家看望妈妈，因此落机的终点站在南溪机场。

覃槿和徐正严来接了她，她几乎是揣着行李箱一路冲出机场，宛如倦鸟归巢般，投入了妈妈的怀抱。

覃槿从来没有感受过女儿这样眷恋的怀抱，感动得热泪盈眶："女儿，妈妈为你骄傲。"

夏桑替她擦掉了眼泪，笑着说："我要吃妈妈做的糖醋排骨。"

"好，回去妈妈给你做。"

不过她看了看四周，惊讶地说："怎么，周擒没有来接你，还是你们分手了？"

"您一天到晚就琢磨着让我跟他分手呢！"夏桑没好气地说，"我跟他说过了万圣节才回来，这不是争取时间提前回来看您吗？"

覃槿戳了戳她的脑袋："你为了回来看我？我看你们肯定吵架了。是不是你在外面遇到更好的男生，瞧不上他了？"

夏桑无可奈何道："是是是，您要这么想，就姑且这么想着吧。"

坐进车里，徐正严启动了引擎，覃槿似乎还在琢磨这事，又问道："老实告诉妈妈，你真没遇到更好的啊？"

"妈！你还真希望我移情别恋呢！"

"当然，我一开始压根儿就没瞧上他。"

"您怎么就瞧不上他了，人家现在是全国最顶尖的科技公司的 CEO 兼合伙人，这样的好女婿，您还挑剔什么呢。"

"哼，这算什么啊，他未来的路还长着呢。"

夏桑也知道老妈就是在嘴硬，老妈以前对她这个女儿有多么吹毛求疵，对女婿就有多苛责。

"我看这世界上没人能让妈妈满意。"夏桑拉长了调子，望向了后视镜里的徐正严，"除了我们家徐叔叔！"

徐正严笑了："那当然，你妈妈不知道有多喜欢我。"

"孩子面前瞎说什么呢！"覃槿斥责道，"没个长辈样子。"

"孩子们不都叫我徐哥吗，我本来就是他们哥哥辈的。"

覃槿笑了起来："那你岂不是要给我当儿子了？"

"只要你开心，当什么都行。"

夏桑看着妈妈和徐叔叔拌嘴的样子，也能猜到他们的婚姻生活肯定特别幸福。

徐叔叔虽然不如爸爸事业那样成功，但是他是真心对妈妈好，特别珍惜她。

这就足够了，和自己喜欢的人天长日久、执手偕老，就是这一生最浪漫的事了，夏桑再也不会畏惧和害怕了。

夏桑在家里好好休息了两日，陪着母亲每天逛街，再不然就是跟着徐叔叔学习做饭。

覃槿见不得夏桑进厨房，将她拉出来，给她涂上护手霜："现在你的手可不比以前，得上保险的一双手呢！可得好好保护，不要做这些事，难不成将来家里还会缺做家务的人吗！"

夏桑故意笑着说："能不能成家还不一定呢。"

每每讨论到这个话题，覃槿便会生气。虽然她挑剔周擒，但是对于夏桑不想结婚这种偏激的想法，覃槿是一百个不能接受，说道："周擒哪点不好？以前我反对的时候，你不是死活都要跟他在一起吗？怎么现在该有个结果的时候，就不行了！"

"妈，您这是在催婚呢，不是觉得他配不上当您女婿吗？"

覃槿没好气地说："那小子勉勉强强算合格吧，这么多年也算知根知底了，主要是你想法必须得改变，周擒不会成为你爸爸那样的人的，这些年妈妈看得很清楚，你别再想入非非了！"

夏桑偏就喜欢看覃槿着急的样子："您以前反对的理由，不就是觉得周擒很多方面像老爸吗？"

"但这两年你不在，他表现得还不错。"

徐正严端着菜从厨房出来，帮腔道："这两年，周擒不管再忙，每隔两三周都会飞回来小住，看望你妈妈，帮着你尽孝心，跟亲儿子没两样了。你妈妈是个刀子嘴豆腐心的人，甭管她怎么嫌弃，那小子也只是笑，又聪明会哄人，你妈妈也就嘴上骂一骂，心里是真疼他呢。"

"是吗？"夏桑嘴角笑意漫开了，却还故意说道，"周擒心机深得很，您可别被他的糖衣炮弹迷惑了哦。"

"你老妈当了这么多年的教务主任，还能分不清什么是真心、什么是糖衣炮弹？"覃槿索性直说道，"这事就定了，选好日子，尽快成家吧。"

"定什么定呀！"夏桑无可奈何道，"您这上赶着催我嫁给他，人家想不想娶还不一定呢。他现在是科维集团的一把手，事业上升期，每天忙得脚不沾地，兴许无暇顾及这些。"

"你还是在找借口。"

"好啦，不说啦，吃饭吃饭！看徐叔叔弄这一大桌饭菜，真香啊。"

徐正严拎了椅子坐下来，说道："周擒还不知道你回来呢？"

"嗯，我还没说，等着给他一个惊喜。"

"我还想着让他早些回来住着，一起切磋篮球。"徐正严说道，"也就那小子能跟我来上一局了。"

"行啊徐叔叔，我让他回来就是了。"

覃槿睨他道："你就成天想着跟你女婿打球，我闺女的婚事才是正经事！还不好好催催他！这些事女人家开不了口，你们男人还不好开口吗？"

"哎呀，妈，催什么呀，弄得好像我多恨嫁似的。"

饭后，夏桑接到了明潇的电话，约她万圣节到探案馆来玩。

"万圣节正好我们这儿有一场求婚，要麻烦你过来帮帮忙。"

"又有求婚啊？"夏桑笑了起来，"明潇姐，您这探案馆干脆直接改成婚礼策划得了。"

"你还真别说，我们这探案馆真促成了不少好事。不说了，到时候一定要过来帮忙。"

"好哦。"

两天后的万圣节，夏桑如约来到了探案馆，化妆间不少"妖魔鬼怪"，夏桑还意外地看到了李诀和许茜他们。

李诀扮成了丧尸造型，许茜是洋娃娃的造型，两人隔得远远的，似乎有点隔阂，气氛挺尴尬的。

夏桑见此情形，拉着许茜，低声道："你跟他怎么样了？"

"我们什么也没有。"

"我走的那会儿，听说你们已经在一起了。"

"别提了，他现在是篮球明星了。"

"这我知道。"夏桑回头看了眼李诀，少年斜倚在走廊栏杆上，低头点了根烟，看起来成熟了不少。

"那你呢？"

"我？"许茜摇了摇头，眼底划过一丝伤怀，"我回家乡考编了。"

"可是你们之前不是那么好……"

"被现实打败了呗。"

夏桑不知道他们之间经历了什么，还要再问，许茜却转了话题："我们没跟周擒说你回来了，知道你在等他三天之后的生日，给他惊喜。"

夏桑看出许茜不想进行这个话题，于是道："没说就好！到时候还要劳烦你们跟我一起回去好好策划呢。"

"放心，策划惊喜方面，我们是专业的。"

明潇走了过来，拿着化妆包准备给夏桑上妆："桑桑今天想扮什么呢？"

"看明潇姐方便吧，反正也不是主角。"

明潇想了想，说道："要不还是小丑女？你很适合呢。"

"会不会太麻烦了呀？"

"小丑女不麻烦，小丑涂满脸才麻烦呢，小丑女只需要化一下眼妆就好。"

"好吧。"

夏桑闭上眼，任由明潇在她脸上精心地捯饬着，脑海里浮现了多年前的那个万圣节的情形。时光如水，一晃多年，现在他们都长大了。

妆成之后，众人围着夏桑，明潇惊艳地说："桑桑，你看你这些年，比之于十七八岁的那个时候，还要好看呢！"

夏桑看着镜子里的小丑女，穿着少女系的JK制服，雪藕般纤细的腰肢，肤白如雪，红唇饱满，配上这颓废的妆容，宛如荼蘼。的确比当年的小丑女，更添了几分明艳的韵致。唯一的遗憾，就是今夜的小丑没有在她身边。

在明潇化完妆之后，夏桑摸出了手机，对着镜子拍了张照片发给周擒："宝，我好看吗？"

周擒："乖。"

夏桑："你在做什么呀？"

周擒："加班。"

夏桑："那我不打扰你了哦。"

过了几分钟，周擒的电话进来了，夏桑赶紧走出化妆间，来到东南角的咖啡雅座边，接听了电话："这么晚了还在加班啊？"

"嗯。"

男人嗓音低沉，听着带了几分倦意，夏桑不忍地说："你不要那么累。"

"但我想你。"

听到他的话，夏桑的心都要融化了："我也是。"

"我看你似乎玩得很愉快，国外的万圣节似乎更热闹些？"周擒带了几分揶揄的语气，"拖着不愿意回家，看来是很舍不得。"

"你怪我啊？"

"哪有这脾气。"周擒嗓音里满是宠溺的调子，"你想什么时候回来，就什么时候回来，我不急。"

"真不急啊？"

"完全不急，慢慢玩。"

"我要是遇到更英俊的小丑，就不回来咯，你也不急吗？"

"比你男人更英俊的，恐怕不太容易遇到。"

"自恋吧你。"

夏桑挂掉了电话，满心愉悦，忽然瞥见了东南角墙上的留言板，她好奇地走了过去。留言板上几乎都是最近几个月的留言，贴得满满当当，不过有一张旧得卷曲泛黄的便利贴，却是她当年留下的——"阿腾，我在东海大学等你。"

明潇竟然还没有撤下这张便利贴，夏桑注意到下方还有一排留言，用一模一样的字迹写道——"不见不散。"

夏桑惊讶地撕下了便利贴，找到明潇："潇姐，这是什么时候写的呀？你不是告诉我周擒没有回来过吗？"

明潇这会儿装傻充愣："欸？这是什么时候的？我不记得了。"

"骗我的吧。"

"没有啦，这都多少年了，嘿嘿，真不记得了。"

夏桑拿着便利贴走出了探案馆，站在走廊边，倚靠着玻璃围栏。便利贴上的"不见不散"，是他对她最勇猛的承诺。当年为了重新跑回她身边，他跨过了多少难以想象的艰难险阻。

晚风拂过，便利贴被风吹远了。夏桑看到不少年轻人扮着妖魔鬼怪，笑笑嚷嚷地经过了探案馆，有吸血鬼、幽灵，还有小丑……时光仿佛又回到了他们的青春年少。仿佛一切都在改变，又好像什么都没有变。

有个扮成了哆啦A梦的小朋友走到她面前，送给她一颗大白兔奶糖。

"谢谢小朋友呀。"

哆啦A梦离开之后，又来了一群妖怪，嬉笑打闹着，其中有个高个子的小丑，见夏桑扮成了小丑女，便来到了她面前，似乎要给她变魔术。夏桑倚靠着栏杆，倒要看看这小丑有什么把戏。

小丑在帽子里捣饬了一会儿，用丝巾配合着灵活的指尖，从帽子里取出了一朵开得正艳的樱花枝。

"哇！"

果真是魔术，樱花可不是现在的时节开的啊！

小丑嘴角挂着邪佞的微笑，将樱花送给了夏桑。夏桑接过樱花，继续看他还有什么样的把戏。

小丑继续变着魔术，很快便又优雅地从丝巾下面摘出了一枚竹蜻蜓。

夏桑看着那枚竹蜻蜓，略微惊愕地望向小丑。男人脸上化着妆，她之前也没正眼瞧他，现在细看，那熟悉的眉眼和英挺的五官轮廓，可不就是当年的小丑吗？

夏桑惊得说不出话来。

小丑伸手将竹蜻蜓戴在了夏桑的头顶，用低沉有磁性的嗓音，温柔地说道："它终于把你带回了我身边。"

"你怎么……"夏桑本来还想给他惊喜来着，却没想到他竟然来了这样一出。

似乎还没有完，小丑嘴角挂着优雅的微笑，继续变着魔术。

这一次，从丝巾里变出来的，是一枚硕大的钻石戒指，荡漾着璀璨的波纹。

夜空下，这枚戒指闪耀着光芒，仿佛满天星辰也为之黯然失色。

所有人都聚在了走廊上，兴奋地冲夏桑喊道："嫁给他！嫁给他！嫁给他！"

男人单膝跪在了她面前，虔诚地拾起了她的左手，想将戒指戴进她纤细的无名指。

夏桑心头震颤着，下意识地往后缩了缩，然而男人却无比坚定地攥着她，将她的手放到唇边吻了吻。

"夏桑，准备了很多话，现在一句也说不出来。

"只有一句，我的心一如当初，愿意舍弃生命保护你，更愿意为你好好活着，热爱这个世界，热爱接下来的每一个春夏秋冬。"

听着他虔诚的话语，夏桑百感交集，心尖战栗着。她抬头，看到人群中竟然还有妈妈和徐叔叔。徐叔叔搂着妈妈的肩膀，覃槿早已经激动得泪流满面了。

妈妈都来了！果然是精心策划。

本来一直忍着眼泪，但是看到妈妈哭，夏桑的眼泪顷刻间便掉了出来，她终于松了手上的力气，任由他攥着她的手："阿腾，我愿意嫁给你，愿意陪你走过余生的每一个春夏秋冬。"

周擒浅笑着，将戒指戴在了她的指尖，然后虔诚地放在唇边用力吻了吻："周太太，请多指教了。"

在这美满的时刻，天空竟也开始飘雪了，是明潇弄出来的花里胡哨的特效。

大家欢笑着，纷纷摸出手机给他们拍照："亲一个，快亲一个给我们看啊！"

夏桑笑着说："你们不要太过分了！我妈妈还在这儿呢！"

徐正严伸手捂住了覃槿的眼睛："没事，女婿尽管亲，你丈母娘什么都看不到。"

"……"

周擒伸手揽住了小姑娘纤细的腰肢，低头用力封住了她的唇，缠绵地吻着她。

"之前说不急是假的，早就忍不住了。"

夏桑吻了几秒，红着脸移开了，只是伸手揽住他的肩膀，抱着他："好多人……"

李诀拿着单反相机走了过来，说道："快快，这么有意义的时刻，给你们拍照合影。"

周擒笑道："桑桑喜欢热闹，一起拍吧。"

"好啊，一起拍照！"

夏桑把覃槿和徐正严也拉了过来，周擒一只手揽着夏桑，另一只手牵着覃槿。

大家伙对着镜头一起喊出了："茄子。"

闪光的片刻间，夏桑似乎又回到了十八岁那一年。十八岁以前的她，有着安安静静的青春，从未想过她的生命会这般热闹。自从遇到了那个少年，一切都变了。她的希望、她的初恋，也是她的未来，会比樱花盛开得更灿烂。

婚礼的前一夜，许茜和苏若怡两位伴娘陪着夏桑在酒店的总统套房睡觉。女孩们横七竖八地睡着，跟白日里的淑女矜持模样，浑然不是同一人。夏桑就像做梦似的，没有想到有朝一日，她真的要成为周擒的新娘了。

　　刚刚确定心意的那段时间，两个人都拼命压抑着隐晦的爱意，能拥有这样的幸福是想都不敢想的事情。

　　她靠着许茜软软的"大熊"，给周擒打了电话过去，小声说："阿腾，睡了吗？"

　　电话那端，背景音杂乱："没有，李诀拉着我在 KTV 过最后的单身之夜，现在他喝多了，正在爆哭。"

　　"……"

　　"哭什么呀？"

　　"哭当初不该放手。"

　　"巧了，许茜就在我身边，你让他打过来，哭给该听见的人听。"

　　周擒淡笑道："行了，这事留给他们自己解决。"

　　夏桑严肃地叮嘱："那你还不睡觉，明天起不来，迟到了我不会等你的！"

　　"我睡不着。"

　　"怎么睡不着？"

　　"美梦即将成真，不敢闭眼，怕睁开眼就回到从前，怕大梦一场空。"

　　大梦一场空，醒来之后，他还是那个一无所有、前路迷茫的困兽少年。

　　夏桑从来没有见过他这般患得患失的样子，连忙道："不会的，周擒，我保证不会落空，婚礼落空了，我也不会落空。"

　　周擒反而叮嘱她："别打电话了，你快睡才是，明天还要化妆。"

　　夏桑听他话里有话，问道："化妆又怎样？"

　　周擒嘴角含着笑意："我以前没跟你说，每次我们睡得太晚了，早上你都会卡粉。"

　　夏桑："……"

　　第二天天还没亮，夏桑就被伴娘们叫了起来，迷迷糊糊的便被推到了梳妆镜前，化妆师早已经打开了化妆工具小箱子，等候多时了。

　　许茜拍着夏桑惺忪的脸蛋："别睡了别睡了！今天可是你结婚的好日子！醒过来啊！"

　　"昨晚失眠到半夜，好困，让我多睡会儿吧。"说着，夏桑像软绵绵的洋娃娃，又往床上赖。

新娘困成了狗，反而是伴娘们，一个比一个精神，七手八脚地凑过来，将她拉出被窝："再不起床，就别想化妆了！"

"不化了吧。"

"拜托，大喜的日子妆都不化，当心新郎当场反悔哦。"

"阿腾不会介意的。"

"那也不行，我们可是一大早起来化妆，等会儿还要拍晨袍照呢！"伴娘们不依不饶道，"别耽搁工夫！"

"你们……你们自己想美美地拍照才是重点吧！"

夏桑还是被许茜和苏若怡两位伴娘强行按在了梳妆台前。

"好了好了，我醒了。"

在苏若怡用专业的撸猫手势对着她的脸一顿狂揉之后，夏桑终于清醒了过来，任由化妆师在她脸上扑着粉。她戴上耳机，给周擒打了个电话："起来没有呀？"

"宝宝，我已经在楼下了。"

"啊？你到了？"

"嗯。"

李诀的声音冒了出来，咋咋呼呼道："昨天晚上我们玩到一点多，结果今天早上不到五点，擒哥就把我们这些伴郎全部搞起来，一大早就等在门外了！他说怕新娘子临时反悔，所以来堵着门。"

夏桑咯咯地笑了起来："至于吗！"

周擒："以你恐婚的程度，很大程度会当落跑新娘。"

"才不会呢，民政局都去过了，我要是这时候反悔，不仅成了离异人士，我的刚需购房资格也没啦！"

"……"

周擒无语地说："你连离婚后会失去刚需购房资格的算盘都打过了，还说没反悔？"

夏桑一时语滞，心虚地说："我昨晚睡不着，胡思乱想的。"

周擒轻松地笑了下："和妈妈谈好的聘礼，有两套海景房要放在你的名下，不过你既然还在担心离婚后会失去刚需购房资格，我想这份危机感，对于我来说更安全。"

"你怎么还跟我妈谈这个呀！"

东海市的房价高得离谱，可以说是全国之最了，覃槿一开口就是两套房，而且还要海景房，这胃口着实不小。

夏桑有些急了："等等，我打电话问问我妈！"

"夏桑，婚姻不仅仅是一场浪漫的仪式，婚姻是我们共同经营彼此的未来。"周擒认真地说，"阿姨不放心，要为你争取最大的利益，我对此很认同。"

"周擒，只要有你，其他的都不重要。"

"我知道。"他嗓音低沉有磁性，"妈妈很爱你，所以要为你打算。我也很爱你，这份爱绝不会是空中楼阁，你放心。"

话音未落，许茜夺过了电话，说道："你俩现场屠狗呢！无房人士受到一万点暴击伤害！挂了，桑桑要化妆了！"

夏桑先化了淡妆，然后换上晨袍服和女孩们拍了照，接着又上了新娘妆，伴娘们也赶紧换上了纯白的礼服，凑过来跟夏桑拍合照。

夏桑自拍了几张，发给了周擒。

周擒秒回："老婆乖。"

女孩们化好妆之后，夏桑披散着裙子坐在总统套房的大床上，指挥着伴娘们等会儿应该怎么做。

"许茜，你力气大，你负责堵门；苏若怡你负责管他们要红包，不用客气，尽管狮子大开口；明潇，游戏主持就靠你了。"

明潇不禁笑着感慨："桑桑这一看就是当家的范儿。"

"可不是，周擒这么有主意的人，都把财政大权给她了呢。"

很快，伴郎们拥簇着新郎来到了门口，李诀抵着门缝喊着："乖乖女，快开门啊，擒哥来娶你了！"

听到李诀的声音，本来很勇的许茜，吓得赶紧退到人群最后，把明潇推了上去，堵在门口。

夏桑笑道："瞧你那怂样。"

许茜脸颊微红，不置一词。

明潇笑着说："塞了红包才能进来！"

紧接着，几个红包便塞了进来。

苏若怡捡起红包，拆开惊呼道："红包里装的全是红的！新郎官好大的手笔！今天捡的红包都够回去买套房了！"

女孩们一听，连忙拥上来捡红包："不够不够！想娶新娘子，这点红包怎么够。"

李诀气呼呼道："你们这帮女人，不要贪得无厌了！"

"继续塞，想娶我们桑桑这么好的女孩，哪那么容易。"

周擒道："红包管够，让我进来看看新娘子。"

女孩们笑着打开了门，周擒进来之后，果然说到做到，将手里的一把红包全给了许茜："反正红包都是李诀贡献的，尽管拿。"

许茜闻言，将红包一股脑传给了明潇，明潇笑眯眯道："哟，这钱烫手啊？"

周擒朝床正中一袭洁白婚纱的夏桑走了过去。

夏桑看着他，一身黑色的西装，身形挺拔，轮廓硬挺，黑眸中带着几分近乡情怯的羞涩，仿佛不认识她了似的。

"宝宝，走吧。"

他还没靠近，苏若怡连忙挡住了他："走什么走，还早着呢，我们伴娘设计了闯关游戏，通关了才能娶走新娘子。"

李诀不耐烦地说："这也太麻烦了！"

"所以今天娶媳妇的是周擒，而不是你呢。"

"我倒是想。"他睨了许茜一眼，揉了揉鼻子，没再说下去。

周擒渴望地望了眼床中间满身洁白的新娘子，耐心地问："怎么玩？"

"第一个游戏，快问快答。我问你什么问题，你必须两秒之内回答，不准思考，不准说假话。"

"好。"

苏若怡开始计时，许茜问："你对夏桑是一见钟情吗？"

周擒毫不犹豫道："不是。"

"你为什么会喜欢夏桑？"

"我喜欢聪明的女孩，她吸引到我了。"

夏桑忍不住打断道："你只喜欢我的聪明啊？"

周擒嘴角噙着笑："不然呢？"

"……过分！"

"咳咳。"许茜义正词严道，"提问环节，新娘不准打断。下一个问题，新郎是什么时候爱上新娘的呢？"

周擒不假思索道："大学入学的第一天。"

"欸？为什么？"

"没有为什么，爱上了就是爱上了，这辈子也就只能是她了。"

房间里男孩们一块起哄，伴娘们则被周擒的话感动到了。一见钟情无论如何浪漫，都只是对外表的执迷，周擒看到了夏桑隐藏在柔弱外表之下那孤勇而坚定的灵魂。

本来伴娘们就是为了套路红包，故意为难新郎官，没想到新郎官这一路披荆斩棘，居然没有游戏能够难得倒他。

夏桑急着问："游戏做完了吗？"

"新娘子这么迫不及待想嫁人啊？"

"才不是呢，怕你们玩得太过火了。"

夏桑依偎在周擒的腰边，周擒满心温柔地揽着她柔滑的香肩，回头道："行了，让我带新娘走吧。"

他一分钟都不想等了。

"再等等。"许茜从包里取出了电脑，说道，"擒哥，体力过关了，但是脑力考核才刚刚开始呢。"

周擒看到电脑屏幕上的编程软件竟然打开了，他有些无语："你不是想让我当众写程序吧。"

"哈哈哈，当然啊！我们科维集团执行总裁CEO，这算什么！小项目！"

苏若怡拉了拉许茜的衣袖："如果现在要写一个可以运行的程序，恐怕要耽误结婚的时间了。"

许茜抱着手臂，幸灾乐祸地说："写不出来也没关系，发红包咯。"

"可以写。"然而周擒接过了电脑，开始噼里啪啦地敲击了起来。

夏桑笑着对许茜道："这些游戏是不可能难得住他的，想要红包，不如直接动手抢。"

"玩玩嘛！"

就在这时，电脑屏幕忽然黑掉了，紧接着，居然出现了李诀前不久拿世锦赛的画面，画面剪辑出来，全是他投篮的高光时刻，清俊又帅气，干练又利落。

紧接着，画面一闪回，屏幕上出现了李诀的卡通人物的形象，当然，嗓音也是他的，听着带了几分醉意："我这次回南溪市，就是想带她走。"

李诀激动道："昨晚周擒你……你偷录我！"

"谁让你抱着我哭，鼻涕都蹭衣服上了。"

李诀赶紧冲上来想要关掉电脑，几个伴郎连忙架住了他。

电脑里的那道低沉的嗓音继续说："许茜，我喜欢她很多年，这么努力训练，就是为了证明，我能给她一个安定的未来。"

许茜蹲了下来，脸都羞得红透了："周擒你……你干吗放这个呀！"

李诀也是急得跟个兔子似的，严正威胁道："周擒，你再不关掉，我就从窗口跳下去！"

周擒等程序运行结束之后，才说道："㤪成这样，活该单身这么多年。"

许茜红着脸，一眼都不敢看李诀，走过来抢走了周擒手里的红包："通关结束！新娘是你的了，快带她走吧！讨厌！"

周擒单膝跪在了夏桑面前，替她穿好了红色高跟鞋，然后温柔地俯身吻了吻鞋尖："桑桑，决定了吗？"

"嗯！"夏桑用力点头，"决定了，走吧。"

于是在年轻的伴郎和伴娘的簇拥下，周擒背着夏桑下楼，上了等候在楼下的婚车。

十二点的酒店婚礼现场，夏且安、覃槿和徐正严，包括林芸馨和江豫濯都来到了现场，参加儿女的婚礼。

婚礼现场，周擒还为夏桑准备了一份惊喜。夏桑出国的这两年，他走遍了南溪一中和十三中，在他们曾经相处的地方都拍了照片。

过去发生的一切，点点滴滴，他全都记得，每一个地方，每一刻都未曾忘记，甚至很多夏桑都不记得的事情，他也还记得。

那个倾盆雨夜里，在莫拉艺术中心的绿道上，他一边骑车、一边侧身为她撑伞。

火车北站的天桥上，她指着那辆远去的白色动车，说那里通向未来。

还有七夜探案馆里的那张写着"我不配"的便利贴。

夏桑眼角绯红，颤抖地伸出手，由他给她套上了那枚璀璨的戒指。

"阿腾，这是我一生最重要的决定。"

周擒吻了吻她的手："桑桑，这不是我一生最重要的决定，因为未来，我们还会面临很多重要的时刻。但我想说的是……"

他仍旧单膝跪地，替她戴上戒指："你就是我的一生。"

婚后蜜月，周擒放弃了和夏桑的二人世界，准备全家人一起去西边的高原雪山泡温泉。本来覃槿还挺嫌弃这女婿，对他总没什么好脸色，但当她听到周擒放弃蜜月，要等到她和徐正严的寒假，全家人一起出游，覃槿再也拉不下脸了，终于也同意周擒喊她"妈妈"了。

周擒这声"妈"，喊得比夏桑还要亲切自然，平时也要打电话回家问候，等到寒假夏桑和周擒开车回家的时候，覃槿直接改口喊"儿子"了。

"儿子，回来了？开车回来这一路上累不累，夏桑有没有无理取闹？她开车技术不行，你辛苦了。"

夏桑："妈，你是谁的妈妈呀！"

覃槿冷哼一声："女婿是我半个儿子，这半个儿子，比女儿还贴心些。"

夏桑瞪了他一眼，周擒笑着放下行李，卷起了袖子："我去帮徐爸做饭。"

覃槿一听他这称呼，更是心生喜悦，连夏桑都喊的"徐叔叔"，周擒直接叫"徐爸"，这可不就是亲儿子吗！

"夏桑，你跟周擒在一起，平时多向他学习，知道吗？"

夏桑无话可说。这个世界上，没有周擒攻不下来的长辈！周擒在人际交往方面，情商高得离谱。对于权势如江豫濯，他不卑不亢，关心问候都是出于真心；即便只是公司里后勤部的保洁人员，他都叫得出名字，若是年长的，遇到了甚至会礼貌地叫一声"王阿姨""李阿姨"。

刚结婚那会儿，江豫濯甚至想把江氏集团旗下的娱乐公司百分之六十的股份转赠给夏桑当新婚礼物，吓得夏桑一句话都不敢说，让周擒帮忙回绝。

有时候夏桑去公司，这些个"王阿姨""李阿姨"对她总是笑逐颜开，关怀备至。

这些都是因为周擒人际方面的周到，难怪结婚不过短短半年时间，覃槿对他的态度这般一百八十度大转弯。

徐正严喜欢周擒，比之于覃槿是有过之而无不及，简直比亲女婿还亲，一有空就拉着他去小区运动场玩篮球，还总爱和他比拼厨艺。

春节假期前夕，夏桑和周擒回了南溪市，一家人的温泉之旅即将启程。周擒将行李收拾得极妥帖，每件衣服都叠成了豆腐块，分门别类地装好了。夏桑自己收拾的衣服则混乱地塞进了行李箱里，和周擒的箱子形成无比鲜明的对比。

因为行李箱拉链拉不上，她整个人都坐在了行李箱上，奋力往下压。

周擒实在看不下去，说道："放着吧，装了也是白装，我等会儿还要给你重新收拾。"

夏桑皱眉，非常不解。明明他的箱子比她小，装得比她东西多，还有空余位置。

家务活十级残废的夏桑，像个幼儿园小朋友似的，蹲在丈夫身边，看着他那双修长漂亮的手如何"化腐朽为神奇"，把她胀鼓鼓的箱子变得无比整齐。

夏桑抱着他的手臂，用撒娇的嗓音道："我老公好贤惠哦。"

周擒拍了拍她的头。

覃槿看不下去了，责备道："别管她，让她自己收拾，这些小事情都不自己学着做，将来当了妈妈怎么办！"

周擒温柔地笑道："桑桑不需要做这些。"

夏桑回头冲覃槿吐了吐舌头。

覃槿抱着手臂，没好气地说："周擒你就惯她吧！这丫头给点颜色就开染坊，宠出一身坏脾气，将来有你好受的。"

夏桑挽着周擒的手臂："我才不会呢。"

周擒抽出手："你影响我操作了。"

夏桑抱他更紧了些："你用另一只手啊。"

周擒无奈地单手折衣服。

覃槿看着这对小夫妻，知道回家了两人都腻成这样，二人世界里不知道得有多甜蜜呢。她一方面心下宽慰，女婿这么疼女儿；另一方面也真担心女儿被宠坏了，她这个当妈妈的从小都没这么宠过夏桑。

尤其是和夏且安感情破裂之后，夏桑一方面缺乏父爱，另一方面因为自己的严厉，她甚至都很少在自己面前撒娇。

现在周擒是真把她当女儿宠着。

清晨，周擒和徐正严将几个行李箱装进了车的后备厢里，覃槿也收拾妥当，戴着太阳帽，披着纱巾出了门，问周擒道："夏桑呢？怎么还没出来。"

周擒关上了后备厢门，解释道："我让她多睡会儿，现在应该在洗漱。"

"在洗漱？我看她还在赖床吧！"

周擒无奈地笑了笑："我这就把她带出来。"

他来到卧室，推门而入。

夏桑已经起床了，站在镜子前一边刷牙、一边打瞌睡："老公，我眼睛都睁不开，为什么一定要早上出发啊？"

"因为山路不好走，要排除堵车的时间，希望晚上能抵达。"

"困。"

周擒走过来，三下五除二地给她梳了头，用夹板把杂毛理顺，然后用洗脸巾给她搓了搓脸："现在醒了没？"

"有一种困，是醒不过来的。"夏桑走出洗手间，又要往床上倒，周擒索性直接将她横抱了起来，"乖，去车上睡，妈等得不耐烦了。"

"谁让你昨晚不让我睡觉。"夏桑揽着他的脖颈，"妈妈要是问，我就说都是你的错。"

"你要是不介意她催生，我当然也不介意你去说。"

"那还是算了。"夏桑将脸埋进他颈项里，闭上了眼睛，"抱我下去。"

"好。"

楼下，覃槿见夏桑居然还在睡觉，直接让周擒给公主抱下楼，她真是又好气又好笑。这丫头，从小养成六点起床晨读的习惯，没有赖过一天床，现在结了婚，怎么反而比小时候更孩子气了。

覃槿正要叫醒她，周擒做了个"噤声"的动作："妈，让她睡吧。"

"你真是……"覃槿不知道该怎么说，"你这么宠她，宠坏了我可不管。"

"不用妈妈操心。"周擒小心翼翼地将她放进副驾驶的位子，妥帖地系上安全带，"宠坏了，我对她负责一辈子。"

很快，车子驶出了市区，上了高速路。周擒在行车道上开着，没有随意变道，也是考虑副驾座的夏桑正在呼呼大睡，所以开得很稳。

徐正严见覃槿对夏桑的表现十分不满，于是低声劝道："这是桑桑的福气。"

覃槿不满地望了眼后视镜里的周擒："我花了十多年的时间，给夏桑养成的好习惯，这结婚才几个月啊，全让他给惯没了。"

"你啊，你这十几年的教育方式，把人家活泼的小姑娘养得跟学习机器似的。"

这话，恐怕也只有徐正严敢说了吧。

覃槿瞪他一眼："乱讲。"

"我可没有一个字胡说，你不知道我上夏桑他们班体育课那几年，她的身体素质差的跑个四百米都要了半条命；再看看现在，人家暑期还能跟周擒去跑马拉松。"

覃槿无话可说，闷哼道："身体好好养起来，将来生孩子也少受些罪。"

话音刚落，夏桑猛地转醒了，回头道："妈，你怎么什么都能跟孩子扯到一起。"

"你们既然结婚了，要孩子也是迟早的事，怎么还不能说了。"

"以前您让我锻炼身体，是为了不生病耽搁学习。现在让我养好身体，又是为了生宝宝。让我感觉自己就像工具一样，不是一个人。"

"你说的这是什么话！"覃槿急了起来，"怎么都二十几岁的人了，还没出叛逆期呢！"

夏桑闷声说："那您就别总是把'生孩子'挂在嘴边，谁说结了婚就一定要马上生孩子。"

覃槿不想和夏桑吵，她的话夏桑不听，周擒的话总该有点分量。

于是覃槿转而对周擒道："儿子，你怎么说？"

周擒手搁在方向盘上，目视前方，平静地说："妈，我们不打算要宝宝。"

"什么？！"覃槿大惊失色，"为什么不要？"

"生孩子对母体伤害很大，更何况，桑桑害怕进医院，她连打针都不敢。"周擒只要一想到要让夏桑经历每五分钟一次的阵痛，以及后来几十个小时的人间地狱，他的心都要碎了。

他宁愿一辈子不要小孩，也舍不得让她受苦。

夏桑的手落到他手腕上，用力地握了握，无声地表达感激和爱意。

身后的覃槿气得无话可说。

周擒都这样说了，是不忍心让自己女儿受苦才不要孩子，她要是急着催着，反而显得她这个妈妈不心疼女儿了。

可谁生孩子不是这样过来的呢，怎么能因为怕疼，就不要后代！覃槿真是气坏了。

徐正严见她一路都铁青着脸，笑着说："你要是想带孩子，我们可以再努力一把。"

覃槿被气笑了，瞪了他一眼："老不正经。"

"徐哥可不老。"夏桑缓和气氛道，"妈，您要是再不少操点心，保持年轻的心态，您跟徐哥可就要隔辈分了。"

"没大没小。"

下午，车驶入了高原山区，一直往山里走，空气变得稀薄了起来，天也越来越蓝，一路崇山峻岭，山路九曲十八弯。周擒将车停在一处观景台的位置，下车放松休息。

山风呼啸，气温也比山下低了很多度，周擒下车之后，立刻去后备厢里翻出了围巾给夏桑系上，在高原上要是着凉感冒，就危险了。

徐正严拿着单反相机给覃槿拍照。覃槿见不远处观景台有专门的取景装饰台，于是坐了上去，用丝巾摆出了各种中老年造型。

周擒也摸出手机，对夏桑道："我帮你拍照。"

"我不拍，今天妆都没化。"夏桑像小熊一样瑟缩着，和他靠在一起，手伸进他衣兜里取暖。

周擒则揽住了她。

夏桑小声问："擒哥，刚刚你对我妈妈说的话，是真心的吗？还是只是为了帮我，故意说不想要孩子。"

"我或许会说谎，但绝不骗你，也不会骗你妈妈。"

"那你真的……真的不要宝宝哇？"

周擒揽着她的腰，试着将她抱了起来，转了一圈："你就是我的宝宝。"

徐正严看到周擒抱着夏桑转了一圈又一圈，小姑娘笑得开心极了。

他拿起单反相机，给他们抓拍了好些照片。

覃槿赶紧道："别玩疯了！当心高反！哎呀，周擒你别纵着她。"

徐正严拉住了她，笑着说："你看看这俩孩子，笑得多开心。你这个当妈妈的，小时候对她净是严厉，现在有人帮你宠着她，弥补小时候的缺失，你就知足吧。"

覃槿也知道，自己这个母亲当的没人敢说她不称职，但是她自己知道，对夏桑的过度严厉，让这孩子的性格产生了某些方面的偏执。

如果没有周擒的出现，罩槿不知道夏桑会变成什么样子。

周擒正在用无穷无尽的宠爱，努力治愈她的童年。

一家人拍完照片，徐正严招呼着大家上车。这时候，忽然有脸颊黝黑的当地小孩跑过来，拿着二维码挡在车前，用并不流利的普通话，含糊道："拍照收费，一个人五块钱。"

夏桑望了眼观景台上的拍照设施，说道："那是你家修的吗？"

小孩也不回答她，就像复读机一样不断重复："五块钱、五块钱、五块钱……"

夏桑被他吵闹得有些急了："明明是公共设施，凭什么要给你钱？"

"五块钱、五块钱、五块钱。"小孩见夏桑不好说话，于是转向了罩槿，"交钱，五块钱。"

罩槿想着反正钱也不多，给了就给了，省得闹出麻烦。这里地广人稀，万一等会儿出来几个当地人……多一事不如少一事。

她摸出了手机，正要扫码，夏桑连忙挡开她的手，说道："不能给，凭什么他要钱就得给他。"

"也才五块钱。"

徐正严也说："算了，小孩子而已。"

夏桑态度却很坚决，将罩槿的手机夺了过来："不该给的钱，就算五毛钱、五分钱，也不能给。没有这样的道理，这么小的小孩，大人就教着拦路抢劫吗？"

罩槿闻言，也就不再坚持。

小孩子还像复读机一样重复着："五块钱、五块钱……"

听起来他会的普通话不多，也就这几句。

"我们不会给你钱的，想要钱你得学会自己赚。"夏桑板着脸，说道，"你要是再挡着车，我们就报警了。"

小孩看起来很有经验，并没有被"报警"两个字吓到，越发厉害地上前，揪扯住了夏桑的衣服："五块钱！给我钱！"

"放开！"

周擒走了过来，攥住了小孩脏兮兮的手腕，扯得他嗷嗷叫了起来。

"夏桑，你和妈妈上车。"

夏桑不再犹豫，带着罩槿坐进车里，徐正严坐进了驾驶位："后半段我来开吧。"

周擒见他们都上了车,这才用力甩开了小孩,带得他往后一个趔趄,险些摔跤。

小孩哇哇大叫着,又朝车子扑了过来。覃槿吓坏了,连忙对徐正严说:"不要开车,他趴在车窗边呢!"

周擒扯开了他,眼神冷冽,威胁道:"再靠近一步,试试看。"

以前小孩用这样的招数骗过不少人,尤其是路过的小姐姐和阿姨,多半都会给他钱,没有人像周擒这样没有"爱心",居然直接动手。

"五块钱!"他冲周擒大喊,"我只要五块钱!"

"想要钱,叫你家大人出来。"

小孩回头望向不远处的民居。有两个中年男人抱着手站在门口,正在观察这边的情况。他和周擒对视着,从他冷冰冰的眼神里看出了不好招惹的味道,所以没敢靠近一步。

覃槿望见那些当地人,有些害怕,探出车窗招呼道:"儿子,快上车,不要耽搁时间了。"

周擒上了车,和夏桑坐在后排的位子上。

徐正严启动了引擎,将车驶入了国道,沿着蜿蜒的山路呼啸而走。夏桑紧紧握住了周擒的手,虽然不后悔刚刚的坚持,但心里也难免打鼓:"这些当地小孩,太坏了!"

"小孩懂什么,都是被大人教坏的。"覃槿回头道,"刚刚你真不该跟他僵持,五块钱而已,万一有当地人出来闹事,得不偿失。"

夏桑自然知道妈妈的考虑是正确的,不过她毕竟年轻,性格又执拗,哪里咽得下这口气。

"你啊,脾气该收敛些了。"

周擒说道:"妈,您别说桑桑了,这事她没错。"

覃槿没好气地哼了声:"你也跟着她胡闹,你们这些年轻人,做事不考虑后果。"

周擒沉声道:"法治社会,他们不敢明目张胆拦路抢劫,不过是盯着容易受骗的或者像妈妈这样愿意息事宁人的。真要闹起来,他们没这个胆子。"

夏桑抱着周擒的手臂,安全感爆棚了:"再说,咱们家两位体育干将呢,怕什么?"

"周擒还行，你徐叔叔一把年纪了，哪能跟小伙子似的。"

徐正严偏头："我老？"

"徐爸一点也不老。"周擒嘴角噙着淡笑，"昨天打球，徐爸还赢了我。"

"他能赢得了你，不过是你这小子变着法儿让他开心罢了。"

徐正严道："你还真别说，我当了一辈子的体育老师，周擒这小子坐办公室，体力还真不一定比得上我。"

夏桑凑近她耳畔低声道："你让徐叔叔呢。"

"你怎么知道？"

"你的体力……"她脱口而出，立马意识到不对劲，红了脸，不再接着说下去。

周擒揽着她，把玩着她颈间的发丝，用耳语对她道："我的体力，当然留给桑桑。"

徐正严透过后视镜望向他们，对覃槿道："看着小夫妻感情多好，还说悄悄话呢。"

覃槿没好气地说："感情再好，也没见给我生个外孙。"

"我还是那句话，你要喜欢小孩，咱俩还可以努努力，别总是干涉年轻人的生活嘛。"

覃槿叹了口气，不再多言。

一天的路程，天色渐暗的时候，车子驶入了木尔沟温泉小镇。周擒订的是小镇最好的温泉酒店，酒店内部有专供客人使用的天然温泉，大大小小的池子数百个，不对外开放，青山绿水间，环境是相当不错。

夏桑来到酒店房间，拉开窗帘便看到正对面苍茫的雪山，发出了一声惊叹。

周擒从后面抱住了她，手扶着她纤纤细腰，附在她耳畔道："明天早上日出的时候，可以看到日照金山，选了很久，才选到这间酒店。"

夏桑感觉到他不安分的手，回头道："邀功啊？"

"嗯，奖励我。"

她侧过身，吻了吻他的唇："辛苦老公了。"

周擒似乎并不满足于这一个轻浅的吻，直接将她抱了起来，扔在了床上，扯开衣领覆身过来。

　　夏桑慌忙爬开，却被他抓住腿拉回来："开了一天的车，稍微活动一下。"

　　她用纤细的手臂抵着他的颈："我妈让我们收拾好了，就下去泡温泉，等久了肯定会多想。"

　　周擒含情脉脉地看着她，似乎不想轻易放过她："妈妈会理解。"

　　"别啊！"

　　小姑娘不乐意，他自然也不勉强。

　　夏桑笑了起来，捧着他的头："好了。"

　　他意犹未尽地站起身，说道："走吧，下去泡温泉。"

　　夏桑笑着揉了揉他的脸颊："你这会儿急什么啊。"

　　周擒牵起她的手，忍耐地吻着，夏桑赶紧推开，起身去收拾行李箱。

　　"老公，你怎么给我带了两件泳衣？"

　　"一件和家人泡的时候穿，另一件……单独和我泡室内温泉的时候穿。"

　　夏桑从行李中取出了两件泳衣，果不其然，一件是非常保守的淡蓝色连体泳衣。而另一件是纯黑色的比基尼，布料少得可怜。这件泳衣是周擒给她买的，还是非常奢侈的牌子，这么少的布料，价格贵得离谱。

　　夏桑攥着这件比基尼，偏头看到房间里的私汤温泉，脸颊跟着红了个通透。

　　周擒打量着小姑娘红透的脸颊，问道："你在想什么？"

　　"我什么都没想！"

　　他嘴角噙着痞笑："你在想我们泡温泉的场景。"

　　"我没有！啊啊啊！我什么都没想！"夏桑将比基尼扔到了周擒的身上。

　　夏桑换好了连体泳衣，和周擒一起下楼泡温泉。临走的时候，周擒将一件白色的浴袍搭在她身上，将她紧紧地包裹了起来，避免着凉。

　　温泉位于酒店的后花园，大大小小百来个池子，造景是绿植掩映的石板小路，清幽静谧。

　　"小桑，过来。"覃槿在艾叶池边对她招了招手，"女孩子泡这边对身体有好处。"

　　夏桑小跑着过去，伸脚进去探了探温度，然后踮脚踩了进去，瞬间温热漫遍全身："好舒服呀。"

周擒则和徐正严在隔壁的池子里泡着，徐正严打量着周擒的身材："嚯！小伙子肌肉练得不错啊！这腹肌块，比我年轻的时候还有范儿。"

周擒笑了笑："我现在也不能跟徐爸比。"

徐正严凑过去，用男人与男人谈话的语气，问道："小擒，你这基因啊，甭管是体力还是脑力，那都是一等一的，要是没人继承，不是太可惜了吗？"

"徐爸，您是受托来当说客的吗？"

徐正严摆了摆手："不是，就随便聊聊，咱们都是男人，你可以跟我说说，到底怎么想的，以后我也好帮你说话不是。"

周擒看着不远处水雾氤氲、脸颊绯红的女孩，认真说道："或许很多人结婚，是为了传宗接代，但我不是，我喜欢上夏桑的那一刻就渴望娶她。而我娶她，只是为了爱她。"

"但你们不想要爱的结晶吗？"

周擒摇头，笑了下："孩子不是爱的结晶，对这段感情最好的交代，就是我要倾其所有，让桑桑幸福，这是我和她结婚的唯一目的。"

半个小时后，夏桑叫周擒去汗蒸室，覃槿赶紧来到徐正严身边，急切地问："谈得怎么样了，他说什么？"

徐正严叹了口气，无奈地说："你这女婿啊……"

"他到底怎么想的？"

"你想说服他，我劝你趁早打消念头。"

覃槿一脸不信："他怎么可能真的不要孩子？"

"他一门心思都在你女儿，其他的都要靠边站。"徐正严感叹着，"嫁给周擒，是夏桑一辈子的福气。"

在楼下花园里泡了会儿温泉，周擒便拉着夏桑回了房间。

翠竹掩映的露台上有私汤温泉，温泉冒着袅袅白烟雾气，周围还有未化的雪景，宛如日式小别院。

夏桑知道周擒想要什么，自然也没让他失望，换上了他特意为她准备的比基尼，光着脚丫子踩进了温泉池，雪地里还留下了小脚印。

她察觉到周擒燥热的视线落在她身上，就像开水浇化在雪地里一般，她羞赧道："你别看我啊！"

周擒对她扬了扬手："桑桑，过来。"

夏桑踩着水走了过去，靠在他身边，和他一起享受雪地温泉的舒适。

他视线下移，睨着女孩皎洁白皙的双肩，问道："你最近有偷偷健身吗？"

"你看出来了？"

"你身上哪一寸皮肤我不熟悉？"周擒凑近她的耳畔，柔声说，"任何变化，老公总会第一时间知道。"

"我是有好好锻炼身体。"夏桑靠着他坚实的臂膀，"每次都跟不上你的体力，最后筋疲力尽。"

"你这都要跟我比？"周擒无奈地淡笑着，指尖扬起水花，弄到她脸上，"老公体力比你好，你享受就行了。"

小姑娘不服输地说："那不行，我要赢你。"

"怎么赢？"

夏桑凑近他耳畔，低声说了一句什么。

周擒愣了下，湿漉漉的手捏住了她的脸颊，将她的脸蛋捏得嘟了起来："原来你喜欢这个，不早说。"

"哎！别说了，羞死了。"

"我和我老婆讨论每天都要做的事情，有什么羞的。"

"好了，闭嘴，不准说了！"

周擒倒也不着急，闭上眼，和她静静地享受着温泉时光。

夏桑看着男人脉络分明的颈项和流畅的下颌线，感慨命运对他不公，但时光从来不曾苛待他，他英俊的五官比年少时添了几分成熟的气质，越发有魅力了。

她柔声问："周擒，我从来……从来没说过不要小孩，你怎么知道呢？"

周擒低沉的嗓音回响在她耳畔："我能感觉到。夏桑，我知道你还没有准备好当妈妈。"周擒认真地说，"没关系，等你准备好了，我们再努力。"

"那要是……要是我错过了最佳育龄怎么办呢？"

"那我就更不会勉强跟你要孩子了。"周擒笑着说，"错过了最佳育龄，即便你想要，我都不会同意。没有任何事能让我冒着失去你的风险去尝试，孩子也不行。"

"但你不觉得，没有小孩的人生不完整吗？"

"胡扯，孩子要在你肚子里待十个月，生育的痛苦也是你来承受，生不生就应该是你的决定，我有什么资格要求你给我生孩子。"周擒否决了这句家长们老生常谈的话，"更何况，只要有你，我的人生就是最完整的。"

夏桑抱住了他的腰："周擒，你好好哦。"

"结婚那天我就说过，你永远不会为这个决定而后悔。"

"我一点也不后悔。"夏桑用力摇头，向他表示真心，"就算以后吵架吵到离婚了，我也不会后悔！"

周擒捏了捏她的鼻子，无奈笑道："你怎么还在盘算离婚的事？"

"唔……没有，随口说说而已。"夏桑保证道，"周擒，在没有离婚的每一天，我都会对你好的。"

周擒的手开始不安分起来，威胁道："你再敢提那两个字？"

夏桑咯咯地笑着："好啦好啦！我错了。"

第二天早上，周擒想着要早起看日照金山，夏桑将他扯了起来，他却还用被子裹着自己，顺便把夏桑也裹了进来："看什么日照金山，什么风景都不如我面前的桑桑。"

夏桑好不容易推开他："今天要去滑雪，我妈和徐爸期待好久的，你别误事！"

周擒用力亲了亲小姑娘的脸蛋之后，放开了她。

下楼吃过早饭，一家人便驱车去了滑雪场。周擒给夏桑准备了专业的滑雪防护服，将她从头到脚严严实实地保护了起来，而他自己穿得比较轻省简洁。

滑雪场白茫茫的一片，能看到五颜六色的人影在雪白的世界里挪动着，有人从陡峭的坡度之上一跃而下，刺激的场面激起阵阵惊叹声。

这也是周擒第一次滑雪，不过他请了专业的教练，才教了半个小时，已经学得七七八八了。

他从陡坡上滑下来，动作矫捷，身形流畅，平衡力极佳。

夏桑却看得惊险，连声对他大喊："你别去危险的地方！周擒，回来！

"你才第一次，不准去那么危险的坡度！

"周擒！回来！"

周擒似乎喜欢上了滑雪这项刺激的运动，变换着花式，从陡坡一跃而下，转了几圈之后，稳稳地停了下来。体育运动对于他而言是小意思，即便是刚接触的滑雪，也能让他玩出潇洒的帅气。

不少女孩注意到了他，纷纷走过去，微笑道："帅哥，能不能教教我啊？"

"是啊，怎么都学不会。"

"帅哥滑得真好啊，一看就是老手了。"

夏桑看到群花簇拥的周擒，重重地哼了声，一个人走到坡顶，跃跃欲试地想滑下去。

周擒礼貌地回绝了女孩们，朝着夏桑滑过来，在她面前潇洒地转了个圈，停稳了，上前拉她："宝宝，来，我教你。"

"不用！"夏桑像个小企鹅一般，笨拙地慢慢滑动着，"这么爱表现，你自己玩吧！"

她这一身鲜红色的羽绒服，脖子上围着白绒绒的兔毛围脖，在冰天雪地里尤其显得极美极艳。

发起脾气来，衬得她五官越发生动明晰："我讨厌滑雪！"

"你都还没学会，瞎讨厌什么。"

"就是讨厌。"

周擒看着她，简直就跟孩子似的，吃醋闹脾气，就跟当年高中那会儿讨厌这个、讨厌那个一样。

他笑着走过去，情不自禁地抱了她一下："都结婚了，你瞎吃什么醋？"

"谁说我吃醋啦？"夏桑不满地说，"叫你别去陡坡玩了，万一摔断腿怎么办？"

"好，是我的错，我听老婆的话，不去危险的地方了。"

夏桑没好气地撇撇嘴："这还差不多。"

"我来教你滑雪。"

"你先亲我一下。"

周擒笑了笑，俯身亲了一下她的脸。夏桑也蛮好哄，一个吻就被哄回来了，拉着他的手："我身体平衡力不好，慢一点啊。"

周擒牵着夏桑，慢慢地带她在冰面上滑行着："你别紧张，越紧张越容易摔跤。"

"哎！哎哎！"

在缓坡上，周擒一松开手，夏桑便紧张得不知所措，下意识地朝他扑了过去。周擒赶紧接住了她，两人一起朝着缓坡滚了下去，周擒紧紧将小姑娘护在了怀中，把她的头按进胸膛里，保护着她。

坡度很小，倒也没什么危险，只是两人滚满了雪，倒在雪堆里，面面相觑。

"摔到没有？"

夏桑摇了摇头，睁着一双惊恐的眼睛望着他："擒哥，滑雪好危险哦。"

周擒看着小姑娘近在咫尺的明艳脸蛋，又惊又惧，他情生意动，似安抚一般吻住了她的唇。

"唔……"

夏桑嘤咛一声，在这冰天雪地里招架着男人炽热的吻。

他抱着她在雪地里热吻了很久，直到夏桑抓起一团雪塞进他衣领里，冷得周擒打了个激灵。小姑娘笑了起来，又抓起雪团砸他："流氓。"

周擒扔雪还击，和她在雪地里打起了雪仗，还把冻得冰凉的手伸进她衣服里，冷得她惊叫："周擒，你完了！"

"来啊。"

不远处，覃槿看着他们俩追逐打闹、又搂又抱的身影，怕他们摔跤，喊道："你们不好好滑雪，闹什么呢！危险啊。"

徐正严滑着雪杆走过来，道："年轻人爱玩，你管他们呢。"

"哼，反正生不了宝宝，白瞎了感情这么好。"

周擒耐心地教着夏桑滑雪，她也能试着从缓坡慢慢滑下去了，倒也玩得有些上头，喜欢上了这项运动。

"周擒，我渴了，去给我买杯热橙汁。"

周擒看了眼远处的滑雪服务大厅，叮嘱道："你自己玩别摔着了。"

"知道了，放心吧，我就在这儿等你。"

他走了两步，又回头道："你去妈妈和徐爸那边玩吧。"

"好啦，快去！"

周擒离开之后，夏桑倒也听话，默默地坐在了平坦处，捏了个雪球，准备等会儿偷袭周擒。就在这时，一抹人影倒映在了她推起来的小雪球上。

"这么快啊。"

夏桑回头，看到走来的男人并不是周擒。

他穿着黄色的羽绒服，摘下了黑色墨镜，露出了那双熟悉的黑眸："夏桑，好久不见啊！"

听到他的嗓音，夏桑整个人都被冰霜冻住了，认了很久，才恍然认出那人——

祁逍！

周擒端着热腾腾的橙汁出来。

夏桑脱掉了滑雪靴，慌慌张张朝着他跑过去："阿腾！"

"怎么回来了？"周擒将橙汁移开了，避免被她撞翻，看到小姑娘神情紧张，皱眉问，"到底怎么了？"

夏桑回头，看到刚刚的坡上空无一人，祁逍早已不见了踪影。

她攥紧了他的手腕："没……没什么，我累了，回去吧。"

Chapter 16

故人 · 终结 · 周遇秋

"没有你的世界，才是我的地狱。"

滑雪场回来之后，周擒明显察觉到夏桑有心事，但她不说，他也没有问。那天晚上，夏桑对他格外温柔，睡觉的时候都从后面抱着他，很是依赖。

迷迷糊糊间，周擒感觉夏桑似乎在瑟瑟发抖。

他问了声："冷吗？"

"嗯。"

周擒回身将她整个圈进怀中，紧紧地抱着。感受着男人炽热的身体，夏桑紧张不安的心情稍稍平稳了些。是啊，高中的时候，周擒一无所有尚且不惧怕祁逍。现在，他更加不会怕祁逍。

这个男人给了夏桑全部的安全感。她蜷缩在周擒怀里，沉沉地睡了过去。

后来两天，一家人去了冰川风景区，参观了罕见的蓝冰奇景。没有再见到祁逍，夏桑稍稍放心了些。

那天他莫名其妙出现在滑雪场，听他的语气，不像是巧合。恰好罩槿生理期到了，精神也不再像前几日那么好，夏桑趁机提议结束旅程、提前回家。

徐正严见罩槿生理期不舒服，自然赞同。周擒当然更加没有异议，一家人便决定打道回府。

夏桑只想赶紧离开这里，离那个可怕的家伙远一些，回去之后也不在南溪市逗留，索性回东海市。她不信祁逍还能追到东海市来。

想着这些事，回程的路上，夏桑的心情不再如来时那样轻松了，沉默地望着窗外的风景。

周擒一边开着车，时而望望她，察觉到了她有心事。

徐正严拿着单反相机，正在给罩槿看他拍的照片——

"怎么样，还不错吧。"

罩槿扫了眼："你新买的镜头还行，拍人特别清晰。"

这位继父除体育之外，最大的爱好就是摄影，总拿着单反相机这儿拍拍那儿拍拍，倒也抓拍了不少夏桑和周擒秀恩爱的照片。

覃槿翻着照片，感叹道："瞧瞧这一对，俊男靓女，生下的宝宝不知道有多漂亮呢。"

夏桑满怀心事，烦躁地将头靠在车窗上，闭上了眼睛。

覃槿没察觉到女儿的情绪不对劲，继续道："周擒智商这么高，小桑也聪明，他们俩的宝宝肯定聪明，将来博士肯定是要读的，说不定之后大有作为呢！"

夏桑终于受不了，回了句："妈，您别说了。"

"你们不生，我说说还不行吗？"覃槿脸色沉了沉，"这么好的基因，想想都觉得可惜。"

"难道您觉得，一个人最终的归宿就是有出息吗？如果我生的孩子达不到您的期待，他是不是就不配来这个世界？"

"夏桑，我就是说说而已，你上什么火！"

徐正严也终于劝道："小桑，妈妈不是这个意思。"

或许是因为祁道的出现，又提醒她想起了那段压抑的高中生涯，夏桑的心都快憋闷死了。

"我知道她是什么意思。"夏桑控诉道，"我高中不听话，没有达到她的要求，现在她想控制我的孩子。"

"夏桑。"周擒终于开口，沉声道，"冷静一下。"

周擒的话在夏桑这里有很重的分量，她闭上了眼，深呼吸，让自己保持冷静，不再和覃槿吵架了。

周擒对后视镜里的覃槿道："妈，您不要放在心上，桑桑心情不好。"

"我还能不知道。"覃槿冷哼了一声，"她这狗脾气，也就你受得了。"

周擒淡笑："其实也还好，桑桑很乖的。"

徐正严也开着玩笑，缓和车里的气氛："夫妻过日子嘛，床头吵床尾和，他俩感情好着呢，你这丈母娘就不要操心了。"

覃槿置气地说："这次回去之后，你俩立马回东海市，别在家里过年了，省得年都过不好。"

夏桑回头道："放心，我也不想在家里被催生，走就走！"

周擒皱眉，严肃地说："夏桑，好了。"

夏桑看了他一眼，听话地闭嘴了，不再和妈妈吵架。

周擒将车转入了国道旁的一个中石油加油站，说道："车快没有油了，大家下车休息一会儿吧。"

覃槿下车去洗手间，徐正严也跟着她一起去，准备好好劝劝她，别再和夏桑置气。

"这丫头，真不知道对我怎么这么大的怨气。"

"还不是小时候被你逼得压抑过头了，触底反弹。"

"我让她有出息，难道不对吗？不是我逼她，她会有现在的出息吗？"

徐正严摇了摇头："如果没有周擒，你女儿估摸着会得抑郁症，你啊，就庆幸吧。"

覃槿叹了口气，不再说什么，把自己的包给了徐正严，进了洗手间。

周擒下车，对加油站的工作人员道："95 的油，加满。"

工作人员拿起油枪，打开了加油盖。

周擒溜达到副驾驶座的窗边，手撑着车窗，对夏桑道："难得一家人出来玩，怎么你这狗脾气就收不住呢？"

夏桑也是满脸懊悔，低头道："我也不想惹妈妈不开心，但控制不住自己。"

他伸手摸了摸她的头："好了，不难过了，我会跟妈妈说你知道错了。"

夏桑蹭了蹭他的手："你会不会有一天受不了我的臭脾气？"

"既然知道是臭脾气，还不改？"

"我会改的！"夏桑握住了他的手，"为了你，我愿意改，只要你别生我的气。"

"我会生气，但我也永远会原谅你。"周擒像哄孩子一般，"好了，下车走走。"

"外面好冷哦，不想动。"说完，小姑娘关上了车窗，闭眼假寐。

油加好了，工作人员对他说道："怎么付款呢？我们有线上 APP，注册了就可以线上付款哦——"

推销的话还没说完，周擒打断道："微信吧。"

"那请到商店里付款。"

工作人员带他去了商店，周擒顺带拿了两包奥利奥饼干和牛肉干，等会儿还有好几个小时的车程，夏桑早饭都没怎么吃，路上肯定会饿。

然而，就在周擒转身付款的时候，通过收银台反光的镜子，看到有个穿着黄色羽绒服的男人，朝着他们的车径直走了过去。

周擒看清了他的侧脸，心脏猛地一突，还没来得及付款，下意识地转身跑了出去。

"夏桑！快出来！下车！"

他声嘶力竭地大喊，夏桑根本来不及反应，按下车窗："什么啊？"

一切发生得太过迅速，身边有几个加油站的工作人员都没反应过来，眼睁睁看着汽车尾部"轰"的一声着了火。

"着火了！"

"快跑！要爆炸了。"

周擒不顾性命地冲了上来，拉开了车门，想把夏桑带下来。奈何安全带被死死卡住了，夏桑慌里慌张地按了好几下，根本打不开："周擒，卡住了，这个卡住了！"

"不慌。"周擒颤抖的手攥住了安全带，嗓音带着战栗，却还安慰她道，"别怕。"

夏桑的眼睛被黑烟呛得眼泪直流，用力扯开了他："周擒，你快走，车要炸了！你别管我了。"

周擒用尽了全身力气，撕扯着安全带，想把她从里面拉出来，但这安全带显然是被祁逍动了手脚，纹丝不动地扣着。他手背青筋都暴了出来。

"你快走吧。"夏桑的眼泪掉在了他手背上，"算我求求你了，你快走吧，这里太危险了。"

周擒回头暴躁地冲远处的工作人员道："有没有剪刀！"

"有，店里有！"

工作人员根本不敢靠近，因为车后面全烧了起来，浓烟滚滚，随时都有可能爆炸。

覃槿从洗手间出来，看到这一幕，捂嘴尖叫了起来："啊！桑桑！我的桑桑！"

说着她就要扑过去，被徐正严从后面抱住："别过去，太危险了。"

"那是我女儿！"覃槿拼了命似的挣开他，这时候，看到有工作人员颤抖地拿出剪刀，却远远站着不敢过去。

于是她挣脱了徐正严，接过了工作人员手里的剪刀，狂奔到车边递给了周擒："桑桑你别怕，妈妈来了！"

周擒接过剪刀，剪开安全带。剪刀非常钝，而安全带的材质又特别结实，不是一下就能剪开的，周擒冲徐正严喊道："快把妈妈带走。"

徐正严跑了过来，将覃槿从后面抱了起来，拖离了这辆燃烧的汽车。

"桑桑！我的女儿！"覃槿崩溃地大喊着，"周擒，快把桑桑救出来！"

夏桑绝望地回头，看着越烧越盛的大火，试图推开周擒的手："周擒，听我说，你真的该走了，剪刀给我，我来剪……"

周擒额间渗出了汗珠，他嘴角浅浅抿了下："桑桑，别怕。"

最后一刀，终于剪开了安全带，周擒将夏桑拖下了车，用尽全身力气。

很快，工作人员拿来了应急的消防管道，扑灭了车上的大火。周擒将夏桑护在了怀里，手不住地擦拭抚摸着她脏兮兮的小脸，问她有没有事。

夏桑摇头，紧紧抱着他："你傻不傻啊！刚刚好危险，为什么不走啊。"

"你在这里，我能走哪里去？"

她哭着喊道："可是祁逍是个疯子，你也想跟他一起下地狱吗！"

周擒用掌腹擦掉了她脸上凌乱的泪痕，捧着她的脸，一字一顿地说："没有你的世界，才是我的地狱。"

祁逍已经一无所有，仇恨将他的心焚烧殆尽，时时刻刻身处地狱。

夏桑和周擒是他痛苦的根源，他就是要拖着她一起死，让周擒一生痛苦。

但他没有想到，当年一无所有的周擒为了保护夏桑，愿意舍弃性命与他同归于尽；而今的他，已经拥有一切，名誉、金钱、地位……他仍旧这般不顾性命地救她。

祁逍再度输给了周擒，这一次，他付出了生命的代价。

夏桑青春时期的噩梦至此彻底终结。

经过这件事之后，覃槿是被彻底吓蒙了。她留着夏桑在家里住了一个多月，舍不得让她离开。

什么前途、什么精英阶层、什么孩子统统都不重要了，重要的是女儿能健康平安幸福。夏桑也乖乖在家里陪着覃槿过完了正月十五，才订机票回东海市。

覃槿本来还舍不得放她走，但周擒已经提前回去工作了，她知道夏桑天天都在想着她宝贝老公，每天晚上视频通话一直到天亮。

"女大不中留。"覃槿给她收拾了行李，送她到南溪机场，拈酸吃醋道，"走吧走吧，回那臭小子身边去，我懒得留你了，留来留去你反倒怨我。"

夏桑牵着妈妈的手，笑着说："我才不打扰妈妈和徐爸的二人世界！徐爸怕是巴不得我早点走呢。"

徐正严提着行李，连声辩解道："臭丫头别瞎说，回头你妈妈又要捶我。"

进候机厅的时候，夏桑回身用力抱了抱覃槿："妈，走了，保重身体，多跟徐爸出去锻炼。"

"知道了，走吧走吧。"

覃槿不自然地别过了脸，摆了摆手："你走了我也省心，不用再伺候你一日三餐了，快走，让周擒操心去。"

夏桑知道妈妈就是嘴硬，其实心里指不定怎么舍不得呢。

"妈，以前的事，我不怪你了，你也别怪我，好吗？都说多年父子成兄弟，我也想和妈妈成为好朋友、好姐妹。"

覃槿眼睛微红，伸手抱了抱她："乖乖，要经常回来看妈妈。"

"嗯！我一有假就回来！"

夏桑坐上了飞机，透过车窗看着这座她生长的城市，慢慢消失在烟雾笼罩的云层中。这里有她青春岁月的全部记忆，那些美好的保存在了她余生的记忆中，不堪的也随着那个男人的离开，彻底烟消云散。

落机之后，夏桑将行李从传送带上取下来，回头便看到周擒等候在接机厅大门口。

他一身笔挺的西装，身形颀长挺拔，灯光照着他冷硬的轮廓，英俊的五官越发明晰。他手里捧着一束香槟玫瑰，格外引人注目，不少山站的旅客朝他投来惊艳的目光。

夏桑朝他飞奔而来："老公，想死你了。"

周擒伸出手接住了她，抱着她转了一圈。

夏桑嘴角绽开明艳的微笑："想不想我？"

周擒故作严肃道："不想，没时间，爱什么时候回来什么时候回来。"

夏桑听出他还在怪她在南溪市待了这么久才回家，拉着他的手，笑着说："我妈妈可舍不得我了，你要是不想，我再回去住几天。"

说完，她又转身作势往候机厅方向走，周擒拉住了她的手，将她强势地拉回了怀中："要走，也明天再说，今晚你跑不了了。"

夏桑试图从他怀里挣扎："自重啊！"

周擒和她一路拉拉扯扯打打闹闹地来到停车场，绅士地替她拉开了车门："欢迎回家。"

夏桑回到熟悉的家中，桌上已经摆上了浪漫的烛光晚餐。

周擒给她倒上了红酒，两人碰了碰杯。

"这一杯，要谢谢擒哥。"

"谢我什么？"

"你已经第二次救我了。"夏桑摇晃着酒杯里嫣红的液体，认真地说，"但从今以后，我不要你为我铤而走险，我要你为我好好地活着。"

周擒沉吟片刻，郑重地点头："我答应你，夏桑。"

"真乖。"

她伸手摸了摸他的头。

晚上，周擒像抱猫咪一样抱着她，两人窝在沙发里看电影，享受久违的二人世界。

"阿腾，我发现我们俩一起看电影，永远没有办法完整地看到结局。"夏桑叼着薯片，对他说道，"电影院的不算。"

"你知道这是为什么吗？"

"你说呢？"

"因为和你独处的时间，我永远只有一个念头。"

她推开了他的手，抱着膝盖离他远一些："你就只想跟我做这一件事吗！"

周擒又挪了过来，淡笑着把她圈进怀里："当然不是，我想和你做很多很多的事情，带你环球旅行，看高山和湖泊、流星极光，和你生儿育女，白头偕老。"

这话是脱口而出，没有经过大脑思考，说出来之后，周擒忽然顿住。他想着改口，但话都已经说出来了，突然改口难免显得很刻意。

两人沉默了几秒钟，夏桑喃喃道："生儿育女。"

　　周擒立刻摇头："这话，就跟恭喜发财、万事如意，新婚快乐、早生贵子一样，都是套词，你不用放在心上。"

　　"解释什么啊，我明白的。"

　　"你真的明白？"

　　"当然。"

　　夏桑吻住了他的唇。

　　深夜，周擒从后面抱着她，就像抱着全世界最珍贵的宝贝，将脸埋进了她颈项的发丝间，深深地嗅着。

　　"明天吃药。"

　　"不。"

　　"夏桑。"他加重语气，说道，"我知道你没有准备好，不要为了我一句话，更不要因为在高原上的事，觉得欠我什么。"

　　"才不是呢。"

　　"听话。"

　　"不听。"

　　"夏桑。"

　　"擒哥，的确是那件事刺激了我。"夏桑动情地看着他，"你愿意为了救我去死，我当然愿意为你生儿育女。"

　　周擒还没有回绝，夏桑又继续说道："不是为了任务，更不是为了报答，我只是希望下一次当你选择不顾一切抛弃生命的时候，你能有几分犹疑，因为你在这个世界上的牵绊，已经不再只有我一个人了。"

　　周擒抱住了她，拼命摇头："如果你这样想，我更不可能要孩子了，我只要你。"

　　"周擒啊，你好固执啊！"夏桑推开了他，转过身去生闷气，"我不要你的世界只有我，那样我压力很大。"

　　"你姑且受着，这辈子我就这样了。"

　　"烦死了，别和我说话。"

　　"狗脾气。"

　　周擒不再和她争执，却还是从后面抱着她，跌入了温暖的梦乡里。

　　后来有几次，两人就跟打架似的。周擒固执地不肯要小孩，但是夏桑手段也多得很，而且知道他最敏感的地方，每次都让他丢盔弃甲、泄气地说"下次一定"。但在夏桑身上，他的理智永远没有办法战胜欲望。

两个月之后，夏桑注意到自己的生理期开始出现了异常，买了几条验孕棒，都是她想要的结果。她害怕不保险，还特意去医院做了检查。结果如她所想，她怀孕了。

晚上周擒回家，她兴致勃勃地把这件事告诉了周擒，同样不出她所料，周擒仍旧很抗拒，严肃地说："夏桑，生孩子没你想的那么容易。"

"我没有觉得很容易呀。"夏桑是满脸喜色，摸着自己还非常平坦的肚子，"因为是周擒的宝宝，所以我现在非常爱他，你不准对他不好，也不准和我生气。"

周擒看着她这满脸的慈母表情，拧着眉头说："什么宝宝，这还只是个胚胎。"

"你不喜欢他，那就走开。"她轻哼一声，独自去了书房，拿出自己珍藏的古典音乐碟，放给宝宝听。

周擒在沙发上冷静了一会儿，转身进了书房，拉着夏桑坐到自己面前："真的想好了吗？"

"我早就决定了。"

"如果你爱他，我也会爱屋及乌，但你知道，你在我心里永远是第一位。"

"哪有你这样的爸爸啊！"

"爸爸"这两个词，忽然触动了周擒，他想到了自己的父亲，想到父亲这一生为他所做的牺牲。

周擒的表情变得温柔了起来，将夏桑拉到自己腿上坐下来，和她一起抚摸着她平坦的小腹，满眼疼爱："我会爱他，但我更爱他妈妈，这永远不会改变。"

这句话，更加让夏桑坚定了要生下这个孩子的决心。

周擒对着肚子说道："小孩，别让妈妈受罪，不然等你生下来，有你的苦头吃。"

夏桑拍开了他的手："不准威胁我的宝宝。"

怀孕的这几个月，周擒对夏桑的照顾，可以说是无微不至。

临产那段时间，本来覃槿特意来东海市照顾女儿，甚至连月子假都请好了，却没想到来了之后，发现自己根本插不上手。周擒对夏桑每天生活的安排，比她这个亲妈还要尽心。

他做了全部的功课，科学待产生育的书籍都快翻烂了，甚至还去查阅了相关硕博医学论文，几乎快把自己变成半个妇产专家。

覃槿在东海市待了一段时间，发现自己不仅插不上手，反而还会给俩孩子添麻烦，无可奈何，也只好先回家，等着夏桑临盆的时候再过来。

周擒送她去机场，严肃地向她保证："妈妈，您不用担心，生孩子是我和夏桑两个人的事，我们不会麻烦妈妈，更不会打扰您和徐爸的生活。夏桑也说过，孩子我们自己带，不会让您操心，您要是想和宝宝玩，可以随时来家里小住。"

覃槿的心情很复杂，一方面，女婿这样能干，怎么可能不高兴；但另一方面，她这无处安放的控制欲又在隐隐作祟。

徐正严见她是真的一点也插不上手，笑话她："有这样的女婿，你就好好地安度晚年吧，我都计划好了，等咱们一退休，就去环游世界，别管人家小夫妻的生活。"

覃槿无奈地叹了口气，知道有周擒在，她是不需要为她女儿和孩子操心的。

孩子出生在秋高气爽的十月，不知道是巧合还是命里注定，正好是他们相遇的秋天。夏桑生孩子多多少少还是吃了些苦头，最后顺利生产，母女平安。

生的是女儿，她当然高兴，因为爸爸多少会更心疼女儿一些，更爱她多一些。不过孩子一生下来，所有人都忙着去逗孩子了，却也只有周擒，默默地陪在产房里，紧紧攥着夏桑虚弱的手，兀自难过。

夏桑脸颊苍白，反握住了他，用略带沙哑的声音，温柔地说："去看看你女儿啊。"

他摇了摇头，表情似乎带了几分叛逆和不满："生了这么久，不是省油的灯，我不想看她。"

"我没受苦。"夏桑安慰他道，"十多个小时而已，我听说同病房的产妇生了三十多个小时，最后顺不下来，还剖了，两种苦头都吃了，那才难受呢。"

周擒听不得这些，紧紧攥着她的手："就这一个了，我再也不会要孩子了。"

他一贯稳重成熟，在这件事情上反而带了几分少年的意气。

她笑着摸了摸他下颌忘了剃的青楂子："快去看看你的宝宝，喜不喜欢。"

"不喜欢。"周擒脱口而出，"她让你受苦，我不喜欢她。"

"周擒，你都是当爸爸的人了！"夏桑严肃地教训道，"不是十几岁意气用事的少年，得有点当爸爸的样子。"

周擒疲倦的眼神深深地望了她一眼："夏桑，我永远会像当初爱上你时那样爱你，不管是当爸爸，还是当爷爷了，这都不会变。"

覃槿见周擒愣是不乐意看他女儿一眼，非得守在夏桑身边，于是把孩子抱了过来。

夏桑喜悦地接过了宝宝，满心爱意，又亲又哄，像个绝世好妈妈。

周擒打量着她温柔的眉眼，心里这才软化了几分，抱了抱孩子。

夏桑催促道："快叫爸爸。"

周擒皱眉："她现在懂什么啊。"

"你看你嫌弃这样子，这是你的宝宝啊。"

"她不是，你才是我的宝宝。"

夏桑又好气又好笑，推了周擒一下，周擒把孩子递给了覃槿，然后俯身吻了吻她的额头："别生气，我会当好爸爸的。"

"一言为定啊。"

"嗯，一言为定。"

"那你再抱她一下。"

"小孩子有什么好抱的，我只抱妈妈。"说完他坐到病床边，轻轻抱了抱夏桑。

夏桑对周擒是没办法了，但是没关系，他是如此温柔的人，注定会成为最好的父亲。

"周擒，你给她取个名字吧。"

周擒看着怀里软绵绵的小朋友，毫不犹豫道："就叫周末吧。"

"这是什么名字啊！"

"周末还不好吗？"

"你再这样我要生气了！这是你女儿！"

周擒见夏桑真是来气了，连忙道："换一个，周遇秋吧。"

"有什么说法吗？"

"因为我在秋天遇到你，那是我一生最幸运的时候。"

一正文完一

Special Episode 01

山海皆可平

"因为理解，我愿意不计较一切，给你很多很多渙度。"

那晚告白之后，李诀开始频繁地给许茜发消息。

"早安，训练了。"

"今天的午饭能量餐。"

"我想送你一份礼物，地址发来。"

李诀："宝宝？"

许茜："……"

也许忘记一段恋情最快的方式，就是展开另一段恋情。许茜发现，她对林止言的喜欢，竟然真的在李诀随时随地的关怀问候中，慢慢地消散了。

说实话，以前她对李诀其实没有特别关注，是他告白之后，许茜渐渐才有了心。

因为小时候的一些遭遇，许茜对男孩的审美永远千篇一律——优雅的气质、优渥的家世、英俊的容貌。前两样跟李诀无缘，只有最后一项条件，他勉强够格。但男孩仅仅只有脸，有什么用呢？

因为原生家庭的缘故，许茜不得不考虑未来的另一半是否有能力给予她庇护。

她家庭虽然不算寒微，但因为奶奶就想要孙子，而她是女孩，这就注定了她一出生就是被嫌弃的。

虽然爸爸妈妈没有特别明显的表现，对她也还算不错。但自从二胎弟弟出生之后，她才真的感觉到：父母爱子，一定是有参差的。

每次去奶奶家过年走亲戚，那种嫌弃就格外明显。

压岁钱她得到的是弟弟的零头，这就罢了，还要被叫去做家务活、操办年夜饭。

弟弟虽然年纪小，但已经会看大人的眼色了，他知道在这个家里，自己的地位是优于姐姐的，于是也称王称霸地对她呼来喝去。

一旦她骂了弟弟几句，家里长辈瞬间炸毛，非得把她教训得泪水涟涟，哭着向弟弟道歉才算完。

这些就算了，许茜可以不计较，但因为家里经济条件也没那么好，家里所有资源一边倒地全部涌向了弟弟，这才是她成长岁月里最艰难的地方。

人情冷暖，她年纪轻轻就品尝太多了。

高中的时候，她奋力对抗世界的诸多不公，自暴自弃，成了叛逆少女。家里不给她压岁钱，少得可怜的生活费根本无法维持日常的生计，她就只能靠着自己的人际关系，让他们请客吃饭，和他们保持友谊，满足他们和漂亮女生交朋友的虚荣心。

如果没有夏桑，也许许茜会一直保持这样的行事作风。祁道的事情，给了许茜闷头一棍，把她震醒了。

她看到这种事情的危险性，一切都是有代价的，其他人不会平白无故对你好，那种所谓的"好"，也都不是真的，只是占有。

后来她和夏桑成了朋友，开始变成她那种认真的女孩。不再荒废学业，为着理想奋力拼搏。大学后，也不再玩世不恭，开始和条件还不错的林止言，认认真真谈起了恋爱。

然而，这段恋情再度击垮了她本就少得可怜的自信。因为是女孩子，她从小被家人嫌弃过无数次。

而当林止言再度用精神控制的手段告诉她——

"你一无是处，只有我还肯要你，你就知足吧。

"像我这样的人看上你，你还有什么不满？不管我怎么和女生暧昧，你始终是我的女朋友。

"我会和你结婚，会给你最好的生活保障，前提是你要听话。"

……

那时候，她竟然真的相信了，真的以为自己很差很差，好不容易建立起来的自信，溃不成军。就在她的内心世界已然千疮百孔、兵荒马乱的时候，李诀对她告白了。

就像一道光。其实那时候的许茜，触动并不大，像李诀这种条件的男孩，大学里追她的也有，除了没他英俊，物质条件比他好的，比比皆是。对李诀，许茜的心里有很多现实的考量。

李诀是和她一样的人，都缺爱，甚至连性格都很像。算计多、城府深、不肯吃一点亏，更不会平白无故地奉献自己，不求回报。所以两人好不了几句，就会吵架。

都是冷冰冰的两个人，要如何抱团取暖？因此，许茜对于李诀的追求，表现得很冷淡。但又不是完全的冷淡，毕竟这是一个选择的机会，说难听了就是备胎。

她不在乎别人怎么看待像她这样的女孩，无所谓。未经他人苦，莫劝他人善。在她看来，爱情和婚姻都是救赎。

只要另一半能把她带离原生家庭的泥沼，让她过上体面的生活，不再因为想要一件漂亮裙子去苦苦哀求妈妈，最后被妈妈一顿训斥，骂她败家女。她一定要精挑细选，选最适合她的那一个！

许茜在图书馆准备毕业答辩，李诀给她发了一张打球时观众抓拍的照片。照片里的少年有着干净利落的短发，三步上篮，动作的攻击性和五官的杀伤力都很强。

许茜将照片放大看了看，这一身的肌肉和力量感，张力十足。再加上剪了头发的他颜值直线飞跃，很让人心动。

她保存了照片，夸道："好看！"

李诀："教练夸我了，说我很有技巧，全运会我会作为主力上场，如果比赛赢了，我会拿到很高的薪酬。"

李诀似乎知道她心里最大的渴望是什么，所以每次发消息，总会迫不及待向她汇报自己的成就，不会说些"我爱你""我喜欢你"之类的废话。

因为他知道，许茜要的不是这个，她要的东西，更现实。

许茜："那很好啊，加油，你一定可以的。"

李诀："你是不是对每个追你的男人，都说同样的话？"

许茜："不然呢？难道我说'嘿，小垃圾，这就飘啦'？"

李诀："这才是你对我应有的正常态度。"

许茜："你是不是有斯德哥尔摩综合征，非要我跟你吵架是吧？"

李诀："当受虐狂，也比被当成随意敷衍的备胎要好。"

许茜："我没有。"

李诀："装什么，你要是不喜欢我，直说不喜欢、让我滚不就行了。又不答应又不拒绝，还要时时故意发一些只让我可见的朋友圈，不是吊着我吗？"

许茜气得满脸通红，给他拨了个电话过去："你这么聪明，既然心里门儿清，你还联系我干什么呀，拉黑呀！"

李诀嗓音低沉，听起来也有些来气："我不是有斯德哥尔摩综合征吗？”

“李诀，我就是这样的人，你又不是第一天才认识我。”

“我也不知道我脑子哪里出了问题。”李诀憋闷地说，“可能我真的有点斯德哥尔摩综合征，就是放不下。你既然不喜欢，你就干脆点，给我个痛快，我再也不会联系你了。”

许茜本来就想直接来个了断，但听到他最后那句话，她心里某一处却隐隐作痛，撕扯得难受极了，她断不了。在她最落魄的时候，是这个人，紧紧地抓住了她。

“李诀，你什么时候回来？我们见面。”

“你看，又这样。”李诀泄气地说，“你要玩死我。”

“我是真心想见你。”她闷声道，“就算了断，也当面说清楚啊。”

“不知道什么时候有假，我尽量抽时间回来。”李诀的语气软化了，“你现在同时有几个暧昧对象？”

“没有，只有你。”

“我信你就有鬼了。”

许茜被他逗笑了：“我要毕业答辩了，以后能不能留在东海市还说不准呢，现在找暧昧对象不是浪费时间吗？”

“你发誓？”

“我发誓，备胎真的只有你一个，不信你问夏桑。”

“可恶的女人。”

“我就是可恶，你回来揍我一顿吧。”

“我舍不得揍你。”李诀嗓音温柔了许多，“我想你，想得要发疯了，但你肯定没想我。”

许茜顿了顿，说道：“我……有一点。”

“真的？”

“只有一点点！你现在还早着呢，你最好给我拿个全国冠军、世界冠军，不然我这种虚伪又现实的女人，是不可能看上你的。”

“宝贝，我不会让你失望。”

“恶心！谁是你宝贝？”

“你既然跟我暧昧，请有点专业性。”李诀也是人间清醒，还教起她来了，“多说点甜言蜜语，把我套牢一些。”

许茜一边打电话，一边把玩着路旁的灌木叶子：“李诀，你什么都知道，你为什么还要喜欢我？"

李诀："因为我理解你。"

没有人比他更加理解那种深深的自卑感，那种渴望爱而得不到的无助感。

一点点还不够，要更多更多的爱。

"因为理解，我愿意不计较一切，给你很多很多的爱。"

下午，许茜在自习室外进行毕业答辩的练习，听夏桑的同学说，东海大学的毕业答辩非常正式，每个人都要穿正装。

她连忙问："不穿正装，会影响答辩成绩吗？"

夏桑耸耸肩："我不知道，不过你想想，周围人都穿了正装小西服，就你没穿，老师会不会觉得你态度不端正？即便衣着不计入总分，但多多少少印象上……你懂的吧。"

许茜抱怨道："那这也太卷了吧。"

"跟一中的高考竞争比起来，这算什么啊。临门一脚，最好不要马失前蹄。"

许茜嘴上不在意，但心里也琢磨着，是该认真对待。

下午，她独自去了商城逛了一圈，白衬衣是有的，主要是小西装这类正装，需要额外购置。

品牌店里的女款休闲西装，除了正式场合，其他时候也能外搭穿出去，以后求职上班也能穿。既然要买，就不能只穿一次，自然也不能选学校外面裁缝店里那种廉价西装。

许茜看中了好几款，试了试，都挺好看，休闲风，不管是搭衬衣还是裙子，都有范儿。唯一的缺点就是贵，最便宜的一件，都要一千出头。

许茜看了眼自己卡里的余额，这会儿正好月底了，她卡里就剩了小两百。从大三开始，父母就没再给她打过生活费了，因为弟弟上了贵族小学，家里节衣缩食都在供弟弟的学费。她所有的用度都靠助学贷款和平时接演出的活儿。

毕业答辩在即，她上哪儿搞钱呢？看着镜子里的自己，还穿着那件休闲小西装，风姿飒爽，很有职场范儿。生活真的难，她连一件喜欢的衣服都买不起。

而这样的滋味，她已经体会过很多次了。她是艺术学院公认的大美女，有着漂亮女孩所有的讲究，喜欢好看的裙子、化妆、护肤……

这些，其他女孩轻而易举就能够拥有，她却需要费很大的劲儿。

她恋恋不舍地脱下衣服，准备再看看。但不管怎么看，都没有两百多的小西装，除非去买只能穿一次的廉价货。如果太差了穿不出去，更加浪费钱。

许茜咬了咬牙，拍下了镜子里自己试装的照片，翻开了李诀的微信对话框，把照片发给了他。

"宝贝，好看吗？"

发过去不过十秒，许茜立刻又将消息撤回来了。

她真的太恶心自己了。

太恶心了……

她没有办法像条狗一样摇尾乞怜，更没有办法算计一个真心喜欢她的人。

虽然知道，李诀会毫不犹豫地给她打钱，只要她开口。

但她是真的厌恶那样的自己。

很快，李诀回了她："借多少？"

许茜："你看到了？"

李诀："嗯。"

许茜："我不是那个意思，你别误会。"

李诀："我知道，我借你，你有了还我就是。"

许茜始终没办法按下按键，她蹲在镜子前，艰难地按键："真的不用，谢谢你，我不买了。"

李诀给她转了两千过来。

许茜："我说了不要了，不会接的。"

李诀："你不接我的，我怕你去找林止言，好不容易追到了，我不能失去你。"

这句话一发出来，两秒之后，他立马撤回，改口道："不用在意，你还我就是了。"

但许茜已经看到了，她的心脏颤抖着，指尖也颤抖着。

"你觉得我会为了这点钱，不要尊严地去找林止言吗？"

"宝贝，我错了，对不起，我混账瞎说。"

许茜难过得心脏都抽搐起来了。

不是因为李诀的话，而是因为她在他眼里、在林止言眼里或者在所有男生的眼里，大概就是那种为了钱什么都肯干的女人。

许茜匆匆换下了小西装，穿上了自己的旧衣服，狼狈地走出了商城。

许茜犹豫良久，终于还是给妈妈打了电话。妈妈似乎正在辅导弟弟做算术，语气里尽是气恼和不耐烦："什么事？"

"妈，我想买件小西装，毕业答辩的时候穿，能不能借我一点钱呢？我有了就还你。"

"许茜，你都多大的人了，家里没让你补贴家用就算不错了，你还有脸开口问家里要啊！你弟弟上学、上兴趣班，哪样不需要花钱？你爸爸每天在外面跑业务，累得满身都是毛病，你作为女儿，不仅不体谅家里，反而开口问家里要钱。"

许茜听着妈妈这连珠炮似的责怪，咬了咬牙，说道："弟弟是你们的孩子，我就不是吗？"

"还有怨了是吧，爸爸妈妈养你这么大，还养出仇了是吧！"

"如果你们不爱我，为什么要生我呢！"

"你说的这是什么话，还有没有良心……"

不等母亲说完，许茜重重地挂掉了电话，固执地擦掉了眼眶里的水光。这样的原生家庭不值得她掉眼泪，一点也不值得。

其实毕业答辩要不要穿正装没有明文规定，不穿也可以。但那件衣服几乎成了许茜的执念，成了她不堪的人生还有一点点美好的证明。

她无论如何也要买到。

许茜通过社团认识的朋友接了活儿，不是什么好活儿，朋友说得也很直白，就是酒吧会所跳热舞。

"只跳舞，只要豁得出脸皮，钱是肯定不会少你的。"

"脱衣舞我可不跳。"

"是钢管，你自己考虑。"

酒吧有一个狂欢派对，在周末举行，但那几天正好是许茜的生理期。好在她身体还不错，一般也不会特别痛经，于是再三跟朋友确认只是跳舞，不会有大尺度舞蹈之后，便答应了对方。

她以前不是没来过这样的声色场合，跟林止言谈恋爱的时候，来这样的会所包厢里玩过几次，也算是熟门熟路。

在更衣室换好了衣服，她站在镜子前，打量着镜子里那个浓妆艳抹的女人。

缀满亮片的香槟色小吊带，短裙黑丝，满足的也是很多中年男人的恶俗口味。

常年练舞，她的身材线条堪称完美，没有任何可以挑剔的地方，只是胸脯比一般这个年龄的女孩大很多，夏桑就经常羡慕地盯着她。

许茜从不觉得这是值得骄傲的地方，只是满足男人的趣味和喜好。

可是就她自己而言呢，她反而觉得会耽误跳舞。她讨厌自己的身材，讨厌这张脸，因为它们从来没有真正属于过她自己。如果有一天，她不需要依靠美貌、身材就能获得成功，就能拥有美好的生活。

那该有多好啊。

可是这条路注定艰难，她没有夏桑的家世，也无法拥有一般父母对孩子无条件的爱，她的一切都只能靠自己。

许茜脸上挂起了男人们喜欢的甜美微笑，宛如戴上了面具，踩着高跟鞋，走进了舞池中。

钢管舞她以前自己学着玩，也练过，这舞蹈本身并没有什么旖旎色彩，只是在不同的场合，不同的人眼中，舞者妩媚的身姿和性感的动作，会勾起男人的感官欲望罢了。

这种场合她也很能掌控得住，宛如女王一般，疯狂地舞蹈着，尽情地挥霍她的性感和魅力。

狂欢的派对一直到午夜，她在台上跳了整整三个小时，才有别的舞者换下了她。

中间去换了两次卫生巾，腹部疼得冷汗直流。即便她身体好，也经不住这样的高强度体力输出，当经理把八百块转给她的时候，她指尖已经抖得没有力气接收了。

换上了正常的白T恤牛仔裤，许茜捂着肚子从酒吧后门出去，一出去就遇到了林止言。林止言指间捏着半截烟头，脸色很难看："跳完了？"

"你怎么在这里？"

"这是我朋友的派对，没想到会看到女友在台上跳艳舞。"

"是前女友，谢谢。"

许茜翻了个白眼，和他擦身而过。

林止言按灭了烟头，揪住了许茜的手腕，将她拉近自己，冷声道：

"要钱你跟我说，至于出来卖吗？"

那个字瞬间点燃了许茜的怒火："我跳我的舞，靠本事挣钱，我怎么卖了！"

"刚刚搔首弄姿的样子，还不是卖？"林止言冷声说，"你想要钱早说啊，我有的是钱。"

"林止言，你不要欺人太甚了。"许茜退后了两步，捂着肚子，急促地呼吸着，"好，就算我是卖，关你什么事？我们都已经分手了。"

林止言也不知道自己是怎么回事，他不是拿不起放不下的人，但偏偏看到她这个样子，愤怒都快要把他吞噬了。

许茜转身要走，林止言挡住了她的路，强硬地将她拉进了酒吧，按在墙边想要吻她："今晚把你给我，要多少我都有。"

"疯子！你疯了！"

许茜奋力挣扎，奈何身上一点力气都没有，腹部绞痛，痛得她冷汗直流，几乎快要晕过去。

下一秒，她感觉压在身上的重量忽然散去，抬起头，看到林止言被李诀按在墙边一顿痛揍。他眼底闪动着汹涌的怒火，每一拳都几乎要了命，砸在林止言的腹部，打得他毫无还手招架之力。

许茜怕闹出人命来，更怕这件事会影响他的职业生涯，连忙冲过去拉开了李诀："别打了！"

李诀喘息着，还想动手，许茜张开双臂挡在林止言身前："李诀，你冷静一下！"

李诀和她对视了几秒，眼底划过一丝苍凉的冷意："怎么，你心疼了？"

许茜懒得和他解释，攥着他，强硬地将他带离了酒吧："那是他朋友的聚会，闹出事来你讨不了好。"

李诀走下了台阶，来到了酒吧后面潺潺流动的一条小河边，靠着栏杆，低头点了根烟，稍稍冷静了些。

许茜注意到他手上拎着一个包装精美的蛋糕盒。

"你怎么回来了？"

"不是你让我回来吗？"男人脸色阴沉，压着嗓音道，"我想给你个惊喜，顺便为那天的话道歉，现在看来也不必了。"

"你这话什么意思？"

"我真心实意想跟你和好，却听你室友说你去酒吧跳舞了。"

许茜眼神中的热切冷了下去，嘴角绽开一抹冷嘲的笑意："你也觉得我是出去卖了，是吗？"

"我都说了我可以借给你，你为什么这么固执？"

"刚刚林止言也说可以给我钱，知道吗，你和他也没有本质的不同，口口声声说喜欢我，你不就是想要这个吗，给你啊！"

许茜抓起他的手，落在了她的胸口处。

李诀头皮一麻，宛如触电一般抽开，阵阵激流蹿上了他的后背，他脸颊爆红，转过了身。

"疯女人。"

许茜背靠着栏杆，迎着风，眼泪却掉了一滴下来。

她用手背擦掉了眼泪，满脸倔强。

绝对不哭。

"李诀，我不是个好女孩，从来都不是。我就是一个虚荣的女人，我喜欢漂亮衣服、昂贵的化妆品、包包、高跟鞋……我还要爱，很多很多很多的爱。"

她揪住了他的衣领，逼迫他看着自己："你跟我是一样的人，一样穷，一样缺爱，我们注定走不到一起。"

有那么多喜欢他的小女生，天真、善良、单纯，追着他喊"李诀哥哥"，看他打球的时候，眼睛里都有星星。那才是他要的真心。

而不是她这种……已经千疮百孔、残破不堪的心。

李诀忽然捧着她的脸，低头很用力地吻住了她嫣红的唇，吻得他嘴上全是口红。

李诀咬着她的唇，沉声道："你不是对我没有感觉，我知道。"

"我不喜欢你，也不可能喜欢你，和你在一起，我宁愿回头去找林——"

他再度咬住了她的下唇，凶巴巴地威胁道："你敢这样说，我……"

许茜的手攥住了他的衣角，终于软化了下来，忽然间腹部一阵抽搐，她疼得颤抖了一下："痛……"

李诀松开了她："我没用力。"

"不是，我肚子痛。"

他有些慌了神："怎么会肚子痛？"

"我今天生理期。"

他愣了愣,破口大骂道:"生理期到了你还去跳舞!你不要命了!"

河边不少人朝他们侧目,许茜连忙捂住他的嘴:"小点声。"

李诀又气又急,却又不知道该怎么办:"吃什么药能好,还是我带你去医院?"

"没事,上台前我吃过药了。"许茜双手护着肚子,靠在了栏杆边,"回宿舍躺下就好了。"

李诀连忙把自己的棒球服外套脱下来,搭在了她肩上,然后道:"我送你回去。"

他叫了车,送她回学校,但这会儿已经是凌晨时分了,宿舍早就关门了,如果她这会儿回去,不仅会吵醒室友,还会被宿管阿姨汇报给辅导员,麻烦多多。

李诀见她疼成这样,也顾不得其他事了,背着她站在校门口空寂无人的街道上。

"你要不要……去酒店?"

许茜趴在他背上,软绵绵地问:"什么?"

"别误会啊,每次回来我都会住酒店,今晚你要是没地方住……"他顿了顿,自顾自地说,"我解释什么啊?"

说完,他背着她,大步流星地朝学校对面的酒店走了过去。

酒店房间不算大,但是很干净。李诀没带行李箱回来,只有一个黑色背包,随意地搁置在了柜子上。

许茜扫了眼背包,问道:"你回来几天?"

"本来准备明天就走。"

"明天?那你回来干吗?"

李诀耸耸肩:"回来跟你道歉。"

许茜看到他放在桌上的那盒小蛋糕,大概就是他为了道歉精心准备的礼物。

她心里隐隐有些酸涩,闷声说:"道什么歉需要专门跑回来?也不嫌折腾。"

"不说这个了。"李诀拉着她来到床边,"你躺下来吧,这样会舒服些。"

"我不。"

躺在他的床上，感觉奇奇怪怪的。

李诀看出了她的犹疑闪躲，没好气地说："我又不是禽兽，你都这样了，我还能对你做什么？"

许茜想着也有道理，于是道："我要洗澡。"

"我听说生理期不适合洗澡的。"

"乱讲。"

他也没有勉强，毕竟这方面肯定不如许茜懂，揉揉鼻子，妥协道："那你洗吧，需要什么我去帮你买。"

"我要安睡裤，还要卸妆油、洗面奶，还要一套干净的睡衣。"她顿了顿，"算了，睡衣就不买了，你有带 T 恤回来吗？"

"有。"

"我穿你的。"

李诀点点头："还要别的吗？"

"算了。"许茜犹豫片刻，咬牙道，"卸妆油和洗面奶也别买了，我用酒店沐浴露，一样的，你只给我买一包安睡裤就好，钱我转给你。"

李诀没有多说什么，转身出了门。许茜走进浴室，打开热水，舒舒服服地冲了个澡，洗去了一身的疲倦，小腹也舒服很多了，没有那种抽搐的绞痛，只觉得胀胀的。

约莫二十分钟后，李诀叩响了浴室门："买到了。"

她拉开了一条门的缝隙，伸出湿漉漉的手臂，"嗖"的一下，宛如兔子般接过了口袋，关上门。

李诀在门口站了会儿，骂道："你至于跟防贼一样吗，我不会对你做什么！"

许茜回骂道："谁知道呢！"

其实许茜是相信他的，毕竟是这么多年的朋友，知根知底。

只是男人挺拔的身影笼罩在磨砂玻璃的门口，她感觉到自己逐渐加快的心跳，喊了声："你站这么近，偷看吗？"

"我偷看！我用得着偷看吗！我要对你做什么，你以为你今晚逃得了？"

李诀骂骂咧咧地走开了。

许茜随手翻了翻口袋，他买了不少东西，卸妆水、卸妆巾，还有洗面奶，甚至还有一套护肤品。

"李诀，我没让你买这些啊。"

"但你需要啊。"

"一晚上而已，不用没关系。"

"又不是只让你用一次，留着以后用也行。"

她咬了咬牙："我没那么多钱还给你。"

她今晚豁出半条命去跳舞，一共也才赚八百块，这一袋东西都要好几百了。

幸好他没给她买睡衣，只递了件干净的长款黑T恤，她穿着正好能遮到膝盖位置。

许茜吹干头发，收拾体面之后走出去，将那包东西扔在床上，气呼呼道："你自作主张买的，我没法还你钱。"

李诀似乎并不在意这个，抱着手臂倚靠在落地窗边，打量着她穿这件男款黑T恤的样子。

乌黑的长发披散着，白皙的皮肤似乎能挤出水来，脸颊微红。她身高足有一米七二，本来就纤瘦高挑，穿上这身T恤，性感中带了几分飒气。

"看什么？"

李诀移开了视线，说道："你穿我的衣服，感觉就像是我的女人一样，钱不用还了，我心甘情愿给你花。"

许茜听到这话，并不似林止言之前话语里那种高高在上的态度，反而带着几分发自内心的真诚。

她也没生气，顺手拆开了护肤品套装包装，熟练地给自己涂抹，脸上、腕间，都是香香的味道。

"李诀，赚到钱了？"

"跟周擒比肯定比不上，但绝对比你有钱。"李诀笑了笑，"不至于为了件千八百的衣服犯难。"

"哟，都跟周擒比了，看来赚了不少。"

"说实话，我薪酬不低。"他眼神炽热，认真地说，"你跟了我，我不会让你吃苦头。"

"我跟林止言在一起的时候，也没花他一分钱。"许茜脱了鞋，抱着抱枕，像小猫咪一样躺在了松软的大床上，轻松地伸了个懒腰，"你凭什么养我？"

"你又不傻，知道他一直想要什么。"李诀已经把她的小心思都摸透了，"如果花他的钱，必然要用身体来还。"

"难道你不是？"

"我当然不是。"

"呵。"

许茜轻嗤一声，表示不信。

"我只要你爱我。"李诀坐到床边，看着猫咪一样蜷缩的女人，"你爱我，你就会愿意，但我不勉强，更不会道德绑架。"

许茜用抱枕遮住了半张脸，看着他硬朗的轮廓和英俊的五官，左耳还挂了一颗黑色耳钉，透着几分痞气。

她知道他没有骗她，那种真诚的眼神是作不了假的。她伸出一只白皙光洁的手臂过去，李诀立刻握住了她的手，很用力地攥紧了。

"宝贝，你喜欢我什么啊？"

李诀看着她性感的眼神和风情的五官，低低笑了下："实不相瞒，你太漂亮了。"

"哼。"她甩开了他的手，"说到底，还是看脸。"

"拜托，如果我说我喜欢你善良单纯可爱又富有正义感，你自己信不？"

"那我除了这张脸，就没有吸引你的地方了？"

"有。"李诀的视线缓缓下移。

许茜转过身去，不想理他了："你跟林止言也没什么区别。"

李诀也躺了上来，靠在她身边，手枕着后脑勺："许茜，我所有的努力，都是为了拥有你，如果你觉得这都不算爱，那什么才算爱？言情小说里男主角因为女主角善良可爱就一往情深、至死不渝？得了吧，这都是骗你们这些小女生的迷幻剂，说到底，就是想要她。"

"你总有那么多莫名其妙的歪理。"

"我对你坦诚相待。"

"你说是为了拥有我。"许茜坐起身来，"那我要是一直吊着你，花你的钱，却什么都不给你，岂不是竹篮打水一场空？"

"我对自己有信心。"李诀手肘撑着后脑勺，侧身看着她，"只要你愿意试一试。"

许茜看着少年近在咫尺的脸庞，从来没有这般近距离地看过他，他五官虽然不像周擒那样帅，但看久了，也有种说不出的吸引力，尤其是那双狭长的单眼皮，性感至极。

"李诀，你好有自信。"她捏了捏他的脸，"追我的男生里比你条件好的，比比皆是，比你帅的、比你高的也有。"

"但是喜欢了你四年、眼睁睁看你跟别人好还没有变心的，有吗？"

这句话瞬间击中了许茜，她躺平了，沉默地望向了天花板。

李诀伸出一只手臂，让她靠在他臂弯里，躺得更舒服些。

"李诀，我要过很好的生活，我要彻底脱离原生家庭。"

"我去挣。"

"我还要很多很多的爱……"

"我给你。"

听到她似乎松口了，他立刻翻身坐起来，手肘撑着膝盖："我会宠你、爱你，让所有女生都羡慕你……宝贝，你跟我试试看吧。"

许茜其实是穿着感情的防护甲上阵的，但人心匪石，这一刻，听到他如此真诚的告白，她也很难控制自己，无动于衷。

"好吧，从今天开始，你就是我的男朋友了。"

"真的？"

"嗯。"

少年显然有些手足无措，跪在她面前："那我可不可以亲你？"

"……"

许茜看着他这愣头愣脑的样子，想起这家伙恋爱经验等于零。

她对他勾了勾手指头，李诀凑了过来，许茜抓住他的衣领，吻住了他的唇，他下意识地咬她，许茜拍了拍他的脸："蠢货，接吻不是用咬的，你温柔点。"

她引导着他，直到他神魂颠倒："宝贝，够了。"

她意犹未尽地看着他："这就够了吗？"

半个小时后，李诀从浴室冲凉出来，他对床上的女孩说："早点睡，生理期要保证充足的睡眠。"

"你呢？"

"我当然也要睡了，我是运动员，更不能熬夜。"

女孩钻进了被窝里，只露出半个脑袋和一双漂亮的眸子："你睡哪里？"

李诀蹲在她身边，拨弄着她额前的刘海："如果你不介意跟人同床的话，我也不介意给你当人肉枕头。"

"得了吧，整个房间就只有一张床，你还能睡哪里？"

"当然我也可以在书桌上趴着睡。"

许茜摆摆手："那你去书桌上睡吧，我怕你挨着我，今晚都别想入眠了。"

"此言有理。"李诀果不其然拎了枕头来到了书桌边，趴到桌上的枕头里，就这样坐着睡了起来。

许茜关了灯，安然入眠。

几分钟之后，她隔着浓郁的夜色，望向了桌边的少年。

这家伙竟还真的在桌边安安心心地睡下了。

也不嫌硌得慌。

"李诀，你睡着了吗？"

他囫囵地应了声："宝贝，椅子上睡觉本来就不容易，请不要在我即将入睡的时候吵醒我，好吗？"

"李诀，我肚子又不舒服了。"

李诀立刻起身来到床边，关切地问："不是不疼了吗？"

"你给我暖暖？"

"怎么搞？"

许茜给他让出了位置："你睡过来，用你的手。"

李诀把手搁在许茜小腹位置，暖了一整晚。诚然，他也一整晚没有睡着。

第二天，李诀带许茜去把那件休闲小西装买了下来。许茜将前一天挣的八百拿了出来，李诀还帮她凑了两百多，付了款。她打量着镜子里英姿飒爽职场范儿的自己，脸上绽开了笑意。

李诀则坐在椅子上，着迷地打量着她绽满笑意的清隽脸蛋。果然，衣服才是女人最好的朋友，她什么时候对他露出过这样甜美的笑意啊。

李诀揉了揉鼻子，说道："不就一件衣服吗，至于玩了命地挣钱吗？"

"你不懂。"许茜走到他身前，转了一圈，脸上恢复了自信的神采，挑眉道，"衣服是女人最后的体面。"

"你这完全是被消费主义绑架了。"李诀拎了拎自己的运动衫，大大咧咧地说，"我这件，学校后街买的，一百块三件，穿起来一样帅。"

许茜嫌弃地打量他一眼："男生跟女生怎么能一样？我要是穿一百块三件的衣服，我不活了。"

"消费主义最喜欢你们这种胸大无脑的——"

话音未落，许茜揪住了他的衣领："你说什么？"

"没什么，宝贝。"李诀笑了笑，揽住了她的肩膀，"别换了，穿着走吧，跟你的裙子挺搭。你这身材，穿什么都好看。"

许茜知道这男人嘴皮子利索，她才不信他的甜言蜜语。

几分钟后，她从更衣间出来，将衣服小心翼翼地装进了包装袋里，非常珍视："我要回去熨烫一下，毕业答辩再穿。"

因为条件有限，她衣橱里拿得出手的衣服并不多，所以每一件都特别珍视。

李诀揽着她走出了商城，许茜道："我不会白花你的钱，等我有了就还你，马上要忙毕业答辩的事情了，过半个月我就有钱了。"

"许茜，昨晚那种地方，你不要去了。"李诀表情严肃了起来，"想赚钱，找点正经的兼职。"

"嫌我不正经啊？"

"你太漂亮了，我不想其他男人用不怀好意的眼光看你。"

李诀向来会说话，这话连敲带夸的让她完全生不起气来。

"知道了。"许茜听话地说，"我不去就是了，只给你一个人看。"

李诀笑了，给了她一个大大的熊抱，将脸埋进她香软的头发里，深呼吸："像做梦一样。"

许茜不奢求什么地老天荒、至死不渝的爱情，她压根儿不信，满肚子里装的都是现实的盘算。只是在李诀的身上，现实之外，也许还能有一点美好的梦。

她轻轻环住了他的腰，问道："你现在就要走了吗？"

"嗯，我要回去训练了，下次再回来，我给你买点好衣服。"

"宝贝，舍不得。"

听着女孩娇软的嗓音，他垂眸看她："真心？"

"你这么聪明，会猜不出来我真心还是假意吗？"

"像做梦一样，我不敢去猜，我只愿意相信你是真心的。"李诀柔声道，"所以许茜，不要让我的梦破碎。"

许茜踮脚吻了他。这不只是他的梦，也是她的。

毕业答辩很顺利，许茜顺利毕业了，并且还在答辩里拿到了优秀毕业生的证书。

她穿着学士服，跟夏桑在校园里各个角落都拍了很多照片，四年的啦啦队社长也顺利退役，这个由她一手创办的社团，也由她亲手交给了下一任的社长。

谈到毕业之后的规划，其实许茜挺迷茫的，她对夏桑道："大概率还是会回去考编吧，东海市不属于我。"

"那李诀呢？"夏桑问道，"不是已经在一起了吗？"

"现在在一起，也不代表会永远在一起呀。"许茜轻松地耸耸肩，"他有他的路，我不可能留下来让他养我吧，我得拥有自己的事业。"

夏桑舍不得她，也知道她其实也不想回去，劝道："留下来，也能拼事业嘛。"

许茜却摇了摇头："哪有这么容易，东海市这种大城市，每年毕业生几百万，竞争太激烈了。"

"是啊，这么多人都能留下来，为什么你不愿意试试呢？"

"你不明白。"许茜无奈道，"我不是不愿意，只是不敢，我没有冒险的勇气，因为没有退路。考编的话至少安稳。"

而她所求，不就是一个安稳、确定的未来吗？夏桑很懂分寸，没有再劝她了。

李诀一直都知道许茜的打算，更加没有强迫她留下来。他心里门儿清，明白自己没有这个资格去勉强她，他能做的就是努力打球，努力混出头，挣更多的钱……

如果他在东海市买得起一套房子，他就有底气让她留下来了，甚至还有可能和她结婚。但东海市的房子是何等的天价，居于全国之首，一般没点家庭背景的应届毕业生，想靠自己的实力在东海市买房子，可以说是难如登天。

那段时间，李诀因为连赢了好几场重要的国家级赛事，成了队里的明星队员，名气也越来越大。当然，暗地里找上来的各种商业比赛也就越来越多。

他一开始并没有把这些赛事放在心上，因为这玩意儿压根儿就是地下的，一旦被举报，很有可能直接被球协除名，这辈子的职业生涯都毁了。

但是随着毕业季的到来，李诀开始慌了。

每次他和许茜的视频通话，都是甜甜蜜蜜地一口一个老公、宝贝。但谈及未来的打算，许茜直言告诉他，自己在准备下半年的考编。她要回南溪市，找一个稳定的有编制的工作，也许是在公立小学里当一名音乐教师。

李诀的职业生涯注定了他只能留在东海市，如果许茜回去了，有了稳定的编制工作，或许这辈子都无缘了。他开始有点慌了。

那些薪酬高昂的地下球赛，为了帮庄家赢钱、靠打假球的赌博盘，一场下来就有五位甚至六位数的薪酬。钱来得如此之快，李诀很难不心动。他把这件事告诉了自己唯一的哥们儿周擒，想听听他的意见。

本来以为这位极具冒险主义精神的好哥们儿会支持他的做法，毕竟当初他被祁逍打压得无力翻身，以命相搏，才搏出一个漂亮的未来。却没想到，周擒听说之后大发雷霆，很严肃地警告他——

"不要拿你的未来开玩笑，这种事情绝对沾不得，是一辈子的污点。"

"不会被发现的，我们都要签保密协议。"李诀还抱着侥幸的心态，"如果靠正经打球，我想在东海市买房子，起码要十年，十年之后，黄花菜都凉了。"

"如果你做这样的事，还等不到你买房子，你的职业生涯就毁了。"周擒耐心地劝道，"这就像在赌博，等你尝到甜头之后，就会上瘾，到时候会越陷越深，根本收不了手。"

"不会的，周擒，我只想要一套房子，这是我一辈子的幸福了。"

"买了房子之后，你还会想要买车，还会想要买钻戒，结了婚，会有孩子，孩子要上好的幼儿园……"周擒理智地跟他分析，"每一次当你需要用钱的时候，你就会想到这场赌博，你会一次又一次地迈进去，直到翻车的那一天。"

周擒的话，李诀根本听不进去，他只觉得周擒是站着说话不腰疼。

"周擒，我没有你的本事，但是我不觉得这件事我做错了，如果换作是你，你也会毫不犹豫地这样选择。"

"我不会。"周擒斩钉截铁地说，"我宁愿没出息地抱着女朋友的腿，求她不要走，我也不会拿自己的一生和她的一生轻易冒险。"

李诀无言以对，只说自己再考虑考虑。

周擒知道他这"考虑考虑"，基本上就是下定决心了，他倒也懒得再多劝，直接让夏桑去跟许茜告了状。他的话李诀听不进去，解铃还须系铃人。

许茜听到夏桑说了这件事，几乎不敢相信。李诀是那样谨慎又聪明的男人，他怎么能为了这摆明了是深渊巨坑的局，赌上自己的职业生涯！

那晚，许茜一整夜都没睡好。一开始她只是觉得，李诀跟其他男孩没什么两样，喜欢她漂亮，喜欢她身材好，所以想和她交往。

只要他疼她、宠她，许茜自然也不会让他愿望落空，临走的时候，大不了让他如愿罢了。得到了，满足了，大概也不会有什么眷恋和放不了手的了。

这段时间，许茜把自己考编的事情毫不讳言地告知他。自然，她以为精明如李诀这样的男人，应该很清楚这段关系的性质，并且是接受这一点的。

但她低估李诀的感情了，不仅低估，而且轻视他了。他竟然想在东海买房子，他……他还想娶她！许茜心里百味杂陈。明知道李诀做不到，这个男人给不了她想要的那种生活。

他要拼，就让他去拼好了。拼赢了，她多条退路；拼输了，她拍拍屁股走人就是。

可是一个人的心要硬到什么样的程度，才能不管不顾地漠视深深爱自己的人赌上全部身家去搏一个没有希望的未来。许茜做不到这样冷漠，这段时间两人的亲密，也不全然都是虚情假意，不全然只是感动，不全然是算计和利益……

他说这是一个梦，对于她而言，又何尝不是一个美好的仲夏夜之梦。

从来没有人……这样爱过她。

第二天上午，许茜就买了去临市的车票，火车到站已经是晚上了。李诀的电话一直没人接听，许茜找到了球队，从以前体院的朋友杨泽飞那里得知，李诀今晚有一场比赛，在 57 街区的废弃厂房里。

许茜知道，这多半就是周擒说的球赛赌博盘。她打车到 57 街区，在街区最里面的废弃厂房里，果然有一场比赛。观众几乎站满了全场，欢呼着，还有不少穿着暴露的女人，流连在观众席间，推销卖酒；台前甚至还有 DJ 打碟，现场的气氛就跟酒吧差不多。

许茜在球场上没有看到李诀的身影，出门的时候，在涂鸦墙边看到了他。他穿着一身火红的篮球衫，额间戴着白护额，手上也戴着护腕，耳边挂着一颗黑色耳钉，痞里痞气。

他低头点了一根烟，夜色沉沉，他站在阴影里，看不清神情，红色的火光在嘴角开出一朵花来，继而迅速湮灭。

李诀抬头，自然也看到了她，愣了下："你怎么来了？"

许茜大步流星地走上前，扬手甩了他一巴掌："李诀，你想靠这个把我一辈子拴在你身边吗？"

李诀被她打蒙了，几秒之后，木然的脑子才反应过来，摸了摸自己被打麻了的脸："有话好好说，动什么手？"

许茜气得血液倒流，直冲脑门，伸手又要打他。

李诀攥住了她的手腕："够了啊，我不跟女人动手，你也别得寸进尺。"

许茜是舞蹈专业出来的，看着瘦，身上全是肌肉，打人的力量不比男人弱，分分钟便从他手里挣扎开，气呼呼地瞪了他一眼："李诀，我摆明了告诉你，就算你赚了钱买了房子，我也不会和你结婚。"

李诀闻言，心都凉了半截，脸色冷了下来："你说真的？"

"我说我不会跟你结婚，你别做梦了。"许茜想要彻底打消他这种疯狂的念头，只能这样说。

他背靠在墙边，埋头抽了一口烟："那你跟我在一起，又算什么？"

"感情空档期，你正好出现咯。"许茜尽可能让自己的语气轻松一点，才不会被他看穿，"别傻了，你赚够了钱、买了房子又怎样？像你这样的人，永远给不了我要的那种生活。"

"许茜，是周擒让你来劝我的吧。"

"是他跟我说你在打这种球。"许茜往墙边走了几步，尽量将自己埋进阴影里，不要让他看到她眼底的不舍，"我这人多少还是有点良心，你对我好，我也不能害你。你是聪明人，所以……别为了我这种虚荣的女人，毁掉自己的职业生涯。"

说完，她不等他反应，转身离开了，几乎是一路跌跌撞撞跑出了街区。

再不跑，估摸着眼泪就掉下来让他看到了。

从小到大都是如此，别人对她不好，她十倍奉还，冷眼相待。别人若是对她有一点点的好，她恨不得把心都掏出来给对方。一个从小缺爱的女孩子，有一点点的温暖，都会牢牢地抓紧。

这么多年来，只有一个李诀，这么这么地喜欢她啊。

早就不知道在什么时候，泥足深陷了。

所以她不能害了他。

晚上，许茜住到了江边的一间快捷酒店里。洗过澡之后，她用毛巾擦拭着湿润的头发，还是放心不下，给李诀打了个电话："你没有在比赛吧？"

"如你所说，我又不傻，你都不嫁给我，我干吗还要为了你这样的人赌我的后半生。"李诀嗓音飘飘忽忽的，听得出他喝醉了。

许茜稍稍松了口气，语气也软化了许多："李诀，我下周就要回南溪市备考了。"

李诀很潇洒地说："考编的确不错啊，老师这职业在相亲市场上也很吃香，你能找到如意郎君。"

许茜捂住嘴，尽可能控制住嗓音，不让他听出自己的哭腔："李诀，你怪不怪我？"

"是我自己没本事，怪谁也不能怪你。"

"那我们以后还是朋友吗，能联系吗？"

"你要跟我当朋友，还是继续拿我当备胎？"

"我不会……"

"明知道我放不下你。"李诀顿了顿，嗓音带着几分苦涩，"明知道我会爱你很久，明知道你一个电话，不管多远我都会赶来你身边……当朋友……"他自嘲地笑了，"不如杀了我。"

"李诀，我把酒店的地址发给你了，今晚你过来伴吧。"

"你想怎样？"

"你说过，如果我真心爱你，我会愿意。"她嘴角微微上扬，眼泪掉了下来，"我现在愿意。"

那晚，李诀终究没有来。他用实际行动向许茜证明，他所求的并不仅仅只是此刻的拥有。

几个月之后，许茜顺利地考上了南溪一小的事业编，成为一名小学音乐老师。

她日常的工作非常清闲，有课的时候，教小朋友们唱歌跳舞；没课的时候，就可以自由安排时间。

工作比较稳定，工资不算太高，但也不低。虽然比不上东海市的平均工资水平，但是在家乡，这个收入也算是比较体面了。

一旦工作定了下来，家里的三姑六婆和学校里年长的阿姨们，便开始热心地给许茜介绍相亲对象。

许茜不排斥也不迎合，姑且走一步算一步，她最擅长的就是挑挑拣拣。

因为许茜年轻漂亮，带编制的老师工作又体面，所以相亲对象质量普遍比较高。

然而挑来拣去，兜兜转转两年多，她始终没有找到称心如意的对象。

或许，是因为心里早就住了一个人，所以其他的，不管对方条件多好，终究还是意难平。

此时夏桑已经到国外一年多了，常常和她打越洋视频聊天。

多年的老朋友，说话也不需要顾忌什么。夏桑直言说她这就是自己作的，明明有喜欢的人，还勉强自己捏着鼻子去相亲。工作可以将就，生活也可以将就，但唯独丈夫是不可能将就的。

许茜这种要强的性子，别说两年，就算四年五年六年，都不可能真的遇到合适的。

许茜偏不信这个邪，像是置气似的，相亲变得更加频繁了起来。她接触了一个相亲对象，名叫余辰，是个体户，倒腾二手汽车的，倒是攒了百万的家产，条件非常好。

只是年纪比许茜大五岁。

这倒也无所谓，按照介绍人的说法，男人年龄大，懂得疼人。但就许茜来讲，加入外貌协会这么多年，她当然还是看脸的。

虽然余辰五官也还算周正，国字脸，双眼皮，不丑。但是跟她心里的那个人比起来，终究还是差得太远些。

而且她对双眼皮也没有好感，不知道什么时候开始，她喜欢上了李诀的那种单眼皮。

对比李诀的脸再看他，觉得他嘴唇也有点肥大，没有少年感，更重要的是，还没到中年呢，身材都开始发福了。

但许茜家里面的亲戚们，对余辰那是相当满意。

不仅因为他有车有房，最重要的是，他拿得出几十万的彩礼，也心甘情愿出这个钱来娶许茜。

刚开始相亲接触，许茜没怎么看上余辰。但余辰对许茜的印象特别好，因为许茜的颜值实在大大超出了他的预期。

过去相亲，他都是挑三捡四，觉得女方的颜值达不到他的要求，没想到跟许茜一见面，立马就看上她了。

而她的工作也很体面，当老师工作轻松，以后有时间料理家务、照顾孩子。

于是他对许茜展开了猛烈的追求，请她吃饭看电影逛街，还提出要帮她买这买那，但是许茜一概拒绝，吃饭也都坚持 AA。

许茜很懂分寸，只是了解阶段，不会长久交往的人，许茜是不会随便花对方的钱的。偏李诀是个意外。

跟他在一起的那段时间，她没客气过，买什么也照单全收了。

许茜曾经幻想过和他的未来。当然，余辰心里其实也打了小算盘，许茜各方面都不错，尤其是颜值和身材，实在大大超出了他的预期。

但也有不好的地方——她在东海市那种繁华大都市上大学，长得又这么漂亮，不知道恋爱经历多丰富呢。

第二次吃饭的时候，余辰铺垫了很久，问她的恋爱经历，问她以前的男朋友是什么样的人，最后，终于试探性地询问许茜是不是处女。

这个问题着实把许茜给恶心了好一阵，她很想报复性地回答他不是。

但考虑片刻之后，她还是如实回答了。

已经不是十七八岁的小女孩了，现阶段的她，必须现实低头。

在南溪市，纵使她再相几年亲，都很难找到比余辰条件更好的对象了。而且家里亲戚也总是说，女孩子年纪大了就不好找了。

余辰得到了期待的回答，瞬间就把许茜当成了绝世珍宝，兴高采烈地拉着她去逛街，甚至还提出要去奢侈品牌店给她买包包。

这一次，许茜没有再拒绝了。是啊，她已经没有别的更好的选择。

挑来拣去，反而把自己的年龄耽误了，或许是时候应该妥协了。

奢侈品店旁边，有一家极受年轻人欢迎的潮流运动品牌店，店外的显示屏上正在投放广告。时隔两年，她再度看到了那个曾给她仲夏夜之梦的少年。

屏幕里，少年一身白色的运动衫，熟练地玩着篮球，鸭舌帽反扣着他一头黄头发。

刘海之下，那双狭长的单眼皮眸子勾了张扬的笑，转身投篮，潇洒恣意。宛如一阵夏天的风，吹进了她干枯的心里。

想到那些短暂而美好的过往，许茜心里一阵阵绞痛。

终究还是意难平。

余辰见许茜目不转睛地盯着运动品牌店，对她说道："你想买这个牌子的衣服吗？这是运动品牌，不怎么上档次，我们去其他店看看吧。"

许茜摇了摇头，指着屏幕里的少年对他说道："你不是很关心我的前男友吗？这个，就是我前男友之一，他爱我……爱惨了。"

"你……你开什么玩笑，他不是最近奥运夺冠的篮球明星吗？"

"是啊，我在开什么玩笑。"许茜苍凉地笑了下，转身，迈步离开了。

仿佛多逗留一秒，那个少年就会从屏幕里跳出来，指着她哈哈大笑，笑她的狼狈和不堪。

身后，余辰看着她的背影，不解地问："包包还买不买了？"

"不买了。"许茜扬了扬手，潇洒地离开了。

明潇给许茜打了个电话，告诉她，七夜探案馆要策划一次浪漫的求婚仪式。

许茜一猜便猜到了，夏桑归期在即，一定是周擒要跟夏桑求婚了。

她愉快地答应了下来，在挂断电话的时候，忽然问："潇姐，李诀回来吗？"

"呵，那位大明星，出场费高着呢，咱们探案馆可请不起他了。"

他不在就好。许茜稍稍松了口气，但心里莫名又有些淡淡的失落感。

万圣节那一天，她按照约定的时间，提前下午便来到了七夜探案馆。明潇拉着她去工作室化妆，她挑了件洛丽塔的衣服穿上，把自己扮成了颓废风的洋娃娃。

化妆结束之后，许茜看着镜子里的自己，就像一个被人踩烂揉皱、随意丢弃在角落的洋娃娃，没有半点生机。

　　这两年，她的眼睛已经没有光、没有神采了，只是一个靠衣服和化妆品点缀着的布偶娃娃。小城市的生活，真是一眼就能望到老啊。

　　许茜走出了探案馆，倚靠着栏杆，看着华灯初上的霓虹街景，低头点了根细长的女士烟。

　　身后传来了嗷嗷嗷的怪叫声，有人扮成丧尸扑了出来，站在街边吓人。丧尸妆夸张至极，张着血盆大口，看起来可怖骇人，吓得周围年轻女孩连声尖叫，笑闹着，一哄而散。

　　丧尸又扑到了许茜身边，双手握住了她的双肩，做出要吃她的样子。许茜撑着手肘，细长的指尖拎着烟，倒是淡定，喷了那丧尸一口烟。

　　丧尸猝不及防，被呛得咳了几声，骂了句。听到这个声音，许茜全身一凛，望向丧尸。虽然脸上化着夸张的特效妆，但眼神是熟悉的。她认出了他。

　　李诀。

　　李诀咳嗽了几声，又张开双手扑了过来，许茜拎着烟，正面迎向他。丧尸直接将她抱进了怀中，不肯松开。似乎一松开，梦就会醒来。

　　薄唇磕在了她肩膀上，像是要吃掉她似的。

　　许茜入戏地配合他，一动不动，任由他就这样抱着她，抱了很久很久，直到她指间的烟都烧到了头，烫着了她的手。李诀将她紧紧地搂在怀中，咬着她的肩膀，很用力，咬出了痕迹，像是在惩罚。

　　许茜一声没吭，任由他咬着她。他不会接吻，每次都要咬她，许茜笑着骂他是狗，他就汪汪地叫，学狗子的模样哄她，逗她开心。

　　许茜的心颤抖着，丢掉了烟头，然后便要伸手环住他的腰。

　　"李诀，过来帮忙！"大厅里，明潇颇有气势地喊了声。

　　李诀终于松开了她，假装无事发生，转身像个小孩似的，嗷呜嗷呜地跑回了探案馆。许茜转过身，扔掉了烟头，心脏扑通扑通跳得没有了节奏，摸了摸自己的脸，脸颊也是一片潮红。

　　这是一个阔别两年的拥抱，抱着她的是她思念了很久的少年。

　　干涸的世界宛如枯木逢春。只有和喜欢的人在一起，才算是真正地活着。

　　许茜的手颤抖着，又给自己点了根烟。很快，男人走了出来，夺走了她手里的烟，搁在了自己嘴里："别抽这个，对皮肤不好。"

　　许茜淡淡道："无所谓。"

"这两年，过得不开心？"

"没有特别不开心。"

他咄咄逼人道："也没有特别开心是不是？"

"李诀，你想说什么？"

李诀靠着栏杆，闷闷地抽着烟："我也不知道想说什么，你呢，你有想对我说的话吗？"

"那晚，你为什么不来？"许茜问出了她心里一直耿耿于怀的问题。

他垂眸笑了下："你又不和我结婚，我干吗祸害你？"

"这都什么年代了。"

"许茜，你把婚姻当作摆脱原生家庭的救命稻草，想找一个各方面都称心如意的丈夫，身体也是筹码之一。"李诀淡淡道，"除非你嫁给我，否则我不可能这样做。"

许茜不知道该说什么，只好以沉默相对。

李诀抽完了这根烟，又问道："找到了吗？"

"什么？"

"称心如意的对象。"

"正在接触一个。"她云淡风轻地笑了笑，满目风情，"前阵子还问我是不是处女，我说是，他还要给我买包。"

李诀嘴角也扬了扬，笑容很清朗，也很苦涩："是很好的包吗？"

"嗯，挺贵的，不过我还没进店门，就后悔了。"

"为什么？"

"我在隔壁店运动品牌里看到了前任的广告，他笑得那么嚣张，好像在嘲笑我的狼狈和庸俗。"许茜转身，拍了拍他的肩膀，"以前我看不起你，现在高攀不起了，是不是很好笑？"

"周擒跟我说了；你那天故意说的那些话，只是为了不让我走上歧路。和我分手，也是为了这个。"

"一半真一半假吧，不过都无所谓了。"许茜迈着步子，转身离开，"你都成篮球明星了，什么样称心如意的女朋友没有。"

"许茜，让我称心如意的那个人，从始至终只有一个。"

许茜嘴角挂了自嘲的笑意："李诀，我没那么厚脸皮，当初落魄的时候，我离开你了。现在你风光了，跟你和好……我没这个脸。"

李诀拉住了她的手："明天我会去美国比赛，三个月之后回来，你考虑一下，现在先把脸丢在我这儿，还是随便找个人嫁了，然后一辈子追悔莫及地惦记着我。"

"你这么有自信我会一辈子想着你？"

"刚刚我抱你的时候，听到你的心跳了。"李诀漆黑的眸子紧紧盯住她，"这些年你想我，想惨了。"

许茜辞职那日，和家里的关系也彻底闹崩了。

母亲絮絮叨叨地指着她骂了一天："你以为编制这么容易啊！你说辞就辞！你知道多少人盯着你这铁饭碗！

"你留在南溪一小当老师，将来小升初还能帮一帮你弟弟呢，居然给辞了！

"你已经不小了，还以为自己是大学刚毕业那时候吗？你把这工作辞了，将来怎么找对象，没有对象，哪来的彩礼！"

许茜倒也没脾气，收拾着行李箱，云淡风轻地说："我找不到对象，没有彩礼，你们死了这份心吧。"

"你……你敢！除非你不认我当妈妈了，也不认你爸爸了！"

许茜将自己的衣柜收拾一空，把属于她的全都带走了。

反正在这个家里，她也没太多东西。

"你回来！"母亲追了出来，"谁允许你搬家了？"

"不是搬家。"门口，许茜回头望了她一眼，平静地说，"我要走了。"

"你要去哪里！"

"我不会告诉你我要去哪里。"说着，她摸出手机，抠出了电话卡，当着母亲的面，直接掰成了两半，"以前的手机号不会再用了，将来的新号码，我也不会告诉你们。"

"许茜，你什么意思？"

"我的意思很明显，将来让宝贝儿子给你们养老送终吧。"说完，她拎着行李箱，头也不回地离开了这个给了她无尽委屈和压抑的家。

许茜来到了东海市，在学校附近租了一间单身公寓。学校附近的公寓月租价格相比于整个东海市的租房价格来说，还算便宜了，每个月一千五百块。

房子比较小，只有四十多平方米，类似于酒店公寓，只有一间房，房间里有一张大床、一个衣柜和靠墙的书桌。

虽然家具简单，但好在都比较新，装修也还不错，很干净。许茜把衣服全部熨烫过一遍，挂进了衣柜里，又买了些挂画、绿植和收纳箱，好好地装饰了这个小家。

这些年，她存了不少钱，足够支撑她在东海市找到一份合适的工作。以前念大学的时候，一无所有，也没有遭遇过社会的毒打，最害怕的就是眼下这种漂泊无依的生活。

但是在老家的编制岗位上工作了这几年，她发现真正可怕的不是不知道明天会怎样，偏是清楚地知道明天是什么样子，未来的每天都重复着前一天的生活。

在这种毫无希望和波澜的生活中，慢慢朝着死亡前进。

那天李诀的话深深地触动了她。是啊，相比于追悔莫及的一生来说，厚着脸皮回到他身边，承认自己的没出息，向他服软和认输，又有什么关系？

向喜欢的人认输，才不是输。

李诀还在国外比赛，许茜还没有告诉他自己回来了，经过几天的筛选，她向几家娱乐传媒公司投去了简历，其中一家比较有名气的传媒公司给她打了电话，让她过来面试舞蹈指导的岗位。

来到了传媒公司，在等待的过程中，她发现竞争者不少。三人一组进入面试间，录用与否也是现场决定，不会让求职者回去等消息，非常有效率。

许茜和另外两位年轻的女孩分在了一组，其中一个卷发女孩一直在偷偷打量着她。

许茜偏头望了她一眼，和她的视线撞上了。

"哎？你是来应聘舞蹈指导的？"她主动和许茜讲话。

"嗯。"

"你这条件，给这公司当艺人都绰绰有余，应聘什么舞蹈指导啊？"

许茜嘴角抿了抿："年龄错过了。"

"你看着也挺年轻的。"女孩继续打探敌情，"你以前做过这方面的工作吗？"

"没有。"

"那你是什么工作啊？"

"小学音乐老师。"

"音乐老师？"女孩笑了出来，看起来是势在必得，赢定了。

很快，她们这一组走进了面试间。面试间是一间很大的练舞室，三面都是镜子，几位面试官坐在中间的椅子上，手里拿着资料表。

坐在正中间的面试官说道："请你们分别展示一下你们各自的优势，说服我们为什么要聘用你。"

烫着卷发的女孩第一个上前，摸出手机播放音乐，跳了一段早就准备好的热辣爵士舞。看得出来，她的专业水平非常高，舞蹈跳得也还不错。第二位求职者也赶紧展示自己准备好的古典舞。

能够来求职舞蹈指导这个岗位的应聘者，身上多多少少揣着两把刷子。在跳舞方面，他们当然是专业的。

在两位求职者跳完之后，面试官望向了许茜："你呢，你准备了什么舞蹈？"

许茜顿了顿，如实说道："我没有准备舞蹈。"

"哦？那你……"

许茜望向了波浪卷的女孩，说道："你刚刚的那段爵士，从身形来看，关节比较柔软，但是主力腿的支撑力不够，需要加强日常肌肉训练，因为爵士舞对舞者的力量要求比较高。"

"你！"见她当众拆台，卷发女孩脸色瞬间沉了下来，"你连展示舞蹈都没准备，有什么资格点评我！"

许茜嘴角抿了抿，脱掉了小西装外套，跳了一段舞。这段舞，竟将她刚刚的那一段爵士舞完全重复了下来。

不仅仅是重复，她一边跳，一边示范着，将卷发女孩跳错或者不足的地方，纠正了过来。面试官见状，频频点头，心里大概也有数了。

走出面试间，卷发女孩找到了许茜，不满地说："你以为你是谁，不过就是个小学老师，我在女团跳了三年，你以为你能拆我的台吗！"

"你在女团跳了三年，但是你忘了，我们面试的不是女团，而是女团的舞蹈指导，所以……"她淡淡一笑，"会跳舞有什么了不起？会教才是最重要的。"

话音刚落，几位面试官便走了出来，将他们商量的结果告知诸位面试者——

"许茜，恭喜你，加入我们悦新传媒。"

卷发女孩咬着牙，不甘心地看了许茜一眼。

许茜从容地微笑着，望向她："忘了说，我带团已经带了十多年了。"

许茜成了悦新传媒的舞蹈指导。她非常擅长这份工作，不管是专业能力还是人际关系的调节，她都游刃有余。不到一个月，她就转正了，工资也从实习期的四千变成了正式员工的两万五。

这个工资在寸土寸金的东海市，还算不错。当然，拿多少薪资就要做多少事，许茜每天早出晚归，全是高强度的体力消耗，同时还会承担一些舞台指导和策划的工作。

相比于在老家那份虽然轻松，但是日复一日地重复做相同事情的工作，这份工作虽然累，但心里是充实和满足的。

在东海市，她的社交圈子也很广泛，有不少啦啦队的小姐妹，尤其还有夏桑，每个周末都能约出来聚一聚。

因为婚期将近，夏桑常常拉着许茜去挑选婚纱和伴娘服。镜子前，夏桑换上了洁白的婚纱，美得不可方物。

许茜走上前，帮她整理着蕾丝披挂，惊叹道："桑桑，你穿这一身绝美啊！我要是新郎，我恨不得立马洞房花烛把你抱回家！"

夏桑笑道："别了，你把我抱回家，你的新郎怎么办？"

"影都没有呢。"

"你还没跟李诀说你回来了？"

许茜摇了摇头，提及心事，脸上笑容散了些："几次短信都编辑好了，但又删掉了。"

"为什么啊？"

"多少有点近乡情怯的感觉。"许茜叹了一口气，"当初是我主动离开他，现在他有出息了，我又巴巴地回来，真的好没脸……"

"呃，好像是有点……"

"你也这么说！"

夏桑轻松地拍了拍她的肩："不要心虚，我认识的许茜就应该昂首挺胸，把你当年那股子傲骄劲儿拿出来！"

许茜笑着推开她："我说了，我没有你们想的那么好！"

"在我心里，你就是最好的。"夏桑认真地说，"相信我，这些年他所有的努力，都是为了你。"

晚上，许茜回到家，穿着丝质薄睡裙，开了一瓶红酒，坐在飘窗边，醉眼迷离地看着窗外的霓虹灯火。

她将杯子里的红酒一饮而尽，鼓起了勇气，摸出手机给李诀编辑了一条短信："宝贝，什么时候回来？"

李诀秒回："啊？"

许茜撤回了前一条消息，脑袋磕了磕墙，懊恼又尴尬地叫了一声。

李诀："你是不是发错人了？"

许茜："……"

李诀打电话过来，固执地问她："你是不是发错人了？"

听到他熟悉的低沉嗓音，许茜没由来地一阵感怀。

他说话的腔调，还跟大学的时候没什么两样，让她感觉仿佛这些年的人世沧桑都没经历过，她还是那个张扬的啦啦队队长，而他还是那个成天在啦啦队妹子堆里炫技玩球的"杀马特"。

"我就是发错了，你满意了？"

说完她就要挂电话，李诀立刻道："先别挂。"

"你还要说什么？"

他低笑了下："我不信你会对那些油腻的相亲对象喊宝贝。"

"这个称呼本来就很油腻，好吗，宝贝。"

"是油，但我喜欢听，多喊几声。"

"上次看到你，头发又留长了，难看死了，回来的时候你最好给我剪成平头。"

"都还没在一起，你连我发型都要管。"

"我当然要管，我可是轮胎管理大师。"

李诀低笑道："那我现在是你的几号备胎？"

许茜想了想，鼓起勇气低声道："经过考核，各方面条件过关，可以转正了。"

说完，她不等他回应，羞得挂掉了电话。

几分钟后，李诀给许茜发了一条信息："我下周六的飞机回来，地址给我。"

球队凯旋的那一天，机场聚集了不少接机的粉丝，绝大多数都是冲着队里最受欢迎的篮球明星李诀来的。这些年，许茜看着他粉丝一路飞涨，当然知道他有多受欢迎。

夏桑说他这些年所有的努力都是为了她。许茜才不会真的自作多情地这样想。即便没有她，他也会很努力地冲上去，成为闪闪发光的那类人。

很快，飞机落地了。约莫等待了半个小时，篮球队队员们终于走了出来。

等候在接机厅的粉丝们立刻躁动了起来，呼喊着他们的名字，欢迎他们的凯旋。

李诀走在球队中段，一身休闲的枫叶红球服，戴着鸭舌帽和口罩，只露出了一双狭长性感的丹凤眼，引得粉丝尖叫起来。

"李诀！"

"男朋友我爱你，辛苦了。"

"啊啊啊！终于见到本人了！"

许茜站在人群中，眼睁睁看着光芒万丈的他从她身边经过。

他果然把头发全部剪短，剃成了小平头，耳垂仍旧缀着一颗痞里痞气的黑色耳钉。

许茜扬了扬手，想叫他的名字，但是在周围女孩此起彼伏的呼喊声中，她忽然感觉嗓子被什么东西堵住了，一个字都喊不出来。

她想起李诀告白的那天，说的那一句："如果我赢了球赛，你能不能留下来陪我？"

如果她当初多些勇气，留下来陪着他一起努力，也许现在不会如此愧疚。

终究还是当了逃兵。

现在她倒是回来了，回来享受他功成名就的一切，怎么可能心安理得。

许茜拿着玫瑰花束的手放了下来，默默地退出了人群。他现在当然有更好的选择。

而她已经配不上了。

许茜漫无目的地踱着步子，在机场的咖啡厅坐了会儿，收拾着自己失落的情绪。

走错一步，就是咫尺天涯，再也回不到当初了。

几分钟后，李诀给她发了信息："宝贝，我回来了，现在来找你。"

就在这时，机场交警走了过来，对李诀道："先生，再往前是人行道，您必须上高架了。"

李诀望了许茜一眼，不甘地转入了高架桥，和她渐渐远了。

"宝贝，在楼下等我。"

许茜假装没有听到他的话，转身走进航站楼外的电梯里，电梯落了下去。一刻钟后，李诀停好了车，来到了航站楼一楼的大厅门前。不断有游客提着行李走出来，人潮汹涌中，李诀寻找着那抹熟悉的身影。

出现在他眼前的都是陌生的脸庞。

李诀终于不复之前的泰然自若，摸出手机给她打电话，但响了一声之后就被挂断了。再打，又被挂断。

李诀气得有点暴躁了，骂了声："许茜，你给我出来！胆小鬼。"

许茜躲在公交站牌后面，望了眼人群中的少年，心疼得揪了起来，正要走出去，忽然听到几个女孩的尖叫。

女孩们跑到李诀面前，惊呼道："是李诀吗？"

"没错！就是他！"

"能不能给我签个名啊？"

"我超级喜欢你啊，你打球可真是太帅了。"

李诀接过了笔，在她们递来的各种碎纸条上签了名，女孩们还想合影，却被他婉拒了："抱歉，我很忙。"

女孩们遗憾地和他道了别，李诀一路小跑着，人群中，却再也看不到她的身影了。

深夜，许茜带着几分酒气回了公寓，却看到身影颀长的少年，倚靠在墙边，手上有一搭没一搭地扣着打火机。

他漆黑的眸子埋在夜色的阴影中，看不清神情。

电梯门打开，在他脸上投映了几分光线。

"李诀？"

"地址都给我了，你还能跑到哪儿去？"他嗓音里带了些许气恼。

许茜头脑稍稍冷静了些，走到他面前，柔软的指尖抚摸着他的脸，沿着他挺阔的眉宇，一寸寸地描摹着……

"你现在已经这样好了，你看看身边吧，比我好的女孩多的是。"

"别说这些废话。"

什么。"

"你这话什么意思？"

"当初你给我选择的机会，我选择离开你；现在我也给你选择的机会，在你得到之后，再慎重地考虑看看。"

李诀看着她，良久，他淡淡笑了："我以前总觉得你自卑，以为是我的错觉，你这么闪亮，这么要强，怎么会自卑呢。现在看来，你是装的，骨子里真自卑啊。"

"……"

许茜抱紧了抱枕，蜷着腿，眼神闪躲地避开了他。

他拉了拉她的小拇指，说道："傻姑娘，我说过，你不嫁给我，我是不会碰你的。我要了你，那你必须是我的，这辈子都逃不了了。"

"说什么呢，我又不是那种传统的女孩。"

"宝贝，你说两个冷冰冰的人，怎么凑在一起相互取暖？"他牵着她的手，放在唇边吻了吻，"我愿意为你变得温暖，我愿意疼你，给你很多很多爱，弥补你二十多年来缺失的所有，好吗？"

她看着他眼底真挚的光芒，犹豫良久，说道："那你岂不是很亏？"

"我怎么会亏。"李诀嘴角挂着意味深长的笑意，"你不知道你有多让我舒服。"

正式在一起之后，许茜发现李诀是真的黏人，一个上午要给她发好多条消息。

许茜在工作的时候，基本不会看手机，等中午走出练舞室，她拿起手机一看，屏幕上跳出来好多条消息，鸡零狗碎全是李诀发给她的——

"乖乖，我想你了。"

"训练好累，大哭。"

"快亲我一下。"

许茜："……"

没见过这么黏人的。

许茜："李诀，你今年多大，要不要这么幼稚！"

李诀："不好意思，我比你小一岁。"

许茜："你比我小？"

李诀："惊喜吗？"

晚上，李诀带许茜去吃了泰式海鲜火锅。吃过饭，许茜很自然地牵着他的手一起逛街。她穿着一身轻熟风的黑色贴身小裙子，将她火辣的身材全然勾勒了出来。她一米七二的身高，再配上高跟鞋，身材纤瘦又高挑，格外惹火。

好在李诀一米八九的身高，两人亲密地站在一起，吸引了一路的回头率。

"跟有毒一样。"她看着身边的男人，嫌弃地说，"你不说比我小就罢了，说了之后，看着真的比我小好多。"

"是你自己穿衣打扮风格太熟女了，你看夏桑，都要订婚了，还跟个小萝莉似的。"

"我和她是不一样的风格。"许茜义正词严地说，"一定要去装嫩，会很可怜欸。"

"对啊，你这样就很好。"李诀揽住了她的腰，让她贴近了自己，"我就喜欢成熟系的姐姐。"

许茜笑了下，看到商城一楼有奢侈品店，于是拉着他走了进去。李诀大方地说："乖乖随便挑，看上什么包，男朋友给你买。"

她忽视了周围各式各样的名牌包，径直走到饰品区，让店员把柜子里的一款单耳的银质耳环拿出来。

这是她早就看中的一款，所以没有任何挑选，对营业员道："我就要这个了，帮我包起来吧。"

"好的。"营业员引导她来到了收银台。

李诀皱眉道："就买耳环吗？这看起来很中性，而且你没有耳洞吧？"

许茜淡淡一笑，摘下了银色耳环的标签，将他衣领拉了过来："脑袋低下来。"

李诀乖乖低头，她将那枚耳环穿进了他的左耳垂，捏着他的下颌，左右打量着："好看。"

她毫不犹豫地摸出手机，询问道："多少钱？"

"三千四百二十三。"

许茜扫码付了款，李诀想抢着付款，被她踹了一脚，疼得龇牙。

走出店门，他皱眉道："耳环而已，还只有一只，怎么这么贵。"

"好东西当然贵。"许茜满意地看着他，他平时喜欢戴黑色耳钉，两面就刷掉了。"

"为什么？"

"各方面不合适。"

李诀臭不要脸地说："是不是因为没一个比得上我？"

"不合适的原因很多，没眼缘，气质不好，脾气合不来，条件不行……"许茜笑着说，"跟你没有半毛钱关系，少自作多情。"

"行吧。"他又问，"那有觉得合适并且各方面符合你要求的吗？"

"倒是有一个。"

李诀立刻盘腿坐起身："说来听听。"

许茜也坐了起来："干吗忽然这么郑重？"

"讲吧，我听听。"

黑暗中，看不清少年的神情。许茜背靠在床头，抱着膝盖，缓缓说道："那是一位画家，收入不错，能独立开画展的那种，气质儒雅，性格也很温和，听介绍人说家境条件也很好。"

"嗯？然后……"李诀似乎真的来了兴趣，催促她继续说下去。

"见面的初始印象还不错，他带我去参观了他的画展，给我介绍西方印象派画风什么的……"

"你一向喜欢这类男人。"

许茜推了他一下，他揉揉鼻翼，收敛了语气，说道："然后呢，怎么没有在一起？"

"有次他提出想给我画裸像，被我一口拒绝了，那时候认识还不到一个月，我觉得太那什么了，但他跟我说，他经常接触模特，这都很正常。"

李诀听得头皮都麻了，破口骂道："混你们艺术圈的没一个好东西。"

许茜说："本来这也没什么，只是我自己不能接受罢了，你怎么还误伤一大片呢？"

"不只是这个衣冠禽兽，还有林止言，还有以前那个叫祁遒的，你喜欢的男人都什么东西。许茜，你是不是吸渣男体质啊？"

李诀的怒意几乎可以说不加掩饰，许茜见他矛头最后居然对向自己了，也是莫名其妙，轻拍了一下他的膝盖："你有毛病啊？"

黑暗中，李诀沉默了许久，不知道是在压抑怒火、控制情绪，还是在琢磨别的事情。许茜懒得理他，背过身去睡了下来。

"你说他是不是有病，都到这个时候了，他给我翻这些没有意义的旧账。我要是对他没感觉，我会辞了老家的工作，巴巴地跑来东海市？之前还说什么，要给我很多很多的爱，这男人甜言蜜语挺会，做起来根本不是这么一回事。"

夏桑叼着饮料吸管，看着她："怎么说呢，喜欢这个事情，是一定会要求回报的，不管是身体还是精神上，都会要求同等的回报，因为爱本来就是双向的啊。任何说我爱你、不计回报、只要你快乐……也许能做到，但终究会意难平。"

"我知道，我没有像过去那样吊着他了，或者耍手段用心机，我是真心对他的。"

"那你到底喜不喜欢他呢？"夏桑歪头望着她，好奇地问，"真的不是因为你恰好需要，他恰好出现，才走到一起的吗？"

"很多时候，感情没那么简单。我承认，我对他不是一见钟情式的喜欢。我对他的感情很复杂。你看这么多年，我谁也没看上，每一个相亲对象，我都拿他们和李诀作对比，他是一直藏在我心里的那个人。"

夏桑摇了摇头："你要是这样说，我还是会觉得，你只是在对比和筛选。就像挑选裙子，见过最惊艳的，后来出现的任何裙子，你都觉得没有那件好看了，但那件你正好没有买回去，所以藏在心里耿耿于怀。"

"你怎么也这样说啊？"

许茜靠在沙发上，闷声说："我对他……不是你说的那种。"

她承认，或许因为从小的经历，她不会像夏桑那样，能够不顾一切地喜欢一个人，她会权衡会掂量，会从自己的利益出发去做出选择，但李诀是她生命中的一场意外。

就像一个强盗，莫名其妙撞进了她的世界，把她原本设定好的人生轨迹搞得一团乱，把她的整个世界搬空之后，臭不要脸地住了进来，赶都赶不走。

后来他真的走了，许茜反而不习惯了。

李诀真的生气了，足有一周多的时间，一次也没来找过许茜，过去每天无数条的信息轰炸也中断了。一周后，许茜给他发了条消息："最近很忙？"

李诀倒是秒回，语气却是冷冰冰的："有事吗，许小姐？"

"……"

许茜耐着性子，给他发了一条服软的文字："我想你了。"

李诀："呵。"

许茜气得摔手机。什么狗男人！

过了会儿，李诀给她打了电话，懒洋洋道："想我？"

她轻哼："去死。"

"许茜，以前你对林止言百依百顺，对我怎么就从没温柔过。"

"我怎么不温柔了？"

他沉声道："'去死'这种话，你只会对李诀说，不会对林止言说吧。"

许茜气结道："你和他不一样啊。"

"是，我和他不一样。你见了他就脸红心跳。见了我只想骂人，对吧？"

"……"

许茜无语至极："好，你要是觉得我不是真心，那就永远别过来了。"

"我犯不着。"李诀冷声说，"犯不着非要喜欢一个从没爱过我的女人。"

李诀气急败坏地挂掉了电话，重重地将手里的篮球扔了出去。他以为自己可以洒脱、可以不求回报，但是做不到。他不是在充满爱的环境下长大的，所以他不是那种拥有很多很多爱的男孩。恰恰相反，他偏执又吝啬，任何付出都会要求回报。

他越是深爱她，就越是渴望她的回应。

是啊，两个冷冰冰的人，如何抱团，如何相互温暖？

晚上，许茜喝了点红酒，有些微醺。她慵懒地倒在了床上，迷迷糊糊间似听到门口有声响，像有人在按她的密码锁，不过几次密码锁都提示：密码错误。

她以为是李诀过来了，胡乱地趿着拖鞋来到门口，手握在了把手上，准备开门。

开门前，她朝猫眼外望了望，却发现猫眼里面一团漆黑，什么都看不见。不应该，门外是自动感应灯，如果有人的话，灯一定会亮。更何况即便灯没有亮，也不可能一点光线都没有，什么都看不见。

许茜打了个冷战，瞬间清醒了过来，落在门把上的手赶紧抽了回来。

后背一阵发凉。头脑冷静了几秒钟，她迅速将门扣反锁。门外的人似乎听到了反锁的声响，试密码的动作停了下来。黑暗中，一片骇人的死寂。

许茜哆哆嗦嗦地摸出了手机，看到现在是凌晨两点二十分，她下意识地翻出李诀的号码拨了过去，默默地祈祷着，一定不要关机。

终于，响了五六遍之后，男人超级不耐烦的声音响了起来："许小姐，您有什么毛病！看看现在几点了，老子明天还有训练！"

许茜靠墙站着，极力压低了嗓音，颤抖着说："李诀，我害怕……"

李诀听出了她声音不对劲，睡意顿时消散，立刻坐起身问道："怎么了？"

"门……门口好像有人，在试我的密码锁。"

"等着，我马上过来。"

"你别挂电话！"

"不挂。"

二十分钟后，密码锁再一次被按响。这次，门被推开，李诀走了进来，一只手拿着接通的手机，另一只手还提着一根棒球棍。

窝在床头瑟瑟发抖的许茜连忙扑过去，跳起来抱住了他，情绪崩溃地说："吓死我了。"

李诀又心疼又懊恼，摸她的头，轻轻安抚着："好了，我来了，不怕。"

"你刚刚在外面看到什么人了吗？"

李诀摇了摇头："没有，大概已经走掉了。"

"那……那就好。"

"明天去物业看看监控。"

"嗯。"

她稍稍镇静了些，打量着他。他里面还穿着睡衣，外面胡乱穿了件外套，鞋都没来得及换，还穿着夹板拖。想来他是以最快的速度赶了过来。

"李诀，谢谢你。"

　　少年不自在地望了她一眼，她只穿了件单薄的绸质贴身小睡裙，身材娇柔性感，发丝凌乱，眼神不复平日里的坚定，挂着几分楚楚可怜的怯意。

　　他移开视线，轻咳了一声："不用客气……如果没什么事的话，我就回去了。"

　　李诀拉开门，颀长的身影在门口停顿了两秒，望着外面浓郁的夜色，终于又重重地关上了门。

　　许茜眼神微红，看着他的背影："不走了？"

　　他转过身，沉着脸一言不发地走过来，抱起女人不客气地说："走不了了。"

　　第二天清晨，许茜醒了过来，迷迷糊糊地伸手摸旁边。摸到炽热的胸膛，她稍稍松了口气，像猫咪一样拱到他胸口，趴着睡。

　　李诀是早就醒了，垂眸眈着她。等她醒了，李诀从后面用力抱住了她娇软的身体，将脸埋进她柔香的头发里，吻着她柔滑的皮肤："你是我的女人，我不会让任何人把你抢走。"

　　许茜被他弄痒了，回身捧着他的脸："这算是道歉？"

　　"不是。"

　　"不是就滚。"

　　李诀耍赖地抱着她："不可能，以后我每天晚上都要过来。"

　　许茜被昨晚的门锁事件吓到了，即便他不这样说，她也一定会让他过来陪她的。

　　"李诀，你搬过来住。"

　　"没问题，只是这地方有点小。"

　　"小吗？"

　　"嗯，不够我施展。"

　　"你还想怎么施展！"

　　李诀嘴角勾起一抹痞笑，捏了捏她小巧的鼻尖："你猜。"

　　她推开他，骂了声"流氓"。

　　李诀看中了一套海景房，就在周擒家隔壁，当初他陪着周擒去选房子的时候，一眼就相中了这套房子。大平层，视野开阔，高层可以眺望一望无际的宽阔大海，别提有多舒服了。

周擒付的是全款，李诀肯定没这个能力，不过他再攒攒，应该能凑出首付来。他没有告诉许茜，想着等房子交付之后，再给她一个惊喜。

有房子了，就有向她求婚的底气，李诀满心筹谋着和她的美好未来。

年底冬奥会就在东海市举办，李诀作为倍受期待的种子队员，带着球队一路过关斩将，直冲最后的总决赛。只要球队能够在冬奥会拿下冠军，距离梦想就能更进一步。

家国天下，李诀放在心里第一位的永远是家，因为他从小到大，就没有一个完整的家。只要他能赢，首付是绰绰有余了。

那段时间，许茜的公司正在策划一场舞蹈综艺，许茜要负责艺人们的现场舞蹈动作，每天忙到飞起，也没有办法去现场给李诀加油。

夜里回了家，她更不敢给他打电话，生怕打扰他的睡眠，影响他第二天的状态。

那天在练舞室，许茜看到女孩们盘腿坐在地上，埋头看手机，讨论着新近的热搜话题——

"国家队夺冠了！"

"是啊！真的太强了！"

许茜连忙问道："是排球吗，还是游泳？"

"是篮球队啊。"

许茜激动地尖叫了一声："篮球队夺冠了？"

"没错！厉害吧！"

许茜连忙摸出手机，翻开了热搜。

果不其然，热搜第一条就是：篮球队夺冠。

却没想到，紧随其后的第二条热搜，瞬间浇灭了她激动的心情，直接让她如坠冰窟——李诀受伤。

许茜哆嗦的手戳开了话题，点开最新的一段视频画面。

这是比赛接近尾声的时候，双方打了个 32：32 的平手，李诀穿着火红的球衣，对阵一个人高马大的外国队员，起跳大灌篮的盖帽，生生将最后一个球盖了回来。

看得出来，对方被他这一个至关重要的盖帽动作逼得火冒三丈，所以在他落地的时候，带着几分猛劲儿撞了他一下。

李诀重心不稳，左腿直接掰折落地，摔倒在了地上。

　　周围队员全部围了上来，询问他的情况，李诀满头大汗，在队员的帮助下重新站了起来。

　　外国队员的这个冒犯性动作，明显犯规了，裁判判了罚球，并且向李诀确定身体有没有问题。

　　李诀咬着牙，摆了摆手，接过了裁判递来的篮球，来到了罚球线后半圆内就位，准备投篮。

　　比赛最后的一分钟，双方比分持平，因此最后这个罚球机会，至关重要。

　　李诀接了球，站直了身体，看着不远处的篮圈，将篮球举过头顶，微微屈伸，投篮。篮球在半空中划过一道优美的弧线，带着全国人民的期待和盼望，稳稳地命中了篮圈！

　　比分瞬间变成了33∶32。

　　与此同时，比赛时间结束！

　　欢呼声响彻整个场馆，队员们张开双臂全场飞奔，庆贺国家队拿下了总冠军。

　　许茜的眸子死死地盯着站在篮圈下的少年，刚刚还能伪装一下，但此刻的他，走路已经非常艰难了，一歪一斜地跳着，终于勉强地坐到了休息椅上。

　　终于有队员发现了他，叫来医务队的时候，他的左腿脚踝处已经肿成了青紫的"胡萝卜"。

　　由于最后这三分钟的险胜格外刺激惊险，因此被爆上了热搜第一，大家不敢相信他是怎样忍着剧烈的疼痛，完成了最后的那一颗罚球。

　　许茜赶到市中心医院，队员们还在比赛现场等待颁奖和升旗，只有周擒守在病房外面。她胸口剧烈起伏着，大步流星地走过去，急切地问道："周擒，李诀怎么样了？"

　　周擒脸色阴沉，摇了摇头："很严重，筋腱断了，后半生大概只能在轮椅上度过。"

　　许茜吓得脸色惨白，面无血色，忍了好久的眼泪倏地掉了下来，摇着头道："不、不可能，怎么会这样？"

　　"他想买那套海景房，有了房子就能向你求婚了。这场比赛，只能赢不能输。"

许茜捂着嘴，背靠着墙，几乎泣不成声。

"别哭了，进去看看他吧，他等你很久了。"

她赶紧擦掉眼泪，平复了半晌的心绪，才鼓起勇气走进病房。病房里，少年坐在床上，皮肤苍白，漂亮的丹凤眼正望着窗外的艳阳晴空，发呆。

许茜嘴角扯开一抹比哭还难看的笑意，坐到床边，心疼地摸了摸他的脸颊："宝贝，还疼吗？"

李诀看到她这泪痕斑驳的脸，大概也能猜到几分，问道："是不是结果不太好？"

许茜望向周擒，周擒倚在墙边，摊了摊手，表示还没有告诉他真实情况。

她深呼吸，微笑地望着他："没事的，以后姐姐养你，你什么都不用管，只管好好养伤。"

李诀宛如被浇了一桶冷水，彻底透心凉，不敢相信地摇着头："这不可能！"

"别怕，宝贝，你别怕……姐姐不会让你一辈子坐轮椅！一定会治好你的腿！"

李诀听到这话都要疯了："坐……坐轮椅？"

她攥紧了他的手，很用力很用力地握着，许茜尽管极力强忍，眼泪还是奔涌而出。

忽然，李诀像是反应过来什么，一把甩开了她的手："滚。"

"李诀！"

"谁要你照顾，你以为你是谁，滚！"

"我不会走的。"许茜擦干眼泪，凶巴巴地说，"不就断一条腿吗！有什么了不起，又不是送命，天还能塌下来了？"

周擒抱着手臂，淡淡开口道："许茜，你想清楚，他不只是断条腿，他职业生涯都彻底毁了，还需要你照顾他一辈子，现在你觉得自己可以，十年、二十年……岁月无情，你最好早做决断。"

许茜还没反应，李诀心下已经有了决定："你走吧，跟着我已经没意思了。"

"岁月无情？"许茜回头望向周擒，咬牙切齿道，"不走到最后，谁知道会怎么样。我虽然现实，但不是无情无义的人。"

　　说完，她用力攥紧了李诀的手，坚定决绝地望着他："我知道你们都轻视我，没关系，我不在乎。岁月无情，但它会证明我有多爱你。"

　　李诀的心颤抖着，这么多年，不管多苦多累，都没有红过眼睛，只在心爱的女人面前，他快要忍不住了。

　　就在这时，病房的门被推开了，夏桑探了个脑袋进来，好奇地望向他们："怎么……怎么大家眼睛都红红的？"

　　"桑桑……"许茜吸了吸鼻子，"李诀残废了。"

　　"哈？"夏桑愣愣地望了眼李诀和周擒，"医生说他只是崴了脚，等会儿就可以出院了呀。"

　　许茜脑子一空，看到周擒嘴角浮现的笑意，瞬间反应过来，用力拍了李诀的腿一下："浑蛋，你骗我！"

　　李诀疼得"嗷"地叫了声："没有！我什么都不知道！"

　　"夏桑！你未婚夫骗我！你快帮我打他！"

　　夏桑走到周擒面前，做出用力打他的样子："你骗我闺密，怎么这么坏呢！"

　　周擒当然配合她演戏，连声哀求，然后将她揽入怀中。

　　"李诀这家伙，前段时间天天晚上给我打午夜伤心电话，说他女人不爱他，人生没有希望。"周擒笑着说，"我被他搞烦了，才出此下策。"

　　李诀也是虚惊一场，额头上的冷汗都被吓出来了。

　　"就说老子不过崴了一下脚，居然就要坐轮椅了？我还以为进了什么黑心医院。"

　　许茜撇撇嘴："不管有没有这回事，都不准再让我滚。"

　　"呸，我烂嘴。"李诀对她张开手，"宝贝快让我抱一下。"

　　许茜推开了他的手："我还在生气呢，你自己抱自己吧。"

　　夏桑笑着说："茜茜，以后咱们就住在一起啦。"

　　许茜嫌弃地睨了李诀一眼："你们那房子可是东海市最顶级的一线海景房，他买得起才怪。"

　　李诀不满道："这么看不起你男朋友？"

　　许茜想了想，从包里摸出一张银行卡，递到了李诀手里："我也有点积蓄，加在首付里面，房子写咱俩的名字。"

　　"你这多少钱？"

　　"十多万吧。"

"十多万，零头都没有，就想加名字进来。"李诀笑着揉了揉她的脑袋，"我女朋友够精的啊。"

"哼，爱加不加。"

李诀将卡还给她："你留着买衣服包包吧，我的钱够了。"

"这是我能拿出来的所有了，攒了好几年呢，你以为我舍得给你啊。"

李诀笑了起来，用银行卡拍拍她脑门："舍不得还给我？"

"李诀，这不是你一个人的事。"许茜严肃郑重地说，"我不会再当逃兵了，我会和你一起努力。"

"那房子的名字……"

"写我俩！"

李诀笑着，抱着她亲了一下："还是贼精。"

三个月后，便是夏桑的结婚仪式了。大家精心策划，给了她一个毕生难忘的浪漫婚礼。夏桑没有哭，反而许茜成了哭得最惨的那一个，梨花带雨，止都止不住："亲爱的，一定要幸福啊！"

李诀穿着黑色的伴郎西服，耳边挂着一颗黑色耳钉，看上去绅士又雅痞。他漆黑的视线一分钟也没从许茜身上挪开过。

"眼睛都看直了。"明潇走过来，拍了拍李诀的脑门，"看到许茜哭，你也要哭了是不是？"

李诀抽回视线，揉了揉鼻翼，没说话。

婚礼最后扔捧花的环节，夏桑冲许茜使了个眼色，让她站到右边来。

接到新娘的捧花，就能接到幸福的好运，也许下一个成为新娘的就是她了。

许茜没有辜负夏桑的好意，赶紧站了过去，奋力跳起来接捧花。然而，捧花还是让别人抢走了。

许茜回头，看到李诀扬手握着那一束蓬勃的白色小花，嘴角勾起一抹浅笑。

伴娘们郁闷地埋怨："干吗啊，你个伴郎，抢什么捧花。"

李诀笑着说："我抢捧花有用的。"

"你有什么用啊？"

李诀拿着花，走到了一袭白色伴娘装的许茜面前，将那一束花扔给了她："别总盯着人家的婚礼哭了，也希望你早日觅得如意郎君。"

许茜擦了擦眼角残留的泪痕，愤愤道："我会的，如你所愿。"

"如我所愿的话，那个人可不可以是我？"

话音刚落，李诀便单膝跪了下来，从包里摸出了早已准备好的戒指。

许茜脑子"嗡"的一下，不知所措地愣在原地。

上一秒她还在羡慕夏桑，奋力地抢着捧花。而下一秒，她心里的那个人便跪下来向她求婚了。

许茜几乎眩晕，下意识地拉他起来，红着脸说道："你干吗！今天是夏桑的婚礼！你别这样！"

夏桑挽着周擒的手，笑着说："我们一点也不介意！舞台交给你们。"

许茜羞得满脸通红："求什么婚呀，我们交往的时间才多久，还早着呢！"

"虽然在一起的时间不多。"李诀牵起了她的手，将戒指固执地套进了她的无名指，"但是我爱了你六年。"

许茜看着那枚璀璨的戒指，听着少年朴实的情话。

是啊，他爱了她这么多年。

这么多的爱，都证明了岁月并非无情，余生也不再漫长。

"李诀，我愿意嫁给你。"

一梦入秋

Special Episode 02

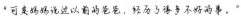

"可是妈妈说过以前的爸爸，经历了很多不好的事。"

"正因为他见过世间最丑陋的事情，所以才把温柔全部留给了妈妈和你啊。"

周遇秋小名叫茉茉，据说在取名的时候，爸爸想给她取名叫周末，因为周末是放假的日子，成年人都喜欢周末。

在她上幼儿园以后，她也喜欢周末。

后来她问了幼儿园的老师、爸爸公司的程序员叔叔们，还有公司的保洁阿姨们，他们说都喜欢周末。

被这么多人喜欢，是多么快乐的一件事啊。于是周遇秋哭着闹着，一定让爸爸妈妈给她改了个名字，叫周茉茉。

爸爸不乐意，说周遇秋这个名字很有纪念意义，因为爸爸妈妈相遇的那一天，正好是一年四季中的秋季。

那是落叶昏黄、万物成熟的季节。

也是一个令人感伤的季节，因为爸爸遇见妈妈的时候，是他人生最失意的时候。

后来周遇秋又去找了妈妈，妈妈说，那个季节，也是她人生最茫然的时候。

周遇秋听爸爸妈妈都这样说，不免对秋天有了抵触感，不喜欢秋天，更加不喜欢这个名字，所以自己决定给自己改名叫周茉茉。

周茉茉多好，大家都喜欢。

周茉茉拥有全世界最幸福的家庭，爸爸妈妈都很疼爱她，不过在这个家里，爸爸永远把妈妈放在第一位，她是第二位。

不过没关系，她才不在乎呢，因为她的妈妈夏桑，是全世界最好的妈妈，她温柔、美丽、善良、聪明……周茉茉小脑瓜能想出来的最美好的词汇，都不够形容她妈妈的好。

除此之外，她还有超级疼爱她的爷爷奶奶、外公外婆。

爷爷奶奶很宠她，甚至有些溺爱，要什么就买什么，洋娃娃、玩具车、数不清的漂亮裙子。而外婆就要严厉许多了，总是教她许多的道理，还总会打电话来过问她的成绩。

虽然外婆严厉，但周茉茉还是更喜欢外婆一些，每年寒暑假，总要回南溪市看望外公外婆，陪他们住上一月半月。

十岁那年的暑假，因为爸爸要出差，正巧撞上妈妈也有筹备已久的演出，外婆便特意来东海市接了她回老家玩。

"跟外婆回家，不许无理取闹，不许闹着要吃糖，不许三更半夜纵情高歌，吵着邻居们。"周擒背着她的哆啦A梦小书包，送她到机场。

覃槿见他啰里啰唆的样子，一把薅过了小姑娘："行了行了，你回去吧。她又不是第一次来家里，用得着你叮嘱这么多吗？再说，小孩子要吃糖怎么了，你这爸爸怎么这么霸道呢。"

"妈，你看她那口缺牙。"

周茉茉嘻嘻一笑，露出了左边的缺牙，还挺可爱。

覃槿端详着小姑娘这口牙："哎哟，这可不行，得补啊。"

"不用，医生说会自己长出来。"周擒一直把女儿送到安检口，还舍不得将书包递过来，"妈，要不我带她去出差吧，送回南溪市真是麻烦你们了。"

覃槿知道，周擒这家伙，虽然嘴上嫌弃这丫头，实际上心里还是疼爱得紧。

但听到他这样说，当外婆的心里立马不乐意了："你出差也是各种论坛峰会，你带着她？小姑娘又不省心，跑丢了我看你怎么办！"

"我会看着她的。"

"哼，我都亲自来接了，你这会儿反悔可不行！"

覃槿一把将周茉茉拉过来，生怕他抢走自己的外孙女："行了，不跟你说了，得赶紧安检呢！"

周茉茉背上小书包，很暖心地抱了爸爸一下："阿腾，别担心，我会听话。"

"没大没小。"周擒给了她脑门一个栗暴。

周茉茉捂着脑袋，冲他吐舌头："阿腾，阿腾，阿腾，妈妈能叫，我也能叫。"

周擒翻了个白眼："收回刚刚的话，妈你赶紧把这小破孩带走，我不想见到她了。"

覃槿拉着周茉茉进了安检口，周茉茉回头，爸爸还站在黄线外面，目送着她。

她冲他挥手："爸，拜拜。"

"秋秋，听话啊。"

"我不叫秋秋！我叫周茉茉。"

周茉茉来到了外婆家，家里的大黑狗已经垂垂老矣，却仍然拖着虚弱的身子，来到门口迎接她。听外婆说，这条大黑狗都快十八岁了，比她的年纪还要大呢！

"黑黑，又见面啦！想我吗？"

周茉茉摸了摸黑黑的脑袋，使劲儿揉了揉。

外公端着香喷喷的红烧排骨走出来，笑着说："你可别揉它，它年纪大了，经不起你折腾。"

周茉茉动作变得温柔些："小狗狗，我的小狗狗，好想你哟。"

"快去洗手吃饭。"覃槿推着她进了洗手间。

晚上，周茉茉睡在妈妈以前的房间。外婆特意给她收拾了出来，房间仍旧保持着妈妈学生时代的样子，桌上摆放着她学生时代用过的练习册和课本，书架上也全是妈妈高中时候的书籍。

外婆说，这些都要好好保留着，将来等茉茉长大了，妈妈做的那些精华的笔记，她还可以再用呢！

"你妈妈以前啊，可是我的骄傲。"外婆将小姑娘抱在膝盖上，坐在妈妈的书桌前，慈祥地说道，"她特懂事，成绩也好，总是年纪前十呢。"

"那我也要向妈妈学习。"

"好姑娘。"

周茉茉忽然抓到一个厚厚的上锁的本子，本子封皮已经泛黄了，隐约可以看见褪色的卡通人物的轮廓。

"外婆，这是什么本子呀？"

"这是你妈妈的日记本。"

"欸？"周茉茉的好奇心被引诱了出来，"这么厚一本，想看！"

"你想看啊？"

"嗯！"

覃槿神秘地说："巧了，我也想看，快去问你妈妈要密码。"

周茉茉哈哈大笑了起来，摸出手机，拨通了妈妈的手机。

"秋秋，到外婆家了吗？"妈妈的声音一如既往地温柔，"要听话哦。"

"我叫周茉茉！"

"好的秋秋，在外婆家别挑食啊。"

对于名字这个事情，周茉茉算是彻底放弃了，她换了乞求的语气，对妈妈道："妈妈，我想看你的日记本，可以吗？"

"日记是隐私，不可以看的。"

"但是都这么久了……"周茉茉可怜兮兮道，"我想向妈妈学习，像妈妈一样努力！求求妈妈了。"

"我的日记里可没有鼓励学习的话。"夏桑无奈地扶了扶额，"全是不想学习的话，以及一些吐槽的话啊。"

周茉茉闻言，更兴奋了："我要看！妈妈，我要看！我要看！"

"行吧，给你看没问题。"夏桑学习任务重，日记其实写得蛮简略，也没有少儿不宜的内容，"但是不许给你外婆看！"

"好嘞！"

"密码是你爸爸的生日。"

"欸？爸爸的生日是……"

"连爸爸的生日都记不住，你这漏风小棉袄。"

周茉茉细细一笑："我记得啦，万圣节之后第三天，11月4日，对吗？"

"这还差不多。"

周茉茉拿到了密码，心满意足地打开了四位数的密码锁。

覃槿的脸一下子凑了过来，小姑娘一把藏住了日记本："不能给外婆看，这是妈妈的秘密。"

"哼，那丫头肯定在日记里写了不少怨我的话。"

周茉茉想了想，说道："我先帮外婆看看，然后再告诉外婆，妈妈有没有写到你，好吗？"

"行吧。"覃槿站起身，给周茉茉拿出了睡衣，"别看太晚，早点休息，明天早上跟你外公一起出去晨练。"

"好的！晚安外婆！"

周茉茉抱着覃槿亲了一口，然后端着日记本来到灯下，小心翼翼地一页一页翻看着那脆弱的纸张。

　　9月2日，晴
　　开学了，讨厌讨厌讨厌讨厌。

9月3日，晴
开学考试，讨厌讨厌讨厌讨厌讨厌。

9月4日，多云
上课下课上课下课，我讨厌这个世界。

"欸？"
周茉茉一连翻了好几页，全是"讨厌讨厌讨厌"。妈妈的日记这么丧吗？

难怪她不让外婆看到呢。
周茉茉一直往后翻，终于，翻到了其他的文字——

9月23日，雨
覃女士好像知道祁逍了，想气气她。
想想而已。
讨厌讨厌讨厌。

9月24日，雨
开学考没有考好，覃女士肯定又要说我。
爸爸也一直没有回来，这个家……好像已经没有他留恋的地方了。
离婚就离婚呗，有什么了不起。
谁要你们等到高考后。
讨厌讨厌讨厌讨厌讨厌讨厌。

9月25日，阴
我以后绝不结婚。

9月26日，晴
祁逍约我去玩密室，我答应了，见鬼都比见人好。

这篇日记之后，周茉茉看到妈妈好像中途停顿了一下，随即又写道：
"便利店遇到一个男生，虽然脸上有道疤，但还是很帅，帅得我卫生巾都掉了。"

"哇！"周茉茉兴奋地叫了起来，"这个人不会是我爸爸吧！"

她记得妈妈以前说过，爸爸脸上就有道疤，后来医美之后，就变成了现在的样子，一点痕迹都看不出来。

她兴奋地想要继续往后看，却不知道为什么，眼前出现了一道光，晕晕乎乎地，她好像睡着了。

不，不是睡着，周茉茉的意识还特别清楚，只是感觉自己在不断地往下坠，坠落到了一个完全陌生的地方。

周围笼罩的大雾渐渐退散，周茉茉来到了南溪一中的校门口，原本老旧的校门变得焕然一新，连大门上的铁锈都不见了。

周茉茉以前来过南溪一中，爸爸妈妈带她来的，那时候南溪一中就是她记忆中很旧很旧的样子，跟她眼前的样子，截然不同啊。

周茉茉恍惚间以为自己在做梦，却在这时，她惊诧地看到一个女孩走出校门，女孩穿着宽松的校服，扎着清纯的马尾，留着可爱的刘海，嘴里叼着一根冰棍，面无表情地走出学校。

即便她如此年轻，但周茉茉还是一眼就认出她来了，她就是自己温柔善良美丽聪慧又健康的妈妈！

周茉茉自从会认字之后，就会看小说了，她看过一本小说名叫《重回我爸当校草那几年》，所以现在她脑洞大开，觉得自己真的到了妈妈的日记本里。

"妈妈！"

周茉茉飞奔了过去，然而跑到夏桑面前，她忽然想到……不行，按照一般小说的剧情，她现在飞奔过去相认，肯定会被当成神经病。她冲到夏桑面前，却又顿住了脚步，欲言又止地望向她。

夏桑见有这么个模样乖巧的小女孩，如拦路神一样挡在她面前，她微微蹙眉，往左边走。

周茉茉赶紧挡在她左边。她往右边走，小丫头又蹦跶到右边。

夏桑见状，将半融化的雪糕递她嘴边："想吃啊？"

"嗯！"

"偏不给你吃。"

夏桑说完，错开她，溜达着离开了。

周茉茉看着妈妈的背影，感觉现在的妈妈，真是个压抑又装乖的问题少女啊。

周茉茉追上去，问道："今天几号？"

"9月26日。"

9月26日！这不就是爸爸和妈妈便利店相见的日子吗！周茉茉满心激动。

可以见到爸爸妈妈初见的场景，怎么能不叫她激动呢？

周茉茉抓着她，兴奋地问道："姐姐，你生理期是今天吗？"

虽然才十岁，不过夏桑已经教过她最基本的生理知识了，她对这些也很懂。

"不是啊。"夏桑看着这小姑娘，诧异地问道，"你是不是来月经了？没有卫生巾？需要帮忙吗？"

"啊，我没有……"周茉茉摆摆手，"嗨呀，不是我啦。"

"那你干吗问我这个？"

"我就……随便问问啰。"

这时，一个胖嘟嘟的小姐姐追上来，对夏桑道："小桑，一起去喝杯奶茶啊。"

"好。"

夏桑跟着贾蓁蓁进了奶茶店，贾蓁蓁疑惑地看了周茉茉一眼："这小女孩谁啊？你妹妹啊？"

"不知道，不认识。"

"看着跟你眉眼还挺像，以为是你亲戚呢。"

夏桑回头打量了她一眼，周茉茉冲她露出了阳光灿烂的微笑。

她很损地喃了声："这一口大缺牙，不知道吃了多少糖。"

"……"

呜……现在的妈妈，冷冰冰的，一点也不温柔。

周茉茉见到了妈妈，决定再去探探爸爸的情况。这个梦也不知道什么时候能醒过来，所以她必须要抓紧时间，把年轻时候的爸爸和妈妈都见上一面。

爸爸现在在哪里呢？

她苦思冥想，回忆着妈妈以前讲过她和爸爸青春时期的故事，那时候，爸爸好像在一个名叫七夜探案馆的地方兼职扮鬼。他现在肯定在那里。

周茉茉摸遍了书包，竟然从夹层里摸出了爸爸暑假前给她买的手机，她赶紧打开手机，还有 4G 信号。

她输入了"七夜探案馆"，然后按照路线指引来到了时代广场，顺着曲曲折折的步行天街，终于找到了位于天街二楼的七夜探案馆。

"真是太不容易了。"周茉茉站在探案馆门口，探头探脑地往里望。

探案馆好像也打烊了，几个年轻男女有说有笑地从里面走出来，其中有好几个还穿着十三中的校服，为首的是一个男生。

她一眼就认出来了，这是爸爸的好朋友、住在隔壁的李诀叔叔！

李诀叔叔对她特别好，因为李诀叔叔一直想要闺女，奈何只生了一个儿子，所以把周茉茉当宝贝女儿对待呢。这一趟，来得可太值了！

周茉茉盯着李诀星星眼。

李诀看起来脾气似乎不太好，说道："打烊了，明天早点来，天黑了，快回家找你爸妈。"

周茉茉立刻收回星星眼，撇撇嘴。这些大人，青春时期怎么都跟被人欠了百八十万似的，没一个好脸色给她。估摸着老爸出来，也是这样了，如果是这样的话，她都不期待见爸爸了。嗨，真没意思。

周茉茉踢开了脚下的碎石子，手揣兜里，转身离开。便在这时，听到一声熟悉而温柔的嗓音："这是哪来的小孩？"

周茉茉回头，看到一个英俊挺拔的少年，站在他面前。他穿着十三中的校服，拉链拉到了胸口，里面是干净的白 T 恤，修长的颈项上挂着一条银制的羽叶链子。

他五官线条的轮廓格外锋利，内双的眼睛，弧线优美流畅，只是左边的眉毛果然被切断了，显得有点凶。

她印象中的爸爸，成熟英俊，每次来幼儿园接她，其他同学家长都要忍不住打量他呢。却没想到年轻时候的爸爸，竟然也帅得这么没天理。

难怪，难怪妈妈日记本里记录初见那一段，生活态度如此丧气的问题少女，看到他的第一印象，除了帅还是帅。是真的帅啊！帅疯了！

周茉茉愣愣地看着周擒，灵魂出窍。

李诀笑道："擒哥，这小姑娘眼睛直勾勾的，还流口水了，怕是看上你咯。"

"胡扯。"周擒走到小姑娘面前，细长漂亮的手从包里摸出纸巾，擦了擦小姑娘嘴角流出的哈喇子，说道，"你家呢？"

"我的家……就在附近。"

"快回去吧。"周擒将那包纸巾揣进她的兜里，"天黑了，别在外面瞎逛，你爸妈会担心你的。"

周茉茉瞬间眼泪掉下来了。世上只有爸爸好。别看在家里好像妈妈爱她多一点，爸爸嫌弃她多一点，但是在梦中的父母的青春期，妈妈就是个讨厌全世界的丧气少女，爸爸才是真温柔啊！

"擒哥，别耽搁了，咱们还要回去训练呢，迟了教练又要骂人。"

"走吧。"周擒拍了拍小姑娘的肩膀，然后转身和朋友们走下楼梯。

周茉茉跟着他们下楼，见他们好像要打车离开了。

不对啊，他们明明是要去便利店的，不去便利店怎么见妈妈呢？

如果这会儿打车回学校，岂不是就错过便利店了？

错过了便利店的初见，岂不是就没有她了？

周茉茉吓得魂飞魄散，连忙上前抓住了周擒的衣袖："你……你不能走！"

"你这小孩怎么回事啊！"李诀扯开她脏兮兮的手，不客气道，"给你脸了是吧。"

"呜哇，你是坏人！"

周擒连忙推开李诀："一小姑娘，你骂她做什么？"

他蹲下身，耐心地问周茉茉："告诉哥哥，为什么不能走？"

"因为……因为……我想吃东西，我好饿，你能不能请我吃方便面！"周茉茉攥紧了周擒的衣角，"这附近就有一家便利店，你请我吃方便面吧，哥哥你是好人，我真的很饿。"

周擒眉头皱了起来，不明所以地望着她。

李诀附耳道："这怕不是新型诈骗方式吧，仔细别被套路了，反诈APP 你下了没？"

周擒望了望四周，也不确定有没有问题。

"你给我开个热点，我下一个。"

"你自己没流量啊？"

"我最低套餐，流量有限。"

"我也没流量。"

小姑娘摸出手机："我可以给你开热点，但你得请我吃方便面。"

　　周擒温柔地笑了起来，揣回了手机，拍了拍她的后脑勺："算了，你看她的衣服辫子，打扮得像个小公主似的，她爸妈怎么会放她出来搞诈骗。"

　　"擒哥，咱们吃的亏可不少。"

　　"就一小孩子，能把我怎么样？"

　　周擒对周茉茉伸出了手："我带你去便利店。"

　　周茉茉愉快地牵住了他，重重点头："嗯！"

　　她最爱爸爸了！

　　走了约莫一公里，终于来到了便利店，周茉茉打量着四周，猜测应该就是这家店了。这家店是距离外婆家最近的，过了马路就是，如果妈妈出门的话，一定也是来这家。

　　周擒带着她进了便利店，买了盒方便面，给她倒了佐料包，拿到热水器旁冲泡。

　　李诀则坐在靠窗的椅子上，问周茉茉："你到底是哪儿来的？别是周擒的亲戚吧，长得还有点像。"

　　"实不相瞒，我是他亲女儿。"

　　"呵，整个十三中，想跟擒哥交朋友的人不少，没想到这又蹦出个女儿来。"

　　"你别不信。"周茉茉带着半开玩笑的调子，说道，"你以后还要住我家隔壁呢，而且你还会生个儿子。"

　　"哇，你别乌鸦嘴，我以后肯定生女儿。"

　　周茉茉笑了："放心，一定是儿子，叫李勖。"

　　李诀忽然站起身，惊诧地望着她："你怎么知道我姓李？"

　　周围有男生道："刚刚周擒不是叫了你名字吗？"

　　"对哦。"李诀松了口气，"这小破孩，吃完方便面就快走，我们还要去上课呢。"

　　"放心，我吃了就走。"

　　很快，周擒把泡好的方便面端了过来，递到了小姑娘面前，小姑娘磨磨蹭蹭，慢悠悠地吃着，时不时望望窗外。

　　妈妈怎么还没来啊？

　　周擒问道："你在等你妈妈？"

　　"呃，嗯！"

　　"行，陪你等，她来了我再走。"

"那可太好了!"

"你叫什么名字?"周擒随口问道。

"周茉,我爸给我取的。"

"周末?什么不靠谱的老爸会给孩子取这个名字。"

自己吐槽自己可还行。

"其实我还有个名字,叫周遇秋。"

"这个名字还不错。"

周擒起身去收银台,李诀他们几个也去买水了。就在这时,门外传来"叮"的一声响。周茉茉看到门外走进来的女孩,猛地站起身……来了来了!

周茉茉端着方便面,藏在了货架旁边。

夏桑穿着一中的蓝白校服,容颜清丽乖觉,她流连在卫生巾的架子边,精心地挑选着。却没想到,选好之后一转身,便遇到了李诀他们,吓了一大跳。

李诀他们本就心情不爽,看到夏桑这般惊恐的表情,也没什么好脸色。

"你跑什么?"

夏桑低着头匆匆离开,没想到在转角处便和周擒撞了个正着,手里的卫生巾也掉了。

周茉茉兴奋地合掌握拳:"见到了!"

大致剧情,正如夏桑曾经对她讲过无数遍的那样,她吓得连账都没有结,便跑出了店门。是周擒给她结了账,然而当他回来,正要找吃方便面的小女孩的时候,却发现靠窗的座位空空如也。

小女孩早已不见踪影了。

周茉茉猛地从床上醒过来,已经是第二天清晨了,她手里还紧紧抱着妈妈的笔记本。是梦吗?应该是,但这梦境也太真实了吧。

周茉茉百思不得其解,随后的几天晚上她都抱着日记本入睡,但是再也没有梦到过今天的事情了。

这个暑假,外婆带她去了江边的游乐场,外公还组织学校老师们,一起去烧烤野炊了一次。然而,周茉茉玩耍的兴致却不高,她想爸爸妈妈了。

终于，盼到了爸爸出差结束，带着夏桑回南溪市来接她。

机场里，周茉茉宛如稚鸟归巢一般，飞扑到了夏桑和周擒的怀中，一会儿拱拱这个，一会儿亲亲那个。

"爸爸妈妈，我好想你们啊，我以为你们不要我了，呜……"

"这孩子怎么回事。"夏桑笑着说，"以前也没见她这么黏人啊！"

周擒耸耸肩，也不理解，小姑娘去外婆家玩了一圈回来，还真是性情大变啊。

飞机上，周茉茉低声对夏桑道："妈妈，我问你一个问题哦。"

"嗯？"

"爸爸在高中的时候是什么样的人啊？"

夏桑望了周擒一眼，低声在她耳畔道："其实爸爸以前，是很温柔的人哦。"

"可是妈妈说过以前的爸爸，经历了很多不好的事。"

"正因为他见过世间最丑陋的事情，所以才把温柔全部留给了妈妈和你啊。"

周茉茉用力点头："嗯，一定是这样。"

说话间，她将小脑袋扭向周擒这一边："我以后不叫周茉茉了，我叫周遇秋。"

周擒放下机舱杂志，漫不经心地问："为什么？"

"因为爸爸是在秋天遇到妈妈的呀，不然也不可能有我嘛。"

"呵，你倒是饮水思源。"

"而且，我也是在秋天遇到了爸爸和妈妈。"

周擒转过头望向她："这话怎么说？"

周茉茉做了个"吃面"的动作，笑而不语："想起来了吗？"

周擒摇头。

"那就算啦！"

"你到底在打什么哑谜！"

"你猜。"

浮世万千

周某某觉得今天自己就算饿死在家里，她爸也得给她妈把石榴剥完。

　　夏桑有很长一段时间都还不能适应自己已经成为妈妈的事实，每每当她看到襁褓中的小朋友，都会觉得恐惧，甚至不知道该怎么和她相处。

　　周擒很理解她的这种近乡情更怯的心理，所以不常留她和小朋友单独相处，每次负责调节气氛逗小孩，跟夏桑说你别把她当孩子，当成狗狗一样养着，开心了摸一摸、玩一玩，不开心了不搭理就是了。

　　夏桑觉得周擒这说法实在过分，于心不忍，于是竭力调整心态，努力适应自己作为妈妈的身份。渐渐地，看着小孩软软的身子、小小的模样，她心里也添了几分柔情，亲力亲为地照顾着她，保护着她。

　　小朋友生出来的时候，皱巴巴的不太好看，眼睛眯成了一条线，完全没有继承夏桑的大眼睛，也不像周擒的眼睛那么狭长勾人，更别说黄黄的身体、肉嘟嘟的脸蛋，怎么看都不觉得可爱。

　　她甚至觉得自己不至于生出这么难看的小朋友，怀疑是基因突变，真的一点也不好看。半夜里和周擒一起在婴儿床边围观，周擒也觉得这孩子不太好看，但再难看都没关系，她是他和夏桑的宝宝，他一定会好好爱她。

　　"丑了点没关系，老公好好赚钱，以后多准备些嫁妆，怎么着都不用太担心。"

　　夏桑不以为意，觉得人丑就要多读书，以后她要天天给小朋友读书读故事，所以给小朋友买了好多好多书，《诗经》《楚辞》啊，儿童版《红楼梦》《三国演义》《水浒传》《西游记》，还有《唐诗三百首》，竭力培养这个丑丑的小朋友的内在修养。

　　谁知道等宝宝长到三四岁的样子，和小时候简直像换了坯子似的，皮肤雪白如玉，一双水润的大眼睛完美继承了夏桑漂亮的眼眸，清澈干净，而鼻梁又继承了周擒挺拔的鼻梁，五官不仅柔美可爱，而且还带了些极有味道的英俊气，将来不知道会出落成怎样的大美人呢。

　　周茉茉很完美地继承了周擒和夏桑五官的优点，无论带到哪里都能成为被人注目的焦点，也成了幼儿园里备受欢迎的小朋友。再加上她智商很高，特别聪明，又在妈妈的培养下读了好多书，所以老师也常常夸奖她。

　　而在漫长岁月的相处中，夏桑的母爱也被彻底激发了出来，对这个宝贝女儿疼爱得不得了，每天回家都要抱着周茉茉不撒手，时不时地想起了，也要呼唤她——

　　"宝宝，快过来给妈妈亲一下。"

　　然而小朋友还没撒丫子跑过来，周擒先她一步，到夏桑面前，熊抱着她，给她一个腻腻歪歪的亲吻。

　　周茉茉很无语地站在门边，双手叉腰，深深觉得这位幼稚鬼父亲根本就是来和她争夺妈妈的宠爱的。

　　但是呢，在父母和谐恩爱的家庭长大的小孩，所拥有的幸福真的无可比拟。在周茉茉成长的岁月中，也能深深感受到父母间脉脉流淌的细腻温情和浪漫，这种温情和浪漫绝对不会被时光所消磨，反而在时光的浸润氤氲之下，更显馥郁悠长。

　　那是周茉茉上大学之后，又一次暑假回家，周擒在厨房里帮她做着她最喜欢的花椒鱼，而妈妈则在书房里看书。

　　周茉茉都快饿得前胸贴后背了，几番催促父亲为什么还没开饭哪，却见父亲端着一碗什么东西出来，她以为开饭了，连忙穿上拖鞋撒丫子跑过去，没想到居然是满满一碗莹润饱满的红石榴。

　　每一颗石榴籽都被精心剔除，不知道费了多少工夫。

　　系着小碎花围裙的周擒，走进书房里，将这碗红石榴搁在了夏桑手边："饿了吧，吃这个垫垫，马上就开饭了。"

　　夏桑正在看勃朗特姐妹的英文原著小说，视线下移，扫了眼碗里的红石榴，鬼使神差地冒了句英文——

　　"So this is love, isn't it？"

　　周擒一副面无表情的傲娇模样："这只是一碗石榴，别想太多。"

　　夏桑笑着端起碗，仰头将石榴倒进嘴里，汁液四溢，甜得不得了——

　　"谢谢老公。"

　　"抱一下？"

　　夏桑张开手臂，他俯身用力地抱了抱她，吻她的额头："还吃吗？我再去给你剥一个。"

　　"要。"

　　周茉茉："……"

　　她觉得今天自己就算饿死在家里，她爸也得给她妈把石榴剥完。

所以即便已经上大学的周茉茉，即使见过周围情侣分分合合，见过毕业季的破碎爱情，甚至她"身经百战"的室友一个劲儿在她耳边说："爱情就是浮云，不要相信男人，认真你就输了。"

但周茉茉并不这样以为，因为她亲眼见证了一份真正的爱情，有烈火烹油、鲜花着锦的浪漫与燃烧，也有漫长岁月的温情陪伴，更有相濡以沫执手偕老的永恒……

而她就是这份爱情的结晶，所以她永远相信，真爱是存在的。

它的名字就叫夏桑和周擒。

图书在版编目（CIP）数据

公主切：全2册 / 春风榴火著. —— 南京：江苏凤
凰文艺出版社，2023.1
ISBN 978-7-5594-7351-6

Ⅰ.①公… Ⅱ.①春… Ⅲ.①长篇小说 – 中国 – 当代
Ⅳ.① I247.5

中国版本图书馆 CIP 数据核字 (2022) 第 233317 号

公主切：全 2 册

春风榴火 著

责任编辑　曹　波
特约编辑　赵丽杰　刘玉瑶
装帧设计　recns
责任印制　刘　巍
出版发行　江苏凤凰文艺出版社
　　　　　南京市中央路 165 号，邮编：210009
网　　址　http://www.jswenyi.com
印　　刷　天津鑫旭阳印刷有限公司
开　　本　880 毫米 × 1230 毫米 1/32
印　　张　23.25
字　　数　738 千字
版　　次　2023 年 1 月第 1 版
印　　次　2023 年 1 月第 1 次印刷
书　　号　ISBN 978-7-5594-7351-6
定　　价　69.80 元（全 2 册）

江苏凤凰文艺版图书凡印刷、装订错误，可向出版社调换，联系电话025-83280257